浙江省哲学社会科学重点研究基地文艺批评研究院成果

洪治纲 著

守望先锋

兼论中国当代先锋文学的发展

增订版

时代出版传媒股份有限公司
安徽教育出版社

图书在版编目(CIP)数据

守望先锋:兼论中国当代先锋文学的发展:增订版 / 洪治纲著. —合肥:安徽教育出版社,2022.12
ISBN 978-7-5336-9906-2

Ⅰ.①守… Ⅱ.①洪… Ⅲ.①先锋文学－文学研究－中国－当代 Ⅳ.①I206.7

中国版本图书馆CIP数据核字(2022)第240547号

守望先锋:兼论中国当代先锋文学的发展
SHOUWANG XIANFENG:
JIAN LUN ZHONGGUO DANGDAI XIANFENG WENXUE DE FAZHAN

出 版 人:费世平
策划编辑:何 客
责任编辑:金 雯 邰 旻
装帧设计:张鑫坤
责任印制:陈善军

出版发行:安徽教育出版社
地　　址:合肥市经开区繁华大道西路398号　邮编:230601
网　　址:http://www.ahep.com.cn
营销电话:(0551)63683012,63683013
排　　版:安徽时代华印出版服务有限责任公司
印　　刷:安徽联众印刷有限公司

开　　本:710 mm×1010 mm　1/16
印　　张:24.25
字　　数:330千字
版　　次:2022年12月第1版　2022年12月第1次印刷
定　　价:78.00元

(如发现印装质量问题,影响阅读,请与本社营销部联系调换)

目 录

1　绪　论　　从"先锋派"到先锋文学

2　　第一节　　"先锋"概念的缘起
6　　第二节　　"先锋派"的诞生及其意义
12　　第三节　　从"先锋派"到先锋文学
15　　第四节　　先锋文学的诸种特质

22　第一章　　先锋文学的历史境域

23　　第一节　　在历史的选择中选择
32　　第二节　　启蒙的另一种承诺
41　　第三节　　先锋与现代性
49　　第四节　　先锋与后现代主义

59　第二章　　先锋作家的主体向度

60　　第一节　　先锋的精神高度

66	第二节	先锋的警惕姿态
74	第三节	先锋的民间立场
84	第四节	先锋的"怪异原理"
94	第五节	先锋的"苦难原理"

104	第三章	先锋文学的艺术实践
105	第一节	强劲的想象
115	第二节	超验的极致
127	第三节	跨越修辞的隐喻
137	第四节	轻逸的力量

149	第四章	先锋文学的文本动向
149	第一节	时间：自由的迷津
160	第二节	人物：符号与代码
169	第三节	丰饶的碎片
179	第四节	隐蔽的张力
189	第五节	互文性的表达

199	第五章	中国当代先锋文学发展主潮
200	第一节	人性的归复与激扬
207	第二节	现代寻根与形式实验的双重变奏
219	第三节	救赎的消解与自由的重构
230	第四节	个人化的生命之舞

第六章　中国当代先锋文学的混杂性
——以莫言小说创作为例

241

242　第一节　人物形象的混杂性探索
247　第二节　文化意蕴的混杂性追求
254　第三节　叙事形式的混杂性拼接

第七章　中国当代先锋文学的荒诞性
——以余华《在细雨中呼喊》、《兄弟》为例

262

263　第一节　直面荒诞的特殊反抗
268　第二节　恐惧与绝望的艰难挣扎
278　第三节　混世魔王的解构式抗争

第八章　中国当代先锋文学发展的局限

293

295　第一节　虚弱的思想根基与超越意识
299　第二节　激情的匮乏：从想象到形式
307　第三节　实利化的物质屏障
312　第四节　先锋文学批评的滞后

结　语　永远的先锋

318

328　附录一　先锋文学与形式主义的迷障

341　附录二　启蒙意识与先锋文学的遗产

355　附录三　论李宏伟的《国王与抒情诗》

372　主要参考文献

380　原版后记

382　增订版后记

绪　论
从"先锋派"到先锋文学

在中外文学发展史中，先锋文学一直是颇受关注的热点之一。尽管人们对先锋文学常常持这样或那样的批判性看法，但不可否认的是，无论是对整个世界现代文学的发展，还是对改变中国当代文学现实主义一元化的格局，它都有着不可或缺的重要意义。我们甚至很难想象，如果没有一批又一批先锋作家孤独而又执着的实验，世界文学发展到今天会是怎样一种景观；我们同样也很难想象，如果没有一部又一部具有鲜明独创品格的作品，中外文学流传到今天又会是怎样一种形态。我们的文学之所以呈现出当今这样丰富复杂、多元共存的审美格局，并产生了一批又一批足以经受历史检阅的经典性作品，从某种程度上说，也离不开无数先锋作家在不断超越传统的过程中所进行的艰辛探索。在经历了无数次的怀疑、忽略甚至被否定之后，先锋作家们依然顽强地坚守文学作为自我内心真实表达的需要，冲破一个又一个被视为艺术铁律的传统规范，在探求种种新的审美价值与形式表达的过程中，不断地将艺术引向更为宽阔、更为深邃的审美空间。

与此同时，我们又必须看到，人们对先锋文学的认识依然模糊不清，甚至充满了种种认知上的混乱或矛盾。譬如，有人认为先锋文学只是一种纯粹的话语游戏,其形式的实验性远远大于精神内涵;有人觉得先锋文学是对艺术传统的一种故意割裂,是创作主体为了彰显自身艺术个性而采取的一种极端化的艺术行为;有人则强调先锋文学是人类自由精神冲动的必然结果,其目的是为了寻找更为有效的艺术表达方式;有人又侧重于创作主体精神的超前性和独特性,认定先锋文学只是先锋作家前卫思想的一种特殊传达……面对这些纷乱而又各有其理的阐释,我们不仅有必要从发生学的意义上进一步厘清先锋文学的基本概念和性质,还应该从其产生和发展的文化背景上进行较为宏观的分析——先锋文学仅仅是一种单纯的文学现象吗?无论在哪个民族的文学传统之中,为何都曾相继出现了不同特征的先锋文学浪潮?作为人类精神的一种特殊载体,先锋文学在人类文化演进过程中,是否承担了某种特殊的使命?是否发挥了某些特殊的作用?

正是在这个意义上,本著将试图通过对先锋文学概念及其演变轨迹的探讨,寻找和分析先锋文学之所以出现的文化背景以及其中潜在的精神谱系,并以此来剖析中外先锋文学发展的各种主要特质,进而探求其在深层的文化结构中所隐含的某些精神吁求,从而全面地审度先锋文学在人类文化发展史中的特殊作用和意义。

第一节 "先锋"概念的缘起

要准确地梳理先锋文学的内涵,我们有必要首先考察"先锋"概念的源起。在汉语里,据相关辞典辑录,"先锋"最早出现在《三国志·蜀·马良传》:"时有宿将魏延吴壹等,论者皆言以为宜令为先锋。"[1]此处的"先锋",即指战时率领先头部队迎敌的将领,属于军事术语。在西方,"先锋"最早出现在法语中,即 Avant-garde,也是一种纯粹的军事术语。法国戏剧家尤奈斯库在查阅了《拉鲁斯词典》中的"先锋"

---

[1]《辞源》修订本,第151页,商务印书馆,1988年。

一词之后,曾这样说道:"所谓'先锋'是指'一支武装力量——陆军、海军或空军——的先头部队,其任务是为(这支武装力量)进入行动作准备'。"[1]而据马泰·卡林内斯库的考察,他在《法语瑰宝》中发现,"先锋"一词在十六世纪下半期的法国就已经出现。法国人本主义律师和历史学家埃蒂安·帕基耶(1529—1615)在他的《法国研究》中就曾经写道:"随后展开了一场针对无知的光荣战争,我要说,在这场战争中,塞弗、贝兹和佩尔蒂埃构成了先锋;或者,要是你愿意这么说的话,他们是另外一些诗人的前驱。在他们之后,旺多姆的皮埃尔·德·龙沙和安茹的约阿西姆·杜·贝雷这两位出身煊赫门第的绅士加入了队列。他们两人奋勇作战,尤其是龙沙,从而使另外一些人在他们的旗帜下投入了战斗。"[2]由此可知,"先锋"从其最早的词源上说,中外皆属一体,均指军事上的前卫力量,或者作为一种军事术语被转喻到人类的思想领域。

大约在1820年之后,随着英法空想社会主义思潮的兴起,以傅立叶、欧文、圣西门等为代表的社会空想家们在积极地建构未来社会的理想模式时,曾对各种具有超前意味的社会制度和结构形态给予了"先锋"的定义。由此,"先锋"开始从最初的军事术语被移植到社会学领域,一度成为乌托邦社会主义圈子里一个颇为流行的政治学概念,并被指称为未来社会理想形态的"想象者"。1843年冬天,在英国北方小镇罗虚代尔的法兰绒纺织厂,工人们在要求增加工资的罢工失败后,决定组织消费合作社进行自我生活的补救。于是,1844年12月12日,世界上第一个合作社——"罗虚代尔公平先锋社"正式开张营业。[3]这个合作社之所以被命名为"先锋社",无疑是为了突出其社会组织模式的超前性,可视为空想社会主义理论的一种实践性符号。因此,在这方

---

[1] 王忠琪等译:《法国作家论文学》,第568页,生活·读书·新知三联书店,1984年。
[2] 转引自[美]马泰·卡林内斯库:《现代性的五副面孔》,第106页,顾爱彬、李瑞华译,商务印书馆,2002年。
[3] 姚铭尧:《罗虚代尔原则》,《中国中小企业》,1998年第3期。

面,将"先锋"与"乌托邦相关联无疑暗示了它与现状(或传统)的不相容性和叛逆性"[1]。

与此同时,更为重要的是,法国空想社会主义家们在使用这个充满军事战斗意味的词语时,还常常将它与那些充满浪漫激情的艺术家们紧密地联系在一起。因为在他们看来,工程师虽然是新社会的推进力量,但他们更加明白"人们缺乏灵感的鼓舞,基督教本身也已智竭技穷,因而需要竖立一种新的崇拜"[2]。结果他们在艺术理想中发现了这种新式崇拜,认为艺术家将会向社会揭示美好的未来,并以新文明的前景号召人们。1820年,在《圣西门致陪审员先生们的信》中,圣西门就宣称:"新的思考向我表明,事情应该在艺术家的领导下向前进,他们后面跟着科学家,工业家应该走在两者之后。"[3] 尽管圣西门在这里并没有将"先锋"直接加封在艺术家们的身上,但是,从他们的乌托邦理想来看,艺术家是实现这种社会主义的领头人和先驱者。1825年,圣西门在《社会组织》一文中进一步阐释了这一观念:

> 在这伟大事业中,艺术家们,那些想象的人,将开始进军:他们将从过去选取黄金时代,并将其作为礼物赠与将来的世代;他们将使社会满怀热望地追求其安乐程度的上升,为做到这一点,他们将描绘新繁荣的图景,将使每一个社会成员意识到,他们可以分享迄今为止只是一个极小阶级的特权的享乐;他们将歌颂文明的福祉,为实现他们的目标,他们将运用一切艺术、雄辩、诗歌、绘画和音乐手段;一句话,他们将揭示新制度诗意的方面。[4]

---

[1] 王宁:《传统与先锋 现代与后现代——20世纪的艺术精神》,《文艺争鸣》,1995年第1期。
[2] 转引自[美]丹尼尔·贝尔:《资本主义文化矛盾》,第80页,赵一凡等译,生活·读书·新知三联书店,1989年。
[3] 转引自[美]马泰·卡林内斯库:《现代性的五副面孔》,第110页,顾爱彬、李瑞华译,商务印书馆,2002年。
[4] 转引自[美]马泰·卡林内斯库:《现代性的五副面孔》,第110—111页,顾爱彬、李瑞华译,商务印书馆,2002年。

同一年，在《有关文学、哲学和工业的观点》一文中，圣西门则直接将"先锋"的桂冠加冕到那些激进的艺术家们身上："是我们，艺术家们，将充当你们的先锋。因为实际上艺术的力量最为直接迅捷：每当我们期望在人群里传播新思想时，我们就把它们铭刻在大理石上或印在画布上；……我们以这种优先于一切的方式施展振聋发聩的成功影响，我们诉诸人类的想象和情感，因而总是要采取最活泼、最有决定性意义的行动……"[1] 显然，对圣西门来说，艺术家才是时代的先锋，其"先锋"的天职就在于迅速地接受新思想，然后将它以艺术的手段加以普及，并最终成为乌托邦社会主义的一支前卫军。因此，傅立叶的信徒拉韦尔当说道："艺术是社会的表现，当它邀游于至高境界时，它传达出最先进的社会趋向；它是前驱者和启示者。因而要想知道艺术是否恰当地实现了其作为创始者的功能，艺术家是否确实属于先锋派，我们就必须知道人性去向何方，必须知道我们人类的命运为何。"[2] 这也意味着，这个概念尽管已经移用到文艺领域，但就其内涵而言，仍然属于一种政治语言范畴，即从"载道"的功能上，突出艺术家们对于社会发展的激进主义作用，并没有触及艺术本体的内在问题。

从军事术语到社会政治术语，"先锋"概念不仅在外延上发生了重要变化，其内涵也获得了进一步的拓展。也就是说，它从单一的具有冒险意味的"前卫"特征和战斗精神，慢慢地增加了"激进"和"反叛"的内在属性，带有面向未来的探索意味，表明了它与传统或现状之间某种不满或对抗的精神姿态。这是"先锋"概念在内涵演变过程中的重要变化。所以卡林内斯库认为："从词源学上说，任何名副其实的先锋派（社会的、政治的或文化的）的存在及其有意义的活动，都必须满足两个基本条件：(1) 其代表人物被认为或自认为具有超前于自身时代的可

---

[1] 转引自［美］丹尼尔·贝尔：《资本主义文化矛盾》，第81页，赵一凡等译，生活·读书·新知三联书店，1989年。
[2] 转引自［美］马泰·卡林内斯库：《现代性的五副面孔》，第115页，顾爱彬、李瑞华译，商务印书馆，2002年。

能性（没有一种进步的或至少是目标定向的历史哲学，这显然是不可能的）；（2）需要进行一场艰苦斗争的观念，这场斗争所针对的敌人象征着停滞的力量、过去的专制和旧的思维形式与方式，传统把它们如镣铐一般加在我们身上，阻止我们前进。"[1] 这两个条件，从某种程度上说，也是先锋在历史演变过程中形成的两个重要属性。

第二节 "先锋派"的诞生及其意义

尽管圣西门等空想社会主义者在谈论"先锋"时，已经将它对准了某些具有激进意识的文学艺术家们，并认为他们将是实现乌托邦社会的先遣队员，但"先锋"概念真正进入文学领域，成为文学实践中的特定范式，还是在十九世纪中叶的欧洲，即"先锋派"的萌芽。《剑桥百科全书》载："先锋派（avant-garde）：最初用以指19世纪中叶法国和俄国往往带有政治性的激进艺术家，后来指各时期具有革新实践精神的艺术家。"[2] 从这个定义中可知，"先锋"一词进入文学领域之后，仍然带着政治上的激进特征，是指那些具有强烈的社会革新愿望和反叛激情的艺术家们。"由于先锋派这个词频繁用于激进主义的政治语言，当它被用于文学或艺术时，它往往会指向一种献身精神，人们可以从一位视政党宣传为自己主要职责的艺术家身上发现这种精神。"[3] 同时，西方学者在描述这些艺术家时，就将之直接确定为"先锋派"，如W. H. 奥登就将"先锋派"称为"种族的触角"[4]。对此，卡林内斯库说道："十九世纪七十年代在法国，先锋派一词虽然仍保有其广泛的政治含义，

---

[1] [美]马泰·卡林内斯库：《现代性的五副面孔》，第131—132页，顾爱彬、李瑞华译，商务印书馆，2002年。
[2] [英]大卫·克里斯特尔主编：《剑桥百科全书》，第91页，中国友谊出版公司，1996年。
[3] [美]马泰·卡林内斯库：《现代性的五副面孔》，第119页，顾爱彬、李瑞华译，商务印书馆，2002年。
[4] [英]大卫·克里斯特尔主编：《剑桥百科全书》，第91页，中国友谊出版公司，1996年。

已开始用于指称一小群新进作家和艺术家,这些作家和艺术家把针对社会形式的批判精神转移至艺术形式的领域。这种转移并未导致艺术家从属于一种狭隘的政治哲学,或使他们沦为单纯的宣传家。宣传要富有效力,就必须求助于最传统的、图式化的甚至是简单化的话语形式。而新的先锋派艺术家感兴趣的——无论他们多么赞同激进的政治观点——是推翻所有羁束人的艺术形式传统,享受探索先前被禁止涉足的全新创造境域的那种激动人心的自由。因为他们相信,对艺术进行革命与对生活进行革命并无二致。"[1] 卡林内斯库汲取了波焦利(又译为"波吉奥列")等人的观点,认为艺术上的先锋派在本质上融合了其激进的政治内涵。其实,从严格的艺术流派定义来看,十九世纪中期的欧洲先锋文艺并没有形成非常明确的流派,只是一种创作现象罢了。"先锋"在文学艺术中真正地形成一种具有相对稳定的概念,还是在二十世纪初期以法国为中心的"先锋派"思潮的全面兴起了。

随着第一次世界大战的结束,以法国为中心的现代主义思潮逐渐兴起。在此后的数十年里,与此相关的各种实验艺术此起彼伏,包括未来主义、达达主义、超现实主义、俄国和德国的左翼激进文学流派等,这便是西方文学艺术史上统称的"历史先锋派"或"前先锋派"。得克萨斯州立大学的罗杰·夏杜克曾说:"Avant-garde 法文,军事用语,适于19世纪的先进的和实验的艺术运动。通常与'现代主义'有关系,'先锋'(Avant-garde)这个词意味着艺术形式的变革,同样,这个词也意味着艺术家们为把自己和他们的作品从已经建立起来的艺术陈旧过时的桎梏陈规和艺术品位中解放出来所做的努力。先锋在被认识和接受为正统合法的艺术表达之前,常有一个长时间的忍受和力争得到社会承认自己存在价值的奋斗或挣扎的痛苦。先锋派的方法与已经被大众接受的艺术品位和学术实践的矛盾对抗程度经常近于引起公愤和暴力,比如1920年的达达运动和超现实主义运动引起的示威。在不同的艺术幻想中,凭

---

[1] [美] 马泰·卡林内斯库:《现代性的五副面孔》,第121页,顾爱彬、李瑞华译,商务印书馆,2002年。

借知识的文学潮流与合作,先锋派艺术家和作家通常组成一种松散的社团。他们经常在艺术或科学革命之外的革命性政治运动中寻求灵感,他们总是努力开展一些公共性活动或象征性行为作为他们工作的风格。很难从他们的实验和高度神经质的行为中区分出什么是糟粕,什么是愚弄观众,什么是机会主义。"[1]这是一种颇有意味的阐释,它既点出了先锋派与现代主义之间的同步关系,又指出了先锋派从产生的那一刻起,其批判性和反抗性并不仅仅局限于文学艺术领域,而是广泛地渗透到当时的政治文化斗争之中,带着不妥协的革命色彩,依然延续了它在空想社会主义思想中的基本内涵。

针对这一内涵,波焦利在《先锋派理论》一书中也曾明确地阐述,先锋派在本质上就是一种不满足于资产阶级社会现状,并试图彻底推翻整个资产阶级价值观体系的政治思想之表达,而不是针对艺术本身经典性的自觉探索。他说道:"先锋派这个比喻最初是如何受制于(即使在艺术领域也同样)一种政治上而非文化上的激进主义理想。这一比喻和术语深受鼓吹无政府主义反叛和自由主义造反的人之青睐,这一点可以为巴库宁创办的1878年在瑞士的拉邵德封短暂出版的一份杂志所证明,这份杂志就叫《先锋派》。"[2]这就是说,"先锋派"绝非只是一种纯粹的艺术反叛和实验,它明确地包含了对新的社会批判和历史批判,尽管不少先锋作家和艺术家表明自己对政治并不感兴趣,"然而,若是没有环绕他们的革命思想的氛围,他们决不可能把'资产阶级'概念孤立起来以界定他们自己不属于什么。同理,若是没有革命政治态度道德上的援助,他们也没有勇气表明自己如此猛烈地反对普遍的社会准则"[3]。所以,波焦利认为,应该借助卢卡奇的"整体性理论"思路,将先锋文艺当作一个有关社会问题而非单纯的美学问题来研究。也就是说,他并

---

[1] 《世界艺术百科全书选译I》,张信锦等译,第7页,上海人民美术出版社,1987年。
[2] [法]福柯等:《激进的美学锋芒》,周宪译,第163页,中国人民大学出版社,2003年。
[3] 美国现代文艺理论家格林伯格语。见福柯等:《激进的美学锋芒》,周宪译,第190—191页,中国人民大学出版社,2003年。

不希望将先锋艺术作为一个特殊的艺术范式来考察,而是力图揭示先锋艺术的社会存在,即揭示先锋艺术内部与外部的意蕴、共同心理条件的内部与外部情况,以及其独特的思想意识。[1]

对于先锋派的这种精神文化特质,波焦利曾做过颇有意味的分析。他首先将先锋艺术确定为"一种历史观念、一种思潮或思想的中心"。围绕这个观念或思潮,他开始细致梳理与之相关的一些重要问题,包括先锋概念的流变,先锋与政治,先锋与心理、时尚、公众等之间的关系。在他看来,"造成先锋派艺术在实质上而非偶然不具通俗性的基础,是对新异甚至奇特的迷恋,这是在典型的先锋派出现之前就有的一种极具浪漫主义特性的现象"[2]。尽管波焦利并没有对先锋派的形成历史进行翔实而有效的文化阐释,但在论及先锋艺术的社会影响时,他着重讨论了各种异化的状态,如心理与社会异化、经济与文化异化、文体与美学异化等,其中隐含了他对卢卡奇和加塞特所提问题的进一步辨析。如他曾明确指出:"在先锋艺术与其政治倾向的关联(有意识或无意识的关联,但总是个体的关联)中,比意识和心理更为重要的关联,是其那种自然和有机的关联,即通过一系列复杂的中介把艺术与社会相关联,艺术在社会中即便遭遇反对,也会创作成功,即便遭到否定,也会有所表达。"也就是说,在波焦利看来,艺术创作的成功与否并不完全取决于社会,它与社会之间的关系实际上更多是一个理论问题。[3]

随后,德国比较文学专家彼得·比格尔在《先锋派理论》一书中,对波焦利的同名著作进行了全面的修正和完善。他从艺术的自律性入手,认为:"艺术自律是一个资产阶级社会的范畴。它使得将艺术从实际生活的语境中脱离描述成一个历史的发展,即在那些至少是有时摆脱了生存需要压力的阶级的成员中,一种感受会逐步形成,而这不是任何

---

[1] 参见乔国强:《论波焦利的先锋理论》,《复旦学报》,2013年第2期。
[2] [德]彼得·比格尔:《先锋派理论》,高建平译,第4页,商务印书馆,2002年。
[3] 参见乔国强:《论波焦利的先锋理论》,《复旦学报》,2013年第2期。

手段—目的关系的一部分。"[1] 在他看来,作为资产阶级文化体制内的艺术,其自律性便是一种意识形态,而"欧洲先锋主义运动可以说是一种对资产阶级社会中艺术地位的打击。它所否定的不是一种早期的艺术形式(一种风格),而是艺术作为一种与人的生活实践无关的体制。当先锋主义者们要求艺术再次与实践联系在一起时,它们不再指艺术作品的内容应具有社会意义。对艺术的要求不是在单个作品的层次提出来的。相反,它所指的是艺术在社会中起作用的方式。这种方式与作品的具体内容一样,对作品的效果起着决定性的作用"[2]。正因如此,先锋派的崛起,其实是作家和艺术家们对现行文化体制以及传统艺术思维的不满而做出的积极反抗,其目标就在于挣脱早期资产阶级意识形态对个体精神的羁绊。

与波焦利相比,德国学者比格尔的先锋理论更全面一些,也更具有影响力。在比格尔看来,先锋艺术的崛起,主要是对唯美主义过度推崇艺术自律信念的一种反抗。唯美主义者将艺术与生活实践分离,认为审美经验是一个独特的经验领域,具有其自身的纯粹性,并不需要生活实践的广泛参与,"仅仅在19世纪的唯美主义以后,艺术完全与生活实践相脱离,审美才变得'纯粹'了。但同时,自律的另一面,即艺术缺乏社会影响也表现了出来。先锋派的抗议,其目的在于将艺术重新结合进生活实践之中,揭示出自律与缺乏任何后果之间的联系"[3]。从反抗艺术的自律性目标着手,先锋派强调艺术要回到生活实践中,并为艺术的自我批判提供了可能。所以比格尔说道:"唯美主义所指的,并加以否定的生活实践是资产阶级日常的手段—目的理性。现在,先锋主义者的目的不是将艺术结合进此实践之中。相反,他们赞同唯美主义者对世界及其手段—目的理性的反对态度。与唯美主义者的不同之处在于,他们试图在艺术的基础上组织一种新的生活实践。从这个意义上说,唯美主

---

[1] [德]彼得·比格尔:《先锋派理论》,高建平译,第117页,商务印书馆,2002年。
[2] [德]彼得·比格尔:《先锋派理论》,高建平译,第120页,商务印书馆,2002年。
[3] [德]彼得·比格尔:《先锋派理论》,高建平译,第88页,商务印书馆,2002年。

义也成了先锋主义主张必要的先决条件。只有在单个作品的内容完全区别于现存社会的（坏的）实践时，艺术才能在组织新的生活实践的出发点上起核心作用。"[1]所以比格尔认为，先锋派在反抗艺术自律的同时，还要积极地通过新的艺术创作，介入全新的生活实践之中。

我们无意在此重新审度先锋派艺术的各种内在价值，而只是想通过对这一文艺思潮的简要回顾，在进一步分析和甄别"先锋"概念进入文艺领域之后所呈现出来的诸种特质的同时，重新强调它在文化意义上的精神诉求。很明显，作为一种现代主义思潮，先锋派所体现出来的核心艺术精神便是反抗和否定——无论是否定现存的文化体制和社会意识形态，还是反抗陈旧的艺术传统，从本质上说，都是为了规避一切既定的艺术圭臬，重新激活艺术主体的创造精神，展现人类在现代性意义上的文化追求。所以，尤奈斯库说："我宁愿以对立和断裂来定义先锋派，虽然大多数作家、艺术家和思想家认为自己属于他们的时代，革命的戏剧家却感到与他的时代格格不入……一个先锋派的人就像一个处身城内的敌人，这个城市是他决意要摧毁的，是他要反对的；因为就像任何统治制度，一种已经确立的表现形式也是一种压迫形式。先锋派的人是一种现存制度的反对者。"[2]当然，这种以反抗和破坏为主要目标的先驱者，并不是为了反抗而反抗，而是为了捍卫内心艺术的自由，为此，尤奈斯库进一步说道："所谓先锋派，就是自由。"[3]

是的，先锋就是自由，就是逃避圭臬，自由地表达自己真切的内心体验，自由地展示自己真实的审美理想，自由地表述自己对人类存在及其境遇的深切思考。对先锋作家来说，没有自由毋宁死，它与"没有创新毋宁死"一样，都是先锋作家在写作上的永恒真理。但是，面对这种现代性的吁求，各种争论同样也从未停止。最典型的便是阿多诺与卢卡

---

[1] [德]彼得·比格尔：《先锋派理论》，高建平译，第121页，商务印书馆，2002年。
[2] 转引自[美]马泰·卡林内斯库：《现代性的五副面孔》，第129页，顾爱彬、李瑞华译，商务印书馆，2002年。
[3] 王忠琪等译：《法国作家论文学》，第579页，生活·读书·新知三联书店，1984年。

奇关于先锋艺术的交锋。阿多诺以肯定的态度认为，先锋艺术是艺术最为发达的阶段，代表着艺术发展的新的方面；卢卡奇则以否定的态度认定先锋艺术是腐朽的艺术，是一种堕落文化形态的畸形表达。[1]然而，随着漫长的历史沉淀，今天看来，先锋派的所有努力并非一种堕落的文化形态，相反，它不仅推动了文学艺术在现代性进程中获得了巨大发展，而且也为文学艺术提供了无限丰富的可能性发展空间。

第三节　从"先锋派"到先锋文学

作为一种历时较长而且波及面甚广的艺术运动，随着现代主义的深入发展，先锋派也慢慢地成为一种涵盖力极强的开放性概念，甚至在某种程度上成为现代主义乃至后现代主义中各种激进流派的集体称谓。卡林内斯库就说道："及至我们这个世纪的第二个十年，先锋派作为一个艺术概念已经变得足够宽泛，它不再是指某一种新流派，而是指所有的新流派，对过去的拒斥和对新事物的崇拜决定了这些新流派的美学纲领。但我们不应忽视一个事实，亦即，新颖性往往是在彻底破坏传统的过程中获得的；'破坏即创造'，这句巴枯宁的无政府主义名言的确适用于二十世纪先锋派的大多数活动。"[2]其实，无论是十九世纪下半叶的象征主义诗歌、印象派绘画，还是二十世纪早期的表现主义、未来主义、达达主义、超现实主义、结构主义，以及"后现代主义思潮"，都曾先后被人们称为先锋派。罗塞尔在《今日先锋派》中就认为："1968年，关于后现代主义的讨论在北美文化和文学界愈演愈烈，后结构主义理论思潮的风行更是为这场争论向纵深发展推波助澜，这时，这一术语（笔者注：即先锋派）又不再专门用来指涉已经死亡的现代主义艺术了，

---

[1]　[德]彼得·比格尔：《先锋派理论》，高建平译，第57页，商务印书馆，2002年。
[2]　[美]马泰·卡林内斯库：《现代性的五副面孔》，第126—127页，顾爱彬、李瑞华译，商务印书馆，2002年。

而是部分地被用来描绘战后的后现代主义文艺运动中的激进的一支。"[1]国内也有论者意识到了此点，认为先锋是"被普遍用来描述在现代主义文化潮流中成功的作家和艺术家的运动的美学隐喻，他们试图建立自己的形式规则并以此反对权威的学术及普遍的趣味，比如早期的印象主义画家莫奈就被称之为先锋……到了本世纪60年代以后，像波普艺术、品钦、巴塞尔姆、里德这样不同的流派和作家都曾经被戴过先锋的帽子"[2]。这也意味着，随着历史的演进，先锋派不再是某种固定的文学艺术流派的称号，而是一个不断指向未来的流动的概念。

先锋派的这种演变，表明了它已不再是一个具体的历史指称，而是转化成一种具有时间绵延特征的先锋文艺，同时也在文化层面上代表了一种现代性的精神诉求，是现代性在不同的历史时期对新的时代意识、变革意识、自由意志寻找与表达的艺术之途。由于现代性文化进程的绵延性，先锋派在时间上也获得了无限的伸展，这就是我们通常所说的先锋文学或先锋艺术。它的终极目标，同现代性一样，都是为了最大程度地反抗一切既定成规的约束，满足现代人的精神自由。但是，就先锋文学而言，它所极力倡导的这种精神自由，又决非是一般的为所欲为。法国超现实主义代表人物布勒东曾说："只有自由这两个字，迄今还犹能给我以鼓舞。我相信，它必定能够永远保持住人类早已有之的狂热情绪。它大抵符合我那唯一正当的志趣。我们承袭了这样多的灾祸，但也须承认：留给我们的却有最大的思想自由。我们自己应当注意，不要过于不恰当地使用这种自由。"[3]这就是说，先锋的自由同样不能逃离写作作为人类精神显现的一种手段和方式，不能逃离文学对人类生命本质及其存在真相的探索目标，更不能逃离以语言的方式重构某种审美

---

[1] 王宁：《传统与先锋 现代与后现代——20世纪的艺术精神》，《文艺争鸣》，1995年第1期。
[2] 王蒙、潘凯雄：《先锋考——作为一种文化精神的先锋》，见《今日先锋》，第3页，生活·读书·新知三联书店，1994年。
[3] 柳鸣九主编：《未来主义 超现实主义 魔幻现实主义》，第241页，中国社会科学出版社，1987年。

理想。

因此,先锋文学的自由,是一种创作主体精神上的自由,是在审美形式选择上的自由,是一种怀疑与反抗的自由,是一种变革与创新的自由。这种自由的实现,是基于先锋作家强劲的探索精神,也取决于先锋作家内在心灵的深度与广度。也就是说,一个作家能否成为先锋作家,能否获取这种自由,首先在于他是否拥有足够的精神禀赋以及强劲的探索能力,是否拥有超常的审美预见力以及怀疑与反叛的勇气。因为"从逻辑上讲,每一种文学或艺术风格都应该有它的先锋派,因为认为先锋派艺术家走在他们时代的前面,准备去征服新的表现形式以供大多数其他艺术家使用,这是再自然不过的事情"[1]。而对于真正意义上的先锋文学来说,这不是一种单纯的"征服新的表现形式"的艺术实验,而是从创作主体的精神内部,充分激活其自由意志和想象空间,展示艺术家们的创造潜能。

这种对自由精神的强烈要求,在很多先锋作家的心目中已成为共识。譬如,作为一个具有独立意志和探索激情的先锋作家,米兰·昆德拉在明确地感受到了一切传统叙事模式及其审美观念中所包含的专制主义色彩后,就极力主张小说创作必须向一切专制化的伦理规范进行挑战,从而在最大程度上重新找回自我内在的思想自由。"随着思想越来越自由,字词、行为、玩笑、思考、危险思想、智力教唆的自由之路则变得越来越狭窄,此路越是受到随大流主义法庭警惕的监视,冲动的自由也就越是增大。"[2]事实上,也只有这种"冲动的自由"得以真正的扩大,才能为艺术创作内在空间的拓展提供更为强大的精神支持,也才能使先锋文学在现代性的求新意识中彰显自身的价值和意义。

从先锋派到先锋文学,先锋不仅在某种意义上与审美的现代性形成

---

[1] [美]马泰·卡林内斯库:《现代性的五副面孔》,第128页,顾爱彬、李瑞华译,商务印书馆,2002年。
[2] [捷克]米兰·昆德拉:《被背叛的遗嘱》,第261页,余中先译,上海译文出版社,2015年。

了紧密的同构关系,而且也使先锋文学这一概念有了相对稳定的内涵,并可达成这样一种基本的定义:一切具有积极的开创性、反叛性、实验性、前瞻性的文学创作,都应该属于先锋文学。但先锋文学是一种动态性的存在,当某种先锋文学成为一种潮流或者模式而被后来者自觉沿袭时,则意味着该种创作模式在先锋性上已经终结,将由新的先锋探索对之进行反叛和取代。先锋文学的核心本质在于创作主体精神的先锋性,只有创作主体的内心思想和审美理念具有超前性、开创性、独异性,才能确保具体创作的先锋性,否则,所谓先锋只能是一种纯粹的话语游戏。

第四节 先锋文学的诸种特质

在文学艺术中,真正的先锋是一种精神上的超前,是一种对社会、人生本质的体验和理解。它所指称的作家应该站在时代的最前沿,对人类的痛苦、对历史演绎而成的绝望与焦灼拥有义不容辞的承担勇气,并且要回答人们共同的追问和永远的期待。它的终极目标是面对人类历史演进的步伐完成精神的拯救工作,是对现代性在文化领域中的自觉承诺,也是对人类自由精神的顽强恪守。

正因如此,先锋文学在指涉一个作家是否可以归属自己的麾下时,绝不只是关注于他的外在艺术形态,而是要求他在内在人格上必须拥有自我独立的话语空间,并在这种空间内保持自身与众不同的艺术知觉和不盲从他人的警觉性,即在内心中要能洞悉传统并与之保持距离,对艺术的超前性拥有良好的感知力。它在实践中不仅仅是一个文本技术的实验家,更重要的是,在对传统的承传与超越过程中,它还表现出自己对新的人文精神的发掘与关怀,表现出对社会存在的本质洞悉,对人与自然、人与社会、人与历史、人与自身种种关系的新的有效探索。

鉴于上述这种认知,同时结合有关"先锋"概念在起源和演变过程中所呈现出来的一些重要特点,以及先锋作家们所极为张扬的美学趣味,我们可以总结出先锋文学的一些基本特质。

一、独创性。"先锋"从最早的军事术语开始,就包含了"前卫"的意思,尤其是当它进入空想社会主义的政治概念之中,更是彰显了其前卫性和想象性。先锋就是开拓,就是独创。这种独创性带有强烈的实验特征,因此它是不可复制的。"先锋派艺术最富有特征性的现象之一是永无休止的狂热实验,它来源于对雷米·德·古尔蒙所说的'前所未有的美'的手法的强烈现代渴望,它那勤奋的劳作日复一日,是永远织不完的珀涅罗珀之网。"[1]卡林内斯库甚至将这种艺术上的独创与实验视为一种"美学极端主义","对过去的拒斥和对新事物的崇拜决定了这些新流派的美学纲领"[2]。的确,"在先锋派的话语中,只有一样东西保持相当的稳定性,那就是独创性的主题。在此,独创性不只是对传统的反叛,还是那种回响在艾兹拉·庞德的'要新'的反叛,或者未来主义者叫嚣的要像摧毁'无数墓地'那样摧毁全意大利的博物馆的反叛。先锋派的独创性不仅是对过去的拒斥或消解,还被认为是一种直接的本源,一种从零开始,一种新生"[3]。对于一个真正的先锋作家来说,任何既成的艺术范式都是僵死的、异己的,它的真正使命就是将一切既成的艺术范式零散化,赋予它们一个新的系统和性质,或者干脆创造一个新的艺术范式,至于这个新的艺术范式能不能让读者接受,或者受不受人们的欢迎,则完全不在考虑之列。真正的先锋,只对自己的内心负责。它的每一次创作冲动都是否定的冲动,都是一次不可重复的书写,先锋从来不存在两个作家的重复。如果先锋艺术可以大批量复制,那么这也意味着它已成为大众审美情趣的中心,它也就在走向一种新的经典过程中自行消解了先锋情结。所以从这个意义上说,某个具体的先锋创作注定又是短暂的。

---

[1] [法]福柯等著:《激进的美学锋芒》,第170—171页,周宪译,中国人民大学出版社,2003年。
[2] [美]马泰·卡林内斯库:《现代性的五副面孔》,第126页,顾爱彬、李瑞华译,商务印书馆,2002年。
[3] 周韵主编:《先锋派理论读本》,第313页,南京大学出版社,2014年。

这种独创性，其实是先锋作家的"出生权"，"由于他的自我作为他作品的本源，其生产就具有和他一样的独特性；他自己的独特性状况会确保他所制作之物的独创性。给了他自己这个保证之后，在我们看到的例子中，他继续在格子的创造中规定他的独创性"[1]。尽管罗莎琳·克劳斯用格子的统一性和格子里的独特性来比较先锋艺术与传统的关系，但她也无法否定这种独创性的意义。这种独创性，决定了先锋作家具有激进和冒险的精神特质。波焦利就认为，先锋艺术家具有激动主义者的精神和品质，尤其是在心理方面与其有很多相同之处，并因此以激动主义喻先锋主义。在他看来，先锋主义和激动主义一样，"不仅指的是隐藏在颓废运动后最深层的心理动机，而且还指隐藏在一般思潮后并导致某一具体运动，并且还能够延续下来的深层心理动机"。所以，先锋主义也具有激动主义的那种张力，那种"拉奥孔般的悲怆。拉奥孔在最后时刻做出挣扎，以让自己的挣扎永存不朽并且延宕不息"。除此之外，激动主义还意味着"牺牲和献祭：一种夸张的激情，一种俯身向不可能所表达的敬意，一种精神失败主义的充满悖论但却积极向上的表现形式……在一个像我们这样由焦虑或苦恼占主导地位的时代里……激动主义势必被看作是献给历史主义摩洛神的祭品"[2]。独创性，从本质上说，就是开拓和实验，前无古人，后也未必有来者，确实包含了某些牺牲和献祭的意味。

二、叛逆性。如同任何艺术的独创都离不开对既定模式的反抗一样，先锋文学的核心品质就是它的反抗性和不认同的立场。反叛性、对传统和现实的不相容性以及解构的姿态，是先锋文学的重要特征。它永远视一切既成的艺术范式为天敌——尽管它明知没有传统就没有现在也没有自己，但它从不显示对既往传统的过度依附，它所需要的就是解构——挣脱所有以往和现在的阴影，以独立的面貌为未来写作。略萨甚至将这种叛逆精神视为"文学的抱负"，他说："重要的是对现实生活的

---

[1] 周韵主编：《先锋派理论读本》，第315—316页，南京大学出版社，2014年。
[2] 参见乔国强：《论波焦利的先锋理论》，《复旦学报》，2013年第2期。

拒绝和批评应该坚决、彻底和深入,永远保持这样的行动热情——如同堂吉诃德那样挺起长矛冲向风车,即用敏锐和短暂的虚构天地通过幻想的方式来代替这个经过生活体验的具体和客观的世界。但是,尽管这样的行动是幻想性质的,是通过主观、想象、非历史的方式进行的,可是最终会在现实世界里,即有血有肉的人们生活里,产生长期的精神效果。"[1]米兰·昆德拉说得更为极端,他认为小说的天质就是反专制主义的,"小说作为建立在人类事物的相对与模糊性基础上的这一世界的样板,它与专制的世界是不相容的。这一不相容性不仅是政治或道德的,而且也是本体论的。这就是说,建立在唯一的一个真理之上的世界与小说的模糊与相对的世界两者是由完全不同的方式构成。专制的真理排除相对性、怀疑、疑问,因而它永远不能与我所称为的小说的精神相调和"[2]。因此,先锋的写作注定是一种独行侠式的、永远难为大众所津津乐道的。它的姿态是不屈服于任何潮流、任何观念的探索,目的对它而言并不一定重要,然而过程中显示出的勇气、胆识、人格却是根本的支柱。任何一种拥有广泛共鸣式的写作必然与先锋无缘,因为反叛决定了它的超前品质,这也正是孤独的内涵。如果一种先锋能在大众意义上流行,那么它充其量只是借用先锋这个神圣的面具来媚俗,先锋与生俱来的特性决定了它将永远没有多少反响。

但这并不意味着先锋艺术就没有实践意义。相反,正因为先锋带着革新精神和不依附于传统的秉性,所以它又是一切新型艺术范式诞生的潜在前提。任何拥有先锋品质的作家作品都是独一无二的。它不仅在表达形式上具备实验性,还表现为创作主体内在精神的先驱性,即对社会人生思索的超前性。

三、区域性。文学是一种语言的艺术,具有母语文化的承传性,或

---

[1] [秘鲁]马里奥·巴尔加斯·略萨:《给青年小说家的信》,第6页,赵德明译,上海译文出版社,2004年。
[2] [捷克]米兰·昆德拉:《小说的艺术》,第13页,孟湄译,生活·读书·新知三联书店,1992年。

者说具有某种空间上的区域性。任何一种先锋文学的出现，都是针对该民族或该区域的文学传统而言的，都是一种母语文化中自我更新式的裂变。譬如，中国二十世纪八十年代中期涌现出来的先锋文学思潮，就是针对中国文学自身的传统而言的，如果将之与欧美等西方现代文学传统相比较，无疑不具备先锋性。先锋文学的地域性，旨在强调一切具有开创性或实验性的文学创作，只要是与其自身的文学传统构成了反叛倾向，那么，它就属于该民族或该区域的先锋文学。事实上，从历史的角度看，先锋派在欧美文艺界差不多活动了近一个世纪，其间除了不断地涌现出各种新思潮新实验之外，同样存在着空间上的不停变换，直至覆盖到整个西方国家的文化领域，与文化的现代性构成一种紧密的呼应。

四、动态性。除了空间的区域性之外，先锋文学还是一个不确定的、流动的时间概念，其内涵因不同时期不同地区的不同事物而变化。它既以反传统标新立异起家，同时又无时无刻不受到传统阴影的制约。根据乔国强的阐述："先锋的动态性主要是指两个方面，一是指某一先锋文学艺术流派自身的动态性；二是指文学艺术史意义上的动态性。这两个方面的动态性均要包括三个阶段，即先锋的发生、发展以及演变。先锋文学艺术流派自身的动态性与文学艺术史意义上的动态性的区别主要在于，前者是指先锋流派自身的发生、发展与变化；后者则是指从文学艺术史的角度来看待先锋文学艺术的发生、发展以及演变。……前者侧重的是文学艺术流派本身的发生、发展以及演变的情况；后者侧重的则是在文学艺术史框架内的发生、发展以及演变的情况。前者的发展是指先锋流派自身的发展，其演变是指先锋流派自身在发展后期可能出现的三种趋势，即或变成时尚，或走向消亡，或发生变异。而后者则是指先锋流派的发生、发展以及演变与文学艺术史的互动关系，即或在扬弃传统的基础上增添文学艺术史的新内涵，或以跨界的方式勾连文学艺术史上的一些重要阶段，或借鉴其他文学艺术门类的方法催生某种新的文学艺术革新运动。"[1] 无论是先锋文学自身的发展，还是文学史的发展，其动态性都意味着不断变革和创新。也就是说，昨天的先锋也许会成为匆匆过客，或成为新的传统，而今天的先锋派也可能就是明天的保守派。

因此，先锋文学通过时间上的一维性永远观照走在最前列的艺术潮流。它将永远地"在路上"，就像法国诗人波德莱尔对现代性所作的描述那样，"现代性就是短暂、瞬间即逝、偶然"，是"从短暂中抽取出永恒"。为此，同时代的另一位先锋诗人兰波则铿锵有力地呼吁："必须绝对地现代！"[2] 先锋派也是如此。它总是在绵延不绝的"短暂"实验中寻找创新的激情，寻找新的艺术可能性的存在。"先锋派作为一个艺术概念已经变得足够宽泛，它不再是指某一种新流派，而是指所有的新流派。"[3] 这不仅表明先锋文学是一个直接指向未来创新艺术的延伸性概念，而且也要求批评家们随时随地调整"先锋"的指向，在深入当代艺术发展的内在形势中甄别出它的指涉对象。

五、前瞻性。先锋文学并不是一种简单的话语游戏，而是出于对传统文化思维乃至社会内在结构的突围愿望，出于对创作主体精神自由的表达愿望，所采取的各种艺术探索。这种探索的艺术价值在当时的文学境域中，可能很难及时地得到科学而准确的评判，但是，作为一种可能性的尝试，其艺术的前瞻性是不可而喻的。"先锋派是或者说应该是有意识地走在时代前面。这种意识不仅给先锋派的代表人物加上了一种使命感，而且赋予他们以领导者的特权与责任。成为先锋派的一员就是成为精英阶层的一部分——尽管与以往的统治阶级或统治集团不同，这个精英阶层投身于一个完全反精英主义的纲领，它的终极乌托邦目标是所

---

[1] 乔国强：《重新界定：先锋理论与实践——从波焦利、卡罗尔和米勒的理论谈起》，《思想战线》，2016年第2期。
[2] [美] 马泰·卡林内斯库：《现代性的五副面孔·总序》，第2页，顾爱彬、李瑞华译，商务印书馆，2002年。
[3] [美] 马泰·卡林内斯库：《现代性的五副面孔》，第126页，顾爱彬、李瑞华译，商务印书馆，2002年。

有人民平等地享受生活的所有福利。"[1] 所以，尤奈斯库认为："先锋派就应当是艺术和文化的一种先驱的现象，从这个词的字面上来讲是说得通的。它应当是一种前风格，是先知，是一种变化的方向……这种变化终将被接受，并且真正地改变一切。"[2] 当然，这种先知，并不是一种神仙式的预测，而是先锋作家基于现实困境所进行的艺术超越，体现了先锋作家敏锐的发现、深远的思考和前瞻性的判断。事实上，在早期的先锋派文学中，有很多现代主义作家都已成为世界文坛的经典作家，不少作品也被列为世界文学史上的经典，并成为不同民族不同作家反复研习的对象，这就说明先锋文学具有前瞻性，可以为未来的文学发展提供某种可能性的途径。当然，需要指出的是，先锋文学"有能力为艺术发展开辟新的前景的可能性。可惜，只有未来才能验证这一点，我们无法用此来判别当今出现的先锋派"[3]。

通过上述的综合考察与分析，在"先锋"概念的历史演变过程中，我们可以看出，先锋文学是一个开放性、流动性的称谓，在特定的历史阶段和特定的文化区域中，都有其特殊的指认对象。同时，先锋文学的各种主要特征，在具体的艺术实践中往往是相辅相成、彼此关联的。没有独创性就不可能显示它的叛逆性，同样，没有独创性也就不可能凸现它的前瞻性。事实上，也正是这种相互依存的关系，以及它们在历史发展中的动态性面貌，使人们对先锋文学的考察无法局限于某些具体的文学思潮和文体样式，从而增加了人们对先锋文学理论建构的难度。

---

[1] [美]马泰·卡林内斯库：《现代性的五副面孔》，第112页，顾爱彬、李瑞华译，商务印书馆，2002年。
[2] 王忠琪等译：《法国作家论文学》，第568页，生活·读书·新知三联书店，1984年。
[3] 赵毅衡：《先锋派在中国的必要性》，《花城》，1993年第5期。

第一章
先锋文学的历史境域

历史地看,西方先锋文学的崛起,在很大程度上是基于现代性的社会文化需求,即"先锋派通过加剧现代性的某些构成要素、通过把它们变成革命精神的基石而发其端绪"[1]。中国的先锋文学发展也不例外。"鸦片战争以降,随着西方列强船坚炮利叩开国门,现代性始遭遇中国。外患和内忧相交织,启蒙与救亡相纠结,灾难深重的中华民族在朝向现代的道路上艰难探索,现代化既是一种激励人建构的想象,又是一个迂回反复漫长的过程。"[2] 在这种现代性的催促之下,晚清维新思潮的涌动,尤其是五四新文化运动的爆发,不仅从思想上开始了科学与民主的启蒙,而且在文学上开创了白话写作的时代。这种迥异于传统文学话语的表达方式,以及随后而来的关于"人的文学"的觉醒,从某种意义上说,可视为中国先锋文学最初的萌芽。尽管这种历史的先锋文学因为民族命运的急剧变化,尤其是随着救亡运动的日益加重,并没有在艺术本体的实验性与自律性上获得充分的发育,但是,作为中国现代文学中一

---

[1] [美] 马泰·卡林内斯库:《现代性的五副面孔》,第103页,顾爱彬、李瑞华译,商务印书馆,2002年。
[2] [美] 马泰·卡林内斯库:《现代性的五副面孔·总序》,第1页,顾爱彬、李瑞华译,商务印书馆,2002年。

股潜在的艺术思潮,这种先锋的探索并没有彻底消失,而是一直时隐时现地存在并发展着。从鲁迅的现代寓言式小说到后来的新感觉派小说,从早期的新月派诗歌到三四十年代的象征主义诗歌,包括话剧形式在中国的诞生和发展……在当时的文化语境中,这些无疑都具有继往开来的先锋意味。

新中国成立后,在相当长的一段时期内,由于各种复杂的社会因素,导致中国的现代性进程一直不太流畅。这也必然地影响到中国当代文学的发展,使其一直囿于现实主义一元化的文学传统,而先锋文学则处于被遮蔽的状态。直到二十世纪七十年代末,随着社会政治变革、意识形态的开放和现代性精神诉求的觉醒,以"朦胧诗"为代表的先锋文学终于以"我不相信"为告白,踏上了反叛与自由的艺术之途。从表面上看,这一时期的先锋文学,与中国现代文学传统中曾经出现的一些先锋文学范式似乎存在着某种相似或叠合,但是,无论是其反叛的目标与探索的成果,还是其走向艺术自律的过程,都与以往的先锋实验有着重要的分野。因此,"朦胧诗"的出现,可以看作中国当代先锋文学的开端。

为了有效考察先锋文学的历史境域,从文化背景上进一步探析先锋文学在某些审美外延上的重要"边界",以甄别学界常常产生的一些模糊性思维,本章将选择先锋文学与传统文学、启蒙思潮、现代性、后现代主义等重要关系,从中外先锋文学的历史沿革中,进一步分析和探讨它的文化特征和审美倾向。

第一节 在历史的选择中选择

1999年,瑞典文学院将二十世纪最后一个诺贝尔文学奖授给了德国作家君特·格拉斯,并在授奖辞中盛赞他"以辛辣和荒诞的寓言描述了被遗忘的历史。他在1959年发表的《铁皮鼓》似乎使德国文学界在经过几十年的破坏以后有了一个新的开端。……他是寓言家和学问渊博的学者,他是各种声音的录音师,也是倨傲的独白者,既是文学的集大成者,也是讽刺语言的创造者"[1]。这里,诺贝尔文学奖的评委非常精妙地选择了两个总结性的语汇——"集大成者"和"创造者"。这两个语汇实际上表明了格拉斯面对历史和未来的双重态度,既不忽视对以往文学传统中各种有效的叙事手段进行高度整合和继承,又不丧失对新的审美方式和精神潜能的开创性探索。我们不能不看到,在《铁皮鼓》、《比目鱼》、《狗年月》以及《猫与鼠》等作品中,格拉斯始终保持着一个先锋作家独有的探索热情,他总是将一些纯粹个人化的东西潜植在人类文化的深处,并以一种强大的隐喻功能再现出自己对历史、文化以及人类存在的诸多体察。

作为一个具有明确先锋意识的作家,格拉斯几乎从不轻信任何历史的既定观念和人类惯常的生存经验,他以反思的方式进入历史,又以体恤的方式进入生命,所以他在保持自身精神前瞻性的同时,能够在寓言化的基础上为自己的叙事话语提供审美接受的共性。而在艺术形式上,他则不断地将绘画、诗歌、戏剧等艺术表现手段融入小说叙事中,从而探索出一种非常独特的叙事风格,怪诞、含蓄、反讽而又具有巨大的阐释空间。但是,具有强烈反叛意识的他,却从来没有否认自己对欧洲文学传统的传承。他曾说:"我想做的是要扩大现实主义这一概念,使之包括潜意识、幻想、梦想、想象等等这些因为人们看不见摸不着便通常斥为所谓非现实的东西,在这一点上我是继承了文学和艺术的传统。……它最初起源于西班牙的流浪汉小说,随着非沙尔特翻译拉伯雷的作品《痴儿历险记》的问世才渐渐在德国兴起,继而又受到十八世纪来自斯泰恩的影响,最后直到让·保尔才清晰地显露出来。我继承的就是这样的传统,当然还有其他的传统。"[2] 从这里我们可以看到,即使是先锋作家,也无法彻底摆脱传统文学的影响,无法完全割裂自身与历史之间的关系。

---

[1] 张英、吴立艳整理:《社会良知的代言人》,《北京文学》,2000年第1期。
[2] 张英、吴立艳整理:《社会良知的代言人》,《北京文学》,2000年第1期。

先锋在本质上意味着独一无二，意味着开拓和独创，意味着对既定文学传统的有效反叛，但这种独创和反叛并非是彻头彻尾的颠覆和目空一切，而是历史演进过程中的一种蜕变，是深入传统之中然后再超越于传统之上的创新。因为"新事物的形式与实质在很大程度上取决于一度存在的事物，并且以这些事物为出发点和方向。新事物吸取了存在于它们之前的某些东西，虽然，这也是背离传统的一个步骤"[1]。新事物之所以"新"，是因为它脱胎于曾经存在的事物之中。这也就是说，没有旧的传统作为变革的目标，先锋的独创既失去了动力，也失去了参照，其价值和意义也没有办法获得确定。任何一个个体的人，都是一种传统的存在、文化的存在，"生活于任何特定时期的人们很少与同时生活的任何亲族成员相差三代以上。他们与过去所创造的事物、作品、语词和行为模式的直接接触，无论是物质的还是象征性的，其范围则要广泛得多，在时间上可追溯到很远的过去。他们生活在来自过去的事物之中。他们的所作所为、所思所想，除去其个体特性差异之外，都是对他们出生前人们就一直在做、一直在想的事情的近似重复"[2]。希尔斯的这番话，其实是从社会学和人类学的角度，道出了个体与传统之间永远也无法割舍的关系，从某种程度上说，也道出了先锋文学与传统历史之间的内在关联。

在历史的选择中选择，这是一切先锋文学发展的必由之路，也是我们认识先锋文学发生缘由的重要方式。那种仅从先锋文学的超前特质上认定先锋与传统完全断裂、毫无瓜葛的想法，不仅犯了历史虚无主义的错误，而且孤立了先锋文学的内在脉络，并有可能使之成为一个空置的文学现象。实际上，先锋文学从来都包含了对历史的潜在承诺，只不过这种承诺不是以认同的方式，而是以变革的行为来实现的。当一种长期沿袭的文学创作模式和审美观念发展到极为成熟时，它往往会成为作家进行新的艺术表达的障碍，使作家无法超越前人的经典而陷入某种艺术

---

[1] [美] E.希尔斯：《论传统》，第46页，傅铿、吕乐译，上海人民出版社，1991年。
[2] [美] E.希尔斯：《论传统》，第45页，傅铿、吕乐译，上海人民出版社，1991年。

重复的尴尬境地,同时社会的演进和人类对自身认识的不断加深,又促动作家进行更为深入的艺术表达。在这种前提下,少数具有超前意识的作家就会对既定的文学传统做出反抗,寻找新的、能更好地切入这个时代精神本质和自我艺术思维的话语方式,于是就诞生了新的审美倾向的作品。"在新作品来临之前,现有的体系是完整的。但当新鲜事物介入之后,体系若还要存在下去,那么整个的现有体系必须有所修改,尽管修改是微乎其微的。于是每件艺术品和整个体系之间的关系、比例、价值便得到了重新的调整;这就意味着旧事物和新事物之间取得了一致。谁要是赞成关于体系,关于欧洲文学,关于英国文学的形成的这一概念,谁就不会认为这种提法是荒谬的,即在同样程度上过去决定现在,现在也会修改过去。"[1]这里,艾略特小心翼翼地用了"修改"这个语汇,显然是对先锋文学的生命力信心不足。不过,作为写过《荒原》这样先锋品性十足的诗人,他还是清楚地意识到了先锋文学与传统无法割裂的关系,所以他直言不讳地断言"过去决定现在"。但这种"决定"并不是制约和统摄,而是包含着"修改"(即反叛)的成分。诗人"既不能把过去原封不动地接受下来,不能把它当作像一粒不加选择的大丸药吞下肚去,又不能完全依赖一两个私下崇拜的作家来塑造自己,也不能完全依赖一个心爱的时期来塑造自己"[2]。尽管艾略特的阐述有点暧昧,但他至少点明了任何全新的文学探索都与传统文学存在着各种潜在的联系。譬如现代主义的产生,也正是基于批判现实主义空前繁荣之后所形成的种种艺术圭臬,以及第一次世界大战之后人们在精神信念上的巨大变化。可以这样说,没有十九世纪批判现实主义的成熟,没有一大批经典的、让人难以超越的现实主义大师,没有当时发达的精神分析学、人类学以及心理学,现代主义的产生就失去了所有丰厚的艺术土

---

[1] [英]托·斯·艾略特:《艾略特文学论文集》,第3页,李赋宁译注,百花洲文艺出版社,1994年。
[2] [英]托·斯·艾略特:《艾略特文学论文集》,第4页,李赋宁译注,百花洲文艺出版社,1994年。

壤，它也不可能在艺术上获得如此显耀的成就。现代主义作为二十世纪前期的先锋文学，它反叛的只是以往传统现实主义对现实生活的片面性理解，将文学更深地注入人的生命潜在状态之中，使人性内在的丰富景观在文学中得以全面展示，并在这种展示过程中，改变了人们长期形成的平面化的审美价值观。

如果我们稍稍地考察一下一些先锋作家的内在精神历程，我们便会发现，事实上几乎每一位重要的先锋作家都非常注重对传统文学修养的积累，注重对以往的文学大师和经典作品的细心研磨。他们之所以能成为一个卓越的先锋作家，也正是基于他们对传统艺术的深入了解并从中看到了传统自身的拘囿，以及这种拘囿对自己审美理想的羁绊，从而为自我全新的艺术探索找到了反叛方向。像以魔幻现实主义大师著称的马尔克斯，如果没有伍尔夫小说的启迪，他几乎就无法把握到那种被称为"过去现在时"的时间观念，"如果我在二十岁的时候没有读到《黛洛维夫人》中的这样一段话，可能今天我就是另一副样子了。……因为它完全改变了我的时间概念。也许，还使我在一瞬间隐约看到了马贡多毁灭的整个过程，预测到了它的最终结局"[1]。马尔克斯曾多次历数卡夫卡、海明威、福克纳、康拉德以及遥远的索福克勒斯等作家对他的重大影响，但是，"事实上，我一直尽力使自己不跟别人雷同。我不但没有去模仿我所喜爱的作家，反而尽力去回避他们的影响"[2]。我以为这正是一个先锋作家重要的内在艺术素质，他时刻不忘承纳传统艺术的精气，却只是为了确保自己发出与众不同的声音。被誉为后现代主义大师的意大利小说家卡尔维诺在《未来千年文学备忘录》中也明确地显示出这点。在这本很小的书中，作家历数了古今大量的小说并进行详尽的分析，不仅使我们看到这位后现代作家对传统文学居然如此熟悉，而且还

---

[1] [哥伦比亚]加西亚·马尔克斯、P. A. 门多萨：《番石榴飘香》，第67页，林一安译，生活·读书·新知三联书店，1987年。
[2] [哥伦比亚]加西亚·马尔克斯、P. A. 门多萨：《番石榴飘香》，第65页，林一安译，生活·读书·新知三联书店，1987年。

能从中欣赏到许多令人惊悸的审美发现。这种发现在我看来是任何一位职业文学批评家都难以做到的,它足以证明卡尔维诺的先锋源头绝不是孤立的、与传统无缘的,而是"历经沧海"之后的独创。他的《如果在冬夜,一个旅人》、《树上的男爵》、《马可瓦多》,以及《看不见的城市》、《巴黎隐士》等一系列重要作品之所以显示出极为独特的叙事法则和审美风范,让人感到荒诞、轻逸而又迅猛、确切,直指现代人在生存挣扎中的无端困顿和精神信仰的无根状态,我以为关键就在于他通晓了传统文学的诸多表达方式,并对它们进行了小心翼翼的回避和独到的变革。正因如此,希尔斯认为,那些遵循传统的人,"与有意背离传统的反叛者和天才之间存在着某种重要的相似之处。他们事实上都信奉某种混合范型,即得之于过去的范型与近期出现的范型的混合,以及既认同于从古到今世传的范型,又背离这一范型。虽然他们愿望各异,但是,他们的信仰和行为中都包含着许多过去的成分,在这一点上他们颇为相似"[1]。无论是遵循传统文学范式的作品,还是具有开拓意义的先锋作品,都会以各自不同的方式,与传统保持着内在的有机联系,这是一个不容回避的问题。因为人既是一种历史的存在,也是一种文化的存在。

如果从作家主体的精神结构上看,先锋作家同样无法摆脱自身内在的历史意识。这种历史意识是与身俱在的,也是任何作家个体都无法摆脱的,它既体现了作家们承传历史和重构历史的潜在动机,也表明了他们试图通过过去阐释现在的主体自觉,因为"历史意识是将时间经验通过回忆转化为生活实践导向的精神(包括情感和认知的、审美的、道德的、无意识的和有意识的)活动的总和"[2]。按照雷蒙·阿隆的说法,人的历史意识由三个成分组成,分别是"传统与自由的辩证意识,为捕捉过去的真实或真相所作的努力,认为历时的一系列社会组织和人类造

---

[1] [美] E. 希尔斯:《论传统》,第45—46页,傅铿、吕乐译,上海人民出版社,1991年。
[2] [德] 约恩·吕森:《历史思考的新途径》,第63页,綦甲福、来炯译,上海人民出版社,2005年。

物并不是随意的、无关紧要的,而是关切到人类本质的那种觉知"[1]。所以,有学者进一步强调,"历史意识是指人们由历史知识凝聚、升华而成的经验性心理、思维、观念和精神状态。历史意识的价值在于形成维系、强化群体组织的内聚力,建立起文化上、种族上的归属感,塑造民族的文化性格、民族意识,提高国民素质,培养历史思维能力和批判精神,激发探索与发现的学术动力,加深对现实社会活动的理解与把握。获得与形成历史意识的主要途径在于学习与运用历史背景性知识、连续性知识、差异性知识、求证性知识和反思性知识"[2]。也就是说,凭借历史意识,人类可以从不同维度认识到自身变迁的内在逻辑,从而将历史理解为一种具有内在关联的连续性发展过程。当然,就文学创作而言,历史意识主要体现在创作主体的审美意愿及其传达方式中,它不是"历史的",而是"历史地",是主体意识正在进行着的实践导向活动。它不同于史学意义上科学化、理性化的历史之识,而是以审美的方式"历史地"渗透在具体的文学叙事中,并折射了作家明确的历史视野,以及对历史的现代思考。

对于先锋文学来说,广泛地深入传统之中,"历史地"潜心细研传统文学的内在圭臬,找到并确定自己的突围目标,这是先锋作家之所以能成为先锋的首要前提。不注重对以往传统文学的承纳,不注重对历史的承诺,不仅会使先锋作家失去明确的反抗目标,也会使他们的创新对文学的未来发展失去某种可能性的意义。因为任何一种历史的发展都不可能是断裂的,而是在绵延的基础上以不断超越的方式来完成的。真正的先锋文学尽管不一定具备经典意义,但它是对历史选择的一次有效反动,也是历史发展的某种必然,它至少潜示了文学发展的新的可能性。因为历史并非仅仅承载着关于求真的任务,同时也承载着关于人之存在的意义的追寻,而关于人之存在的意义的追寻更能体现出人类的本质。

---

[1] [法] 雷蒙·阿隆:《历史意识的维度》,第86页,董子云译,华东师范大学出版社,2017年。
[2] 徐兆仁:《历史意识的内涵、价值与形成途径》,《中国人民大学学报》,2010年第1期。

人类对过去所发生事件的细节和真切实际的寻求,并非完全出于求真的精神,同时也是对自我当下存在价值和意义的定位与寻求。事实上,很多先锋作家之所以能成为经典作家,也正是因为他们在这种历史的选择中做出了准确而有效的反叛,这种反叛恰恰使他们自己成为新一轮文学发展的模式(或者叫新的传统)。譬如王尔德之后审恶与审丑的泛滥,福克纳之后意识流的大流行,卡夫卡之后变形和夸饰的风靡,加缪和萨特之后荒诞绝望情绪的铺天盖地等,都是如此。

再者,从另一层意义上说,先锋本身也是一个相对的、流动的概念,它直接针对既定的时期和地域。昨天的先锋在今天也许就意味着传统,同样在这个国家和民族中的先锋文学,如果纳入另一个国家和民族的文学史中进行比照,可能早已是传统文学了。因为先锋的本质就是不可重复性、独创性和非权威性,一旦它被后人反复模仿和沿袭,它无疑就会成为一种新的权威,久而久之便成为一种新的传统,先锋就成了"后锋",它的命运也就只能是等待新的先锋来给它掘墓了。同样的道理,在中国被视为先锋的作家作品,如早期的马原和残雪的创作,如果放在西方现代小说中进行观照,其真正的先锋性就无法确定。他们只能被认定为中国二十世纪八十年代中期的先锋作家,到了二十一世纪初的今天,我们就需要根据他们新的创作情况重新判断他们是否还属于现在的先锋作家。因此,在这一点上,先锋永远是无情的、喜新厌旧的。很少有作家从生到死都保持着自己的先锋地位,也很少有作家他的每一部作品都具有独一无二的超前品格。这也就意味着先锋文学与传统文学之间并不存在着某种不可逾越的鸿沟,先锋成为先锋只是此时此地的,一旦时过境迁,它便与传统为伍,而新的先锋又随之崛起。就像现代主义那样,随着后现代主义的出现,它也就自然而然地成为新的传统。相反,任何一种传统文学模式,在它最初出现的时候也都属于先锋文学,因为它的出现在当时是属于独创性的、前无古人的,是带着某些作家的原创精神和审美理想而诞生的,有的可能对未来的文学发展不具备开拓价值而无人承传,因而遭到历史的淘汰,而有的却被后来者大量袭仿并逐渐成为某个时期某个地域的文学主流，从而被更新的先锋作家所超越，渐渐地变成了传统。因此，真正的先锋文学，是以自我不断被颠覆的方式来完成自己的历史诺言。

但是，先锋不仅要对历史进行承诺，还必须对未来进行承诺。从历史语境中走出来的先锋文学，是对传统文学中积习甚深的艺术思维模式的一种反动，这种反动既是作家的自觉行为，也是一种历史发展的必然选择。虽然先锋文学的出现常常带着全新的面容，但它的内在基因或者说它的DNA仍保留着历史的成分。而同时，先锋文学又是对未来文学发展的可能性的一种试探，它是对新的文学走向的顽强开拓，从某种意义上说是直接承担着文学向未来发展的重任。同人类以及地球上一切生物自身的进化一样，文学的发展也必须从变异开始。这种变异便意味着先锋文学的出现。没有对传统文学的反叛就不可能有新的文学样式的诞生，而没有新的文学样式的诞生也就意味着文学发展的终结。真正的先锋作家绝不是那种为了充当英雄好汉就往自己胸口贴毛的家伙，他是在面对历史和未来的双重承诺中，依助自己深厚的传统文学素养和深邃的精神前瞻性，在逃避各种传统制约的过程中，"从一个不同的角度看待世界，用一种不同的逻辑，用一种面目一新的认知和检验方式"[1]来对人类命运的发展、生命内在的本性以及话语表达方式进行全面的发掘和突围。他的艺术范式也许是极为个人化的，但他的创作却能够有效地击中那个时代的本质，击中人们内心深处的焦虑与灼痛，甚至为人们摆脱精神的困顿提供某种心灵上的救赎方式。正是这种有效性、深刻性和独创性，使他的创作呈现出某种顽强的生命力，并足以潜示出文学发展的某种动向。

---

[1] [意]卡尔维诺：《未来千年文学备忘录》，第5页，杨德友译，辽宁教育出版社，1997年。

第二节　启蒙的另一种承诺

作为人类精神活动的一种特殊形式，文学艺术说到底都是为了有效介入人类的生活，丰富并提升人类生命的内在质量。因此，从作家主体的精神意愿上看，无论是属于先锋阵营还是属于传统派别，几乎所有重要作家在回答写作的责任和使命时，都有着某种极为相似的终极愿望：以自己的作品重新建立起人们业已丧失或者正被淡忘的某些宝贵品质，唤起人们对人类集体荣誉的追求和膜拜，譬如对人道主义的召唤，对公正、自由、平等精神的弘扬，对生命尊严与人性博爱的倡导，对弱者的体恤与同情，对苦难的悲悯与拯救，等等。这一点，对于一些传统作家来说也许并不奇怪，因为从某种意义说，这些终极愿望正是人类长久以来一直恪守的道德律令和价值规范，与既定的传统价值标准以及伦理秩序并不相悖。但对于那些有着明确的反叛理想和异端秉性的先锋作家来说，却多少有点让人感到意外。

1950年12月10日，福克纳站在瑞典皇家学院的领奖台上，在发表诺贝尔文学奖受奖辞时，曾由衷地说道："人之所以不朽，不仅因为在所有生物中只有他才能发出难以忍受的声音，而且因为他有灵魂，富于同情心、自我牺牲和忍耐的精神。诗人、作家的责任正是描写这种精神。作家的天职在于使人的心灵变得高尚，使他的勇气、荣誉感、希望、自尊心、同情心、怜悯心和自我牺牲精神——这些情操正是昔日人类的光荣——复活起来，帮助他挺立起来。诗人不应该单纯地撰写人的生命的编年史，他的作品应该成为支持人、帮助他巍然挺立并取得胜利的基石和支柱。"[1] 福克纳的这段话并非是为了讨好某些公众，实际上他也没有这个必要，我们有理由认定，它完全是作家内心的真实理想，源于他对人道本质的关怀。七年之后，饱受荒诞现实折磨的加缪在领取

---

[1] 刘保端等译：《美国作家论文学》，第368页，生活·读书·新知三联书店，1984年。

诺贝尔文学奖时,瑞典文学院常任秘书安德斯·奥斯特林在颁奖词中也如此说道:"他以严肃而认真的思考,重新建立起已被摧毁的理想;力图在无正义的世界上实现正义的可能性。这些都早已使他成为一名人道主义者,但他仍然没有忘记崇尚古希腊的均衡和美丽,因为这在地中海沿岸的提帕萨耀眼的阳光下,已经向他展示过了。"[1] 即使是视人间为地狱的绝望者萨特,也同样不曾放弃在文学中重建人类的理想形态。他在1947年写成的《什么是文学?》中就提出,作家不应该为艺术而艺术,而应该介入社会、政治斗争,但这不是以文学的方式参与权力的角逐,而是为了保卫"一切人的自由"。他一直强调,存在主义也是一种人道主义,是对人的自由意志的尊重和维护。这种理想和信念一直到他逝世时也不曾放弃。临死时他还一再重申人世间"博爱"的重要,"人们把一个人和他的邻居关系叫作博爱,因为他们是同一血统的"[2]。中国当代先锋作家余华也曾毫不含糊地说:"作家的使命不是发泄,不是控诉或者揭露,他应该向人们展示高尚。这里所说的高尚不是那种单纯的美好,而是对一切事物理解之后的超然,对善和恶一视同仁,用同情的目光看待世界。"[3] 而诗人骆一禾在《先锋》一诗中更为直接地写道:"我们一定要安详地/对心爱的谈起爱/我们一定要从容地/向光荣者说到光荣。"

  作为严格意义上的先锋作家,作为视一切传统伦理观念为僵死之圭臬的先驱人物,为什么他们始终不曾放弃对这些人类传统价值标准的追求?为什么他们都异口同声地强调对这些人类优秀品质的关注?其实,这正是文学的某些本质理想所在,是所有作家都无法绕过去的终极愿望,它体现出来的是作家内心深处的一种责任和使命,以及他的作品在接受层面上的价值涵量。从表面上看,先锋文学带有很大自由性和反叛

---

[1] 毛信德等译:《诺贝尔文学奖颁奖演说集》,第442页,百花洲文艺出版社,1991年。
[2] 中国社会科学院外国文学研究所《文艺理论译丛》编辑委员会编:《文艺理论译丛2》,第292页,中国文联出版公司,1984年。
[3] 余华:《我能否相信自己》,第145页,人民日报出版社,1998年。

性,但是,这种自由与反叛并不只是为了破坏旧传统和旧模式,它同时还包含着建设新秩序和新模式。先锋文学的责任就是在消解一切陈旧的文本、改变人们经验方式的同时,从更高程度上复归艺术本质、生命本质,它应该而且必须回到人之为人所共同景仰的一些永恒性生存标准中,譬如对尊严、理想、受难、博爱等生命形式的维护,对公正、自由、平等等社会秩序的召唤。

但是,这并不意味着先锋作家在本质上与传统作家没什么两样。从整个先锋文学发展的动态历程上看,先锋作家在表现这一终极价值时,无论是思考方式、审度姿态还是表达方式都完全不同。这就是说,面对那些共同的艺术理想,先锋作家完全是用另一种独特的方式来进行探究与表达。这种独特方式,我称之为"启蒙"。当然,这种启蒙有别于西方的启蒙主义。产生于十八世纪欧洲的启蒙主义,是继文艺复兴之后的一次规模浩大的资产阶级思想文化运动,其主要任务是为资产阶级推翻封建统治的政治革命作舆论准备,它的核心是弘扬人的主体性。从广义上说,启蒙就是教育人民,使他们脱离愚昧和偏见,建立科学意义上的"理性王国"。启蒙主义思想家用政治自由对抗专制暴政,用信仰自由反对宗教压迫,用自然神论和无神论来摧毁宗教偶像,要求个性解放,提倡自由、平等、博爱,强调天赋人权,认为"人人在法律面前平等"。它的思想深处是以科学和民主作为支撑,专注于社会和文化的层面上,即强调对人类文明历程的启蒙和承诺。

但先锋文学的启蒙不是针对文化蒙昧的社会现实,不是只强调理性的思想建构,而是指证自我精神的觉醒,即人对自身生命潜在状态的发掘,对人性本质的拷问,对非理性生命景观的描述,它是一种人性的启蒙和存在的启蒙。也就是说,它的启蒙并不是以理性秩序的重构为目标,不主张仅仅依靠理性来重塑人的自由、平等和博爱,恰恰相反,它试图通过对非理性生存格局下人的存在状态以及可能性的探索,揭示出被理性长期遮蔽了的人的某些本质,展示被理性秩序所统摄、所压制甚至所扭曲了的生命基质。所以,先锋文学的这种启蒙,完全是一种脱离了社会学和文化学层面上的纯精神性的、生命本体的艺术启蒙，它并不对历史的文明进程做出承诺，只负责对作为个体的生命在某些根源上的丰富性进行探讨，尤其是探讨在种种非理性的指使下，人们是怎样一步步地背离了那些可贵的伦理品质，怎样不断地破坏和颠覆那些崇高的信仰。对于二十世纪以来的所有先锋作家，人的非理性生存状态始终是他们关注的重要对象。在早期的现代主义阶段，作家们依助的是自我的理性逻辑，对人的潜意识状态进行了卓有成效的发掘，而到了后现代主义时期，作家们则干脆以解构的方式，直接进入无序性精神秩序的表达。

这种独特的、生命本体意义上的启蒙，在很大程度上是直接针对由理性支撑起来的现代文明秩序。余华就曾毫不含糊地说道："在暴力和混乱面前，文明只是一个口号，秩序成了装饰。"人类的许多日常生活经验，只是束缚人类精神活动的无形枷锁，"这种经验使人们沦陷在缺乏想象的环境里，使人们对事物的判断总是实事求是地进行。当有一天某个人说他在夜间看到书桌在屋内走动时，这种说法便使人感到不可思议和难以置信。也不知从何时起，这种经验只是对实际的事物负责，它越来越疏远精神的本质。于是真实的含义被曲解也就在所难免。由于长久以来过于科学地理解真实，真实似乎只对早餐这类事物有意义，而对深夜月光下某个人叙述的死人复活故事，真实在翌日清晨对它的回避总是毫不犹豫"。而实质上，这种被日常经验所左右的生活并不是绝对真实的，"生活事实上是真假杂乱和鱼目混珠。……对于任何个体来说，真实存在的只能是他的精神"[1]。由此，余华提出了心灵真实观的审美命题，并以心灵的高度自由来对既定的理性秩序表示出了极大的怀疑和诘问。其实，这并不是只有余华才感受到的存在境遇。很多先锋作家都一直对人类在理性层面上所倡导的那种所谓的现代文明耿耿于怀，并对文明的进程表现出了种种深刻的怀疑和巨大的忧思。比如美国作家冯内古特在《冠军的早餐》中就说："我们周围的世界没有秩序……我们必

---

[1] 余华：《虚伪的作品》，《上海文论》，1989年第5期。

须就范于混乱的要求。"尤奈斯库也明确表示:"我们生活在一个彼此不能理解的世界上,在这里,是一片混沌。在这种混沌中,应当去寻求一种真理或者什么意义吗?那是没有必要的。"[1] 在创作中,像卡夫卡、村上春树、达里奥·福等作家对社会文明的发展与人的精神萎缩状态的尖锐展示,阿赫玛托娃、海勒以及米兰·昆德拉等人对社会民主与人性自由之间关系的无情鞭挞和辛辣反讽,都有着极为深邃的思考。这种思考与其说是一种对现实真相的揭露,还不如说是对存在本质的另一种启蒙。因为他们在叙述某种真相的同时,都在不断地引导着读者建立另一种新型的世界观。很多先锋作家一直专注于苦难、丑恶、冷酷、暴力等等生存状态的描写,实际上并不是张扬那种不幸的阴暗场景,而是从另一种角度来观照人道主义的缺失,召唤理想价值的到来。在卡夫卡的笔下,正是爱的大面积缺失,才导致了人被彻底地扭曲和人性的疯狂异化,人变得越来越不能成为我们理性中所公认的人了。而在这种现象的背后,作家给我们的震撼就在于对爱与同情的召唤。艾略特、加缪、萨特,他们总是在极力绕开那些人们业已熟悉的理性世界,在不可思议的超验世界里重构人的生命流程,从极度荒谬的状态中审度人性的品质,其最终目的也就是希望借此来提醒人们如何摆脱存在的尴尬,以光复人类生命内在的尊严。

  这种情形在很多后现代主义作家的笔下表现得更为突出。他们明确抛弃由理性逻辑所带来的种种因果论式的审美思维,拒绝"按规律办事",极力展示每个个体生命中非理性的直觉感受。他们对任何知识体系都采取怀疑的态度,认为人的意识和理智不是世界的中心,世界也不是一个有规律的统一体等待着人们去认识和发现;世界是混乱的;世界和人并无意义可言,是纯属偶然的产物。所以,在反叛现代主义的同时,他们不断地将文学推向不确定性、片断化、平面化,使历史意识、审美距离、主体意识都处于消失状态。譬如西蒙的《佛兰德公路》和

---

[1] 王忠琪等译:《法国作家论文学》,第596页,生活·读书·新知三联书店,1984年。

《农事诗》,时空、情节、人物、情欲等相互交错,叙事完全呈现了一种非理性的无序状态。品钦的《万有引力之虹》提供给人们的只是在时间上的分离和错断,一切理性的逻辑深度被彻底削平,人们在惯常的阅读经验中无法获得明确意义。约翰·巴思的《迷失在游乐园》,冯内古特的《第五号屠场》、《灵魂出窍》等作品也都是如此。在他们看来,"正常这个概念限制和扭曲了人性,而关于反常和疯狂的定义则是社会性压迫手段,相反疯狂高于正常,是对病态社会的反抗和突破,是现代人的福音"[1]。所以,他们总是对这种被理性所规约了的"正常"进行无情的摧毁,以建立自己对非理性世界观的认同,就像巴塞尔姆在他的短篇小说《赏月》中所言:"片断是我信赖的唯一形式。"但是,在这种无序、零散化、无深度的审美追求中,我注意到,他们一直在试图从另一种角度来阐释某种存在的本质,即通过对人的非理性的潜在状态的认同和揭示,打开存在的另一个巨大通道,引导人们对人性内在的丰富而自由的非理性状态的尊重,对人类的一些本源性价值的维护。从表面上看,他们在作品中更多地强调生存的无意义,强调此在的生活感受,而对于一切被理性传统所长期倡导的崇高、尊严、公正、博爱等命题,都拒绝直接做出相应的承诺。但是,只要深入创作主体的内部,深入他们的内心深处,我们又不难发现,他们几乎比先前的任何作家都显得更为焦灼,更为困顿,也更为无奈。实际上,在这种焦灼和困顿的背后,正表明了他们对人类一些优秀品质在现代文明冲击下不断流失的痛楚。也就是说,在价值观上,他们并不完全认同他们所表现的那些无序现实,其内心深处依然隐藏着某种终极的良好愿望,所以,他们在艺术手法上总是更多地选择夸饰、怪诞、嘲讽以及黑色幽默,来表达他们对这种生存本质的无奈。索尔·贝娄就说:"对于这个社会的丑恶,对于其官僚机构、偷窃行为、说谎欺骗、战争争端以及残暴蛮横,艺术家是永远不能与之调和的。……艺术家必须为生活而斗争,为自由而斗争,和其他

---

[1] [英] R. D. 莱恩:《分裂的自我》,第6页,林和生、侯东民译,贵州人民出版社,1994年。

每一个人一样——为正义和平等而斗争，因为这二者已受到机械化和官僚化的威胁。"[1]

从根源上看，先锋作家的这种启蒙在很大程度上来源于柏格森的意志中心论。作为对二十世纪中的机械论、唯理论、决定论和逻辑至上论的最有力的拒斥，柏格森将人的主体性原则和知识上的诸多思想洞见扩散到了文学和艺术领域，并由此而获得1928年的诺贝尔文学奖。在他看来，"生命的冲动"旨在表明生命是一种不息的、继续的和不可分割的过程，是一种宇宙的运动，与其说我们是这种运动的构成部分，毋宁说是它的表现，而作为这样的表现，我们全都是由"生命的冲动"所促成的。直觉是对生命本体的直接领悟，它不但能领悟到生命的冲动存在于我们自身中，也能领悟到它同样存在于别人身上；而唯理论在性质上主要是几何学的，因此它没有能力处理真正活着的东西，它只能在一座预先构造的大厦四周环行，唯有直觉才拥有进入这座大厦的高贵的特权。"绵延性"这种质的过程是使真实的或者生活过的"时间"等同起来的东西，必须细心地把它同数学家和物理学家的人为的、量的"时间"区别开来，因为他们所做的，是使真实的"时间"几何图形化，使它同一条线等同起来，使它同物理力学上的时间轴线一致化；而真正的"时间"或者"绵延性"则是构成我们精神生活的材料，它能够透入奔流的意识这种直觉的川流。[2] 先锋作家实际上承传的就是这种非理性主义的哲学观。

从一些西方学者对于先锋文学的研究来看，先锋文学也从来不是一个单纯的艺术内部问题，而是社会变化之后的特殊产物，并反过来作用于社会的变革，隐含了先锋对社会发展的启蒙意味。譬如，比格尔就明确地说道："唯美主义所指的，并加以否定的生活实践是资产阶级日常的手段—目的理性。……与唯美主义者的不同之处在于，他们（笔者

---

[1] 王宁主编：《诺贝尔文学奖获奖作家谈创作》，第438—439页，北京大学出版社，1987年。
[2] 参阅卢云昆：《柏格森：另一种运思者》，《大家》，2000年第4期。

注:即先锋派)试图在艺术的基础上组织一种新的生活实践。从这个意义上说,唯美主义也成了先锋主义主张必要的先决条件。只有在单个作品的内容完全区别于现存社会的(坏的)实践时,艺术才能在组织新的生活实践的出发点上起核心作用。"[1]所以他一直认为,过度强调自律性是片面的、非辩证的,必须关注系统性的艺术体制问题,将艺术作为社会的一个子系统来考察。立足于文学的社会学范畴,比格尔坚持艺术对生活的介入,坚持认为艺术自律是资产阶级的一个意识形态范畴,必须对其进行带有启蒙意味的扬弃。"比格尔的中心论题是,早期先锋派运动的基本目的是摧毁资产阶级的艺术体制。比格尔认为,资产阶级艺术体制是建立在审美自主性原则的基础上的,它包括艺术在资产阶级社会中与生活实践的分离,具体体现为有机统一的艺术品。相反,先锋派拒绝审美自主和有机艺术,它试图把艺术和生活实践重新联系起来,因而生产的是非有机艺术品。"[2]对此,有学者评析道:"比格尔不仅延续了法兰克福学派的命题,还继承了其辩证批判精神。他既看到了审美自律使审美经验变得纯粹,也看到了它使艺术变成私人的事务的严重后果。先锋派虽然为艺术的自我批判提供了可能,但他没有过度地将其拔高。另外,法兰克福学派所批判的对象是,由于工具理性的过分膨胀、技术至上的泛滥、商品交换原则的盛行而消除了多样性和异质性的资本主义世界。这是一种庸常的、乏味的、严重异化了的生活世界,它导致人变成马尔库塞所说的'单向度的人'(单面人)。事实上,比格尔也处身在这样的境况之下,虽然他没有直接提及这些概念,只是因为它们是不证自明的。故而,他所要求的艺术干预是对异化现实的介入和干预。"[3]我们无意强调先锋文学与法兰克福学派的关系,但从比格尔的理论视野来看,他突出了文学与社会之间不可分割的关系,也突出了先

---

[1] [德]彼得·比格尔:《先锋派理论》,第121页,高建平译,商务印书馆,2002年。
[2] 周韵主编:《先锋派理论读本》,第299—300页,南京大学出版社,2014年。
[3] 高树博:《作为体制的艺术——浅析比格尔的〈先锋派理论〉》,《东北大学学报》,2011年第2期。

锋文学对于社会变革的重要作用，即它的批判性。文学和社会不可能是两个相互排斥的领域，其原因就在于，"不管是艺术要求与它所服务的目的相对绝缘还是艺术的内容都是社会现象，都由社会发展的整体状况来决定。具体来说，作为社会子系统的艺术进化为一个完全独立的实体是资产阶级社会发展逻辑的重要组成部分。根据马克思的理论，比格尔认为，随着劳动分工的普遍，艺术家成了专门家——在前资本主义社会，艺术家和艺术是附庸和点缀，他们通过'经验的收缩'概念来思考艺术这个子系统的进化。此概念意味着，艺术家们拥有的经验乃是被加工过的、片面的审美经验，它是不能再还原为现实生活中的活生生的经验。审美经验既解放了艺术，却又使它失去了所应承担的社会功能。这是审美形成的历史过程和所面临的困境"[1]。这也恰恰印证了阿多诺在《美学理论》中论述的艺术双重性，即自律性和社会现实之间的矛盾：一方面，社会尤其是意识形态始终制约着艺术，使得它并不是能直观的存在物；另一方面，艺术试图批判和反抗社会控制并最终成为自为存在。因此，所谓的自律性就是指"艺术日益独立于社会的特性，乃是资产阶级自由意识的一种功能，它继而有赖于一定的社会结构"[2]。先锋文学对艺术自律性的质疑和反抗，从本质上也折射了它对于现代社会各种异化问题的揭示与批判，具有不可否认的启蒙意愿，尽管这种启蒙不同于传统启蒙主义的伦理诉求，但它们对社会变革的前瞻性介入和思考具有重要的启迪意义。

当然，如果从启蒙方式上说，先锋作家更多的是选取一种反证法，即通过一种绝对化的逆向思维，对一些对立性的阴暗的存在状态和价值观念做出揭示与反讽，来折射对某些人类优秀品质的召唤。尽管他们并没有对自己的这种启蒙愿望做过有系统的思考，也很少有理论家对这种启蒙进行体系性阐释，但我们并不能就因此而忽略它的意义。先锋文学

---

[1] 高树博：《作为体制的艺术——浅析比格尔的〈先锋派理论〉》，《东北大学学报》，2011年第2期。
[2] [德] 阿多诺：《美学理论》，第385页，王柯平译，四川人民出版社，1998年。

的本质力量就在于它是以先驱者的姿态，引导文学向一切可能性的方面发展，引导人们对社会、历史、自然以及生命本身进行更深层面的思索，它的启蒙作用决不能低估。

第三节 先锋与现代性

先锋文学与现代性之间一直存在着十分紧密的关系，甚至"人们常常将现代性与先锋混为一谈"[1]，这是因为它们之间确实存在着密切的同构性。美国学者卡林内斯库在界定现代性时，就曾特别强调了"由于现代性的概念既包含对过去的激进批评，也包含对变化和未来价值的无限推崇，我们就不难理解，为何现代人喜欢把'先锋'这个有点牵强的比喻用于包括文学、艺术和政治等的各个领域，特别是在过去的两个世纪里"。先锋派之所以与现代性具有某种同构性，就是因为"这一概念明显的军事内涵恰好指明了先锋派得自于较广义现代性意识的某些态度与倾向——强烈的战斗意识，对不遵从主义的颂扬，勇往直前的探索，以及在更一般的层面上对于时间与内在性必然战胜传统的确信不疑……正是现代性本身同时间的结盟，以及它对进步概念的恒久信赖，使得一种为未来奋斗的自觉而英勇的先锋派神话成为可能"[2]。现代性所极力强调的变革意识、自由意志，以及它向未来开放的绵延性时间特征，都决定了它与先锋文学内在的精神共振关系。丹尼尔·贝尔甚至指出，先锋派的这种现代性精神诉求，在西方资本主义社会已成为一个制度化的事实，一个无法改变的历史进程，因为"社会本身已为创新所左右，并愉快地接受变革，这实际上导致了先锋派的制度化，并赋予它不断推陈出新的任务，尽管到头来它可能会有所失望。事实上，'文化'已取得一张空白支票，它在引导社会变革方面至高无上的地位亦获得了肯定的

---

[1] 周韵主编：《先锋派理论读本》，第274页，南京大学出版社，2014年。
[2] [美]马泰·卡林内斯库：《现代性的五副面孔》，第103页，顾爱彬、李瑞华译，商务印书馆，2002年。

承认"[1]。也就是说，审美主义的现代性随着社会变革的自然需求，已取得了文化发展的主导性地位，并作为建构性理念建构现代社会的文化制度。所以，丹尼尔的这种判断，并不意味着先锋文学就不再具备反叛性，他只是从价值立场上道出了现代变革已成为西方社会的根本性原则而不再遭受传统的"过度"抵制和对抗。

事实也是如此。现代性作为欧洲启蒙学者对未来社会进行的一种理性预设，从诞生的那一刻起，它便不断地向世界展示了人类变革的强烈需求。为了实现这种不断变革的意愿，人们认为，只有借助种种理性的手段和途径，使人的世俗生存价值获得全面的确认，使不断变化的人的基本欲求得到满足，才可以确保社会进入良性的循环轨道。因此，现代性的核心精神就是一种时代意识，通过这种时代意识，该时代将自身规定为一个根本不同于过去的时代，也潜示人类历史上空前伟大的变革逻辑。哈贝马斯在《现代性的哲学话语》一书中指出，黑格尔就是在此基础上讨论现代性的概念：在黑格尔看来，"现代"（modene Zeit）就是"新时代"（Neue Zeit）。原本以过去作为参照的现代理念，出于对科学理性越来越坚定的信念，从而引申出"相信知识无限进步、社会和道德改良无限发展"的理念，并最终形成一种努力"摆脱所有特殊历史束缚的激进化的现代意识"——科学精神、民主政治与艺术自由。而要实现这种"三位一体"的现代目标，人类必须努力做到认知理性、道德理性和艺术理性的协调运转。但是，这种以断裂和分化方式推衍出来的现代性，随着全球一体化的不断加快和各种知识的不断融会，不仅在不同的领域形成了各不相同的求新意识和历史冲突，而且在同一领域也产生了相互对抗的复杂情形。它在赋予我们改变世界力量的同时也在改变我们的自身，并使我们卷入了这样一个巨大的漩涡之中：那儿有永恒的分裂和革新，冲突和抗争，含混和痛楚。"成为现代就是成为这个世界的一

---

[1] [美]丹尼尔·贝尔：《资本主义文化矛盾》，第81页，赵一凡等译，生活·读书·新知三联书店，1989年。

部分,如马克思所说,在那里,'一切坚实的东西都烟消云散了'"[1]。所以,在审美现代性的追求中,西方不仅出现了有关现代主义的决裂与反叛,而且随着德里达解构主义理论的兴起,语言进一步成为混沌不明的事物,所谓传统艺术上的摹仿论、表现论、反映论等等,再一次遭到彻底的瓦解。这种审美的现代性在追求自由表达的同时,又遭受理性自身的叛逆;它反对资本主义的精神整合,却又始终遭受叙事表达的困难,就像鲍曼所言:"现代性的历史就是社会存在与其文化之间紧张的历史。现代存在迫使它的文化站在自己的对立面。这种不和谐恰恰正是现代性所需要的和谐。"[2]的确,现代性就是以自身特有的复杂与困顿,展示了人类精神在迈向审美自由过程中的艰难与曲折。

西方的现代性从中世纪原始宗教的一元化禁锢中撕开缺口,其重要手段就是通过启蒙主义的科学与理性,为人类生命存在的世俗化争取一切合理的价值体系。在其文化形态上,现代性主要表现为各种知识的专业化归类和不断完善的自律性。十八世纪以来,启蒙主义思想家们所制定的"关于现代性的构想",就是分别按照政治、科学、文艺等几个领域的自身逻辑,使具有客观性的科学、具有普遍性的道德法则以及自足自律的艺术,都能得到最充分的发展。因此,这种现代性的直接后果,便是政治、经济、哲学、科学、文艺等诸种领域不断地回到自身的领域之中,逐渐形成相对独立和完善的理论体系以及价值规范,使它们在各自的本体性中获得了理性的发展,就像韦伯所说的那样:"所有领域均可按照完全不同的终极价值和目的取向来加以理性化。"这种高度自觉的独立和分离,为它们走向自身的现代化提供了重要的客观保障。在概括现代性时,周宪说道:"关于现代性,历来有不同的看法。霍尔认为,现代性是一个在政治、经济、社会和文化等四个层面展开互动的过程。政治层面出现了现代主权与合法化的民族国家,经济层面出现了货币化

---

[1] [美]马泰·卡林内斯库:《现代性的五副面孔·总序》,第4页,顾爱彬、李瑞华译,商务印书馆,2002年。
[2] 转引自周宪:《现代性的张力——现代主义的一种解读》,《文学评论》,1999年第1期。

的交换经济,社会层面则是劳动和性别的动态社会分工,而文化层面形成了以个人化和理性冲动的世俗文化。吉登斯则把现代性简洁地界定为17世纪以来源于西方的'社会生活或组织模式'在全球范围内的扩张。维尔默的界说则侧重于认知层面,他认为现代性就是一个具有'认知、审美和伦理'意义的新视域,透过这些新视域,现代主体摆脱了传统观念束缚,开辟了新世界。其实,社会变化必然导致观念转型,反之亦然,观念的转型必然推动了社会变迁,两者之间是一种主客观互动关系。福柯关于现代性的解释更精辟,他提出:'现代性……是一种态度而不是历史的一个时期。我说的态度是指对于现代性的一种关系方式;一些人所作的自愿选择,一种思考和感觉的方式,一种行动、行为的方式。'"[1]但是,从西方现代性概念的流变来看,更多的学者还是将它分为启蒙现代性和审美现代性。启蒙现代性主要是源于西方启蒙观念,客观化为各种现代经济、法律、政治、社会等制度。它的本质是启蒙理性。而审美现代性则指现代社会中人们日常的审美文化活动、个人趣味爱好的现代性表征,已成为当代西方思想和学术表达审美文化生活的一种基本价值诉求和话语形态。

但是,中国的现代性之发轫并未有如此清晰的理性思维和科学规划。尽管从清末的维新运动开始,康有为、黄遵宪、梁启超、谭嗣同等人都在不断地强调维新变革,甚至提出"诗界革命"、"小说界革命"的口号,欲使古老的封建帝国重新变成"少年中国",而对于成为什么样的"少年中国"或如何科学地成为"少年中国",却并不十分明确。而严复的《天演论》等有关西方现代科学思想的译介作品,也只是在一定程度上唤醒了人们对帝国文化的危机,破除了"中国中心论"的封闭性思维。五四新文化运动之后,在民主与科学的旗帜感召下,无论是政治、经济,还是科学、文化,都不是通过各自的本体回归和专业自律在科学理性的知识建构中实现其现代性的目标,而是以一种集体整合或者

---

[1] 周宪:《文学理论范式:现代和后现代的转换》,《南京社会科学》,2012年第1期。

说彼此缠绕的方式共同奔向抽象的科学与民主。因此，在这种历史境域中，政治、经济、科学、文化都自始至终缺乏必要的理性分离和不同领域的自律，而是在一种革命化的语境中不断地走向"统一"。因此，有人认为，这是一种"混沌的现代性"，"不但政治不能成其为现代性政治，道德不能成其为现代性道德，而且审美也难以成为真正的现代性审美"，甚至中国现代文学也"不可能生成西方意义上的文学现代性"[1]。这种阐释显然有一定的道理，但是，论者借此感慨中国现代文学便不可能发展为西方意义上的现代性，我以为并无必要。任何一个民族的文化传统和历史背景都不一样，其现代性的要求和方式也不可能一致，因此，重要的不是考虑中国的现代性是否能够与西方保持一致，而应关注中国的现代性进程能否真正有效地解决自身的历史沉疴，使中国社会从整体上向文明的现代化方向推进。如果从这一点上来探析，那么我们会发现，在这种看似相对"统一"的社会各领域中，仍然具有较强的向心力——它们以聚合的方式在冲击封建伦理体系和专制思想禁锢上，可以说互成犄角、相辅相成，并取得了一系列较为明显的效果。最为明显的例证便是，在二十世纪二三十年代，中国文学发展就已初步形成了一种多元化的审美格局，各种先锋文学的因素也在大面积地生长，艺术的实验和创新不断涌现。只是随着民族危机的全面爆发，这种现代性的努力由于救亡压倒一切而被迫中断。

在当代文学发展的历史阶段，严格地说，中国的现代性在相当长的一段时间内依然处于停滞状态。究其因，一方面是由于现代救亡意识所形成的强大的革命化语境，促成意识形态的统摄力被过分强化，人们的思维方式也因此变得单一化和平面化，失去了必要的理性自觉行为和独立的科学认知方式，致使革命理想主义激情替代了科学的现代化思索；另一方面，社会历史意志的过度强化，又导致文化、艺术乃至经济等逐渐失去了必要的自律空间而成为集体意志运演的工具，很难在科学的理

---

[1] 张光芒：《混沌的现代性——对中国现代文学思潮总体特征的一种解读》，《南京大学学报》，2004年第3期。

性轨道中完成自身的现代转向。这样，以还原人的世俗化生存价值为目标的现代性诉求，自然因为个体生命意识被削减而丧失了存在的基本空间。到了二十世纪七十年代末，随着"四人帮"的垮台和社会民主化进程的逐渐明朗，个人对历史的依附关系开始解脱，人的主体意识被重新激活。此时，以"朦胧诗"为代表的中国当代新时期文学，首先发出了对人性尊严的呼告，标志着个体生命的觉醒，也意味着人们对历史反思的开始。这里，值得思考的是，人们之所以将这一时段命名为"新时期文学"，显然是为了表明它与旧的文学传统之间的区别——这既是一种现代性意义上的告别和决裂，也是一种重返文学自律空间的现代性诉求。事实也证明，随后的文学发展尽管在迈向艺术本体的路途中并非一帆风顺，但是仍然快速地获得了自足自律的理性空间，而且其变革的浪潮可谓风起云涌，一波接一波地不曾停息。这一历史事实，使我们有理由认定，中国当代文学的现代性无疑肇始于这一时期。

随着现代性的历史复苏和不断明确，我们看到，从二十世纪八十年代开始，中国的社会体制不仅在理性的反思之中开始校正过去的偏执，而且在改革开放的进程中进一步明确了现代化的方向和目标。这种现代性的本土化努力，尽管在文化的变革上存在着一些迂回和反复，认知理性、道德理性和艺术理性的协调发展并不明显，但是，其基本的历史进程依然是沿着科学理性的轨迹缓缓推进，特别是个体生命的世俗性精神需求，无疑获得了巨大的拓展。也就是说，在这种历史的决裂过程中，中国当代的现代性并不是以极度对立的思维断然否定过去，而是为追求真正的进步所采取的一种积极努力。它意味着我们从过去的偏执中游离出来，但游离的目的不是完全摆脱过去，而是更新与过去的关系。从当代文学的发展历程来看，由这种现代性所赋予的审美上的历史承诺，也鲜明地体现在如下几个方面。

第一，改变了文学单一化的历史思维。新时期文学从最初的"伤痕文学"到随后而来的"反思文学"、"改革文学"，不仅对新中国成立以来的现实主义一元化文学秩序进行了一系列必要的反省和纠正，而且对人之为人的尊严、道义、世俗情感以及自然欲求,也给予了积极主动的吁请,并在很大程度上使文学剥离了以往的集体化、模式化、非世俗化等表达传统,使文学重新回到对人的精神苦难以及生存境遇的关怀之中,更加主动地承担起体察和关注中国普通百姓尤其是知识分子在各种历史境域中的生存状态和内心企盼,而不再成为某些非文学思想和理念的传声筒。

第二,形成了文学本体化的自律空间。尽管在二十世纪八十年代初期,当代文学由于过于强调对历史的反思与诀别,而在一定程度上忽略了文学与其他领域的自觉分离和自身体系的理性建构,但是,随着历史诀别的完成,从八十年代中期开始,尤其是先锋实验高潮的兴起,人们的审美观念很快发生了重要转变——由"写什么"转而思考"如何写",由文学载道功能的过度彰显转而认同审美功能的重新高扬。这种文学本体性的回归,就其实质而言,正是现代性所强调的社会知识的独立与分化,使文学重新回到审美的层面,以艺术理性的方式重构它的本土化价值体系。

第三,确认了变革与创新的审美姿态。新时期以来的文学发展一直保持着高涨的变革热情,不仅各种文艺思潮频繁更替,各种写作口号此起彼伏,而且文艺理论和审美观念也在不断地更新。尤其是在八十年代中后期,文坛甚至出现了"各领风骚三五天"的口号。这种异常饱满的变革激情,虽然使很多文学思潮并没有获得充分的发育,对文学本体的理性建构多少也是一种缺憾,但是,它恰恰印证了现代性冲击下的变革原则。

第四,恢复了创作主体审美表达的自由。现代性作为一种流动的概念,尽管其中充满了各种彼此矛盾的对抗性元素,但是它成功地促成了个人主义的全面兴起。一方面,个人主义带来了个体生命的解放,个体精神的自由伸展;另一方面,个人主义通过自主自律的观念,倡导一种理性的、更为自我负责的生活方式。这种由康德所建构的个人主义道德观,甚至成为现代法律的道德基础。而文学作为审美现代性的一种体现，同样也在追求这种创作主体个人精神的自由表达。在新时期的文学发展中，这种主体精神的自由表达虽然还不是最充分、最全面、最彻底的，但是，与新时期以前的当代文学传统相比，无疑获得了巨大的进步。尤其是二十世纪九十年代之后的个人化写作，会让人不自觉地想起波德莱尔将"短暂、飞逝和偶然"的"浪荡作风"也视为一种审美的现代性，都体现了现代性内部的一种自由和多元的价值选择。

上述这些审美现代性在当代文学发展中所体现出来的历史承诺，不仅使文学逐步回到自身的艺术本体之中，更重要的是，它还为先锋文学的产生和发展提供了审美观念和艺术机制的强力支持。当然，犹如现代性本身就充满了某些悖论，先锋文学也同样处于各种复杂的悖论之中。"先锋并不仅仅是一种更为彻底、更为教条的现代性。如果说现代性认同对现时的一种激情，先锋则意味着对未来的某种历史意识和在时间上抢先一步的意志。如果现代性的悖论在于它与现代化的关系模棱两可，那么先锋的悖论则在于它的历史意识。两个矛盾的基本点构成了先锋：解构与建构、否定与肯定、虚无主义与未来主义。由于存在这种矛盾性，先锋派的肯定往往只用于某种解构意志的合法化，而理论上的未来主义只是论战与颠覆的某种借口而已。……先锋一旦用对未来的激情替代对现时的赞同，便毫无疑问地使现代性内在的悖论之一变得更为活跃：它将自我满足与自我肯定的抱负变成一种必然的自我解构与自我否定。"[1] 我们无意在此辨析先锋内在的悖论问题，只想借助它和现代性的某种同构特征表明这样一种事实：无论是其对传统文学的诀别勇气、对变革与创新的积极姿态，还是对创作主体精神自由的迎合，从客观上说，这些现代性所赋予的本质特征和审美动向，都给先锋文学的发展创造了合乎时代的艺术空间。

因此，我们有理由承认，先锋文学始终处于现代性的笼罩之中。我们甚至可以说，正是人类在现代性上的觉醒以及对现代性的积极追寻，

---

[1] 周韵主编：《先锋派理论读本》，第274页，南京大学出版社，2014年。

才催生了先锋文学的诞生和发展,因为在很多西方重要的先锋派艺术理论家的视野里,现代性是他们在论述先锋派精神谱系时的一个重要文化背景和理论支撑。

第四节　先锋与后现代主义

在先锋文学的发展历程中,后现代主义一直是一个不可忽略的历史存在。很多在世界文坛上享有显赫声誉的先锋作家,都是后现代主义的重要代表人物,譬如先锋文学大师博尔赫斯,就被视为全世界后现代主义文学的鼻祖。此外,像法国的新小说派核心作家罗伯—格里耶,意大利的卡尔维诺,美国的菲利普·罗斯、约翰·巴思、罗伯特·库弗以及奥地利的穆齐尔等,也都是公认的后现代主义文学的重要代表人物,并一直成为文学理论家们的重要阐释对象和有力的现实注解。

为此,包括利奥塔在内的一些西方学者,曾将先锋派与后现代主义进行了关联性研究,甚至认为后现代主义的诸多特征,都体现了先锋派的某种精神追求。英国学者理查德·默菲就曾评述道:"利奥塔最有名的论述是:'一件作品只有首先是后现代的才能变成现代的。如此理解的话,后现代主义不是现代主义的终结,而是处于初始状态的现代主义,且这一状态反复出现。'根据利奥塔的'创新'概念来解读,这一定义似乎将后现代主义简单地看做一种相当传统的先锋派,即一种'前卫'或'锋刃',只用于完成'最初的形式探索任务,而真正的"进步"是由那些超越了没有牢固的实验基础以及与先锋派有关的破坏性美学的人获得的'。换言之,后现代主义开始像一种反偶像崇拜的创新力量,即为新颖的发展清除艺术的或意识形态的空间,与文化时尚、新的运动如现代主义已经传统地攻击其前任的理由是一样的。"[1] 如果我们暂时抛开利奥塔对于现代主义与后现代主义关系的辨析,仅从后现代主义出

---

[1] 周韵主编:《先锋派理论读本》,第418—419页,南京大学出版社,2014年。

现和发展的历史语境来看,这是否意味着后现代主义文学就是先锋文学的一种发展趋势?或者说,后现代主义作家,就理所应当地属于先锋作家?

我们的回答是否定的。一个重要的理由是,后现代主义文学与先锋文学虽然在某些审美内涵上存在着相互叠合的情形,但并非完全一致,有些价值取向甚至是背道而驰的。然而,由于后现代主义本身是一种新起的文学思潮,它的前沿性、叛逆性往往使很多人不自觉地产生错觉,以为它就是一种具有积极开拓意味的创新模式,从而将它"合情合理"地视为先锋文学的某种发展动向。事实也是如此。很多人在论及先锋作家的创作时,就常常以其作品中所体现出来的后现代主义特征来印证作家自身的先锋性。我并不否认这种判断在某些情况下的合理性,但是,如果简单地将一切后现代主义都视为先锋,那么就会形成一种潜在的理论思维和价值标准——认为作家的创作一旦具备了后现代主义倾向,便必然拥有了先锋的特质。这种思维定式所导致的结果,不仅仅使某些相互交叉的概念发生混乱,还容易使人们对先锋文学的一些重要本质产生曲解,尤其是对先锋自身所必须具备的精神深度产生动摇。

因此,我觉得很有必要来探究和甄别这两者之间的内在差异,以维护先锋文学自身的纯粹性。众所周知,作为一种十分宽泛的文化现象,后现代主义是"二战"之后西方后工业时代逐渐形成的特定历史产物,它不仅与战前的现代主义有着一些相对延续的关系,而且在更大的范围内和程度上超越了现代主义的种种理性规则,以一种新的话语、新的形式,反思、批判或否定现代主义的价值取向和思维方式。尽管有学者认为,后现代主义在西方文学史上已经有了"漫长的潜流"(哈桑语),但是,它真正地进入文学领域并引起文学界全面关注的,还是在"二战"之后,特别是六七十年代,且在地域上主要局限于欧美。虽然后现代主义至今仍处在全球性的争论之中,且没有形成一个相对完整的概念和一套稳固恒定的特征,但我们还是可以从众多学者的研究中,大体归纳出它所具备的如下一些基本倾向。

其一，后现代主义强调的是一种彻底多元化、破碎化的世界观。它认为世界并非是一个统一的整体，而是各种碎片的拼接，因此我们不可能给世界一个统一的认识，也不能相信所谓的永恒真理，而只能认同这种碎片化的存在现状。利奥塔在《后现代状况》中就曾将"后现代主义"定义为"对元叙事的不信任"。这里的"元叙事"，就是指启蒙以来人们所试图建立起来的关于"永恒真理"和"人类解放"的故事。对于后现代主义者来说，启蒙不仅是一个老掉牙的过时故事，还是一个完全失败的故事，因为世界本身就不存在统一性和整体性。

其二，由于世界本身不存在统一性，所以对中心意义的追寻也是完全徒劳的和没有价值的。同样，就叙事而言，文本内部也不可能存在任何中心意义，一切都只能是表象化、平面化和不稳定的，这种纷乱而不确定的过程就是文本的一切。因此，探求文本的某种深度目标不仅不可靠而且也不可取。这一点与先锋文学所倡导的内心深度与精神的前沿性、深邃性无疑是截然相反的。

其三，自我的失落，即主体的失落。后现代主义认为，根本就没有一个理性的或非理性的主体，只存在一个个互不相同的个体。启蒙哲学认为，由于人以某种有限的（特定的）方式认识世界，世界才对人显现出如此这般的样子；由于人不能以其他的（非人的）方式认识世界，所以人获得知识才具有如此这般的确实性和确定性。这样，只有人被发现是一种有限的存在，作为主体的人才能够诞生。这也意味着，正是人的"有限性"把人构造为至高无上的主体。因此，福柯就曾批评以康德为代表的启蒙哲学是从人的"有限性"中创造出人作为主体的神话，后现代主义也以此作为理由，全盘否定人的主体性价值，而只承认个体生命的差异性存在。这种以取消主体而突显单纯个体的逻辑，导致的直接后果是人的社会性价值体系和伦理体系的崩溃，而个体欲望却得以无限制的泛滥。

其四，强调话语内部的互文性特征，即文本内部的语言因素互相颠覆，互相分解，永远存在着自律性和他律性的悖论，最后的终极意义永远别想得出。它在文学上直接针对现代主义的结构主义逻辑,而赋予它以无穷无尽的解构方式,使文本的内在结构变得无规律、不确定,成为一种漫无头绪的话语表演。这是后现代主义一直恪守的话语规则,它使话语在全面贴近即时性的感官与体验的同时,突出了话语的游戏性特征,也折射出他们对一切存在秩序和理性精神的怀疑和反抗。

其五,从哲学上看,后现代主义对认识论与本体论表现出根本性的怀疑。它极力取消对一切本质的认同,带着明显的"反规律"倾向。从根本上说,它是试图颠覆启蒙哲学以来的"基础主义"、"表象主义"和"普遍主义"等以人为主体依据的现代理性逻辑。[1]

从这些由众多后现代主义理论家们所阐发出来的特征中,我们不难做出判断:后现代主义的总体倾向就是取消深度,取消秩序,取消整体,甚至取消一切必要的理性支撑。它无疑是一种颠覆大于建构、破坏大于创新的消解性文化思潮。就文学领域而言,"它是一种自由无度的、'破坏性的'文学,同时也是一种表演性的文学,一种活动经历的文学。它所醉心的是语言文字的操作游戏,全然不顾作品有无意义,或者干脆就是反意义、反解释,甚至反形式、反美学的"[2]。如果仅仅从其对人们的生存观念的影响上看,这种后现代主义叙事的确有着毋庸置疑的先锋性——它对理性主义进行了义无反顾的革命,并在很大程度上突显了个体生命的自由度。它的多元化、碎片化的世界观,也在某种程度上帮助我们重新审视人与世界的关系,并为我们寻求人类可能性的生存方式开拓了新的叙事视野。尤为重要的是,后现代主义所体现出来的巨大的解构性、反叛性和对抗性,与先锋文学所必须具备的颠覆传统圭臬的精神禀赋完全一致。因此,从二十世纪九十年代中期以来,这种后现代主义一直在某种程度上引导着我们对先锋文学的认识,甚至有人认为只有

---

[1] 上述归纳,主要参阅〔荷〕佛克马、伯顿斯编:《走向后现代主义》,王宁等译,北京大学出版社,1991年。
[2] 〔荷〕佛克马、伯顿斯编:《走向后现代主义·译后记》,第323页,王宁等译,北京大学出版社,1991年。

它们才是更为重要的先锋。但是，倘若我们对它的上述特征再进行更深一层的探究与分析，我们就会发现，它与先锋文学还是存在着许多十分明显且极为重要的区别。

区别之一在于，后现代主义试图取消人类赖以生存的重要内核——人的精神深度，将一切交给感官，交给物质，让生命彻底地服膺于欲望，这是对人类心灵的严重伤害。我们暂且不论人的主体性是否属于不可动摇的"永恒真理"，也不论理性精神在建构整个人类生存秩序中所发挥的重要作用，仅就人类自身存在的合理性而言，对精神深度的探寻从来就不可能放弃，否则就无异于将人彻底地物质化，使人真正地变成"非人"。我们关注心灵，关注精神，既是人类探究自身生命潜能和存在真相的一种手段，也是维护人类自身独异性的重要方式。人是一根芦苇，但他是一根有思想的芦苇（帕斯卡尔语），蔑视精神、忽视心灵，只会加剧人类躯体的自我放纵，加剧所有伦理体系和道德体系的崩溃，使存在变得看似可以无所不为无所不在，实则是虚无缥缈没有根基。尤其是对于文学来说，由于它本身就是一种以心灵为探索对象的话语行为，是人类精神律动的一种特殊方式，如果让它彻底拒绝对心灵的深度追求，那只能促动它无限制地盘旋在平面化、欲望化的生理层面上，失去了文学自身的审美价值。应该说，这种后现代主义文化思潮的产生，有着极为特殊的历史背景，是西方后工业化时代高度发达的物质生活对人的强力钳制的结果，也是人们对高度现代化后人的存在境遇的一种理解和认同，同时它还包含了对现代主义所建立起来的"深度障碍"的不满和反抗。但是，对于那些真正意义上的先锋作家，这一点并不为他们所认可。譬如，在卡尔维诺的《我们的祖先》三部曲、菲利普·罗斯的《再见吧，哥伦布》以及罗伯特·库弗的《魔杖》等代表性作品中，不仅没有取消精神深度，相反还体现出某种罕见的内心力量。在中国的先锋文学中，这一点更不值得推崇和效仿，因为我们的作家对自身精神深度的开掘还远未形成气候，甚至还无法抵达许多西方现代主义作家所能展示的深度，根本谈不上形成了某种所谓的"深度障碍"，所以也无须进行反叛。

更重要的是,后现代主义要颠覆的是现代主义所极力强调的自我表现和个性化的实验场所,它使文学不断地朝着两个新的极致化方向发展:"一极朝着更为激进的方向迈进,对传统文学和现代经典的反叛更为激烈;另一极则面对整个商品化了的社会,朝着通俗和亚文化的方向迈进,历史和虚构的界限被打破,精英文学和大众文学也趋向综合,小说和非小说相互混合,甚至加进了大众传播媒介的因素。"[1]而后一种方向却有着鲜明的媚俗性,是后现代主义在取消精神深度之后的一种波普式的努力,也是他们利用互文性所制造出来的、以迎合大众时尚为目标的审美快餐。这显然与先锋文学的独立品质水火不容。但是,令人奇怪的是,这一点却在我们的小说创作中异乎寻常地活跃起来,最为突出的就是一些二十世纪七十年代出生的女性作家群的灵魂游走式的叙事,在那里我们看不到生存背后的疼痛,看不到作家对存在本质的敏锐探查,而只是一些时尚生活和欲望体验的大汇展。它们看似很前卫、很另类,实则精神苍白,并无多少内在的深度,更谈不上拥有什么先锋性的精神品质。

区别之二在于,任何文学思潮都有自己地理学、年代学以及社会学方面的局限,也都不足以将其与先锋文学简单地等同起来。后现代主义是"起源于北美洲的文学批评,由此阿根廷作家J. L. 博尔赫斯便成了第一位后现代主义作家。……渐渐这个概念扩大了,包括进了越来越多的不同国籍的作家,但迄今这一概念仍然毫无例外地几乎仅限于欧美文学界"[2]。因此,佛克马曾清醒地指出:"后现代主义的代码可与一种特殊的生活方式和观念相联系,这在包括拉丁美洲在内的所有西方世界是常见的。文学上对无选择性的偏好与丰裕的生活条件所提供的某种

---

[1] [荷]佛克马、伯顿斯编:《走向后现代主义·译后记》,第323页,王宁等译,北京大学出版社,1991年。

[2] [荷]佛克马、伯顿斯编:《走向后现代主义·中译本序》,第1—2页,王宁等译,北京大学出版社,1991年。

'选择的困扰'是相符的,这使得不少人可以有多种选择。后现代主义对想象的诉诸在伊凡·戴尼索维克的世界或者在中华人民共和国则是不相适应的。可以从博尔赫斯的一篇小说中引出中国的一则谚语,即'画饼充饥'。然而,在中国语言的代码中,这一短语却有着强烈的否定性含义。鉴于此因或其他因素,在中国赞同性地接受后现代主义是不可想象的。"[1] 应该说,佛克马的这种善意劝告是非常有意义的。不错,后现代主义在某些方面具有无可置疑的先锋性,但是这种先锋性的体现,或者说它的超越对象与目标,是针对彼时彼地的生存状况及其精神征象,而在其他国家中并不一定存在这种急需反叛的障碍。鉴于这种客观因素,我觉得,不仅在中国倡导后现代主义还显得为时过早,缺乏相应的社会环境和精神背景,而且以此作为先锋文学的努力方向也似乎没有必要。这倒不是说后现代主义文化思潮就不一定会在中国全面兴起,也不是说先锋作家的创作完全应该拒绝后现代的各种倾向,而是我们当下的先锋文学还面临着许多亟待解决的问题,诸如自我的叙事重复、缺乏有效的独立自治空间、缺乏强劲的深度叙事能力……在这些基本问题尚未得到根本性的解决之前,以所谓的"超前意识"来迎合某种世界性的潮流,只不过是充当了这些思潮在中国本土化的先遣队角色,我以为是先锋作家所不足取的。遗憾的是,佛克马的上述提醒并没有引起更多的中国先锋作家的重视,不少作家依然沿袭着二十世纪八十年代先锋作家对域外思潮盲目效仿的陋习,试图为自己的艺术创新寻找更为便捷的途径。

区别之三在于,如同所有文化思潮的发展一样,后现代主义与现代主义之间也并不是一种彻底的断裂。我们姑且不论后现代主义本身还处于争论之中,并没有形成像现代主义那样具有种种明确的、一致性的本质内涵,单就其所呈现出来的种种审美趋向而言,它与现代主义仍存在着许多重要的关联。对此,哈桑就认为:"现代主义与后现代主义并不

---

[1] 转引自张国义编:《生存游戏的水圈》,第149页,北京大学出版社,1994年。

像隔了铁幕或长城一样地可以截然分开。因为历史是渗透的,文化贯穿着过去、现在和未来。我断定,我们每个人都同时集维多利亚的、现代的和后现代的气质于一身。"[1]这也就是说,后现代主义本身的反叛性与否定性,也并不是绝对化的、全方位的、彻底的,而且这种反叛与否定,也不一定是完全合理的、积极的、真正具有超前意味的,譬如它对人的主体性的反叛,对世界统一性和整体性的解构,对中心意义与人的自我理性的怀疑和否定,都存在着某些相互矛盾的成分,也很难体现出对现实存在具有超前性的探索意向。汉斯·伯顿斯曾试图用一种"多元论策略"来阐述后现代主义的这些复杂内涵,并认定后现代主义是对现代主义的一种"智性反叛"[2],我以为这只是一种为了自圆其说的思维怪圈,并不能让人真正地看清后现代主义内部的诸多问题。这也同样意味着,在文学创作中,后现代主义不可能以完全独立的方式呈现出来,它的反叛性也不能确保文本能够像先锋文学那样具有内在的超前秉性和积极的开创性价值。因此,我们看到,在几乎所有的先锋作家创作中,即使他们具有后现代主义的审美倾向,也都只是某些方面的,而且完全是出于作家自我探索和创新需要所生发出来的。最典型的作家如博尔赫斯、罗伯特·库弗、约翰·巴思等在文本上的执着实验,都是根据自己艺术探索和审美理想的需要,合理地吸取了其中的某些具有开创意义的成分,并使之成功融入自己的创作实践中,从而形成独具魅力的先锋性文本。同时我们还必须明白,在很多时候,并不是先锋作家们在充分理解和认同了后现代主义的某种倾向之后,才有意识地采纳了它们,而是恰恰相反,作家们在叙事探索中逐渐形成了某种审美倾向之后,才由理论家们将之归纳并认定为后现代主义的实践形式,即使像荒诞派戏剧、黑色幽默等这些带有流派性质的创作团体也不例外。这也就是说,有些

---

[1] [荷]佛克马、伯顿斯编:《走向后现代主义》,第273页,王宁等译,北京大学出版社,1991年。

[2] [荷]佛克马、伯顿斯编:《走向后现代主义》,第23页,王宁等译,北京大学出版社,1991年。

后现代主义的审美倾向，本身就是先锋作家艺术探索的结果。这一点在中国也同样如此。譬如在二十世纪八十年代末的一些先锋小说（如余华、苏童、格非、孙甘露、北村、残雪的一些作品）中，就已经或多或少地体现了某些后现代主义倾向[1]，但是，他们更多的仍然是立足于自我审美表达的需要，而并非盲目的全盘接收。

尽管我们还很难在更多层面上对后现代主义文学与先锋文学之间的区别做出更为详尽的分析，但是它们显然属于两个不同的艺术范畴，虽有交叉，却不完全一致。其中所隐藏的交叉性，在先锋文学创作中，常常体现为某些解构性的表达策略。对此，南帆曾有一番别有意味的阐释：

> 作为一种通俗的解释，我时常使用一个浅显的比喻说明问题：将文学形式的诸种要素——叙事模式，叙事角度，叙事时间，节奏，频率，对白方式，隐喻，比拟，象征，神话——比拟为文学建筑的预制材料。通常的建筑预制材料只能修建火柴盒式的常规楼房，例如砖头，地板，窗框，门板，立柱，如此等等。如果建筑师异想天开地设计一幢圆形或者球状的楼房，那么，这一张设计图将因为缺乏新型的建筑材料而无法完成。通常的文学无异于常规性楼房。相对地说，先锋作家的工作可以形容为，重组、调换乃至重铸文学的建筑材料，缔造另一种类型的文学王国。语言犹如人类精神栖居的家园。文学实验形成了语言表述的新型可能亦即人类精神的新型可能。现实主义文学常常抱怨，那些先锋文学无视常识，那些文学世界"不真实"。然而，先锋文学的信念是，文学实验可能产生另一种"真实"的观念，甚至产生另一种"真实"本身。二十世纪九十年代，我曾经在论述"先锋文学"时说过："他们并非为历史与经验而写作，而是用写作创造崭新的历史与经验。"从后现代

---

[1] 关于此点，可参阅张国义编《生存游戏的水圈》（北京大学出版社1994年），该书中有多篇文章论及一些中国当代先锋作家小说中的后现代主义特征。

主义式的悲剧景象、历史叙事的戏弄与调侃到主体、人道主义的瓦解、崩溃,"先锋文学"兴趣的主题无一不是与某些特殊的叙事联系在一起的。[1]

南帆从材料与建筑的关系出发,表明了先锋文学试图在某种意义上创造崭新的历史与经验,这也意味着,我们对待先锋文学,应该持更为积极的肯定态度,因为唯有先锋的不断开拓,我们的文学才会出现新的生机,才会拥有向更高方向发展的可能性;而对待后现代主义,还是应该如佛克马所说的那样,不必"赞同性的接受"。但是,我们又必须看到,作为二十世纪九十年代的一个重要文化背景,后现代主义正在通过网络化的信息技术试图迅速地取消地域上的文化差别,并在强大的现代科技支持下,以全球化的同步形式直接将中国纳入这种前沿文化的生存境遇之中。而且,这种后现代主义的发难,已使我们原本就处在调整期的先锋文学失去了一个相对平静的文化秩序,也使一些后起的先锋作家不可避免地产生了盲动的泛自由主义情绪和浮泛的无深度式写作心态。这无疑要引起我们的特别关注。

---

[1] 南帆:《先锋文学的多重影像》,《文艺争鸣》,2015 年第 10 期。

第二章
先锋作家的主体向度

从艺术的主体性上看,先锋作家的主体精神流变过程,实质上是一个自觉地追求艺术多元化和合法化的现代性过程。它的突出特征是:通过人性的内部勘探、反叛体制化历史所造成的文化禁锢、抗拒一切公众意识的侵袭,回到个人生存的本源和谋求个体精神空间的独立。在这种审美诉求渐渐被现代体制所认同之后,他们又开始转向新的现代审美追求,积极地寻找全球现代文化的发展途径,并由此向生命本体的存在之境进发。美国学者罗莎琳·克劳斯在《先锋派的独创性》一文中就认为,先锋的独创性就是体现为作家对自我本源的顽强恪守,是作家主体精神的自我投射,"自我作为本源,不受传统的污染,因为它拥有一种本源的天真。由此,布朗库西说出了一句名言:'我们不再是孩子时,我们也就死了。'或者,自我作为本源,具有重生的持续行动的潜能,即自我出生的永恒化的潜能。由此,马勒维奇说:'只要他活着,他就要拒绝昨日的信念。'自我作为本源,是在重新体验的现时和负载传统的过去之间划出分界线的方式。先锋派的主张正是对独创性的主张"[1]。先锋作家就是要像孩童般拒绝任何世俗的同化,因此,先锋作

---

[1] 周韵主编:《先锋派理论读本》,第313—314页,南京大学出版社,2014年。

家常常从根本上剥离了自身与现实精神集体表征的纠缠,自觉地退回到民间立场,以个人化的自由叙事来展示自身的艺术独创能力和审美思考能力。在这种精神流变过程的内部,其实也包含了先锋作家对艺术精神在合法性上的理性思辨状态,即通过创作主体对现代艺术观念的自觉维护与张扬,使文学真正地回到人类的精神生活之中,回到内心的存在之中,回到生命的本质追问之中。

正因如此,先锋文学的发展历程,从某种程度上说,也是创作主体现代意识回归与确立的过程,因为"现代性不仅仅涉及事物的客观变化。没有现代性意识便没有现代性:要意识到与过去相比发生的变化和出现的差别,意识到我们生活在一个与旧时代根本不同的时代。就是说要有变化意识。人们可能会觉得这类转变多少有些强烈、有些干脆,但它却是事物长期发展的结果,它深入人心,使人们的精神世界发生了明显的变化"[1]。从这种"变化意识"出发,本章将立足于先锋文学的创作主体,从主体的精神向度上来探讨先锋作家在"先锋性"上的追求及其对审美现代性的意义。

第一节 先锋的精神高度

先锋文学在接受层面上一直存在着这样一种悖谬现象:一方面人们始终自觉地对它保持着高度的敬意,对它的创新意识、反叛姿态以及强烈的非主流化个性倾注了极大的热情;另一方面又在内心不自觉地排斥它的文本,至少不是那么由衷地津津乐道于先锋的各种实验。这种悖谬现象实质上潜示了先锋文学的审美向度:是专注于话语形式的修筑,还是强调精神内涵的开拓?

成熟的论断当然是两者的协调统一,譬如卡夫卡、福克纳、马尔克斯和米兰·昆德拉的很多小说。问题是,如何使文本形式和精神内蕴在

---

[1] [法]伊夫·瓦岱:《文学与现代性》,第6页,田庆生译,北京大学出版社,2001年。

先锋的层面上同时达到和谐的统一？面对这个追问，我们有必要重返文学自身的本质。文学作为作家生命活动的一种特殊形式，作为人类精神活动史的一部分，它是源于作家对社会、历史、生命以及自然的独特感受和艺术表达，它是以一种独有的话语方式对人类精神存在的展示。尽管在一些形式主义者的眼里，文学只不过是一种语言的游戏，但他们同时也承认，"这是一种高尚的精神游戏"（热奈特语）。创作主体的精神表达、作家审美理想的自我展示，是一切作家都必须面对的首要问题，也是一切作家从事写作的内在动机。即使是那些被世人公认的、在文本形式上有着杰出创见的先锋作家也不例外。昆德拉就说道："不是为了把小说改造成哲学，而是为了在叙事的基础上动用所有理性的和非理性的，叙述的和沉思的，可以揭示人的存在的手段，使小说成为精神的最高综合。"[1] 米兰·昆德拉在这里所说的"精神的最高综合"，就是指创作主体必须站到应有的精神高度，对人类的存在做出特殊的发现，使人们通过他的作品，看到许多熠熠生辉的灵魂，就像后现代主义大师罗伯特·库弗说的那样："我们只是认为现实中有一种死去的神话需要复活，需要显现。我们需要用这些神话去照亮现实。"[2] 对此，海子也曾强调："做一个诗人，你必须热爱人类的秘密，在神圣的黑夜中走遍大地，热爱人类的痛苦和幸福，忍受那些必须忍受的，歌唱那些应该歌唱的。"[3] 事实上，上述这些先锋作家的陈述都已表明：作家是一个严肃的精神劳作者，他时刻都必须面对人类的精神问题说话。他的话语表达、艺术追求，都是为了对人的心灵内部进行勘探，对人的精神内涵进行发掘，对人类的存在境遇进行追问和反思。这是作家存在的重要价值和意义。

所以一个真正意义上的先锋作家，他的最直接的表现，或者说他被

---

[1] ［捷克］米兰·昆德拉：《小说的艺术》，第15页，孟湄译，生活·读书·新知三联书店，1992年。
[2] ［美］罗伯特·库弗：《魔杖》，第293页，李自修等译，作家出版社，1998年。
[3] 西川编：《海子诗全编》，第916页，上海三联书店，1997年。

确认为"先锋身份"的最外在的证据,也许是他那独一无二的话语表现形式,是他在文本上做出的、带有超前性的叙事特征,但这种形式上的开创性实验并不是他的终极目的,而是他为了更贴切地表达自己的艺术精神所创造的"有意味的形式"。当他感到既定的创作思维和话语模式不能满足他内心深处的表达需要时,他必然要自觉地挣脱各种传统艺术的羁绊,寻找新的表达方式来完成自身的艺术理想。这就是说,先锋文学的反叛,从根源上说应该是出于作家对自我精神前瞻性的需要,是出于作家自身的审美思维、精神发现与现存的表达方式不协调的反抗,是出于作家对自己独立自治的审美理想的维护和确认。它的核心和本质,都是基于作家精神深处的反叛。判断一个作家是否属于先锋,关键就是要审度他的精神内核中是否存在与现实价值保持着对抗的姿态,检视他的审美发现是否带有超前性,是否对社会、历史、生命和自然有着更深更远的认知,是否在存在的境域中具有顽强的开拓性。

这正是先锋文学的本质。真正的先锋,除了在形式上与传统文学存在各种差异性之外,更重要的是作家在精神本源上,即对人类生活的历史、文化、生命以及自然有着更为深远的体认。先锋作家余华就曾说:"先锋是一种精神的活动,它不是一种形式的追求,因为先锋在每个时代都会出现。"[1]先锋戏剧家孟京辉说:"实验戏剧是一种榜样,一种精神,一种神圣的体验,一种严肃的游戏。"[2]先锋诗人周伦佑也说:"在时间内部紧紧抓住意义之核,反复咀嚼品味,然后说出所思所悟,这是唯一值得诗人关心的事情。"[3]事实上,从主体精神来看,真正的先锋应该是一种精神的先锋,它体现的是一种常人难以企及的精神高度,是一种与主流意识格格不入的灵魂漫游者。只有在精神内部具备了与众不同的、拥有绝对超前的先锋禀赋,拥有了对人类存在境遇的独特感受和发现,作家才有可能去寻找、探求新的话语表达方式,才有可能

---

[1] 洪治纲:《余华评传》,第230页,郑州大学出版社,2005年。
[2] 孟京辉编:《先锋戏剧档案》,第366页,作家出版社,2000年。
[3] 梁晓明等主编:《中国先锋诗歌档案》,第47页,浙江文艺出版社,2004年。

去颠覆既有的、不适合自己艺术表达的文本范式,才有可能去自觉地进行话语形式的革命。卡夫卡如果没有对异质化社会的刻骨感受,没有发现人性被世俗物质疯狂扭曲后的可怕情形,没有对生命无奈而绝望的体恤,也就不可能找到让人变成甲虫的变异方式,也就不可能让一个艺术家以自囚的方式表达他对世俗的愤懑和无望。这里,精神的统领性不言而喻。

让先锋回到精神,回到对存在的质疑与拷问,回到对人类精神命运的整体性关怀之中,这是对先锋本质的真正维护。人们对先锋作家的敬仰,并不一定是一种真正的理解式的赞同,而是基于对他所拥有的精神深度、他所具备的超前意识、他所达到的人格高度的敬重,是对先锋作家与生俱有的反叛和创新气质的仰慕,是对他内心深处时刻保持着顽强开拓和独到发现的艺术姿势的支持。一切既有的精神发现,都不可能成为先锋作家的写作资源。先锋作家只有对人类的存在进行永无止境的探究,才有可能找到真正能确立自己独创价值的内在动力和审美源泉,像普鲁斯特从客观时间中发现了心理时间,加缪从正常的社会秩序中看到了荒诞的现实,萨特从公众的人性价值中体悟到了另一种人性本质,马尔克斯从既定的史书中发现了另一种全新的历史脉络……这些先锋作家在精神本源上都从不轻易地认同现存的价值尺度,他们总是用怀疑的眼光去审度现实,用拷问的方式去质证现在,用前瞻的胸怀去省察本质,然后用坚定的信心来表达自己的观念。一个先锋作家,只有在存在的领域中有了新的发现,只有在对人类心灵的考察过程中有了更为深远的洞悉,他才能显示出自身在艺术反抗上的内在力度,才能确保自己反叛的严肃性和深刻性,才能为自己的艺术开拓打下坚实的精神基础,储存广阔的叙事资源。如果将自己的精神视野停留在现存的深度模式上,使自己的艺术心灵失去了有效的多向度思考,无论对人性、对社会还是对历史文化都没有更深更远的体悟,那么他的一切反抗都会缺乏力度,他也就不可能成为真正意义上的先锋作家,而充其量只能在一些极为有限的范围内进行纯粹的形式上的自我嬉戏。

这种对创作主体精神高度的自觉强调,在中国当代先锋作家中也一直表现得十分突出。可以说,除了少数艺术生命十分短暂的形式主义实验者之外,当代的先锋作家始终以主体思想的挺进方式来统领文学的反叛与创新。在早期的朦胧诗派中,尽管其诗歌形式彻底颠覆了以往的政治抒情诗式的模式,但是,这一诗派给人们带来真正震撼的,还是诗人们围绕着人性启蒙而进行的文化思想内部的反抗,以及对那些禁锢人性的文化和偏执性价值理念的否定。从创作主体上说,他们始终将自己扮演成一个思想的挑战者——"纵使你脚下有一千名挑战者/那就把我算作第一千零一名"(北岛《回答》)。为了展示这种挑战者的身份,增强挑战的内在力量,他们自觉地加强思想修炼,注重诗人的精神位格必须超越于时代,"诗人应该有哲学家的思考和探险家的胆量,甚至应该有早于政治家的探讨精神"[1]。北岛也说道:"诗人应该通过作品建立一个自己的世界,这是一个真诚而独特的世界,正直的世界,正义和人性的世界。"[2] 而寻根大潮的兴起,更是一场创作主体在文化与思想上顽强探索的理性盛宴。偏乡僻壤中古老的文化形态、现实生活里的未明状态、自然中重新出现的神秘感、人的命运中的宿命意味、迷惘或荒诞感、不断的自我内省和怀疑……所有这些隐秘的存在状态,都以这样或那样的方式进入先锋作家的审美视野,而在这一创作思潮的背后,却清晰地透射出创作主体对传统文化的重审姿态,以及高度理性的现代精神。到了二十世纪八十年代后期,当代先锋文学的审美动向由现代启蒙迅速转入存在主义的勘探,先锋作家的主体精神也进入到更深的精神领地。记得莫言就说:"一个有良心有抱负的作家,他应该站得更高一些,看得更远一些。他应该站在人类的立场上进行他的写作,他应该为人类的前途焦虑或是担忧,他苦苦思索的应该是人类的命运,他应该把自己的创作提升到哲学的高度,只有这样的写作才是有价值的。"[3] 在这种

---

[1] 徐敬亚:《生活·诗·政治抒情诗》,《福建文学》,1981年第1期。
[2] 老木编:《青年诗人谈诗》,第2页,北京大学五四文学社,1985年。
[3] 莫言:《莫言散文》,第290页,浙江文艺出版社,2000年。

"高与远"的精神苛求中,我们看到,以余华、格非、苏童、杨炼、欧阳江河、韩东等为代表的先锋群体都在不断地进行哲学化精神思考,从而使当代先锋文学的创作主体一直保持着特有的精神高度。

从另一个方面说,让先锋回到人类的内在精神之中,也是为了让先锋作家重新确立自己的精神维度,重新自省自己的精神力量,重新开掘自己对勘探存在的潜在能力,弘扬自身的自由秉性。因为先锋在终极上就是捍卫精神的自由。"所谓先锋派,就是自由。"[1]尤奈斯库的这句表白明确地道出了先锋文学的特质。先锋作家之所以极力反对任何一种整体主义价值观和各种强制性的秩序,对抗一切世俗的、外在的物质化意识形态,拒绝一切固有的传统生存方式,就是因为它们制约了作家自我的心灵漫游,拘囿了作家对存在领域的深度开发,压制了作家自身精神人格的迸射。虽然他们不希望任何思维程式凌驾于它之上,当然也不可能将自己凌驾于别人之上,但是,他们所体现的深远意义,就是为灵魂的自由而战,这是先锋文学反抗的目的,也是它可贵的勇气。对于一个真正的先锋作家而言,他的孤独就在于他在争取自由的过程中不可能赢得公众的普遍喧哗,他只能以个体本位论的方式独守自己的心灵空间,以想象和虚构的方式来记录他在茫茫的精神原野上漫步所得,来表达他在无拘无束的精神之地所作的发现。自由是先锋精神的内核,没有自由,先锋文学就不可能具备生命的活力,不可能在创新的意义上有所建构。拥有自由,恪守自由,用自由的生命形态去对视大众现实,对视庸常的心灵,才能使先锋作家不会受到任何意识的潜在规约,才能保持先锋作家永不枯竭的创新能力,才能树立起先锋作家卓尔不群的人格形象。这一点,在我们当代先锋作家的主体意识中,同样表现得十分明显。

当然,人们之所以产生形式上的错觉,常常将先锋认定为那些在文本形式上不断翻新的作品,将一些暗中为话语形式绞尽脑汁而故弄玄虚

---

[1] 王忠琪等译:《法国作家论文学》,第579页,生活·读书·新知三联书店,1984年。

的作家套上"先锋作家"的桂冠,就在于曲解了先锋的本质内涵,忽视了对先锋精神的关注。余华曾一针见血地指出:"对先锋作家的评定,我觉得还应该有个要求,他的作品不仅是在那个时代给人带来某种新奇的力量,同时对整个以后的时代,他还要有一种持久的力量。这才是一个真正的先锋作家。"[1]这也就是说,真正的先锋是精神的先锋,是体现在作家审美理想中的自由、反抗、探索和创新的艺术表现,是作家与世俗潮流逆向而行的个人操守,是对人类命运和生命存在的可能性前景的不断发现。先锋之所以成为先锋,就在于它是极少数的,带有精英特色的,不从属于任何体系的存在。正由于此,它必然也必须与大众意识保持一定的距离,它是以颠覆公众价值形态和欣赏习惯为代价的,人们不可能依靠正常的经验和阅读定式顺利地进入它的精神内核。但是不能洞悉其精神内核并不能等于它就没有精神内涵,更不能将那些为形式而形式的文字游戏视为先锋。事实上,故弄玄虚的文字游戏家们常常就是借用了先锋文学的创新理由来干起欺名盗世的勾当,并以此捞取一些所谓"精英"的声誉,而使真正的先锋文学遭受了不白之冤。就像在任何物质文明充分发达的社会里仿真的假货依然四处流行一样,"伪先锋"的存在同样也不奇怪。科学的审度方法是:透过形式的外衣,全方位地动用自己的审美能力进入文本之中,看到其内在精神的绵延性,认识到它对既定文学形式和价值观念否定的关键部位,并进行比较和衡量,使自己领会到创作主体的精神向度,以此甄别出那些"伪先锋"的无聊游戏。

第二节 先锋的警惕姿态

先锋文学的独创性,并不是先锋作家凭空奇想而成的,而是源于他对现实内在问题的深入思考与独特判断。现实生活中有没有问题,或者

---

[1] 洪治纲:《余华评传》,第231页,郑州大学出版社,2005年。

说现实中问题之所以会成为问题，取决于作家对现实的怀疑、质询和思索。如果加缪没有洞悉法律与伦理之间的吊诡关系，并试图对之进行存在意义上的质询，他或许不会去创作《局外人》。因为小说中的主人公从一开始就将自己置身于某种反伦理的境域，并坚持以自由、坦率和我行我素的生存方式，不断地挑战各种世俗伦理，由此触发了法律对他的不断干预。在论及欧洲的先锋派文学时，比格尔就认为，先锋派的出现，主要起因于唯美主义的艺术自律观念，因为先锋派就是从对唯美主义的强烈警惕和质疑中产生出来的，并且在资产阶级社会，艺术本身起着矛盾的作用："它投射了一个更好的秩序的意象，就此而言，它是对流行的坏秩序的抗议。但是，通过在想象中实现更好秩序的仅仅是外观的意象，它对现存社会中那些导致变革的力量所造成的压力起舒缓作用。这些力量被局限在一个理想的领域。当艺术实现这一作用时，它就是马尔库塞所谓的'肯定的'。"[1] 这段话不仅道出了艺术与现实之间的基本关系，也阐明了先锋艺术家对于现实秩序的警惕和抵抗姿态。1998年，索尔仁尼琴的新著《倾塌的俄罗斯》再一次引起俄罗斯人的关注。这是继作家《我们怎样建设俄罗斯》和《二十世纪末的俄罗斯问题》出版之后的又一部政论性专著，合称为"政论三部曲"。在该书中，索尔仁尼琴再一次对现存的俄罗斯社会现实问题进行了深刻的批判。他认为，地域广阔的俄罗斯国土已千疮百孔，权力阶层又腐败无能，国际上的敌对势力则得寸进尺，而俄罗斯人的民族精神和国家意识又极度薄弱，这使得俄罗斯民族再一次陷入了生存困境。

目睹自己几十年间一直与之对峙的权力体制崩塌，索尔仁尼琴原本应该感到十分欣慰，甚至可以在某种程度上以"功臣"自居，但他却再一次选择了与现实秩序对立的精神立场。1994年5月，当索尔仁尼琴结束了在美国整整二十年的漂泊生活返回符拉迪沃斯托克（海参崴）时，这座滨海小城不亚于发生了七级以上的地震。欢迎的规模、欢迎群众的

---

[1]［德］彼得·比格尔：《先锋派理论》，第121页，高建平译，商务印书馆，2002年。

热情、世界各地赶来的新闻记者人数,都远远超过了1986年戈尔巴乔夫视察时的情景。然而,索尔仁尼琴拒绝了一切政府安排的接待方式,而是坐着火车沿途考察俄罗斯的民情,直到两个月后才回到莫斯科。在回国的数年里,他始终以一种批判的眼光审视着俄罗斯的社会现实。他不仅拒绝了国家元首在他生日时授予他的俄罗斯国家最高奖圣安德烈奖,还站在民族自尊心的立场上,对曾有惠于他的美国及整个西方霸权主义意识同样进行了毫不留情的批判。[1]

我们之所以在此重述索尔仁尼琴的这些言行,是想强调,索氏实质上体现了一个先锋作家的重要立场,即对公众意识和现实秩序的永远警惕。无论是在苏联时期,还是在俄罗斯时期,无论是针对国内现实,还是面对世界格局,索尔仁尼琴都保持着一种高度自觉的警惕性。他似乎从不轻易地认同某种价值观和现存体制,不受自身处境和利益冲突的限制而屈从于某种势力,而是始终以批判的姿态维护自身的认识与表达。尽管从今天来看,索氏的对立姿态更多的是体现了一个政治家的角度,带着强烈的政治意图,但在历史的承传中,这种对立性的精神立场毕竟促使他写出了《癌症楼》、《第一圈》等一批极具先锋精神的优秀作品。所以从本质上说,这种立场与其艺术观有着内在的一致性。或者说,正是这种精神立场,确保了他那深邃而独具魅力的先锋精神,使之进入世界一流作家的行列。针对这种精神立场,南帆曾经论道:"许多西方的先锋作家对于所谓的'成功'保持了高度的警觉。谁的'成功'?'成功'意味的是传统评价体系的安全接纳吗?作为西方文化的叛逆者,先锋作家决不愿意看到,所谓的文学'成功'成为资本主义商业社会的黏合剂。资本主义商品交换体系以及无所不在的工具——理性吞噬了个性、精神与自由。一个愈来愈强大的商业文化体制正在成为令人窒息的沉重桎梏,刻板、循规蹈矩和聚敛财富仿佛构成了无可置疑的标准。令

---

[1] 有关索氏的上述情况,分别参阅了刘文飞《索尔仁尼琴新作〈倾塌的俄罗斯〉》(《天涯》1999年第5期)和蓝英年《寻墓者说》第142页(汉语大词典出版社1998年)。

人惊奇的是,这种文化体制包含了巨大的驯化能力——包括巧妙地吸收对抗的能量。许多狂野不羁的现代主义艺术震惊一时,然而,这些作品的结局仍然是作为另一种意义的经典陈列于美术馆,扮演偶像接受四面八方的景仰。始于反叛,终于权威,这种循环已经成为先锋派艺术挣不开的无形锁链。先锋艺术冒出的各种恶作剧式的表述无不包含了这种含义:以更为强烈的方式挑战、冲击乃至亵渎资本主义文化体制。这被视为先锋艺术触动社会实践的重要方式。"[1] 南帆的阐述,其实道出了比格尔等人反复强调的先锋艺术反叛之本质。

作家是一个独特的精神劳作者。他首先面对的问题就是用什么样的眼光来看待人和人的生活,从何种角度去审视社会、历史、生命与自然。这种精神立场的确立,直接关系到他的所有创作将如何选择自身的艺术表达方式以及他有可能抵达的艺术深度。对于先锋文学而言,它的全部意义就在于:反叛性,独创性,不可重复性以及精神深处的前瞻性。它体现出来的精神立场必须也只能是:与现实保持着绝对的距离,与任何世俗性的生存方式和价值取向保持着非认同姿态。它的目的不是以某种权利意志或意识形态来干预或改变现实,也不是用异端的行为来显示自我的不可替代性,更不是故意为现实生存秩序制造虚幻的麻烦,而是为了巩固先锋作家自己独立自治的精神空间,剔除一切外在意识的潜在影响,以确保自身在精神领域中的执着反抗,确保自己对业已认定的艺术理想的致力追求,确保自我叙事的不可重复性。索尔仁尼琴的生存方式,实际上是以一种非常明确化的、绝对化的姿态表明了先锋作家的精神需要,而在更多的先锋作家心中,这种对立同样也是或隐或现地存在着。最早的朦胧诗派曾以鲜明的反专制倾向和英雄情结的高扬而显得独树一帜,可是当后来的整个社会也同样开始了拨乱反正,并与诗人们的精神立场产生高度一致时,其代表性诗人如江河、杨炼、芒克、多多等立即意识到了与主流并轨的危险,于是又开始了新的精神转向——

---

[1] 南帆:《先锋文学的多重影像》,《文艺争鸣》,2015年第10期。

北岛转向对诗歌本体的哲学式营构,江河和杨炼开始对传统文化进行现代性的精神寻根,芒克和多多则倾力于现代主义诗歌的探索。而在二十世纪八十年代中期,像徐星、刘索拉(包括刘毅然的某些小说)更是明确地站在一种消解主流价值角度,展示科学启蒙荒废后的精神迷惘,其怀疑姿态与反讽语调融成一体。残雪则以极端化的审美方式,通过各种不可理喻的阴戾和恶心,直接表明对现实伦理秩序的不信任。洪峰的《奔丧》、《湮没》等干脆将亲情、爱情等人类最温馨的伦理情感置入反讽之中,展示了创作主体对人性中某些既定性观念的怀疑。

值得注意的是,中国当代先锋作家的这种怀疑姿态,并非是出于某种标新立异的时尚冲动,而是源自创作主体的内心自觉。张承志就曾明确地说:"我只是一个流行时代的异端,我不爱随波逐流。"[1]陈染也说:"我始终坚持在主流文学之外的边缘位置上一笔一画地写作。我并不以为文学中的'个人'比较起'群体'是一种大与小的关系,一百个人与一个人并不能说明什么,这只是一个'量'的问题,而不是'质'的问题。"[2]余华就曾清醒地看到:"很多优秀的作家他们和现实之间都处于一种紧张关系,在他们笔下,只有当现实处于遥远状态时,他们作品中的现实才会闪闪发亮,这种现实虽然充满魅力,但它蒙上了一层虚幻的色彩,这里面充满了个人的想象和理解。……还有这样的作家,一生都在解决自我和现实的紧张关系,福克纳是最为成功的例子,他找到了一条温和的途径,他描写中间状态的事物,同时包容了美好与丑恶,他将美国南方的现实放到了历史和人文精神之中,这是真正意义上的现实。"[3]余华非常暧昧地用了"紧张"这个语汇,但在我们看来,他的所谓"紧张"的背后就是对抗与对立,即与客观现实互不信任。事实上,余华的所有创作也都显示出与一切客观的真实保持着严格的对峙姿态。在早期的《现实一种》、《世事如烟》、《河边的错误》中,他无限

---

[1] 愚士选编:《以笔为旗》,第174页,湖南文艺出版社,1997年。
[2] 陈染、萧钢:《另一扇开启的门》,《花城》,1996年第2期。
[3] 张英:《写出真正的中国人——余华访谈录》,《北京文学》,1999年第10期。

地夸大暴力与残酷，突出恶在人性本能中的种种表现，以便有效地反拨人们对人性伦理的公众体察。在后期的《活着》、《许三观卖血记》等作品中，他看似大力加强了温情的力量，然而在这种温情的背后，我们却感受到一种更大的残忍、更深的绝望。福贵从一个纨绔子弟到一贫如洗，从拥有一个圆满的家到最后成为鳏夫，从生存的外表上看，体现了人与命运的一种友好对视，即人对苦难自身的巨大承受能力，但内蕴上却折射出创作主体对苦难的刻意迷恋，对人的不幸命运的极致性推衍。许三观卖血不只是为了养活自己的儿子，还要养活让他戴了绿帽子的何小勇的儿子。他内心想反抗，可是当他看到大乐饥饿的眼神，看到何小勇与死亡挣扎的情形，那种维护自身尊严的愿望立即被更强大的道德律令所颠覆。许三观的生命在本质上体现出某种悲天悯人的绝望，只不过这种绝望被更多的言语间的温情所掩饰。也许在细节上它们都是真实的、符合大众生存经验的，但内旨上却明显又超越了现实，甚至是反现实、反经验的。余华试图从福克纳那里获取智慧，找到一条中间的途径来调整自己与现实之间的紧张与对立，但这只是余华的一种叙事策略而已。

　　无论是索尔仁尼琴，还是中国的一些先锋作家，如果以先锋作家的身份来省察他们的精神立场，我们看到更多的还是他们与传统艺术经验的不相容，与主流观念形态的不一致，对当下现实生存经验的不信任。他们的作品之所以完全游离于公众意识之外、历史经验之外，让人对历史、对生命有着全新的认识，是因为他们只忠实于自己的心灵，只忠实于自己的艺术理想和人生思考。对于加缪而言，人类的终极处境是一种荒诞和绝望，所有的反抗意义就在于反抗过程本身，就像西西弗斯周而复始地向山上搬动那块巨石，所以加缪毕生追求的都是人不是如何活出意义来，而是人应该如何活着才有价值。他的《鼠疫》、《局外人》都充满了这种生命过程的寓言。而在萨特那里，他人就是地狱，一切庸常的看似充满温情的社会关系下，常常潜伏着深刻的危险与倾轧。他的《理智之年》、《恶心》无疑都是通过对自由的渴望与追求，对这一思想进行了艺术的诠释。在中国当代先锋作家里,像"以笔为旗"的张承志,就狂热地渴望彰显自己清洁的精神,"他狂怒而粗野地反叛入伙,发誓要献身于一场精神圣战,用文字为哲合忍耶征讨历史和实现大预言"。而以《务虚笔记》直击生命内核的史铁生,则"以个体的生命为路标,孤军深入,默默探测全人类永恒的纯静和辉煌。史铁生的笔下是较少有丑恶相与残酷相的,显示出他出于通透的一种拒绝和一种对人世至宥至慈的宽厚,他是一尊微笑着的菩萨"[1]。先锋作家的这种对立性精神立场,在具体创作中直接体现出来的艺术法则就是:永远的警惕。这种警惕包含着不轻易的认同和必要的反抗这样两重意义——不相信传统艺术规范和思维程式,并针对它们既定的陈腐模式进行毫不妥协的反抗;不相信世俗热流中形成的公众意识和集体聚焦,并穿透它们的外在表象从根源上进行有效的反拨;不相信主流意识形态提供的精神导向,并在超越政治的人类存在层面上做出新的发言。所以尤奈斯库说:"一个先锋派的人就如同是国家内部的一个敌人,他发奋要使它解体,起来反叛它,因为一种表达形式一经确立之后,就像是一种制度似的,也是一种压迫的形式。先锋派的人是现存体系的反对者。他是现有东西的一个批评者,是现在的批评者,——而不是它的辩护士。"[2] 先锋文学的核心或者说它的最艰难部位也就在这里。它体现在创作主体身上,绝不是外在言行上的与众不同和妄自尊大,绝不是生存方式上的异端化和乖张化,而是内在精神上的自觉独立与高瞻远瞩。

同时我们还必须看到,一个严格的先锋作家,不仅要与上述这些情况保持高度的警惕,还必须时刻与作家自我的思维程式,甚至话语表达方式保持必要的警惕。真正的先锋作家,他走上的是一条不归路,他不仅不能重复别人,也不能重复自己。他必须使自己永无止境地处在一种自我不断超越的状态中,时刻反省自己,否定自己,颠覆自己,使自己的创作永远保持着精神维度上的前瞻性,话语表达上的前卫性。否则,

---

[1] 愚士选编:《以笔为旗》,第 228 页,湖南文艺出版社,1997 年。
[2] 王忠琪等译:《法国作家论文学》,第 569 页,生活·读书·新知三联书店,1984 年。

他的先锋性只能是某个阶段某个时期的，不具备先锋精神的延续性。对于大多数有着独立艺术思考能力的作家来说，先锋一次并不难，难的是永远保持着自己的先锋品格，所以在中外文学发展史上，真正的先锋作家总是少而又少。在我们新时期的文坛上，也常常出现这种现象：某些作家凭着自己的一时发现，带着全新的审美经验闯入文坛，立即给人以惊悸的审美震撼，但很快这种审美表达就成为束缚作家自己继续创新的圭臬，先锋的探索很快退化成自我经验的依恋。导致这种情况的内在原因并非只是作家固有的自恋意识和满足感，而是他们失去了对自身创作的必要警惕，失去了在永远创新中顽强自我超越的能动力。

全面审度先锋作家的精神立场，在以先驱性作为标志的审美观照中，我们不能不承认，要使先锋作家保持着这种近似苛刻的明确的警惕性精神立场，的确是尤为艰辛的。但没有这种时刻的警惕，就无法保证先锋作家在精神空间中的完整与独立，无法保证他们在艺术上的独创和探索，无法展示他们作为先锋应有的精神力量。而且，我们还必须意识到，先锋作家的这种警惕性精神立场，并不是以简单的破坏作为最终目的，它的质疑和对峙是因为既定的一切价值体系和思想观念与他所认识到的价值体系、思想观念不相吻合，现实的生存秩序与他心中的理想秩序不相一致，也就是说，他选择的质疑是源于他自身的审美理想和精神需求，他的反叛是以维护自身艺术理想的反叛，而不是盲目地否定一切形式的反叛。他拥有自身完整坚实的造血功能，拥有明确的叙事目标和精神向度，拥有深刻的、具备体系化的生命哲学。他为自己提出的任务就是在瓦解、摧毁、清场的同时，全方位地展示自己业已发现的新的、革命性的可能性艺术状态。1957年，在加缪获得诺贝尔文学奖时，瑞典文学院常任秘书奥斯特林曾如此说道："他所倡导的人类处境的'荒诞'，不是靠贫瘠的否定论撑腰，而是由一种强有力的'无上诫命'所支持，可以说是一个'但是'，一个背叛荒诞的意志，因为要唤醒这一意志，于是创造了一种价值。"[1] 这实际上也已表明，一个真正的先锋作家，在确立对立性精神立场时，首先必须要有完整的、与众不同的审美发现，必须要有明确的、坚实的、带有超前性的艺术理想，必须要对生命、社会、历史、自然有着独到的体察，必须要对人的存在命运和历史境域有着不懈的、超越于同类人的追问和洞悉。否则，他的一切警惕都是一种空泛的、没有具体指认的、空洞的警惕，他的反叛也是没有目标的、盲动的、为反叛而进行的反叛，在本质上无法体现先锋的原创精神和先驱品性。

第三节　先锋的民间立场

要全面考察先锋作家的主体精神，我们还有必要再度回到创作主体的生存立场上来，也就是说，回到先锋作家的主体精神得以确立的生存方式上来，重新审度他们作为一个"社会的人"、"文化的人"和"存在的人"的历史角色和价值立场，找出他们与其他作家在生存方式和人生哲学上的某些内在区别。这样，可能更有利于我们从艺术本源上认识先锋文学产生的某些潜在因素，以及它对文学自身发展的某些不可替代的意义。

从表面上看，先锋就是反叛和创新，就是绝对的超前性和不可复制性，这是一个不争的事实。在回顾二十世纪八十年代的先锋文学时，林白曾说过，那个时代的先锋作家十分狂傲，甚至将狂傲视为自己的精神标签，"狂傲也就因此成为一个好词，等同于率性、心性的自由、挥洒的生命力。为什么狂？是把主流的标准不放在眼里，睥睨一切，永远不与他人弹同调。有狂气才能有气魄，气象。有狂气，才能开创出新的格局来。此外，不光有狂气，还要有狂力，有一颗永远战斗的心，与世界战斗，和现实战斗"[2]。狂傲表明了对现状的不轻易认同，不随大流，

---

[1] 毛信德等译：《诺贝尔文学奖颁奖演说集》，第442页，百花洲文艺出版社，1991年。
[2] 林白：《反抗与静穆：先锋文学的两种姿态》，《文艺争鸣》，2015年第10期。

但背后还是体现了一种姿态,而非明确的价值立场。那么,从创作主体角度来说,决定一个作家之所以能够成为先锋作家并使自己成功地走向反叛之路的重要条件是什么?为什么卡夫卡、福克纳能成为一个先锋作家,而同时代的其他作家却只能沿着传统文学的创作模式去写作?为什么有些作家就能始终保持着他们的先锋姿态,而另一些作家往往只能在先锋的位置上稍作停留便被传统的潮流所吞没?堂而皇之的理由,当然是卡夫卡、福克纳等作家具有常人无法企及的先锋精神,具有超越常规的艺术见地,具有永不歇息的反叛愿望和创新激情。但是,他们是在怎样的生存境遇中获得这种精神品格?又是以怎样的方式一以贯之地保持着这种品格?也就是说,作为一个社会的人、文化的人、存在的人,他们是在择取一种怎样的生活观念和价值立场,来培植并坚守自己的先锋精神?

要回答这个问题,我们必须深入到创作主体的生存经历中去。只有从他们的生存经历中,我们才能找到他们真实的心路历程;也只有从他们的生存经历中,我们才能真正地判断出他们的生活观念和价值立场,并进而体察到他们与一般作家在价值立场上的区别。因为从根本上说,一个作家的写作方式在很大程度上取决于他的生存方式。这种生存方式不只是指他的成长环境以及地域文化的制约(如神秘的南美文化之于马尔克斯、约克纳帕塔法县之于福克纳),更重要的是,还包括他在确立自身社会角色的过程中所体现出来的精神姿态和价值立场。先锋作家的独立性和自由性,决定了他必须绝对地服膺于个人的理想操守和精神空间,以自我的本源为中心,以避免自己被社会的种种意识热流所左右,导致自己的创作走上重复别人的命运。同时,作为一个社会的人,他又不可能超然于现实之外,于世外桃源中营构自己的象牙之塔。所以,先锋作家大多数自觉地选择了一种民间化的生存方式,使自己一方面安然地隐迹于尘世的喧嚣之中,犹如博尔赫斯所说的"像水消失在水中";另一方面又可以时时保持着对人类存在境遇的密切关注,对人类隐秘精神的深切体恤。立足于民间而不消融于民间,在民间环境中保存自己的自由意志，恪守独立的精神空间，这正是一个先锋作家独特而有效的生存方式，也是他们能够成功地与各种传统保持警惕和反抗，并在艺术上做出种种创新的重要条件。

这种特殊的民间身份，有些类似于波德莱尔笔下的"闲逛者"或本雅明笔下的"游荡者"，既属于这个时代，又独立于这个时代，是时代的异己者。"这些人无所事事，身份不明，迈着乌龟一样的步伐在大街上终日闲逛。他们现身于19世纪兴起的现代巴黎都城之中，但是，他们和整个现代的分工要求和市场法则相抗衡。正是因为他们的存在，在巴黎的街道上：'这里既有被人群推来搡去的行人，也有要求保留一臂间隔的空间、不愿放弃悠闲绅士生活的闲逛者。让多数人去关心他们的日常事务吧！悠闲的人能沉溺于那种闲逛者的漫游，只要他本身已经无所归依。他在彻底悠闲的环境中如同在城市的喧嚣躁动中一样无所归依。'这些游荡者在人群之中，但又和人群保持间距。他和人群格格不入——一切都不是他的归属。如果说街道上的人大多有具体的关心和目标（未来），因此是沿着一种线性（同质性和空泛的）的方式前行的话，那么这个游荡者行走在街道上，毫无目标，不知所终，不时转身，他只沉迷于闲逛和观看。此刻因此无限期地滞留——它并不包孕着一个明确的未来。"[1]很多先锋作家在选择自身的生存方式时，都在某种程度上扮演了这种游荡者的角色，并对民间化的社会角色始终保持着高度自觉的认同甚至迷恋的姿态。他们常常是主动地强调自我的民间角色，并努力使自己在生存方式上真正地回到社会的底层，回到自由而独立的民间历史中。信手拈来的例子之一，便是以金斯堡、凯鲁亚克等为代表的"垮掉的一代"。活了七十岁的金斯堡一直长期居住在纽约市的贫民区，尽管他早已因《嚎叫》等作品而名噪尘世，各种版税也源源不断地进入囊中，但他依旧终日与那些贫穷无名的艺人、社会盲流为伍，过着天马行空般的生活。凯鲁亚克更是崇尚一种波希米亚式的生活，放着好端端

---

[1] 汪民安：《什么是当代？》，见［意］吉奥乔·阿甘本：《论友爱》，第99—100页，刘耀辉、尉光吉译，北京大学出版社，2017年。

的大学不念，整天背着一只破背包在美国四处流浪。更为极端的是，这群人不但将自己放到社会的最底层，从不为自己的社会地位去拼搏，还以群居、酗酒、吸毒、同性恋等乖张的行为向世俗社会挑战。他们从不认为自己代表着什么，只是全身心地融入民间化的社会环境中，充分地张扬着自己的自由秉性和反叛情绪。他们对这种生存方式的极度迷恋，折射出来的正是他们对传统生存价值和社会伦理秩序的全面怀疑，对个性自由和欲望本能的高度复归。事实上，无论是《嚎叫》还是《在路上》，我们都可以看到它们所表达的审美蕴意与作者生活方式的内在关联。从某种意义上说，正因为这种生活方式，才决定了他们在文学上的巨大反叛，并使自己的作品体现出令人惊悚的先锋品质。

同样的例证还体现在卡夫卡身上。在《变形记》、《城堡》、《饥饿艺术家》等作品中，卡夫卡以史无前例的方式将人类生存的孤独与绝望、冷漠与怯懦表现得淋漓尽致。然而，这位被称为二十世纪最伟大的，同时又是最绝望的小说家，他之所以能在艺术上拥有如此惊人的发现，同样与他所选择的生存方式密切相关。他曾在日记中不止一次地说道："我将不顾一切地与所有人隔绝，与所有人敌对，不同任何人讲话。""现在我在我的家庭里，在那些最好的、最亲爱的人们中间，比一个陌生人还要陌生。"他的这种生存上的极端性，一方面固然有其自身的性格因素和身体因素，但另一方面，也是基于对自我内心完整性和独立性的顽强守护。他说："虚假的、通过外部措施去争取的假自由是一个错误，是混乱，是除了害怕和绝望的苦草外什么都不长的荒漠。这是自然的事，因为凡是具有真正的、耐久的价值的东西，都是来自内心的礼物。……咄咄逼人的进攻只是一种假象，一种诡计，人们常常用它在自己和世界面前遮掩弱点。真正持久的力量存在于忍受之中。只有软骨头才急躁粗暴。他通常因此而丧失了人的尊严。"[1]正因如此，这位天才作家始终自觉地游离于主流社会之外，一直以一个小公务员的身份处在

---

[1] [捷克]古斯塔夫·雅努施：《卡夫卡对我说》，第32—35页，赵登荣译，时代文艺出版社，1991年。

社会的最角落,用他那敏感而又纤弱的心灵静静地审视着这个世界,捕捉着那些人性深处的悲悯与无助。

我们也许还不应该忘记福克纳、博尔赫斯等先锋文学大师。一直生活在约克纳帕塔法县的福克纳,在第一次世界大战中为了成为一名空军战士曾想尽各种办法,然而等他好不容易取得参战的军官资格时,大战却历史地结束了。于是,在他的家乡奥克斯福小镇上,便常常出现一位一会儿穿着英国皇家空军全套制服、一会儿又赤着双脚的年轻人,他就是威廉·福克纳。这位被乡人讥为"无用伯爵"的年轻人,最后却将他那"邮票一样大小"的故乡展示给了全世界。在他的一生中,有很多可以改变自己社会地位的机遇,譬如给好莱坞写写报酬极高的剧本,他甚至也偶尔地去赶了赶时髦,但是最终他还是选择了故乡的小镇,与其他的平民一样,终日地叼着烟斗,一边干些体力活,一边写着自己的小说。他与主流社会格格不入,在外表上保持着一个平民的本色,内心里却始终放眼人类。故乡的小镇给他提供了无限丰富的写作资源,但更重要的是,使他的精神获得了绝对的独立和自由。博尔赫斯也是如此。尽管政府部门不断地拿权力和官位来诱惑他,可他从来都不屑一顾,他最后选择的却是国家图书馆馆长这一职务。因为对他来说,拥有图书便意味着拥有了无限自由的世界。馆长的具体工作统统交给秘书去做吧,而他则从此进入心灵自由飞翔的领地。

不必再罗列更多的事实。实际上,透过这些作家的生存经历,我们已经可以看出,这种民间化的生存方式,对他们的创作无疑起到了许多决定性的作用。它不只在于为他们提供了许多丰厚的写作资源,还在于为他们提供了种种审视世界、洞察人性的视角和方法,为他们在无拘无束中赢得了最为完整的自我。我们完全可以说,如果他们不是以这种民间化的方式生活着,而是随着种种社会热潮和主流意识手舞足蹈,他们也许还会成为作家,但不可能会有如此独特而深邃的艺术创建,也不可能写出那些具有强烈先锋精神的不朽之作。

中国当代先锋作家也不例外。我们姑且不谈很多选择民间底层生活的先锋诗人,如杨炼、江河、于坚、韩东等,他们都自觉地游离于体制之外,以一个民间自由者身份默默地从事自我认定的艺术探索;我们也可以不去细察黄纪苏、孟京辉、黄金罡、王小力、刁亦男等这些先锋戏剧家们散漫而无序的市井生活经历,因为他们所努力追求的实验性戏剧,就一直是以小剧场形式在民间寻求审美的表达和思想的呼应。我们可以看看,以《爸爸爸》、《马桥词典》、《暗示》为标志的先锋作家韩少功,虽然生活在体制之内,也不时地参与那些作为"社会的人"所必须承担的责任和义务,但他大多数时间依然选择湘西的乡村生活。他的《马桥词典》和《暗示》,其实都是乡村民间生活的产物。张承志更是一匹桀骜不驯的野马,或者说像一匹荒原上独行的孤狼,自始至终保持着孑然独立的姿态,从不与任何体制或思潮达成合谋,就像他自己说的那样:"我知道对于我最好的形式还是流浪。让强劲的大海旷野的风吹拂,让两条腿疲惫不堪,让痛苦和快乐反复锤打,让心里永远满满盛着感动。"[1]在他看来,只有这样,才能够使自己"独立地做人,独立地思考、创造和战斗,独立地树立起一面旗帜"[2]。所以,从《北方的河》到《金牧场》、《心灵史》,其中的主人公永远是一个行走在路上的精神幻影,一个执着地寻找英雄式完美理想的跋涉者。被誉为"浪漫骑士"、"行吟诗人"和"自由思想家"的王小波,更是一个苦苦探求独立与自由的作家。他曾任教于北京大学和中国人民大学等中国一流的高等学府,并到美国留学深造,但是,对独立与自由的渴望,最终使他放弃了一切体制内的生活而选择了做自由撰稿人。对此,他的妻子李银河曾分析说,儿时的家庭遭遇,"使他从小就学着用自己的判断力来找寻真理,他就找到了自由人文主义,并终身保持着对自由和理性的信念"[3]。事实上,自由人文主义的一个核心原则,就是追求独立的价值空间和精神操守,所以,王小波的小说总是对未来的生存充满了奇异的幻想。一直

---

[1] 张承志:《荒芜英雄路》,第310页,知识出版社,1994年。
[2] 张承志:《荒芜英雄路》,第3页,知识出版社,1994年。
[3] 王小波:《我的精神家园》,第303页,文化艺术出版社,1997年。

生活在都市中的莫言，却几乎从未在自己的小说中关注都市生活，从"红高粱"系列到《丰乳肥臀》再到惊世骇俗的《檀香刑》，他始终着力展示中国乡村社会中自由奔放的生命情怀。究其因，也同样是因为他的精神始终安置在民间化的乡村大地之中。他曾说："虽然我身在异乡，但我的精神已回到故乡；我的肉体生活在北京，我的灵魂生活在对于故乡的记忆里。"[1] 余华更不用说了。尽管他曾在海盐县文化馆和嘉兴市文联做过干部，但是，最终他还是选择了一个自由写作者的民间角色。而且，他一再强调，"我只要写作，就是回家"，因为无拘无束的成长以及故乡特有的文化氛围，始终是他打开自己审美领地的精神之门。无论是莫言还是余华，他们对故乡所体现出来的这种心灵皈依，从本质上说，都是一种对民间生活的依恋和依赖，一种对充满独立与自由的价值空间的寻求。

当然，我们也不能否认，就其外在层面而言，民间化恰恰又带有大众化、庸俗化的意味。因为民间社会虽然游离于上层的主流社会形态之外，但是与平民的世俗生存形态又不可避免地纠缠在一起，它同样也有一种消解个人意志的潜在威胁，即以粗鄙化、平庸化的方式瓦解每个个体生命的精神深度。所以，并不是说拥有了民间化的角色和身份，就意味着作家自身便具备了某种先锋品质。先锋是一种绝对个人化的精英意识的存在，它之所以活跃于民间，是因为民间以其特有的松散和多元的文化结构，为所有精英人物的个人独立和精神自由提供了无限广阔的、自由自在的生存空间。对此，陈思和曾作过十分精到的论析。他认为，民间具备以下几种特点：其一，它是在国家权力控制相对薄弱的领域产生的，保存相对自由活泼的形式，能够比较真实地表现民间社会生活的面貌和下层人民的情绪世界；虽然在政治权利面前民间力量以弱势的形态出现，但总是在一定限度内被接纳，并与国家权力相互渗透，因为它毕竟属于被统治的范畴，有着自己的独立历史和传统。其二，自由自在

---

[1] 莫言：《我的故乡与我的小说》，《当代作家评论》，1993年第2期。

是它最基本的审美风格。民间的传统意味着人类原始的生命力紧紧拥抱生活本身的过程,由此迸发出对生活的爱与憎,对人类欲望的追求,这是任何道德说教都无法规范、任何政治律条都无法约束,甚至连文明、进步、美这些抽象概念也无法涵盖的自由自在。其三,它拥有民间宗教、哲学、文学艺术的传统背景,用政治术语说,民主性的精华与封建性的糟粕交杂在一起,构成了独特的藏污纳垢的文化形态,因而要对它作一个简单的价值判断是困难的。为此,要真正地理解民间,至少要从"现实的自在民间文化空间"、"具有审美意义的民间文化空间"、"知识分子的民间价值立场"三个方面加以区别对待。知识分子的民间价值立场并不是与"民间自在文化"完全契合,而是在民间状态中获得独立、自由,不受外在规范制约的个性精神,这种个性精神仍然保持着知识分子应有的精神品格。知识分子走向民间,从价值立场上看,主要有两个层面:一是知识分子从自身的精英立场出发,发现了民间文化世界中所具有的有意义的内容,进而使知识分子的精英价值准则与民间价值准则得到统一;二是从真正的民间立场出发,将民间文化作为自己灵魂的栖息,并在其间感受着民间世界的丰富与博大,为民间自身的深厚所震撼。[1] 作家韩东也曾论及"民间"的种种内在特质,如他认为:"民间的概念则是自足和本质的,是绝对的,它并不相对于官方或体制而言。相对于官方或体制的民间只是民间的躯壳,没有任何实际意义。当然,真正的民间与官方、体制间存在着的对抗、差异,甚至还不止于此,它同时也是对抗区别于西方话语优势和市场的。在这里对抗、差异是确定的,而交流、制约却无根据。民间与边缘、非主流的认同是有其明确限制的,它在对抗、差异的意义上认同边缘、非主流,在交流、制约的意义上拒绝认同。如果说边缘是中心的前状态,民间则绝对不是这样的边

---

[1] 参阅陈思和《民间的浮沉——从抗战到"文革"文学史的一个尝试性解释》(《上海文学》1994年第1期)与《民间的还原——"文革"后文学史某种走向的解释》(《文艺争鸣》1994年第1期)两文。

缘。或者，非主流是主流的前状态，民间则绝对不是这样的非主流。"[1]

这些分析无疑都相当准确，至少将民间的一些内在性质进行了明晰的界定和划分。事实上，先锋作家积极主动地选择民间化的生存方式，目的就在于他们是从知识分子的精英意识出发，一方面从中寻找最为本原的生命情态和存在状态，使自己对人类生存的探索获得更为丰饶的历史文化土壤，另一方面他们也在民间的社会结构中最大程度地摆脱了一切文明秩序的制约，使自身的独立意志和自由秉性得到完整表达，而后者，才是先锋作家更为看重的。也就是说，先锋作家之所以强调民间化的生存方式，其本质目的还是为了保持自我绝对独立的个人意志。如前所述，无论是"垮掉的一代"、卡夫卡、福克纳，还是中国的一些先锋作家，他们沉入民间，虽从中获取了大量的甚至是十分独特的精神资源，但更突出的还是他们借此获得了个体精神上的空前自由，从而更好地恪守了自身独特的精神品格和审美风范。因此，民间对于他们，既是一种精神源泉，又是灵魂的栖息地和避难所。

没有什么比生命内在的独立与自由更为重要，在这个世界上，对于一位永不重蹈任何艺术圭臬的先锋作家来说，他的生存手段就是要在最大程度上确保个体心灵的自治。从创作主体上看，先锋作家的全部意义，也就在于他必须拥有绝对自由的独立意志。他必须通过有效的生存方式使自己永远逃离任何精神上的钳制，无论是显在的被动的，还是潜在的不自觉的。只有获得了真正的、个人化的精神空间，他才有可能进入艺术创作上的独创领地。因此，从外在精神形态上看，先锋文学是强调极为个人化的审美追求，是先锋作家对自我审美理想的绝对展示，但是，这种个人化又有着非常特殊的内涵。为什么呢？因为对于所有的艺术家来说，创作都是个人化的，都是一种纯粹的个体劳作行为，这是一个不言而喻的事实（当然，这里只是指创作过程，不包括出版以及大众

---

[1] 韩东：《论民间》，《芙蓉》，2000年第1期。

的接受，如果以接受美学或者罗兰·巴尔特所言，那又是另一回事了）。但是，先锋作家的个人化，不是指创作过程的个体行为特征，而是指他们的创作本身所体现出来的艺术精神的独创性和反叛性，是指他们的作品在审美内蕴上的不可重复性和超前性。这种特质，决定了先锋作家不可能融入主流化的社会生存秩序中，他们必须时时刻刻与一切有可能遮蔽自己的意识形态保持高度的戒备状态，同时又不能让自己长久地凌空于人类生活之上而失去对人类存在境况的深切体察。这样，非主流的民间化生存，恰恰为他们提供了这种最为完美的生存环境。对此，韩东有着较为清醒的认识。他说："如果将民间的精神实质视为独立意识和自由创造，它就不是取消个人的。正相反，民间是真正的个人性得以存在和展开的场所。那些依附于体制、西方话语优势和市场的个人化是很值得怀疑的，它们从以上的庞然大物那里获得阐释、意义和存在的根据，本质上是以取消个人独立作为代价的。……民间的本质由个人的独立和自由创造所规定，独立和天才的个人是民间不可或缺的灵魂。……个人与民间的关系和个人与权力体现者的关系其情形截然不同，甚至正好相反。在前者中个人居于绝对的主动位置，在后者中个人不仅完全被动而且有必要借权力的灵魂（非灵魂）而自我确立。"[1]

让个人深深地植根于民间，并在广袤而博大的民间社会形态中永葆自身强劲的精英意识，这是先锋作家的一种重要的生存方式。传统作家也可能亲近民间，甚至深入民间，但他们不是在民间社会形态中寻求自身的绝对独立，而是更多地看重民间的写作资源。他们喜欢充当种种民间势力的代言人，看似在为某些人或者某些意识群体说话，实则潜在地表明了他们正是依附于种种权力话语，而最终丧失了个人独立的价值立场。但是，回首新时期以来的先锋文学，我们又必须看到，很多先锋作家并没有将自己真正地沉到民间社会形态中，去自觉而清醒地培植自身的独立意识和自由创造的禀赋，而是盲目地追求某种极端的个人化，在

---

[1] 韩东：《论民间》，《芙蓉》，2000年第1期。

一种凌空虚蹈的生存境遇中张扬外在形式上的个人化风格，譬如在文本形式上的极端试验等，从而使得他们的作品缺乏尖锐而有效的精神内涵。有些从民间走出的先锋作家，一旦成名之后便很快地进入所谓上流社会的风雅圈中，被各种显赫的社会潮流自觉或者不自觉地左右着，最终变为传统作家的一分子，至多也只是在自己原有的起点上不断地进行自我重复。我想，这可能是我们的先锋文学之所以难如人意的一个重要原因。

对于一个普通的生命来说，选择一种生存方式，仅仅意味着对自身命运的一种挑战或者归顺；而对于一个依靠精神方式来证明自身存在价值的作家来说，选择一种生存方式，同时还包含着他对自身的价值立场和艺术操守的追求。1945年10月15日，为美国华纳电视公司写了三年剧本的福克纳，终于义无反顾地递上了要求中止合同的申请报告，他在报告中说："我已花了三年工夫于此，但是写电影剧本并非我之所长……因此我已浪费了时间，身为一个年已四十七岁的小说作家，我不敢再多多浪费了。"[1] 他心里明白，要为好莱坞写电影，就永远也别想再找回真正的自我，于是他打点行装，回到了他那邮票一样大小的故乡，开始了自我心灵的再一次无拘无束的艺术漫游。五年后，他获得了诺贝尔文学奖。

第四节 先锋的"怪异原理"

先锋文学因为执着于对传统既定艺术范式的颠覆，执着于对未来文学发展各种可能性的积极实验，所以总是与各种传统的艺术形态存在巨大差异，与大众习惯的审美经验格格不入，以至于人们常常认为，先锋的突出表现，就是充满了种种颇为"怪异"的审美特征。甚至，人们每每看到一些异类形式在文学作品中出现，也统统将其称为"先锋文学"。

---

[1] 参见董鼎山：《纽约客书林漫步》，第130页，百花文艺出版社，2001年。

实际上，这种判断方式未免有点草率和偏颇——因为也有不少在形式上看似怪异的作品，实则是一种纯粹的文本游戏，或者说是一种迎合时尚的标签，它们既不能体现先锋作家在艺术精神上的独创品质，也不能展示先锋文学自身特有的生命向力，充其量只是一种伪先锋。但是，这种情况毕竟不可能与真正的先锋文学构成对峙的格局。因此，从广泛意义上来说，"怪异"的确是先锋文学一个突出的审美特征。

先锋就是怪异，我们没有必要回避这一本质。西班牙哲学家加塞特就认为，"一切现代艺术都是不可能通俗的，这绝非偶然，而是不可避免和注定如此"，因为"现代艺术总有一个与之相对立的大众，因而它本质上是无法通俗普及的，更进一步讲，它是反通俗普及的。任何现代艺术作品都自发地对一般大众造成了某种好奇的效果"[1]。先锋文学的怪异特征，从某种意义上说，就是针对既有的文学传统而言的，也是针对早已形成审美定式的普通大众的。它的怪异，是基于先锋作家对自己艺术理想表达的需要而进行的探索和实验，它不仅要改变人们惯常的阅读习惯和艺术情趣，同时还要改变人们的审美观念、价值观念甚至生存观念，展示文学发展的某种新的动向。所以，先锋文学中的"怪异"特征并不是人们通常所说的那种时尚意义上的怪异。在时尚文化中，怪异（或者说异类、另类）更多的是体现为人们外在言行上的乖张、大胆、极端甚至骇人听闻，是一种外表化的超前和时髦，譬如穿着装扮上的奇特、举止行为上的极端等，它追求的最终目的就是与众不同。而这种与众不同，并不一定是基于人们内心的某种生存需要，大多数情况下只是为了标榜自己、突出自我，抵制大众生存经验对自我个性的淹没。因此，在时尚文化中，怪异倾向始终针对大众生活的外在形式，带有寻找现代生活新潮流的意味。而先锋文学中的"怪异"则完全是一种纯粹的精神内在的审美表现，它不是针对大众生活形式，而是希望通过种种新的艺术方式来对人类各种惯常的审美观念进行有效的反叛。

---

[1] 周韵主编：《先锋派理论读本》，第155页，南京大学出版社，2014年。

从某种意义上说，审美上的怪异，或者说对怪异趣味的追求，是先锋文学的必然结果，是先锋作家在创作实践中的必由之路。先锋文学的责任就是对一切不适应现代人类精神活动的艺术规范进行不留余地的革命，先锋文学的使命就在于创建种种更能切近人的生存本质和生命内蕴的艺术方式。当先锋作家面对强大的传统艺术圭臬，面对人们长期形成的种种思维常规，营构出种种新的艺术形式，表现出种种新的审美观念时，"怪异"的帽子便不可避免地降临到自己的头顶。对此，加塞特曾谈道："倘若说新艺术无法接近每一个人，那么，这就意味着这种艺术冲动不属于一般人的冲动。概括地说，它不是一种为了所有人的艺术，而是为了一个特殊阶层，这类人虽不更好却与其他人显而易见地有所不同。"〔1〕接着，他又分析了新艺术之所以让大众难以接受，主要在于它所体现出来的新风格，迥异于传统的艺术，"新风格倾向于：（1）将艺术非人化；（2）避免生动的形式；（3）认为艺术品就是艺术品而不是别的什么；（4）把艺术视做游戏和无价值之物；（5）本质上是反讽的；（6）生怕被复制仿造，因而精心加以完成；（7）把艺术当做无超越性结果的事物……"〔2〕这种看似简单的归纳，其实道出了新艺术（即先锋艺术）的某种美学追求，也在一定程度上揭示了先锋文学的怪异特征。

回顾二十世纪以来先锋文学的发展历程，从总体上看，我以为先锋文学的"怪异"特征主要体现在三个方面：一是对生命体验的超常性表达，二是对生存哲学的超常性思考，三是对艺术形式的超常性探索。先锋作家正是在这几方面进行了一系列超越常规、超越常识的大规模探索，才使得文学彻底地摆脱了依赖于客观真实、依赖于理性逻辑的困顿局面，真正地回归到人类自由而丰厚的内心世界，回归到无边无际的精神创造之中，并将审美表达引向人类广袤的非理性内核，将文本创造引向无限新奇的话语空间。

作为先锋文学"怪异"特征的重要表征之一，对生命体验的超常性

---

〔1〕 周韵主编：《先锋派理论读本》，第156页，南京大学出版社，2014年。
〔2〕 周韵主编：《先锋派理论读本》，第157页，南京大学出版社，2014年。

表达，是作家依托强劲的想象力，在打破对生命存在状态进行客观性表达的同时，营构起来的种种异质化、隐喻化的审美载体。譬如布鲁诺·舒尔茨在短篇小说《鸟》中，让父亲在各种各样的瞎眼鸟中建立起自己的精神王国，他以不可思议的耐心和温情精心地养护着那些失去了生存能力的鸟类，并自乐其中。在父亲的内心，丰厚的爱不是体现在家庭正常的伦理生活中，不是体现在人与人之间的情感沟通上，而是体现在人与鸟的特殊关系中。它似乎在告诫人们，冷漠而绝望的父亲同样希望拥有一种爱的权利，只不过正常的现实已让他失望，所以他选择了一种怪异的体验来实现这种愿望。在《蟑螂》、《父亲的最后一次逃走》等小说中，舒尔茨走得更远，他直接让父亲这个特殊的形象不断地变成蟑螂或者螃蟹，像卡夫卡让人变成大甲虫那样，然后带着被变异的痛苦注视着现实生活，感受着现实家庭庸常生活对精神的无情摧压，折射着精神被现实无情异化的真实景观。"舒尔茨赋予的这个'父亲'，差不多是我们文学中最为灵活的形象。他在拥有了人的形象之外，还拥有了鸟、蟑螂和螃蟹的形象，而且他在不断地死去之后，还能够不断地回来。这是一个空旷的父亲，他既没有人的边界，也没有动物的边界，仿佛幽灵似的飘荡着，只要他依附其上，任何东西都会散发出生命的欲望。"[1] 一个被现实彻底掏空了真实身份的父亲，在舒尔茨的想象中幻化成灵魂的只身飞翔。正是这种颠覆常识的生命体验，通过心理时间的建构，消融了现实与想象之间的边界，并为人们展示了精神被扭曲、被异化的伤痛情景。异化，几乎从卡夫卡开始，就一直是先锋作家极力表达的审美主题，尽管他们大多数在细节上始终不愿意放弃对真实生活的临摹和再现，但由于人物在整体形象上发生了根本性的错位，所以，怪异与荒谬便是其不可回避的事实。

实际上，这种生命体验的超常性表达，更多的还是体现在先锋作家对超越常规和常识的一些细节叙述中，像马尔克斯在《百年孤独》中让

---

[1] 余华：《内心之死》，第7页，华艺出版社，2000年。

俏姑娘雷梅苔丝抓着床单飞上了天空,胡安·鲁尔福在《佩德罗·巴拉莫》中让一个死去的男人和一个死去的女人睡到了一起,余华在《现实一种》中让两个亲兄弟一次次地进行极其酷烈的相残,莫言在《欢乐》中让跳蚤在母亲身体的每一个部位欢快地爬行……这些叙述在现实的逻辑背景中无疑充满了荒谬的质色,但正是这种看似荒谬的细节带动了整个叙事进入飞翔的轨道,使客观现实猛然间上升为极具灵性的诗意特征。蒙田曾说过,"强劲的想象产生真实",虽然这种真实已穿越了客观的、理性的层面,成为心灵内在的一种秩序和状态,但它却更加增强了精神表达的精准度。强劲的想象使不可思议的东西复活起来,说出了我们精神中有限的感受力无法把握的一切,所以,先锋作家总是不遗余力地让想象挣脱常识的羁绊,以种种超常性的生命体验来表达心灵中更为隐秘的非理性场景。

早在1857年,法国诗人波德莱尔就出版了他的代表诗作《恶之花》,诗中以大量的丑恶、污秽、绝望、迷惘的意象直接表达了对现实世界丑陋本质的洞悉,对人性之恶的体察。六十多年之后,英国诗人艾略特又推出了长诗《荒原》,更进一步将现实世界直接隐喻为荒芜、苍白、平庸、乏味的"荒原",处处都是混乱不堪的场景,毫无生命内在的尊严可言。这种怪诞、偏激的艺术表达,不仅彻底地改变了以往文学作品对真善美的极力维护,对理性秩序的严格遵循,使"丑陋"和非理性也同样成为美学上不可忽视的内容,更为重要的是,它们还引动了作家们对长期恪守的传统价值标准和伦理秩序的充分怀疑,使人们不得不重新建立自己对人性、对社会、对历史、对自然的种种看法。这里,无论是《恶之花》还是《荒原》,都是借助于种种极端的形式来强调诗人对存在的另一种理解。也就是说,它们在文本上体现出来的那些令人惊悸的"怪异"特征,实质上是表明了先锋作家对生存哲学的超常性思考,是一种新的世界观和人生观。

中国当代先锋作家也不例外。他们不断地挣脱各种客观真实的羁绊,在其精神深处,同样也隐含了对人类存在的荒诞性感受。早在二十世纪八十年代中期，莫言就曾强调："要想搞创作，就要敢于冲破旧框框的束缚，最大限度地进行新的探索……创作者要有天马行空的狂气和雄风。无论在创作思想上，还是在艺术风格上，都必须有点邪劲儿。"[1] 所以，莫言的小说总是充满了各种超验性的感觉化描写，譬如《红高粱》里爷爷被割下来的耳朵，在盘子里还会跳动；《欢乐》中的跳蚤沿着母亲苍老的身体乱爬，呈现出一种载歌载舞的姿态；《檀香刑》里被砍成两半的库丁，"用双臂撑着地，硬是把半截身体立了起来，在台子上乱蹦跶。……最奇的是那条辫子，竟然如蝎子的尾巴一样，钩钩钩钩地就翘起来了"。马原也曾说过："生活不是逻辑的，但是其间有些很逻辑的片断；存在不是逻辑的，有些局部存在又似乎在证实着逻辑学的某些定义。我于是不喜欢逻辑，同时不喜欢反逻辑。我的方法就是偶尔逻辑局部逻辑大势不逻辑。"[2] 这里，马原所说的"大势不逻辑"，其实就表明了他对现实秩序的不信任，对存在本质的荒谬性已有所感知。格非也曾说："现实是抽象的，先验的，因而也是空洞的，而存在则包含了丰富的可能性，甚至包含了历史。"[3] 正是在这种理性精神的观照下，先锋作家们对那些超越逻辑常规和经验常识的叙事保持着高度的热情，像王小波在《革命时期的爱情》中让 X 海鹰的理性与本能产生了奇特的分离，格非在《迷舟》中让一个贴身警卫成为首长的对手和掘墓人，余华在《现实一种》中让两个亲兄弟一次次地进行极其酷烈的相残，莫言在《红蝗》中对大便进行了津津乐道的描述，陈染在《另一只耳朵的敲击声》中使黛二小姐像一个梦游者或精神病患者那样穿行于母女的亲情之间……这些叙述在现实的逻辑背景中无疑充满了荒谬的质色，但正是这种看似荒谬的细节带动了整个叙事进入飞翔的轨道，使客观现实猛然间上升为极具灵性的诗意特征，并展示了我们精神中有限的感受力无法把握的一切。所以，当代先锋作家总是不遗余力地挣脱常识

---

[1] 莫言：《天马行空》，《解放军文艺》，1985年第2期。
[2] 马原：《方法》，《中篇小说选刊》，1987年第1期。
[3] 格非：《边缘·自序》，第2页，浙江文艺出版社，1993年。

的羁绊，以种种超常性的生命体验来表达心灵中更为隐秘的非理性场景。

其实，这也是先锋文学之所以显得"怪异"的另一种重要原因。当先锋作家深入到人类的精神深处，深入到现实深处，寻找人在存在境遇中的种种独特状态时，他们便会常常发现，世界根本不是遵循人们公众的现实秩序和伦理准则来发展的，而是有着更为丰富、更为不可思议的形式，而且这些"不合时宜"的形式很可能是最本质的、最真实的。由此，一系列超乎寻常的价值观念、信仰准则被揭示出来。当这些新的思考被赋予到文学作品中时，怪异和荒诞的倾向也同样变得不可避免。特别是在"二战"之后，随着阿多诺那句"奥斯威辛之后写诗就是野蛮"的名言到处流行，以及存在主义对文学的大面积影响，在先锋作家的内心，荒谬更是他们对现实存在的突出感受。如法国的荒诞派戏剧就明确地提出了对现实意义的不信任，对客观世界的怀疑和失望。无论是尤奈斯库的《椅子》、《秃头歌女》，还是贝克特的《等待戈多》等一系列作品，都以各种怪诞的方式直接对人类存在的荒诞性做出了生动的注解。而在存在主义大师萨特的笔下，"他人就是地狱"，他的长篇小说《恶心》中的主人公洛根丁在对历史进行了一番潜心的考察之后，终于找到了理解存在和生活的最为关键的钥匙——荒诞，"这个根——与它有关的东西无不荒诞。呵！我怎样才能用语言来描述它呢？荒诞：无法裁除，没有任何东西（即使包括一种自然深处秘密的越轨现象在内）能够对它做出解释"[1]。加缪也认为，荒诞感可能会对任何一个平凡的人迎面袭来。这种感觉的产生突如其来，一般以四种方式中的任何一种（当然也可以是两种、三种）出现。第一，很多人生活的机械性质可能会使他们对自身的价值和目的提出质疑，这就提示了荒诞性。第二，对时间的流逝非常敏感，或者认为时间是毁灭性的力量。第三，有被遗弃在陌生的世界上的感觉。一个即使可以用糟糕的原因来解释的世界也是熟悉

---

[1] [美] A. P. 欣奇利夫、菲利普·汤姆森：《荒诞·怪诞·滑稽》，第39页，杜争鸣等译，陕西人民出版社，1989年。

的世界,但在一个突然间失去了幻觉和顿悟的世界里,人会感到自己是陌生的。第四,感到与其他生活隔绝。[1] 在加缪看来,荒诞就是人需要统一和谐的心理状态与经历了世界上的混乱的心理状态之间的不协调,其明显的反应或者是自杀,或者是朝相反方向的信念跃进。加缪则以"朝着相反方向的信念跃进"的方式创作了《局外人》、《鼠疫》等作品。正是对理性哲学支撑下的客观世界的无法认同,对存在意义的大量怀疑,以及对荒诞的非理性人生状态的真切感悟,才使得先锋作家自觉地规避着一切常规性的生存法则,而在非理性的哲学思潮中寻求着更为丰富、更为真实也更为可怕的生存状态,创作出一系列思想"怪异"的作品。

如果从更深的层面上来说,这种怪异的产生,还与现代人文科学的飞速发展存在着密不可分的关系。譬如现代人类学、现代心理学、动物行为学等等,这些人文科学的最新研究成果,无疑为人们重新认识世界、认识生命本体提供了强大的知识背景。尽管这些成果因为这样或那样的原因,还一时难以被传统知识长期熏陶的普通大众所接受,但在那些敏锐的先锋作家思维中,这些成果却成了他们对存在的不可思议性进行执着表达的合法依据。如王彪的长篇小说《复眼》,就是通过"窥视与被窥视"、"窥视与反窥视"的叙事思维,将叙事缓缓推进到人物的内心深处,不仅使人们各种隐秘的生活被强制性地打开,还让人们面对这些隐秘生活而显得虚汗淋漓或惴惴不安。马绎对小蝶的窥探,不仅使自己卷入了教授贩卖珍贵蝴蝶标本的境外走私案,还意外地引出了自己与情人邢曼娜的历史纠葛;教授在与小蝶的交往中不但通过收买蝴蝶标本而获得了巨大的利益,而且利用小蝶的虚荣心一步步地控制了她的生活;在被窥探中,小蝶让马绎抓住了杀死教授的把柄,但她又成功地利用本能欲望和反窥视伎俩,胁迫马绎进入犯罪的圈套;小蝶为了报复丈夫而找了个大胡子男人,结果这个罪犯差点将她引入非命,而她的情感

---

[1] [美]A.P.欣奇利夫、菲利普·汤姆森:《荒诞·怪诞·滑稽》,第51—52页,杜争鸣等译,陕西人民出版社,1989年。

背叛也因此昭然若揭……《复眼》中的每一个人物几乎都有一双"复眼",它们打开了别人的生活,也使自己的生活被不断打开。这种打开,与其说是一种揭示,还不如说是一种撕裂——因为在这些隐秘的生活之中,所有的人性欲望、生存困境以及无法言说的疼痛和尴尬,都被一刀刀地剖开了。

当然,我们还不能忽视先锋文学在文本形式上的"怪异"性,这是先锋作家在艺术思维上进行超常性探索的重要表征。在二十世纪的整个文学发展历程中,先锋文学一直对文本自身的审美价值保持着高度的关注。无论是话语的语调、语感、语境,还是作品的内在结构、时间和空间的布局,先锋文学都对以往的传统形式进行了充分的反叛和超越,并取得了显赫的成绩,以至于在西方还曾出现过大规模的形式主义文学浪潮。在这种文本形式的顽强开拓中,正是先锋作家促动了人们对文本自身审美价值的充分肯定,使形式不再只是内容的一种单纯的载体,而是直接成为内容的重要部分。"任何形式都必须是有意味的形式",都可以通过自身折射作家的某种精神意图,都包含着潜在的审美蕴意。这已成为现代文学理论的一个核心思想。像美国艺术理论家、美学家苏珊·朗格就认为,任何一种艺术形式都是生命形式,都是创作主体的艺术情感和艺术直觉的集中体现,"艺术形式与我们的感觉、理智和情感生活所具有的动态形式是同构的形式……因此,艺术品也就是情感的形式或是能够将内在情感系统地呈现出来以供我们认识的形式"[1]。俄国的形式主义理论家什克洛夫斯基说得更直率:"艺术之所以存在,就是为使人恢复对生活的感觉,就是为使人感受事物,使石头显出石头的质感。艺术的目的是要使人感觉到事物,而不是仅仅知道事物。艺术的技巧就是使对象陌生,使形式变得困难,增加感觉的难度和时间长度,因为感觉

---

[1] [美]苏珊·朗格:《情感与形式》,第31页,刘大基等译,中国社会科学出版社,1986年。

过程本身就是审美目的,必须设法延长。"[1]由此可知,先锋作家在文本形式上的探索和创新,就是在不断地促使文本变得越来越复杂、越来越陌生化的同时,将形式真正地还原为审美内蕴的部分。

实际上,很多人之所以对先锋文学一直持抗拒的心理,一个根本的原因正是有不少作品在形式上首先就给人一种完全陌生和怪异的感觉。它们不仅颠覆了人们惯常的接受思维和心理定式,而且迫使你必须积极地全身心地投入到文本的再创造活动中,才能获得必要的审美启迪。譬如,权聆的《处女公墓》就是一篇十分精致的短篇小说。它通过幻境迭出的蒙太奇,将卡尔维诺式的想象和"聊斋式"的传说发挥得淋漓尽致——茵苣长成了参天大树,"我"被一个面具将军捉拿去品尝豪华餐宴,"我"拥有遁土功夫之后在逃跑时又遇到意外,而面具将军原来是一个"嗜血"女郎……在这些事件的拼接中,我们可以明确地感受到故事本身的"不可信",但在叙述的肌理之中,又透射了种种精致、灵动和神秘的审美气息。这种将以往的被动接受转换为主动参与的文本形式,无疑彻底地改变了文学的接受方式和接受过程,使"事情总是并不像你所想象的那么简单",阅读总是变得艰难、阻滞甚至漫无头绪和无所适从,如陀思妥耶夫斯基对复调结构的独到设置,博尔赫斯对迷宫形式的精心营构,卡尔维诺对"时间零"状态的极力展示,福克纳、乔伊斯、普鲁斯特对意识流状态的缜密演绎,马原对叙述圈套的精巧安排……都是以种种怪异的形式给接受带来了巨大的挑战。

先锋文学的确是怪异的。从某种程度上说,超越既定传统的怪异,可以说是先锋文学又一个较为恒定的"原理",因为先锋文学的本质在于艺术上的独创性,这种独创性一旦出现,就不可避免地对惯常现实和惯常思维产生颠覆性影响,所以"怪异"是它的必然性命运。问题是,面对先锋文学的种种怪异特征,我们在接受过程中应如何适应?难道它

---

[1] 转引自张隆溪:《二十世纪西方文论述评》,第75—76页,生活·读书·新知三联书店,1986年。

们存在的意义就是为了让读者说些"我看不懂,这不合逻辑,闹不明白什么意思,搞不清楚"之类的评价吗?无须讳言,实际上很多接受者都对先锋文学持这种态度。对此,先锋戏剧家孟京辉曾毫不掩饰地说道:"我认为这是一副盲目自满、愚蠢自负、洋洋自得、自以为是、自甘堕落、故步自封、坐井观天、画地为牢的典型的庸人嘴脸。我觉得以看懂看不懂作为衡量一部艺术作品的好坏标准不仅显得幼稚可笑,更显得庸俗无聊。从另一个角度讲,这还是对创作者的才能智慧的嘲弄和对自己的欣赏力的贬低。""凡自己看不懂的东西还有另几种可能:一是这种东西肯定极其杰出超前。自己落伍了。二是这种东西深不可测,目前暂不能判断其优劣,请假我以时日。三是这种东西不见得卓越绝伦,甚至呕哑难为听,但带来的启示无限,我必慎而待之。连我这样的人都看不懂谁还能看懂?回答是:一,比你聪明没你那么愚笨的人能看懂。二,比你宽容没你那么狭隘的人也能看懂。三,像你这样的人真看懂了那才叫怪呢!四,如你这般人像你这等想法确实需要学习,需要被提高,被要求积极上进,被教育和培养。五,想一想再下结论再问自己懂不懂。"[1] 孟京辉的这段话虽然夹杂了某种个人的怨愤情绪,但作为一个真正的先锋艺术家,他的确道出了一些让我们深思的问题,尤其是面对那些看似"怪异"的先锋文学时。

第五节 先锋的"苦难原理"

先锋文学就其外在的表现形态而言,无疑是它的独创性、反叛性以及不可重复性,但是它们折射出来的,却往往是先锋作家对人类现时存在秩序的怀疑、对峙甚至抗议,是先锋作家对人类精神生活的独特审视与体察。先锋作家的重要原则,不是在于直接对现实生活发表何种看法,不是站在任何意识形态的角度来认识社会的面貌和它的流程,而是

---

[1] 孟京辉编:《先锋戏剧档案》,第370—371页,作家出版社,2000年。

强调人类精神内在的生存状态,注重人类心灵自身的质量和力度感。从某种意义上说,先锋作家是以一种极端主观化的哲学方式,表达自己内心中对人的生命形态和精神处境的纯主观判断。因此,如果透过他们的作品来深入探究他们自身的精神境遇,我们便会发现,在很多先锋作家的心灵深处,常常带有某种浓郁的悲观色彩,充满着某种浓烈的苦难气息。当他们直面人类精神的存在境况时,当他们审视被现实表象所遮蔽了的心灵际遇时,他们所感受到的总是那些悲苦的生命质色,他们所关注的总是那些被现实严重扭曲、异化甚至变得无助无望的灵魂。先锋作家的愤怒、体恤、反抗,就是自觉地建立在这种精神苦难的基质之中。无论是陀思妥耶夫斯基、卡夫卡、加缪、萨特,还是卡尔维诺、福克纳、艾略特、君特·格拉斯等等,这些重要的先锋作家几乎都不约而同地从各种角度、以各种方式自觉地沉入人类精神的苦难领地。他们或者在绝望中抗争与救赎,或者在荒诞中嘲讽与挞伐,或者在体恤中悲悯与愤懑,但他们从不逃避苦难的盘压,从不丧失抗争的勇气。

1838年,年仅十七岁的陀思妥耶夫斯基不得不按照父亲的意愿通过会考,进入了彼得堡军事工程学院学习深造,可是这位永远视军装为锁链的年轻人很快便写信给他的哥哥说:"我有一个计划,那就是做一个疯子。"他声称这样做的目的是"让人们去狂怒,让他们来医治"[1]。事实上,这个我行我素的计划在他日后的生活中得到了不折不扣的执行。1844年,陀思妥耶夫斯基创作了第一部小说《穷人》,标志着他从此与苦难结下了不解之缘。在那个批判现实主义和浪漫主义风靡的时代,众多的作家都对人类社会的"出路"和"前途"表现出极大的热情,而我们的陀思妥耶夫斯基却把自己的全部生命自觉地浸润在底层人民的悲苦命运之中,以一个"疯子"的形象来演绎那些精神气质处于边缘状态的小人物的苦难与不幸。他的《卡拉玛佐夫兄弟》、《罪与罚》、《被侮辱与被损害的人》、《白痴》等一系列重要作品,无一不是以一种

---

[1] 冯川:《忧郁的先知·前言》,第4页,四川人民出版社,1997年。

绝望沉郁的叙事基调和极端化的叙事方式,来细腻地展示着现实人生中一切悲悯无助的生存秩序。因恶而罪,由罪而罚,由罚而揭示苦难,这是陀思妥耶夫斯基很多小说中渗透出来的一种苦难思维,因为他的内心深切地感受着生存的苦难本质,就像他在《一个荒唐人的梦》中所言:"在这个地球上,我们确实只能带着痛苦的心情去爱,只能在苦难中去爱!为了爱,我甘愿忍受苦难。"由于内心之爱,由于生命中还存在着一种美好的幻想,所以他才能够更深刻地洞悉苦难的本质。

1944年,卡夫卡也曾在他的日记中写道:"我们摧毁不了这个世界,因为我们不是把它作为某种独立的东西建造起来,而是我们误入其中,说得更明确些,这世界是我们的迷误。"[1] 在小说《饥饿艺术家》中,卡夫卡借那位自愿蹲在笼子里的艺术家之口说:"因为我找不到适合自己胃口的食物。假如我找到这样的食物,请相信,我不会这样惊动视听,并像你和大家一样,吃得饱饱的。"在卡夫卡看来,在躯体上迎合世俗是非常容易的事,而要在精神上与世俗保持同流合污的状态,几乎是无法办到的事。"我们摧毁不了这个世界",但是我们有权表达自己内心的痛苦,所以饥饿的艺术家只好选择了"惊动视听"的方式,犹如格里高利变成了一只大甲虫,都是为了将这种心灵、人性被彻底扭曲后的苦难状态更触目惊心地展示出来。有学者就说道:"卡夫卡的很多小说写的都是对人类噩梦一般的处境的预感。德国作家黑塞说:'我相信卡夫卡永远属于这样的灵魂:它们创造性地表达了对巨大变革的预感,即使充满了痛苦。'而英国小说家、评论家安东尼·伯吉斯则认为卡夫卡的作品表达了对世界的梦魇体验,他认为卡夫卡的作品,'尽管风格体裁通常是平淡的、累赘的,但气氛总是那么像梦魇似的,主题总是那么无法解除的苦痛'。他还指出:'卡夫卡影响了我们每个人……而随着我们父老一辈所熟悉的社会的解体,那些使人人感到孤独的庞大的综合城市代之而起以后,卡夫卡描写人的本质的那种孤立的主题深深地打动了

---

[1] 学思主编:《卡夫卡文集·导论》第一卷,第4页,武汉大学出版社,1995年。

我们。他是一个给当代人指引痛苦的人。'正是在这个意义上,卡夫卡是现代的先知。卡夫卡提供的是关于人类生存境遇和生存方式的可能性的想象,他可以称得上20世纪最伟大的预言家。"[1] 卡夫卡作为现代作家的先驱,他的重要意义或许就在于他敏锐地意识到了人类存在中难以摆脱的苦难。

无须再举更多的例子,只要我们稍稍读一读加缪的《西西弗斯神话》、萨特的《恶心》以及格拉斯的《铁皮鼓》,我们就会看到,先锋作家们对那种现实社会秩序中荒诞状况的体察,以及对由此造成的人类精神深度伤害的表达,无论在其尖锐性、原创性还是超前性上,都令无数人为之恒久地战栗。在文化研究层面上,法兰克福学派就一直认为,现代社会的异化问题尤为突出,为此他们将批判对象始终聚焦于那些资本主义内部的异质性,包括工具理性的过分膨胀、技术至上的泛滥、商品交换原则的盛行而带来的诸多问题,并认为这是一种冷漠、乏味、严重异化的生活世界,它剥夺了日常世界的多样性和丰富性,并直接导致了丰富鲜活的个体之人变成了马尔库塞所说的"单向度的人"。正是在这一前提下,比格尔提出了先锋派就是对异化现实的干预和反抗,也即对艺术自律的否定,因为"艺术自律是一个资产阶级社会的范畴"[2]。

比格尔之所以将先锋派视为对资本主义社会体制的反抗,关键在于西方的先锋派从一开始就摆脱了唯美主义将艺术与社会脱离开来的思维,并将审美表达的重心转向了资本主义社会本身。或许正因为这一点,先锋文学总是不断直面那些尖锐的、充满生存困厄的精神命题。所以,我们不能不思考:先锋作家何以与人类的精神苦难保持着如此紧密的关系?尽管其他的作家也同样以这样或那样的方式与苦难保持着或多或少的联系,或者如厨川白村在《苦闷的象征》中所述,文学本来就是对人类心灵苦闷的某种隐喻,但是与真正的先锋作家相比,无论是对苦难的纯精神性的体察程度,还是对苦难所引动的人性深处的异化后果,

---

[1] 陆建德等:《12堂小说大师课》,第121页,生活·读书·新知三联书店,2021年。
[2] [德]彼得·比格尔:《先锋派理论》,第117页,高建平译,商务印书馆,2002年。

其他作家都要显得淡漠得多。阿多诺曾经说过:"在优美事物面前所生的痛感(在人于自然界的体验中,这种痛感尤为生动),既是对美所允诺但从未展示之物的思慕之情,也是面对欲美不成的现象之缺陷时所受到的磨难。"[1] 这种美学的辩证法,与其说是阿多诺对美欲而不得的一种判断,还不如说是作家面对现实与理想之间错位所产生的必然性痛苦。事实上,人类精神的苦难境遇虽不能说是先锋作家独有的叙事资源,但从某种意义上说,却是体现先锋作家内在精神高度的重要表征之一,是衡量一个先锋作家对人类精神潜在状态审度能力的重要标尺,因为它直接关系到一个先锋作家是否具备某种反叛姿态以及这种反叛的有效性,是否具备某种超前性精神品格以及这种超前思想的价值。

众所周知,苦难存在于每一个个体的生命之中。它源于人类生命意识的自我觉醒。一个人的自我觉醒意识越强,他的苦难感受就越强。原始宗教的奥尔弗斯主义和中世纪许多神秘的异教,都带着浓郁的苦难意识和悲观色彩。十七世纪的思想家帕斯卡尔就说:"我们永远也没有在生活着,我们只是在希望着生活;并且既然我们永远都在准备着能够幸福,所以我们永远都不幸福也就是不可避免的了。"[2] 乌纳穆诺说得更为彻底:"人受苦而活,同时更活着以受苦,即使在他住所的大门上他写下'放弃所有的希望!',他仍然有所爱、有所希求。宁可活在痛苦里,也不愿在宁静中死去。唯一的真理是,我永远无法相信这一种地狱——惩罚的永恒性——的暴虐,甚至于我也不曾见过比'空无'更真实的地狱。我一直相信:如果我们相信从空无中而来的自我救赎,或许我们会活得更好。"[3] 在这些带着某种悲观主义哲学的论断中,我们可以看到,人的现实生活与理想生活几乎是永远无法调和的。这注定了人的痛苦、失望、悲悯,永远渗透于生命的流程之中。但是对于先锋作家而言,这种苦难的产生可能不只是来源于人们对某种幸福的虚幻设想,还

---

[1] [德] 阿多诺:《美学理论》,第130页,王柯平译,四川人民出版社,1998年。
[2] [法] 帕斯卡尔:《思想录》,第83页,何兆武译,商务印书馆,1985年。
[3] [西班牙] 乌纳穆诺:《生命的悲剧意识》,第43页,上海文学杂志社,1986年。

有现实社会本身各种悖谬的内在机制对人性本源状态的压制,对生命原真形态的摧残。先锋作家作为一种精神上的先驱者,他那高度的自我觉醒意识和超前性的审视眼光,都使他们必然要超越一般的理性秩序所建构的价值体系,必然要对传统观念中的一些价值规范做出怀疑,也必然会对人类精神的苦难有更敏锐的省察和感悟。陀思妥耶夫斯基就在《一个荒唐人的梦》中强烈地感受到:"唉,只有一个人明白真理,这个人该有多么难受啊!"[1]而先锋的本质正是常常体现为"只有一个人明白真理"。如果先锋作家所思考和表现的都是人人熟知的某种生命状态,都是为公众所体察到的精神境况,那么先锋就无法体现其超前性本质。

先锋文学的苦难原理,就在于先锋作家首先是作为一个思想的先驱者而卓立于世的。先锋作家面对现实、面对人生所做出的思考,不是停留在某些公众假想的幸福状态驻足不前,而是常常自觉地穿越种种庸常的幸福表象,以直击的方式进入更为隐秘的灵魂层面拷问、质疑生命的原真状态。先锋从来就拒绝认同,更拒绝不切实际的空洞理想,如果它体现了某种乌托邦情怀,那也是基于对苦难自身的救赎愿望,或者说让人们不至于看到如此真实而赤裸的悲剧命运而丧失生活的信心。随着这种拷问和质疑的不断深入,先锋作家便会不可避免地发现,一切由理性逻辑所建构起来的虚假的生存秩序便会不攻自破,生命的荒谬本质以及存在的困顿局面常常以触目惊心的方式袒露出来,"经过千年沧桑变幻,世界与我们的对立愈加强烈。我们在一瞬间突然不再能理解这个世界,因为,多少世纪以来,我们对世界的理解只是限于我们预先设定的种种表象和轮廓,而从此,我们就丧失了这种方法的力量。世界逃离我们,因为它又变成了它自己。这些被习惯掩饰着的背景又变回为它们所是的。它们远离我们。这就好像一个人在某段时间里,突然感到平日很熟悉的一个女人的面孔变得完全陌生,而他曾经爱恋过她几个月或几年,可能我们还是渴望那些使我们突然置身于孤独之中的东西,只不过时间

---

[1] 冯川:《忧郁的先知·前言》,第1页,四川人民出版社,1997年。

还没有到。唯一确定的事实是：世界的这种密闭无隙和陌生，这就是荒谬"[1]。加缪的这段论述虽然只是一种人的主观意识对于世界的非正题的领悟，但从中我们可以看到他那高度觉醒的自我意识，以及穿透一切现实表象的顽强能力。人一旦在平庸无奇、习以为常的生活中提出"为什么"的问题，那就会意识到某种存在的荒谬性。荒谬开始了，而人也就清醒了。一方面，人看到了这个毫无意义、杂乱无章的非人的世界，它是希望的对立面；另一方面，人自身中又深含着对幸福与理性的希望，荒谬就产生于"这种对人性的呼唤和世界不合理的沉默之间"的对抗，人类的精神苦难正是在这种荒谬境遇中的艰难挣扎。所以加缪说道："艺术作品本身就是一种荒谬的现象，而最关键的仅仅是它所作的描述。它并不是要为精神痛苦提供一种出路。相反，它本身就是在人的全部思想中使人的痛苦发生反响的信号之一。但是，它第一次使精神脱离自身，并且把精神置于他人的面前，并不是为着使精神因之消逝，而是为着明确地指出这条所有人都已涉足但却没有出路的道路。"[2]

荒谬，以及由荒谬所显示出来的人类精神与现实之间的严重脱节，实际上正是很多先锋作家所极力探究的苦难本源。就像所有的地质队员探索地球内在的结构一样，尽管他们从各个不同的地方、以各种不同的方式不停地向地心开钻，最后都会触及同一个地核。所不同的只是，地核作为一个物质的实体，在现代科学的推断中是一致的，而苦难作为一种精神的形态，在先锋作家的主观意识中必然会产生许多繁富驳杂的景观。卡夫卡、加缪、萨特更愿意以强硬的荒诞形式来展示这种苦难面貌，而福克纳更乐于选择温和而游离的方式来触及这种痛苦，卡尔维诺、昆德拉则喜欢运用轻逸的方式来表现这种沉重与不幸。"的确存在着一种包含着深思熟虑的轻，正如我们都知道也存在着轻举妄动那种轻

---

[1] [法]加缪：《西西弗的神话》，第17页，杜小真译，生活·读书·新知三联书店，1987年。
[2] [法]加缪：《西西弗的神话》，第125页，杜小真译，生活·读书·新知三联书店，1987年。

那样。实际上,经过严密思考的轻会使轻举妄动变得愚笨而沉重。"[1]无论运用怎样的方式来表达苦难,其核心问题都没有太多的变化,那就是清醒的个体与坚硬的现实之间似乎难以找到平衡。个体生命愈是清醒,主体意识愈是自觉,他就愈是难以融入各种现实的秩序,生存的荒诞感也就愈加突出,内心也愈是感到无奈或无助。这是荒谬产生的内在原因,也是现代社会发展的一种必然趋势。正是现代性的变革以及主要诉求推动了个体生命的自觉及理性秩序的建构,并由此导致了工具理性所引发的诸多问题。

先锋文学的苦难原理,当然还源于先锋作家与生俱有的反叛特性。这种反叛当然不只是表现在文本形式上的猎奇,或对传统范式的不信任,更重要的是,它还表现在精神深处对一切既定价值观的怀疑、质询和重估。先锋文学的反叛品质,不是建立在为反叛而反叛的基础之上,不是为了某种时尚的需要而进行的盲目的、否定一切式的反叛,而是基于创作主体对自由精神的顽强守护,是基于先锋作家对人类精神深度探究之后,发现了与现实价值秩序的不一致性,并有必要揭示存在真相的一种艰辛抗争。没有自由毋宁死,对于真正的先锋作家而言,精神内在的高度自由必然促使他们要向一切现实的圭臬发出抗议,向一切人类精神领域中的禁忌与栅栏发起突围。先锋的勇气、力量和价值,就体现在这种反叛的过程中。先锋文学的反叛形式不一定充满惨烈与悲壮,但它的反叛目的,即它所要展示的存在真相却往往饱含着苦难的精神实质。什么是苦难?苦难就是人的生命在现实秩序中无法获得正常的维持,由此而产生精神上的某种失衡状态。它指陈的是客观世界与个体生命的主观世界之间的不协调,这种不协调从生命的主体角度来判断,就是客观世界的不合理性,即客观世界的种种机制和方式,钳制了人的精神和心灵欲求的自由发展,从而导致了人性自身的屈从、变异和扭曲,人失去

---

[1] [意] 卡尔维诺:《未来千年文学备忘录》,第7页,杨德友译,辽宁教育出版社,1997年。

了自我本色。发现了现实世界的不合理性，便是发现了苦难存在的根源。而先锋作家的反叛，正是从发现这种现实世界不合理性开始的，这种不合理性不仅包含着人们所业已认同的各种秩序、圭臬和观念，还包括了人类自身都无力改变的自然现实。这种不合理性的存在，使人类在保持自我生命的独立性与完整性上受到了巨大的伤害，人类变得越来越远离自己，精神的苦难也就越来越显得突出。所以当先锋作家将这些不合理性化为艺术的具象形态时，展示在我们眼前的便是种种痛彻心扉的苦难景观。先锋作家就是通过自身独到的探索与体验，以种种独标情愫的方式，将那些被不合理的现实世界所盘压、钳制的痛苦状态生动细腻地揭示出来，向人们提供人类精神境遇的不幸真相，表达自身对自由精神的捍卫品质，以及对不合理的现实世界的抗议和反叛。从某种意义上说，先锋文学的自由和反叛本质，正是建立在这种对人类精神苦难的深度体察之中，并通过这种精神苦难的深切体恤，将反抗的矛头直指现实世界中的种种看似正常实则极不合理的诸种事实。先锋，在很大程度上就是以更为尖锐的方式切入苦难的本源。

如果我们再从先锋文学自身的命运上来考察，它的苦难质色或许同样也非常突出，尽管它与先锋所要思考和表达的苦难并不相同。事实上，先锋文学作为一种孤独的写作，它不可能具备广泛意义上的轰动效应，这注定了它只能在文学发展历程中永远处于边缘的位置。它前无古人，后无来者，登高而望远，怆然而涕下。它本身就是以一种孤立无助的先驱者姿态，隐喻了人类苦难生存的某种本质。但这种充满苦难的探索，并非没有价值。因为真正的先锋就是一种精神的先锋，它体现的是一种常人难以企及的精神高度，是一种与公众意识格格不入的灵魂探险。只有作家的精神内部具备了与众不同、绝对超前的思想禀赋，具备了对人类存在境遇的独特感受和发现，他才有可能去寻找新的审美表现方式，才有可能去颠覆既有的、不适合自己艺术表达的文本模式。一个民族的文学发展，最需要的，正是作家必须拥有这种卓尔不群的先锋精神。

苦难是无所不在的，尤其是对于先锋文学而言，苦难几乎成了它的某种"艺术原理"，并伴随着它的整个文学行程。先锋文学体现出来的种种怪异与叛逆，实质上都是源于对苦难境遇的真切表达。因此，我觉得一个真正意义上的先锋作家，他的真正价值或许不在于表现了什么，反映了什么，而在于他通过这些表现和反映，体现了创作主体与现实、生命、历史、自然之间建立了怎样一种新型关系。这种关系在我看来，不只是关涉到他的艺术立场和审美观念，还展示了他的全部生存哲学、艺术思维方式以及他有可能抵达的心灵深度。一个优秀的先锋作家总是拥有一套自身独有的精神谱系，拥有一种既与人类心灵生活密切相关又具有超前品质的认知方式，即一种独特的生存哲学。这种生存哲学作为一种极具个人化的世界观和人生观，决定了他不可能在公众意识中轻易地认同现有的艺术思维方式和社会价值判断，而是自觉地依助自己的精神法则来审度、怀疑和反抗现实生存法则，并通过种种艺术手段来表达他对现实审美原则和生存秩序反抗的有效性。

第三章
先锋文学的艺术实践

在考察了先锋作家的主体精神之后，我们看到，作为创作主体，先锋作家们对其自身的精神姿态与生存境遇都有着颇为清醒的体察。他们坚持从自我的主体意志出发，自觉地恪守并完善自身作为艺术开拓者所必须具备的文化素养、价值立场与创新潜能，并努力地将之运用到创作实践中。但是，一个先锋作家，当他在审美心理上已经具备了诸多创新的潜能时，他将通过哪些有效的艺术实践，运用哪些独异的艺术思维，准确而全面地展示其创新潜能，完美地实现其艺术目标，同样也是一个不可忽略的、具有发生学意味的重要问题。而且，从审美现代性的角度来看，先锋文学能够不断突破艺术的自律性，或者说拓展艺术的自律空间，并产生了一批颇具影响的先锋作品，仅仅依靠创作主体自身的精神积淀与清醒的艺术理想是不可能实现的。它还同样离不开先锋作家们一系列卓有成效的艺术实践，离不开他们对各种现代艺术思维与审美观念的独到运用。因此，本章将立足于这一重要的艺术问题，分别选择了想象力、极致化、隐喻性以及轻逸性等几种主要审美思维，探析先锋作家在具体创作实践中所呈现出来的某些重要的艺术观念及其内在的艺术思维。

第一节　强劲的想象

早在1993年，史铁生就曾在一篇文章中说道："我一向认为好的小说应该是诗，其中应渗透着诗性。……什么是诗性呢？最简单的理解是：它不是对生活的临摹，它是对心灵的追踪与缉拿，它不是生活对大脑的操练，它是一些常常被智力所遮蔽所肢解但却总是被梦（并不仅指夜梦）所发现所创造的存在。相信某些处在儿童期的'唯物主义'者必然要反对上述看法。"[1] 史铁生的这段话，以一种断然的态度表达了他对文学本质的体认：文学就应该是一种纯粹的个体心灵的产物，它寄生于人类与生俱在的梦想之中。这里的梦想，依照我们的看法至少包含两层意思：一是它的虚拟质地，一是它的理想形态。所谓的虚拟质地，决定了文学必须是想象的产物，它的想象如同梦境般具有广阔的飞翔空间，只要人类的心灵没有彼岸，想象也就不存在边际。而所谓的理想形态，并非只指人类的种种希望和憧憬，还包括创作主体对存在可能性的多向度的体察、感知和测度。这也就是说，文学从根源上就是一种梦态的存在，是创作主体为了表达自己精神内在的认知和感受而进行的一种话语劳作方式，是一种纯粹的精神性的话语创造。

史铁生的这段话，实际上还向我们提出了另一个更为深层的艺术命题，即文学创作如何彻底地解放人的想象空间，如何在一种完全的意义上通过梦境般无边无际的想象重建文学的真实性。如果文学彻底地失去了某种真实性的逻辑力量，完全是一种个人化的呓语和一堆杂乱无章的梦境，它也就失去了审美接受的基本前提。史铁生不断地强调小说的诗性品质和它的心灵化特质，其实并非是断然否定文学必须拥有内在的真实性逻辑，而是试图表明，真正的小说应该通过强劲的想象建立一种梦态的真实，建立一种超越于生活又同构于生活的艺术真实，即一种在无

---

[1] 史铁生：《新的角度心的角度——谈周忠陵小说》，《钟山》，1993年第5期。

边的想象中重新营构起来的全新的艺术真实。它的话语表现形态可能是奇谲古怪、不可思议、不合常理甚至荒诞不经的，但是通过这种话语信息所传达出来的审美意蕴却是真实可信的，入木三分的，让人深思的。换言之，真正意义上的文学想象，并非只是一种话语表达的方式和手段，而是一种综合性的艺术创造形式或形象的思维活动。它不仅可以自由地挣脱人类理性的种种预设，带着明确的感性化倾向，而且呈现出很强的偶然性和无限的可能性。接受美学的代表人物之一伊瑟尔就认为："想象总是趋于以某种略显弥散的方式、在稍纵即逝的印象中显示其自身，而这一方式或这些印象又阻碍着我们将其限制在一个具体而稳定的形式之中的努力。想象可能会突然地闪亮在我们的眼前，几乎就如行之无碍的幻觉，而后又以一种完全不同的形式消逝或溶散。这不啻于说，……想象就是一种变化多端的潜能，可以取得任何一种形式，条件是只要有相应的刺激物。"[1] 对此，余华也曾作过较为精到的论述：

> 想象可以使本来不存在的事物凸现出来，一个患有严重失眠症的人，对安眠药的需要更多是精神上的，药物则是第二位。当别人随便给他几粒什么药片，只要不是毒药，告诉他这就是安眠药，而他也相信了，吞服了下去，他吃的不是安眠药，也会睡得像婴儿一样。
>
> 想象就这样产生了事实。我们还听到过另外一些事，一些除了离奇以外不会让我们想到别的什么，这似乎也是想象，可是它们产生不了事实，产生不了事实的，我想就不应该是想象，这大概就是虚幻。[2]

在余华看来，真正意义上的想象，应该是一种纯粹来自心灵的并能

---

[1] 金惠敏整理：《在虚构与想像中越界——[德]沃尔夫冈·伊瑟尔访谈录》，《文学评论》，2002年第4期。
[2] 余华：《我能否相信自己》，第105页，人民日报出版社，1998年。

够逼近真实的精神活动。文学作品实际上就是要通过这种强劲的想象建立另一种意义上的真实，即一种存在意义上的"事实"。一切艺术创作都必须要有充分的想象，并通过想象凸现人的生命本质，使存在的真实性在话语表达中得以重构和再现。略萨也说过类似的话："任何虚构小说都是由想象力和手工艺技术在某些事实、人物和环境的基础上竖立起来的建筑物；这些事实、人物和环境早已在作家的记忆中留下烙印，启发了作家创造性的想象力；自从下种以后，这个创造性的想象力就逐渐树立起一个世界，它是那样丰富多彩，以至有时几乎不能（或者完全不能）辨认出在这个世界里还有曾经构成它胚胎的那些自传性材料，而这些材料会以某种形式成为整个虚构小说与真实现实的正反两面的秘密纽带。"[1] 在略萨看来，小说就是想象的产物，尽管作家所用的材料都源于现实，但通过强劲的想象，最终所构造出来的作品，则是另一种艺术上的存在了。

在通常的逻辑上，谁都不会怀疑文学是想象的产物。尤其是小说，它的虚构性本质就决定了它是一种纯粹虚拟的话语产物。（尽管目前打着"纪实小说"或者"新闻小说"之类称号的作品也不时地亮相，但在我看来这完全是一种玩空手道的架势，并没有什么特别的审美价值。）一切文学艺术的发展，都是源于人类想象能力的充分发挥，源于人类对自身精神领地的不断深入开拓和对人的可能性生存状态的自由展示。想象，并不只是一种话语表达的方式和手段，而是一种综合性的创造形式或形象的思维活动，犹如卡尔维诺所言："想象力是一种电子机器，它能考虑到一切可能的组合，并且选择适用于某一特殊目的的组合，或者，直截了当地说，那些最有意思、最令人愉快或者最引人入胜的组合。"[2] 从某种意义上说，想象力其实是体现作家审美创造能力的一杆

---

[1] [秘鲁]马里奥·巴尔加斯·略萨：《给青年小说家的信》，第16页，赵德明译，上海译文出版社，2004年。
[2] [意]卡尔维诺：《未来千年文学备忘录》，第65页，杨德友译，辽宁教育出版社，1997年。

标尺。但同时，我们又不断地渴望着绝对性的真实，渴望话语的表达效果如同生活的本真状态一样，在经验性和常识性上完全迎合现实生存的逻辑规则。虽然也有不少理论家们早已在生活真实和艺术真实之间进行了大量而精细的探讨和论述，但是这种论述更多的是注重对"真实"的形态学描述，并没有对艺术真实产生的根源进行更深层次的追究。所以，在具体的创作中，很多作家仍然被现实生活的真实逻辑挤压得惴惴不安。

唯因如此，我们必须强调，"想象就是深度。没有一种精神机能比想象更能自我深化、更能深入对象，这是伟大的潜水者"[1]。先锋作家最为有效的反抗之一就是针对那些模糊不清的"真实观"。几乎所有的先锋作家都在试图改变人们在通常意义上所遵循的真实逻辑和各种常识经验，以便彻底地解放创作主体的想象空间，使作家的一切艺术理想和审美智性得到充分自由的施展。一方面，他们明确地将"心灵真实"（余华语）作为自身的叙事哲学，以纯粹的心灵化、精神化的审美追求来重构文学的真实内涵，强调作品的叙事必须服从于创作主体个人的心灵真实以及对人类生存表达的有效性；另一方面，他们又在话语形式上彻底地放弃经验性、常识性的思维逻辑，使想象超越一切常识的状态，直逼种种奇迹般的可能性的存在状态，从而不断地将叙事话语推向广阔的、诗意的创造性空间。卡夫卡在《变形记》中让人变成了大甲虫，在话语形式上无疑是荒诞的，不符合常识性逻辑的，但那只大甲虫依然带着格里高利的心理感受在活动。舒尔茨在《鸟》和《蟑螂》等短篇中让父亲不断地变成鸟和蟑螂，可是它们始终没有脱离父亲的精神，没有放弃父亲作为人的角色和心灵特征。杨炼的长诗《易》则是借助传统文化中《易经》的思维结构，以《自在者说》、《与死亡对称》、《幽居》、《降临节》四个部分，分别对应中国古典哲学中的气、土、水、火，在天马行空般的绮丽想象中，以纵横捭阖、无所不包的思维方式展示出一种气

---

[1] 古典文艺理论译丛编辑委员会编：《古典文艺理论译丛》（第三册），第98页，人民文学出版社，1962年。

势恢宏的审美景象。它的艺术思维几乎突破了所有的时空疆界和逻辑约束，完全依靠一种隐秘的精神结构统摄了奔放的激情和丰沛的想象，就像杨炼自己所说的那样："诗人的感受在不同层次上展开，却又都归于同一圆心：人之存在。人跃入生存的深渊，不断跃入，同时发现'更彻底的'与世界对话的语言。或者说：人通过自身中的不断陨落反而包容了世界。"[1] 黄纪苏的史诗剧《切·格瓦拉》也是一反通常的戏剧手法，让第一主角切·格瓦拉一直处于彻底的隐身状态，自始至终没有出现，而只是以一种精神、一种理想、一种意志覆盖着整个剧情。虽然剧情中的人物好坏分明，冲突亦不复杂，但是，它却通过自由的想象将现代诗歌、对白、场外音等融成一体，构成一种理想与正义的巧妙表达。余华在《现实一种》中让两个亲兄弟轮番进行相互残害，其手段之残忍、内心之平静、场景之触目，也都明显地超越了人之常情。但是，它所折射出来的人物内在的恶毒、丧失理性的复仇欲，却有着血淋淋的真实。从话语表达方式上看，这些作品完全脱离了惯常的现实经验，可以说是一种想象获得空前自由后的叙事结果。它们在审美接受上可能让人觉得不可思议，但透过这种不可思议的叙事，我们又分明感受到他们对人的精神状态揭示的深刻独到和真切可信。这种真实，实际上完全超越了我们通常逻辑上的常识性现实，是作家通过强劲的想象建立起来的某种艺术真实和心灵真实。

对于这种心灵真实的重要性，以及它对创作主体想象能力的激发作用，刘震云也曾作过相当明确的表白："在近三千年的汉语写作史上，现实这一话语指令，一直处于精神的主导地位，而'精神想象'一直处于受到严格压抑的状态。""我到了三十多岁以后，才知道一些肯定性的词语譬如'再现'、'反映'、'现实'……对于文学的空洞无力。"[2] 这里，刘震云显然已感受到了现实生活的真实逻辑对于真正的艺术想象的钳制，以及文学探索与精神想象之间的紧密关系。所以，他自觉地改变

---

[1] 杨炼：《易》，第192页，台湾现代诗社，1994年。
[2] 转引自郭宝亮：《洞透人生与历史的迷雾》，第118—119页，华夏出版社，2000年。

了以往的审美观念,迅速将"精神想象"从日常生活经验中剥离出来,并使之成为一种独立自在的叙事内驱力,从而写出了令人耳目一新的长篇《故乡面和花朵》。在谈及这部小说的创作经验时,刘震云再一次强调:"《故乡面和花朵》和我以前的写作非常不一样。过去的写作打通的是个人情感和现实的这种关系,像《一地鸡毛》、《故乡天下黄花》、《温故一九四二》等,它主要是现实世界打到他的心上,从心里的一面镜子折射出来的一种情感。它主要写的是张王李赵怎么起床、洗脸、刷牙、骑车上班、在单位和同事发生的是是非非。但从九十年代开始,这样观照我们生活的每一天和生活打在我们心灵镜子上折射出来的光芒,在时间的分配上存在着极大的不合理,因为张王李赵是在起床、洗脸、刷牙,是在骑自行车上班,但在这同时,他们的脑子里在想着和这些完全毫不相干的东西。而且这些东西在他的时间中可以占到三分之二,洗脸刷牙动作的本身对他大脑皮层的刺激只占到三分之一甚或四分之一。……所以我觉得,只是写一个人洗脸刷牙骑车上班,到地里锄草,我觉得,对时间首先是一种歪曲、篡改和不尊重。当然,对在时间中生活的这个人和人的过程,也是一种不尊重。换句话说,可能因为这些东西太重要了,所以我们把它给忽略了。就像空气对我们很重要一样,一分钟不呼吸就会死亡,但这个空气容易被忽略。我觉得,这种忽略和丢失是不对的,我们应该重新把他们寻找和打捞回来。这个过程就是《故乡面和花朵》的写作过程,也是和我过去写作不一样的根本区别。"[1]作为一位曾经在相当长的一段时间内沉醉于"新写实"状态的作家,刘震云终于感受到现实时间与心理时间的巨大差异,以及心理时间在人的生活中所占有的重要地位。所以,在《故乡面和花朵》这部小说中,作者一改以往的写实化叙事方式,而将人的精神空间作为整个小说的叙事主线,不断地将人物在心灵时间中活动的欲望和轨迹组合成故事文本,使话语在某种程度上完全沿着创作主体的想象进行自由的飞翔,人物也

---

[1] 转引自郭宝亮:《洞透人生与历史的迷雾》,第117—118页,华夏出版社,2000年。

在过去、现在和未来的广阔时空中进行着纯粹的精神漫游。从这里，我们也可以看到，要使叙事穿过客观现实的坚实幕墙，进入人物真正的精神空间，作家必须摆脱日常生活秩序的制约，突破日常的经验和常识，重构一种人性深处的生存状态，一种更为潜在，也更为丰茂的生命情态，其核心手段便是依助于创作主体自身的想象能力。

关于此点，被公认为后现代主义大师的卡尔维诺也毫不含混地说道："艺术家的想象力是一个包容种种潜能的世界，这是任何艺术创作也不可能成功地阐发的。我们在生活中经历的是另外一个世界，适应着其他形式的秩序和混乱。在纸页上层层积累起来的词语，正像画布上的层层颜料一样，是另外一个世界，虽然也是不限定的，但是比较容易控制，规划起来较少费力。"[1]卡尔维诺的这种"两个世界说"，同样更加明确地说明了艺术想象与现实世界之间的区别，并强调了想象在艺术创作中的核心作用，也道出了想象的本质在某种意义上就是自由，就是挣脱一切现实秩序对人类精神的羁绊，为恢复内心的自由表达而努力。它的创造性特征，也正体现在作家对人类精神世界的自由重构之中。没有对人类自由精神的强力推崇，没有对艺术自由禀赋的深切体察，作家便很难对那些超越于庸常现实的理想愿望产生强烈的冲动，想象力也便很难获得全面的解放。

事实上，先锋作家的所有重要特征，或者说所有努力，都是充分依助创作主体的想象能力，来打破种种既定的艺术圭臬，开拓种种全新的艺术世界。每一个先锋作家的审美理想也许都不一样，但是他们实现自身艺术目标的方式或者说手段都是一致的，即必须有效地通过各种途径彻底地打开自身的想象空间，在绝对强劲的想象中建立种种新型的审美世界。只有通过强劲的想象，才能使叙事话语脱离客观现实的外在影响，真正地进入人的内心领地；也只有通过强劲的想象，才能使作家在重构人类心灵秩序的过程中，再现人性深处的真实。"今天，我们受大

---

[1] [意]卡尔维诺：《未来千年文学备忘录》，第70页，杨德友译，辽宁教育出版社，1997年。

量形象的疲劳轰炸，我们已经不再能够把我们的直接经验和我们哪怕在几秒钟之内看到的电视内容区分开来。记忆中被塞满了乱七八糟、鸡零狗碎的形象片断，像一大堆垃圾一样，在如此众多的形体中间越来越不可能有哪一个形体能够实现出来。"[1] 在卡尔维诺看来，要完全摆脱种种常识生活的潜在规约，唯一的方法就是，"在想象力中寻求获取超出个体、超出主体的某种知识的办法"。

如果深而究之，这种强劲的想象，首先就表现在先锋作家对一切常识性生存状态的大量颠覆上。传统文学的表达方式通常是以迎合常识性生存状态为起点，即一切话语形式（包括故事的情节和人物的性格命运）都必须遵循世俗性生存现实，符合日常生活的真实性。这种常识性，实际上是以理性为支撑的真实性，带着明确的逻辑力量，是人类在长期的认识实践过程中积累起来的一切规律性的存在状况，受制于理性思维的总结和归纳，并成为某种集体记忆得以承传下来。一切常识性的状态都是公众所熟悉的，都是符合所有接受群体的心理定式和审美习惯的。因此，传统作家的想象常常自觉地沿着这种常识逻辑进行运动，一切违背常识的东西都有可能被认为是非真实的、不可靠的叙事，甚至缺乏逻辑力量。它使得作家在发挥创造性想象的过程中受到无处不在的理性钳制、客观现实的钳制，一切艺术的真实被客观化，创作主体的审美目标与现实世界高度吻合，因此，作家的想象自由存在着很大的局限。而先锋作家的自由秉性和创造欲望决定了他们不可能完全受制于这种现实生活的常识性逻辑，他们的独创性、不可重复性也都要求他们必须对一切常识性生活逻辑进行义无反顾的超越和反叛。先锋文学的许多怪异特征，其实也正是种种常识性生存状态被无情颠覆后的结果。

同时，我们还必须看到，一切常识性的东西都是被外在化的，它以共性为特征，对个体生命内在的差异和特殊性则不可能予以认同。常识的即是合理的，而超越常识的则往往被认为是荒谬的，不被认同的。常

---

[1] [意] 卡尔维诺：《未来千年文学备忘录》，第 65 页，杨德友译，辽宁教育出版社，1997 年。

识以一种无处不在的方式规约了我们的生存,使我们永远处在一种庸常的秩序之中。而先锋作家对常识的颠覆,在很大程度上也表明了他们对个体生命独特性的崇拜,对更为深层的存在的可能性的追求。在发挥想象的具体方式上,先锋作家也并不是绝对地与所有常识性生存状态一刀两断,而是通过必要的整合和重构,使话语最后服从于自我心灵表达的需要,如卡尔维诺所说的那样,"在文学想象力视觉部分形成过程中,融汇了各种因素:对现实世界的直接观察、幻象的和梦境的变形、各种水平的文化传播的比喻性世界,和对感性经验的抽象化、凝练化与内在化的过程,这对于思想的视觉化和文字表述都具有头等的重要意义"[1]。对于先锋作家来说,既定的知识和常识固然是非常可怕的,它们正以不可思议的力量和方式制约着人们的想象力,但是,以完全蹈虚的眼光来对待它们,又会导致话语自身的不可靠性,使叙事彻底地陷入某种无法解读的呓语境地,失去了在接受意义上的审美价值。

其次,这种强劲的想象,还表现在他们对一切经验性的成分保持着高度的警惕。从生活经验中获得想象的延伸,这一点在创作中无处不在,可以说是作家们最为方便也是最为通常的想象方式之一,如我们的一些新历史小说,看似在虚构一段完全无法考证的过去生活,但它们之所以让人觉得真实,甚至有一种身临其境的感受,就在于作家是依助于某种文化经验(或记忆性经验)重构生活场景的。但是,在真正先锋作家的视野中,这种仅仅依助于经验的想象来进行艺术创新是远远不够的,他们还必须在更为广阔的空间中彻底地打开想象的通道,使想象摆脱经验的某些制约。苏珊·桑塔格就认为:"艺术家是这样一种人,他向人们固有的关于体验的观念挑战,或者向人们提供关于体验的其他信息,并对体验做出其他的解释。艺术家会说:'对于这种体验存在着这样的陈腐观念,或者那样的误传;现在我来告诉你们体验的本来面目,或者,我来告诉你们观察它的另一种方法。'这就是现在艺术继续通过

---

[1] [意]卡尔维诺:《未来千年文学备忘录》,第67页,杨德友译,辽宁教育出版社,1997年。

文体上的一系列快速变化而发展的原因。因为某些知觉手段或方式似已日渐枯竭。一旦它们为太多的人所了解,为太多的人所实践,便产生出要用另一种方式来观察事物的要求。但是没有一种方式能基本上现实地适合任何有关艺术的定义。"[1]苏珊·桑塔格的这段话虽然说得有点含混,但她其实也道出了先锋作家对日常经验应持的警惕态度。无论是何种经验(包括体验)都是人们普遍熟知并可亲身感受的,所以,先锋作家总是不断地去摆脱这些"为太多的人所实践"的方式,以寻求创作主体自身独有的表达方式。这种方式在很大程度上就是个体想象力的深度拓展。只有想象力在超越经验的层面上获得生机,作家才有可能在创作中找到自身独有的创作方式。马原在谈到这种反经验式写作时,曾以"元小说"为例,认为这种小说中的叙述者往往公开声称这部小说是假的,是完全虚构的,不可信的,但是,其中有一个重要前提,"就是提供可信的故事细节,这需要丰富的想象力和相当扎实的写实功底。不然一大堆虚飘的情节真的像你所声明的那些虚假,不可信,毫无价值"[2]。马原的这段话,其实也道出了一个先锋作家在发挥艺术想象力、超越日常经验时,必须注重作品内部的精神连贯性,就像杨炼的长诗《易》那样,受一种潜在的精神所统摄,而不是过度地放纵想象,使话语成为一堆空洞的感官化的能指。因此,对于先锋文学而言,发挥强劲的艺术想象,是为了从根本上激活创作主体的艺术智性,解放先锋作家在叙事过程中的一切传统禁忌,使他们的艺术探索走向更为自由也更为广阔的审美空间。

也许有人会说,许多人类早期的神话、传说甚至一些浪漫主义的代表性作品,或者说一些科幻小说,不也是通过那些超越常识、超越经验的想象创造出来的吗?面对这个不可否认的事实,我们有必要再度回到想象的真实性问题上来,即我们这里所说的想象,其目的不是为了某种

---

[1] 陈侗、杨小彦选编:《与实验艺术家的谈话》,第402页,杜莉等译,湖南美术出版社,1993年。
[2] 马原:《小说》,《文学自由谈》,1989年第1期。

虚幻的效果，而是要重建一种真实，一种人性深处的潜在的，同时又是无法轻易面对的真实，就像余华前面所强调的那样，"产生不了事实的，我想就不应该是想象，这大概就是虚幻"。真正意义上的先锋文学，追求的是在强劲的想象中建立真实，通过想象力的自由飞翔，抵达那些被人们长期忽略了的或者是被现实长期遮蔽了的灵魂状态。说到底，文学艺术作为人类生命活动的一种特殊形式，它在揭示人类的存在真相、展露人性的潜在本质的同时，也是为了实现人类内心深处对自由本性的追求，实现作家对存在的各种可能性的勘探。"在艺术中，我们似乎一直存在于人类，永远地存在于人类。我们不受限制地自由往来。宗教使人向往上帝向往神，而在艺术中，我们就是上帝本身，我们就是全知全能的存在。因此，艺术想象就是一条通神之路，只有在艺术中，人类才真正获得了自由。"[1] 没有什么比自由更为重要，尤其是在人类的一切艺术行为中，自由的表达以及对内心自由的梦想与追求，从来都是艺术家们最为核心的审美目标。这种审美目标，与想象的自由本质无疑是不谋而合。因此，吴亮曾说："绝对自由只有在想象中才能达成，它不必求助于经验，它纯粹是内心生活，纯粹是反经验的反现实的形式冲动。"[2] 让人类的精神生活在想象中获得无拘无束的漫游，让叙事的审美话语在想象中获得生机勃勃的活力，并以此来解除庸常现实对人们心灵的挤占和盘压，消弭实利欲望对精神空间的掠夺和蚕食，这是一切先锋艺术的内在理想，也是先锋作家审美智性的重要体现。

第二节 超验的极致

对于很多喜欢文学的人来说，有两部作品可能会一直供奉在书架上。它们是普鲁斯特的《追忆似水年华》和詹姆斯·乔伊斯的《尤利西

---

[1] 吴洪森：《存在与想像》，《当代作家评论》，2000年第2期。
[2] 林建法、傅任选编：《中国当代作家面面观》，第117页，华东师范大学出版社，2002年。

斯》。几乎没有人怀疑这两部作品的经典价值,可是我们又无法排除某种阅读上的心理恐惧。它们将人类内在意识的丰富景观铺展得淋漓尽致,尤其是大量的超验性的潜意识话语,虽然使我们能够深刻地感受到人类心理上的各种丰富多彩的微妙情状,却也让我们的接受定式和阅读期待受到了空前的挑战,使我们无法依靠某种惯常的逻辑思维来获得审美的愉悦。所以,人们只好将它们供奉在案头,以表达自己对这两部伟大作品的永久敬畏。当然,对于一些具有自觉探索意识的作家来说,它们却是内心的两座文学圣殿。作家纪德就由衷地说道:"我在普鲁斯特的风格里寻找不到缺点,我寻找在风格中占主导地位的优点,也没有找到,他有的不是这样那样的优点,而是无所不备的一切优点〔……〕他的优点不是先后轮流出现,而是同时一起出现的,他的风格灵动活泼,令人惊叹。任何另一种风格和他的风格相比,都黯然失色,矫揉造作,缺乏生气。"不仅纪德如此盛赞普鲁斯特,"后来的很多大作家,比如说瓦莱里(象征派)、莫洛亚、贝克特(荒诞派)、罗伯—格里耶(新小说派)、西蒙(也是新小说作家,也拿过诺贝尔文学奖)等,都写过专门的小册子或文章,论及这位伟大的普鲁斯特"[1]。这些在当时都具有先锋意识的作家们,之所以如此高度赞赏普鲁斯特,无疑是因为《追忆似水年华》确实开拓了一种极为重要的艺术空间。《尤利西斯》也同样如此。"1998年,美国兰登书屋现代丛书编辑委员会评出了20世纪百本最佳英语小说,《尤利西斯》名列第一。1999年,英国水石书店也邀请了47名文学评论家和作家评选今后100年中10部最重要的文学名著,《尤利西斯》再次名列第一,理由是'这位爱尔兰小说家将诗情画意与情色描写相融合,由此创作的杰作足以使他流芳百世'。"[2] 这部长篇之所以不断被人赞颂,甚至成为很多作家和评论家心目中的经典,就在于乔伊斯不仅呈现了斯蒂芬脑海里时断时续的母亲的苦涩之爱,还在于作家犀利地揭示了这种爱既被摧残也摧残他人,"这种爱属于那个瘫痪的现

---

[1] 陆建德等:《12堂小说大师课》,第42页,生活·读书·新知三联书店,2021年。
[2] 陆建德等:《12堂小说大师课》,第102页,生活·读书·新知三联书店,2021年。

实,同时这种被摧残的爱反过来又要屈折斯蒂芬的灵魂,成为斯蒂芬自由飞翔的最大羁绊。在现代社会里,斯蒂芬要反抗的不是任何正面的敌人(特勒马科斯所面对的强悍的敌人),而是以爱的名义构筑的对他自由心灵的羁绊"[1]。尽管小说中的斯蒂芬并不是一个能言善战的斗士,而是一个巨大的沉默的存在,但这并不妨碍他内心所拥有的强悍之力,以及清醒而独立的反抗立场。

如果从叙事层面上看,这两部一直被视为先锋文学的代表性作品,其实非常成功地运用了一种极致性的审美法则,将叙事话语不断地推向某种艺术的巅峰状态,使叙事显示出极度辉煌、极度恣肆的审美情境。只不过,这种极致性不是沿着人的理性逻辑来延伸的,而是不断地切入各种超验性状态,是作家依靠强劲的想象力在自由广袤的审美空间中创造的结果。它超越了一些理性的常识和人类传承的经验,同时又大量地掺入了各种隐喻性文本,使人们通过惯常的思维方式无法顺利地进入话语的意指空间。也就是说,他们对这种极致性的审美法则进行了大量的改造,使它进入到人的潜意识状态,直接陈述人物在现实生存盘压下精神内质上出现的种种可能性现实——这种现实虽然无法用理性逻辑来进行验证,却同样辐射出人物内心极为深邃的精神意蕴。也就是说,它们都成功地将人的意识和潜意识交织在一起,呈现了人物内心极为复杂矛盾的精神镜像。人都有意识和潜意识,它是人的一种客观的精神存在,但意识流的重要特征在于,它"是对人类心理活动中回忆、想象、推理、联想、猜测、判断相互交融在一起如流水一般的意识活动中的总称"[2]。意识流写作不同于一般的心理小说,它更多地强调人物的潜意识,突出人物的"自由联想、幻觉流动、内心独白、感官印象、意象重叠等等,在话语方式上有倾诉法、回忆法、呈现法、呓语式、片断式、失语式、无标点法,或者各种话语的综合法"[3]。《尤利西斯》和《追

---

[1] 陆建德等:《12堂小说大师课》,第108页,生活·读书·新知三联书店,2021年。
[2] 刘恪:《先锋小说技巧讲堂》,第84页,百花文艺出版社,2007年。
[3] 刘恪:《先锋小说技巧讲堂》,第85页,百花文艺出版社,2007年。

忆似水年华》正是通过意识流的叙述，在有限的叙述时空间，极大地拓展了人物精神活动的空间，以及他们对于这个世界的潜在认知，也使叙事超越了一般人的生活经验和常识，导致读者在接受过程中不得不面对诸多的障碍。

这就是带着超验特征的极致性审美法则，也是先锋文学中最为活跃和最具表现力的一种表达手段。一方面，它注重话语表达过程的极致性审美目标，无论是人物性格还是情节结构，都不断地走向某种极端，完全摆脱了客观现实的庸常状态，使文本在许多意想不到的情境中显示出自身独特的艺术魅力。另一方面，它又极力强调话语表达的超验性品质，在艺术传达过程中鄙弃一切通常的经验逻辑，抛却那些具有集体倾向和公众意趣的审美感受，使人们的一切理性预设手段都失去作用，话语呈现出大量非理性、颠覆性、独创性的成分。总而言之，它是一种超验性和极致性的高度融合，是先锋作家对自身超验性审美感受的极端表达，其最终目的是为了在反抗既定的文学观念和话语秩序的同时，确保文本全面地展示作家自我艺术理想的完整性和深刻性。譬如艾略特的《荒原》、金斯堡的《嚎叫》等作品对人性之恶和社会伦理价值空前混乱与颓败的表达，加缪的《局外人》、冯内古特和尤奈斯库等荒诞戏剧对人类存在的荒谬性的展示，卡夫卡对人性被强制异化后的悲惨情状的演绎……不仅完全突破了人们在常规状态中的生存体验，呈现出十分奇特的陌生化、无理性甚至反逻辑的特征，而且在话语表达上极为尖啸和夸张，具有某种明显的极致化色彩。但是，这种表达手段却使作家对人类生命存在的独到体察，对人性的各种潜在本质的深刻思考，非常全面地隐喻在文本之中。

在通常的意义上，极致性审美法则是很多作家都经常使用的表达技巧。很多传统小说也都不断地利用这一法则，将故事情节或人物性格推向某种超常状态（而非超验状态），使叙事呈现出某种奇谲的审美效果。像传统的武侠小说，无论人物还是情节，都显得十分夸张和离奇，在奇中求险，在险中生奇，以充分迎合人类心理定式中的某些理想期待，诸如侠与义的期待、善与恶的期待、身心绝对自由的期待等。又比如《巴黎圣母院》之类的作品，人物性格就非常明显地处于两极状态，丑与美在极致性状态中形成了叙事的内在推力。这种叙事法则的好处，就是能够有效地设置故事的内在张力，使情节、人物性格都永远处在某种难以调和的、高度紧张的状态，使话语具有一种令人惊悸的审美效果。

但先锋文学的极致性审美法则并非如此简单。它虽然也强调话语表达上的极端性，追求某种艺术上的巅峰状态，但这种极端是源于创作主体对既定传统话语模式的反抗愿望，是源于他们对人类存在境遇的超前性体验，是源于他们对某种人性本质的尖锐发现，是源于他们对自身艺术感觉的高度自信。也就是说，它是源于作家内心深处的种种超越常规的审美体验。而这种超常体验，往往是建立在对抗伦理秩序、文化秩序以及价值规范之中，并常常从根本上颠覆了人的理性逻辑，折射着先锋作家精神深处的反叛秉性和原创品质。众所周知，从现代主义诞生开始，文学就一直关注着人类生命中的非理性状态。由于这种非理性状态承载了人类精神活动的巨大空间，且又无法通过理性去明确地剖析它并为它确立种种可验证的标准，所以我们只能感知它的存在，并不断地承受着它的潜在制约。这种难以预知的精神空间，不仅为各种现代哲学、现代心理学提供了坚实的生命依据，也为先锋作家的审美发现提供了广阔的艺术天地。先锋作家进入这片领地之后，一旦在审美心理中有所感知、有所发现，便会自然而然地对理性的现实秩序产生怀疑，从而回归到自我内心的真实世界，极力维护创作主体自我所认定的存在状态，展示他那丰饶的超验性审美感受。

当先锋作家一旦真正地回到真实而完整的自我内心，并为自我内心的独特感受和思考而写作，那么，种种非理性和超验性的个人化审美特质，就会不可避免地折射出来。这既是先锋作家对自身原创性、独特性、先驱性艺术品质的维护和张扬，也是他们进行顽强的艺术探索、深层的精神开掘的一种有效努力。这一特点，在莫言的长篇小说《檀香刑》中就表现得十分突出。在一般人眼里，《檀香刑》似乎是一部相当传统的小说——不仅文本结构采用了极为陈旧的叙事模式（如凤头、猪肚、豹尾），情节发展也基本上处在线性状态（如开端、发展、高潮等都很明显），话语语调也是十分传统（如大量的民间人物的自我陈述、猫腔曲调等）。但是，这只是文本的外在特征，或者说，只是莫言蓄意制造的一种传统化假象。只要进一步解读它的叙事策略，我们就会发现，莫言其实是通过一种奇特的组合方式，在一种极致性的超验状态中呈现出强烈的先锋品质。具体表现有二：一是对残酷与诗意的极端化演绎，二是对悲剧精神与喜剧形式的极端化整合。

依靠一根极简单的檀木棒子，从下到上直穿人体，却可以让人数天而不绝命，这就是令人发指的檀香刑。这种酷刑，作为中国历史上极权统治下人性沦丧的一种高度象征，它所隐喻的不只是统治阶级那种近乎疯狂的非人道性、残忍性的专制本质，还折射了中国人的高超的集体智慧。它不仅以无招胜有招——用一根小木棒来达到很多烦琐的刑具所无法达到的境界，还使酷刑成为一种审美过程——让统治者可以尽情地享受到某种施恶过程的无限快意。一方面，莫言详尽地陈述了施刑的惨烈过程，让孙丙在承受檀香刑的过程中，不断地表现出种种求生不得、求死不能的悲惨情形，使这种残酷性在细细的话语临摹中获得了无限的延伸，并推向了让人虚汗淋漓的极致状态。而另一方面，作者又大力地叙述施刑者的诗意化过程，突出猫腔的诗化韵致。赵甲作为最高权力的刽子手代表，不仅成为中国传统酷刑的集大成者，而且完全将施刑的过程上升为某种人生的理想境界。小说中的他从制作刑具开始，一直到施刑过程，其考究程度、精致程度、完美程度，完全可视为一种行为艺术，充满了诗意化的至高境界。同时，猫腔的往返回荡，使刑场在某种意义上也成为剧场，更突出了其诗性氛围。无论是对残酷场景的描述，还是对诗意语境的营构，莫言都充分发挥了自己那灵性翻飞的艺术感觉，使话语遍布着大量的比喻、通感、夸饰等修辞特征，超验性叙事效果十分突出。就这样，诗意的美妙情境与酷刑的残忍场面，既被莫言推向各自的极点，又被莫言绝妙地统摄在一起，从而形成了撼魂动魄的张力效果。

但这还没有结束。从人物命运的总体走向上看，《檀香刑》无疑是一部典型的悲剧性作品，无论是孙丙、媚娘、钱丁、钱夫人，还是赵甲、小甲以及猫腔班子里的许多演员，他们都是一些无法主宰自我命运的悲剧性人物，他们中不少人的死亡都带着明显的殉道意味。但莫言却牢牢地控制着这种悲剧内涵，不让它过分地迎合某种公众内心的英雄意识，使小说沦为带有某种典型的民族主义叙事倾向的外在故事，而是不断地将这种悲剧内蕴推到话语的背后，将民族命运、正义邪恶等宏大叙事浓缩到人物的情感纠葛中，让人物在某种喜剧化的话语氛围中展示出内心真实的痛苦。小说不断地转化叙述视角，通过不同人物的自述多方位地对故事进行立体叙事，但是，每个人物虽然都是以自己的身份在说话，而语调之中显示出来的审美效果却带着浓烈的喜剧色彩。可以说，这部小说完全是以一种喜剧性的话语方式来展示悲剧性的精神内涵，且悲与喜在小说中都叙述得浓墨重彩、登峰造极。这种两极化的高度整合，不仅体现了莫言高超的叙事技能，也折射了《檀香刑》在先锋意义上的独创品质。

其实，在莫言的小说中，这种带着明确超验特征的极致化叙事一直十分突出。像早期的"红高粱"系列以及《透明的红萝卜》等，处处都体现出作者对感觉世界的绝妙而精致的临摹，对超越传统伦理秩序的人性状态的纵横捭阖的展示。在莫言的笔下，人物性格和叙事自身都仿佛获得了空前的自由，很少看到有理性的栅栏，也很少露出被人为制约的痕迹，一切都显得自然、雄阔而奔放，不断地体现出辉煌、恣肆的审美特征。如《爆炸》的开头：

> 父亲的手缓慢地举起来，在肩膀上方停留了三秒钟，然后用力一挥，响亮地打在我的左腮上。父亲的手上满是棱角，沾满着成熟小麦的焦香和麦秸的苦涩。六十年劳动赋予父亲的手以沉重的力量和崇高的尊严，它落到我脸上，发出重浊的声音，犹如气球爆炸。

几颗亮晶晶的光点在高大的灰蓝色天空上流星般飞驰盘旋,把一条条明亮洁白的线画在天上,纵横交错,好似图画,久久不散。飞行训练,飞机进入拉烟层。父亲的手让我看到飞机拉烟后就从我脸上反弹开,我的脸没回位就听到空中发出一声爆响。这声响初如圆球,紧接着便拉长变宽变淡,像一颗大彗星。我认为我确凿地看到了那声音,它飞越房屋和街道,跨过平川与河流,碰撞矮树高草,最后消融进初夏的乳汁般的透明大气里。我站在我们家浑圆的打麦场与大气之间,我站在我们家打麦场的边缘也站在大气的边缘上,看着爆炸声消逝又看着金色的太阳与乌黑的树木车轮般旋转;极目处钢青色的地平线被阳光切割成两条平行曲折明暗相谐的汹涌的河流,对着我流来,又离我流去。乌亮如炭的雨燕在河边电一般出现又电一般消逝。我感到一股猝发的狂欢般的痛苦感情在胸中郁积,好像是我用力叫了一声。

这段叙述调动了人的大量感官参与其中,将父亲打在"我"脸上的一巴掌,演化为听觉、视觉、触觉甚至味觉的大交融和大混杂,极大地延展了人物在受到这屈辱性的一巴掌之后所产生的极为复杂的心理,从而以超验性方式,形成了极具冲击力的叙事效果。

当然,不只是莫言擅长此种手法。在我们当代先锋文学中,类似的作家还有残雪、余华、王小波、扎西达娃、马原,等等。比如残雪的《黄泥街》等一系列小说,无论是故事发展还是人物性格走向,都充满了零乱无序、漫无目标的特征,几乎找不到任何理性的脉络,但是每一个叙事场景,每一处细节,都具有一种无与伦比的精细化效果,尤其是那些大量的关于肮脏、丑恶景象的描述,虽然常常出自人物的某种虚幻感觉,但呈现出来的审美特征却是一种极致化的倾向。余华的《现实一种》在叙述兄弟之间轮番残害的过程中,也是借助一个个难以理喻的极致化的细节推演,将人性内在的暴力与罪恶的本能欲望展露得触目惊心,甚至是无以复加。刘震云的《故乡面和花朵》更是充满了人类心灵在无边无际的旷野中尽情漫游的自由愿望，一切传统现实的价值标准、社会秩序、道德规范，都在叙事中被无情地消弭殆尽，衍生出来的都是一些梦态般的、全新的存在意义。它使人的精神臆想在某种极致性的状态中获得了一次彻底的自我放逐，也是作家对人类自身存在愿望的一次自我设想与求证。王小波的《2015》等作品，将人性的丑陋与真实、存在的荒谬与错位都不断地推向极端化，让人物在种种绝对虚设的时空中展露出种种独特的个性和本能。此外，像扎西达娃的《西藏：系在皮绳结上的魂》中对宗教式的神秘命运的极力演绎，马原的《错误》、《虚构》等作品对叙事圈套在文本形式上的极端营造，都带着强烈的极致化、超验性的审美倾向。这些作品，之所以在中国当代先锋小说中具有不可取代的文学史意义，不仅是因为它们彻底地打开了人类心灵的内在空间，使叙事冠冕堂皇地深入到了超验的、非理性的精神层面，还因为它们在表现人性的内在状态和现实欲望时，都充满了许多难以理喻的甚至令人惊悸的审美特征。正是这种以超验形式体现出来的极致性审美表达，使他们成功地实现了对传统小说的反叛，找到了他们自身作为先锋作家的独立空间，同时也为中国当代小说的发展提供了更多的审美向度。

值得注意的是，在先锋作家的大量作品中，这种极致手法的运用，更多的还是体现在对文本细节的表达上。也就是说，很多作家不一定在文本的整体上强调某种超验性和极致性的双向演绎，而是十分注重将它们落实在具体细节的叙述过程中，使一些原本不经意的甚至并没有多少意义的细节，因为极致化的铺展和超验性的表达，骤然变得熠熠生辉，充满了种种出乎意料的艺术灵性。在文本的细微之处激活艺术的想象能力，展示自我的审美独创能力；在那些看似不经意的地方延伸自身的艺术感觉，凸现作家的超验感受；在不可言说的地方进行极为灵动的言说，使话语摆脱生活经验以及逻辑常识的影响——这就是先锋小说越来越突出的发展倾向。譬如残雪的小说，就完全是通过各种近乎癫狂的细节来展示作家的审美理想。在她的作品中，不仅人物形象模糊不清，而且故事情节发展不明,充斥在我们眼前的,都是一些大量的、污秽不堪的生存景象以及人物虚幻不定的杂乱感受。余华的很多小说,如《世事如烟》、《往事与刑罚》、《死亡叙述》、《河边的错误》虽然有着相对完整的故事结构,但是真正带给人们阅读震撼的都是那些极为奇谲、充满了绝妙想象的细节。它们带着超验性和极致性的审美特征,使话语处处洋溢着丰饶的艺术智性,颇有些化腐朽为神奇的艺术妙境,常常给人以刻骨般的阅读感受。卡尔维诺的《看不见的城市》更是一种人物内心瞬间片断的拼接。实际上,如果我们带着顽强的挑战心理来读《尤利西斯》或者《追忆似水年华》,我们感受最深的也往往是细节叙述,特别是他们对各种看似没有意义的细节,广泛大量地进行精细的、超验性的演绎,使我们的内心不断地感受到某种战栗。

  这种在细节中强化极致性和超验性的叙事策略,在我看来,很大程度上是为了有效地拓展先锋作家的独创空间。因为从先锋文学发展的总体态势来看,它的反叛性和独创性,实际上一直沿着两条主线前行:一是从创作观、审美观上根本地颠覆传统艺术,开拓并建立自己一套独特的认识世界和表达存在的话语体系,像加缪、冯内古特等,其背后拥有强大的哲学支撑;二是着眼于文学本身,不断地在文本形式和精神内蕴上进行破坏和重构,寻找新的表达方式和审美理想。先锋作家在细节上的这种努力,其实就属于后一种情况。这种努力的结果,最为突出的就是使作家的自由想象力得到了进一步发挥,作家的艺术独创能力在瞬间获得了空前的展现。因为一个显在的事实是,任何极致性文本的成功展示,都是作家自身想象能力充分施展的结果,也是作家审美感受尽情流淌的结果。没有一种绝对自由的精神空间,没有卓群拔类的艺术感觉,没有丰沛无比的想象能力,先锋作家就不可能在那些难以言说的地方建立起与众不同的审美意蕴,也不可能使故事的各种瞬间变得越来越重要,更不可能体现出高超的艺术原创能力。因此,从这个意义上说,回到超验的极致,就是让先锋作家回到绝对自由的精神表达空间,进一步突破所有潜在的心灵羁绊,着力于培植、丰富自我独特的艺术感觉,使自己的先锋品质真正地渗透到文本的细枝末节之中。

倘若深而究之,这种特征可能与后现代主义文学思潮的全面崛起相关。后现代主义的一个重要特征就是叙事的零散化和无序性,文学更趋重于碎片化的拼接,以映衬人类生存现实中缭乱而无序的感性状态。当先锋文学的发展进入到后现代之后,细节就自然而然地成为先锋作家发挥艺术创造力的核心部位。先锋作家在反抗传统小说过于追求故事自身的完整性的同时,通过多重时空的重叠和多重视角的频繁交替,不断地撕裂故事自身的理性逻辑结构,使叙事变得片断化、零散化,然后在片断中强化话语的艺术表现力,用碎片的组接形成独特的文本结构,突出作家自身超验性感觉的瞬间爆发,使那些原本无意义的细节过程,充满了许多淋漓尽致的审美趣味。

当然,我们还应该看到,先锋文学的这种极致性叙事追求,在很大程度上与它的"怪异特征"又有着密切的同构关系。因为先锋文学的很多"怪异"倾向,实际上都是创作主体对超验性和极致性表达手段充分运用的结果。如卡夫卡的《变形记》,舒尔茨的《鸟》、《父亲的最后一次逃走》,莫言的《生死疲劳》等对人物的变形处理,都是将人物退化成某种动物,并使他们同时保持着人与动物的双重身份进行生活,传达创作主体对于人的生存境况的思考。在舒尔茨的《父亲的最后一次逃走》中,一次又一次逃走的父亲,这次作为一只螃蟹回来了,他的妻子在楼梯上发现了他,虽然他已经变形,她还是一眼认出了他,然后是他的儿子确认了他。他重新回到了家,按照蟹的习惯和家人一起生活着,虽然他已经认不出过去作为人时的食物,可是在吃饭的时候他仍然会恢复过去的身份,来到餐室,一动不动地停在桌子面前。结果,母亲趁机将变成螃蟹的父亲煮熟了,"放在盆子里端上来时'显得又大又肿',可是一家人谁也不忍心对煮熟的螃蟹父亲动上刀叉,母亲只好把盆子端到起居室,又在螃蟹上盖了一块紫天鹅绒。然后布鲁诺·舒尔茨显示了其想象力之后非凡的洞察力,几个星期以后他让煮熟的螃蟹父亲逃跑了。'我们发现盆子空了,一条腿横在盆子边上……'布鲁诺·舒尔茨将螃蟹煮熟后容易掉腿的动物特征描写得淋漓尽致，他感人至深地描写了父亲逃跑时腿不断脱落在路上，最后这样写：'他靠着剩下的精力，拖着自己到某一个地方去，去开始一种没有家的流浪生活；从此以后，我们没有再见到他。'"[1] 在舒尔茨的笔下，父亲总是与家人格格不入，但他又渴望家庭的伦理温情。舒尔茨让他一次次地各种变形，让他带着动物的形象，在各种奇特的超验性情境中活着，并以此来揭示现实的冷漠和恶俗。

同样，在莫言的《生死疲劳》中，作为西门屯地主的西门闹，被枪毙之后，转生投胎为驴、牛、猪、狗、猴以及大头婴儿蓝千岁。小说以这个大头婴儿作为叙述者，滔滔不绝而又酣畅淋漓地讲述了他身为牲畜时的种种奇特感受，以及地主西门闹一家和农民蓝解放一家半个多世纪生死疲劳的悲欢故事。在这部小说中，"西门闹是通行的文学思维无法捕捉的鬼魂，在小说艺术的意义上，他是一个'人物'吗？在哲学意义上，他是一个'个人'吗？他都不是。他是西门闹，但通过转世轮回他又是一头驴、一头牛、一头猪、一条狗、一个猴和一个名叫大头儿的人。每一次新的生命都是新的性格和命运，你无法把他当做'这一个'进行界定，他是'这几个'；你也不能将西门闹和他的几度转世仅仅看做是机巧的结构，'这几个'不仅分担着渐渐稀薄的记忆，更重要的是，他们之间有魂魄、精气贯注。他们中的每一个是'我'，也是'他'，是过去、未来和可能的'我'"[2]。它的怪异之处，不仅在于西门闹投胎为各种动物，还在于这些动物带着西门闹的思想、情感，不断地打量这个世界的变化，小到家庭的破裂、后代的命运，大到人与土地关系的变化，现实秩序和生活观念的变迁，浓缩了中国半个多世纪的乡村社会变迁史。

---

[1] 余华：《飞翔和变形——关于文学作品中的想象》，《收获》，2007年第5期。
[2] 李敬泽：《"大我"与"大声"——〈生死疲劳〉笔记之一》，《当代文坛》，2006年第2期。

第三节　跨越修辞的隐喻

　　隐喻作为文学表达的一种叙事手段，可以说是由来已久。因为文学本身就是语言的艺术，是人类对语言进行探索性表达的特殊产物。而隐喻，从最早的概念诞生来说，就是语言研究领域中的一个重要问题。在《诗学》和《修辞学》中，亚里士多德曾开创性地提出了人类语言认知史上一个非常重要的概念：隐喻。在随后的两千多年里，隐喻研究一直是人类语言认知领域一个非常重要的探讨目标。有关隐喻研究，从西方的语言学史来看，大体上经历了古典主义的"替代理论"和"比较理论"阶段，浪漫主义的"理象理论"阶段，以及现代主义的"作用理论"阶段。虽然这三个阶段各有不同，研究的途径和结论也互有差异，但它们的核心都是聚焦于语言内部的意义生成，认为隐喻主要是一种语言现象。与这种传统的语言学隐喻理论不同，二十世纪八十年代，由美国语言学家乔治·莱考夫和哲学家马克·约翰逊合著的《我们赖以生存的隐喻》出版。该书首次从人类的思维认知角度，对隐喻进行了概念意义上的判断，认为"隐喻不仅仅是语言的事情，也就是说，不单是词语的事。相反，我们认为人类的思维过程在很大程度上是隐喻性的。我们所说的人类的概念系统是通过隐喻来构成和界定的，就是这个意思。隐喻能以语言形式表达出来，正是由于人的概念系统中存在隐喻。因此，这本书中所提到的所有隐喻，比如'争论是战争'这些例子，都应理解为是指隐喻性概念"[1]。该书非常系统地对隐喻的本质、产生、结构、特点、种类等进行了阐释，并探讨了隐喻的认知本质，分析了隐喻的内在结构，指出了隐喻的系统性及系统间和系统内部的协调一致关系。同时，作者还在该书中对隐喻进行了归类，批评了隐喻分析的客观主义哲学基础的不足，指出了建立在经验主义基础上的隐喻分析的必要性和合

---

[1] [美]乔治·莱考夫、马克·约翰逊：《我们赖以生存的隐喻》，第3页，何文忠译，浙江大学出版社，2015年。

理性。

作为现代隐喻理论的体系性建构,该书一开始就明确地指出:"隐喻的本质就是通过另一种事物来理解和体验当前的事物。"[1]隐喻不仅仅是人类语言的一种形式,而且是人类思维和行为的基本模式,因为统领人类思维和行为的很多概念都是隐喻性的。人类在与外部世界相互作用的过程中获得直接的经验,人类通过所获得的直接经验来认知更加抽象和复杂的事物,从而建构起自己复杂的概念体系。人类概念体系是人类思维和行为的基础,其中的大多数概念都以隐喻的方式构成。正是在这个意义上,我们说,隐喻是我们赖以生存的认知方式。这些现代隐喻理论的重要阐释,从整个隐喻研究的历史来看,无疑具有革命性的意义。"隐喻可以创造现实,尤其是社会现实。因此,隐喻可以成为未来行动的指南。当然,这样的行动会符合这一隐喻。反过来,这会使隐喻增强,进而使经验连贯。从这个意义上来看,隐喻可以是自我应验的预言。"[2]唯因如此,从某种意义上说,文学作品从其诞生的那一刻开始,便出现了隐喻。譬如中国最早的诗歌总集《诗经》,古希腊的悲喜剧,都充满了各种各样的隐喻。也正是隐喻的大量介入,才使得这些作品获得了丰饶的审美内蕴,让人们在今天读来仍觉得妙不可言。

但是,必须明确的是,在传统文学作品中,隐喻通常是以修辞的方式出现的,它更多的是停留在语言的层面上,有着相对稳定的本体与喻体的关系。因此,人们讨论隐喻在文学作品中的功能与意义时,总是将它纳入文学形式的范畴,作为一种单纯的文学表达手段来进行分析。面对这种情况,克罗齐曾十分不满地说:"隐喻并非是表达精神的直接形式,它只不过是一种文字或密码而已。"在克罗齐看来,一切艺术作品的内容和形式之间都是一个有机的整体,形式就是内容,内容就是形

---

[1] [美]乔治·莱考夫、马克·约翰逊:《我们赖以生存的隐喻》,第3页,何文忠译,浙江大学出版社,2015年。
[2] [美]乔治·莱考夫、马克·约翰逊:《我们赖以生存的隐喻》,第142页,何文忠译,浙江大学出版社,2015年。

式。隐喻之所以十分可憎,是因为它把两种含义合为一种形式:一种是直接的或是字面上的含义,另一种是它的象征意义。克罗齐认为,这不但太令人费解,还人为地割裂了作品的内在机体,使形式和内容处于分裂状态。[1]

在这一点上,博尔赫斯也十分赞同克罗齐的意见。他说:"隐喻是美学的一个错误。""隐喻艺术曾一度使人着迷,……但现在让人受不了。我们觉得不但令人容忍不了,而且到了愚蠢和轻浮的程度。"[2]而事实上,博尔赫斯的每一篇作品都无法离开隐喻。只要读一下他的诗歌和散文,我们便可以明确地感受到,那些不断出现的"老虎、火、刀子、镜子、图书馆"之类的东西,无一不充满着某种隐喻的意味,无一不暗示着某种深远的意指空间。而他的小说,如《交叉小径的花园》、《南方》、《圆形废墟》等等,更是遍布着各种各样的隐喻。像《交叉小径的花园》中那座中国式的花园迷宫,《南方》中那本彻底改变了主人公达尔曼命运的《一千零一夜》,《秘密的奇迹》中拉迪克所写的《敌人们》,《圆形废墟》中的圆形庙宇、火……这些由作家精心设置的叙事载体,无不充满了某种难以理喻的神秘意蕴。它们既是具象的,又是抽象的;既是简单而稳定的,又是丰饶而多变的,在审美上拥有巨大而无边的所指空间。

博尔赫斯的这种思想,与他的创作看似自相矛盾。但是,这种矛盾在我们看来,实际上表明了他对传统修辞学意义上的隐喻手法有着强烈的不满。因为这种隐喻,永远只是停留在技术层面上,停留在语言结构中,无法对作品构成全面有力的审美表达,只能使解读进入片面性、零散性和浅表性的迷津之中,损害了作家在创作过程中完整的审美意图。博尔赫斯对隐喻的讨厌,其实并非想从根本上否定隐喻在文学创作中的

---

[1] 转引自[阿根廷]博尔赫斯:《作家们的作家》,第15页,倪华迪译,云南人民出版社,1995年。
[2] [阿根廷]博尔赫斯:《作家们的作家》,第17页,倪华迪译,云南人民出版社,1995年。

重要作用，而是试图颠覆"隐喻"的传统概念，使之超越单纯的修辞学范畴，全面而科学地回到作品的本体之中，有效地解开作家内心深处艺术创造的"秘密"。这一点，类似于莱考夫和约翰逊所强调的，隐喻在本质上是一种概念，一种思维，而非单纯的语言修辞，"我们无法选择是否要隐喻式地思考。因为隐喻地图是我们大脑的一部分，不管我们愿意与否，我们都会隐喻式地思考和说话。由于隐喻的机制在很大程度上是无意识的，无论我们知道与否，我们都会隐喻式地思考和说话。此外，由于我们的大脑实体化了，我们的隐喻将反映我们在这世上司空见惯的经验。不可避免的是，许多基本隐喻是普遍的，因为每个人都有基本相同的身体和大脑，生活在基本相同的环境中，只要相关的隐喻特征有关。由基本隐喻构成并利用基于文化的概念框架的复杂隐喻是另一回事。由于利用文化信息，这些隐喻可能在不同文化中差异显著"[1]。从文学的角度来说，无论是经验还是文化环境，都决定了作家们无法离开隐喻。

对此，韦勒克和沃伦曾说得更为明晰："在这一系列的问题（意象、隐喻、象征、神话）上，我们对较老的理论是不赞同的。较老的理论仅是从外部的、表面的角度来研究它们，把它们的绝大部分作为文饰和修饰性的装饰，把它们从它们所在的作品中分离出来。而我们的观点则与此不同，认为文学的意义与功能主要呈现在隐喻和神话中。人类头脑中存在着隐喻式的思维和神话式的思维这样的活动，这种思维是借助隐喻的手段，借助诗歌叙述与描写的手段来进行的。所有这四个术语使我们注意到文学作品的各个方面，它们把过去分割的'形式'与'内容'准确地沟通并联系在一起。"[2] 韦勒克和沃伦的这段话，其实道出了现代小说中隐喻的真正本质，即隐喻并不是一种修辞手段，而是一种艺术思

---

[1] [美]乔治·莱考夫、马克·约翰逊：《我们赖以生存的隐喻》，第222页，何文忠译，浙江大学出版社，2015年。
[2] [美]韦勒克、沃伦：《文学理论》，第209页，刘象愚等译，生活·读书·新知三联书店，1984年。

维，是作家在创作心理中自觉形成的一种艺术思维方式。它渗透于每一部作品的叙述过程中，并不断地改变着话语固有的审美信息。韦勒克和沃伦用了整整一章的篇幅来讨论"意象、隐喻、象征、神话"这四个问题，但是，他们在该章的一开始就反复申明："就其语义来说，这四个术语都有相互重复的部分，显然，它们的所指都属于同一个范畴。也许可以说，我们这样一个排列顺序，即意象、隐喻、象征、神话，代表了两条线的会聚，这两条线对于诗歌理论都是重要的。"[1]虽然他们是将这四个术语放在诗歌文本中进行讨论的，并没有将它们延伸到小说创作中来进行更为宏观的印证和分析，但是，无论在现代诗歌还是在现代小说中，如果抛却修辞上的概念，我们便会发现，这四个术语的确存在着很大的趋同性——都是试图通过有限的叙事文本来传达更多的审美内蕴。当然，本文不是为了阐释这四个术语的内在关系，而只是想强调一点，有很多人将一些先锋作品中的那些所指不明的东西动辄就指为象征手法，可能是一种方法论上的草率行为——至少我是这么认为的。如果我们仅仅满足于"一张桌子有四条腿"之类的话语就是隐喻，《老人与海》中的大鲨鱼象征着某种自然的威力，那么，我们显然已不足以真正全面地阐释各种现代作品。

将隐喻作为创作主体的一种艺术思维方式，而不是单纯的语言学上的修辞手法，这种认识不是来自文学理论家的凭空虚设，而是先锋作家在超越传统文学思维模式中的具体探索和实践。事实上，无论是现代主义对传统现实主义的反叛，还是后现代主义对现代主义的超越，当一个作家带着先锋的精神姿态进行顽强的艺术探索时，他的反叛目标、审美理想、人性发现等等最终都不可避免地渗透在他的艺术思维中，都必须通过那种来自创作主体生命深处的、原创性的审美思维进行话语的传达，才能呈现出来。韦勒克和沃伦之所以认为意象、隐喻、象征和神话有着"相互重复的部分"，正是因为它们在创作主体的思维形式上存在

---

[1] [美]韦勒克、沃伦：《文学理论》，第200页，刘象愚等译，生活·读书·新知三联书店，1984年。

着很大的趋同性。实质上，对于先锋作家来说，形式永远是一种有意味的形式，它同样包含着无限丰富的审美意蕴，寄寓着创作主体繁富的艺术理想。而这种形式，在很大程度上正是借助于隐喻式的思维来实现的。[1]

在先锋文学创作中，这种隐喻式的艺术思维表现得十分突出。它不仅改变了整个文学作品的审美观念，使话语相当彻底地走向符号化，还使文本在接受过程中变得迷离而丰饶。如果我们暂且不论时间、梦幻、迷宫式的循环等在博尔赫斯作品中的审美价值，仅从隐喻这个切口来探究他的小说，那么我们就会发现，在博尔赫斯的审美心理中，隐喻式的艺术思维自始至终贯穿着他的所有创作。在《南方》中，那本还没有来得及让达尔曼读上几页的魏尔版《一千零一夜》残本，以不可理喻的方式一下子击中了他的头部，让他患上了可怕的败血症。在出院之后，他兴致勃勃地去往"开始于里瓦达维亚"的"南方"，以图恢复原来的健康，命运却又让"南方"立即成为他的葬身之地。这里，隐喻无处不在，无时不在，达尔曼始终处在命运的失控状态，而他自己却对此一无所知。《秘密的奇迹》中的作家拉迪克已经被敌人判定死刑，并确定了具体的执行时间，可他还要为创作剧本《敌人们》而向上帝乞求时间，这种心理中的"敌人"与现实中的"敌人"就这样在作品中一直保持着对峙的姿态。作家除了在作品中对时间进行了不可思议的创造之外，同样也以隐喻的方式为人类存在的荒诞性进行了别具一格的展示。事实上，我们可以很清楚地看到，作为先锋作家的博尔赫斯，他之所以"不仅改变了人们写小说的方法，而且改变了他们写作的内容和对小说的看

---

[1] 如果仅仅从思维形式上看，我们完全可以不必过分地纠缠隐喻和象征之间的区别，因为在很多场合中，隐喻式的艺术思维不可能去自觉地遵守所谓修辞学意义上的喻体与本体之间的形象性。它强调的只是以某一种固定的方式来负载更多的、非固定的审美信息，使作品拥有庞大的意指系统。正因如此，很多作家在更为广泛的意义上常常将隐喻和象征视为同一种概念，譬如余华就认为，真正现代意义的小说无处不洋溢着象征。而他所强调的这种象征，同样也包含着隐喻。所以，韦勒克和沃伦就认为它们之间是重复的。

法"(余华语),除了他在时间、迷宫圈套等方面有着艺术的独创之外,对隐喻式艺术思维的执着运用,也是他在反抗传统文学思维模式的过程中显得独树一帜的重要原因。无论从哪一点上来看,博尔赫斯就是博尔赫斯,他的小说不仅是独创的、不可重复的,也是动荡不安的、非稳定性的。我们不可能从他的小说中轻松而明确地获取某种审美意旨,他那无处不在的隐喻式思维,决定了他的作品永远处于纷繁多义的状态。

事实上,先锋文学在文本上所表现出来的多义性,在很大程度上正是这种隐喻式的艺术思维在创作主体中充分发挥的结果。先锋作家在这种思维程式的引导下,往往会自觉地规避那些具有明确意指对象的故事走向,驱动话语频繁地进入陌生化境界,并通过隐喻的强大功能,不断地将人物、情节推向多方位的,甚至带有某种神秘特质的话语境域中。譬如在格非的长篇小说《敌人》中,"敌人"从一开始就是一个无法确定的死亡代码,它在赵家一次遥远的火灾中就已诞生,但究竟谁是敌人又不得而知。赵氏家族的每一个成员都在有意无意地寻找和躲避着敌人,却又在这种过程中不断地被敌人的神秘力量所威胁和扼制。无论柳柳、猴子还是赵龙、赵虎,都莫名其妙丧生,但在死前又有着种种令人惊奇的迹象:猴子死前,赵少忠忽然想起祖先的那场火灾,"他重新被一种不祥的阴影覆盖了";赵虎死时,柳柳强烈地被恐怖所追逐,家中天天出现大批的死鼠;柳柳在自己死前则"噩梦一个连着一个向她暗示了未来发生的一切";赵龙的死期又与瞎子的推算不谋而合……凡此种种,使这些死亡的盛宴充满了各种难以明示的隐喻意味,一切人物及其关系都非常模糊。敌人是谁?是一切排己的力量?格非或许正想告诉人们,每一个人都可能成为你的敌人,敌人就像死亡一样,时刻潜伏在你的周遭并笼罩你的一生。从叙事策略上看,格非运用的就是一种隐喻式思维,他始终让"敌人"作为一种文本结构上的隐喻式纽带,然后通过这种永远无法洞悉喻体真相的纽带,将人物引入无法把握的灾难之中。

在马原的长篇小说《旧死》中,命运坎坷的海云与颇为阔绰且心地善良的出租车司机曲晨不仅长得颇为相像,而且在叙述中互为幻象。无论是少年时代的海云,还是青年时期的曲晨,他们彼此之间,既是同一个人不同命运的展示,又似乎是不同人物在神秘时空中的相遇,而整个小说也正是在这两个人物之间,通过种种迷宫般的结构设置,在精神成长史上形成了一种人性和命运上的巨大隐喻。在北村的《聒噪者说》中,由聋哑学校、宗教所、河流、树木、小路和山那边的世界所构成的整个叙事实体,却始终让人难以理出头绪。"我"作为一名警探负责去调查一位教授的死,但他所探究到的事物及其内在的瓜葛总是与现存的事实相反,就连那个聋哑学校里唯一可借助交流的哑语手册也是印错了的,一切无法形成因果关系,都呈现出完全混沌的迷津状态,使死亡案件变得扑朔迷离无所探究。事实上,面对存在的真相,唯一的谜底或许就是死亡,因为命运本身就是一种永远的迷津,一座神秘而又不可逾越的迷宫。北村就是以这种隐喻化的思维揭示了存在的尴尬性,表现了人类对世界不可尽知的精神困境。这种隐喻化的思维在余华的早期创作中显得更是炉火纯青。他的《往事与刑罚》、《世事如烟》、《四月三日事件》、《鲜血梅花》、《古典爱情》等作品,不仅情节扑朔迷离,飘忽不定,人物的命运和感受也是变幻莫测,无法预知,整个叙事话语似乎处处充满了隐喻的意味,但无论从哪一点上来解读,我们又无法确认具体的喻体指向。它是多义的,变化无穷的,具有多方位和多角度阐释功能的。也就是说,余华动用的是一种隐喻式思维,他的目的就是要让叙事始终保持在某种丰饶而多变的审美语境中,追求叙事自身的多义性,即让话语不断地破坏能指和所指之间那种相对稳定的关系,而不是在简单的修辞学上让一个个隐喻对象凸显它的本体和喻体。

这种隐喻化的艺术思维,在促动先锋作品的文本走向多义的同时,也使文本的内在结构呈现出不稳定性和开放性特征。先锋作家在运用隐喻式思维时,常常借助各种极富原创性的、独特的形式和结构来展示某些复杂的审美内涵,使形式和结构本身都包含着大量的隐喻意味,让形式本身直接折射出某种丰富的叙事意蕴。譬如法国诗人艾吕雅大量的图形诗,一些意识流小说中大段无标点的叙述,都是以形式本身直接隐喻了作品的精神流程。又如，在孙甘露的长篇小说《呼吸》中，作者以主人公罗克与五位女性——大学生尹芒和尹楚、女演员区小临、美术教师刘亚之、女工项安的情感纠葛为线索展开叙事，但是，这种叙事的发展不是通过情节内部的冲突来展开的，而是以语词的拼接、梦境的再现、内心的独白演绎而成的。它使整个的小说叙事构成一种自足的封闭性的话语世界。在那里，性、欲望、背叛、感伤、无聊……反复地出入人物的身心之间，只留下无穷无尽的语词的盛宴，使罗克生存的所有必要的精神根基不断地被掏空，呈现出一种无根的漂浮状态，一种意义被消解的虚空状态，只剩下无所作为式的自恋。尽管这部小说并不是特别成熟，尤其是作者对话语能指的过度张扬，对意象符号的迷恋式玩赏，在某种程度上使叙事陷入了纯粹形式主义的陷阱，但是，主人公罗克的那种无所作为、随波逐流的后现代式的精神镜像，也正是在这种碎片式、无时空逻辑的话语中获得了全面的隐喻。所以，陈晓明说它是"一部混乱不堪而又意味无穷的后现代寓言；它那看上去像六朝骈文翻版的文体，沾染了些许晚唐神韵，其实是当今时代的反小说的修辞学和反动的语义学辞典"[1]。关于此点，我们可以在卡尔维诺的小说《看不见的城市》中看得更为全面。在这部作品中，卡尔维诺以马可波罗在元代中国游走的所见所闻为主线，将全书分成"细小的城市、连绵的城市、隐蔽的城市、城市与记忆、城市与愿望、城市与标志、城市与贸易、城市与名字、城市与死者、城市与眼睛、城市和天空"这十一个标题，在每个标题中又各有五段，共描述了五十五个城市。全书总体分成九章，代表人体的九个部位：头、双臂、胸、生殖器、双腿、双脚。马可波罗对每个城市视察五次，又暗示着人体的五种感官。从文本形式上看，整部小说的结构完全是一种开放式的、不稳定的，很难用惯常的逻辑思维来对它进行顺理成章的理性分析。但是，在这种结构的每一处，又暗含着某种难以言说的意蕴，隐藏着许多非固定的审美意图。这种结构的设置，

---

[1] 孙甘露：《访问梦境》，第316页，长江文艺出版社，1993年。

无论从哪种角度来说，都是作家在一种隐喻式的思维中营构而来的。青年作家陈锟的长篇小说《敞开隐秘》也是如此。小说叙述的是在现代物质霸权主义的背景下，各色人物借助各种隐秘的手段大肆张扬各自的人性欲望，为我们勾画出另一道既是潜在的又是喧嚣的生命场景。小说的结构采用的是"上身、腰身、下身"三个部分，每个部分各有侧重，与人的躯体形成某种内在的对应关系，从而使整部小说与其所叙述的欲望化生存场景保持着极为复杂的隐喻关系。

从文本的多义性到结构的开放性，隐喻几乎以其无所不在的方式影响着先锋作家的创作。一方面，先锋作家极力反对那种简单的语词之间的隐喻手法；另一方面，他们又在具体的创作中不断地拓展隐喻所具有的强大的审美功能，并使之成为一种艺术思维的方式，渗透在他们的创作过程中，使得大量的先锋作品负载着无穷无尽的审美信息。如果深而究之，我以为先锋作家这种对隐喻思维的高度迷恋，其背后还有着更为重要的艺术潜因，即对人的存在价值和现实秩序中一些稳定性观念的怀疑。一个不容置疑的事实是，先锋作家越来越不信任何单纯的客观现实，"现实永远是混乱不堪的"（余华语），只有自己的内心才是真实可靠的，让文学回到内心，回到自己的精神深处，以展示自己对这个世界的感悟和思索，展示自己对人类存在境遇及其可能性状态的认识，是先锋作家尤其是二十世纪后期以来的先锋作家反复强调的一种艺术哲学。但是，这种对个体心灵的皈依，又不同于那些象牙之塔式的个人至上主义，它强调个体对这个世界的反映，是立足于个体的精神立场来审度人和人的存在。这种对个体心灵的尊重，就必然地促成了他们对那些既定不变的公众价值观的警惕与怀疑，对那些有着明确的意指对象的惯常思维方式的不满与反抗，对一切更能契合自己内心表达需要的思维形式的谋求与创造。在这种情形下，隐喻式的思维以其在话语表达上的多向性和非固定性显示出了某种特有的优势，为先锋作家自我内心深处丰茂而繁杂的精神感知提供了切实有效的表现通道。

总之，将隐喻作为一种艺术思维的方式，而不再是一种修辞手法，这是先锋作家对隐喻进行的一种有效的翻建与扩容。在很多先锋作家的作品中，隐喻无时不在，无处不在，这也是先锋作品变得难以一眼看透的一个重要原因。它在给我们的审美接受带来了巨大挑战的同时，实际上也为文学作品在审美意蕴的传达上开创了无限繁富的内在空间。

第四节 轻逸的力量

在探讨了先锋文学的隐喻思维之后，我们开始讨论先锋文学在创作实践中的另一个重要追求，即轻逸的叙事追求。坦白地说，这无疑也是一种隐喻性的表达，因为任何一部文学作品都无法在物质层面上获得轻重的精确计量。"隐喻思维是不可避免的，无处不在的，而且大多是无意识的。"[1] 我们总是习惯性地使用这样或那样的隐喻，将一些抽象的事物转化为人类可以凭借经验感知的存在。当我们面对文学作品的形式与内涵之间的关系时，通常也会用"以重击重"或"以轻击重"之类的判断来表达，尽管它们与物体的受重力毫无关系。譬如，阅读曹雪芹的《红楼梦》或托尔斯泰的《战争与和平》时，我们可能会产生这样一种强烈的感受，叙事密实、厚重，思想内涵也同样深邃、复杂，几乎是"以重击重"的典范。相反，在阅读余华的《许三观卖血记》或米兰·昆德拉的《生命中不能承受之轻》时，我们可能会产生另一种感受，叙事轻松、诙谐、简约，但故事内涵却深刻而厚重，具有复杂的隐喻意义，显示了作家"以轻击重"的叙事策略。

无论是"以重击重"，还是"以轻击重"，作为一种艺术实践中的叙事策略，其实各有特点，并不存在审美价值上的差异。从文学史的发展来看，"以重击重"的叙事策略更传统一些，也更普遍一些。二十世纪之前的很多现实主义作品，包括自然主义作品，都热衷于"以重写重"的叙事策略，试图以叙事自身的厚重和密实，展示生活本身的沉重或作

---

[1] [美]乔治·莱考夫、马克·约翰逊：《我们赖以生存的隐喻》，第233页，何文忠译，浙江大学出版社，2015年。

家复杂的思想。西方早期的先锋文学也不例外。像陀思妥耶夫斯基、乔伊斯、普鲁斯特的长篇巨著，都是通过极致性的叙事，展示纷繁复杂的社会历史或人性面貌。但是，随着现代主义的全面崛起，在先锋文学的艺术实践中，越来越多的作家都开始积极探索"以轻击重"的叙事策略，致力于通过各种轻逸的表达形式，对复杂的历史文化、现实生存及其人性面貌，进行"有限度"的呈现。其中最为著名的理论，就是海明威的"冰山理论"。它充分利用文学的隐喻功能，将创作主体的各种深邃思考潜藏在叙事的表象之下，使作品在轻逸、诗性或者是诙谐的叙事格调中，承载深远的思想意蕴。

譬如，在短篇小说《玛蒂尔特·阿尔康赫尔的遗产》中，胡安·鲁尔福曾这样叙述："我只记得这是一匹黑白两色的花马，它像一片乌云一般从我们身边疾驰而过。等我注意看时，那马早已驰过，见到的只是一阵旋风。那马背上已没有人骑着，马几乎擦地而过。玛蒂尔特·阿尔康赫尔早已给摔倒在地，她俯伏在离我不远的一个地方，脸浸泡在一个水坑里。这张我们这么多人爱过的小脸蛋，这时竟陷在水坑里，仿佛在擦洗像喷泉一样从她还在跳动着的心脏里冒出来的血。"这段叙述轻描淡写，可谓轻盈，飘逸，充满了某种飞翔的质感，就像那匹"旋风般"驰过的骏马，在转瞬之间便将一个女人的死亡送到了我们面前，而那个女人惨烈的死亡过程却隐藏在叙述的背后。阅读这样的叙述，我们仿佛在倾听雷声从远远的天边滚过，虽没有刺耳的炸响，却依然能感受到某种巨大的能量。

与胡安·鲁尔福的这种叙述有着异曲同工之妙的，还有余华的《许三观卖血记》。余华从许三观第一次好奇地跟别人去卖血写起，写他靠卖血结婚生子，又以卖血来度灾排难，最后终于将一群孩子拉扯成人。这个过程无疑是艰辛、无奈的，充满了悲悯无助的情感。尤其是一乐在上海治病时，许三观沿途不断地卖血，几次都险些送命，将整个叙事推向了绝望的高潮。可是，在高潮之后，余华又加上了非常独特的最后一章——让许三观在安享晚年的时候再一次去卖血，岂料医院的血头却说:"没人会要你的血,只有油漆店会要你的血。"这时我们看到,从来没有掉过眼泪的许三观顿时泪流满面,"他的泪水在他脸上纵横交错地流,就像雨水打在窗玻璃上,就像裂缝爬上快要破碎的碗,就像蓬勃生长出去的树枝,就像渠水流进了田地,就像街道布满了城镇,泪水在他脸上织成了一张网"。如果从整个小说来看,许三观的每一次卖血都有着重要的现实生存意义,都体现出他直面苦难的内在韧性,唯独这最后一次卖血似乎没有任何苦难的价值,也没有任何现实的分量。然而,余华却倾出所有的想象力,在绵密精细的话语中慢慢地叙述着许三观卖血不成的种种情状,让他恍若无人地在大街上边走边哭,所有路人的惊惧对于他都没有意义,所有孩子的关怀对于他都失去了作用。他的灵魂似乎已经飘走,留下的只是躯体在街道上机械地行走,但是,他那内心深处的落寞和绝望却在缓缓地打开——那是一种对自身存在价值的否定,对命运无力抗争的怅叹。这一章看似很轻,却将整个作品的悲悯基调和体恤情怀展示得丰沛淋漓,使整个叙述在悲壮无比的高潮中找到了一个完美的支点,并得以缓缓地落下帷幕。如果没有这一章,小说同样结构完整,且浓墨重彩,震撼人心。而有了这一章,小说的叙事不仅有了一种音乐般回旋的余韵,而且审美意蕴也在不经意之中突然攀升到了一个新的高度。

这种"以轻击重"的叙事实践,无疑体现了先锋作家们的独到追求。他们以一种看似毫不经意的方式,将一些沉重不堪的过程轻盈而又迅捷地呈现出来。这是一种对小说叙事中轻与重的精妙处理。这种处理,决不只是一种叙事上的技巧,而是作家深邃洞察力的精妙体现,是作家独特的审美理想的折射,甚至寄寓了创作主体的某种叙事哲学,用卡尔维诺的话说,是"一种基于哲学和科学的观看世界的方法"[1]。众所周知,每一个作家都希望自己的作品有着深远的意蕴,都企盼自己的作品包含着丰厚的主旨,因此,在具体的叙事过程中,作家们总是自觉

---

[1] [意]卡尔维诺:《未来千年文学备忘录》,第7页,杨德友译,辽宁教育出版社,1997年。

地规避那些毫无痛感的庸常生活，规避那些没有精神深度的叙事，这是一个不争的事实。应该说，这种对作品内在之"重"的依恋，绝非坏事。但是，关键在于，当面对一段沉重无比的历史时，面对一场惨不忍睹的灾难时，尤其是在面对那些潜藏于生活表象之中的精神之痛时，不同的作家会表现出巨大的差异，而且这种差异会直接暴露出他们内在的艺术素养和审美智性。在通常情况下，传统作家总是不自觉地以事件记录者的身份来"忠实地"再现这种过程，并力图使话语与现实生活的经验保持着一致，以便获得客观意义上的真实效果，使"生活之重"与"叙述之重"显得等量齐观。他们总是乐于选择生活的真实作为叙事的重要参照，将所有的叙事智慧统摄于经验的认知层面，在托尔斯泰或者巴尔扎克等无数大师的阴影中寻找和展示新的历史之重或生命之重。而在一些具有先锋意识的作家笔下，这种叙事逻辑则经常受到颠覆。强烈的内心化需求，使他们通常会借助种种极端化的叙述方式来进行传达，即要么"以重击重"，要么"以轻写重"。他们的目的并不在于凸现现实生存自身的"重"，而是要致力于使这种"重"在创作主体强烈的心灵感召下，映现出更为独特的思想锋芒，闪烁出更为耀眼的审美特质。所以，先锋作家的叙事，总是因为经常游离于现实的经验而变得颇为怪异。

这种对轻与重的处理，一直是先锋作家们十分注重的叙事策略。因为一个真正意义上的先锋作家，他对人类的存在境况总是保持着高度敏锐的感觉，对每一种现实的生存场景和人类精神生活中种种隐秘的律动状态总会保持着极为特殊的洞察力。他那独一无二的叙事理想、不愿重复的艺术愿望以及独立自治的精神立场，都会不断驱动他在处理每一种审美对象、每一个叙事片段时，努力产生别开生面的艺术效果。譬如，在"以重击重"的叙事策略中，很多先锋作家都是想方设法地调动着自身独有的话语体系，进行种种尖锐的叙事表达。像残雪在面对人性中种种内在的丑与恶时，总是选择那些最为污秽的意象场景，从街道、房子到人的脸孔、眼睛，都散发出令人作呕的肮脏之气。而莫言则借助自己特有的感觉，使一场场残酷的景象彻底地复归到形而下，让你的每一寸肌肤都能体会到暴力与惨烈的滋味。余华的前期作品也常常选择一种极为冷静的解剖式的叙述，将许多鲜血淋漓的场面展示得精细无比，使人们对人性的暴烈和命运的玄秘不寒而栗……这种"以重写重"的叙事策略，强调的是让叙述者以直面强攻的方式，通过种种高密度的、彻底具象化的、凌厉尖啸的话语手段，在可能性的状态中将那些生命内在的本质拓示出来，呈现出某种极致化的审美效果。

但是，这种叙事策略在审美接受上常常会引起一些争论，至少会在阅读中让人产生种种不适和不安。因为它使现实的生存之重得以无限放大，变得更为剧烈、尖锐，甚至不可抵抗，所以种种非议也就不可避免。因此，更多的先锋作家在处理轻与重的关系时，开始乐于选择"以轻写重"的叙事策略，即"一种倾向致力于把语言变为一种像云朵一样，或者说得更好一点，像纤细的尘埃一样，或者说得再好一点，像磁场中磁力线一样盘旋于物外的某种毫无重量的因素"[1]，然后在这种接近于飞翔的语境中，慢慢地呈现出深邃而凝重的思想内涵，犹如海明威所说的"冰山原理"那样。一切重大的历史命题，深邃的人性思考，被他们悄悄地推到了叙事的背后，而呈现在读者面前的，常常是各种轻盈的、充满灵性的，有时甚至是饱含着喜剧意味的话语，但是，在这种看似并没有多少思想力量的话语中，又时时映现了历史与人性中尖锐而又严肃的本质。米兰·昆德拉就曾毫不含糊地说："把极为严肃的问题与极为轻浮的形式结合在一起，从来就是我的雄心。而且，这不是一个纯粹艺术上的雄心。一个轻浮的形式与一个严肃的内容的结合把我们的悲剧（在我们的床上发生的和我们在历史大舞台上表演的）揭示在它们的可怕的无意义中。"[2]

---

[1] [意]卡尔维诺：《未来千年文学备忘录》，第11页，杨德友译，辽宁教育出版社，1997年。
[2] [捷克]米兰·昆德拉：《小说的艺术》，第94—95页，孟湄译，生活·读书·新知三联书店，1992年。

从客观上看,这种叙事策略同中国古代文论中所强调的"象外之象"、"言外之意"颇有些类似,追求的是"此时无声胜有声"的审美境界。但是,区别在于,我们古代文论中所强调的那种"以轻写重"主要是停留在思维层面上,体现的是一种话语表达上的对位法则,突出的是"轻"的作用和目标(即声东击西),而至于"轻"的自身审美内涵和它给创作主体带来的巨大创造空间并没有获得自觉的开发。但是,在先锋作家那里,这种"轻"本身却拥有特殊的审美价值,并存在着巨大的创造潜力。它的重要倾向就在于突显语言本体的审美价值,并以此表明创作主体"从一个不同的角度看待世界,用一种不同的逻辑,用一种面目一新的认知和检验方式"[1]来实现自我艺术理想的最终目的。这种对"轻"的独特理解,不仅有效地打开了作家的艺术想象力,使他们挣脱了一切固有的经验羁绊,激活了话语自身的诗性品质,让话语保持某种飞翔的姿态缓缓地行进,还使文本在结构形式上获得了更为自由的表达空间,让话语在轻与重之间进行各种相得益彰的巡游。卡尔维诺就说:"一个小说家如果不把日常生活俗务变作为某种无限探索的不可企及的对象,就难以用实例表现他关于轻的观念。"他在分析米兰·昆德拉的小说《生命中不能承受之轻》时,就非常明确地指出,这部小说实际上是对生命中无法躲避的沉重表示出来的一种苦涩的认同,"他的小说告诉我们,我们在生活中因其轻快而选取、而珍重的一切,于须臾之间都要显示出其令人无法忍受的沉重的本来面目。大概只有凭借智慧的灵活和机动性我们才能够逃避这种判决;而这种品质正是这本小说写作的依据,这种品质属于与我们生活于其中的世界截然不同的世界"[2]。这也就是说,米兰·昆德拉的叙事实质上是在另一种精神层面上进行的,他将一切历史的、个人的巨大不幸和尖锐疼痛都拥裹在创作主体的轻盈而

---

[1] [意]卡尔维诺:《未来千年文学备忘录》,第5页,杨德友译,辽宁教育出版社,1997年。
[2] [意]卡尔维诺:《未来千年文学备忘录》,第4—5页,杨德友译,辽宁教育出版社,1997年。

又充满灵性的话语之中。

事实上,许多优秀的先锋作家也都是极力为此而努力。譬如胡安·鲁尔福,这位被称为拉美魔幻文学的鼻祖、曾深深地影响了马尔克斯等一代文学大师的作家,他的一些优秀之作都非常明确地致力于对叙事话语中"轻"的开发。在《玛蒂尔特·阿尔康赫尔的遗产》中,他将父与子之间的尖锐对抗完全消融在静谧的话语氛围里,直到最后,叙事才露出真正的反抗本质:弑父——儿子在马背上吹着笛子回乡,而马背上驮着的则是父亲的尸体。在他的代表作《佩德罗·巴拉莫》中,巴拉莫作为一个巧取豪夺的庄园主和酋长,几乎是无恶不作。在他的欺诈下,村民们死的死,逃的逃,因而科马拉成为荒无人烟的山村。妇女们谁也逃脱不了他的蹂躏,以至于私生子多得连他本人也不认识了。可是,在具体的叙事中,一切有关巴拉莫的奸诈、恶毒和凶残,都不是像巴尔扎克笔下的葛朗台那样得以正面呈现。飘荡在话语中的,完全是一些时隐时现的幽灵,一些变幻不定的对话,一些自由穿梭的场景……叙事在一种强劲的想象力中自由地翻飞,轻逸,柔曼,闪耀着浓郁的乡村质色,有时甚至带着田园诗般的宁静。然而通过那些幽灵的倾诉,以及一个个叙事碎片的组接,我们又可以分明地看到巴拉莫的巨大淫威在他死后多年仍然飘荡在科马拉的每一个角落。

譬如余华,这位在中国当代先锋文学中占有极为重要地位的作家,在九十年代之后的小说创作中,就非常自觉地推崇"以轻击重"的审美法则。在短篇《蹦蹦跳跳的游戏》中,作者故意撇开生死离别的场景,而是通过医院对面的一个水果摊主的观察,曲折地写了一个天真少年从患绝症之后到死去时,他的父母内心所承受的巨大痛苦乃至绝望,并从中凸现了这个贫寒家庭面对灾难时的坚强和温馨。《黄昏里的男孩》也是以一个少年的生存苦难为经历,通过车站水果摊主对一个偷苹果的小男孩的残酷惩罚,展示了一个强权者对弱者的暴力实施。尽管这个流浪的小男孩多次轻声说自己饿了,尽管他只是悄悄地拿了一个苹果,但是,在那个性格多少有些变态的水果摊主面前,他已无法获得任何施舍和开恩,更不可能获得怜悯和同情。水果摊主不仅让他吐出了唯一一口苹果,无情地掰断了他的手指,还让他不断地叫喊自己是小偷,而周围所有的看客却没有发出一声同情的呼救。面对这样绝情的尘世,男孩最后孤独地消失在黄昏深处,而在叙述之中所弥漫的人生之痛,却让我们读来唏嘘不已。《他们的儿子》则将笔触转向了代沟问题,通过一对夫妻与儿子之间观念的冲突,道出了贫困家庭中由于溺爱教育所导致的价值错位。但是,余华并没有正面演绎这种代沟的直接冲突,而是以主笔叙述夫妻的清贫、节约和生活的艰辛,直到最后才以儿子"我以后要坐自己买的车"的话语来表明两代之间的价值错位,使我们不得不重新回味整个叙事,才能更深地体会到身为父母的内心之痛。

在《我没有自己的名字》这部堪称经典的短篇中,余华塑造了一位中国式的傻瓜"吉姆佩尔"来发,但他却比辛格笔下真正的"吉姆佩尔"更加透明,更显人性的丰饶与深刻。在小说中,傻子来发一生都没有自己的名字。他一会儿给别人当儿子,一会儿给别人当孙子,一会儿给别人当物品。在众人的眼里,他没有任何生命的尊严,只是一个供大家随时随地取乐的道具。但是,作为一个生命的存在,他的潜意识里依然明白尊严的重要,依然渴望着人间的友善与平等。所以,当陈医生偶尔给他提供一些伦理的关怀时,他便备感亲切和温暖。而当陈医生死后,来发再也找不到一丝温情和友善了,他只好与一条同样无家可归的狗建立了相濡以沫的友情。尽管他们被别人嘲笑为"夫妻",尽管他们不可能实现真正的内心交流,但是,在狗与来发之间所透示出来的默契,却始终弥漫着深厚的精神慰藉和情感支撑。遗憾的是,傻子来发仅有的这点精神支撑,还是被翘鼻子阿三之类利用自私的手段瓦解了——他们连哄带骗地将那条与来发相依为命的狗打死吃了,而傻子来发还以为这种悲剧可能要到下雪的时候才会发生。严格地说,小说中的来发和翘鼻子阿三之类的人,都属于彻头彻尾的边缘人。所不同的是,来发虽然是傻子,却知道什么是善良,什么是友爱,什么是温情,什么是体恤。而翘鼻子阿三之类的人虽然理智健全,却刁钻蛮横,常以取笑他人为乐,常常靠攫取他人利益来满足自己的欲望,甚至利用他人的善良来满足自私的意愿。这种尖锐的对立最后在打狗事件中获得了淋漓尽致的体现——傻子来发终于被别人利用了自己的善良,将自己心爱的狗引出来,被他们打死吃掉。特别是当狗从床底下猛地蹿出来,抵在来发的怀里呜呜地叫着的时候,余华用罕见的冷静和准确,展示了兽性与人性的错位,即狗以巨大的人性表达了自己的绝望和恐惧,而翘鼻子阿三之类则以兽性般的暴力,在狂欢中宰杀了狗。目睹了这场灾难,傻子来发终于知道了人性不如兽性的现实,只是作为一个傻子,他没有反抗的权力和能力,他只有承受,并且在承受中默默体会尘世间的悲凉。

这就是"以轻击重"的妙处。它使叙事保持着天然的诗性成分,洋溢着某种与生俱来的飞翔气质。这种气质常常引领叙事话语不断地沉入生活又超越生活,与现实紧密相连又抗拒着现实自身的一成不变,使叙事不断地进入人类生存的各种可能性状态,甚至拓现出各种广袤的、不可思议的审美空间。它激活了先锋作家的探索欲望,为每一种崭新的审美理想提供了自由表达的契机。事实上,自二十世纪九十年代以来,我们的很多先锋作家也都开始渐渐地领略到了这种叙事的奇特魅力。余华的前后期创作就是一个鲜明的例证。在早期作品中,他一贯坚持以一种十分尖啸的方式来叙写人性内在的暴力与凶恶,而到了九十年代初期的《在细雨中呼喊》、《活着》等作品时,却逐步进入某种轻逸的叙事状态,洋溢着巨大的温情之力,但是,创作主体那种内在的疼痛与尖啸却并没有丝毫减弱。又如东西的长篇小说《耳光响亮》,作者在整个叙事中就非常机智地选择某种喜剧式的话语形式,在种种近乎夸饰的话调中审视记忆中的苦难。刘震云的《故乡面和花朵》、《一腔废话》,也都是极力追求叙事上的轻丽和飘逸,使话语超越生活自身的深重,在貌似荒诞的情节和充满奇想的话语中,不断地叩问存在的本质。

在这点上,有部不太为人所注意的长篇小说显得尤为突出。它就是艾伟的《越野赛跑》。小说将改革开放之前近三十年的历史变迁浓缩在一个江南小小的山村中。这是中国社会非同寻常的三十年,其中不仅有阶级斗争，批斗"地富反坏右"，还有改革伊始发家致富中的种种病态人性。但是，作者并没有如实地叙述这一过程，而是将这些历史与人性的灾难性主题巧妙地安置在一种神话般的世界中。作者在小说中设置了两个极具飞翔品质的审美载体：一匹解放军遗留下来的小白马，一处长期处于无人状态的天柱山谷。那匹颇有神性力量的小白马进入这个从未见过马的小村庄之后，不仅激活了村民们惯常无奇的平庸生活，还促动了整个村庄不断地超越纯粹的客观现实，进入神秘而又颇具诗性的生存境遇。小说的主人公步年正是通过这匹白马不断地改变着自己的命运，白马不仅是步年庸常生活中最大的荣耀，也是他的另一种生命品质的折射。它使步年的生命不断地游离于现实而又回归到现实，成为命运无法理喻的一种注释。它不断地引导人们对神秘生活的想象，又时时地阻止人们想象的狂奔。而天柱这个神秘的、荒无人烟的山谷，也以自身的神奇性不停地引诱着人们进入，又不断地制造各种骇人听闻的事件。它像某个世外的桃源，建立起自身相对封闭又美妙无比的地域空间，让小村里的人们想象、刺激、恐惧、神往而又无法真实地接近。这个布满了各种虫子的静谧的谷地，同样以一种飞翔的姿态激活了小村百姓的精神世界。于是我们看到，步年和小荷花在这个神秘的山谷中完成了辉煌的爱情生活；全村的"四类分子"在这里成功地逃避了历史的劫难；改革开放之后，这个山谷又成为城里人蜂拥而至的自然景观，成为小村庄改变命运的重要资源。整个小说正是在这一动（白马）一静（天柱）的两个载体中，建立起了具有大量异质化审美信息的叙事空间。

围绕着这两个诗意化的叙事载体，艾伟充分地发挥强劲的想象能力，不断地让叙事沿着现实生活的层面翻飞跃动，从而有效地激活了生活内在的种种诗性特质。步年与步青是一对孪生兄弟，但无论是道德信念还是个性禀赋都迥然相异，由此导致了两个人向命运的两极化方向发展。最后，步年出于对血肉亲情的体恤，让步青代为管理自己盛极一时的昆虫饭店，可是步青不仅迅速地弄垮了饭店，还勾引了步年尚未成年的干女儿。复仇、嫉妒、失意之后的自我平衡……这种极为复杂的人性在步青那不苟言语的行动中表现得惊心动魄。尽管兄弟俩之间的冲突不可调和,但是作者在叙述过程中总是一闪而过,话语自始至终都保持着平静而祥和的姿态。小说中的小荷花更是一个几近透明的人物,在小村人的心目中,她既是美女又是骚妇,既是神灵又是恶魔,她无拘无束地游走在小村之中,并以自身的生命承受着道德和历史的巨大灾难,却从来没有表现出受难者的任何姿态。她的躯体历经了十余年的精神失常状态,但是她的灵魂却常常在小村的各个角落游弋,并使这个村庄不断地出现各种不可思议的现象。她的生命既与天柱形成了某种天然的默契,又同白马达成了某种内在的同构,透明的个性与丰饶的精神融合得浑然一体。

谁都明白,作为一种叙事策略的轻逸,它在负载繁富而凝重的审美内涵时,并非轻而易举就能完成得天衣无缝。在具体的创作实践中,它体现为一系列极为复杂的张力关系,并且常常需要借助隐喻的思维,才能达到"以轻击重"的目的。譬如,我们常说黑色幽默就是一种"带泪的笑",但在幽默叙事的过程中,如何传达悲剧性的内核并且不破坏叙事的整体幽默,就需要作家拥有极具智性的叙事能力。所以,"以轻击重"不是一种单纯的技能,蕴含着作家强劲的叙事智慧和才能,折射着作家处理现实的独特能力。更为重要的是,对于先锋作家来说,它还直接考验着他们在艺术创新上的潜在能力和可能性空间。所以,卡尔维诺说:"的确存在着一种包含着深思熟虑的轻,正如我们都知道也存在着轻举妄动那种轻那样。实际上,经过严密思考的轻会使轻举妄动变得愚笨而沉重。"[1]如果我们的理解没错,这里所说的"深思熟虑"已明确地包含了作家对文本的独特探索,尤其是在处理轻与重的关系时,如何完整而有效地展示创作主体内在的精神分量。

当然,我们也应该承认,这种"以轻写重"的叙事策略并非先锋文学的本质特点,但在先锋作家的创作中却又显得别具一格。作为一种历

---

[1] [意]卡尔维诺:《未来千年文学备忘录》,第7页,杨德友译,辽宁教育出版社,1997年。

史性的动态过程，先锋文学从来都有着时间和空间的界定性，即某种先锋文学的产生，都是针对此时此地的传统文学发展格局而言的。在这种相对性的文学境域中，先锋作家的探索也不可能在猛然间便成为一种永恒的模式和共性。事实是，一旦先锋作家的某种探索成为一种恒定的叙事模式，也就意味着先锋已变成传统，它的先锋性便告终结。因此，在处理"轻与重"的关系时，无论选择怎样的叙事策略，都存在着无穷无尽的变数——这种变数的大小和审美效果，最终同样是取决于作家自身的艺术素养和探索能力。

第四章
先锋文学的文本动向

先锋作家的一切努力,最终都必然要体现在具体的文本之中。同样,我们考察先锋作家的主体精神,剖析先锋作家的艺术思维及其在创作实践中的审美追求,都是为了有效地解析先锋文本之所以呈现出各种奇异特征的内在原因及其思维方式,因为从文学创作的过程来看,主体(作家)—实践(创作)—文本(作品)是一个相对完整的艺术系统(当然,如果考虑接受美学,还应该加上"读者"这一环节),而且每个环节之间互为因果,前一个环节是后一个环节的前提和保障,后一个环节是前一个环节的目标和结果。因此,本章将着重考察先锋文学在文本上所呈现出来的一些重要审美特征,并由此与先锋作家的主体精神和审美实践构成呼应,从而在审美现代性上梳理并展示这一系统的整体性景观,以便进一步探讨先锋文学在文学审美空间上的各种有效开拓。

第一节 时间:自由的迷津

对于所有从事叙事文学的人来说,时间都是一个充满魅惑的元素,同时也是一个巨大的障碍。福斯特就曾由衷地说道:"没有哪部小说是不谈时间的。"[1] 客观时间的一维性特征,决定了任何叙事话语都必须受到时序(即时间的线性规则)和时距(即叙事对象的时间跨度)的限制。这使得很多作家在从事叙事活动的过程中,都对客观意义上的时间保持必要的忠诚。所以,在那本被誉为"二十世纪分析小说艺术的经典之作"的《小说面面观》中,福斯特就不无幽默地说:"回顾与瞻望都对时间不感兴趣,而幻想家、艺术家和情侣们却要部分地受它的摆布。"[2] 在传统文学作品中,这一点几乎是不可动摇的铁律。一切传统的叙事,都自觉地遵守着由这种线性时间所建立起来的秩序关系,无论顺叙、倒叙、插叙,还是并叙、补叙,变化的只是故事的发展线索和情节的组合方式,而时间内在的一维性并没有改变。也就是说,在传统作家的叙事活动中,虽然也存在着一些对时间线性逻辑的小小变更,但是,它仅仅是局限在一些叙事手法上,并没有在叙事话语的内部从根本上拆解或颠覆时间的一维性本质。

但这种时间的一维性铁律,在先锋作家的笔下却受到了前所未有的挑战。对于以反叛和创新为己任的先锋作家来说,时间是一个永远必须要超越的重要障碍,理由有二:一是由于启蒙现代性对理性的过度推崇,导致人们对时间实行了理性的客体化宰制,使时间被精确地计算与估价,成为资本市场中交换的商品核心,时间抽离了个体,并被资本社会物化为商品。这种物化了的时间主导着社会的各个层面,进一步催生了以进步为衡量标准的量化的、快速的、效率化的、可以预见的时间平面。二是过度尊崇客观化的时间,意味着作家必须受制于人类既定的经验和常识,顺应时间规定的秩序,严重剥夺了创作主体的想象和自由,无法实现先锋作家对于人的内心世界的真实表达。所以,在现代主义小说中,作家们首先要突破的就是客观时间的一维性,打破理性化、商品化的时间,并进而对现代工具理性进行质询。有学者就认为:"现代主义小说中断裂、冻结与瞬间的时间观,诘问、反思、批判了启蒙现代性

---

[1] [英]福斯特:《小说面面观》,第25页,苏炳文译,花城出版社,1984年。
[2] [英]福斯特:《小说面面观》,第25页,苏炳文译,花城出版社,1984年。

的物化时间，凸显了主体内在时间体验，体现了审美现代性的批判锋芒。断裂时间中的意识流与并置、冻结时间中的停滞与延宕、瞬间中的'存在瞬间'与'顿悟'，不同于启蒙现代性物化时间的总体性逻辑，催生了个体内在时间体验的特殊性与多样性。意识、记忆、直觉、冲动、顿悟等个体内在时间的体验形式纷纷登场，冲破了启蒙现代性的宏大叙事，重塑了个体的审美经验，探索着个体的解放与救赎之路。总而言之，现代主义小说中的时间观瓦解了同质化的物化时间，体现了个体的渴望与诉求。无论是断裂中的拷问，还是在停滞中反思，或是在瞬间中超越，都折射出个体对生命价值的思索与追求，同时也捍卫了个体的主体性与创造性。"[1] 应该说，这种判断颇有道理。

时间是一个充满了隐喻的存在，对于先锋文学来说，时间总是隐含了各种内在规训与羁绊。博尔赫斯就说道："时间对于我们来说是一个颤抖的、严峻的问题，也许也是抽象论中至关重要的问题。"因为时间的一维性局限一旦获得解放，就意味着叙事可以从容地逃离客观现实秩序的制约，自由自在地进入创作主体的心灵内部，真正地实现先锋作家自身的种种独一无二的艺术理想。但是，时间又是一个巨大的迷津，"假若我们知道什么是时间的话，那么，我相信，我们就会知道我们自己，因为我们是由时间做成的。造成我们的物质就是时间"[2]。时间不仅构成了人类物质生命的自身，还决定着人类的全部精神生活，并为我们了解人类发展的历史以及生命的潜在状态设置了重重迷障。无论我们从何种角度去切入人类生命的本体，我们都会发现，时间是一个无处不在的幽灵，它总是以证明者或预言者的身份，时刻演绎着人类精神生活的全部流程。因此，利奥塔一针见血地指出："先锋派艺术家的任务仍是拆散与时间相关的精神推断。"[3] 这里，所谓"拆散与时间相关的精

---

[1] 杨林：《现代主义小说的时间与审美现代性批判》，《社会科学战线》，2020年第4期。
[2] [阿根廷]博尔赫斯：《作家们的作家·前言》，第3页，倪华迪译，云南人民出版社，1997年。
[3] [法]让—弗朗索瓦·利奥塔：《非人：时间漫谈》，第119页，罗国祥译，商务印书馆，2000年。

神推断",实质上就是解构客观时间的一维性,颠覆和动摇由这种客观时间所建立起来的秩序关系、距离关系,按创作主体自身的审美理想,在话语内部重新组建一种属于作家主观上的精神时序和时距。

由此我们看到,在大量的先锋文学作品中,许多客观上的时序和时距被取消,时间的延展状态被阻断,作为物理学上具有量化意味的时间,在他们的作品中出现了分裂、重复、错位。代之而起的则是一种心理时间,一种直接作用于人物内在精神流程中的主观化时间,它以创作主体或者人物的心灵感受和意识流程为依据,重新建构出种种独特的文本秩序。这种心理时间观的确立,一方面是源于先锋作家对人类精神生活顽强开拓的结果,尤其是对人的非理性生存状态的探究,使很多客观时间自然而然地失去了价值;另一方面,也是源于先锋作家对自身审美理想执着追求的结果,是他们服膺自我内心的需要。它所表现出来的,不只是创作主体对人的存在状态的种种特殊理解,还在文本结构中展现出种种新型的时间美学观。残雪就说:"我的时间同世俗意义上的时间不太相同,也许读者要很长时间才能适应。我想,时间就是对于生命的意识吧,由于这种意识在创作中的紧迫感,它已甩开外来的干扰,形成自己的模式了。我选择了这种创造,也就获取了属于我的时间。"[1]这种时间,显然就是一种作家自我的内心时间,它以自身一套特殊的逻辑秩序,对客观上的物理时间进行了有效突破,并使之彻底失去了意义。

每个个体的生命都有着自身独特的精神活动方式,都有着迥异于他人的生存理念,这也就意味着,每一种主观化的心理时间都将不可避免地存在着各不相同的逻辑秩序。因此,在先锋作家笔下,这种心理时间不仅为他们进入人类内心的潜在生活提供了无限自由的叙述空间,也为他们的文本探索提供了巨大而广阔的实验领域。纵观先锋文学的动态性发展过程,我们发现,这种新型的时间美学观在他们的作品中,首先体现在大量的物理时间所负载的特定信息被否定,时间的所指意义被更

---

[1] 林舟:《走向纯净的虚无——对残雪的书面访谈》,《花城》,2001年第2期。

替,话语中留下的仅仅是一些空洞的能指,即一种人物活动的虚拟背景及其文化表征。譬如以莫言早期的"红高粱"系列为代表的一些新历史小说,看似在进行一些历史时间的叙事,然而在具体的话语中,我们便会看到,作家们借用的仅仅是一个时间的外壳,或者说是一种伪时间,因为我们既找不到任何具有可勘证性的史实,看不到历史时间在叙述话语中的实证性作用,也无法获得历史时间所蕴藏的事实真相。历史时间的真实内涵被完全掏空,留下的只是作家自我对历史境域中人的各种生存状态的主观性演绎。像格非的《敌人》、《迷舟》,余华的《鲜血梅花》、《往事与刑罚》,苏童的《我的帝王生涯》、《米》以及杨争光的《棺材铺》等作品,甚至都没有明确的时间指向,历史只是叙事中一个非常虚弱的时间背景,一种不确定的时代记忆。这也就是说,作家们在叙事中只是盗用了"历史"这个虚无的非现场性的时间概念,至于历史在时间上的具体作用,则非常模糊,仅仅是一个空洞的能指对象。

众所周知,历史作为一种时间范畴的存在,是由种种被确认的历史常识所组成的,它的时间内涵是建立在诸种历史事件之上,并由各种事件的组接与发展绵延而成。但是,许多新历史小说作家们在将叙事推向历史的过程中,不但不关注那些历史事件自身的真实性,相反还通过各种虚构的故事,对真实的历史事件进行明确的消解,以此来逃避或否定历史的时间价值,从而实现对历史的反叙事,或戏拟历史的真实。如李冯的一些历史戏仿小说《唐朝》、《纪念》、《牛郎》,潘军的小说《重瞳》,李亚伟的长诗《旗语》,西川的诗作《李白》,伊沙的诗作《布拉格之春》等作品,就是以历史上的一些真实故事或公众记忆为基础,用反历史的叙事法则对它们进行全新的解构。从表面上看,他们似乎是在重构一种新的历史,而实质上他们是在蓄意破坏历史作为一种时间概念的具体指证作用,从根本上说也是否定历史自身的时间价值,传达创作主体对历史的"此在"的理解和认知。

同时,作为一种新型的美学观,这种主观化的时间在挣脱了它的客观限制之后,在先锋叙事中的作用和功能也发生了根本性的变化。在很多先锋作家的创作中,时间不再是单纯的时序和时距,而是一种文本内在的结构手段,即直接负载着话语自身的组合以及叙事空间的变化。这一点在复调小说中表现得就尤为突出。传统小说也注意叙事发展的多向性,但是,在这种多向性的叙事过程中,情节的发展并非处于共时性状态,而复调小说却成功地建立了一种在同一时间中的不同情境,即展示同一时间内不同空间中的故事发展,使叙事形成一种共时态的多声部效果。米兰·昆德拉就说:"小说从其历史的开初就企图逃避单线性,并在一个故事持续的叙述中打开几个缺口。塞万提斯叙述了堂吉诃德的直线旅行。但是,在堂吉诃德的旅行中,他遇见了其他人,他们都讲述了自己的故事。在第一卷中有四个故事。这四个缺口使人走出了小说的直线情节。"[1]但这种多向性的叙事并不能构成真正的复调,"因为这里没有同时性"。而真正的复调小说则是以时间作为结构,通过一个固定的时间之点多方位、多视点地展示叙事过程,如米兰·昆德拉的《笑忘录》就是在同一时间中建立了七个故事,再由这七个部分组成整个小说。他的《生命中不能承受之轻》的第六章,也是通过一个时间之核在多方位的叙事中完成了一种非常明显的复调结构。又如马原的中篇《神游》,也是在同一时间中建立了两个故事——两个关于八角街上那幢两层楼的石屋与"乾隆六十一年铸造的银币"之间历史的回忆,并由这两个部分组成整个小说。孙甘露的《请女人猜谜》也是在复调的基础上进行着"双重的虚构",叙述者一会儿宣称在写作《请女人猜谜》的同时写作《眺望时间消逝》,一会儿又宣称《请女人猜谜》就是早年遗失的手稿《眺望时间消逝》的回忆,而这两个不同故事的碎片常常彼此交叉甚至重叠。正是时间的不断错位、分裂与重合,形成了这部小说的内在结构。

　　这种时间的文本结构作用,在大量的意识流小说中表现得更为明显。很多意识流作家都是通过某个具体时间中的特定情境或事件作为人

---

[1] [捷克]米兰·昆德拉:《小说的艺术》,第70页,孟湄译,生活·读书·新知三联书店,1992年。

物进入意识流程的重要切入点,让人物顺利地潜入各自的内心记忆和精神联想,从而展示他们彼此的心灵际遇。尽管人物在意识的流动过程中,时间可能会发生许多根本性的变化,甚至会出现前后时序的错乱、同一事件的重复以及不同时间的相互混淆等等,但是,无论文本内部的话语时间怎样纷乱莫测,都不会挣脱叙述者在介入人物意识时的那个根本性的时间构架。如乔伊斯的《尤利西斯》就是把过去和现在压在同一个平面上,通过人物各自的意识流程分别讲述了青年艺术家斯蒂芬、某报馆广告承揽商布卢姆和他的妻子莫莉的生活际遇,在具体叙事中,"这种由艺术家重新组建时空秩序的作品,打破了传统小说那种条理和顺序,如实地呈现了小说人物的意识以及在感观、刺激、记忆、联想等作用下所呈现出的那种紊乱的、多层次的立体感受,使读者始终体验着作品人物所经历的那个时刻——心理时间"[1]。但是,在人物的那种纷乱无序的精神生活背后,叙述者又依靠着一个强力的现在时间牢牢地控制着整个文本——这就是人物在发生意识联想过程中的十九个小时。这十九个小时既是叙述者讲述故事的时间,也是整个小说的一种结构纽带,它有效地将散乱无章、漫无头绪的各种人物意识紧密地统摄在一个有机的整体中。实际上,意识流小说的最大特征就是让时间彻底地走向人的内心深处,取消所有的时序和时距,以细节呈现的方式不断地肢解时间的线性规则,让人物的精神活动挣脱客观物理时间的局限,无拘无束地回到心灵内在的自由状态,从而开启人类生命中许多潜在的人性状态。而在这个过程中,创作主体又总是通过叙述者来设置一个叙述时间,并以此作为文本的结构来完成整个小说的叙事,像布托尔的《变》、普鲁斯特的《追忆似水年华》以及福克纳的《喧哗与骚动》等都是如此。

当然,这种时间在作为一种叙事结构时,在不同的作家笔下也存在着各不相同的审美功能。因为每个先锋作家的审美理想都不一样,叙事

---

[1] 柳鸣九主编:《意识流》,第87页,中国社会科学出版社,1989年。

追求也各不相同，这决定了时间在具体文本中作为叙事结构时，也必然要发挥着各不相同的审美功能。譬如在马尔克斯那里，时间常常会以封闭式的循环法则来组合故事，而在博尔赫斯的小说中，时间又以迷宫式的网状形态统摄文本。在此，我们不妨看看《百年孤独》那句曾经被人反复引用的开头："多年以后，面对行刑队，奥雷里亚诺·布恩迪亚上校将会回想起父亲带他去见识冰块的那个遥远的下午。"在这句话语中，过去、将来和现在以三个不同的时间段共同组成了一个特定的时间性圆圈，形成了一个无始无终、自我封闭的时间循环圈。在它的表面，时间似乎依然在运动着，而实际上时间又总是不停地陷入旧辙之中。作家用这句指向一切的时间圆圈作为开头，其实是对整部小说在时间结构上的一个暗示，因为有关布恩迪亚家族几代的历史，正是建立在这样一个自成一统的时间之圈中，一直到小说结束，都没有任何新的未来因素去突破这种时间的怪圈。所以，那位第一代的长寿女家长乌苏拉多次面对不同世代的子孙说："时间像是在打圈圈，我们又回到了当初。"这种时间的封闭式循环状态，在发挥它的文本结构功能的同时，同时又折射了作家对时间自身的哲学思考。而在博尔赫斯的所有重要作品中，时间都是支撑文本内在结构的一个核心要素。在《交叉小径的花园》中，他一再强调时间是一张"正在变化着的分散、集中、平行的时间的网"，"这张时间的网，它的网线互相接近，交叉，隔断，或者几个世纪各不相干，包含了一切的可能性"。在《叛徒和英雄的故事》中，作为主人公基尔帕特利克的重孙，叙述者利安在考证先祖牺牲的历史真相过程中，通过种种回忆资料的佐证和历史常识的推测，不断地以历史自身的相似性和重复性来解构"英雄"的历史概念，同时又在解构过程中频繁地穿梭于历史与现实之间，使历史的价值判断带着截然相反的双重面孔。《秘密的奇迹》中的作家拉迪克为了完成剧作《敌人们》，在盖世太保枪决他时乞求上帝再给他一年的时间，以便完成他的这部剧作，而"上帝给了他一个秘密奇迹：让德国人按时发出的枪弹从发布命令到执行命令，在他的思想里延续整整一年"，终于使他的《敌人们》得以完成。这里，物理时间被无限拉长,并成为整个小说得以发展的重要条件。拉迪克所获得的这种时间,其实是一种心理化的时间。也正是这种心理时间,帮助他完成了自己的作品,并通过它成功地反抗了那些敌人们。

这种心理时间观的确立和发展,在先锋作家的创作中不仅发挥着各种叙事的结构作用,还控制着叙事自身的内在节奏,使叙事彻底地摆脱了传统小说中那种开端、发展、高潮和结局的自然因果序列,重返人物精神的瞬间活动状态,重返叙事细节的内部呈现中,并以此来展示时间在特定片段中的特殊价值。所以,在很多先锋作品中,我们常常看不到故事和事件发展的前后秩序以及因果关系,话语总是以碎片化的方式呈现出来,而且,在这些叙事的碎片之间,并不存在明确的时间序列,甚至连空间场景都显得变幻不定。如胡安·鲁尔福的代表作《佩德罗·巴拉莫》,它的整个叙事都是以碎片化的细节方式呈现出来的,其中既有真实的人物,又有死去的幽灵;既有死者与死者的交谈,又有生者与死者的相叙;既有过去生活的闪回,又有现在场景的跳跃……时间的一维性被取消,过去和现在常常纠结在一起。正是这些看似凌乱无序的细节碎片,组成了巴拉莫酋长残暴而复杂的一生。西川的长诗《近景和远景》也是将历史完全打碎,然后通过互不相关的喻体进行了一种碎片化的拼接。时间的一维性被完全取消,过去和现在常常纠结在一起。"历史在这里以散落并被'编辑'成五光十色斑驳陆离的'成串的鳞片',所有的表象事实都已被'经验化'了——被抽取为共时性的'原素'。"[1] 此外,像法国新小说派的许多小说,余华的《世事如烟》、《难逃劫数》,格非的《褐色鸟群》,孙甘露的《我是少年酒坛子》等,也都是以一个个片断化的细节来演绎故事,时间的绵延性以及由时间引起的各种因果关系都被切断,细节与细节之间常常呈现出某种不稳定的游离状态,文本的组合也处在对碎片的拼接之中。从某种意义上说,这是一种与后现代文化的非整体性相呼应的片断叙事。但是,这种片断化

---

[1] 张清华:《境外谈文》,第201页,花山文艺出版社,2004年。

的叙事，其实质就是取消故事在时间上的线性状态，以断裂的方式剔除某些无价值的时间，从而更为有效地凸显某些有价值的瞬间内涵。

让时间回到人物的精神内部，回到创作主体的真实内心，这是先锋作家一直努力追求的重要目标。它的终极目的，并不是全盘否定时间的一切客观价值，而是突破时间对一些人类精神本源状态的掩饰和控制，让生命真正回归到它的自然本质之中。因此，尽管我们发现，所有的客观时间已在先锋作家的叙事中显得凌乱不堪，但是，在某些特定的叙事中，它又对人的存在性构成了重要的隐喻。譬如，刁斗的中篇《的》就是通过一周七天的时间，将话语投置在一个非常完整的封闭性圆圈中，主人公的所有行动只是沿着这个圆圈在做前后移动，归宿便是起点，起点也是归宿。而在这个圈套之中，人物却真正地体验到了一次奇特的情感之旅，一次对别人也是对自己的再认识、再发现的生命之旅，它展示了人类日常生活中情感与认知之间奇特诡异的表现形态——既有生存意义上的荒谬景观，又有人类在认识论上的自然盲区，它们潜藏于日常生活的表象之中，完全是一种超常识、超经验的内心生活。也就是说，刁斗在小说中所建立起来的叙事时空虽然有着明确的客观载体，譬如一周的具体时间，一条叫着鄂尔多斯路的不长街道以及两边的二十一家店铺门市，但是，人物在这种客观时空中所体现出来的所有意义却是心理层面上的，是一种"异想天开和想入非非"，"追随同样是秘密行为，但它除了是外在行动，也是内心活动，甚至主要是内心活动"。余华的《一九八六年》，也是通过一个被历史运动迫害致疯的中学老师在一九八六年的种种悲惨状态，直接隐喻了二十年前的残酷记忆，以及它对人的生命的伤害深度。马原的《拉萨生活的三种时间》则通过昨天、今天、明天三种时间的叙事，直接表达了作家对时间本体的某些思考。马原在谈及自己的这部作品时，也曾说道："就像这个名字所暗示的那样，故事的主角并不是故事里那些人物，也不是那些神秘的动物，而是时间，肯定是时间。"[1]

倘若深而究之,先锋作家不断地对客观时间进行颠覆与改造,并且取得了非同凡响的实绩,这得益于强大的现代哲学基础。因为现代哲学的发展,在不断地深入人的生命内核的同时,也为人们重新认识时间提供了许多新的视野。尤其是柏格森的"心理时间说"的问世,从根本上动摇了人们对时间的物理性质的认识。柏格森明确指出,"绵延性"这种质的过程是使真实的或生活过的"时间"等同起来的东西,必须细心地指导它同数学家和物理学家的人为的、量的"时间"区别开来,因为他们所做的,是使真实的"时间"几何图形化,使它与一条线等同起来,使它同物理图表上的时间轴线齐一化;而真实的"时间"则是构成我们精神生活的材料,"我们不要被'这时刻与那时刻之间'这几个字所迷误,因为绵延的间隔只存在于意识中,只是由于我们意识状态的互相渗透才存在的。我们在自己之外只发现空间,因而只发现种种同时发生而未发现旁的;关于这些同时发生,我们甚至不能说,它们是客观地陆续出现的,因为只有通过对于现在与过去的比较,陆续出现才是可设想的"[2]。此后,海德格尔更进一步地强调,所谓时间是从过去流向将来完全是一种神话,是一种形而上的迷误,任何时间都是针对现在而言的,必须用人的存在的现在性来决定时间的流向。这种全新的时间观无疑为先锋作家对时间的拆解与颠覆提供了坚实的逻辑背景。所以,余华也说:"现实时间里的从过去走向将来便丧失了其内在的说服力。似乎可以这样认为,时间将来只是时间过去的表象。如果我此刻反过来认为时间过去只是时间将来的表象时,确立的可能也同样存在。我完全有理由认为过去的经验是为将来的事物存在的,因为过去的经验只有通过将来事物的指引才会出现新的意义。拥有上述前提以后,我开始面对现在了。事实上我们真实拥有的只有现在,过去和将来只是现在的两种表现

---

[1] 马原:《虚构之刀》,第70页,春风文艺出版社,2001年。
[2] [美]莫蒂默·艾德勒等编:《西方思想宝库》,第1475页,《西方思想宝库》编委会译编,吉林人民出版社,1988年。

形式。我的所有创作都是针对现在成立的,虽然我叙述的所有事件都作为过去的状态出现,可是叙述进程只能在现在的层面上进行。在这个意义上说,一切回忆与预测都是现在的内容,因此现在的实际意义远比常识的理解要来得复杂。由于过去的经验和将来的事物同时存在现在之中,所以现在往往是无法确定和变幻莫测的。"[1] 从余华的这段话中,我们就可以看出先锋作家的这种时间观,其实与现代的时间哲学有着紧密的关联。

第二节　人物:符号与代码

我们阅读罗布—格里耶的小说《咖啡壶》,会惊奇地发现,这部小说竟然没有人物,没有情节,整个叙事所展示的只是一只普普通通的咖啡壶——它的颜色、形状、位置,以及内在的构造,仿佛一幅精致细腻的静态写生图。对此,很多人认为,这绝对不是一部真正的小说,理由是:人物是小说最为核心的元素之一,小说必须刻画人物,"你们不去研究某一个人物的性格,也不去写某种环境,不去分析人的七情六欲,所以你们写的并不是真正的小说"。而罗布—格里耶的解释是:"由于我们的小说中没有传统定义所说的那种'人物',于是人们就仓促下结论说在我们的小说中根本看不到人。这是因为没有很好地阅读这些作品。书中的每一页、每一行、每一个字中都有人。尽管人们在小说中看到许多'物',描写得又很细,但首先总是有人的眼光在看,有思想在审视,有情欲在改变着它。"[2] 在罗布—格里耶看来,无论是萨特的《恶心》、加缪的《局外人》,还是卡夫卡的《城堡》,其实都已远离了那些充分具象化了的、与现实生活完全一致的人物形象,在这些作品中,人们已找不到具有独特魅力的个体,而只有统一体。"描写人物的小说已经成为历史陈迹,它标志了一个时代的特征——那个个人至上的时代特征。"

---

[1] 余华:《虚伪的作品》,《上海文论》,1989年第6期。
[2] 崔道怡等编:《"冰山"理论:对话与潜对话》下册,第521页,工人出版社,1987年。

虽然这并不意味着就是一种艺术的进步，可这是事实，个性已经被抹杀了。对于这种现象，罗布—格里耶认为，这表明了我们的世界更加谦虚，它抛弃了个人全能的观点，但它同时又具有更大的雄心，"因为它的目光放得更远。对'人'的专一崇拜，已经让位给一种更为广泛的，不那么强调人类中心说的意识"[1]。

罗布—格里耶的这一观点，其实已经透露了一个重要的审美信息：在艺术创作中，不存在任何无法逾越的鸿沟。即使是那些被视为铁律的艺术规则，我们都可以而且有必要去改变它，甚至颠覆它。这也正是一个先锋作家所必须具备的艺术潜质和探索勇气。实际上，以罗布—格里耶为核心的很多法国新小说作家，如娜塔丽·萨洛特、克洛德·西蒙、罗贝尔·潘热以及后期的米歇尔·布托尔，也都是在创作中努力地进行着这样的艺术实践。他们以明确的反叛姿态和探索精神，不断地动摇着人物在传统小说中的地位和意义，并常常用一种非人格化的、不带任何感情色彩的语言，冷静、细致、忠实地描绘着物质世界的形象，并从事件的变化来反映人物的心理活动。在他们绝大多数的作品中，虽然还依然存在着人物形象，但这些人物已经彻底地告别了性格发展的线性轨迹，很少有一些丰沛的情感活动方式，也几乎不可能在现实生活中找到某种具体的原型。质言之，这些人物已经成为一种被高度抽象化了的艺术人物，是一种人的"物质性"的符号和代码。

这种人物的符号化倾向，其实也正是先锋作家们半个多世纪以来一直在不断尝试的一个重要特征。它的首要目标，就是要完全打破我们传统叙事文学中所遵循的艺术规则，不考虑人物性格发展的逻辑背景，不注重人物形象的丰实度和可信度，拒绝将人物还原到欲望化、人格化的生命层面上来，也拒绝对人物进行全面而完整的典型化塑造。它凸现的只是人物生存的片断状态、物性状态，甚至是异化状态，强调人物的"此在"性和"象征"性，即抽空人物的感性成分，只保留人物最为本

---

[1] 宋兆霖主编：《诺贝尔文学奖文库》（第9卷），第96页，浙江文艺出版社，1998年。

质的人性状态,使之直接介入到叙事的核心部位;或者借助大量的偶然巧合,让人物招之即来、挥之即去。至于人物自身鲜活具体的音容笑貌,繁富驳杂的情感世界,他们与现实生活之间种种形而下的纠葛,以及他们为何产生这种言行的现实缘由,叙事中一般很少涉及。这种叙事探索,不仅使人物果断地抛弃了他所必须负载的大量的社会文化身份(如职业特征、时代气息、文化背景),直接展示着生命自身的某些形而上的存在本质,而且让叙事话语挣脱了写实化的制约,逃离了真实性的拘囿,从而更能自由地表达创作主体对人类生命的独特思考,也更为果断、更为直接地逼近人类生命的内在属性,抵达人类精神的潜在部位。它所导致的结果,不只是有效地剔除了那些紧裹在人物身上的、廉价的社会属性,使以往的典型化叙事法则彻底地破产,还使传统叙事中的整体化艺术观念也被瓦解。更为重要的是,它通过这种符号化的处置,让人物凭借种种特殊的形式代码,构成对人类存在及其本质的高度隐喻。

在此,我们不妨来看看卡尔维诺的长篇小说《我们的祖先》三部曲。无论是那位被分成两半的子爵梅达尔多、终日待在树上的男爵柯希莫,还是永远裹在铠甲中的"不存在的骑士"阿季卢尔福,作为小说中的核心人物,他们竟然完全脱离了坚实的大地,脱离了沉重的肉身,甚至脱离了一切可以感知的具象,像幽灵一样在话语中飞翔,自始至终都显得亦真亦幻、缥缈不定。虽然他们也不时地带有生命自身的鲜活情状,闪烁在一些意想不到的细节之中,但在更多的时候,他们仅仅是一个个灵魂的代码,沿着叙述者的想象不断地奔向各自的命运之境。在他们的身上,我们看不到形而下的、充满自然生命质感的完整描述(尤其是在梅达尔多和阿季卢尔福的身上),看不到他们具体生存的时空背景(小说只为我们提供了一个十分遥远的中世纪背景),也难以对他们的性格发展做出合理的逻辑推断。譬如《分成两半的子爵》中的梅达尔多,就是一个极善与极恶的复合体,而且这种极善与极恶相互交替作用于人物身上,使他忽善忽恶,变幻莫测。他在战场上被炮弹击成两半,"右边的一半集中了他全部的邪恶,而左半边则集中了他身上所有的善良。

邪恶的一半和善良的一半势不两立,而碰巧他们又同时爱上了一个姑娘。在为爱情而进行的决斗中,他们相互劈开原来的伤口,多亏一位医生把他们缝合起来,救活了,又成了一个完整的人。这个人跟所有人一样有好有坏,不过两个半身有过那么一段经历,自然明智多了"[1]。同样,《树上的男爵》中的柯希莫,选择终日待在树上的行为方式,来对那种等级化的社会秩序进行永不妥协的反抗和审视。而《不存在的骑士》中的阿季卢尔福则完全是一个屈服于权力意志的空心人代表。他们严格遵循着创作主体早已预设的审美目标和价值取向,不断地演绎出各种匪夷所思的故事,但是,我们却很难从他们的身上找到现实生活的逻辑注解,也不可能发现他们在现实社会中的真实原型。我们感受到的,只是一个个充满了某种理性观念和隐喻意味的艺术符号,一个个高度抽象的生命存在体。

当然,倘若从一般意义上说,任何艺术都是一种符号系统,任何艺术家的创作也都是一种符号的制造。但是,这种艺术符号并不是一般意义上的某一物指代另一物,而是以某一形式化的事物来替代另一事物以及与它有关的一切观念和内涵,是突破了"一对一"这种固定规约的特定意义上的符号。也就是说,它利用的不是符号的实用指代功能,而是它的审美功能和文化功能。所以苏珊·朗格说:"一件艺术品就是一个符号。艺术家的任何活动自始至终都是制造符号,而符号的制造又需要抽象,符号抽象越多,其符号的功能就越远地脱离传统。这样一来,它呈现出来的形式的含义就越要靠形式呈现的特征去表现。"[2] 实际上,先锋作家对人物的符号化处理,依据的正是这种高度抽象的审美原则。传统作家也注意抽象化的审美原则(如典型化理论),但他们在这种艺术抽象的过程中,强调的是对人物真实性、生动性、丰富性的具象化塑造,注重的是对人物感性生命状态的还原与复活,是以人的性格逻辑和命运发展为出发点,对庸常生活进行的一般性抽象。而先锋作家们则恰

---

[1] 陆建德等:《12堂小说大师课》,第295页,生活·读书·新知三联书店,2021年。
[2] 转引自徐剑艺:《形式思维》,第165页,人民日报出版社,2000年。

恰相反。他们利用高度抽象的艺术思维，对人物的那些带有普遍性的、具象化的感性成分进行大量剔除的同时，又不断地对那些潜隐在生命内部的、难以言说的存在状态进行审美表达。所以有人认为，这种艺术的抽象，在某种程度上"是指还未发现以任何方式具体体现出来的某种内容，是指虽怀疑其存在却又不能证实的某种内容，是指其特征不能用词语明确描述的某种内容"[1]。这也就是说，先锋作家们可以通过自身创造的种种特殊的人物符号，使那些原本就没有具象化的甚至难以借助感性实体展现出来的精神面貌还原为一种艺术形象。

事实上，越来越多的迹象也已经表明，先锋作家对人物形象的高度抽象化处置，已使很多先锋小说中的人物越来越远离人类生命的客观表象，越来越无法用现实生活的经验进行真实意义上的印证。譬如，韩少功《爸爸爸》中的丙崽，虽然在外表上是一位不折不扣的弱智者，可他不仅毒药毒不死，而且还能不断地发出各种准确无误的灾难性预言。他脱离了一个正常少年应有的鲜活而丰富的生命气息，只是一个带着寓言意味的符号而已，传达了创作主体对于中国传统文化的批判性思考。而王安忆《小鲍庄》里的捞渣与阿来《尘埃落定》中的傻子也是灵得出奇，具有许多惊人的超常品质和智慧。在张承志的小说中，从《黑骏马》、《北方的河》到《黄泥小屋》、《心灵史》，其中的男主人公永远只是一个虚幻的背影，一个执着的精神漫游者的代号，一个理想殉道者的象征。最有意思的是行者的中篇《突豹特》。作者从一个特殊的词语符号"突豹特"出发，巧妙地撇开了这个词语的能指，并以资料拼接的方式不断肢解它的所指，使之呈现出异常复杂的、非稳定性的所指意象。小说中的人物完全是一些抽象的文化符号——他们的功能只是为了解构"突豹特"这个意象，而这个意象的所指又异常诡秘——不仅包涵了权力、欲望的特殊表现，还体现了人类对神秘事物和个人力量的高度崇拜，甚至延伸出"突豹特主义"的人文景观。它既有历史的渊源，又有

---

[1] [美]阿瑞提：《创造的秘密》，第71页，钱岗南译，辽宁人民出版社，1987年。

现实的注脚；既有客观空间上的张力，又有潜在的内心基础。在这种"突豹特主义"的所指特征中，我们又可以清楚地看到，所有生活的事象都已完全超出了人类理性的常规，体现出某种极端化的、非理性的本质。因此，从某种意义上说，作者其实就是想通过这个诡秘的词语，展现人类的直觉愿望在生活现场中的各种可能性情形。残雪的《山上的小屋》也是借助一个高度幻化的叙述者，在残雪特殊的变异性想象中，使所有人物也同样变得迷离不清，真假难辨，只是某种颠覆日常伦理的文化代码。如父亲在"我"的眼里是一只狼，小妹的目光直勾勾的，"刺得我脖子上长出红色的小疹来"，母亲始终在黑暗处打主意弄断"我"的胳膊……小说中，"所有人的耳朵都出了毛病"，一切都只是叙述者"我"心目中的凶手。薛荣的《小神话》在全面颠覆传统神话元素的同时，将传统神话中的人物与现代科技产物重组在一起，试图建构一种全新的、向未来延伸的、具有信息复制特征的神话。无论是后羿与嫦娥所组成的家庭模式、男女情爱方式，还是程序化的工作方式、娱乐方式，人物的言行不再具有任何传统伦理上的精神特征，而是呈现出符号化、信息化的倾向，时间和空间也不再具有特殊的距离感，过程与目的完全统一。作者所虚构的这种"神话"，显然是对人类精神未来走向的一种隐喻。不可否认，在上述这些作品中，有些人物虽然也具备一些正常生命的存在实体，但是他们又不断地突破生活的常识和经验，穿梭于人和非人之间，使我们无法借助现实生活进行实证性的解读。因此，这些人物，其实就是作家通过高度抽象之后创造出来的一种形而上的艺术符号，一种生命的象征代码。苏珊·朗格曾说："在艺术抽象中，通常要做的第一件事就是设法使得将要加以抽象处理的事件的外观表象突出出来。要想做到这一点，就要设法使这些被处理的事物看上去虚幻，使它具有艺术品所应具备的一切非现实成分。换言之，就是要断绝它与现实的一切关系，使它的外观表象达到高度的自我完满。"[1] 这也就是说，

---

[1] [美]苏珊·朗格：《艺术问题》，第170页，滕守尧译，中国社会科学出版社，1983年。

艺术抽象的本质就在于，创作主体必须使自己所创造的艺术符号有效地脱离其现实因素，突显其抽象出来的本质特征，才能获得某种艺术上的独特魅力。

但是，任何一种艺术抽象化的过程，也都是一种简约化的过程。在"按生活本来的样子反映生活"的传统现实主义小说中，人物的符号形式在其总体上是和现实存在同形同构的，所以那些符号形式的简约化，只不过是在保持现实原样的基础上，根据性格逻辑和作品主题来取舍的。而先锋作家对人物符号的抽象处理，则往往以改变人物的现实状态、突出符号的象征功能为目的，这决定了其简约化的方式将是对现实结构的改变。如上文所述的父亲形象、丙崽以及捞渣，都不是现实中正常的人，是作家对人的基本原型在某些本质上的夸大和变形。这意味着，他们已经破坏了作为人的一些正常的现实结构，带着强烈的象征意味。先锋作家对人物的符号化追求，就是通过种种简约的手段，极力削减那些过于具象化的生活成分，从而不断地强化人物作为某种艺术理想的隐喻体，突出创作主体对人的存在性的独到观察，以及在审美探索上的艺术思考。因此，如果仔细考察先锋作家笔下那些符号化的人物，我们就会发现，他们常常对人物的社会背景以及具体活动的现实时空表现得漠不关心，有时甚至故意回避这些人物生存的客观境遇。如马原的《虚构》、《冈底斯的诱惑》，余华的《鲜血梅花》，格非的《褐色鸟群》，卡夫卡的《城堡》，以及博尔赫斯的大量小说，都没有具体明确的社会背景，也没有具体明确的时间背景，即使在空间上，叙事所提供的也只是一些非常虚泛的外在环境。这样一来，不仅人物的社会性功能被完全消解，而且人物所受的时空局限也被彻底地解放，叙事可以自由地进入人物独特的内心世界，人物也可以从容地穿梭于历史、梦境与现实之间。这种情景，其实与先锋作家对叙事的碎片化追求有着内在的一致性，即取消人物的性格逻辑和命运发展的线性轨迹，使人物仅仅作为一种叙事的符号和代码，往返于各种纷繁的叙事碎片之中。但是，这种探索又有别于碎片化叙事——它不是为了展示叙事话语在审美价值上的丰饶与鲜活，而是有力地突显生命内在的种种难以言说的潜在本质，使话语不断地进入到隐喻和象征之中，从而扩张叙事话语在审美表达上的意蕴空间。

更为重要的是，很多先锋作家不仅对人物的一些外在功能进行了简约，还对人物的性格逻辑以及价值取向也进行了简约化的处置。在他们的笔下，人物失去了清晰可感的面孔，失去了具体活动的时代背景，也失去了自身独一无二的人格魅力，失去了是与非的价值判断，有时甚至连性别、年龄都显得可有可无，成为一个彻头彻尾的生命符号。最典型的例证就是余华的《世事如烟》、《往事与刑罚》、《四月三日事件》等作品。在《世事如烟》中，余华只给极少数人物赋予了职业身份，如算命先生、接生婆、司机、瞎子等，而其他人物则一律用数字来取代。这些人物的生存，既缺乏必要的时空场景，也缺乏内在的现实关联，他们从头至尾都徘徊在一种暴力威胁、梦呓般的惊惧、神秘的预感以及死亡的阴影之中，各自的性格特征被掏空，也无所谓性别和年龄。人物，完全是一种人类生存命运的各种代码，神秘地演绎着人类存在状态的不可把握性。在《往事与刑罚》中，无论是"我"还是刑罚专家，他们所感兴趣的只是历史与记忆。虽然这些历史和记忆紧密地制约着人物的命运，但是人物并没有对它们进行生存价值上的探讨。从"我"被一封"速回"的电报勾起了往事，到"我"在对往事的回忆与寻找的过程中与陌生的刑罚专家不期而遇，以及此后两人对刑罚与历史的讨论、刑罚专家的最后自缢身亡，整个叙事所张扬的都是一种人的宿命状态，人物也完全处于某种神秘莫测的飘忽状态。在《四月三日事件》中，主人公始终被一种莫须有的谋杀控制着内心，游走在一种类似于迫害狂的精神崩溃的边缘。他一次次地与家人、朋友玩着"寻找真相与逃离恐惧"的命运游戏，直到最后无可奈何地选择逃离和出走。这里，主人公的所有感受都是心理化的，也是无逻辑的，甚至是不可思议的，他不断地虚设谋害自己的凶手，然后一步步地跳入这种自我预设的恐惧陷阱。叙事给读者提供的，就是这样一个没有职业身份、没有性格逻辑，也没有任何生活背景和文化背景的受虐者，而且仅仅是他在四月三日前后的一小段生活，人物形象极为模糊，甚至有些空洞。但他却以自己独特的行为方式预演了一场关于命运的游戏。余华自己就曾说道："事实上我不仅对职业缺乏兴趣，就是对那种竭力塑造人物性格的做法也感到不可思议和难以理解。我实在看不出那些所谓性格鲜明的人物身上有多少艺术价值。那些具有所谓性格的人物几乎都可以用一些抽象的常用语词来概括，即开朗、狡猾、厚道、忧郁等等。显而易见，性格关心的是人的外表而并非内心，而且经常粗暴地干涉作家试图进一步深入人的复杂层面的努力。因此我更关心的是人物的欲望，欲望比性格更能代表一个人的存在价值。"[1] 其实，不只是余华的一些作品，像史铁生的《一个谜语的几种简单的猜法》、孙甘露的《请女人猜谜》以及残雪的很多小说，也都是如此。这些作品中的人物不仅被剔除了性格发展的特征和过程，也被摒弃了好与坏的价值判断，他们不再带着某种明确的道义理想去生活，也不具备某种典型化的审美意义，人物只是一个个非常抽象的代码，以其明确的形而上的状态，折射着人的存在及其命运走向的种种可能性。

追求人物的符号化，使之具有更为丰厚的象征和隐喻功能，这是先锋作家在小说创作中所呈现出来的一个重要特征。它通过各种叙事的不确定性，借助隐喻性思维，极大地丰富了先锋作品的内涵，使其解读空间变得复杂而开放。在《我们赖以生存的隐喻》中，莱考夫和约翰逊就曾由衷地说道："事实上，人们只有通过其他的隐喻才能看到这些隐喻之外的东西。这就好像通过隐喻来理解经验的能力是一种如同视觉、听觉或触觉一样的感官，隐喻给我们提供感知和体验这个世界的绝大部分事物的唯一途径。"[2] 而先锋作家的这种审美探索，从本质上说，并非只是一种叙事形式的需要，同样也与他们自身的艺术思维，以及主观化的内心叙事有着紧密的同构关系。在先锋作家的审美思维中，有一个重

---

[1] 余华：《虚伪的作品》，《上海文论》，1989年第5期。
[2] [美]乔治·莱考夫、马克·约翰逊：《我们赖以生存的隐喻》，第207页，何文忠译，浙江大学出版社，2015年。

要倾向就是对隐喻化思维的执着追求,这种隐喻化思维不仅促使他们在叙事话语中营构种种带有抽象意味的文本结构,而且也不断地吸引着他们对人物、事件甚至物象进行更具隐喻意义的表达。因此,有人认为:"先锋小说中人物的符号化,是对人的本质、人性及欲望的抽象,并努力把这种抽象的人置放于他的舞台上,构成一种有力的象征,既揭示着存在又象征着世界。先锋小说在努力追求着一种具有抽象性的象征,一种人为的、主观的世界,即用非常主观的方式看世界,对一种形式的追求。"[1] 这种追求所透示出来的,是先锋作家精神深处的一种独特的艺术观和生存观,是创作主体对客观世界和生命本体进行高度综合的审美传达。

第三节 丰饶的碎片

随着先锋作家对各种既定创作模式反叛的不断深入,一种以拆解整体性结构为目标的碎片化审美追求越来越突出。尤其是在人类理性的逻辑秩序以及时间的一维性被无情地颠覆之后,我们看到,先锋文学的发展,实际上已开始进入一种十分自由而又繁芜驳杂的叙事空间。在这种空间里,不仅想象力获得了根本性的解放,创作主体的心灵真实成为叙事的重要内核,而且许多现实的生存秩序都受到了肢解,理性逻辑的内在结构也遭到了怀疑。在很多小说中,我们不仅看不到一个完整的故事,甚至连情节的发展、人物的性格走向也变得模糊不清,文本所呈现出来的,都是一个个细节,一个个叙事碎片,一个个类似于幽灵的人物符号。它们彼此之间没有什么必然性的关联,读者在接受过程中只有通过种种潜在的叙事线索,才能勉强地把握整个文本的内在意蕴。这种叙事追求所形成的结果是,一切整体性以及整体性中所包含的事物之间的连贯性和统一性都不可避免地成为一种革命的对象。罗兰·巴尔特就曾

---

[1] 尹国均:《先锋试验》,第76页,东方出版社,1998年。

在《论纪德和他的日记》中说到，整体性的写作是无能的，因为它永远无法将纪德的丰富性统一连贯在一个秩序井然的文本里，为此，他选取了一种碎片方式，一种提纲方式，一种并置方式，一种小标题的方式，对此，他的理论理由是："不连贯似乎总比一种歪曲的秩序要好一些。"[1]

作为一位对二十世纪中后期写作产生巨大影响的形式主义理论家和作家，罗兰·巴尔特站在结构主义和后结构主义的立场上，对一切整体性的存在及其内在的秩序发出了种种诘难。在他看来，"总体性是控制和异化的别名，它暗含着中心、等级制和人为的秩序感。总体性要求屈从和就范，它就是盲目的纪律和权威制度。总体性迫害那些异质性的细节和节外生枝的活力，它是压抑性的法律和制度。断片则将总体性撕开了裂口，它摧毁了总体性的堤坝，让那些异质之流自由地涌动。一开始，巴特就意识到总体性的歪曲本性，他抛弃了其暴君做派，相反，他将各种各样的局部细节并置起来，它们享有同等的地位，他不为它们排序和组织，且以一种现象学的方式直接将它们暴露于世，使它们恢复其原样，将它们从一种盲目的牵连中斩断它们的异化绳索，从而最终解放它们的本来面目"[2]。为了攻破这种由虚假的理性经验（尤其是话语自身）所建构起来的整体性叙事，真正地激活创作主体的内心情愫和艺术理想，巴尔特不仅高度肯定碎片式叙事的审美价值，还躬身实践着这一艺术理想，譬如他的那部名声赫赫的《恋人絮语》就是最为典型的一个例证。

但是，以碎片的方式反击整体性叙事，使叙事有效地摆脱人类理性逻辑的强制性规范，并不是罗兰·巴尔特的发明。在《先锋小说技巧讲堂》中，刘恪曾将碎片化写作分为古典主义时期、浪漫主义时期、现代主义时期和后现代主义时期，并探讨了不同时期的碎片写作所具有的不

---

[1] [法]罗兰·巴尔特：《符号学原理》，第22页，李幼蒸译，生活·读书·新知三联书店，1988年。
[2] 汪民安：《罗兰·巴特的断片、括号、警句、书籍和成名史》，见《今日先锋》第7辑，第111—112页，天津社会科学出版社，1999年。

同特征。在他看来,"人类有两种思维方式:理性思维是连贯的逻辑的,呈线性状态。非理性思维是跳跃的、间歇的,为一种点状而且是直观感性的方式。无论哪种思维都用语言呈现,碎片便是将语言从一种逻辑状态下解放出来"[1]。这种解放,主要指向两个方面:一是打破时间关系中的整体性,二是打破情感体系中的完整性。同时,刘恪还对这种碎片化叙事进行了较为详细的阐述:

> 碎片在文本中只是一种表征,我们一定要推悉它背后更深刻的原因。碎片的物质其实是意识的特质,思维的特质,同时它和一个人精神与生理特质相关联,意识组织一切感官活动,它统觉人在特定状态的各种直接经验,是知觉思维、情感、欲望的基础,意识调控着注意的信息量,意识分类各种经验状态,意识对各种记忆输入作出判断。简而言之,意识是处于活动状态的,这种活动通常以点状凸现在脑神经的屏幕上,有强弱大小之分。以我个人看法它受个人身体节奏的控制,包括呼吸、内循环、器官的调节等,在意识的范围内我们看梦境、幻觉、催眠、麻醉、兴奋之后人的一切感知无不呈现为碎片状态。再看思维,思维过程也许呈连续性,但以什么对象作为思维依据,也就是说思维即想的意念,它必须落实到一个具体的点,这样才可以称之为思维是人脑对现实事物间接的与概括的加工形式,思维才能以内隐或外显的语言或动作形式表达出来。每一个思维点,或一个具象,或一个概念,或一个感觉都是一个碎片的形式。思维运动过程是在加工、过滤、推论这些碎片,然后产生一个结论。因此我们可以说碎片是世界事物与人类精神状态一个最基本的形式。[2]

这段话虽然说得有些晦涩,但基本上道出了碎片与人类感觉或意识

---

[1] 刘恪:《先锋小说技巧讲堂》,第166页,百花文艺出版社,2007年。
[2] 刘恪:《先锋小说技巧讲堂》,第167页,百花文艺出版社,2007年。

原点的关系,即人的很多感受或意识活动,最初都是以碎片的形式体现出来的。由人的理性所主导的思维活动,才能将碎片形成一种意义生成的体系。既然先锋文学很早就开始对启蒙现代性所带来的工具理性进行反抗,那么推崇碎片化叙事当然也是其重要途径之一。所以,很多意识流作家就通过这种叙事手段来展示人物内心深处的真实景观,只不过他们在呈现人物内心活动的碎片时,更多的是强调人的主体意志与他的精神历程,并没有明确地意识到整体性叙事的不可靠性和异化本质。如乔伊斯的《尤利西斯》和普鲁斯特的《追忆似水年华》,都是一种彻头彻尾的碎片式叙事,作者完全沉醉于细节的叙述之中,而细节与细节之间以及由细节组成的情节却显得杂乱无章,叙事并没有人们所期待的那种开端、发展、高潮和结局,人们只能通过对一个个人物的细节联想进行综合归纳,才能看出作品完整的审美意图。但是,罗兰·巴尔特的重要性就在于,他不仅提出了碎片化叙事的独特价值,而且阐明了它对整体性叙事进行颠覆后的历史意义——对世界本质和人的存在本质的进一步还原,因为"世界本身就是无限丰富的,是断裂而无序的,是非因果性的,它的意义尚未被穷尽。作家的职责正在于记录下尚未进行大众意识的真实。读者感到陌生是因为心智遭到翳闭,由此看来,对其蒙尘的洗刷是多么的必要"[1]。

正是在这种叙事哲学的引导下,先锋作家开始不断地对一切整体性的叙事模式进行了义无反顾的破坏和肢解。他们不再相信日常经验中的秩序,不再依恋叙事过程中的完整性,而是坚决地返回到自我的内心世界,全面激发自身的艺术想象力,让叙事沿着人物的精神轨迹或者创作主体的脉跳悠悠地前行。他们展示在我们眼前的文本,常常是一堆叙事的碎片,一个个剪不断、理还乱的细节场景,但是,只要我们潜心地阅读和品味,我们就会发现,这些看似没有统一性和整体性的叙事碎片,却饱含着丰饶的审美质感,闪耀着灵性十足的艺术火花。它们以往返而

---

[1] 格非:《标记》,见《今日先锋》第2辑,第154页,生活·读书·新知三联书店,1994年。

非递进的方式,使作者有足够的耐心沉迷在对象深处,反复地搜索、品味、抚摸、玩弄对象之物的反常性,并以此不断地展示出它们丰富的内在层次,从而使叙事常常获得许多意想不到的深刻。如格非的《褐色鸟群》就是以仿梦的形式使主人公"我"不断地徘徊在记忆深处,并以此折射出个人对历史无法信任的尴尬状态。小说中的人物没有文化身份,没有性格逻辑,也没有明确的历史背景,作为一种符号的女人,棋仅仅是引导"我"穿梭于各种不同时间场景中的一面镜子,整个叙事话语也正是在这个幽灵般的人物碰撞中碎片般打开。这里,一个个碎片式的场景既是"我"的某些隐秘心迹的展示,又是"我"的各种幻觉的会演,它们试图相互连贯,结果却不断地自我否定,个人记忆的可靠性、历史自身的真实性由此而被彻底地动摇。在余华的《世事如烟》中,每一个人物也同样被抽掉了性格逻辑和文化身份,留下的只是一个个数码代号,叙事就是在一个个碎片中不断地进行着宿命式的游离。每一个碎片都极为精细,生动,逼真,饱含着作者灵性翻飞的艺术气质,但是整个叙事却沉醉在漫无头绪的幻觉状态,神秘,玄奥,不可理喻,隐喻了人的命运的不可把握。而像孙甘露的《呼吸》和史铁生的《务虚笔记》等作品,则是通过人物自身的内心独白来进行碎片式的叙事表达。这些独白带着明显的呓语色彩,既不连贯,也不统一,但它却使叙事话语在逃离叙事情节线性发展的同时,不断地深入到人物的精神内部,以瞬间的、漫游的、看似毫不经意的随想方式,凸现了创作主体种种精妙的人生感悟和生存思索,文本也因此获得了颇为丰厚的思想内涵。

由于摆脱了整体性的外在制约,尤其是摆脱了特定时空的内在规约,这种碎片式的叙事法则不仅为全面表达先锋作家们的精神深度提供了有效的话语通道,还为彻底激活创作主体的想象力提供了十分广阔的表达空间。因为,对于很多先锋作家来说,统一性和整体性的解除,就意味着文本结构中理性钳制的拆解,想象可以无拘无束地跳荡于各种时空场景之中,并在每一个细节中重建话语的理想形态。由此形成的结果是,很多先锋作品虽然在总体上给人以无限荒诞的感受,而在每一个具体的细节之中却又有着极度的真实。这种真实，与其说是源自作家对现实经验的复苏和再现，还不如说是他们艺术想象的现场复活，因为它们常常超越了一般意义上的生存经验，使话语变得更为鲜活，更为细腻，也更为富有形而下的艺术质感。与此同时，这种细节上的真实化处理，又以张力平衡的方式消解了叙事在整体上形而上的荒诞特征，使作品在现场性、现实性的层面上成功地与存在本质的荒诞性形成了同构。这一点，在刘震云的长篇《一腔废话》中就表现得非常突出。这部小说彻底地打破了客观时空的一维性，使时间失去了在现实生存中的任何制约作用，空间也变成了一种虚设的人生舞台。所有的叙事话语，都来自作者对自我内心生活的激活，都服膺创作主体的主观想象。在那个名叫五十街西里的地方，一群被现实生活长期忽略了存在意义的平民，他们带着自己的理想和愿望，开始了纵横历史的心灵畅游。从表面上看，他们的巡游有着非常伟大的现实目标，即寻找疯和傻的原因；而在实际过程中，他们却不断地挣脱了一个又一个的常识和经验，使寻找一步步地陷入极为可怕的历史内幕中。刘震云的机智就在于，他颠覆了日常生活经验的过度纠缠，将所有的常识性逻辑放到叙事的背后，逃离了任何理性成分对话语的直接制约，使叙事沿着饱胀的想象飞翔。于是我们看到，人物在一个又一个世纪之中自由地来回穿梭，历史身份与现实角色不断地在某个人物身上重叠，客观生活与精神幻象频繁地交织在一起，形成了一种凌乱无序、碎片纷呈的生存景象。但是，在每一个碎片式的具体场景之中，人物的个性、思想以及对话方式又有着尖锐的现实反讽意味。在小说中，作者为每一场剧情都设立了一个明确的主观目标，而这个主观目标最后又被无一例外地自我消解。老杜和老蒋想通过老马的远行，为自己将五十街西里变成一个独裁者的天下或微缩景观提供一个完美的托词，但结果是自己反被历史迅速地淘汰出局；女主持人想让开澡堂的老冯按预设的目标导演一场"恳谈"电视直播节目，而"恳谈"的结果却是让女主持人不得不当众脱下衣服而陷入尴尬的境地；打烧饼卖杂碎汤的老郭成了梦幻剧场的导演，他要让卖菜的小白进行模仿秀的表演,可小白要模仿的却不是那些女名流,而是当三陪的小石,更有甚者,随着模仿的深入,小白越来越脱离模仿的初衷,最终还原为卖白菜的小白,使老郭的导演目的彻底破产;在辩论赛中,捡破烂的河南人老侯同样也被正方出场的辩手三陪女小石和反方的代表、澡堂子里搓背的老杨两个人弄得不可收场……在五十街西里,并不存在着客观真实的疯和傻,人们的疯和傻,都是来自那些企图让人们变得疯和傻的人的自我认定。这里,当他们以智者的身份出现时,他们的激情、理想和意图都会变得不留余地和不加掩饰。所以当他们爬上历史舞台,要让那些在他们眼里都是疯和傻的人们表演一场场人生剧目时,他们自己无一例外变成了疯子和傻瓜。

应该说,《一腔废话》全面承袭了作者在《故乡面和花朵》中所张扬的那种叙事理想:放纵想象,沉醉内心,以嘲讽的语调质疑现实的生存,以荒谬的形式凸现存在的本质。从文本上说,这部小说既荒诞不经又直指现实,既凌乱无序又灵性纷飞。但是,在这种无序的、碎石般的话语背后,却体现了刘震云对现实秩序的不信任,对经验和常识的不信任。作者所强调的,正是人类精神生活的丰富性和广袤性。现实生活总是有理有据的,做什么或者不做什么,都有自己的逻辑依据。同时现实生活的秩序,也是被不断地规划了的,每一个生命的存在,都是一种机械的重复,犹如套在他们身上的社会角色——修鞋的,开澡堂的,杀猪的,当三陪的,卖菜的……总之,他们被浓缩在某种方式之中。而精神生活却不可能这样,它广无边际,无拘无束,没有时间的规囿,也没有空间的限制;它反抗着现实的各种制约,并不断地深入到种种超验的境域中畅游。所以,刘震云从作品的一开始就将五十街西里的人们推向疯与傻的境地,让他们彻底地逃离了理性逻辑的制约,从而为自己的心灵狂欢打开了一个重要的叙事切口。而在作品的结构深处,却体现了刘震云对人类存在的全面怀疑:对人性愿望的怀疑,对信念目标的怀疑,对价值观念的怀疑,对伦理道德的怀疑……可以说,一切有关生存的文化景象都处在某种不稳定的形态之中,都被刘震云悬置在一排排铁钩之中，而作者就像一个庖丁，挥舞着话语的刀片将它们一块块地撕开，使我们目睹到另一种真实，一种人性本原上的真实。他将一个个卑微的、被彻底忽视了任何存在意义的人群推向某种权力意志或神力意志的巅峰，让他们在类似于诡辩术的过程中斗智斗勇，最后失败得面目全非。当权力（包括对权力意志的模仿）成为人们的生命理想和信念，那么人们在统治的外衣下也就失去了平等的秩序，反抗便是必然的结果。尽管在五十街西里，各种反抗都是处于不自觉的或者说是自私的心理（如老马的反抗），但对权力的怀疑却极为鲜明。

  这种审美追求在残雪的小说中也表现得尤为突出。残雪似乎天生就是一个执着于细节叙事的作家，她的创作很少讲究故事的整体结构，也不追求缜密而完整的情节脉络，而是自始至终沉迷于细节的精描细述，沉迷于人物内心活动时的种种瞬间感受。这些瞬间感受常常没有什么关联，完全处于并置状态，只是一堆生存意象的拼缀。如她的《黄泥街》、《突围表演》等一系列作品，在叙事形态上就充满了杂乱无章、毫无连贯的碎片状态。这些碎片，不仅隔断了人与人之间正常的伦理关系，也撕碎了人与社会之间的正常秩序，使人物的精神无法融入社会群体之中。每个个体的人，只能不断地退回到自我内心的角落，退回到常理之外的生存境遇中。正是这种极度尊重个体、割裂群体常规的碎片化叙事，导致了残雪的小说迸发出一个又一个荒诞绝伦的生存景象。但是，如果我们仅仅驻足于那些具体的叙事细节之中，我们就会发现，那些人物的生命感觉与生存感受又有着令人惊悸的准确性和写实性。我个人以为，残雪对中国先锋文学的重要贡献，在很大程度上就在于，她通过突显话语碎片的审美价值成功地挣脱了传统叙事的整体性，以超验性的细节发挥拓展了小说叙事丰富的话语质感。读残雪小说，我们不可能获得经典性的人物形象，也不可能获得一个生动完整的故事记忆，它们留在我们内心深处的，永远是一个个阴暗、污秽、卑微、孤独的生存景象，永远是一个个绝望式和自闭式的生活碎片。它们像暗夜中的火光，闪烁着丰饶的审美情趣。

如果我们再细读林白的很多小说，如《万物花开》、《妇女闲聊录》、《北流》等，同样也会发现这种碎片化的叙事所带来的独特效果。它使叙事轻盈而又灵动，相互缠绕，"多汁而蓬勃"，在一个个看似庸常的场景中呈现出奇异的光泽，使那些微不足道的事象迅速升腾为极富灵性的生命之舞。如在长篇《致一九七五》中，林白就完全打破了叙事的整体性，直接以分裂的叙事方式，使上下部呈现出完全相反的叙事特质。尤其是上半部"时光"里的二十九节，全是一些事件或场景片断，靠叙述人李飘扬的回忆来进行主观化的串联，其散文化特质十分明显。当然，问题并不在于小说可不可以散文化，而是如何散文化。在小说的散文化方面，沈从文、汪曾祺、林斤澜等都有过成功的范例，他们主要是取消了故事的紧张性，使叙事走向平淡，但人物个性和情节发展仍然获得了保全；而《致一九七五》中上部的散文化，不仅叙述本身不追求故事性，而且还取消了作者对情节发展和人物个性塑造的努力，完全代之以叙述人的个人感受、回忆和情绪，其中的情节改以事件或场景来取代，人物则以散点式的追记为主，并无贯穿性的主要人物谱系。林白之所以会选择这种极端的叙事形式，我以为，有两个因素值得思考：一是作家个人非理性的叙事习惯，二是不同时间控制下的亲历性场景。对于长篇小说来说，反结构式的叙述确实给《致一九七五》带来了巨大的阅读障碍，尤其是不同的时间介入之后，更加激化了其片断之间的游离，但是，这也从另一方面为创作主体的非理性铺展提供了自由而广阔的叙述空间。林白的优势在于，她拥有极为敏捷的艺术直觉，拥有丰沛的情感张力，拥有阿特伍德所说的迷醉于衣服在身体上"沙沙"作响的精密体验，所以，即使理性的统一结构并不存在，但在局部的叙述场景中，她依然能够以不同的时间作为触点，一次次地再现生活的内在质感，包括女生们对孙向明老师的恋慕，操场上飞舞的排球，学校的文艺宣传队，厕所旁的腐殖酸铵试验，学农插秧的场景，学军打靶的情形，吃田螺、石螺、鱼块、桂林米粉时的特殊感受……这些少年时代的生活细节，看似凌乱无序，其实也呼应了那个本身并没有多少理性可言的年代，呈现出狂热的理想主义气息。因此，它的片断化，与其说是记忆本身的碎片拼接，还不如说是纷乱而破碎的历史启蒙所带来的直接感受。它是生活的，又是历史的，是疯癫的历史对个人成长的某种非理性的隐喻。当然，林白可能并没有这种形式上的自觉，但她那非理性的叙事习惯，与历史本身恰恰达成了某种形式上的默契。

注重碎片式的审美追求，强调以细节叙事来张扬创作主体的艺术理想，这是先锋作家的一种重要的叙事探索。尽管这种探索的直接目标是为了颠覆整体性叙事的圭臬，但是，它在文化哲学上却与后现代主义思潮的内涵不谋而合。因为后现代主义在艺术上的一个重要特征，就是追求文本的不确定性和零散化。所谓不确定性，就是包括"模糊性、间断性、异端、多元性、散漫性、反叛、倒错、变形"。"它用无序代替有序，用散乱代替整一。"[1]这种不确立性，其实质就是对中心论和整体性的反抗，即动摇并消解一切既定的价值体系和生存秩序，就像尤奈斯库说的那样："我们生活在一个彼此不能理解的世界上，在这里，是一片混沌。在这种混沌中，应当去寻求一种真理或者什么意义吗？那是没有必要的。"[2]与此同时，后现代主义的零散化特征也不仅意味着创作主体的零散化，传统时空观的全面崩溃，还意味着传统的、以等级制度为基础的秩序受到了全面的质疑，犹如佛克马所说："后现代主义者似乎相信，要在生活中建立某种等级秩序，某种次序系统，是既不可能，也毫无用处。"[3]因此，在这种文化思潮的引领下，先锋作家的创作也就自然走向了零散化和碎片化。

---

[1] 赵祖谟：《中国后现代文学丛书·总序》，见张国义编：《生存游戏的水圈》，第9页，北京大学出版社，1994年。
[2] 王忠琪等译：《法国作家论文学》，第596页，生活·读书·新知三联书店，1984年。
[3] 赵祖谟：《中国后现代文学丛书·总序》，见张国义编：《生存游戏的水圈》，第11页，北京大学出版社，1994年。

第四节　隐蔽的张力

享有"神童"之称的美国作家菲利普·罗斯曾在短篇小说《诺沃特尼的痛》中讲述了这样一个故事：即将参加越战的士兵诺沃特尼不幸患上了一种莫名的腰部痛疾，以至于经常无法站立起来。由于他正处在奔赴前线的关键时刻，所以他的这种痛疾不仅没有得到精确而科学的诊治，反而被医生们从一般的扭伤诊断，一步步地推衍成为患有"被动侵犯症"的心理诊断。诺沃特尼则从货真价实的病人，慢慢地变成故意逃避战争的"另外一种胆小鬼"，直至最后被以"适当的方式"开除了军籍。这部小说妙就妙在，作者在叙事中故意阻断疼痛的真实原因，使疼痛始终作为一种无法确诊的存在现象折磨着诺沃特尼，同时也折磨着那些军营中的医生。于是我们看到，诺沃特尼不但没有治好肉体的疼痛，反而还遭受到更大的疼痛——一种精神和人格上的疼痛，一种道德和尊严上的疼痛。尽管这种疼痛并没有对他的命运构成直接的伤害，但仍足以影响他的一生，使他"有时夜间从深睡中醒来，黑暗中也对自己的前途感到焦虑"。而医生在一次次的误诊中，不是反省自身的诊疗技术，而是不可思议地将这种疼痛引向妖魔化、政治化、非人性化。

从表面上看，这部小说的叙事张力在于诺沃特尼与医生之间对于病痛的不同认识和判断，叙事也正是在这里获得了内在动力。但是，只要稍加思考，我们便会发现作者在小说中其实还隐含了另一种张力：人性与战争的冲突。罗斯虽然没有对战争的正义与否、民族的政治野心以及国家的霸权决策等宏大问题提出尖锐的质疑，但他通过诺沃特尼的痛不断地被医生进行政治化、伦理化处理，将一些非人道化的主流意识聚焦到人性层面上来，从而揭示出国家意志对人道原则的伤害，并进而拷问战争对人性的摧残，折射出明确的反战主旨。这里，罗斯成功地运用了一种隐蔽化的张力原则，将真正的意蕴潜藏在故事的背后，使诺沃特尼的痛成为一种颇具反讽意味的精神喻体。

这种隐蔽化了的张力叙事,在先锋小说中是一种带有普遍性的审美倾向。譬如,麦家的长篇小说《解密》讲述了这样一个故事:在国际形势变幻莫测的二十世纪中期,两位世界顶尖级的数学天才,他们从师生情谊开始,就渴望沉醉于数字迷宫的顽强探索。然而,波诡云谲的历史却以其特有的隐秘方式,将他们成功地纳入民族与国家的权力意志之中,并使他们最终成为维护各自民族利益和国家安全的代表人物。于是,围绕着"密码"这一特殊的国家利益符号,两个人类最聪明的头脑,一个穷心尽智地制造密码,而另一个殚精竭虑地破译它,彼此之间由此而展开了一场场诡秘而又惨烈、神圣而又荒诞、不动声色而又撼魂动魄的智力搏斗,直到最后两败俱伤,双星并殒。这部小说妙就妙在,作者将那些虚拟的重大历史冲突,合情合理地演化成天才之间的个人对抗,同时又以一种不容置疑的历史使命,反诘了个体生命存在的合理性。数学奇才容金珍之所以步入破译局,正是天才命运与历史意志在特殊的境遇中所形成的一种怪圈。它所昭示的,不只是历史自身的脆弱与荒诞,而是历史特有的隐秘与诡吊——那是一种被神圣化的使命意识所催发出来的荣耀和梦想,是激发全部人生热情又掏空所有天才欲望的巨大陷阱,是点燃生命之火然后又迅速将它浇灭的无情杀手。正是在这种历史意识的统摄下,《解密》一方面不断地动摇着历史自身的神圣价值和终极意义,强烈地否定了某种使命化的集体意志;另一方面又生动地展示了有关天才极端强大又极度脆弱的人性面貌和生命奇观。容金珍凭借自己的杰出智慧,不断地制造了一个又一个令人震惊的奇迹。但奇迹并不是他的人生理想,只是他实现内心自由的一种手段。从破译紫密到解译黑密,他总是不断地游离于使命、功绩、荣耀等名利性符号之外,像猎手专注于猎物的蛛丝马迹那样,他完全沉迷于自己的精神世界。对他来说,解密既是一种智力挑战,也是一种智慧游戏,既是一种精神反抗,又是一种人格征服。因此,从表面上看,《解密》的张力来自历史意志与个人命运之间的紧张对抗,但在主人公容金珍的背后,其实隐含了人性内在的强悍与脆弱的撕裂,隐含了天才与疯子、辉煌与毁灭、偶然与必然、现实与命运等等一切难以言说和无法理喻的生命形态内部的冲突。这里，麦家成功地运用了一种隐蔽化的张力原则，将真正的意蕴潜藏在故事的背后，使"解密"成为一种颇具反讽意味的精神喻体。

其实，很多先锋小说之所以显得晦涩难懂，让人无法一眼看穿其中的审美蕴意，关键就在于，它们不仅拥有大量的隐喻性、超验性的叙事话语，而且还常常设置了多重性、隐蔽化的叙事张力。这些张力，每每潜伏于故事的背后，并不直接以情节冲突的方式显现于叙事过程之中，也不对叙事的发展起着直接的推动作用，但是它又不时地跃动于话语的肌理之间，并促使叙事话语不断地延伸到故事之外，形成一种繁富驳杂的文本结构，使叙事拥有多种层面、多种角度的解读空间。因此，这种张力所体现出来的叙事作用和审美价值，已大大超越了传统叙事中的张力意义，是先锋作家在叙事技术上进行某种新的开拓和实验的结果，也是先锋小说在文本探索上的一种新的突破。如戴来的短篇《白眼》，作者围绕秦朗在火车上遭遇陌生女郎的白眼这一情节，在一种极度敏感的敌意中，呈现了秦朗对自身卑微处境的自我煎熬和无奈反抗，也折射了他在生理上和精神上的双重困扰——在生理上，他一直遭受着排便的困扰，甚至谈"屎"色变，可是，现在他又在精神上被认为"脑子里有屎"，这一进一出的冲突，终于构成了人物自我无法平衡的内心张力，以至于使他产生了某种心理上的变异，必须向那个给了他三个白眼的女孩讨个说法。"虽然在这半辈子吃到的数不尽的白眼中，这三个白眼算不上什么，但它出现得过于频繁和无缘无故，它们已经伤害到了一个本就不自信的男人的自尊心。秦朗已经不打算再忍了，至少今天是这样。"而在漫长的等待中，秦朗不仅没有讨到说法，还在包厢里被人再次确认"脑子里有屎"。一切卑微的存在并没有获得改变，他所经历的过程，只是对自己的卑微处境有了一次更深的体察，也使他刚刚冒出来的所谓的抗争意识遭受了致命的一击。小说中的秦朗，表面上看是不断遭遇陌生人的唾弃，而其内心的愤懑则是自身的处境及命运。正是这种潜在的张力，构成了小说对秦朗自我难以摆脱的困境的揭示。李洱的短篇《狗熊》叙述了东北的护熊英雄姑夫带着几只奇货可居的熊掌来到京城"我"家,欲以此来行贿记者唐声,阻止唐声再度采访东方林场,使那里所剩不多的狗熊得以保全生命。由是,围绕着这几只熊掌,"我"、妻子杜莉、记者唐声、演员王珊之间各种隐秘的关系和真实的欲望开始逐一呈现出来:"我"不仅和王珊顺利地去了上海,妻子也开始憧憬比利时的旅行,而大力鼓噪动物保护的记者唐声则坦言自己什么熊掌都吃过了,姑父为他所带的几只熊掌只是唐声为了行贿新闻奖评委的礼物。在这篇小说里,所有人物的言行都呈现出一种相互矛盾的张力状态。但这些张力,都处于某种合情合理的人情世故之中,并不存在情节上的冲突。作者也正是借助这种潜在的张力,凸现了现实伦理与真实人性之间的巨大差异,并折射了作家对这个世界荒诞本质的某种体察。

从词源上看,"张力"原本只是一个物理学上的术语,是指"物体受到拉力作用时,存在于其内部而垂直于两相邻部分接触面上的相互牵引力",尤其是指"被拉伸的弦、绳等柔性物体对拉伸它的其他物体的作用力或被拉伸的柔性物体内部各部分之间的作用力",其主要特点在于:"第一,张力要求对立、矛盾或差异,总存在一些矛盾因素、对立力量,比如内涵与外延,字面义与暗示义、相反方向力等。第二,张力要求融合、统一,总存在统一或一体化力量,即各矛盾因素要互相作用,彼此融合。第三,张力意味着总体力量或整体性质的超常。超常,因为其总体力量远远超出了任何单一的力量,也远远超出所有矛盾力量的总和。"[1] 1937 年,美国现代诗人、批评家退特在《论诗的张力》一文中首次将"张力"概念引入诗歌理论,认为"诗的意义就是指它的张力,即我们在诗中所能发现的全部外展和内包的有机整体"[2]。随后"张力"日渐引起文学理论界的关注,被用之于包括语言、结构、人物、情节等等在内的作品各个层面的研究,"张力诗学"在二十世纪的前半叶一直被新批评派奉为"现代批评的顶点",不仅是新批评派以及形式

---

[1] 朱斌:《论文学张力的性质》,《燕山大学学报》,2013 年第 3 期。
[2] 赵毅衡编选:《"新批评"文集》,第 130 页,百花文艺出版社,2001 年。

主义学派的理论标签，而且逐渐成为叙事理论的一个重要组成部分。在他们看来，一切相互冲突而又相互作用的原则、意义、情感、修辞、语词，都可产生张力。诚如有论者所言："张力是一种特殊的辩证关系。它的'对立'，是两极对立；它的'统一'，是双向统一。这是以往对辩证关系的研究都未曾深入的层次，而这，正是张力的实质，也是张力所欲开辟的潜在空间。"[1] 在某种程度上，我们完全可以认为，张力其实是辩证法原理在艺术中的一种变革性运用，是作者利用各种艺术手段，在统一性原则下不断激活各种对立冲突的紧张关系，从而使作品在这些关系的发展过程中呈现出某些超常特性，以增强文本内在的审美内涵。所以，卡西尔就说："一切时代的伟大艺术都来自于两种对立力量的相互渗透。"[2]

但是，就传统的叙事作品而言，张力的表现形态主要是单线性和平面化的，是以一种外在的二元对立模式呈现于话语之中的。它的最为突出的特征，就是直接以人物的言行冲突或其他叙事元素造成的功能性冲突，来构成情节意义上的张力作用，以此来推动叙事的不断发展。譬如《巴黎圣母院》中美与丑、高贵与卑微之间的冲突，《羊脂球》中牺牲与自私、卑贱与高贵之间的冲突，《西游记》中正义与邪恶、表象与本质之间的冲突……这些冲突以及它们的最后结局，不仅构成小说的核心主旨，也是作者推动叙事情节不断发展的重要手段。因此，在传统小说中，张力的作用更多的是体现在情节之中、人物命运和事件的跌宕起伏之中，尽管其中也有一些作品试图在人物的精神内部营构某些对立性的张力冲突，以扩充人在灵魂意义的自我矛盾状态，强化人物内在精神的丰实性，但是，这些冲突大多是外显性的、直接作用于叙事本身的，很少具备某种隐蔽化、潜层化的审美特征。

而对于"以反叛和创新为己任"的先锋作家来说，这种传统意义上的张力形式，显然已无法满足他们在叙事探索上的需要。尤其是随着叙

---

[1] 金健人：《论文学的艺术张力》，《文艺理论研究》，2001年第3期。
[2] [德]卡西尔：《人论》，第207页，甘阳译，上海译文出版社，1985年。

事技术的不断创新，文本自身的审美价值也不断获得提升，先锋作家们已渐渐地认识到，文本内部诸元素、诸力量的张力关系或张力结构所呈现的形态更微妙、更多样，也更具光泽，对立元素的置换或力量对比的变更，都可让叙事衍生出人意料的变体。于是，在具体叙事中，他们常常挣脱或打破传统意义上的张力形式，使张力的表现形态不仅显得更为多元、立体，而且也变得更为诡秘、复杂，既蕴藏于叙事结构之中，又旁逸到叙事结构之外；既附着于故事情节的发展过程之中，又游离于故事情节的发展脉络之外，从而使文本的审美信息常常挣脱了叙事本身，凸现出更多的思想意蕴。在某些时候，这种张力的精妙设置，甚至可以促动整个叙事观念的变革，引发人们对艺术作品在审美方式上的全新变化。譬如布莱希特所创造的"间离法"就是如此。作为陌生化艺术手段在戏剧艺术中的具体运用，"间离法"所突出强调的正是一种独特的张力效果——让演员既能与角色"共鸣"，又能与角色"间离"，在这种"入乎其内"又"出乎其外"的双向努力中，演员不仅获得了极大的表演空间，同时也为观众提供了极大的参与空间。布莱希特曾以图表方法说明过这种戏剧形式的革新所带来的艺术重点的转移：过去是舞台体现一个事件，现在是舞台叙述一个事件；过去是观众被卷入事件，现在是观众变为观察家；过去是用暗示手法起作用，现在是用辩论手法起作用；过去保持观众的各种感受，现在是把感受变为认识；过去把人当作已知的对象，现在把人当作研究的对象；过去让观众紧张地注视戏的结局，现在让观众紧张地注视戏的进行。[1] 这里，布莱希特对张力的创造性运用在于，他不是让张力单纯地作用于剧情的外在冲突，而是让它延伸到演员的角色冲突之中，使张力的表现形态隐藏到演员对自我角色的不断转换的过程中，并由此导致戏剧欣赏与审美接受也随之发生了根本性的变化。

在先锋作家的创作中，这种隐蔽化的张力叙事，首先体现在客观真

---

[1] [德]布莱希特：《布莱希特论戏剧》，第106—107页，丁扬忠等译，中国戏剧出版社，1990年。

实与主观真实不断对峙的紧张关系之中。几乎是从现代主义文学的兴起开始，先锋作家便在浪漫主义的理想基础上逐步确立了内心真实的审美原则，即强调叙事对自我心灵的绝对忠诚，对人的精神面貌及其律动特征的本质表达。他们主动抛弃了浪漫主义的理想化、纯粹化审美原则，而以更为尖锐的方式进入人性的内部，追问和质疑人类的精神存在状况及其质量。由此而导致的结果是，一切客观的真实生活和它的生存秩序都受到了极大的怀疑，叙事也不可避免地形成了主观真实与客观真实的对抗。余华就说："现实世界初看上去好像非常整齐，好像有这个车道，那个车道，有自行车道，有汽车道，还有人行道，来来去去都分开的，还有红绿灯。但实际上它是一片混乱。而在我的精神世界里，是不存在混乱的，因为它没有时间的概念。很早很早以前发生的事情跟昨天发生的事情是同时存在的。我觉得它们非常整齐，非常真实可信，……所以我宁愿更相信自己。所以我觉得我所有的创作都是为了更加接近真实。"[1]这种服膺自我心灵的叙事逻辑，使得很多先锋作家在表现人类精神的潜在状态时，常常不自觉地选择了变形、异化等叙事手段，以一种极端化的生存形态展示现实对人性的伤害深度。从话语的表层上看，他们似乎只是演绎了一种荒诞的生存景象，一种充满了悖谬状态的时空场景，让叙事不断地颠覆既定的生活经验和理性思维，形成种种异常怪诞的文本形态，而实质上，创作主体正是通过这种荒诞与悖谬，使整个叙事在话语之外又与客观现实中的生存逻辑构成了一种强大的张力关系，并通过这种内在化的张力，隐喻了现实社会对真实人性的压制、盘剥和扭曲。如卡夫卡的《变形记》、舒尔茨的《鸟》以及残雪的《黄泥街》等很多小说，看似完全脱离了客观生活的逻辑背景，是创作主体超验性想象的叙事结果，可是这些作品中的每一个人物的精神状况，又都以一种无可辩驳的方式直指社会现实。因此，它们其实是一种更加内在化了的隐蔽方式，展示了自身与现实之间的对峙状态，其背后所隐含

---

[1] 余华：《虚伪的作品》，《人民文学》，1989年第3期。

的,是作家审美理想中的主观真实与客观真实之间的张力对抗。在很多先锋小说中,客观时空被打乱,现实秩序被颠覆,甚至人变成了鸟兽虫鱼……先锋作家的这种努力,并不是为了将小说变成纯粹的话语游戏,以体现某种荒诞的快感,而是试图以这种更为强悍、怪异的方式直接对抗现实中诸多不合理的因素,并与之形成一种十分强劲的张力状态,来表达作家对人类精神困境及其生存尴尬的深切体察。它所体现出来的,是日常生活逻辑与创作主体的内心真实逻辑之间形成的张力对抗,是先锋作家对客观现实世界秩序的怀疑与否定,对个体内在心灵的忠实信赖。

其次,这种隐蔽化的张力叙事,还表现在很多先锋小说对张力双方的非平衡性艺术处理上,即他们并不是以力学原理来全面演绎相互对立的张力双方,也不是以矛盾双方此消彼长的过程来进行叙事推动,而是故意将相互对立的某一方进行隐蔽化处置,在叙事层面上只突出张力的某一方,并将张力的某一方不断地推向极致化状态,使其产生某种超常性的审美效果。这种叙事策略,最集中地体现在先锋作家对人性本质的体察与思考上,尤其是在中国二十世纪八十年代中后期的许多先锋小说中,均有十分出色的表现。譬如,他们常常以极度夸张的手段来彰显人性之恶,让叙事话语不断地在死亡、暴力、冷漠、自渎等非理性的状态中反复盘旋和细细临摹,将这种人性潜质叙写得入木三分且又触目惊心。像余华的《现实一种》、《死亡叙述》,洪峰的《湮没》、《极地之侧》,莫言的《红蝗》等都是如此。在这些作品中,我们很少看到理性意义上的道义规则和伦理价值,更看不到正常的道德力量与人性之恶的直接对抗。还有一些小说则借助各种宗教式的神秘指令,不断将人物推向一种自我无法把握的命运失控状态,使生存经常不由自主地陷入各种无可测度的偶然性之中,像格非的《敌人》、《迷舟》,余华的《世事如烟》、《往事与刑罚》,史铁生的《一个谜语的几种简单的猜法》,孙甘露的《请女人猜谜》,以及扎西达娃的《西藏:系在皮绳结上的魂》等,都将张力的另一方(敌人或谜底)彻底地搁置起来,使叙述始终沿着单向化的途径（寻找和猜测）前行。我们虽然在这些叙事中看不到张力双方的直接对垒，无法知晓敌人、凶手或者最终谜底是什么，但是，我们又分明地感受到，它们始终以种种不在场的神秘方式牢牢控制着人物的命运走向，甚至控制着整个小说的叙事方向。因此，在这些小说中，被无限夸大的往往是人性或者生存的某一方面，它们看似缺少对立的另一方，很难确立它的张力形态，但是透过话语本身，我们就会发现，作家们所极力呈现的都是一种人类的非理性生存状态，是理性被彻底放逐之后所出现的可能性状态，它直接针对人的理性逻辑，并与它构成了一种潜在的张力关系。无论是表现人性之恶，还是展示命运的失重情形，其最终的审美目的，都是为了拷问人类在理性逻辑中所建立起来的价值规范、伦理体系和道德体系，是对人类理性的能力范围及其限度的再度质疑。

实际上，在每一个个体生命的内部，都潜伏着大量的相互冲突又相互依存的精神品性，都遍布着无穷无尽且魅力十足的张力网。作家对人性的探索越深，思考越深，这种张力的表现形式也就越复杂，越隐秘。特别是二十世纪九十年代以来，很多先锋作家在展示这种人性潜在的丰富性时，都是试图不断地颠覆一切理性秩序的强行制约，着力表现人们在各种非理性状态下的自然欲望，以某种隐秘化的叙事手段切开人的灵魂，展示被理性规范所长期遮蔽了的诸多精神质色，从而在话语的背后与我们日常生活中的各种理性秩序形成一种张力上的挑战。而且，这种张力挑战，大多超越了一般意义上的善与恶、美与丑、是与非的明确判断，呈现出一种无法理喻的、丰富复杂的悖论性景观。尤其是在欲望化的人性场景中，这种既受制于理性又不断挣脱理性控制的人性本能变得更为触目惊心。如王彪在长篇小说《越跑越远》中，就将一个尚未走出校园的少年梓青放在急剧变动的社会环境下，通过他与一个草台班子中的青年女演员红云之间情与欲的冲突，以一种超越世俗伦理的畸恋方式，将生命内在的种种隐秘冲动展示得淋漓尽致。小说在叙事上始终沿着"堕落"这个危险的词语慢慢地滑行，生命中的一切理性与非理性的真实情状,传统道德秩序的禁忌和人性本能的放纵,现实生存境遇的困顿与生命理想形态的抗争,都围绕着这个词语在一种张力关系中来回奔突。在这个过程中,红云鲜活的生命实体被彻底点燃,绝望、无奈、焦渴与忏悔,同时盘踞在她的心中。她奔波于禁忌与欲望之间,徘徊于罪恶与满足之中,力图用理性的道德秩序羁绊自己,可生命中原欲的本能依然驱动着她"越跑越远",并最终成为"堕落"的牺牲品。而对梓青来说,这个过程既是情感的历练和劫难,又是生理和心理的双重启蒙,同时还包含着苦难与诗性的双向洗礼。通过这场经历,他不仅完成了一个少年从生理到心理的成长过程,还自觉地开始了人生漫长的救赎历程。这种人性的张力,在艾伟的中篇《待我如羔羊》中表现得更为复杂,也隐含着更多的张力内涵。一方面,小说的主人公俞智丽为了赎罪而嫁给了鲁建;另一方面,她在经历了鲁建报复式的折磨和践蹋之后,又渐渐地升起了一种复仇的欲望。从表面上看,她试图以理性的行为抉择来完善自己的道德理想和价值目标,可是当现实生存不可能为她提供这种条件时,她又不自觉地由理性意义上的自我完满走向非理性的自我放纵,甚至渴望以更为邪恶的方式来进行反抗。尽管我们在叙事话语上读到的是一种充满了种种欲望喧嚣的审美信息,但是在故事的背后,又分明地凸现出本能与道义、救赎与复仇、自我完善与自我堕落等一系列的张力关系。在上述这些小说中,作家都是全力强调叙事张力的某一方,即将非理性的欲望不断地进行放大,让人物沿着本能的欲望自由飞翔,并在审美内蕴上使这种生命自身的本能满足与理性的伦理操守形成尖锐的对抗与挣扎,构成一种近乎绝望的张力情形。

这种张力的隐蔽化设置,其实与先锋作家的审美理想有着密切的关系,尤其是与他们对人的存在境遇及其潜在精神状态的探索密不可分。对于先锋作家来说,一切既定的、外在的现实生存状况已经很难激起他们的叙事欲望,在反叛与创新的先锋精神促动下,他们总是极力绕过那些常规化的生存状态,潜入到更为深层的内心层面,潜入到更为隐蔽的生存场景,从一切表象的背后或者反面来反观人的存在性。因此,他们在叙事中的张力设置，也就不可避免地变得更为隐秘，也更为抽象。同时，隐喻化叙事手段的不断强化，也促使不少先锋作家以高度自觉的艺术姿态对各种叙事张力进行内在化、隐蔽化的处理。

第五节　互文性的表达

早在二十世纪初期，英国著名的现代派小说家弗吉尼亚·伍尔夫就曾预言，未来小说将会趋于戏剧化。它将会把在社会中起重大作用的某些影响加以"戏剧化"，把现代西方人心灵中的各种"刺激"、"效应"、"情绪"、"感觉"表达出来，捕捉生活中丰富的色彩变化。同时她又指出，未来小说将成为一种更加综合化的文学形式，"它将用散文写成，但那是一种具有许多诗歌特征的散文。它将具有诗歌的某种凝练，但更多地接近于散文的平凡。它将带有戏剧性，然而它又不是戏剧。它将被人阅读，而不是被人演出"[1]。伍尔夫说这番话的时候，也许已隐约感觉到了互文性写作的可能性和必要性。当文学从最初的神话传说中慢慢地脱胎出来，并一步步地衍生出相对独立的各种文学门类之后，每个门类都开始自觉地遵循属于自身的艺术准则，并由此形成了文体的自律准则。应该说，这种必要的区分使文学在整体上得到了较大的发展。无论散文、诗歌还是小说、戏剧，不仅获得了自身完整的理论体系和美学体系，而且也在这些体系中得到了深度的拓展。但是，随着各种文学门类审美体系的不断完善，虽不能说它们各自完全独立互不相干，然而彼此之间的界定已越来越明晰了——尤其是它们在文本形式和话语形态上的区别，俨然已互不相通。

但是，随着各种文学门类自律体系的不断完善，这种相对独立的、封闭化的文学格局，实际上也同现代性自身一样，都存在着种种潜在的悖论，即文明的秩序与继续变革的可能之间的悖论。而这对于天生就具

---

[1] [英] 弗吉尼亚·伍尔夫：《论小说与小说家》，第253页、第250—251页，瞿世镜译，上海译文出版社，1986年。

有反叛意识的先锋作家来说,当然难以忍受。于是,一种寻求各种文学门类甚至艺术门类之间相交合的"互文性"开始悄悄地诞生。何为"互文性"?这一概念的创始人、法国批评家克里斯特瓦的解释是:"任何文本的构成都仿佛是一些引文的拼接,任何文本都是对另一个文本的吸收和转换。互文性概念占据了互主体性概念的位置。"而这种"互文性"的具体表现是:"在一个文本的空间里,取自其他文本的各种陈述相互交叉,相互中和。"正因如此,"我们把产生在同一个文本内部的这种文本互动作用叫做互文性。对于认识主体而言,互文性概念将提示一个文本阅读历史、嵌入历史的方式。在一个确定文本中,互文性的具体实现模式将提供一种文本结构的基本特征"[1]。从这一概念的确立过程中,我们可以看到,互文性原指任何一个文本中都包含了其他的文本,这种"互文性"观念一经出笼,便在先锋文学中迅速蔓延,甚至发展成一个极为庞杂的理论概念。后来,叙述学研究专家热奈特将之确定为"跨文体写作"的五大范式之一。

法国学者蒂费纳·萨莫瓦约曾在《互文性研究》这本小册子里,比较系统地梳理了互文性概念的流变,并认为它既是一种理论,也是一种方法。在该书中,他分别从广义和狭义的角度,对"互文性"概念进行了辨析。从广义上说,互文性是一个发展和对话的概念,表明一个文本在生成过程中,必然性地融入了其他文本,这种融入,既是阅读上的引用和参考,也可视为不同文本内在的对话,包括巴赫金、罗兰·巴尔特、里法特尔,都有类似的阐述。从狭义上说,互文性则体现了一个文本对其他文本的模仿和隐文,折射了文本生成过程中,或隐或显地存在着对其他文本的剪贴和拼凑,像热奈特、安东尼·孔帕尼翁等,都从不同角度试图对互文性进行更精确的定义。但是,在作者看来,互文性是"形成文学创作的主要原则,它通过与其他视角的结合得出自身的意义

---

[1] 转引自秦海鹰:《互文性理论的缘起与流变》,《外国文学评论》,2004年第3期。

并发挥文学批评的作用：互文性既是一个广义的理论，也是一种方法"[1]。因此，互文性虽然是一个不确定的概念，一个令人生畏的庞然大物，但"文学的写就伴随着对它自己现今和以往的回忆。它摸索并表达这些记忆，通过一系列的复述、追忆和重写将它们记载在文本中，这种工作造就了互文。文学还可以汇总典籍，表现它对自己的想象。当我们把互文性当成是对文学的记忆时，我们提议把文学创作和释义紧密联系起来：主要是为了发现和理解作品从何而来，同时也不要忘了考虑载录记忆的种种具体方式"[2]。萨莫瓦约反复强调，互文性在本质上与文学创作中的记忆相关，所以他坚持认为这个概念的理论指涉的是文学中的记忆问题。

当然，萨莫瓦约也从方法上进行了探讨，并认为互文性"首先应该被理解为文学体系的一种手法和文本的多种表现形式"，这些形式主要有：一是"在一篇文本中可以听到几种声音，但没有一处清晰可辨的互文现象"；二是"文本根据直观的合并方式直接参考已有的文本"；三是"文本离不开传统，离不开文献，而这些是多层次的联系，有时隐晦，有时直白"；四是"整篇文本都来自其他文本，互文是绝对主要的依据"[3]。为此，他简约地考察并分析了这几种不同的互文形式，并认为："通过研究作品中的互文性，我们可以具体地理解文学是如何自己孕育自己的。'尽言矣'，但如果意识到'人言'，我们就可以'再言'。通过研究各种不同的互文手法，我们可以看到书海的影响，看到文化的深刻作用，或者与参考文本的表面对应关系。"[4] 这种方法上的分析，

---

[1] [法] 蒂费纳·萨莫瓦约：《互文性研究》，第135页，邵炜译，天津人民出版社，2003年。
[2] [法] 蒂费纳·萨莫瓦约：《互文性研究》，第35页，邵炜译，天津人民出版社，2003年。
[3] [法] 蒂费纳·萨莫瓦约：《互文性研究》，第33页，邵炜译，天津人民出版社，2003年。
[4] [法] 蒂费纳·萨莫瓦约：《互文性研究》，第138页，邵炜译，天津人民出版社，2003年。

同样也隐含了作者对于文学如何表达记忆的思考,即作家如何表达记忆,文本如何呈现记忆,读者如何通过阅读唤醒记忆,等等。

尽管"互文性"在某种程度上确实像萨莫瓦约所说的那样,是一个被不断滥用且极为混杂的概念,但是,就文本自身的结构来说,它意在强调创作主体打破既定的文体类别、艺术门类之间的界限,让多种文体形式或艺术形式共同进入同一个文本的话语运作之中。质言之,它表明的是一个文学自律与他律的关系,即任何一个文学文本,并非绝对意义上的自律性存在,同时也隐含了各种他律性的成分。譬如史铁生的《我与地坛》,既是一篇优美的散文,也是一部独具韵味的小说,甚至有不少人将它收入不同的散文集和小说集中。法国诗人艾吕雅等就曾在诗歌创作中大量地使用一些图形结构,以便增加文本的形式感和直觉效果。很多小说家也不只是像伍尔夫所说的那样,在小说中融入诗歌、散文和戏剧的成分,甚至将一些非文学的话语形式以及艺术形式渗透到小说的叙事过程中,使小说获得某种更为广阔也更为复杂的具有多方位意义功能的审美载体。

这种互文性的写作,无疑使小说在叙事形态上发生了重大变化,也使小说在话语体系上产生了某种根本性的动摇。1973年,秘鲁作家略萨在他的代表作《潘达雷昂上尉与劳军女郎》中一改往常的叙事方式,将大量严肃的政治报告文本融入叙事过程中,以一种"公文佐证法"的方式使整个小说的主旨与形式产生了极为戏剧化的张力。潘达雷昂在陆军服役多年且忠于职守,并由中尉升为上尉。一次,陆军总部的几位将领找他密谈,把一项艰苦机密的任务交给了他——由于军纪松弛,边境地区屡次发生士兵糟蹋妇女的事件,总部为此要潘扮成商人到边境去秘密组建"劳军队"。潘达雷昂接受任务后,完成得非常出色,并经常将劳军情况以非常严肃认真的政治报告呈递给部队首长。这种严谨的应用文体的报告(甚至还有新闻、广播等内容的原本记录)在小说中不断出现,使原本见不得人的、肮脏无耻的劳军行为非常巧妙地与政治行为勾连起来,大大增强了小说的反讽力量。米兰·昆德拉的《生命中不能承受之轻》、《不朽》等一系列小说之所以充满了某种深邃的思想和智慧的力量,也正是他经常不顾场合地将一些政论性评述话语大量融入叙事话语之中的结果。尽管昆德拉在小说叙事中并没有亮出明确的政治评论式的文本形态,但是他的许多主观评述和议论显然已不同于以往小说中的作家自我议论,而是带着更强烈的历史过程的评述和政治事件的评述特色。他不断地将故事情节错断,用以展示创作主体自身对这些人物命运和事件的认识态度,这使他的小说总是包含着大量的非叙事性的话语,以至于有不少人都觉得他的小说完全是一种政治评论和人物叙事相结合的奇怪产物。但是,如果我们完全抽去其中的评论性话语,或者将那些评论化为一种纯粹的叙事性话语,那么昆德拉小说的审美风格无疑会产生本质的变化。

　　在中国当代先锋文学中,这种互文性的写作也同样广泛存在。2004年,作家刘恪推出了一个重要的先锋文本《城与市》。在这部长篇小说中,作者一改往常的叙事方式,采取反时间手段,从二十一世纪二十年代开始进行逆历史叙述,主人公"我"在一个幽闭的雅院三楼发现一个神秘的女人和一间文物封存室藏有的上一个世纪的手稿——那是三个年轻人各自写的自传故事。于是,"我"开始疯狂地四处寻找那些不完整的手稿故事,叙事也由此慢慢揭开了那些惊人心魄的隐秘事件,展示了大量的病态化的精神人格。但是,最重要的是,这部小说在一种跨文体实验中,将日记、诗剧、随笔、散文诗、词条分析、观察笔记、诗歌、意识流、戏拟、反乌托邦、反神话、超现实拼贴、梦境、考证、小说等数十种文体糅合在一起,创造出一种互文性的"超级文本"。韩少功的长篇《马桥词典》则完全以科学意义上的"词典"形式来进行叙事,因此,其中不仅夹杂了大量的资料、史实的引用,还带有强烈的诠释意味,是一种集征引、史料、分析、诠释、叙述于一体的互文性文本。他的另一部长篇《暗示》也是如此。该小说不仅全面颠覆了传统长篇小说的叙事观念和话语形态,而且大力消解了小说、散文、理论等文体之间的话语差异。它以一种奇谲的跨文体写作姿态,将纪实与虚构、叙事与议论、个人经验与宏大历史熔于一炉，使整个文本类似于现代随笔——没有相对完整的故事，没有相对稳定的时空秩序，也没有贯穿始终的核心人物。莫言的《檀香刑》里也大量地掺入了所谓"猫腔"的地方戏剧唱词，使小说叙事话语在一种互文性中产生出特殊的韵律。在先锋话剧中，这种互文性也同样存在。比如，由于坚的《0 档案》改编成的先锋话剧，就完全运用了原来诗歌中的语言，通过原诗中的语言组织人物的表演，使诗歌与话剧的对白组合成一种互文性的艺术表达。由孟京辉、黄金罡等编剧的《我爱×××》，也是将大量抒情性的诗歌融入话剧的对白之中，使人们的表演呈现出极度夸张的抒情特征，由此不断地打开了角色内心深处各种被压抑的精神面貌。

  将非文学的话语形式熔铸在小说的叙事过程中，使之成为小说叙事的某种有效成分，这种互文性的尝试看似有些极端，其实是对小说既定审美规范的一种明确突围。但是，在这种突围过程中，更多的作家还是通过对各种艺术门类之间的互文性补充来寻找新的审美空间和话语形态。像巴赫金在讨论陀思妥耶夫斯基的长篇小说时就认为，如果过去的小说是一种受到作者统一意识支配的独白小说，则陀思妥耶夫斯基创作的是一种"多声部性"的小说、"全面对话"的小说，即复调小说。他说："有着众多的各自独立而不相融合的声音和意识，由具有充分价值的不同声音组成的真正的复调，这确是陀思妥耶夫斯基长篇小说的特点。"[1] 这里，我们注意到，巴赫金首次将"复调"这个音乐领域中的语汇运用到对陀氏的文本分析之中，使人们体会到陀氏小说中的复调式结构和某种"多声部效果"。无独有偶，余华在创作长篇小说《许三观卖血记》时，也曾自觉地将浙江的越剧以及巴赫的《马太受难曲》等音乐的内在节奏运用在叙事过程中，从而使许三观的一次次卖血获得了某种循环往复而又直击骨髓的审美效果。余华自己就坦言："我要用我们浙江越剧的腔调来写。……让那些标准的汉语词汇在越剧的唱腔里跳

---

[1]［俄］巴赫金：《陀思妥耶夫斯基诗学问题·中译本前言》，第2页，白春仁、顾亚铃译，生活·读书·新知三联书店，1988年。

跃，于是标准的汉语就会洋溢出我们浙江的气息。""我非常强调它的音乐感。我当初在写这本书时有一个很大的愿望，就是要用巴赫的《马太受难曲》的叙述方式来写。……《马太受难曲》是一部清唱剧，有两个多小时的长度，可是里面的旋律只有一首歌的旋律，而它的叙述是如此丰富和宽广。所以我现在越来越喜欢古老的艺术，因为它们有着一种非常伟大的单纯的力量。"[1]借助互文性写作手段，将音乐的内在节奏成功地糅进叙事性的小说文本中，让一个简单的故事（即许三观的几次卖血）变得一次次往返回旋，起伏跳荡，每一次卖血看似过程相同，但每一次都有一种截然不同的生命感受和灵魂深处的颤音。这种对音乐叙述的引进，可以说使余华的这部小说在结构上获得了另一种新生，使他叙事的内在空间拥有巨大的舒展余地。"这本书其实是一首很长的民歌，它的节奏是回忆的速度，旋律温和地跳跃着，休止符被韵脚隐藏了起来。"[2]余华的这种坦言，在某种程度上显示了自己对互文性写作的无限愉悦和相当得意的心情。

互文性写作，不仅为先锋作家们提供了极为广阔的叙事空间，使小说的结构形态和语言形态都悄悄地发生各种变化，为未来小说的发展提供了无限的可能性，还让我们看到，先锋文学的超越性和独创性，不只是在于那些绝然超尘的变革和创新，还应该积极地利用各种人类业已创造的精神资源，在整合的过程中寻求全新的审美方式。互文性的写作，在很大程度上就是一种全新的艺术整合方式。它将各种艺术中独特的表达手段和审美法则进行综合利用，以达到惯常的叙事手段所无法企及的审美效果。

这种叙事上的尝试，在我们的先锋小说创作中正在变得相当积极。譬如史铁生的《务虚笔记》、张承志的《心灵史》，都是采用散文式的笔法和哲学笔记的思维，以纯粹的心灵主观化写作代替了对人物形象和具体事件的精心营构。在这些小说中，我们看到的只是一些人物的背影、

---

[1] 余华：《我能否相信自己》，第242—243页，人民日报出版社，1998年。
[2] 余华：《我能否相信自己》，第136页，人民日报出版社，1998年。

事件的轮廓,以及情节的外在脉络,话语之间充溢着创作主体对生命的感悟和思考,对人的存在状态的测度,对灵魂归属等重大哲学问题的演绎,而传统小说那种内在的故事性、情节性以及人物性格的典型性等通常规则都被消解殆尽。《大家》杂志的一些"凸凹文本"中,也有相当数量的小说在利用互文性写作将美术、照片以及其他艺术表现形式渗入叙事之中,使之成为小说不可分割的一个部分。譬如海男的《男人传》和《女人传》,就完全是一种私语化的散文随想,其中的不少图片也是对那种精神私语的形象补充。李洱的《遗忘》更为明显。作者在重构嫦娥奔月这个神话传说时,不仅糅进了大量的考据学知识,在叙述过程中极力推衍某种历史研究的行文姿态,还通过一些代表性的历史图片对叙述加以充实,让叙事在纯粹的语言之外获得直接的视觉效果。他用一种看似极为严谨的研究者的思维,试图让人物对历史进行"真相的揭示",人物精心按照自身的逻辑法则去进行不断考据和推理,结果却让历史成为一种新的伪证。

这种互文性写作的效果在潘军的长篇小说《独白与手势》中表现得更为突出。这部小说写的是一个出生于二十世纪五十年代末的男人从五十年代到九十年代的生活经历,但它强调的不是人物外在的现实经历,而是心灵经历,是一种精神的自我挣扎、自我分裂、自我拯救甚至自我逃避的经历。小说中的"我"从石镇到水市、犁城、海南、蓟州,时间上历经了数十年,空间上横跨南北数地,但作家选择的只是那些主人公心灵最为骚动、情绪最为波动的部分,并通过这部分的独白来完成整个叙事。小说中的"我"永远处在不安于现状、永远在冒险,又不断地陷入一种自我紧张、自我焦灼的状态。为了精确地表达人物这种丰富复杂的内心世界,作家采用了三重叙事线索相互组合的文本结构来体现主人公"我"的心灵经历。一是往事回忆,即独白;二是大量的插图(既有大量的摄影作品又有大量的美术作品),即手势,从纯粹的直接的视角化的角度充实叙事本身;三是现在的故事。这三条叙事线索都有各自不同的作用。其中往事回忆部分是叙事的主体,正面展示主人公的精神历程。而插图作为一种独特的叙事,从另一种角度或者说以更形象化、直观化的方式拓展叙事的内涵。它的作用是将叙事中那些最为刻骨铭心的部分浓缩在一种具体的画面当中,以强烈的视觉冲击造成叙事自身的审美效果,同时它又是连接过去与现在的重要纽带。因为它的出现,表明了过去记忆在主人公现在境况中的心灵感受。而现在的故事只是一种确立叙事时间和介入方式的中轴。它表明所有的独白都是在现在的故事层面上来展开的,是围绕着现在的故事进行多方位延伸的。从他已出版的两部作品(即《独白与手势·白》和《独白与手势·蓝》)来看,那些均出自潘军自己笔下的摄影作品和美术作品绝非可有可无的存在,它完全是作家叙事的一个重要组成部分,是他利用互文性的法则进行了一次非常有意义的努力。

我之所以将互文性写作视为先锋作家一种重要的、带有开创性意义的艺术尝试,主要是在于它明确地体现了先锋文学的创新形态和超越方向。这种努力的背后,潜示着先锋作家对长期形成的种种小说理论规范的质疑和反动,对各种艺术门类中的一些长处的合理借鉴,对小说发展动向的积极探索。先锋并不意味着承诺,但它的抗战姿态和永无止境的探索精神足以证明,只要人类的想象没有边际,精神没有栅栏,艺术的创造就没有终结。

遗憾的是,目前先锋作家的这种尝试尚未得到人们应有的重视。或许人们还是停留在认识当年帕索斯创作《美国》三部曲的那种审美层面上,以为在叙事中加上一些非文学性的成分,只是一种文本上的点缀而已,并不能从根本上为那些业已成形的文学门类带来深刻的变革。实际上,上述的大量作品已证明,各种不同的艺术门类表达方式的结合,已成为这些作品中的一个极为重要的表达方式,具有独当一面的审美效果。它表明作为叙事性文体的小说正在面临全面的突围。而互文性写作至少将从两个方面动摇一切传统小说的审美体系:一是它的结构形态,一是它的话语形态。从结构上说,它将使简单的东西有可能变得奇妙无比甚至熠熠生辉(如《许三观卖血记》),使复杂的东西变得更为明丽,更为直观(如《独白与手势》)。作者在具体的文本营构中,也拥有了更广阔的自由度(不必再被某种具体的艺术圭臬所制约)。从话语方式上说,它使叙事方式真正地显得千变万化,不再拘囿于一种单纯的语言方式,更加充分地展示作家主体的创作才情和探索能力。美术、音乐、各种应用文体以及其他文学门类的话语方式,都可以成为小说中的一种叙事方式,都体现着它那独特的审美功能。

第五章
中国当代先锋文学发展主潮

在系统地探究先锋文学的基本理论构架之后，本书的另一个关键性任务，是想为中国当代先锋文学寻找一个相对完整的本土化认知谱系——尽管要完成这个任务是非常艰难的，但是，笔者还是愿意以中国当代先锋作家的创作实践为依托，以便使自己的这种思考能够对中国本土化的先锋创作产生一定的"干预性"。正因如此，在具体的论述过程中，笔者不仅大量地调用了中国当代先锋作家的艺术思考和具体作品，以印证作为"区域性"特质上的中国当代先锋文学与外国的先锋文学同样构成了紧密的呼应状态，同时，还将通过一些必要的章节，进一步梳理中国当代先锋文学的发展主脉，为中国当代先锋文学的整体走势及其存在的问题提供一些必要的思考和引鉴。

作为现代性语境下的审美产物，肇始于朦胧诗的中国当代先锋文学，在四十余年的时间里，其发展主潮大致经历了四个阶段。二十世纪七十年代末到八十年代初，以人性的复归与激扬为核心目标的初始阶段，主要以摆脱一元化的思想和僵化的审美观念、弘扬人性的尊严与自由为主体特征，具有明确的人性启蒙意味。二十世纪八十年代中期，以形式主义的全面革命为核心目标的激进阶段，主要通过文本形式的多重实验，在全面激活创作主体创新潜能的同时，探索西方现代主义与后现代主义在中国文学领域中本土化的可能性。二十世纪八十年代末期到九十年代初期，以消解宏大使命为重要旨归的自由叙事阶段，主要通过哲学化的理性思维，重返非理性的人性世界，对人的精神存在本质进行多方位的思考与表达。二十世纪九十年代后期，以个人化的隐秘体验为核心目标的生命之舞阶段，主要借助极端的性别体验和激烈的躯体表达，反抗后现代语境所带来的平面化精神景象，以及物质化现实所引发的生存之痛，但其创新的力度与深度都因主体精神的浮泛而不可避免地受到遏止。

第一节 人性的复归与激扬

在高度单一化和制度化的当代文学传统中，艺术的审美功能一直受制于实用功能，且实用功能被不断强化，导致审美功能的拓展相对薄弱。无论是作家的主体精神和审美理想，还是作品所表达的人物形象和精神向度，都受到社会现实需要的严格规范与内在制约，犹如马尔库塞所言，呈现出一种典型的"单向度"特征。面对这种单一化的现实情景，破除思想禁锢，恢复人之为人的尊严和人性的健康发展，重返个体生命思考与表达的权力，是新时期文学面临的首要任务和核心使命。因为只有人性的自然需求得到了尊重，只有个体精神的独立意识赢得了自律性的空间，只有科学理性回到现实秩序中来，作家才有可能获得审美表达的自由，文学才有可能从个体生命的存在状态体察中，与审美的现代性达成一致。

正是在这种独特的反思性历史情境中，一些艺术上的先觉者便从其内心深处的迫切愿望出发，明确地将审美目标安置在人性的复归之上，并以现代性的眼光，对人性被禁锢的历史发出了强烈的质询，从而形成了中国当代先锋文学的第一次思潮。尽管这一时期的其他文学也同样参与了对那种极端历史情境的反思，但是，先锋文学的重要特征在于：它通过深邃而顽强的理性精神，以人的自然属性的复归为核心，在历史启蒙、道德启蒙、文化启蒙中，自觉地承担起精神开放的先驱角色，并为未来的文学实践积极地寻求新的可能性空间，呈现出一种明确的审美现代性诉求。其突出表现是：创作主体自觉地剥离了集体化的人生观，就人类的自然本质和共同的人性需求发出呼唤，并对人的"自然属性"尤其是其中的非理性状态给予了倾力关注。由此而延伸的，便是反抗一元化历史对人性压抑的严峻现实。因此，这个时期的先锋文学，"与其说是新人的崛起，不如说是一种新的美学原则的崛起"，这种新的美学原则与传统的分歧"实质上是人的价值标准的分歧。……当社会、阶级、时代，逐渐不再成为个人的统治力量的时候，在诗歌中所谓个人的感情、个人的悲欢、个人的心灵世界便自然会提高其存在的价值。社会战胜野蛮，使人性复归，自然会导致艺术中的人性复归"[1]。而其他的非先锋文学则多半停留在社会政治的倾诉层面上，吁求人的正当生存权和最基本的人道需求。也就是说，这一时期的先锋文学超越了一般性的社会反思和情感倾诉模式，开始立足于个体之人的生命和人性尊严，对特殊的文学社会学进行反思和解构。南帆在考察西方先锋派文学时就认为："对于西方文化说来，工具理性成为一种无远弗届的统治，中产阶级的生活理想已经完全被格式化；另一方面，'现代主义'所谓的审美自律、所谓的唯美主义狭隘地将艺术封锁在一个窄小的领域，对于令人窒息的生活实践不闻不问。'先锋派'必须在这个时刻揭竿而起，摧枯拉朽。达达主义或者超现实主义的粗暴、放肆就是向那些精致优雅的'艺术'扮出一张鬼脸；马塞尔·杜尚为尿壶签上大名或者给蒙娜丽莎加两撇小胡子，这些惊世骇俗的挑战甚至颠覆了'作品'的传统概念。什么是艺术？先锋派制造的冲击波很快威胁到围绕于艺术的社会学。"[2] 其实，反观我们新时期初期的先锋文学，同样也是为了围绕艺术的社会学，致力于推动社会走出特殊的历史困境，真正步入现代化

---

[1] 孙绍振：《新的美学原则在崛起》，《诗刊》，1981年第3期。
[2] 南帆：《先锋文学的多重影像》，《文艺争鸣》，2015年第10期。

进程。

在这次先锋文学思潮中,朦胧诗派作为领衔者,无疑发挥了举足轻重的作用。有学者就认为,朦胧诗派的诗歌创作,充分发挥了中国传统诗学"兴观群怨"的多功能特性,并从这一诗学观念出发,颠覆了阿多诺诗学的褊狭,展示了诗歌在社会学意义上的对抗作用,甚至是"习得了某种程度上的'野蛮'特质,北岛的激烈、多多的尖刻、杨炼的喧嚣,都是这种'野蛮性'的见证。即便是舒婷式的甜腻和轻柔,也或多或少可以反衬出一个时代的冷漠和残酷。这种'野蛮性'却是必要的"[1]。用"野蛮性"来描述这一诗歌群体,确实是挺有意思的,也有一定的道理。因为朦胧诗的咆哮、激愤和壮烈,确实体现了以自身的某种野蛮来质询某些历史记忆的野蛮,但实事求是地说,这种激进主义的审美锋芒,在很大程度上还是勾连了以倾诉与反思为主的时代情绪的。当然,也有论者认为,新时期的先锋文学,应该崛起于"文革"时期的"白洋淀诗群"(1969—1976),代表人物是一批从北京赴河北水乡白洋淀插队的知青,如芒克、多多、根子、方含、林莽等,同时也包括一批虽未在白洋淀插队但与白洋淀诗人交往甚密的文学青年北岛、严力、江河等。据后来回忆者认定,这个诗群在当时禁忌森严的文化伦理中,仍然不断地集聚反叛的力量,顽强地寻求自由精神的艺术表达,包含了鲜明的现代诗歌精神。[2]但笔者认为,这种民间性的艺术反抗和实验客观上很难界定,其作品的影响范围和先锋作用都不足以获得文学史的认定。况且,早于"白洋淀诗群"的还有食指、黄翔等民间诗人,他们的诗作同样是特定历史时期重要的文学收获。因此,就其整体性来说,以"白洋淀诗群"中的主要人物为主体的朦胧诗派,才是给中国当代文坛带来巨大冲击和颠覆力量的先锋派。

在二十世纪七十年代末,以民间刊物《今天》为核心的朦胧诗派,

---

[1] 张闳:《先锋文学的"四个四重奏"》,《文艺争鸣》,2015年第10期。
[2] 关于此点,请参阅张清华:《中国当代先锋文学思潮论》,第35—46页,江苏文艺出版社,1997年。

聚集了食指、北岛、舒婷、顾城、杨炼、江河、芒克、梁小斌等一批重要诗人。这批青年诗人大多经历了特殊历史运动的洗礼，是某些历史运动的参与者和见证人，亲历了历史运动对人性的钳制和伤害。新时期到来之后，他们又借助北京的文化优势最早接受西方现代主义的启迪。于是，他们迅速地从思想和形式上开始了双重的反叛与创新，就像顾城所说的那样："黑夜给了我黑色的眼睛/我却用它寻找光明"（《一代人》）。不过，这种"光明"，在朦胧诗中是指"诗人应该通过作品建立一个自己的世界，这是一个真诚而独特的世界，正直的世界，正义和人性的世界"[1]。1980年春夏，《福建文学》和《诗刊》相继推出了以北岛、舒婷、顾城等人为代表的"朦胧诗"专辑，这些意象含蓄、意旨不定、理性强悍的诗歌，旋即在文坛引发了强烈的争议。但是，随着各种争议的不断扩大，朦胧诗以其现代性的审美风范和人性高扬的精神禀赋，而变得广受欢迎，并为中国当代诗歌成功地探索了一种全新的道路。倘若从先锋的角度来回顾这一诗歌群体，朦胧诗最重要的艺术突破，无疑是从思想上凸现了对人的生存尊严和精神自由的强烈吁求，突出了对以往某些极端化历史运动及其思想观念的反思，他们试图重新确认生命个体的自身价值，确立现代诗学对个体生命存在尊严的维护。面对个体尊严被无情消解的历史，他们曾发出这样的诘问："于是在通天透亮的火光照耀中/人第一次发出了人的疑问//为什么一个人能驾驭千万人的意志/为什么一个人能支配普遍的生亡？//为什么我们要对偶像顶礼膜拜/被迷信囚禁我们活的意念、情愫和思想？"（黄翔《火炬之歌》）而当沉重的历史舞动各种枷锁禁锢个人的自由时："我只能选择天空/决不跪在地上/以显出刽子手们的高大/好阻挡自由的风//从星星的弹孔里/将流出血红的黎明。"（北岛《宣告》）的确，从精神气质上说，朦胧诗的先锋不仅带有几分激越的"野蛮"式气息，而且也充满了英雄主义的殉道意味，像江河的《纪念碑》和杨炼的《大雁塔》等，都非常明显。当然，

---

[1] 北岛语。见老木编：《青年诗人谈诗》，第2页，北京大学五四文学社，1985年。

在展示反抗意识的同时，他们对自由美好的人性更是给予了积极的张扬，如舒婷的《致橡树》、《会唱歌的鸢尾花》，都洋溢着一种温馨醇厚的情感之力，而顾城的《生命幻想曲》、《游戏》、《弧线》等，则映射出童话般纯美的世界。

　　从形式上看，朦胧诗派彻底地抛弃了以往的口号诗模式。他们不屑于做时代精神的传声筒，不屑于书写廉价的颂歌和战歌，拒绝以诗的形式来图解政治概念和粉饰现实生活，也拒绝对历史的伤痛进行直露的表达，而是"以意象化方式追求主观真实而摒弃客观再现，通过大量意象的瞬间撞击和组合、语言的变形与隐喻构成整体象征，使诗的内涵具有多义性；捕捉直觉和印象，打破传统诗歌线性因果或单向直抒的表现方式，用情感逻辑取代物理逻辑，以自由随意的时空转换或蒙太奇剪接造成诗歌情绪结构的跳跃性和立体感，使诗歌情绪内涵的表达获得更广大的弹性张力空间"[1]。这种整体性的象征和自由时空的拼接，是该诗群之所以被称为"朦胧诗派"的重要原因——它使诗的意象、意境和审美趣味变得含蓄、迷蒙、暧昧而多义，呈现出浓烈的现代主义倾向。事实上，这也表明，朦胧诗派的诗人们对诗的艺术本体已有了高度的自觉和变革的冲动。北岛就曾说："诗歌面临着形式的危机，许多陈旧的表现手段已经远不够用了，隐喻、象征、通感，改变视角和透视关系、打破时空秩序等手法为我们提供了新的前景。我试图把电影蒙太奇的手法引入自己的诗中，造成意象的撞击和迅速转换，激发人们的想象力来填补大幅度跳跃留下的空白。另外，我还十分注重诗歌的容纳量、潜意识和瞬间感受的捕捉。"[2]杨炼更加明确地坦言："诗首先是诗，如果没有艺术，没有形式，只有赤条条一个思想，诗人还不如去写标语！……让诗回到创造中来吧，让诗回到美来吧，让诗回到真正配载'语言的王冠'的地位来吧——让那些总想以销售计算诗的价值的人去开杂货

---

[1]　吴秀明主编：《当代中国文学五十年》，第213页，浙江文艺出版社，2004年。
[2]　老木编：《青年诗人谈诗》，第2页，北京大学五四文学社，1985年。

铺！"[1]"让诗回到创造中来"，"让诗成为语言的王冠"，从这些话语里，我们可以看出他们对诗歌本体的理性自觉已非常清晰。

朦胧诗的种种先锋实践，以今天的审美眼光来看，其开拓性也许并不算特别突出，但是，在当时的历史语境中，却已是冲破僵滞文化坚冰的利斧了。"它是浩劫后的世界在废墟上重新整理秩序，在混乱中探寻出路时或发自肺腑的直接呼声或曲折披露的形象潜台词，它打着强烈的时代印戳，标志着民族的意识觉醒的升华，所以无须站在传统意境立场上，指责它思辨太多、理性太多，甚至概念形象太多。……它对传统单一纯然的牧歌、田园格调是一种叛逆；是诗歌从致力于外部世界的逼肖描摹转入到内心世界寻觅的标记。"[2]对此，陈仲义曾从意境、形象、手法、结构、语言等五种审美因素出发，全面而系统地探讨并肯定了朦胧诗派对传统审美因素的扬弃与突破。这种实证性的评析，也使当时那些观念变更不及的人们看到，无论是精神上还是文本上，朦胧诗都已经成功地突破了以往的审美规范，将中国当代诗歌直接推向现代主义领地，并为其他艺术形式的探索和突破，提供了一个可资借鉴的风向标。事实上，这也表明，当代诗歌已初步实现了诗人主体与艺术本体的双重觉醒。

紧随朦胧诗而来的，是小说创作在先锋意义上的迅速复苏。1979年春，茹志鹃在《人民文学》第2期发表了短篇小说《剪辑错了的故事》。该小说在面对非人的历史时，不再延续控诉式的叙事思维和一维性的时空结构，而是动用蒙太奇式的叙事手段，通过两个不同的独立时空来组织叙事，使人物在"过去"和"现在"之间自由穿梭，从而使扭曲的历史构成文本意义的反照和对比。这种实验，不仅打破了以往小说中倒叙、插叙之类的陈旧套路，而且对那些以客观真实为审美准则的现实主义提出了明确的挑战，与颠倒的历史和错位的命运构成了特殊的隐

---

[1] 杨炼：《我的宣言》，《福建文学》，1981年第1期。
[2] 陈仲义：《新诗潮变革了哪些传统审美因素？》，《花城》，1982年第5期增刊。

喻。尽管不少人将王蒙后来的意识流小说视为当代先锋小说的发端,但是,客观地说,茹志鹃的这篇小说,无论是发表时间还是探索力度,都要超前于王蒙。1979年6月,《当代》第3期发表了王蒙的短篇《布礼》,随后,作者又陆续推出《夜的眼》、《春之声》、《风筝飘带》、《蝴蝶》等,这便是被大多数文学史认定的中国当代先锋小说的首次实验。这些小说一改人物的社会活动行为,让叙事不断地进入人物内在的心理活动之中,并在当时引起了普遍性的惊奇和兴奋。但是,作为现代小说的初步尝试,严格地说,王蒙的这些小说还不能构成真正意义上的以"人的非理性"为根基的意识流,而只是将现实时空融入心理时空的一种结构方式。王蒙自己也说:"我认为客观世界与主观世界的精神活动的发展规律,既有相关的一面,又有不同的一面。……心灵活动有它自己的结构。……人们的心灵,方寸之地,非常之小,但是它容纳的东西很多,它能够有大的跨度,而且能够重新加以排列组合。当然,这不仅仅是排列组合,而是把感情加进去了,这是精神的熔铸。"[1]与此同时,宗璞也发表了《我是谁》、《蜗居》,谌容发表了《减去十岁》、《大公鸡的悲喜剧》……在这些作品中,超现实主义的变形以及荒诞手法开始进入叙事,并与人物在荒诞的境遇中所承受的生存苦难构成了有效的呼应,甚至作者已通过那些现代叙事形式本身来实现创作主体对现实的隐喻化表达。就其审美形式而言,无论是叙事的真实原则,还是故事的结构走向,都已不同于以往的当代小说,由此也意味着中国当代小说第一次现代主义运动的兴起,折射了当代先锋文学对传统艺术思维进行积极突破的强烈冲动。

在戏剧方面,八十年代初期也出现了以马中骏、贾鸿源、瞿新华的《屋外有热流》,谢民的《我为什么死了》,刘树纲的《十五桩离婚案的调查剖析》,高行健的《绝对信号》和《车站》等为代表的一批具有明确现代意识和现代技巧的实验性话剧。这些作品同样以开创性的艺术思

---

[1] 王蒙:《在探索的道路上》,《北京师范学院学报》,1980年第4期。

维，打破了传统的写实手法和客观化舞台的时空限制，充分运用荒诞、变形甚至虚拟的手段，不断地逼向人物的精神深处，从而使传统话剧由以往的单纯模仿，转向对社会、历史、人生、文化的哲理深掘，形成了一股十分耀眼的"实验戏剧"浪潮。

值得一提的是，无论是实验小说还是实验戏剧，就其根本性的审美目标来说，都与朦胧诗一样，主要是着力于对特殊的社会历史问题进行质疑和批判，着力于对那些曾被扭曲的心灵进行人道主义的抚慰，着力于全面恢复个体生命的自然属性，使人的主体性和精神的自由禀赋得到合理的认同，个人不再成为某些集体意志的简单工具，人与人的存在拥有相对平等的权利。这种人本主义的诉求，既隐含了特定的启蒙主义思想，又展示了中国社会面向现代化的精神需求。它们既是那个时期思想解放的产物，同时又敏锐地将思想解放的空间推向了诸多重要领域。

当然，我们也不可否认，作为先锋文学的复苏阶段，这一时期，无论是创作主体还是作品本身，其探索的勇气、反叛的力度、创新的程度都非常有限，基本上局限于对西方现代主义艺术的摹仿阶段。但是，在它的背后，已凸现了中国当代文学突破与变革的积极愿望，凸现了作家们对长期制约创作的意识形态以及僵化的审美范式的突围姿态，也表明了作家们对新的艺术观念和审美情趣的积极迎纳。尤为重要的是，这一时期的先锋文学，已使作家们恢复了对人的主体精神的关注，使他们意识到了传统圭臬必须被颠覆的迫切性，意识到了创作自由与精神自由的重要性，也意识到了创作对人类精神存在的多方位表达的深刻性。因此，它的开拓性、前瞻性、实验性，都是不言而喻的。而这些，都为后来先锋文学的发展，奠定了一系列重要的审美基础。

第二节 现代寻根与形式实验的双重变奏

随着改革开放的日益深化，尤其是思想解放运动的不断推进，中国提出了全面建设现代化的历史任务，中国社会的整体发展，也开始逐步进入世界现代化体系之中，并受现代性的变革诉求，开始重新审视自身发展的途径。这种现代性的诉求，一方面极大地推动了中国社会走向专业化，各领域的分工也越来越突出，不仅社会的政治、经济、道德、文化渐渐走上了科学理性的轨道，个体生命的存在状况得到了根本性的改观，而且从自然科学到社会科学，各种专业都纷纷进入自律化的空间，开始了积极快速的现代理论重建；另一方面也有力驱动了文化反思的全面深入，在文学艺术领域，从1984年开始，各种现代观念不断地冲击着作家、艺术家们，以至于有人认为"整个社会文化空间堆积了密不可数的各种新'观念'，从东方神秘主义、三论（信息论、控制论、系统论）、存在主义、生命哲学到西方现代派文学诸种主义……应有尽有，小说界一方面被它们弄得骚动不宁、群情激昂，另一方面也承受着令人喘不过气来的压力，几乎谁都不可能跳到'观念'以外看待自己的写作"[1]。在这种历史情境中，不只是小说界，整个文艺界都在各种"新"观念的冲击中兴奋异常，思维空前活跃。由此而带来的结果便是，各种新观念、新口号、新实验层出不穷，整个中国当代文学进入空前的变革期，先锋浪潮席卷而来。

　　这场声势浩大的先锋浪潮，从其内部的艺术实践上说，主要由"文化寻根"和现代主义两股思潮交织而成。尽管不少人通常只将现代主义思潮视为真正意义上的先锋文学，而对寻根文学持模棱两可的态度，但是实质上，在寻根文学的背后，同样也折射着强烈的先锋意识——无论是对古老传统文化的审美探寻，还是对艺术形式的隐喻性实践，都体现了鲜明的反叛性和开拓性，呈现出与西方现代语境相拼接的审美理想。应该说，从思想延续的角度来看，寻根文学确实属于反思意识在新历史阶段的再次呈现和发展，体现了作家对于具体历史问题的摆脱，不再拘泥于单一的社会政治视野，走向更为开阔的文化视野，展示了他们试图在更为广大的空间和更为长久的时间之流中，探寻我们民族生存命运的

---

[1] 李洁非：《实验和先锋小说（1985—1988）》，《当代作家评论》，1996年第5期。

文化奥秘的意图。李庆西在论及寻根文学时，就由衷地说道："一些具有先锋精神的小说家的思维形态发生了很大变化，他们正在从原有的'政治、经济、道德与法'的范畴过渡到'自然、历史、文化与人'的范畴。当然，这种超越了现实的（亦已模式化的）政治关系的艺术思维，不是凭空产生的，它必然附丽于民族的文化精神。所以，评论家季红真在对话中指出：对传统文化的重新认识，实际上也是对人自身的重新认识。阿城认为：中国人的'现代意识'应当从民族的总体文化背景中孕育出来。"[1]无论是批评家还是作家，在当时都已自觉地意识到，寻根文学不是为了寻找传统文化的标签，而是要在世界格局中重视中国传统文化，使中国文学真正能够立足于传统文学内部，以中国特有的精神气质和文化意蕴，参与到世界文学的多元发展进程之中。所以说，"寻根文学"和现代主义思潮，其实是从"写什么"和"怎么写"这两个方面，分别开始了大规模的先锋出击，以便为中国当代文学寻找更广阔的发展空间。

在1985年前后，面对西方现代话语登陆后所导致的文化冲突，面对社会体制的变革所形成的观念裂变，刚刚走出文学工具化樊笼的一些诗人和作家，已经不愿意再沉溺于对历史的反思性话语，因此，在写什么的问题上，他们普遍感到，必须找到自身特殊的精神内涵，才能与现代性语境进行有效的对话。李杭育就直言不讳地说："我只晓得文学是向往个性、崇尚个性的。从来的文学都把个性看得极重，性命交关。中国的文学总该有点中国的民族意识在里边，这个说法大约是不过分的。倘使我们的文学里没有一点自己的气味，自己的面孔，那我们又何必做人做文呢？我们跑到世界上去，人家问起来，我们算什么人呢？我们的作品算是个什么东西呢？"同时还他进一步强调："世界上那些大作家，中国的也在内，没有哪一个是缺乏他的民族意识和天赋个性的，也没有哪一个对他的民族的文化只是一知半解的。大作家全都是他那个民族的

---

[1] 李庆西：《寻根：回到事物本身》，《文学评论》，1988年第4期。

精神上的代表。"[1] 所以，他又从拉美作家与传统文化的深厚关系中，明确地意识到："大作家不只属于一个时代，他的情感和智慧应能超越时代，不仅有感于今人，也能与古人和后人沟通。他眼前过往着现世景象，耳边常有'时代的号唤'，而冥冥之中，他又必定感受到另一个更深沉、更浑厚因而也更迷人的呼唤——他的民族文化的呼唤。"[2] 韩少功也强调："这里正在出现轰轰烈烈的改革和建设，在向西方'拿来'一切我们可用的科学和技术等等，正在走向现代化的生活方式。但阴阳相生，得失相成，新旧相因。万端变化中，中国还是中国，尤其是在文学艺术方面，在民族的深层精神和文化物质方面，我们有民族的自我。我们的责任是释放现代观念的热能，来重铸和镀亮这种自我。"[3] 韩少功所说的释放现代热能、重铸民族自我的心理，其实正是这个时期审美现代性的一种内在需求，也是西方现代文化寻求中国本土化的一种深层的自觉意识，即他们试图通过对自身文化之根的寻觅和确认，作为彼岸文化的参照，来重修自身坚实的文化主体，使中国现代文化能够顺利地融入世界整体性之中。

由是，在八十年代中期，从诗歌到小说逐渐掀起了一场"文化寻根"热。在诗歌领域中，以杨炼、江河、石光华、宋渠、宋炜、欧阳江河等为代表的诗人，首先对中国古老的传统文化开始了积极主动的深度开掘。早在八十年代初，江河就曾意识到："任何民族都有自己的神话，自己心理建构的原型。作为生命隐秘的启示，以点石生辉。神话并不提供蓝图。他把精灵传递到一代又一代人的手指上，实现远古的梦想。"[4] 这里，江河已点出了文化寻根的意义在于重新探求民族文化的心理结构，激活它的生长元素，从而有效地使之进入现代性。1982年，宋渠、宋炜兄弟更明确地强调重新激活传统的重要，认为"对传统需要

---

[1] 李杭育：《文化的"尴尬"》，《文学评论》，1986年第2期。
[2] 李杭育：《理一理我们的"根"》，《作家》，1985年第9期。
[3] 韩少功：《文学的"根"》，《作家》，1985年第4期。
[4] 江河：《太阳和他的反光》，第1页，人民文学出版社，1987年。

做出新的判断，历史上被忽略了的一切都应该重新得到承认"。诗人如果不能完成"自己对历史轨迹和民族经历的突入"，"就不可能写出属于全人类的不朽的史诗"。因此，现在最需要的是"在已经凝固的诗歌传统中注入我们这一代人新鲜的血液，使其重新放射出灿烂的光辉"[1]。1984年，杨炼在《智力的空间》中更突出地意识到："以诗人所属的文化传统为纵轴，以诗人所处时代的人类文明（哲学、文学、艺术、宗教等）为横轴，诗人不断以自己所处时代中的人类文明的最新成就'反观'自己的传统，于是看到了许多过去由于认识水平原因而未被看到的东西，这就是'重新发现'。"[2] 正是在这种现代性的思维观照下，杨炼写出了《诺日朗》、《半坡组诗》、《敦煌组诗》、《西藏组诗》等，江河创作了长诗《太阳和他的反光》，欧阳江河发表了《悬棺》，石光华写出了《呓鹰》，海子创作了《亚洲铜》等等，这些诗歌不仅带着明确的文化寻根意味，并在寻根之中，融入了创作主体大量而深邃的现代思考。在《中国当代先锋文学思潮论》中，张清华曾对这种诗歌的文化寻根进行了较为翔实的分析，并认为以江河和宋渠等为代表的诗人，在理论上提出了重构中国史诗的高度自觉，而以杨炼为代表的诗人则从创作实践中顽强探索中国传统文化的现代意义。像杨炼的组诗《自白》，"以相当庞大的构思，以《诞生》、《语言》、《灵魂》、《诗的祭奠》四个组章，传达了对民族历史悲剧更深邃幽远的遐想"，"现实与历史、结局与文化、个人命运与民族命运，在这里已经紧密联系在一起，明确传达了寻根思潮典型的文化批判意向"[3]。

"寻根小说"更是声势浩大。以韩少功、阿城、李杭育、王安忆、郑万隆、郑义等为代表的"寻根小说"作家，不仅从理论上反复强调文化寻根的重要意义，认为这是"一种对民族的重新认识、一种审美意识

---

[1] 老木编：《青年诗人谈诗》，第179页，北京大学五四文学社，1985年。
[2] 老木编：《青年诗人谈诗》，第72页，北京大学五四文学社，1985年。
[3] 张清华：《中国当代先锋文学思潮论》（修订版），第82页，中国人民大学出版社，2014年。

中潜在历史因素的苏醒,一种追求和把握人世无限感和永恒感的对象化表现"(韩少功语)。其目的在于"理一理我们的'根',也选一选人家的'枝',将西方现代文明的茁壮新芽,嫁接在我们的古老、健康、深植于沃土的活根上,倒是有希望开出奇异的花,结出肥硕的果"(李杭育语)。而且,他们还以大量的艺术实践来突破传统叙事,通过各种现代性的审美眼光重新激活传统文化之根。换言之,他们以高度的理性自觉,不断地寻找着乡野之中的文化血脉,以期重新激活中国文学的潜能。譬如韩少功的《爸爸爸》、《女女女》,阿城的《棋王》、《树王》、《孩子王》,李杭育的《最后一个渔佬儿》、《沙灶遗风》,王安忆的《小鲍庄》,郑万隆的《老棒子酒馆》,郑义的《远村》、《老井》⋯⋯这些小说并没有沉溺于古老文化之中,而是以各自独特的视角,试图发掘和重构中国民族文化的现代精神图式。像阿城的"三王"中,主人公都是各自虚拟世界里的"王",但在现实生活里,他们又必须屈从于集体意志,显得被动而沉默。而且,这些身手不凡的"王者",其生命的全部魅力都寄寓在那些荒诞的"他者"身上,无论是"棋"、"树"还是"孩子",这些具象都只是他们残缺的主体在生存之外的一种表意符号,是一种象征意义上的精神载体,而作为生命的实体,他们依旧卑微地生活在现实制度的规约之下。韩少功的《爸爸爸》、《女女女》和王安忆的《小鲍庄》则完全是一种现代寓言体小说,其中的主要人物呈现出高度抽象的符号化特征。尤其是《爸爸爸》,成为众多评论家不断阐释的实验文本。譬如,批评家李庆西就曾专文论析道:"关于《爸爸爸》,我的感觉颇为复杂。事情或如克莱夫·贝尔在《艺术》那本书里所说:'在十九世纪,当那些有教养的人发现,像济慈和彭斯这样的痞子竟然是伟大的诗人时,他们感到十分惊奇,但又不得不承认他们。'不知是否有人会把韩少功看作'痞子',他这部作品倒是多少有些'痞'相。不只是取材鄙野,用语粗俗,而且写得怪诞,公然藐视一切小说作法和文学章程,看上去就不大正经。小说从头到尾写了一个不视人事的痴呆儿,端量过来不知是一具怪物,还是一尊偶像。其实这个叫做丙崽的人物与小说中的一切事变皆无关碍，因为他没有思想，不会行动。既是如此，按文学教科书上的定义，很难说这是一个'人物'，自然更不配做'主人公'了。然而，这是一个人。把这样一个人摆进作品，且又做出许多文章，这是否算得对于人类的一种嘲弄呢？"[1] 这里，李庆西以貌似轻松的评述，表明了《爸爸爸》对于传统文学范式的颠覆，同时也表明了丙崽作为一个没有思想和行动能力的人，却在很多关键时刻控制着整体村寨，甚至影响着整个族群的生存与发展。这种形而上的寓言性叙事，无疑体现了韩少功的激进主义探索精神。

当然，在寻根小说中，也有相当一部分属于传统类型的小说。像贾平凹的"商州"系列、林斤澜的"矮凳桥"系列、汪曾祺的"苏北风情"系列，以及李锐的"厚土"系列，严格地说，都不具备明确的先锋意味——尽管在审美内涵上它们同样也有一定的开拓性，超越了当时的现实秩序以及意识形态的主导观念，但与"五四"以来的传统文学尤其是乡土小说相比，并不具备本质上的开创性，因此，笔者认为，还不能将之视为先锋小说。而像韩少功、王安忆、阿城、郑万隆、郑义和李杭育等作家的寻根小说，则通过各种隐喻和象征的手段，在进入传统文化的同时，又赋予它们种种现代性的反诘与沉思，使它们呈现出各种异常丰沛的现代精神内涵。也就是说，他们所体现出来的主体精神，已完全不是那种鄙视创新、拒绝变革、厚古薄今的保守心态，而恰恰是通过重新理解传统文化来促进文学思考，为现代的艺术思维和探索寻找一个新的起点。所以，从本质上说，它们是"对现时中国文学普遍存在的那种以固定的社会、历史、政治模式反映和把握世界的不满与反叛，也是对传统叙事小说总以描写具体的现实生活为正宗的背弃。正是在这一点上，'文化寻根'小说与同时崛起的现代叙事小说，殊途而同归"[2]。不过，我们也必须承认，作为一种文学思潮，寻根文学的内部也存在着诸多的局限和不足。尤其是一些寻根小说，存在着明显的局限性，包括

---

[1] 李庆西：《说〈爸爸爸〉》，《读书》，1986年第3期。
[2] 金汉：《中国当代小说艺术演变史》，第200页，浙江大学出版社，2000年。

对于"传统文化之根"的理解,多半是静止的、非历史的、抽象的,最终也导致了一些作家一味地沉迷于古、俗、偏、野之中,难以寻找到真正有生命力的文化之根。就连寻根文学的代表性作家李杭育都承认:"'寻根'也寻得很不整齐,层次参差,鱼目混珠。并且也得承认到目前为止,我们谁也不见得寻出了多么高深的名堂来,水平是很有限的。确实有人只往大森林里去寻,所以被人说成是'寻到了猴子尾巴上'。也确实有大量的表面文章,浮光掠影,弄点古色古香来装点门面。"[1]

与寻根文学差不多同时崛起的,是一股更强大的现代主义思潮。它们带着鲜明的反叛姿态,将文学或引向现代精神的焦虑与迷惘之中,或引向高度本体化的形式主义实验。在诗歌方面,以"PASS 北岛"为口号的"后新诗潮"(或曰"后朦胧诗")诗人们,高举着个人主义的旗帜,执着于诗歌本体的先锋实验。他们自称是一群"腰间挂着诗篇的豪猪"(李亚伟《硬汉们》),自立社团,自办民间刊物,开始对既定的诗歌传统(包括兴起不久的朦胧诗传统)进行大规模的颠覆。其中最有代表性的社团是:南京的"他们",四川的"非非主义"、"莽汉主义",上海的"海上诗群"、"撒娇派",杭州的"北回归线",以及跨省的"大学生诗派"等。1986 年 10 月,由《诗歌报》和《深圳青年报》联合举办的"现代诗群体大展",终于使这些以民间社团为元素的"后新诗潮"诗人们在先锋表演上全面地进入高潮,而这次"大展"本身也成为中国先锋文学的一次著名事件。的确,相对于朦胧诗派,他们已属于"第二次背叛",即以群体的方式挣脱了朦胧诗派面对历史的集体性话语,摆脱了朦胧诗派被历史的主体性规定的共同经验(尤其是它们与后来的主流意识不谋而合),并明确地提出了让诗歌"回到个人"的审美理想。他们的先锋精神主要体现在两个方面:一是"反英雄"、"反崇高"的价值观念,二是"反优雅"、"反意象"的艺术观念。因此,他们渴求的是让诗重新回到平民化、世俗化的立场中来,甚至回到凡夫俗子的欲望中

---

[1] 李杭育:《文化的"尴尬"》,《文学评论》,1986 年第 2 期。

来。以韩东、于坚等为代表的《他们》就认为:"生命的形式或方式就是一切艺术(包括诗歌)的依据。生命的具体性、自足性、一次性、现时性和不可替代性必须得到理解。"[1]以周伦佑、杨黎等为代表的"非非主义"也这样强调:"我们自己带着自己,把立足点插进了前文化的世界。那是一个非文化的世界,它比文化更丰厚更辽阔更远大;充满了创化之可能。"[2]正是在这种个体精神的极度张扬下,他们的创作开始呈现出一种极端主义的美学特征。因此,如果说朦胧诗派是"把诗写得充满人文美,在封建浓浓的中国,郑重地了不起了一次",那么,"后新诗潮"的诗人们"把极端的事物推向极端的办法就是从另一个角度反对它。崇高和庄严必须用非崇高和非庄严来否定——'反英雄'和'反意象'就成为后崛起诗群的两大标志"[3]。对于他们来说,历史、集体、公共记忆以及由朦胧诗派所强力彰显的殉道式的英雄观念,都是应该质询的对象。"朦胧诗人们努力构建一个充满人道主义的主体性的理想世界,第三代诗人们却恰恰相反,他们反对让诗歌过多承担诗歌之外的社会意义,主张让诗歌回到诗歌本身。第三代诗人的诗歌呈现出反文化、反理性、混乱的狂欢状态。"[4]为此,韩东曾写下了这样的诗句:"我们又能知道些什么/有很多人从远方赶来/为了爬上去……/然后下来/走进这条大街/转眼不见了……/有关大雁塔/我们又能知道什么/我们爬上去/看看四周的风景/然后再下来。"(韩东《有关大雁塔》)作为中国历史传统与深厚文化的承载,大雁塔无疑是一个超越了单纯风景意义上的巨大的文化隐喻符号,但在韩东的笔下,人们对于大雁塔能"知道些什么"?似乎什么都不知道。大雁塔只是一座高塔,人们登上去,只是为了看看周围的风景。至于它所承载的传统历史文化,在韩东的笔下已看

---

[1] 韩东:《〈他们〉,人和事》,《今天》,1992年第1期。
[2] 徐敬亚等编:《中国现代主义诗群大观1986—1988》,第35页,同济大学出版社,1988年。
[3] 徐敬亚等编:《中国现代主义诗群大观1986—1988·前言一》,第1页,同济大学出版社,1988年。
[4] 周江山:《论先锋文学的精神内核》,《太原学院学报》,2016年第4期。

不到任何踪迹。它折射了诗人内心明确的反文化意图，也体现了某种反历史主义的精神意愿。

　　作为对朦胧诗集体记忆的一种文化消解，以"后新诗潮"诗人为代表的现代主义诗歌在先锋意义上的重要贡献，主要表现在诗歌形式的探索上，尤其是针对诗歌语言的形式实验。他们对朦胧诗派所开创的隐喻和象征的意象群表现出极大的反感，而推崇用漫不经心的叙述流展示庸常琐碎的"生活流"，以冷态的生命体验展示实际的生存状态。在《非非主义宣言》中，他们就明确地强调要对语言进行三种向度的处理：一是超越语言"是"与"非"的"两值价值评价"，使诗歌语言获得"多值乃至无穷值的开放性，赋予语言新的更加丰富的表现力"；二是对诗歌语言进行非抽象化处理，"扫除语言抽象中的概念定质，在描述中清洗推理和推理中的判断"；三是将语言推入非确定化，使诗歌语言恢复语义的多义性、不确定性和多功能性。[1]《他们》则认为："我们关心的是诗歌本身，是诗歌成其为诗歌，是这种由语言和语言的运动所产生美感的生命形式。"[2] 用韩东的话说，是"诗到语言止"。"海上诗群"也强调："技巧隐匿，但目标凸现。技巧是首先的、基本的。接下去就不是，根本不是。是语言，是生命。语言和生命所呈现的魅力使我们深陷其中，语言发出的呼吸比生命发出的更亲切、更安详。"[3] 这种对语言的高度自觉，使他们的诗歌创作在形式上呈现出极为复杂的审美特征，甚至在某种程度上彻底改变了诗歌语言的优雅质地。譬如最具影响的"非非主义"就推崇反文化的写作，主张诗歌语言是未经文化污染的原生语言，口语、粗话以及无理性逻辑的语言，皆可为诗。而"大学生诗派"、"撒娇派"、"莽汉主义"同样也是如此，不断地将日常口语、民

----

[1] 徐敬亚等编：《中国现代主义诗群大观1986—1988》，第34页，同济大学出版社，1988年。
[2] 徐敬亚等编：《中国现代主义诗群大观1986—1988》，第52页，同济大学出版社，1988年。
[3] 徐敬亚等编：《中国现代主义诗群大观1986—1988》，第70页，同济大学出版社，1988年。

间俗语乃至波德莱尔式的污言秽语融入诗歌,以实现自身反文化的目的。最具代表性的作品有韩东的《有关大雁塔》、《你见过大海》,李亚伟的《中文系》、《硬汉们》,尚仲敏的《关于大学生诗报的出版及其它》,胡冬的《第101首诗》,于坚的《作品39号》等。当然,还有一些在形式上更具极端意味的诗作,像黄翔的《东方之佛》、《我的形象退出形象不可触及》以及吴非的图形诗《运气》、《过程》等,都使诗歌成为纯粹的能指符号而丧失了语言的基本所指。

必须承认,尽管"后新诗潮"的诗人们充满了某种世俗化的日常生活倾向,但是,这种自觉的形式主义努力,从总体上看,无疑"有力地推进了集体经验向个人体验的转变,极大地解放了诗歌的感受力,催生了包括女性主义诗歌在内的崭新诗歌现象;同时,高度的语言意识也促进诗歌写作更深地进入了它的可能性的探索,也更深地发现了语言与现实、语言与主体亲和与分裂的辩证,从而让人们深入思考语言、文本中历史、社会、个人意识的踪迹,思考诗歌践行语言的方式与策略"[1]。他们是反抗的一代,消解的一代,也是充分张扬个人生命意志的一代,是从错位的历史中摆脱分裂的一代。其先锋的意义在于,他们通过极端化的反抗形式,再度确立了人的世俗品质及其在存在中的地位。

在小说方面,以徐星、刘索拉、莫言、马原、残雪、扎西达娃、张承志等为代表的一大批作家,有效地引入现代主义甚至后现代主义叙事思维,也开始了大面积的形式主义探索和实验,并将"怎样写"迅速提高到一个全新的审美维度。与寻根派不同,他们不再满足于对叙事内涵的开拓,而是对意义被过度强化的叙事观念发出了抗议——通过"怎么写"的多方位突围,他们试图将艺术的审美观念由纯粹的思想内容逐步迁移到文本形式上来。当莫言发表第一批作品《透明的红萝卜》、《金发婴儿》、《球状闪电》、《爆炸》时,作品便呈现出某种形式主义的现代特征——不仅作品的主旨内涵变得飘忽不定,而且叙事形式的审美功能获

---

[1] 洪子诚、孟繁华主编:《当代文学关键词》,第198页,广西师范大学出版社,2002年。

得了极力彰显。无论是《透明的红萝卜》中的黑孩,《金发婴儿》中的大公鸡,还是《球状闪电》中茧儿的水红衫子,《爆炸》中"我"对产房气味和生育的抵触情绪……这些叙述分明已超越了惯常的写实手法,不再具备客观事物的逻辑特征,而是呈现出大量感官化、通感式的超验性品质。徐星的《无主题变奏》和刘索拉的《你别无选择》也是如此。它们通过一种情绪流式的叙事结构,在散漫而颇具反讽意味的话语中,不断地消解了人们对生存信仰和伦理价值的过度崇拜,使叙事呈现出鲜明的后现代主义倾向。以《拉萨河女神》闯入文坛的马原,也旋即发表了《冈底斯的诱惑》、《虚构》、《叠纸鹞的三种方法》、《喜马拉雅古歌》等一批圈套式叙事结构的小说。这些作品虽然被视为博尔赫斯"迷宫叙事"的中国式翻版,但是,在当时的文学实践中,这种以严密的理性思维来营造文本内在的结构,使小说成为一种纯粹智性的形式文本,还是给人以不少启迪。因此,他的小说被批评界定义为"马原式的叙述圈套"而成为先锋小说的一种重要叙事发现。残雪更是直接绕开了有关外部世界的描写,而以绝对超验的方式打破叙述与客体的对应关系,让叙事沉迷于那些细碎而又卑琐的生存意象中。无论是《苍老的浮云》、《山上的小屋》,还是《黄泥街》等,都呈现出一种高度意象化、感觉化、碎片化的叙事特征。在这方面,残雪似乎使出了女性作家特有的细腻和灵性,通过凌乱、模糊、乖张、夸饰的感觉铺陈,对非整合性的事物状态以及零碎性的生存片断,不断地进行瞬间展示,使文本完全成为一种超验性生存景观的展览。此外,还有扎西达娃关于西藏生活的神秘小说,如《西藏:系在皮绳结上的魂》等,则将宗教的神秘作用与人物命运的轮回融为一体,使叙事带着宿命性的伦理意味。所有这些先锋小说的问世,尽管强烈地颠覆了人们习以为常的期待视野,从审美接受上给读者造成了诸多障碍,但是得到了当时一大批强有力的青年批评家的理论支持,由此也使文本形式不再被视为内容的载体而成为审美内容本身。在他们看来,形式就是内容,所有的文本都应该成为"有意味的形式"。这一新型艺术观的确立,不仅为先锋文学的形式主义实验提供了有力的美学依据，促进了形式主义的癫狂表演，话语中的能指功能被不断强化，而且也激发了中国先锋作家对文本结构的自觉思考与深度建构。

重新审视二十世纪八十年代中期的这股先锋文学浪潮，无论是寻根文学还是现代主义，就中国当代文学的发展而言，都是一种具有历史先锋性质的文学现象。它们对文学审美观念的深度变革，对历史文化本质的现代反思，以及对艺术表达方式的技术革新，都做出了反叛性和前瞻性的努力。他们在消解"内容决定形式"的艺术观念中，完全打破了文学的载道与教化的单因逻辑，掀起了多元的先锋艺术指向。当然，他们的局限性也是显而易见的，尤其是那些形式主义的实验，过于强调文本形式的修筑意味和叙事技术的自娱倾向，从某种程度上说，还缺乏先锋应有的精神维度，带着明显的理念操纵的印痕，也使他们在后来的"伪现代派"指责声中显得颇为尴尬。

第三节　救赎的消解与自由的重构

从二十世纪八十年代后期开始，随着改革开放的不断深入和思想解放的全面推进，一些更年轻、更敏锐、更富创新激情的先锋群体又一次开始崛起。这个群体的主要人物，在诗歌方面有海子、骆一禾、西川、王寅、王家新、翟永明、唐亚平、陈东东、牛波、伊蕾等，在小说方面有余华、格非、苏童、北村、孙甘露、黄石等，在话剧方面有沈虹光、孟京辉等。尽管这个先锋群体并没有相对稳定的流派归类，甚至有很多人将之分解到或前或后的先锋思潮中，但是，作为二十世纪八十年代末到九十年代初这段历史中相对集中的艺术开拓者，他们不仅进一步挣脱了对西方现代主义和后现代主义的模仿式思维，而且也成功地摆脱了文化寻根派和形式实验派的种种尴尬，从而将中国当代先锋文学的发展引向更加自觉、更符合本土意味的领域。在回顾这一历史情境时，格非就说道："20世纪80年代的时候，我们这个国家正在成为一个苏醒中的国家,不知道这个国家往哪里去,所有的可能性都出现的,大家都在考虑国家要往哪里去。从国家的层面说,其实它也在尝试,在实验。所以我觉得这两个东西在某一个时间点上结合了起来——从国家的层面来说,可能也处在某种非常不成熟的状态,就是一种摸着石头过河的时期。我们这些人,刚好处在那样一个大的背景里,在挥霍或者说在消耗我们的青春。……今天有记者反复问我还写不写《褐色鸟群》这样的作品,我没有能力回答这个东西,因为他们不知道那个时代转眼就没有了,支持你写作的那个氛围已经没有了。这个时候你还要不要写作,当年有支持先锋小说的东西都不在了。我指的先锋小说是要打引号。我们这代人,在从事文学实验的时候,背后支持它的力量突然消失了。"正是这种开放的文化环境,使他们可以自由地挥洒自己的青春,并进行了各种没有羁绊的艺术探索。因为"青春是什么?青春是完全的无所畏惧。我不知道苏童和余华是不是同意我的看法。刚才苏童说'裸奔'这个词,我相信我们的想法可能是一致的。我们当年没有准备,也不知道外面的行情,读了一些书就开始写作,靠的就是天不怕地不怕的勇气,那也不是说你特别勇敢,就是一种青春的东西"[1]。除了格非以外,苏童后来也说过类似的话:"从我们二十来岁粉墨登场,从那个时候开始到现在,一方面谈论理想,一方面谈论创作。其间发生了什么,有一个极端夸张的比喻,我始终觉得我们当年的创作是个亮相,我们大幕拉开的时候,我们那个 pose 从某种意义上来说是一种'裸奔',当然你可以修饰一下,文字的裸奔、句子的裸奔。这个裸奔的姿势是摆好的,最初的几个台词说完,我们突然发现我们的剧本没写,这出戏怎么唱下去?我相信他们跟我一样。虽然这么多年时间的流逝,人越来越出名,作品越来越多,但我们要考虑一个问题,就是穿不穿衣服?如果要穿,怎么穿、穿多少?所以我还是愿意说这样的话,我们抛弃所有的修辞,用最简单的办法,这几十年来的创作,我们一直在尝试着要不要穿衣服,穿得凉

---

〔1〕 格非:《先锋文学的幸与不幸》,《文艺争鸣》,2015年第12期。

爽，还是厚实，穿的是什么质地的，是棉的还是麻的。"[1] 无论是青春的冒险也罢，还是夸张的"裸奔"也罢，这股先锋文学浪潮，确实给人以散漫无序之感，且从思潮的角度颇难归类。但是，也正是这种多向度的实验探索，不仅全面有效地解构了中国传统文学中有关精神救赎的伦理神话，而且将艺术启蒙的目标指向中国社会在现代性进程中不断出现的各种分裂性的精神景象，并从创作主体的内心深处开始自觉地寻找独立自治的精神空间，捍卫自由自在的艺术禀赋。事实上，先锋文学也由此慢慢地进入一种艺术自律化的境域之中，并成为多元化的当代文学格局中不可或缺的一元。

这种救赎神话的消解与自由精神的重构，就其价值取向而言，其实是由存在主义的追问替代早期启蒙主义的理想。[2] 因为这一时期的先锋作家，更多的是从生命的存在境遇出发，从人的自然属性出发，不断地逼近各种人性的潜在部位，倾力于对人类生存内部的困厄、迷惘、焦灼、苦难进行一种深度的理性探究，以取代以往先锋小说中过度自信和执着的理想质色。对他们来说，英雄式的精神召唤、人性化的道德启蒙以及民族文化的现代建构之类的宏大历史叙事，已不是关注的重点所在。面对改革开放后的现实背景，以及逐渐回归到理性秩序上来的生存状态，他们需要的是，从现代性的历史演进中，对个体的人的存在本质进行更多的拷问和探析，尤其是在人的非理性层面上，在那些被日常文化遮蔽了的潜在部位，给予个体生命更多更深的审美发现。同时，在文本形式上，他们根据自己的艺术经验和审美思考，更加自觉地强调自身的独特禀赋，也做出了一系列更大胆更自由的探索。用南帆的话说，就是他们试图表明，"大众不再是一个不可冒犯的概念。先锋作家启动各种极端的文学实验，他们毫无顾忌地将大众作为一种沉重的累赘甩下。所谓的'先锋'，怎么可能其乐融融地混迹于大众之间，点头哈腰，打

---

[1] 苏童：《从"裸奔"到"穿衣服"》，《文艺争鸣》，2015年第12期。
[2] 关于此点，张清华的《中国当代先锋文学思潮论》（修订版）（中国人民大学出版社2014年）中第五章已有较为翔实的论述。

躬作揖？他们将大众视为某种千人一面的平均数。现在已经是打破沉闷空气的时候了。这时,'先锋'不仅意味了率先出发的探索,同时还意味了傲视庸众的孤芳自赏。某一个时期,'先锋'是一个引人注目的称呼,离经叛道,一意孤行,先锋作家的出格之举为之带来了非凡的名声。但是,舆论的关注过去之后,一骑绝尘的孤独要求特殊的勇气"[1]。因此,这一时期的先锋文学在整体上并不存在一种集体性的话语姿态,每个先锋主体更注重自身的不可替代性和彼此的不可重复性,无论是精神思考还是审美观念,都体现出对创作主体内心自由的强烈维护。从某种程度上说,中国当代先锋文学发展至此,才开始真正地实现了由集体式的反叛冲动到个人化的自由探索这一历史性的精神转变。

在诗歌创作中,这种对存在本体的哲学式追问以及对生命状态的自由传达表现得尤为突出。以海子、骆一禾、陈东东、西川等为代表的先锋诗人一改1986年现代诗大展时期的癫狂式激进策略,而以更为强悍的理性思考逼入生命本体,就生命的存在本质及其精神意志进行了多方位的审美探究。如西川的《起风》、《夕光中的蝙蝠》,骆一禾的《世界的血》、《大地的力量》、《灵魂》,陈东东的《秋歌》、《雨中的马》,牛波的组诗《河》等,都显示出诗人对个体生命存在特质及其内在焦虑的理性思考。当然,在这方面,最突出的诗人还是海子。从文化寻根中走出来的海子,在深受尼采哲学的影响下,以"土地"、"麦子"、"酒"、"太阳"等作为核心意象,构筑起一个无法重复的、悲悯而宽广、神圣而又绝望的诗歌世界,其中充满了诗人对人、生命、大地的爱以及对终极之神祇的寻求。无论是他的长诗《土地》、短诗《打钟》,还是《思念前生》以及未完成的长诗《太阳》,都在明确地实践着他所渴求的"原始力量中的一次性诗歌运动"[2],而且最后以自身的生命形式完成了这种"一次性"的艺术殉道,以至于有人认为"诗歌在八十年代后期和九十年代以来所形成的存在主义主题,在很大程度上是来自海子诗歌成功的

---

[1] 南帆:《先锋文学的多重影像》,《文艺争鸣》,2015年第10期。
[2] 西川编:《海子诗全编》,第898页,上海三联书店,1997年。

启示及其彗星般的生命之光的辉耀。海子，无疑是当代诗歌跃出生活、生命、文化和历史而楔入终极的本质层次——存在主题的先行者"[1]。与此同时，以翟永明、唐亚平、伊蕾、海男等为代表的一批女性诗人，也在诗坛掀起了一场有关女性存在的"黑色风暴"。翟永明的组诗《女人》就是以"非垂直的幸福"和"双重性"贯穿了诗作，并固执地"保持内心黑夜的真实"。这种情形，一直延续到她的《静安庄》等诗作中。唐亚平的组诗《黑色沙漠》更是以饱满的女性欲望和躯体的蓬勃延展为核心，展示了女性生命在形而上与形而下之间的彷徨与错裂。伊蕾则通过组诗《独身女人的卧室》走进了某种对"充满情欲的奋不顾身的冲锋"的痴迷之中。她在宣泄女性生命隐秘的内在渴望之中，也表明了自身是一个坚定的女权主义者。尽管这些诗人在先锋探索的途中显得各自为政，并不具备一种文学思潮上的共性特征，但是，他们从不同的角度，以不同的体验方式，既展示了人在不同境遇中的生存感受，也对先锋的自由精神进行了各种自觉的重构。

在小说创作中，苏童、格非、叶兆言以及莫言等作家一改以往的历史小说对史实的高度依赖，而将历史轻松地还原成现代性意义上的庸常生活——使历史脱离了抽象的权力体系和实证性的史实制约，成为生命存在的一种虚拟化的时空背景。这种"新历史小说"的代表性作品有：莫言的"红高粱"系列，苏童的"枫杨树"系列和《妻妾成群》、《红粉》、《我的帝王生涯》，格非的《迷舟》、《风琴》、《褐色鸟群》、《敌人》以及叶兆言的《挽歌》、《枣树的故事》、"夜泊秦淮"系列，等等。从形式上看，这些作品所具有的先锋性并不一致，像苏童的《一九三四年的逃亡》、格非的《褐色鸟群》等更强调文本上的隐喻意味，不少事物都是一种高度抽象化的象征式意象，而其他小说则更多注重故事自身的本体特质。但是，它们在精神内核上所体现出来的审美动向，却无一例外地展示了怀疑主义的立场——当他们从摆脱客观史实的那一刻起，就将

---

[1] 张清华：《中国当代先锋文学思潮论》（修订版），第203页，中国人民大学出版社，2014年。

叙事的全部目标指向人的普通生活，指向丰富复杂的立体化的人性世界，即使是帝王也不例外。他们在虚拟的历史时空中让想象力尽情地驰骋，让人物的潜在欲望、命运际遇、人与历史之间的关系在各种幽暗的情境中展现出来。这种艺术实践，一方面明确地体现出创作主体反抗权力化历史的精神姿态，消解了那些由所谓的"史实"所构成的价值规范；另一方面，也在民间生活现场的再现过程中，恢复了被权力意志遮蔽了的存在镜像。而这，正是一种审美现代性的典型诉求——让人物回到本真的生活现场，让生命展示了潜在的自然秉性，让文学恢复对一切生命自然需求的审美建构。

　　除了重新激活不可勘证的历史生活之外，还有不少先锋作家对存在的荒诞本质以及叙事形式进行了更为尖锐更为自由的探索和实验，并产生了一批具有代表性的作品，如北村的《披甲者说》、《劫持者说》、《聒噪者说》，洪峰的《极地之侧》、《奔丧》、《湮没》，孙甘露的《我是少年酒坛子》、《信使之函》、《呼吸》，黄石的《雅农的劣势》、《圆廊式概括》，等等。在这些作品中，人性的存在不断地裸露出各种荒诞性本质，人类所赖以生存的各种伦理秩序、道德观念和情感取向，也因此而变得脆弱不堪，甚至成为一种反讽式的精神背景。像北村和洪峰的上述小说，就充分揭示了这种存在的尴尬与现实秩序的吊诡。

　　在叙事形式的实验上，孙甘露则呈现出一种更为极端的色彩。如《我是少年酒坛子》，完全是一种散文、诗、哲学、寓言之类的混合物。小说叙述了"我"和诗人在钱庄里喝酒，以谈话作为下酒菜。他们在玩牌者的嚷嚷声叫骂声欢呼声中，在长相如鸵鸟般的掌柜远远的注视下，谈天说地，或佛或道，"谈话就是这样闪闪烁烁地进行。仿佛在下语言跳棋，扭来拐去的。又仿佛是暧昧的米酒，在体内流畅又曲折"。最后诗人追赶着一枚铜币消失得无影无踪。从结构上看，它是在故事结构中进行了反故事的叙述。作者在外在框架上设置了"引言"、"场景"、"人物"、"故事"、"尾声"等，似乎形成了一个具有完整性的故事结构。但是，叙事的内容却与故事的完整性背道而驰。"引言"来自一部十分可疑的书,"场景"完全是超现实主义诗歌段落。"人物"之间的唯一"故事"是一场毫无主题的谈话,而"尾声"看上去则是毫无关联的语言片段。重要的是,在这个框架内部的各个部分之间,几乎没有什么必然联系。它破坏了情节应有的因果关系,也颠覆了审美接受所依据的经验和常识。作者借此向"什么是小说"这类命题提出质疑,也向现实主义的经验性叙事提出了质疑。它所提供的,是现实世界之上的梦幻世界,是冥思玄想的非理性世界。与此同时,诗人、酒与说话是小说中互构性的几个重要元素。诗人喝酒是常态,将说话作为下酒菜是一种非常态,但是酒喝多了,则会陷入非常态,对话便进入没有逻辑、碎片甚至零乱状态,是人的非理性状态的体现,而这对于充满感性的诗人来说,尤为明显。小说中的对话,时不时有些哲学意味,甚至道家思想,其实并没有完整而深刻的意义。它呈现的,只是说话本身,体现了感性的诗人在酒精作用下的非理性状态。通过这种嘲讽仪式,小说既戏讽了一切既定的理性生存经验及表象,又嘲讽传统小说叙事的情节关联性及因果律。或许,它还隐含了嘲讽人的理性生存的尊严及价值意义。甚至我们还可以理解为诗人对自我生存虚无之境的自嘲,因为他最终追逐了那枚隐喻了金钱的铜钱而不知所终。所以,从某种意义上说,这篇小说带着明确的后现代主义意味,反对完整性,反对意义中心,反对理性建构的因果链,追求碎片化、平面化、无中心意义。它导致小说的叙事,并不指向意义的表达,不强调所指的传达,而只是语言本身的能指展示。如果再看看《信使之函》和《呼吸》,其中既没有明确的人物,也没有时间、地点,更谈不上故事,而是将毫无节制的夸夸其谈与东方智者的沉思默想相结合,把人类的拙劣的日常行为与超越性生存的形而上阐发混为一谈,把摧毁语言规则的蛮横行径改变为神秘莫测的优雅理趣。"孙甘露像个远古部落遗留的现代祭司,端坐在时间与空间交合换转的十字路口,而后不失时机地把他的语词抛洒出去。"因此,它是"当代文学最放肆的一次小说写作"[1]。这种极端化的反叛和实验,也表明了当代先锋文学已没有任何规范不可逾越。

在这群先锋小说家中,余华无疑是走在最前沿的一位。从1986年底到1987年,在一年多的时间里,余华以"井喷"的方式创作了七部极具先锋品质的中短篇:《十八岁出门远行》、《西北风呼啸的中午》、《死亡叙述》、《四月三日事件》、《一九八六年》、《河边的错误》、《现实一种》。这些作品的先锋性,最突出地体现在余华对人性的独特思考与展示中——他不再轻易地屈服于日常伦理对人物命运的安排,也不再拘泥于对故事情节的逻辑建构,更不愿意遵循以往小说中的那种唯美情调和感伤姿态,而是以非逻辑的内心真实为原则,让叙事直接进入人物的精神领域,不断地让人物在各种彼此错位的生存境遇中做出无可奈何的抉择,以此来凸现人类存在的荒诞性。

在《十八岁出门远行》中,主人公"我"一出场便像一个孤独的影子行走在路上。"我"没有明确的行走目标,没有必要的逻辑背景,甚至也没有充足的客观理由。"我"的第一次人生远行,似乎只是父亲为"我"迈向成人而准备的一种简单的仪式,也是"我"检视自己的价值体系与社会现实之间是否协调的一次尝试。然而,随之而来的事实却有力地证明,"我"在迈向社会的第一步时,或者说,"我"在走向成人的第一步时,现实却戏剧性地给了"我"致命的一击——因为日常的价值启蒙与真正的现实生存之间所存在的巨大错位。正是这种错位,导致了"我"在这场成人仪式中成为荒诞的一个生动注解。《西北风呼啸的中午》也是展示了这样一个无从左右的存在命题。"我"在温暖的被窝里享受着严冬的宁静,结果却被一个陌生的壮汉撞开了房门,并进而成为一个毫不相识的死者"好友",在寒风中为他奔丧,还要替他的母亲抚慰丧子之痛,"我就这样坐在这个刚才看了一眼但又顷刻遗忘的死人身旁。我到这儿来并非是我自愿,我是无可奈何而来"。这里,陌生的壮汉仿佛是

---

[1] 陈晓明选编:《中国先锋小说精选·序》,第10页,甘肃人民出版社,1993年。

命运送给"我"的一条绳索，是生命中一种至高无上的权力砝码。他一出现，"我"便被牢牢地系在这根绳索之上，失去了所有的选择权。

这种错位状态，在《死亡叙述》和《四月三日事件》中表现得更是触目惊心。《死亡叙述》中的卡车司机"我"多年前撞死了一个孩子，虽然最终"我"选择了逃逸并安然无事，内心却一直受到巨大的折磨，尤其是看到自己的孩子长大后那双黑亮的眼睛，以及他在学骑自行车时惊恐地叫着"爸爸"时，"我"仿佛又回到了当年的事故现场，灵魂备受谴责。正是在这种"责任"和"道义"的驱动下，当"我"再次撞死一个女孩时，"我"便毫不犹豫地抱起女孩的尸体来到附近的村庄，请求家长的宽恕和原谅，结果却在女孩家人的锄头、镰刀和铁耙的攻击下，结束了生命。小说在第一句中便动用了"命中注定"这个词语，似乎在演绎某种因果报应式的灾难命运，展示了罪与罚的终极轮回，但是，它在叙述中真正撕开的，却是一种日常伦理中的道义、人性中的罪恶感与现实暴力之间的巨大冲突。而这种冲突，只有在"我"死了时，才获得真正的平静的解脱。

《四月三日事件》从一个类似于迫害狂的视角出发，精确地演绎了处于青春期的主人公"他"在亲人、朋友以及同学之间隐秘的冲突状态。"他"在十八岁生日临近之时，随着内心期待的巨大落空，渐渐地感到自己"无依无靠"，并迅速陷入某种极端孤立的生存氛围里。由此而导致的结果是，一切基本的社会伦理迅速崩解，无论是家庭、朋友还是异性之间，都显得危机四伏，甚至杀气重重。"几乎所有在街上行走的人都让他感到不同寻常。尽管那种注意的方式各不相同，可他还是一眼看出他们内心的秘密。"在这种异想之中，我们看到，主人公与社会之间所必须拥有的信任已全面丧失，代之而起的，则是无时不在、无处不在的窥视、密谋、狡诈和虚伪，是一种生存秩序在日常伦理上的错位和颠覆。应该说，这部小说表现的是一种典型的卡夫卡式的恐惧，虽然它在主旨上并没有多少深刻的思想发现，但是生动地凸现了一个迫害狂式的特殊人物的敏感内心，并使真实场景与精神臆想、现实事件与主观判断、客观真实与内心真实之间,产生了无法弥合的裂变。这种亦真亦幻的叙事,实际上就是余华带着卡夫卡式的自由冲动,对现实秩序进行全面突破的一种积极尝试。

与这种生存错位相对应的是,余华还以异常冷静的心智,撇开了以往小说中过分外溢的温情特征,而在话语表层倾心于对死亡的神秘书写。余华似乎不信任死亡中的某种"积极意义",而是更加注重死亡的内在感受,以及由死亡所引起的各种无法预测的命运。所以,在《西北风呼啸的中午》里,那个陌生人的死亡仅仅是改变"我"的命运的一种潜在缘由;《死亡叙述》中的三次死亡事件,共同构成"我"的内心深处"罪与罚"的对抗和消解。而在《一九八六年》里,死亡不再成为具体生命的果断消亡,而是演变成一种漫无边际的过程——这个被无限延长了的死亡过程,便是由那位疯子所自导自演的历史酷刑。它是中国传统刑术的重新复活,又是历史劫难的再度重演。它试图以隐秘的悲剧本质打开晦暗历史的缺口,复苏人们的内心记忆,让我们对自身民族的文明史进行必要的反思和自省。然而,它不仅没有达到这样的目的,却反而敲开了人们日渐麻木的灵魂。当一群群"看客"面对疯子的残酷表演时,没有人为他的命运而感伤,即使是他的妻子女儿也不例外。他以生命为代价来呈现历史的不幸,却被人们普遍存在的"遗忘"开了一个巨大的玩笑。

在《河边的错误》里,死亡只是一个"错误"的标本。"错误"的本质原因在哪?谁是"错误"的承担者?或者说,我们来如何界定这场"错误"?这些都是供读者待解的谜团。这篇小说累计写到了五个人的死亡,除了疯子之外,其余四人都是直接或间接地被疯子所害。而疯子作为一个空洞的、非理性的生命,他在河边的所作所为,既是嘲笑人类理性秩序及其法律尊严捉襟见肘的一把利刃,又是动摇人类智慧、伦理情感以及生存准则的一个陷阱。他像一个凌空而行的生命符号,既行走在人类坚实的理性环境之中,又游离于被规约、被制度化的环境之外。他以一种类似于游戏的手段,便轻松地将小镇的生活搅得动荡不安,以至于人人自危。在人们的理性价值判别中，疯子无疑属于"错误"的根源，而他又无须为这种"错误"负责。在这种现实生存的悖论中，余华揭示了人类赖以生存的理性表象在其本质上的脆弱特征，也使死亡成为怀疑论者的某种道具。

《现实一种》更是一场"死亡"的盛宴。在这篇小说中，除了老太太无疾而终之外，余华又演绎了两对兄弟相互残杀的死亡过程。小说中几个最辉煌的场景，都是亲人之间残忍的复仇过程：山峰要求四岁的皮皮趴在地上，一口一口地舔干自己儿子的血迹，然后再飞起一脚，踢死了皮皮；山岗用一锅肉骨头汤，浇在弟弟山峰的脚底心上，让狗一口一口地舔吃，甚至用木梳抓搔，使山峰在极度狂笑中崩溃；山峰的妻子想象着山岗被挖心剥皮、掏眼取肾，心里充满了某种复仇后的快意……但是，在这些场景的背后，都是非理性的人性意愿在疯狂扩张。它不仅挣脱了血缘亲情，挣脱了社会伦理，也挣脱了法律规范，挣脱了任何理性的基本规约。这种非理性的疯狂扩张，最终使悲剧像坐上滑轮车一样，不可遏止地向前飞奔，同时也隐喻了一种人性与命运的双重劫难。

无论是对命运错位的关注，还是对死亡的热情书写，就余华本人来说，都是一种叙事经验的挑战。这种挑战的核心，主要立足于对经验和常识的主观颠覆。余华自己也认为："从《十八岁出门远行》到《现实一种》时期的作品，其结构大体是对事实框架的模仿，情节段落之间的关系基本上是递进、连接的关系，它们之间具有某种现实的必然性。但是那时期作品体现我有关世界结构的一个重要标志，便是对常理的破坏。简单的说法是，常理认为不可能的，在我作品里是坚实的事实；而常理认为可能的，在我那里无法出现。导致这种破坏的原因首先是对常理的怀疑。很多事实已经表明，常理并非像它自我标榜的那样，总是真理在握。我感到世界有其自身的规律，世界并非总在常理推断之中。我这样做同时也是为了告诉别人：事实的价值并不只是局限于事实本身，任何一个事实一旦进入作品都可能象征一个世界。"[1] 当然，这种"反常理"式的写作，从根本上说，也慢慢地影响了余华的叙事观念，并促使他对"内心真实观"的确立。所以，莫言给余华下的断语是："如果让他画一棵树，他只画树的倒影。"[2] 李陀则一针见血地指出："我以为余华小说具有一种颠覆性——阅读余华小说犹如身不由己地加入一场暴乱，你所熟悉和习惯的种种东西都被七颠八倒，乱成一团，连你自己也心意迷乱，举止乖张。"[3]

此外，在话剧方面，虽然与诗歌和小说相比，其先锋性要稍显滞后，但是，同样也出现了沈虹光的《搭积木》、刁亦男的《飞毛腿或无处藏身》以及孟京辉的《思凡》等具有突破性意义的实验性话剧。尤其是像《搭积木》对男女社会地位与家庭地位的错位式演绎，《思凡》中关于人性本能与宗教伦理之间的解构式表达，都深入到生命存在的潜隐地带，带有一种荒诞式的审美表达。

第四节 个人化的生命之舞

当历史进入二十世纪九十年代之后，随着整个社会转型期的快速演进和市场化的不断深入，物质欲望被推崇，文学不可避免地陷入边缘化的境地。这无疑使原本颇为兴盛的先锋文学在某种程度上受到了巨大制约，但是，也从另一方面对先锋文学甚至整个当代文学队伍进行了一场自然的清洗——许多不具备自我超越潜能的作家纷纷退出了先锋舞台，不少视文学为生存工具和名利手段的作家也逃离了写作行列。剩下来的诗人和作家，则开始了自我的重新调整和再度出发。同时，一批批视文学为生命的青年群体也开始迅速成长。由此，便形成了一股贯穿于整个九十年代的先锋潜流。我们之所以说它是一种"潜流"，主要是基于这

---

[1] 余华：《我能否相信自己》，第168—169页，人民日报出版社，1998年。
[2] 莫言：《会唱歌的墙》，第214页，人民日报出版社，1998年。
[3] 李陀：《阅读的颠覆》，《文艺报》，1988年9月24日。

支先锋队伍更加自觉地退到了主流文学之外，更为注重个人化的审美追求——他们不再关注公众的聚焦热点，不再沉迷纯粹的文本实验，而是在更深层面上对人类的存在境遇进行顽强而执着的探索，对生命本体的潜在状态进行精细而尖锐的拓示，对各种文本形态和话语形式进行卓有成效的整合与实验，以便在更高层面上全面体现作家自身真实的审美理想。这支先锋队伍的代表性人物有：诗人于坚、西川、王家新、伊沙、沈浩波、张执浩、叶曙光等，小说家刘震云、余华、陈染、林白、东西、李冯、王彪、海男、李洱、潘军等，剧作家孟京辉、黄金罡、黄纪苏、廖一梅等。在创作主体上，他们对自我精神的自由和独立有着更为清醒的认识，对一切传统与世俗的渗透保持着更为自觉的警惕姿态。因此，无论在创作心态上还是在艺术探索上，这一时期的先锋作家都更显平静、理智和成熟，体现出一种高度个人化的艺术准则。

这种高度个人化的审美法则，突出地体现在他们将探索重心自觉地放到人类存在的精神内核，几乎无一例外地更注重自我精神的真实表达，更强调创作主体内在心灵的需求。譬如，在先锋戏剧中，黄金罡的《阿Q同志》、黄纪苏改编的《一个无政府主义者的意外死亡》以及廖一梅的《恋爱犀牛》等话剧作品，就是通过种种夸饰甚至荒诞的剧情，不断地对各种现实生存秩序以及人的种种欲望本质进行了尖锐的讽喻，其强大的隐喻功能直插现代文明的内部，明确地传达出作者对某些既定价值观念和意识形态的强烈反叛。在诗歌创作中，像于坚的长诗《0档案》、周伦佑的《在刀锋上完成的句法转换》、翟永明的诗作《死亡的图案》，以及西川、沈苇、叶曙光、王家新等人的大量作品，都体现出一种颇具深度的反乌托邦式的精神超越。尤其是像于坚的《0档案》，借助一种无法剥离的社会身份，对权力体系的制度控制与人的生存自由之间所形成的冲突进行了全方位的解构，从而对现代人的生存困境做出了独特的审视和思考。欧阳江河的长诗《傍晚穿过广场》，通过一些带有集体记忆和文化表征的意象，在个人化的精神观照下，赋予生命存在某种历史的悲情与苍凉沉雄的人生意境，以至于有人认为："它对一个当代中国的重大的精神命题的思考以及富有历史智慧和卓越的词语处理能力的总结清理，标志着当代诗人的综合能力达到了一个前所未有的高度。"[1]而西川的《雨季》、《挽歌》、《致敬》、《十二只天鹅》等很多诗作都将幽深的思想和明净的意象糅合在一种轻逸的表达之中，呈现出一种对纯诗境界的向往。

在小说创作中，这种精神上的探索表现得更为突出。比如余华在经历了一系列极致化的叙事实验之后，创作了《活着》、《许三观卖血记》、《我没有自己的名字》等作品，很多人都从它们的叙事方式上认定，余华由此开始了向传统写实主义的回归。其实，在这些看似写实化的作品中，作家对人的存在状态的探索却大大加强了，那种对命运的绝望、对人性的伤痛以及极致化的话语方式从来就没有减弱。无论是福贵、许三观还是那个没有自己名字的疯子，他们一步步地走向自我失控的状态，一步步地迈向命运的绝望之境，都体现了余华对存在的尖锐感受。在陈染的《私人生活》中，大量的个体生命的体验性描述，超性别的生存意义的反复追问，以及一些生存氛围和物质环境的诗性临摹，使人的非理性生存状态获得了空前的展露，带有鲜明的独创性和超前性。曾维浩的《弑父》通过对历史时间的彻底颠覆，将人物与环境全面地推入某种寓言性状态，从而表明创作主体对人类文明史、种族史、宗教史以及生命史的全面质疑。徐小斌的《羽蛇》以长达百年的历史跨度展示了五代女性的生存境况，她们穿梭在理想、梦境、记忆和受难的过程中，纤细的内心波动、无助的生存悲悯、破碎的性别愿望以及情爱的巨大错位，使这部作品在母性主题的深层思考上有着其他作品所无法企及的思想深度。李冯的《另一种声音》、《我作为英雄武松的生活片断》、《牛郎》等作品，通过对历史故事的戏仿，使一些耳熟能详的历史传说被彻底地肢解，孙悟空成了丧失记忆的悲剧性人物，牛郎也不再是那个令人断肠的爱情守望者，一切既定的历史故事只是作家发挥自由想象的虚拟空间。

---

[1] 张清华：《内心的迷津》，第45页，山东文艺出版社，2002年。

李洱的《遗忘》则以严谨而翔实的考证式叙事方法，对历史进行另一种意义上的证伪。它的叙述过程充满了一连串的悖谬：侯后毅要求冯蒙的博士论文写"嫦娥下凡"，冯蒙也是一步步按导师要求来写作的，可结果却在不自觉中写成了"嫦娥奔月"；侯后毅原想证明自己就是夷羿，可以得到嫦娥的不死药摆脱不治之症，但最终却还是一切落空，病得奄奄一息；冯蒙想证明的只是嫦娥的真实性，结果在历史的推断中反证了自己是一个神性人物的转世；冯蒙与罗宓原本只是享受着偷情的快乐，并且必须忍受伦理上的煎熬，可是在历史的考证过程中他们却发现彼此就是夫妻，而罗宓真正的丈夫侯后毅才是横刀夺爱者；嫦娥本是一个绝色美人，可是有关的史料又同时证明她还是一个蟾蜍，而且她还承认自己曾是一个坐台小姐……但是，在这种荒诞的过程中，所有情节的推衍又非常缜密，且颇具考据学的意味，这显然表达了作家对一切历史真相的怀疑。艾伟的《越野赛跑》让一匹白马与人的命运紧密地同构在一起，使他们在承担历史劫难的同时，又不断地进入心灵独翔的生命状态，体现出作家对历史、生命以及特定社会境遇中的平民生活极为独特的思索。

回到对存在的质疑与拷问，回到对个体生命的体验性表达之中，这是二十世纪九十年代先锋作家一直在努力的目标。李大卫的小说《出手如梦》、《就是你》，张生的中篇《全家福》、《结局或者开始》，王彪的中篇《哀歌》和长篇《身体里的声音》以及夏商、贺奕的一些中短篇小说，都是试图在各种层面上展示作家自己对这个世界的全新省察，都是试图从各种角度来体现自己对人的存在本质的深刻体悟。在确定作者与故事之间的关系时，他们常常自觉地择定第一人称"我"作为叙述者，并把"我"与作者本人在很大程度上进行同构，使作者与叙述者在文本中的界限消失了，叙述视角完全回归到创作主体的审美视域中，成为作家直接审视、表述审美对象的窗户。像陈染的写作几乎从一开始就自觉地沉迷于自我之中。从《嘴唇里的阳光》、《纸片儿》到《与往事干杯》、《无处告别》、《另一只耳朵的敲击声》、《破开》等等，她不断地从自在而入自觉,使话语处处弥漫着女性迷乱而清幽的个人体验,她自己就说:"我们都知道,拥挤的居住环境、不得已的群居状态,没有个人的物质空间,忽略个人的存在,是物质贫穷的结果。而没有个人色彩的文化、缺乏独特的个体思想的艺术,则是'贫困文化'的特征。动辄以'国家'、'人民'的幌子强行抑制个人的声音(此处仅指艺术范畴),武断地以'主流群体'的名义覆盖个人的意识(此处仅指学术范畴),应该说是精神的文明仍处于蒙昧不开的社会阶段的行为。现代世界几乎所有的哲学家,从康德、维特根斯坦到克尔凯格尔,无一例外地大谈个人的重要性,个人是人类的基本单位,精神的个人化的程度从某一侧面可以看作一个社会文明的标志。"[1] 林白的《回廊之椅》、《火车与青苔的叙事》以及《枝繁叶茂的女人》等作品中的叙事人"我"不仅都是从广西北流走出的年轻女人,而且其身份、思想与作者自己也毫无二致。这种对吻合于作家自己身份的叙事人"我"的大量择用,非常明确地体现了个人化的叙事法则,将作家的审美经验与大众的心理态势游离开来。它不仅从内容上为个人的生存感受打开了更为自由的传达通道,使许多被社会公共的道德规范和普遍伦理法则抑制、排斥的私人经验获得表述,还从写作方式上改变了故事的线性走向,使叙事常常沿着作家私人的意识流动而呈现出一种自由、零乱和游移不定的状态。这种法则虽然对强化故事自身的真实性起到了很好的作用,但是,也容易使读者将小说误读成作者自己的人生传奇,特别是从动机上看,它或多或少地带有对个人隐秘生活的某种汇展欲望。李洱甚至认为:"在第一批先锋小家说中,马原自己是到场的,马原的身体是到场的。马原会在小说中讲到自己的经历。马原最著名的一句话是,我是那个汉人,我写小说,我的小说是虚构的。但是,现在看,你会发现马原的小说其实带有很强的非虚构特征。马原可能是在汉藏文化的差异性中,看到了自己的身体,看到了自己的身份。对这种差异性的感受刷新了马原的文化意识和身体意

---

[1] 於可训主编:《小说家档案》,第445页,郑州大学出版社,2005年。

识。马原根本不写什么历史颓败,他对那种虚构没有一点兴趣。马原的故事都发生在现在。马原是用非虚构的经验完成了虚构的小说。马原的这种探索,我觉得对后来的一些作家有影响,比如他作品里面大量写到身体,写到欲望。"[1]虽然我们很难找到直接性的证据,表明马原等前先锋作家对九十年代之后先锋作家的影响,但是从身体的欲望表达来说,个体身份的差异性及其独特性,确实在马原小说中已经获得了彰显,而且这种自我的个体彰显对于后来者或多或少都构成了某些潜在的影响。

毋庸讳言,这种个人化的极度张扬,也使一些先锋作家逐渐滑入对肉体自娱的沉迷,从而使许多作品在欲望的放逐、性本能的渲染、性经验的演示以及性交往的自由化大量展露中成为一种极端个人化的宣泄物。譬如,海男的长篇《我的情人们》(包括她以此为标本所推衍出的大量的中篇如《没有人间消息》、《人间消息》等),林白的《一个人的战争》、《致命的飞翔》、《守望空心岁月》,以及刁斗的《作为一种艺术的谋杀》、《延续》,韩东的《障碍》,朱文的《我爱美元》等,都体现出一种过度的反伦理化的欲望叙事倾向。如刁斗的《作为一种艺术的谋杀》,就直接体现为一个萍水相逢的女人在没有任何必要的情感铺垫下成为体现"我"的性技术和性能力的证明对象,"我"不知道她的真实身份与背景,当"我"的所有快乐获得满足、所有尊严获得体现之后,我要求她成为我的情人(这种情人实际上只是一种性伙伴),而她也没有任何可信性理由加以否决。整个故事中,她为什么要与我做爱?在做爱获得空前的满足之后,她又为什么要主动撤离我的怀抱而想念她的丈夫?这既是叙事的空白,也是作家无法自圆其说的逻辑背景。述平的《此人与彼人》中,每个人物都仿佛是性场上的赌徒,他们不但自己整天寻找着猎艳机遇,还把情人当作公共财物进行交换与买卖,使性成为生存的唯一乐趣,从而把人的自我生存价值和意义归落到了一种感官存

---

[1] 李洱:《"先锋文学"与"羊双肠"》,《文艺争鸣》,2015年第12期。

在与满足上。像乔兵的唯一嗜好就是"在他力所能及的范围内收集着各种女性的阴毛,并打算在数量充足时,把这些东西贴在脸上作为胡须"。这种完全不顾人的社会群体观念、只认同生命自身的个性发展、强调生存的个体性快乐的叙事,无疑是一种先锋写作的误区,它不只是表明对人类群体的不尊重,也是对人自身的不尊重。

同样,这种个人欲望化的过度张扬,在一些先锋诗歌中也有所表现。最典型的,便是以沈浩波、伊沙、尹丽川等为代表的"下半身写作"群体。在他们看来,"你写的诗与你的肉体之间到底是一种什么样的关系?紧贴着的还是隔膜的?贴近肉体,呈现的将是一种带有原始、野蛮的本质力量的生命状态;而隔膜,则往往会带来虚妄,比如海子乌托邦式的青春抒情,离自己肉体的真实越来越远,因而越来越虚妄,连他自己都被骗过了;再比如时下一些津津乐道于词语、炼金术、修辞学、技术、知识的泛学院写作者,他们几乎是在主动寻求一种被遮蔽的状态,主动地用这些外在的东西来对自己的肉体进行遮蔽,这是一种不敢正视自己真实生命状态的身体自卑感的具体文化体现,他们只能用这种委琐的蝇营狗苟的对于外在包装的苦心经营来满足自己的虚妄心理,这些找不到自己身体的孱弱者啊!"因此,他们宣告:"所谓下半身写作,追求的是一种肉体的在场感。注意,甚至是肉体而不是身体,是下半身而不是整个身体。因为我们的身体在很大程度上已经被传统、文化、知识等外在之物异化了,污染了,已经不纯粹了。太多的人,他们没有肉体,只有一具绵软的文化躯体,他们没有作为动物性存在的下半身,只有一具可怜的叫做'人'的东西的上半身。而回到肉体,追求肉体的在场感,意味着让我们的体验返回到本质的、原初的、动物性的肉体体验中去。我们是一具具在场的肉体,肉体在进行,所以诗歌在进行,肉体在场,所以诗歌在场。……只有肉体本身,只有下半身,才能给予诗歌乃至所有艺术以第一次的推动。这种推动是唯一的、最后的、永远崭新的、不会重复和陈旧的。因为它干脆回到了本质。"[1]像伊沙的《北风吹》、《饿死诗人》、《历史写不出的我写》,沈浩波的《近水楼台》、《生活如此严肃》、《肉体》,尹丽川的《爱情故事》、《结束意淫》、《二月十四日》、《情人》等,都是在这种所谓的"肉体苏醒"中,以一种颠覆性的原始冲动,呈现出某种欲望化、自娱化的审美特征。

  从文本形式上看,这一时期的先锋作家已不再信任那种象牙之塔式的文本营构、标新立异的话语运作以及技术至上的形式狂欢,而是更注重形式自身的内在意味,更关注文本形态在传达精神内蕴上的审美作用。因此,很多先锋作品的文本形式虽然不及以往的奇谲和独异,但是却折射出更为丰繁的审美内涵。在这方面,刘震云的长篇小说《故乡面和花朵》几乎可以算作一部重要的代表性作品。在这部小说中,作家通过千余年的历史巡游,让幻想在过去、现在和未来的时空中自由地穿梭往来,使人的具体言行成为极为有限的生存载体,而心灵的无边漫游变成了存在的全部景观。这里,荒诞的、写实的、意识流的、时空重叠的……各种叙事手段交织在一起,形成了一种极为斑驳的话语景观,而在这种膨胀的话语之中,历史的隐喻、现实的反讽、文明的质疑、人性的追问从各种角度、各个层面不断地折射出来,使整部小说的文本具备了解读不尽的内涵。潘军的长篇新作《独白与手势》在叙事过程中大量地动用照片和绘画,使文字与图画形成密不可分的有机整体。其中,叙述就是"独白",直接承担人物的外在言行,而插图成为"手势",凸现了人物内心深处许多无法言说的潜在感受。小说正是通过这种双重叙事格调完成了一个人的生命追忆。徐小斌的《羽蛇》、海男的《女人传》和《男人传》等作品则将心理叙事、生存体验、自我议论、哲学思辨等话语方式整合在一起,形成了一种十分独特的互文性文本,为作家展示自身的审美感受提供了宽广的叙事空间和表达手段。陈锟的长篇小说《敞开隐秘》则借用躯体结构的形态,通过"上身"、"腰身"和"下身"

---

[1] 杨克主编:《中国新诗年鉴2000》,第544—547页,广州出版社,2001年。

的形式进行故事的营构，使整个文本直接成为对人物欲望化生存状态的隐喻，形式变成意蕴传达的一个重要组成部分。李洱的《遗忘》更是发挥了强大的艺术整合力量，将神话传说、现时性的教育方式和生活方式、古今中外的有关史实史料、艺术图片、美术作品集纳在一起，以一种话语拼缀的方法统一在冯蒙攻读博士论文的过程之中。它提供给人们的只是一些叙事的片断，是撕碎了的时空场景，有叙事性的故事框架，也有非叙事性的议论、推理和考证，总体上给人以虚构的质感，但在一些具体的话语中又存在着很强的实证特征。它带着明确的整合策略，将小说应有的故事性拆解开来，不是让事件、情节来为人物性格和命运的发展服务，而是把人物当作必要的叙事纽带，将他们的关系和命运发展作为串联话语的基本线索，以保证文本"形散而神不散"。

陈染则习惯以其非重复性不断改变着故事的顺延秩序，使时间和空间的意味受到了前所未有的质疑，大量的事件冲突或细节发展常常在人物的心灵流动中变得停滞不前，甚至后退。秩序、空间感、开始或者结束都变得毫无意义，重要的是人物面对外界种种盘压而产生的心理感受，所以她的大量小说在故事层面上常常只是提供某些人物出场的契机，而心灵的体验则获得了全方位的释放。无论是《私人生活》，还是《与往事干杯》、《空心人诞生》等作品，我们已很难从中感受到故事自身发展给我们带来的阅读愉悦，事件或人物之间的外在关系及其发展已远离了叙事焦点变得无足轻重，洋溢在语言之间的完全是人物内在的心理体验及活动。故事的不完整与残缺似乎成了她追求的叙事方式："我始终对'残缺'有一种深刻的迷恋。比如，刻意精心地制造不对称与不协调之感；悬置半空的不稳定的半音符或属七合弦，比起踏实的整音符或大三合弦，更容易吸引我的耳朵；冬天里冷清凋敝的秃树比起夏日茂盛的浓荫更令我怦然心动……"[1] 正是这种对艺术的独到感悟促成了她对故事的自觉破坏与颠覆。韩东在文本表层似乎更强调某种栩栩如

---

[1] 陈染、萧纲：《另一扇开启的门》，《花城》，1996年第2期。

生、曲折跌宕、惊心动魄的美感，但他并非以此招引阅读上的悬念，而是企图利用某些戏剧性的转变错断故事的正常发展，消解故事的外部紧张状态，使叙述趸进人物的心理内层，如《利用》中的马文先是抛弃段爱，继而又被王艺抛弃，后来他又去寻找段爱，以一种寻找、失落和回巡的过程呈示马文的情感游离过程，但有关这个过程的叙述并不细腻生动，生动的倒是马文在这场情感游戏中的内心波动。《西安故事》中我们看到刘吉痴迷地追求老荒后，发现他竟以一封诬告信使老荒同时被报考学校和原工作单位拒之门外。《西天上》里的赵启明起初利用顾凡，最后被顾凡报复——挤掉他的回城机会，这又意外地成全了他，使他以后回城找到了更好的工作……但是，这些看似风云突起、变幻莫测的结构并没有被韩东很好地利用，他更关注的是人在这种潜在的变动之中存在的真实性和可悲性，是心灵的变化和震荡，所以其小说的故事性发展仍是跳荡的、空缺的和非严密性的。

在诗歌文本的建构中，这种形式追求主要体现为"知识分子写作"和"民间写作"两大阵营。前者注重诗歌写作的专业性、人文性和独立性，它给诗人"带来了一种沉醉的知识优越与沉溺于词语的游移与捕捉关系的快感，他们成为这一'专业'的行家里手，把对现实与生存处境的言说中的迟疑、繁复和不确定当作一种职业特征，并引入西方存在主义与后结构主义理论家关于语言与存在、能指与所指的复杂关系的玄妙论述，津津乐道于这种'延迟'或'延异'的言说体验，一边表达着对语言的不信任，一边又孜孜以求地成为语言的'炼金术师'——他们最终将难以躲避一个语言本体论的陷阱或迷宫，将'知识分子'衍变成词语的搬弄工、饶舌弄巧的文字匠人"[1]。而后者更强调民间化的精神立场，倡导与日常生活和现实语境发生密切关联的原创性的、富有生命活力的口语写作，使诗歌与我们生存的大地、环境以及日常生活保持着血脉上的关联，并成为母语的一种骄傲。尽管这两大阵营在九十年代末一

---

[1] 张清华：《内心的迷津》，第47页，山东文艺出版社，2002年。

直存在着较大的分歧和争论,但是,这种争论本身,其实也折射了个人化写作时代对集体性审美趣味的抗议。

总之,二十世纪九十年代之后的中国先锋文学,已基本上成功地逃离了往日喧闹的生存氛围,并逐步回归到作家个体的艺术生命之中。它正在努力地使先锋精神真正地还原为一种探险精神、反叛精神和无畏精神,但同时又在个人化的极端张扬之中,出现了过度欲望化的审美误区。尤其是随着社会市场化转型的逐步完成,以及文学更进一步地走向边缘化,到了二十世纪九十年代后期,当代先锋文学开始出现了大面积的迂回和萎缩。虽然它依然与一切传统文学保持着对抗的姿态,甚至充满了某种后现代主义的消解策略,但是,在这种对抗和消解的背后,却很难看出创作主体在审美思考上的深邃性和独创性。尽管如此,中国当代先锋文学并没有彻底沉寂,在新世纪以来的中国文坛上,仍然有不少新一代先锋作家在进行执着的艺术探索(如李浩、李宏伟、陈春成等),他们的各种探索性作品也不断引人关注。

第六章
中国当代先锋文学的混杂性
——以莫言小说创作为例

新世纪以来，随着日常生活诗学的全面崛起，以及信息时代的飞速发展、消费文化的全面崛起，中国当代文学中的先锋文学开始逐渐走向边缘，不再呈现出某种群体性的阵容。但这并不意味着它们就已经彻底消失或退出历史舞台，事实上，仍有一些作家在不断进行艺术探索。像史铁生的《我的丁一之旅》、刘恪的《城与市》、李洱的《花腔》、吕新的《下弦月》、李浩的《N个国王和他的疆土》、李宏伟的《国王与抒情诗》、陈春成的《夜晚的潜水艇》等等，都带有明显的先锋探索意识。这些作品或对以往的历史，或对未来的生存，或对人性的内在冲突，进行了别有意味的思考和表达。其中，莫言的创作尤显突出。可以说，莫言是一位始终保持较强先锋意识的作家。他所创作的绝大多数小说，无论是审美内涵，还是叙事形式，都蕴含了各种难以协调甚至彼此冲突的元素，呈现出一种混杂性的美学趣味。这种混杂性，体现在人物形象的塑造上，常常是美丑善恶齐聚一体，极富人性之张力；反映在作品的文化意蕴上，则是解构性的现代意愿、民间化的自然生命与传统真善美观念之间的相互补充或对抗，并折射了创作主体异常含混的价值立场。从叙事形式上看，这种混杂性美学追求，集中体现在莫言对西方现代叙事和中国古典叙事手法的整合性运用上。莫言的这一美学追求，具有强烈的颠覆意愿，使他的很多小说都显得复杂多变、矛盾重重，也激发了很多学者的阐释欲望，甚至出现了一些截然不同的审美评价。从先锋文学的不可取代和不可复制的角度来说，这也是莫言迥异于其他当代作家的重要标识。

第一节　人物形象的混杂性探索

莫言对混杂性的美学特质，似乎有着与生俱来的迷恋。从他早期的代表作《红高粱家族》中，我们就可以明确地看到此点。这部小说虽然以民族抗战作为整个故事的背景，但在具体的叙事中，莫言完全颠覆了传统英雄主义的价值观念，消弭了政治党派的历史纠葛，并将正义与邪恶、勇武与懦弱、人性与兽性、无知与无畏纠集在一起，以一种极具原生态的叙事理想，呈现了齐鲁大地上一群充满血性、敢爱敢恨、粗野狂放的民间生命。同时，莫言还在小说中开始自觉地建构起"高密东北乡"的艺术世界，并为"高密东北乡"定下了这样一种世俗基调：它是"最美丽最丑陋、最超脱最世俗、最圣洁最龌龊、最英雄好汉最王八蛋、最能喝酒最能爱的地方"[1]。这种集纳了各种矛盾、彼此对立却又相互交融的精神内蕴，非常清晰地体现了莫言创作的混杂性特质。

纵观莫言的小说创作，这种混杂性的美学追求，最突出地体现在人物形象的塑造上。莫言小说中的人物大多敢爱敢恨，理性不足而感性有余，且内心往往充满了价值观上的矛盾和混乱，善恶美丑常常聚于一体。按理，人物性格的多重性是现代小说的常规，许多经典人物的性格中，都有一些彼此冲突的元素，这并不奇怪。但莫言的独特之处在于，其笔下人物的性格常常处于各种矛盾的两极状态，融极恶与极善、极狂与极真、大辱与大爱于一体，而且这些彼此冲突的性格元素，并没有造

---

[1]　莫言：《红高粱家族》，第3页，作家出版社，2012年。

成人物形象的自我分裂，而是以感性化的形式潜藏在人物内心，形成了各种强劲的张力状态，也成为人物言行的内在动力。像《红高粱家族》里的余占鳌和戴凤莲、《丰乳肥臀》中的上官鲁氏和上官金童、《檀香刑》里的钱丁和眉娘、《酒国》里的丁钩儿和李一斗、《生死疲劳》里的西门闹、《蛙》中的姑姑等等，都是如此。

在《红高粱家族》里，余占鳌就是一个典型的亦正亦邪的人物。他的性格里，既有凶残、暴烈的一面（土匪打劫失败后求饶，他依然打死对方；杀死单氏父子、绑架县长），又有柔情、豁达的一面（对儿子、妻子）；既有粗鲁、野蛮的一面，又有率真、坦荡的一面。戴凤莲既有柔弱、腼腆的一面，又有泼辣、大胆的一面；既有放纵、自私的一面，又有善良、正直的一面。按她自己的说法："我只有按照我自己的想法去办，我爱幸福，我爱力量，我爱美，我的身体是我的，我为自己做主，我不怕罪，不怕罚，我不怕进你的十八层地狱。"[1]所以，"她老人家不仅仅是抗日的英雄，也是个性解放的先驱，妇女自立的典范"[2]。这两个人物的性格中，无论是何种对立性的特质，都极其突出，也极其鲜明。可以说，从整个精神世界来看，除了任副官和冷支队长之外，这部小说中的很多人物（包括土匪花脖子和曹县长）都是活在感性中的，始终体现出一种感性化的、率真的、坦荡的生命原色，善中有恶，美中有丑，彼此交织在一起，从而形成一种十分混杂的价值倾向。

这种混杂性的价值倾向，在莫言的很多长篇里都表现得非常突出。如《丰乳肥臀》里的上官鲁氏，从本质上说，她既是一位受尽人间屈辱与伤痛的母亲，也是一位不畏道德压制、无惧尊严被辱的女性。一方面，她在丈夫没有生育能力的情况下，却陆续生了八个女儿和一个儿子；对苛刻的婆婆不时地做出有违伦理的尖锐反抗。另一方面，她又蔑视所有封建伦理的约束，彰显出自然生命的勃勃生机。她对不断变幻的

---

[1] 莫言：《红高粱家族》，第64—65页，作家出版社，2012年。
[2] 莫言：《红高粱家族》，第12页，作家出版社，2012年。

历史风云茫然无知，更不知道强悍的现实对个体生存的残酷践踏，然而，她又在趋利避害的本能冲动中，一次次让整个家庭置之死地而后生。活着是她的根本信念，养育是她的生存动力。她是一位像肥沃的土地一样滋润着所有生灵的女性，仿佛是永不枯竭的民族生命之源，就像莫言自己所说的那样："书中的母亲，因为封建道德的压迫做了很多违背封建道德的事，政治上也不正确，但她的爱犹如澎湃的大海与广阔的大地。尽管这样一个母亲与以往小说中的母亲形象差别甚大，但我认为，这样的母亲依然是伟大的，甚至，是更具代表性的、超越了某些畛域的伟大母亲。"[1] 上官金童则是上官鲁氏与外国传教士苟合的结晶，一个自幼便有恋乳癖的畸形人物。他长大后身材高大，相貌英俊，但始终是个"一辈子吊在女人乳头上长不大的男人"，以至于最后成为一位乳罩设计专家。作为一个中西结合的混血儿，上官金童的生命里融合了太多的、极致性的矛盾性元素，这些元素不仅折射了东西文化、亲情伦理的冲突，而且包含了外表与内心的严重错位等。

《檀香刑》里的眉娘和钱丁，同样也是充满矛盾性格的人物。钱丁虽是大清王朝的一介县令，但多少也是受到一些维新思想影响的人物，所以，他对大清朝廷的命运非常清楚，但他又不愿舍弃县令的位置；他可以和孙丙斗须，也深知孙丙乃革命志士，却不敢为他撑腰；他爱狗肉，爱酒，爱美色，接受了部分变革思想，也有一定的眼界和胸怀，却畏惧于刽子手赵甲的淫威，甚至对赵甲的那把椅子都恐惧不已。他的性格里，集中了新与旧、理与欲、情与法、威与怯的各种冲突。孙眉娘虽属一介民女，热情率真，却从不遵守妇道；她不断穿梭于亲爹、干爹、公爹之间，在这三个人物所代表的不同价值立场中左冲右突，看起来果敢泼辣，最终一事无成。在她的性格里，欲望与伦理、血缘与家庭、妇道与人性、媚权与畏权……都纠集在一起，剪不断，理还乱。

再看看《酒国》里的丁钩儿，他的性格里同样存在着各种强大的冲

---

〔1〕 莫言：《丰乳肥臀·新版自序》，第1页，北京十月文艺出版社，2010年。

突性元素。作为省人民检察院特级侦查员，丁钩儿具有丰富的侦查经验，被组织精心挑选出来，只身奔赴酒国市调查一些干部烹食婴儿的事件。然而，当他进入酒国之后，很快便被宣传部副部长金刚钻灌醉，继而又被金刚钻的妻子、女卡车司机引诱；面对真伪难辨的红烧婴儿宴，他毫不含糊地举起了筷子；手枪在他的身上，成为一种滑稽的道具……丁钩儿在酒国里的所作所为，与他所肩负的使命，不断地出现错位，甚至是背道而驰。这无疑凸现了其内心深处形而下的欲望与形而上的责任之间的彻底分裂。而那位酒国酿造学院勾兑专业的博士研究生李一斗，则更是一个内心错位的功利之徒。他爱写作，不断巴结知名作家"莫言"，极尽阿谀奉承之能事，却又不时地表白自己的"骨气"；他寄给作家"莫言"的九篇小说，几乎是一篇篇酒国现实和他个人混乱生活的自供状，养肉婴，乱伦，媚权，且狂妄自大，但他自己认为，这些作品颇有探索意味；他渴望能通过"莫言"的人情关系，让作品打进《国民文学》，但又处处标榜自己的"纯洁"。可以说，李一斗几乎就是高度欲望化的酒国所培育出来的一个精神怪胎。

《四十一炮》里的罗通看起来颇为豪爽，敢做敢当，充满血性，但终究是个自私自利的欲望之徒。为了权力欲望，他毫不含糊地坚持与老兰死磕，还和野骡子私奔；当野骡子死后，他回家后发现天下已掌控在老兰的手中，瞬间变得十分猥琐，在外以献媚度日，在家则以施虐来泄愤。他的儿子罗小通更是一个近乎夸张的欲望之徒，肉食、女色、权力，无不贪恋，最后居然还希望皈依佛门。老兰同样也是一个无恶不作、胆大妄为的乡村土霸，以邪招发财致富，以恶招打击对手，可他居然对并无多少姿色的罗通之妻照顾有加，最后竟然成为掌管五通神庙的兰大和尚。《生死疲劳》里的西门闹，虽是一位乐善好施、广结良缘的地主，但在权力之下，最终成为一个让阎王也无法为其申冤的屈死鬼。西门闹一次次转世投胎，变成驴、牛、猪、狗、猴等各种动物，却始终没有离开自己的家园。他以动物性的眼光，见证了自己的长工蓝脸"鸠占鹊巢"的过程，但他并没有处处与蓝脸作对，而是一直暗中帮助蓝脸。尽管西门闹的身份在小说中不断地变化，但作为一个艺术形象，他的身上不仅容纳了人与兽、主与仆、父与子等角色上的错位，还聚集了智慧、勇敢、忍耐、粗鄙、暴烈、戏谑等各种相互矛盾的性格。《蛙》中的姑姑也是如此。她对自己的职业有着无限的热忱，对计生方针更是严格捍卫，由是不可避免地卷入乡村文化伦理的巨大冲突之中。生命承传与国家政策、母性意识与工作职责、亲情伦理与职业伦理……所有这些，围绕着生育制度和生命情怀，紧紧地纠缠在一起，展现了姑姑难以言说的人生痛楚。姑姑晚年的一次次梦境，以及她对小泥人的痴迷，似乎隐含了她的忏悔意识或赎罪意愿。然而，如果我们细察姑姑的忏悔意识或赎罪意愿，又发现她对很多自己的过去行为并没有彻底的反省，包括她作为"文革"时期造反派的所作所为，特别是面对老院长的自杀和黄秋雅的替罪，都没有出现源自内心的不安。或许，姑姑并没有真正意义上的赎罪能力，她的内心冲突，只是源于对自然生命的本能式尊重，或者是对因果报应的恐惧。

值得注意的是，在强化人物形象混杂性的过程中，莫言还动用了一些志人志怪式的传统小说笔法，让人在鬼、神、兽等角色之间相互转换，借助不同的角度，进一步突出人物内在精神的多重性和混杂性。像《生死疲劳》中的西门闹，无论是对土地的情感，还是对长工蓝脸的情感，都极其复杂。为此，他不惜大闹阎王殿，迫使阎罗王让他在世间频繁投胎成驴、牛、猪、狗、猴之类；面对土地的变迁，他时而积极参与社会变革，时而消极对抗历史意志。他深爱土地，深爱家人，然而，作为一位被历史抛弃的旁观者，他又常常由爱而恨，由恨而虐，由虐而讽。这种混杂而多变的性格，让人们深深地感受到，在这片土地上似乎永远也找不到幸福感。

在《我们的七叔》和《战友重逢》里，莫言让一个个亡灵现身于世，通过亡灵与生者的对话，传达人物内心的矛盾或错位。《我们的七叔》中的七叔虽然死了，但他的阴魂依然不散，并不断地与"我"进行交流。从交流中，我们看到，现实中十分落寞的七叔，一生都沉湎在淮海战役中的英雄壮举中。每逢一些重大节日,他都会认真地佩戴好纪念章,彰显自己往日的荣耀。当儿子偷穿了他昔日的军服,他毫不含糊地举起斧头就砍。《战友重逢》里的钱英豪作为对越自卫反击战中的烈士,其亡灵一直盘踞在家乡河边的大柳树上。在与儿时同伴和战友赵金的交谈中,作者展现了钱英豪一代在《英雄儿女》、《南征北战》等革命英雄主义电影熏陶下所形成的人生价值观,以及对战争残酷性的严重误解,导致他还没有真正踏入战场便牺牲了。与此同时,作者还通过郭金库等亡灵的叙述,呈现了麻栗坡烈士陵园里一群烈士的阴间生活,并饶有意味地传达了这些烈士对社会变迁的困惑心理。《四十一炮》里,当罗小通向五通神庙里的兰大和尚讲述过去的时候,随着兰大和尚的手势所指,小庙前的大道上,所有死去和活着的人都从远处走来,似乎是要指证这两个人物污秽不堪的往事。即使在直面当下现实的《天堂蒜薹之歌》中,莫言也经常通过人鬼之间的对话,传达人物内心的困惑与矛盾。如金菊腹中的孩子要撕破她的身体来到人世时,金菊与未出生的孩子则发生了激烈的争吵,折射了金菊对混乱的乡村现实的极度绝望;高马与金菊尸体的对话,也说明了他们对幸福梦想的彻底失望。

莫言曾直言不讳地说,在处理人物形象时,他坚持"把好人当坏人写,把坏人当好人写,把自己当罪人写"[1]。这种两极性的艺术思维,其实也道出了他对人物性格混杂性的自觉追求。从客观上说,这种混杂性的价值追求,很好地呈现了人物性格的矛盾性,使人物内心充满了尖锐且难以调和的张力。但是,像莫言这样将人物性格不断推向亦正亦邪两极化的作家,并不多见。

第二节 文化意蕴的混杂性追求

在《红蝗》中,莫言曾如此写道:"总有一天,我要编导一部真正

---

[1] 王原、陆瑞洋:《莫言:最重要的经验就是把人当"人"来写》,《大众日报》,2013年4月28日。

的戏剧,在这部剧里,梦幻与现实、科学与童话、上帝与魔鬼、爱情与卖淫、高贵与卑贱、美女与大便、过去与现在、金奖牌与避孕套……互相掺和、紧密团结、环环相连,构成一个完整的世界。"[1] 这段叙述,与其说是体现了莫言的放纵式表达习惯,还不如说是折射了他对自我写作雄心的隐喻性表达。事实上,强化人物内在的各种极端化性格元素,只是莫言追求混杂性美学的一种外在手段,而他的主要目的,其实是要营构一种含混不清而又繁复驳杂的文化意识,使作品的审美内涵处于某种混沌芜杂的状态。可以说,莫言的绝大多数小说中的文化意识都是含混的、矛盾的,甚至难辨创作主体的清晰立场。这是莫言的特殊之处。他从来就没有打算在小说中给历史和现实提供明确的价值判断,而是让所有的矛盾混杂在一起;他带有鲜明的解构性冲动,然而他又从来不轻易地建构一种理想的价值维度——如果一定要说他有所建构,那么,这种建构就是向原始自然的生命状态彻底回归。

纵观莫言的小说创作,我们会发现,其中处处透露出强烈的现代意识,但这种现代意识主要是立足于民间化的、芜杂的、粗俗的乡村社会,意在还原生命的自然本色,并不是直接针对传统意识进行全盘的清算。也就是说,从创作主体的精神追求上看,莫言小说中的文化意识,呈现出非常明确的现代与传统相混杂的特征。譬如,《红高粱家族》就透露出强烈的现代意识,包括对传统的伦理准则、革命英雄主义价值观以及过度理性化的生命景象,都进行了大胆的嘲讽,但这种现代反思却植根于民间化的粗俗伦理之中,着意于生命本色的精神寻根,并没有在现代意义上对某些传统痼疾进行全盘的清算。

在《生死疲劳》中,做了一辈子好人的西门闹,遭遇土地改革,被不明不白地杀害,而且不清不楚地入了阴间。西门闹在阎王殿上喧闹不休,想为自己讨回公道。不料,接连而来的投胎转世,让他变成了长工蓝脸家里的各种家畜。冤魂六次投胎,每次转世为不同的动物,都与当

---

[1] 莫言:《食草家族》,第107页,作家出版社,2012年。

时的中国社会变动如土地改革、入社、"四清"运动、"大跃进"、"文化大革命"、改革开放等紧密相连。从创作主体上看,莫言试图对中国乡土社会的变化提出自己的反思,尤其是一些极"左"的政治运动对中国农民所造成的伤害,但是,如果深究其中的反思内涵,我们又会发现,无论西门闹还是蓝脸,他们与土地之间的关系、他们对土地的情感,并未发生本质性的变化。也就是说,一方面,这部小说似乎折射了作家对中国乡村农民与土地之间关系的现代性思考,但另一方面,它又没有从根本上深究中国农民的命运困境。

这种现代与传统相混杂的文化意识,主要体现在莫言对既定的历史观念以及单纯的真善美的解构性冲动之中。莫言对一切既定的历史观念并不信任,对单纯的真善美之价值标准也不太推崇,所以他常常在书写历史时,故意摆脱那些具有强烈观念性的政治纷争,并不时地让人物提出自己内心的困惑。同样,在叙述某些具有明确价值标向的事件或人物(如酷刑、母亲)时,他也会强化其中的张力元素,使其美丑相杂。这也使他很早就获得了"审丑"作家的称号,以至于有人这样论道,尽管有不少作家极力"冲破美的樊篱,把丑纳入艺术视野,然而恐怕都还比不上莫言那么大胆,那么彻底,以至那么敢于冒天下之大不韪"[1]。

从历史观念的解构性叙事上看,莫言能够从现代性的角度,发现各种历史意志的吊诡之处,但是,他并没有采用虚无主义的立场,对各种历史纷争进行自觉的颠覆性处理,而是通过一些矛盾性的叙事策略,质询或反讽某些历史意志,消解那些所谓的既定历史观。最典型的,就是《红高粱家族》中的一个情节:"我"查阅的《高密县志》中所记载的罗汉大爷之死,与小说中所再现的罗汉大爷之死,存在着巨大的差异。如果我们将《高密县志》视为"正史"(既定史观)的表征符号,那么作者在小说中的叙述就是故意对"正史"的解构,尽管这种解构并不彻底。在《我们的七叔》中,七叔被打成"反革命"后,他的侄子亲自将

---

[1] 贺绍俊、潘凯雄:《毫无节制的〈红蝗〉》,《文学自由谈》,1988年第1期。

他押送到人民公社，结果在路上七次遇见"阎王村"的"男孩、黄牛、白胡子老汉"等，但这些事象并没有吓倒这群充满革命豪情的押送者，最后，一阵奇怪的笑声终于将他们的无畏和豪迈彻底击垮，从而让七叔逃过一劫。在一个迷信思想被高度禁锢的时代，莫言却借助一些鬼怪的出场来瓦解七叔的这场灾难，这既体现了莫言对历史意志的戏讽，也折射了他对七叔不幸命运的控诉。在《三十年前的一次长跑比赛》中，莫言以一种欢乐性的语调，叙述了胶河农场里聚集的四百多名"右派"的改造生活。这些"右派"并不像张贤亮笔下的人物那样显得饥饿、苦闷、压抑和绝望，而是以他们各自特有的智慧和技能，使苦难被彻底戏谑化了。譬如，会计老富可以双手打算盘、双手点钱、双手写梅花篆体字；省报编辑李镇，不多时便出好一期黑板报，且图文并茂；工程师赵猴子设计的粮仓，复杂如迷宫。最有意思的是，短跑高手张电和长跑干将李铁经常搭档组合，专门负责追赶草地里的野兔，然后交给标枪运动员马虎，让他用标枪精准地收获猎物。莫言在小说中说道："从很早到现在，'右派'，在我们那儿，就是大能人的同义词。"[1] 在老百姓的眼里，"右派"等同于"大能人"，这无疑从民间化的立场上否定了"右派"的敌对属性。同时，随着一场极具狂欢性质的农民运动会的召开，那些曾是各类运动员的"右派"们更是大显身手，为大羊栏村取得了辉煌的成绩，成为百姓拥戴的对象。这种"被专政对象"与"大能人"角色的互置，无疑是莫言借助民间视角对历史意志的一次成功消解。

就历史意志的解构性书写而言，最典型的当属《丰乳肥臀》。小说中的上官鲁氏带着她的一群女儿走进历史，奔波在各种风云变幻的前沿地带。在面对苍茫的历史时，莫言不断地伸出了他的解构之手——他压根就没有将历史当作无比端庄的记忆，也从来没打算沿着所谓的史实或史料小心翼翼地前行。他坚信历史在民间，任何一个民间的生命都印刻着历史的年轮，任何一个卑微的个体都折射出历史的面孔。上官鲁氏和

---

[1] 莫言：《师傅越来越幽默》，第132页，作家出版社，2012年。

她的女儿们，最终以她们柔韧的生命，对中国近一个世纪的历史进行了生动的注释。在那里，党派之间的争斗，族群之间的战争，中外文化的碰撞，伦理之间的纠葛，都被特定的历史不断消解，或者颠覆。特别是上官金童的出生和成长，多少还隐喻了东西文化融合中的畸形。透过这种混杂性的文化，我们很难确定创作主体的文化观念和意识形态化的价值立场，一切只是为了活着，一切又似乎见证了活着的历史。或许正因如此，这部小说在发表之初，便受到巨大的质疑。

在《蛙》中，莫言试图通过一种自我叙说的方式，在演绎姑姑传奇人生的同时，对自然生命与计生制度的冲突进行反思。然而，无论是对自然生命的推崇或捍卫，还是对计生制度的质疑，就小说的主旨而言，都不是明确的、全方位的。莫言以"蛙"的旺盛繁殖而喻"娃"的控制出生，无疑呈现了创作主体的解构性冲动，但是，在叙事的背后，如果我们认真地回顾姑姑的一生，又会发现这个故事的重点主要是在突显姑姑内心对生命意识的觉醒，并没有对生育制度构成深度的质询。更耐人寻味的是，作为叙述者的"我"，几乎不停地与日本人进行信件沟通，似乎想获取更多的域外视野中的价值评判。

除了对既定的历史观念持解构性的姿态以外，莫言还对单纯的真善美也进行了自觉性的解构或颠覆。有很多学者在批评莫言的创作时就强调，对于丑恶、肮脏、残忍、淫秽，莫言似乎有着天生的迷恋和执着的偏爱，特别是对一些残酷暴虐的行为，莫言常常抱着一种玩赏的心态。王干就说："莫言却在反文化的旗帜下干着文化的勾当。莫言在亵渎理性、崇高、优雅这些神圣化的审美文化规范时，却不自觉地把龌龊、丑陋、邪恶另一类负文化神圣化了，也就是把另一类未经传统文化认可的事物'文化化'了。"[1]

其中最为典型的一个例证，就是莫言对于女性的书写。在莫言的笔下，很多女性都呈现出某种模式化倾向，即原型理论中所定义的"妖

---

[1] 王干：《反文化的失败——莫言近期小说批判》，《读书》，1988年第10期。

妇"与"圣母"的合体。一方面,这些女性大胆泼辣,服从本能,蔑视贞节,甚至敢作敢为,完全是"妖妇"原型的不同翻版;另一方面,她们又无畏无私,忍辱负重,心地善良,甘于奉献,勇于牺牲,是"圣母"的表征符号。从《红高粱家族》中的戴凤莲、《欢乐》中的母亲、《丰乳肥臀》里的上官鲁氏、《怀抱鲜花的女人》中的女鬼,到《四十一炮》中罗小通的母亲杨玉珍、《檀香刑》里的孙眉娘、《生死疲劳》里的白氏、《酒国》里的女货车司机等等,都是如此。这种集"妖妇"和"圣母"于一体的叙述策略,本质上折射了创作主体的精神诉求——摆脱真善美的单纯标准,让其真正地融入复杂的人性之中,在丑陋或粗鄙的生活情境中,凸现莫言对女性生命的理想建构。

在《师傅越来越幽默》里,省级劳模丁十田原本是一个木讷老实且拥有一定威望的工人,突然被颇有计谋的领导作为安然接受下岗的代表,推动工厂完成了转型裁员的计划。然而,当别人都找到谋生之路后,他却一直无计可施。终于,在徒弟吕小胡的帮助下,他将小树林中报废的公共汽车改造成"林间休闲小屋",为男男女女提供幽会场所。表面上看,丁十田的行为,是对命运的一种无奈反抗。然而,在这种反抗的背后,又分明凸现了作者对欲望化时代的讥讽。《四十一炮》里的叙述者就曾直言不讳地说,自己"在屠宰村长大,见多了杀戮,泯灭了善知识"。这个村庄不仅专门屠宰猪牛羊驴狗猫鸡鸭鹅,还杀戮骆驼、鸵鸟、孔雀和梅花鹿。作为一村之长的老兰,既是"公开的好色之徒",能搞的女人都搞了,又是"黑心致富的带头人",公开传授注水肉,用福尔马林浸肉,用硫黄熏肉,用双氧水漂肉,在制作肉食时添加各种色素和甲醇,使肉的色泽和气味处于最佳状态。即便是病死动物的肉,他们也照样将之加工成色香味俱全的食品。尽管这种极致性的书写,尖锐地抨击了正常伦理失序后的欲望化生存景象,但是,从作家那些轻松戏谑的语调中,我们又感受到作者对这些恶俗场景的暧昧心态。《酒国》同样如此。莫言在一种极致化的审美情境中,营构了一个欲望横流的"酒国"世界,并试图通过案件侦查手段,撕开这个两极分化、尖锐对立的二元社会现实。在那里,一边是饱受践踏的普通劳动者,一边是极度空虚的权贵阶层。一边是讨论烧两瓢水还是三瓢水洗涤即将出售的婴儿的贫困文化,一边是穷奢极欲无视人伦的权力文化。在这种两极化的现实中,无论哪个阶层的人群,都对这种欲望化的秩序持高度的认同,并以自身的行为对之推波助澜。从审美意图上看,小说无疑体现了作家对欲望滥觞的强烈反讽和批判,但在具体的情节叙述中,包括丁钩儿进入酒国后的所作所为,李一斗的自供式写作,又洋溢着自我感官满足的愉悦。

更为突出的是,莫言还充分利用他那狂放不羁的想象和异常发达的感官能力,对各种引人不快、粗俗甚至恶心的场景,进行极度夸张的迷恋性叙述。这种或暴虐或恶心的细节场景,在莫言的笔下几乎随处可见。像《檀香刑》中对于各种历史酷刑实施过程的精细化呈现,《红高粱家族》中对活剥人皮、野狗食尸的详细描绘,《筑路》中对剥狗皮过程的血淋淋的细致临摹,《复仇记》里对活剥猫皮的腥臊气味的大量渲染,都让人难以忍受。在《红蝗》中,作者在"大便味道高雅"、"像薄荷油一样清凉的味道"的反复叙述中,将大便呈现得一片绚烂辉煌,庄严静穆,甚至"达到了宗教的、哲学的、佛的高度"。《欢乐》中,作者描写跳蚤在母亲的阴毛中爬行、在生殖器和阴道里爬行之后,又如此反问道:"你吃过男人的阴茎,但你喝过女人的月经吗?"月经"味道不坏,有点腥,有点甜,处女的干净,纯正;荡妇的肮脏、邪秽,掺杂着男人们的猪狗般的臭气"。在《二姑随后就到》中,暴虐场面更是惊心动魄。天地俩兄弟不仅残忍地挖出大奶奶的两个眼球,还威逼路人凌迟;麻奶奶被剁下双手之后,断手还在地上不断"抽搐";被枪毙的七老爷爷,则是"一股白脑子蹦了出来"……"除了视觉性,触觉、味觉、嗅觉、听觉连同五脏六腑神经末梢,都是莫言的感官叙事抚慰或蹂躏的场地——花的臭气,大便的芬芳,人尿引子的高粱酒,炸得金黄的婴儿宴,遥远但却轰鸣的昆虫振翅,切近但却微弱的凶狠庆骂,冷冻的尸体五脏和脂肪,一揪就撕裂流脓的耳朵,扒皮抽筋的酷刑已是小儿科，还得看喉咙进肛门出欲死不能的檀香刑……扭曲，变形，夸张，亵渎，直至用酷刑叙述挑战神经极限，莫言感官叙事的刺激强度已超过西方虐恋经典《O的故事》。"[1] 尽管这些细节并没有彻底颠覆小说内在的批判性主旨，但是，这种无节制的迷恋性叙述所带来的审美效果，依然让人们觉得作者对真善美的艺术格调进行了尖锐的挑战。对此，莫言则有一套自己的说辞："只有正视人类之恶，只有认识到自我之丑，只有描写了人类不可克服的弱点和病态人格导致的悲惨命运，才是真正的悲剧，才有可能具有拷问'灵魂'的深度和力度，才是真正的大悲悯。"[2]

无论是对历史意志的解构性表达，还是对传统真善美观念的消弭性叙述，其背后都凸现了创作主体的现代反叛意识和变革意愿。由此而形成的文化意识的混杂性，构成了莫言小说在审美内涵上的丰富和多元，也为读者提供了多义性的解读空间。这也导致了人们对他的作品常常产生或褒或贬的两极性评价，而且，这种两极性评价至今仍在延续。

第三节 叙事形式的混杂性拼接

从小说的叙事形式上看，莫言创作的混杂性美学特征，同样体现得十分鲜明。客观上，莫言对各种民间叙事传统有着强劲的整合能力，同时对一些现代叙事也具有灵活的选择能力——当别人以正常的眼光描述一棵树时，他会选择树的倒影。这使莫言小说的叙事形式常常显得繁复而杂糅，具有某种颠覆性的特质。古今中外，现代传统，大俗大雅，都被他通过各种方式，整合在叙事之中，且不加节制，形成一种泥沙俱下的审美效果，并直接导致了其小说精神意蕴和文化意识的混杂性。

莫言的叙事风格从整体上看是喜剧性的、充满反讽意味和奔放无束的。但在具体的叙事过程中，他又不断融合其他叙事手法，用瑞典文学

---

[1] 李静：《不驯的疆土——论莫言》，《当代作家评论》，2006年第6期。
[2] 莫言：《捍卫长篇小说的尊严》，《当代作家评论》，2006年第1期。

院的话说,莫言的创作"将魔幻现实主义与民间故事、历史与当代社会融合在一起"。魔幻即是一种反经验的存在,也是一种非理性的存在。它与小说的虚构性常常不期而遇,并能帮助作家在处理复杂的现实生活时,巧妙地实现某种诗性的飞跃。莫言的很多代表性作品,都充分依助于这种叙事策略,传达了创作主体内心某些言说不清的东西。这些言说不清的生存境况,很多时候属于作家的直觉体验,具有鲜明的感性特征,但在莫言的笔下,常常能够转换为异彩纷呈的审美世界。这是莫言的独异之处,也是莫言对中国文学的一种开拓性的贡献。纵观莫言的叙事策略,其混杂性特征主要体现在传统与现代的杂糅、隐喻性事象的爆炸式运用,以及叙述视角的频繁更替等方面。

传统手法与现代叙事的混杂,是莫言最常用的一种叙事策略。在莫言的很多小说中,传统的章回体、民间的猫腔或民谣、人鬼对话式的神魔笔法,与现代的意识流、感觉化叙事乃至魔幻现实主义,常常交织在一起,形成一种古今混杂、雅俗相融的审美格调。在《透明的红萝卜》、《爆炸》、《枯河》、《红高粱家族》、《红蝗》等早期作品中,莫言就在写实的基调上,采取了大量现代手法,包括不同视角的择用、感官化的细节处理、奇幻化的叙事语流等等,倾力突出人物的感觉、联想和幻觉,打破真实与虚幻之间的界限,使叙事在通感、超验和奇幻的状态中呈现出"陌生化"效果。特别是像《拇指铐》、《人与兽》、《夜渔》、《金发婴儿》、《我们的七叔》、《怀抱鲜花的女人》、《生死疲劳》等小说,大量呈现人鬼互交的奇幻式叙述,虽然被很多学者视为马尔克斯式的魔幻主义在中国的翻版,但是,它与中国民间野史的奇幻性同样也有着紧密的共振。我们或许可以说,从《世说新语》到《聊斋志异》,各种人鬼相恋的自由与奔放、奇情怪命的轮回式交织,都被莫言巧妙地置于叙事之中。

随着叙事经验的不断丰富,莫言又开始自觉加强民间传统叙事资源的利用,并在叙事手法上融入了大量的传奇、志人志怪、民间戏曲等元素,既突出了小说叙事的喜剧化倾向,又丰富了小说叙事的美学形态。

像《十三步》、《天堂蒜薹之歌》、《四十一炮》、《檀香刑》等,都是如此。在谈及《檀香刑》时,莫言就曾直言不讳地说:"为了适合广场化的、用耳朵的阅读,我有意地大量使用了韵文,有意地使用了戏剧化的叙事手段,制造出了流畅、浅显、夸张、华丽的叙事效果。民间说唱艺术,曾经是小说的基础。在小说这种原来是民间的俗艺渐渐地成为庙堂里的雅言的今天,在对西方文学的借鉴压倒了对民间文学的继承的今天,《檀香刑》大概是一本不合时尚的书。《檀香刑》是我的创作过程中的一次有意识地大踏步撤退,可惜我撤退得还不够到位。"[1]

从传统与现代的杂糅手法来看,《蛙》无疑是最为典型的一部作品。小说共分五个部分,四封书信引导出小说故事的主干,第五部分为话剧。其中,故事的主干部分是传统的写实基调,还不时地融入了一些志怪式的细节,体现出较多的传统叙事元素。但是,若从大的结构上看,该小说则显得极为现代——其中的"我"反复强调自己是剧作家,而不是小说家,"我"最后创作了剧本《蛙》;而剧本《蛙》只是小说《蛙》中的一部分,小说《蛙》是"我"向日本作家杉谷义人先生介绍自己创作剧本《蛙》的过程的叙述。这意味着,整个小说就是一场关于叙述的叙述。与此同时,我们也必须承认,作者将书信、小说和话剧混杂在一起的叙事策略,并没有从根本上提升小说的审美内涵。尤其是书信中"我"对日本作家杉谷义人的倾诉,似乎让杉谷作为故事的倾听者,但这样的倾听者在小说中并没有特别的功能。同样,第五部分的九幕话剧,放纵而戏谑,比小说叙事更为开放,只是突出了作者对当下现实的讥讽,也没有更为特殊的作用。尽管如此,作为一个开放性的叙事,《蛙》确实体现了莫言同时面对传统与现代的艺术胸襟。

各种隐喻性事象的爆炸式呈现,也一直是莫言小说的一道美学奇观。在中国当代作家里,苏童和莫言都是迷恋各种隐喻性事象的作家。所不同的是,苏童更多地选择具有南方质地的意象,突出阴郁、柔软、

---

[1] 莫言:《檀香刑·后记》,第515页,作家出版社,2012年。

轻盈而潮湿的江南生活韵致。而莫言则非常喜欢选择一些具有感官冲击力的事象，经过人物的想象性变异，使之或奇幻化，或歧义化，从而形成一个个语义含混且不断被抽象的事物，构成十分混杂的隐喻载体。这种情形，从《透明的红萝卜》开始，就一直如此。如"红萝卜"、"红高粱"、"高粱酒"、"红蝗"、"大便"、"肉婴"、"酒国"、"刑场"、"檀香刑"、"蛙"等等，都超越了具体明确的事物，隐含了异常繁杂而又混沌不明的审美内涵。譬如《透明的红萝卜》中的"红萝卜"，究竟隐含了哪些意义，历来众说纷纭。而《红高粱家族》中的"红高粱"，则犹如一株株充满血性和本真的生命之旗，"在白马山之阳，墨水河之阴，还有一株纯种的红高粱，你要不惜一切努力找到它。你高举着它去闯荡你的荆棘丛生、虎狼横行的世界，它是你的护身符，也是我们家族的光荣的图腾和我们高密东北乡传统精神的象征"[1]。

　　在此，我们不妨看看小说《爆炸》。作者在这篇小说的开头，细致地描述了父亲打"我"的那记耳光："父亲的手缓慢地举起来，在肩膀上方停留了三秒钟，然后用力一挥，响亮地打在我的左腮上。父亲的手上满是棱角，沾满着成熟小麦的焦香和麦秸的苦涩。六十年劳动赋予父亲的手以沉重的力量和崇高的尊严，它落到我脸上，发出重浊的声音，犹如气球爆炸。几颗亮晶晶的光点在高大的灰蓝色天空上流星般飞驰盘旋，把一条条明亮洁白的线画在天上，纵横交错，好似图画，久久不散。飞行训练，飞机进入拉烟层。父亲的手让我看到飞机拉烟后就从我脸上反弹开，我的脸没回位就听到空中发出一声爆响。这声响初如圆球，紧接着便拉长变宽变淡，像一颗大彗星。我认为我确凿地看到了那声音，它飞越房屋和街道，跨过平川与河流，碰撞矮树高草，最后消融进初夏的乳汁般的透明大气里。"[2] 这个充满暴虐性的细节之所以发生，是因为父子两代人对于生育与家族繁衍的观念冲突。因此，借助整个小说的叙事意图，我们能够隐约地感知，莫言所渲染的这种"爆炸"，

---

〔1〕 莫言：《红高粱家族》，第351页，作家出版社，2012年。
〔2〕 莫言：《欢乐》，第193页，作家出版社，2012年。

其实是伦理观念的爆炸，是家族权威意志的爆炸，也是生命观念的爆炸。

这种隐喻性事象，在莫言的长篇小说中几乎随处可见，并与其狂放的想象力、奇特的感官体验，形成了内在的共振关系，共同推动了莫言小说在审美内涵上的混杂性特质。像《酒国》里的酒国市，就完全是一个虚拟的欲望舞台。那里的各种烈酒，并非一般意义上的饮品，而是人性欲望的主宰之物，"酒让每个人的欲望充分燃烧，并直接成为'酒国'的血液与灵魂"[1]。《檀香刑》中的刽子手赵甲、如戏台般的刑场、各种刑术、行刑仪式中的唱戏，都具有丰富的文化隐喻意义。《丰乳肥臀》里，从乳房、牧师到母亲上官鲁氏、儿子上官金童，无一不是隐喻性的载体。尤其是上官金童，差不多是一个中西两种血缘和文化共同孕育出的"杂种"。他的血缘、性格与弱点表明，他是一个文化冲突与杂交的产物，而他的命运，则更逼近地表明了知识分子在这个世纪里的坎坷与磨难。用张清华的话说，他身上的一切都是矛盾的：秉承了"高贵的血统"，但始终是政治和战争环境中难以长大的有"恋母癖"的"精神的幼儿"；敏感而聪慧，却又在暴力的语境中变成了"弱智症"和"失语症"患者；一直试图有所作为，但始终像一个"多余人"一样被抛弃；一个典型的"哈姆莱特式"和"堂吉诃德式"的佯疯者，但被误解和指认为"精神分裂症者"[2]。

与此同时，我们还注意到，莫言是最喜欢变换叙事视角的一个作家。视角的转换是现代小说常用的一种表现手法，体现了作家对叙事的多维度介入与呈现，操作上虽然具有一定的难度，但对于一些优秀作家来说，并非不可克服。总体上，莫言比较擅长人物的内视角，很多小说都是以人物的视角来进行分而叙之。但是，在一些内视角的叙述过程中，作家又不断加入一些全知视角的叙述片段。譬如《红高粱》里，莫

---

[1] 刘再复：《"现代化"刺激下的欲望疯狂病——〈酒国〉、〈受活〉、〈兄弟〉三部小说的批判指向》，《当代作家评论》，2011年第6期。
[2] 张清华：《叙述的极限——论莫言》，《当代作家评论》，2003年第2期。

言就用了三重视角。尤其是"我"和豆官的视角,大大强化了小说叙述过程中"审丑"的现代性立场。从"爷爷"余占鳌到"父亲"豆官再到孙子"我",表现出一种生命力递减的现象。"爷爷"是一位野性勃勃、匪气十足、充满阳刚之气的抗日英雄;而"父亲"则只能拿着爷爷的武器对付一群癞皮狗,而且丧失了一颗睾丸,其生殖力已大打折扣;到了"我"这一辈,则简直就是被彻底"阉割"了。"我"的脑子里,常常充满了"机械僵死的现代理性思维"和"被肮脏的都市生活臭水浸泡得每个毛孔都散发着扑鼻恶臭的肉体"[1],就像混在高粱地里的"杂种高粱",质劣、杂芜、缺乏繁殖力。《檀香刑》虽然运用了第二人称与全知视角的交替叙述,但是主要叙述依然动用了人物视角,尤其是钱丁和眉娘的视角,一个仕人,一个浪妇,两个人的叙述语调犹如东北二人转,很有韵味。

在《生死疲劳》里,作者主要立足于全知视角进行叙述,但在具体的故事情境中,作者又让西门闹的每一次轮回,都转换为一种新动物的视角。这种视角的转换,隐喻了做人不易、做畜也不易的潜在逻辑。莫言自己也认为:"随着他不断地转世,慢慢地他认同了动物性,而淡忘了最初他坚持的人性,反而是动物性越来越强,直到高过原有的人性。故事刚开始,西门闹转世成一头驴,但他认为他仍是一个人,对人世的仇恨时时控制着他,他以人的目光体察人间的一切,即使是驴还是以人的思考方式来介入一切,当他想去安慰他的媳妇白氏时,他才发现自己的声音只是驴叫。但转世为猪时,他做了猪大王,他很满足。关于西门闹的记忆,他渐渐淡化。转世为狗,他已得意于作为主席狗的身份,狗性越来越浓,控制着他的其他所有行为。当他最终转世为人'大头儿'后,只剩下一个局外人的身份。"[2]

我们不妨再细看《十三步》。这部小说在大故事中套小故事的迷宫结构里,通过一个囚在笼子里的叙述者,讲述了两个家庭的错位式生

---

[1] 莫言:《红高粱家族》,第349页,作家出版社,2012年。
[2] 林建法主编:《说莫言》(上),第29页,辽宁人民出版社,2013年。

活，中学物理老师方富贵累死讲台，不料又死而复活，回家后却被妻子屠小英视为鬼魂而拒绝其进门。无奈之际，殡仪馆特级整容师李玉婵向他伸出了橄榄枝，将他化装成自己的丈夫张赤球，并让他顶替同样在中学教学的张赤球去上课，而让真实的张赤球下海经商。在这个错位的故事中，全知视角、人物的旁知视角以及第二人称视角，随着人物的不断变换而变化，各种视角都承担了其特殊功能。莫言认为"直到现在，《十三步》也是我登峰造极的作品。至今我也没有看到别的作家写得比《十三步》更为复杂。我把汉语里能够使用的人称和视角都试了一遍"[1]。

就混杂性的美学追求而言，莫言在叙事上的形式努力，几乎超过了很多先锋作家。从现代元小说（如《酒国》）到传统志怪小说（如《拇指铐》、《怀抱鲜花的女人》），从复调式的多声部共鸣（如《十三步》、《生死疲劳》）到不同文体的拼接（如《蛙》），他都进行过自觉的尝试。在短篇《学习蒲松龄》中，莫言曾讲述了这样一个故事：当过马贩子的祖先曾经托梦给写小说的"我"，并带"我"去拜望写小说的祖师爷蒲松龄，在"我"朝他磕了数次头之后，这位祖师爷从怀里摸出一只大笔甩给"我"，并说道："回去胡抡吧！"[2] 从表面上看，"胡抡"确属一句玩笑之语，但若纵观莫言之千变万化的叙事手法，"胡抡"又是对其叙事策略的最好概括，表明了他对一切写作成规的挑战之意愿，也折射了他对各种美学范式的混杂追求。

当然，也不只是莫言才采用这种混杂性的叙事形式。像史铁生的《我的丁一之旅》，韩少功的《暗示》，林白的《妇女闲聊录》、《北流》，刘恪的《城与市》，以及李洱的《应物兄》等，都以一种"跨文体"的思维方式，不断地在叙事中融入大量非小说的文本，如诗歌、散文、戏剧、理论辨析乃至考据、释义、史志、图片等等，使小说呈现出多重文体相互融会和整合的混杂性特征。从这些作品中，我们不仅可以看出作

---

[1] 莫言：《小说的气味》，第157页，春风文艺出版社，2003年。
[2] 莫言：《与大师约会》，第319页，作家出版社，2012年。

家们对小说的形式空间及其审美内涵进行顽强开拓的积极姿态，还可以探究到某些更为复杂的文化根源。只不过，莫言的创作更为突出一些。

无论是审美内涵还是叙事形式，莫言的小说给我们提供的，都是一种混杂的美学趣味。这种审美趣味，具有颠覆性的艺术冲动。莫言不同于其他作家的复杂，因为其他作家在让作品内涵复杂的同时，总会体现出一种较为明确的价值指向或思考向度，但在莫言的创作中，却未必如此。这种具有颠覆意味的混杂性美学追求，体现了莫言对一些审美观念和叙事圭臬的挑战和反抗，也展示了他对小说创作的探索智慧和勇气。因此，在中国当代作家里，莫言一直保持着清醒的开拓意识和鲜明的先锋精神。

第七章
中国当代先锋文学的荒诞性
——以余华《在细雨中呼喊》、《兄弟》为例

从1983年正式发表《第一宿舍》开始,余华的创作生涯迄今已有三十余年。纵观余华的创作轨迹,我们会发现,有一种极为尖锐的冲突始终盘桓在余华的内心,那就是如何处理异常复杂的现实生活经验及其内在的逻辑。为此,他曾不断地调整自己的叙事策略和表达方式,试图找到一条适合自己的表达途径,但最终仍无法彻底地与现实达成和解。余华自己也坦承,"长期以来,我的作品都是源于和现实的那一层紧张关系"[1]。这种"紧张关系",一方面说明他非常关注现实,渴望以强劲的叙事手段,击穿某些现实的本质,但另一方面,他又不愿意在具体创作中时时忍受现实经验与逻辑的摆布,并对人类理性建构下的逻辑秩序深表怀疑。细究余华的创作,我们会发现,他对现实经验和常识的反抗手段并不复杂,只是从逻辑上斩断了人类赖以生存和认知的理性链条。也就是说,余华首先是以破除理性逻辑的合法性,通过大力彰显非理性的生活现状来建构自己的艺术世界。

众所周知,人们的很多生活经验和常识,都是基于理性的认知,也

---

[1] 余华:《活着·中文版自序》,第1页,作家出版社,2012年。

是源于逻辑上的推断，并由此构成我们生活中的"铁律"。但是，人类又时时面临非理性的袭扰，不断体现出自身作为动物的各种本能。这些非理性的真实存在，既是复杂人性的重要景观，又是人们自启蒙以来不断探究的核心问题，它可以随时随地践踏或颠覆人类的理性世界，使我们对人类自身的认知永难穷尽。余华选择非理性的生活作为突破口，从本质上说，就是要借助大量的、无法理喻的生命状态，证明人类通过理性建构的世界是多么脆弱，也是多么不可靠。所以，在这些中短篇小说里，处处充满了错位、荒诞、冷漠和无所适从。很多故事的发展都没有因果关系；一个个暴力和血腥的事件，常常源于人物非理性的冲动；大量人物命运的前后变化，也找不到内在的逻辑依据。这也说明，余华已完全抛开了现实的逻辑关系和种种经验，以强烈的主观真实，在自己的虚构世界里肆意狂奔，展示了中国当代先锋作家对于荒诞美学的执着追求。为此，本章将以余华的《在细雨中呼喊》、《兄弟》为例，通过文本的细致解析，揭示中国当代先锋文学的荒诞性追求。

第一节　直面荒诞的特殊反抗

先锋文学是怪异的。这种怪异，主要在于它颠覆了人们的日常经验、常识乃至理性逻辑，与日常的通俗背道而驰，从而导致人们在各种程度上的接受障碍。用西班牙学者加塞特的话说，它是"非人化"的一种艺术。在加塞特看来，"一切现代艺术都是不可能通俗的，这绝非偶然，而是不可避免和注定如此"[1]。这种无法通俗，主要涉及创作理念与读者之间的关系，"现代艺术总有一个与之相对立的大众，因而它本质上是无法通俗普及的，更进一步讲，它是反通俗普及的。任何现代艺术作品都自发地对一般大众造成了某种好奇的效果。它把大众分为两部分：一是小部分热衷于现代艺术的人，二是绝大多数对它抱有敌意的

---

[1] 周韵主编：《先锋派理论读本》，第155页，南京大学出版社，2014年。

人。因此,艺术作品起着社会催化剂的作用,把无形的民众分成为两个不同的阶层"[1]。为什么会形成这种情形?加塞特进行了颇为翔实的阐述:

> 现代艺术家不再笨拙地朝向实在,而是朝与之相对立的方向行进。他们明目张胆地把实在变形,打碎人的形象,并使之非人化。……通过剥夺"生活"现实的外观,现代艺术家摧毁了把我们带回自己日常现实的桥梁和航船,把我们禁锢在一个艰深莫测的世界中,这个世界充满了人的交往所无法想象的事物。现代艺术家迫使我们即兴发明一些沟通的新形式,它们全然有别于同事物沟通的惯常方式。为了适应他们创作的稀奇古怪的形象,我们必须发明一些前所未闻的姿态。这种以取消自然存在的生活为前提条件的生活新方式,也就是我们所说的艺术理解和艺术愉悦。并非说这种生活缺乏感情和激情,而是说这些感情与激情显然属于某种不能覆盖基本人类生活的峰峦山谷的植物区系。在我们这个时代的艺术家身上,这些极端事物唤起的是派生的激情、特殊的审美情感。[2]

加塞特的这段话表明,现代艺术主要是解构了现实生活的基本秩序,破坏了作为艺术形象的完整人物,导致人们需要建构新的沟通方式来理解作品。从先锋文学的发展来看,荒诞就是其中突出的表现形态之一。因为荒诞的主要特征就是内外不符、自相矛盾、形态怪异、言行不合常理,是对人类赖以生存的理性秩序的颠覆,并由此引起人们难以理解的、荒唐的审美感受。尽管也有学者认为,荒诞在中外文学中自古就有,包括神话志怪之类,但现代意义上的荒诞,还是基于启蒙之下人类理性过度自信后的产物,用加缪的话说,荒诞是清醒的理性对其局限的确认。也就是说,现代意义上的荒诞,是人类理性发展到一定阶段之后

---

[1] 周韵主编:《先锋派理论读本》,第155—156页,南京大学出版社,2014年。
[2] 周韵主编:《先锋派理论读本》,第158页,南京大学出版社,2014年。

所形成的一种对世界和人生的理解与认知，折射了人的主体意识对既有理性逻辑的超越与扬弃，体现了深刻和复杂的社会根源与思想基础。

　　荒诞作为先锋文学的一个重要审美特征，主要表现在存在主义文学、荒诞派戏剧、精神分析理论和马克思主义异化理论的相关创作实践中。其中，比较典型的是存在主义文学以及受此影响的荒诞派戏剧，涌现了众多经典性的作品，包括加缪的《局外人》、萨特的《恶心》、尤奈斯库的《犀牛》、贝克特的《等待戈多》等等。在《文学术语词典》里，艾布拉姆斯就认为，"二战"之后出现的荒诞派文学，"则是对传统文化和文学中的基本信仰与价值标准的反叛。这一传统观念包括这样的假设：人是具有理性的动物，他赖以生存的世界至少是部分可知的；在有秩序的社会结构里，人是基本的一个组织部分；即使他置身逆境也不会丧失自己的英雄气概与尊严。然而，1940年代后，出现了尤以让—保罗·萨特和阿尔贝·加缪等文人的存在主义哲学为突出代表的普遍倾向。他们认为：每个人都是沦落异乡的孤独的生灵；这一人类世界不存在固有的真理、价值标准与任何意义；人生只不过是对生存目标和存在意义的徒劳的探索过程，人生本自虚无，并终将化为虚无；人生的存在是件既痛苦又荒诞的事"[1]。随此之后，西方文学中出现的尤奈斯库、贝克特、让·热内等，通过一系列经典的荒诞戏剧，将荒诞文学推向了高峰，并确立了荒诞美学的诸多特征。我们无意在此探讨荒诞的美学问题，而是想表明，荒诞是先锋文学重要的表现形态之一，也是它的一个重要审美特征。在中国当代先锋文学里，荒诞同样也获得了多方位的表达，包括各种非理性的人性探讨、人物形象的抽象化处理、叙事过程中的反逻辑链拼接等等。但是，从悲剧性上说，最具有先锋意味的，应该是黑色幽默。它几乎将荒诞推向了某种极致的审美之境。艾布拉姆斯也说道："与荒诞派文学运动密切相关的许多近期作品采用了黑色喜剧或黑色幽默的表现手法：描绘在光怪陆离或噩梦般的现代世界里，邪恶、

---

[1]　[美]艾布拉姆斯、杰弗里·高尔特·哈珀姆：《文学术语词典》，第3页，吴松江等编译，北京大学出版社，2014年。

天真幼稚或无能的人物在尤奈斯库称为'悲剧性闹剧'中扮演的角色，其情节同时具有滑稽可笑、恐怖与荒诞的色彩。"[1] 这种黑色幽默式的荒诞追求，在中国当代先锋文学中，同样也有非常深刻的体现，像莫言、刘震云、东西、陈锟等作家的一些作品，都在不同程度上体现了黑色幽默的审美追求。

不过，从作家的主体意识上说，余华在这方面或许是比较清醒的作家之一。在《荒诞是什么》一文中，余华曾直言不讳地说，他虽然不是荒诞派作家，但他写过很多荒诞小说。在他看来，荒诞不仅与时代、文化相关，而且也是一种多样化的审美存在，"荒诞的叙述也是因人因地因文化而异，比如贝克特和尤奈斯库的作品，他们的荒诞十分抽象，这和当时的西方各路思潮风起云涌有关，他们的荒诞是贵族式的思考，是饱暖思荒诞。卡夫卡的荒诞是饥饿式的，是穷人的荒诞，而且和他生活的布拉格紧密相关，卡夫卡时代的布拉格充满了社会的荒诞性，就是今天的布拉格仍然如此"[2]。同时，他还进一步强调：

  美国的黑色幽默也是荒诞，是海勒他们那个时代的见证。我要说的是，荒诞的叙述在不同的作家，不同的时代，不同的民族那里表达出来时，是完全不同的。用卡夫卡式的荒诞去要求贝克特是不合理的，同样用贝克特式的荒诞去要求马尔克斯也是不合理的。这里浮现出来了一个重要的阅读问题，就是用先入为主的方式去阅读文学作品是错误的，伟大的阅读应该是后发制人，那就是怀着一颗空白之心去阅读，在阅读的过程里内心迅速地丰富饱满起来。因为文学从来都是未完成的，荒诞的叙述品质也是未完成的，过去的作家已经写下了形形色色的荒诞作品，今后的作家还会写下与前者不同的林林总总的荒诞作品。文学的叙述就像是人的骨髓一样，需要

---

[1] [美]艾布拉姆斯、杰弗里·高尔特·哈珀姆：《文学术语词典》，第5页，吴松江等编译，北京大学出版社，2014年。
[2] 余华：《我们生活在巨大的差距里》，第58页，北京十月文艺出版社，2015年。

不断造出新鲜的血液，才能让生命不断前行，假如文学的各类叙述品质已经完成了固定了，那么文学的白血病时代也就来临了。[1]

无论是艾布拉姆斯还是余华，都意识到了黑色幽默中所表达出来的深渊般的荒诞。这种荒诞，是一种彻底的荒诞，也是一种无法超越和摆脱的荒诞。作为一种绝望式的喜剧或"绞刑架下的幽默"，黑色幽默主要是指二十世纪六十年代在美国小说创作中出现的一种思潮，"它打破了存在主义小说的沉闷和严肃，代之以令人感到苦涩的玩笑和嘲讽。它有意忽视个人的痛苦，集中体现个人必须面对的令人哭笑不得的环境和遭遇，以幽默的语言烘托恐怖的气氛，以滑稽的笑声揭示世界的荒诞"[2]。但是，它留给后来者的，并不只是一种"黑色"加"幽默"的创作方法或艺术思维，而是一种人生态度，一种看待世界的方式，一种致力于揭示生存的荒诞、绝望而又能超然于外的精神姿态，因为黑色幽默是"人的思想情绪上的忧郁成分（或称悲剧成分）与超脱、幽默成分（或称喜剧成分）混合，在幽默中表现阴沉和绝望，又从这种绝望中抽身出来，笑看人类的处境"。正因如此，有人就认为，"黑色是作家的世界观和作品的基调、内容，幽默则是作家的处世态度和创作态度。'黑色幽默'就是这样在'黑色'和'幽默'下，在'现实'和'幻想'中维持着人类脆弱的心理平衡"[3]。尽管这种阐释并不是特别的全面，但基本上概括了"黑色幽默"的艺术特质，即它是创作主体通过超然的心态和幽默的眼光，直面苦难而无望的生存处境，展示绝望背后的荒诞真相。在余华的创作中，《现实一种》、《一九八六年》、《爆炸》、《阑尾》、《他们的儿子》、《许三观卖血记》、《第七天》等，都体现了这种黑色幽默式的荒诞。其中，《在细雨中呼喊》和《兄弟》尤为突出。

---

[1] 余华：《我们生活在巨大的差距里》，第60—61页，北京十月文艺出版社，2015年。
[2] 汪小玲：《美国黑色幽默小说研究》，第11页，上海外语教育出版社，2006年。
[3] 汪小玲：《美国黑色幽默小说研究》，第8页，上海外语教育出版社，2006年。

第二节　恐惧与绝望的艰难挣扎

作为余华的第一部长篇小说,《在细雨中呼喊》带给人们的并不仅仅是历史的沉重和悲凉,也不仅仅是成长的恐惧和绝望,还有一幕幕滑稽与荒诞的反抗、一次次幽默与夸张的嘲解。正是这些浸满泪水的"笑声",使它摆脱了对历史苦难的简单控诉,并呈现出"黑色幽默"的审美特质。"这本书试图表达人们在面对过去时,比面对未来更有信心。因为未来充满了冒险,充满了不可战胜的神秘,只有当这些结束以后,惊奇和恐惧也就转化成了幽默和甜蜜。"[1]《在细雨中呼喊》出版七年之后,余华曾在它的意大利文版的自序中写下了这句话。他试图表明,记忆总是具有特殊的亲和力,天然地蕴含着某些"幽默和甜蜜"的意绪,就像普希金曾写下的诗句——"那一切过去了的,都会成为美好亲切的怀念"。的确,立足于安之若素的今天,倘若人们能够带着真正的宽慰之心来回想往事,那么,过去的所有恐惧、苦难和绝望,或许只是记忆深处的一双双苍凉的小手,早已废弃了它那凌厉与强悍的膂力,留下的只有温柔的召唤。正是在这个意义上,当我们一次次沿着这部小说走进幽暗的历史时,我们真切地感受到,它带给人们的并不仅仅是岁月的沉重和悲凉,也不仅仅是成长的恐惧和绝望,还有历史缝隙中一幕幕滑稽与荒诞的反抗、一次次幽默与夸张的嘲解——可以说,正是这些浸满泪水的"笑声",彻底地改变了《在细雨中呼喊》的整个叙事格调,使它摆脱了那种对历史苦难的简单的控诉式表达,而以更具智性的叙事游走于记忆之中,呈现出某种"黑色幽默"的审美特质。

《在细雨中呼喊》之所以带有黑色幽默的审美特质,首先就在于它所叙述的是一个饱含着深刻悲剧意蕴的成长故事——它始于恐惧,终于绝望。"1965年的时候,一个孩子开始了对黑夜不可名状的恐惧。"从小

---

[1] 余华:《在细雨中呼喊·意大利文版自序》,第4页,作家出版社,2012年。

说的第一句叙述开始，恐惧和绝望便迅速笼罩在整个故事之中。"一个女人哭泣般的呼喊声从远处传来，嘶哑的声音在当初寂静的黑夜里突然响起，使我此刻回想中的童年颤抖不已。""再也没有比孤独的无依无靠的呼喊声更让人战栗了，在雨中空旷的黑夜里。"……随着这些叙述的频繁出现，在漫长的成长过程中，我们终于看到，伴随着主人公孙光林的，始终是孤独、恐惧和绝望。它们像一道密不透风的帷幕，将孙光林的成长包裹得严严实实，使他面对强大的现实，只有不停地战栗，或者逃离。他像一棵无根的浮萍，漂游在南门和孙荡之间；又像一个孤独的幽灵，穿梭于白天与暗夜之中。亲情、友情、关爱、庇护……所有这些赖以维持童年成长的必要因素，这些基于动物本能的安全需求，对孙光林来说，都是一种可望而不可即的幻景；而辱骂、暴打和遗弃，却成为他见证人生的日常情形。

　　如果仅仅从表面上看，《在细雨中呼喊》无疑是一部有关"伤害"或"受难"的小说，尖锐地展示了人道启蒙严重缺席的历史镜像。但是，当余华打开历史，向遥远的记忆发出诚挚的邀请时，我们却发现，人道启蒙虽然缺席，而死亡、恐惧和绝望却频繁地登场。它们像一把把利剑，在一个不谙世事的少年面前群飞乱舞，寒光四射。弟弟孙光明的死，祖父孙有元的死，父亲孙广才的死，母亲的死，继父王立强的死，同学苏宇的死，刘小青哥哥的死，孤独老太太的死……所有这些死亡，无一例外地剥离了暴力炫耀的成分，直接成为对那个时代苦难生存的直接表达；所有这些死亡，也无一例外地包围在孙光林的身边，引发了一个个无法预测的恐惧和不安——弟弟孙光明的死，使孙光林陷入前所未有的孤独之中；而继父王立强的死，更是让孙光林差点沦为现实的弃儿；好友苏宇的死，则进一步剥夺了孙光林生活里微薄的友情。除了死亡的恐吓之外，还有那些充满苦难的突发性事件，也同样以各种猝不及防的方式，不断地瓦解了孙光林生活里仅有的温暖，像鲁鲁的遭遇、国庆被父亲抛弃、老师的诬陷等等，都无情地掏空了他在成长中所觅得的少许希望。可以说，在孙光林的成长过程中，死亡和遗弃不仅以直接的生命消失引发了他的内心恐惧，还以各种间接的方式影响了他的精神人格，使他在身心两方面都一步步地陷入无法摆脱的困境。

当一个人的生活逐渐陷入难以言说的困境时，当他处于无力反抗而又必须反抗的焦灼状态时，他往往会寻找一种近乎自虐的极端方式，让疼痛与快乐沿着疯狂的宣泄爆发出来。这一点，我们可以从孙光林、苏宇、苏杭和郑亮等人面对青春的肉体骚动中看出。随着肉体的自然成长和欲望本能的疯狂折磨，正常的生理启蒙和道德启蒙却呈现出一片空白，由此而导致的结果，便是虚假的伦理规范和欲望的本能扩张在他们的内心中开始了尖锐的对抗。在这种对抗中，他们一方面忍受着手淫的恐惧煎熬，另一方面又享受着对异性的甜蜜幻想；一方面频繁地陷入道德伦理的自我训诫，另一方面又不断地对女性躯体进行大胆的挑逗。这种一次次充满冒险意味的流氓式挑逗行为，不仅给他们带来了"战栗"式的本能宣泄，而且也给他们带来了许多不可预测的灾难。在小说的第二章中，余华以"战栗"为标题，动用了数万字的篇幅详尽地叙述了这种隐秘的本能挣扎。它使我们看到，被日常伦理赋予了最丑陋面貌的欲望本能，却构成了生命战栗的核心基质。

恐惧、战栗和绝望，这些充满荒诞意味的悲剧内核，正是"黑色幽默"的一种精神基石。因为黑色幽默"从产生之日起就以'荒诞'、'黑色'为基调，卡住荒谬世界的脖子，反映的是现实生活中人的孤独、无助和绝望"[1]。它折射出现代人在各种强大的异己力量面前，在对理性的质疑及其伦理坍塌之后，无力主宰自己命运的绝望心理。也许余华并没有自觉地意识到这一点，但是，从《在细雨中呼喊》所展示出来的成长境遇来看，所有因物质的匮乏所构成的伤害，已失去了其应有的威力，而遗弃、暴力、死亡等精神的冷漠所构成的恐吓，则始终占据着主人公孙光林那幼小的心灵。他无法抗争，也无力抗争。孤苦而羸弱的心灵一次次在暗夜中呼喊，却永远也得不到任何回音。这种来自人物精神

---

[1] 汪小玲：《美国黑色幽默小说研究》，第84页，上海外语教育出版社，2006年。

深处的孤寂和绝望,为整个小说提供了一种深厚的"黑色"基调,也是这部小说具有黑色幽默特质的重要前提。

面对无边的恐惧、战栗和绝望,余华在叙述上却并没有选择那种"血管里流着冰碴子"的冷静语调,相反,他逐渐游离了以往先锋叙事的理性控制姿态,更多地将叙述归还给人物自身。在谈及这部长篇的创作时,他曾说道:"我开始意识到人物有自己的声音,我应该尊重他们自己的声音,而且他们的声音远比叙述者的声音丰富。"[1] 这种由叙述者的绝对统治到"尊重人物自己的声音"的转变,不仅仅意味着余华在叙事方式上的一种转变,而且意味着余华在艺术观念上的一次自我超越。它标志着余华笔下的每一个人物从此拥有了自己真正的生命表达权。因此,《在细雨中呼喊》中的很多人物,都渐渐地获得了自身特有的个性风貌和命运轨道,并由此使叙述不断地呈现出喜剧化的审美特质。

这种喜剧化的审美特质,最突出地体现在孙广才这个人物身上。当所有人物沿着自己的声音奔跑时,孙广才也不甘落后——他几乎发挥了自己的所有才能,迅速地使自身成为一个荒诞时代的符号。就小说的结构而言,孙广才无疑是一个承上启下的关键人物,但他又是一个不折不扣的无赖式的乡村农民。他面对生活的唯一选择就是逃避责任,追求私欲。身为人父,他从来就没有打算尽一个父亲的基本职能,而是竭力张扬家长的威风和做派:他不仅随意暴打自己的儿子,还将孙光林随意送给了别人,使他在孙荡度过了五年孤立无依的生活。当孙光明被淹死之后,他从中捕捉到的不是失子之痛,而是"英雄父亲"的荣耀;为此,他不惜一切代价,在各种虚幻的想象中进行着漫长的等待,渴望将自己从一个无赖上升为一个英雄。当孙光平谈上了对象时,他不是去积极地传达家长的友善和关爱,而是公然地调戏未来的儿媳妇。当孙光平与英花结婚之后,年近六十的孙广才依然不顾人伦之尊严,戏弄英花,只见

─────────

[1] 余华:《我能否相信自己》,第 246 页,人民日报出版社,1998 年。

他"满脸通红,发出了响亮的咳嗽声,这个痨病鬼在那个时刻,村里有人在不远处走动的时刻,他的手捏住了英花短裤上的大红花图案,以及里面的皮肉",结果,他被儿子孙光平用斧头像裁剪一块布一样割下了一只耳朵,"父亲暗红的血畅流而出,顷刻之间就如一块红纱巾围住了父亲的脖子"。当孙光林考上大学之后,孙广才感到很高兴,那是因为他突然明白了这小子"将永久地从家里滚蛋"……这是一个彻底的"父亲",他不需要付出,只要求报答;他不需要伦理,只要求满足。如果我们将作为"父亲"的孙广才在权力意义上进行放大,或者将他视为乡村社会父权结构中的一个文化符号,那么,我们有理由相信,《在细雨中呼喊》里所展示的那些荒诞无助的历史镜像,其实并非只是现实本身不可避免的客观苦难,而是权力意志自我消解和崩落后的生存灾难。

不仅如此,在孙广才的身上,我们还同样看到了作为"丈夫"和"儿子"等角色的自我消解与颠覆。作为丈夫,孙广才对妻子并无多少情感可言。很多时候,他只是将妻子作为及时泄欲的工具。当"英雄之父"的梦想破灭之后,孙广才"像一个慈善家似的爬上了寡妇逐渐寂寞起来的木床",而对妻子的耻辱和痛苦视而不见;"同时他还开始履行起一个搬运工的职责,将家中的一些物件拿出去献给粗壮的寡妇,从而使他们之间的关系得以细水长流"。直到最后,妻子孤独地死于吐血,他仍然没有去履行一个丈夫的职责。后来,孙广才虽然不断地选择在暗夜去妻子的坟头哭泣,但那不是因为内心的爱,而是因为众叛亲离的感伤和绝望。作为儿子,孙广才更是视父亲孙有元为一个只会吃饭的"老不死"。整个小说的第三章差不多都是在叙述这对父子之间的战争,也充分展示了孙广才作为一个无赖对自己父亲的刻薄、刁蛮和仇恨。孙有元的一生"过于漫长,漫长到自己都难以忍受,可是他的幽默总是大于悲伤"[1]。孙有元死而复生的漫长经历,与其说是在折磨着孙家,还不如说是在考验着孙广才的人性品质,使他那些反人伦的恶劣人性一步步地

---

〔1〕 余华:《在细雨中呼喊·中文版(再版)自序》,第2页,作家出版社,2012年。

彰显出来。无论是动员儿子们假做棺材,还是一次次地痛骂父亲"老不死",孙广才看起来颇有些"无奈",可是"无奈"的背后,却又分明凸现了他那种"不想付出、只想索取"的自私本性。而这种自私的本性,在一次次游戏般的父子之战中,却充满了诙谐的情趣。

约瑟夫·海勒曾说:"我要让人们先畅怀大笑,然后回过头来以恐惧的心理回顾他们的笑的一切。"[1]《在细雨中呼喊》里,孙广才的各种人生表演,完全是人物在乖张的人性中自我奔跑的自然结果。——无论是他对"英雄父亲"这一神圣荣耀的漫长而焦灼的期待,还是他对自己父亲久病不死的种种欺骗和愤懑;无论是他对自己偷情行为的明目张胆和大言不惭,还是他独自一人在亡妻坟前的深夜痛哭,都道出了这个乡村无赖特有的生命形态。但是,当我们认真地审视一下他的所作所为,却发现他在消解自我种种角色的同时,实际上已经使自己变得无法无天了,也变得无所畏惧了。由此导致的结果,便是妻子、儿子和父亲都彻底失去了最基本的精神依靠,整个孙家陷入可怕的分崩离析之中。

其实,让我们"先畅怀大笑"的,并不只是孙广才的所作所为。譬如,苏杭和郑亮等人在青春期的种种具有流氓意味的冒险行为,已沦为弃儿的十三岁少年国庆的求婚,老师对学生随心所欲的惩罚,以及那位将王立强捉奸在床的女人的得意表演等等,都充满了亢奋、刺激乃至狂欢的意味。表面上看,他们给那个充满禁忌的时代带来了轻松和愉悦,带有某种喜剧化的色彩;而实质上,他们都是那个荒诞时代的参与者,并以自己的行为不知不觉地加剧了时代的悲剧性。这种借喜剧形式来表现悲剧本质的叙事思维,正是"黑色幽默"的基本叙事策略,也是其重要的审美特质。因此,伴随着这种喜剧化的叙述形式,我们已从这部小说中鲜明地感受到了余华对黑色幽默的不自觉的承袭。

就《在细雨中呼喊》来说,其喜剧性的表达并不仅仅局限于某些人物或情节的设置,更重要的是,它还体现在大量具有反讽和诙谐意味的

---

[1] 转引自唐永辉:《"黑色幽默"刍议》,《淮北煤师院学报》,1999年第3期。

语言运用上。而黑色幽默之所以具有"幽默"的审美特质,当然也离不开对叙事语言幽默化和诙谐化的处理。有人就认为,黑色幽默"表现在叙述语气上则是典型的反讽语气,既嘲笑,又自嘲,悲中有喜,喜中有悲,形成典型的'黑色幽默'的效果"[1]。如果从叙述语言上来省察,《在细雨中呼喊》几乎是不折不扣地体现了那种反讽的美学趣味。它在不断唤醒创作主体内心记忆的同时,却又让那些辛酸和沉重的往事变得绮丽而又富有情趣。

这种反讽性的语言,主要体现在余华对各种悲剧性情节的处理之中。在此前的小说中,余华总是喜欢不遗余力地追求各种暴烈、血腥的审美效果,因此其叙述语言都是强调不动声色的客观呈现,冷静,锐利,像刀片一样寒光四射,如《一九八六年》、《现实一种》、《世事如烟》等,都是如此。但从《在细雨中呼喊》开始,余华便自觉地突出叙述语言的智性化特色,尤其是面对那些充满悲剧意味的场景时,他便情不自禁地动用一种诙谐或反讽的语调,极力消解事情本身的暴力或血腥气息。譬如,因为哥哥和弟弟的诬告,孙光林被父亲暴打,而余华却撇开了"我"遭打时的身体感受,只注意自己被打时的外在场景,"我在遭受殴打的时候,村里的孩子兴致勃勃地站在四周看着我,我的两个兄弟神气十足地在那里维持秩序"。在王跃进的婚礼上,被他睡过的冯玉青从容不迫地当着众多客人的面自杀。她的行为虽然饱含了失身之后的痛苦和绝望,但整个自杀过程却又像是一场闹剧,那根自杀的草绳,"如同电影来到村里一样,热闹非凡地来到这个婚礼上,使这个婚礼还没有结束就已悬梁自尽"。又如,当孙广才因为"英雄父亲"的幻想破灭而被拘留之后,余华这样写道:"半个月以后,父亲从拘留所里出来,像是从子宫里出来的婴儿一样白白净净的。昔日十分粗糙的父亲,向我们走来时,如同一个城里干部似的细皮嫩肉。"这种充满智性和想象力的叙述语言,彻底消解了孙广才的耻辱和绝望,使他顺利而又从容地进

---

[1] 汪小玲:《美国黑色幽默小说研究》,第95页,上海外语教育出版社,2006年。

入到新的欲望追求之中。再如，因捉奸王立强而被炸死了两个儿子的女人，虽然惊魂未定，但是"没过多久，她就恢复了昔日自得的神态，半年以后当她再度从医院走出来时简直有些趾高气扬"，甚至逢人便说："炸死了两个，我再生两个。"这种饱含反讽意味的叙述，不仅将一场反人道的悲剧彻底消解，而且还以善恶轮回的思维展示了小人得志的自足。

毫无疑问，《在细雨中呼喊》里，这种反讽式的语调体现得最为集中、最为辉煌的地方，还是在孙有元和孙广才的父子之战中。这是一场有关生与死的漫长争斗，也是一场有关人伦秩序的漫长撕扯。它体现了一个苍老无力的父亲，如何以自己不堪一击的生命来教训不孝之子的决心。然而，这个原本充满凄凉意味的悲剧性过程，却因孙有元特有的反击手段而显得异常幽默，意趣横生。孙有元总是以"即将死去"的生命征兆，给无赖孙广才带来一次又一次的窃喜；而当孙广才焦急地等待着窃喜变为现实时，孙有元又顽强地站了起来，使儿子饱受失落的打击。孙有元如此不断地循环往复，孙广才也因此而陷入一次次无穷无尽的精神折磨之中，同时也将他那无赖的嘴脸一次次地撕裂开来。在此，我们不妨略举一例：

> 这时候我父亲才真正重视祖父死的决心，当我父亲惊奇地走入祖父的房间后，这两个冤家竟然像一对亲密兄弟那样交谈起来。孙广才坐在孙有元的床上，我从没有听到过父亲如此温厚地和祖父说话。孙广才从房间里走出来后，他已经相信父亲不久之后就会离世而去，喜形于色的孙广才毫不掩饰自己的愉快心情，他对自己是不是孝子根本就不在乎。孙有元准备死去的消息正是他向外传播的，我在屋里都能听到他在远处的大嗓门："一个人不吃饭还能活多久？"[1]

---

[1] 余华：《在细雨中呼喊》，第175页，作家出版社，2012年。

这是孙有元和孙广才"父子之战"的最初一幕。它彻底剔除了孙有元即将死亡的悲伤和不幸，而以孙广才的无限期待和欣喜来取代。并且，在死亡即将到来的时候，这对冤家父子居然"像一对亲密兄弟那样交谈起来"，而实质上，这只是他们各怀鬼胎的开始。小说也正是在这种语调中一路滑行，使伦理之轻和生命之重形成了一种巨大的张力。

同样的叙述还体现在苏杭、郑亮等少年们在青春期的各种冒险行为上。生理启蒙的缺席、社会伦理的溃散、青春期的内心骚动，使他们面临着一种巨大的危险。但余华并没有突出这种危险，而是让叙述语调保持在少年人物特定的精神层面上，让青春的骚动、迷惘、无畏和无知熔铸在一起，四处飞扬，随意宣泄。"我们一群同学跟着他（苏杭），在街上无休止地走动，当有年轻姑娘出现时，我们就和他一起发出仿佛痛苦其实欢乐的呻吟般的叫声：'姐姐呵，你为什么不理我。'我战栗地和他一起喊叫，一方面惊恐地感到罪恶正在来临，另一方面我又体验到无与伦比的激动和欢快。"这种集诙谐和伤痛于一体的、充满张力的叙述，不仅激活了那个时代青春的荒凉和惨烈，也传达了在权力真空中人性的自由和放纵，仿佛是一种难以言说的"恶之花"。

当然，我们也不能忽视它的结构。在这部小说中，余华所遵循的是一种"记忆的逻辑"，全书四章并不是按照时间的一维性来安排的，而是相互交错，一切都随着叙述者的记忆自由地往返穿梭。余华自己也说："我当时这样认为自己的结构，时间成为了碎片，并且以光的速度来回闪现，因为在全部的叙述里，始终贯穿着'今天的立场'，也就是重新排列记忆的统治者。我曾经赋予自己左右过去的特权，我的写作就像是不断地拿起电话，然后不断地拨出一个个没有顺序的日期，去倾听电话另一端往事的发言。"[1]这种对时间的错叠式安排，使整个小说呈现出一种碎片化的文本形态，"完整的故事为破碎的故事所替代，贯穿的情节为零散的情节所更迭，线性的时空为循环流动的时空所置

---

[1] 余华：《在细雨中呼喊·意大利文版自序》，第5页，作家出版社，2012年。

换"〔1〕。而这种结构特点,同样也是黑色幽默小说的主要特征,黑色幽默小说本身"不再朝着所谓前因后果的逻辑思路扩展,代之以独立的片断和细节的堆积,内容上显得松散,意义上也更加模糊,形成开放性的组织结构,具有典型后现代小说的特点"〔2〕。所以,从语言和结构上看,《在细雨中呼喊》同样也具有非常突出的黑色幽默之特征。

人类对自身存在的思考愈深,荒诞感便愈显突出。这是二十世纪以来世界文学发展的一个最为突出的精神走势。所不同的是,流行于二十世纪六十年代的黑色幽默小说,在直面人类生存的荒诞境遇时,其创作主体已深深地洞悉了反抗和超越的虚无,因此,他们不再选择堂吉诃德式的积极征战,而是改为嘲讽和幽默,以超然的戏谑化方式对待这种存在的深渊。弗里德曼就曾经指出,黑色幽默的小说家们,"对于自己所描述的世界怀着深度的厌恶以致绝望,他们用强烈的夸张到荒谬程度的幽默、嘲讽的手法,甚至不惜用'歪曲'现象以致使读者禁不住对本质发生怀疑的惊世骇俗之笔,用似乎'不可能'来揭示'可能'发生或实际发生的事情,从反面来揭示他们所处的现实世界的本质;以荒诞隐喻真理"〔3〕。

就余华的创作历程来说,似乎也隐含了这样一种内在的精神逻辑——从《十八岁出门远行》、《西北风呼啸的中午》开始,他就一直与荒诞的生存进行不懈的抗争,并让它附着在暴力、残忍、神秘等生存形态之中,创作了一系列充满血腥气息的先锋文本。由此而导致的结果,便是他越来越无法把握存在,也越来越难以超越荒诞,就像加缪笔下的西西弗斯那样,他唯一能够确定的,就是"搬石头"本身。

既然荒诞本身是无法反抗和超越的,那么,还不如选择超脱的方式来对待人类的存在。于是,余华开始了叙事的转向,并有了《在细雨中

---

〔1〕 潘凯雄:《〈呼喊与细雨〉及其他》,《当代作家评论》,1992年第4期。
〔2〕 汪小玲:《美国黑色幽默小说研究》,第91页,上海外语教育出版社,2006年。
〔3〕 汤小宽:《"黑色幽默"与〈第二十二条军规〉》,见〔美〕约瑟夫·赫勒:《第二十二条军规》,第2页,南文、赵守垠、王德明译,上海译文出版社,1981年。

呼喊》。对此，余华自己的解释是："怀疑主义者告诉我们：任何一个命题的对立面，都存在着另一个命题。这句话可以解释那些优秀的作家为何经常自己反对自己。作家不是神甫，单一的解释与理论只会窒息他们，作家的信仰是没有仪式的，他们的职责不是布道，而是发现，去发现一切可以使语言生辉的事物。无论是健康美丽的肌肤，还是溃烂的伤口，在作家那里都应当引起同样的激动。"[1] 在冲突中求变，在变化中实现自我的超越，这是余华的梦想，也是他为自己的变化寻找的合理依据。如前所述，《在细雨中呼喊》同样是一部充满了荒诞意味的小说——家庭伦理的缺席，人道启蒙的缺席，基础教育的缺席，等等。所有这一切，都构成了那个时代理性严重匮乏、生存毫无安全的社会特质，而孙光林就是以自己弱小的生命成长与那个时代进行着顽强的对视，其荒诞和苍凉几乎是不言而喻的。

第三节　混世魔王的解构式抗争

与《在细雨中呼喊》不同，余华在《兄弟》中选择了一种狂欢式的解构性叙事，鲜活地塑造了一个混世魔王李光头的形象。他既仗义直爽又粗鄙自私，既果敢无畏又狡黠自负。他是一个别有意味的反抗者，他的命运充满了"冰火两重天"式的戏剧性。这一形象所展示出来的，已不是单纯的人生差距，而是混乱的现实伦理所制造出来的荒诞与理性之间的差距，是欲望的喜剧与人性的悲剧之间的巨大反差。从备受凌辱到飞黄腾达，从懵懂无知到时代枭雄，从躲在肮脏的公厕里偷窥到坐在镀金马桶上想象太空遨游的情景，可以说，《兄弟》中的李光头以一种永不枯竭的生命激情，展现了极为荒诞的人生命运。这种荒诞，既是李光头的性格使然，也是社会伦理的变迁所致。它所折射出来的，是独特的个体与特殊的历史相遇之后所形成的怪物，生机勃勃，百折不挠，却又

---

[1] 余华：《我能否相信自己》，第155页，人民日报出版社，1998年。

粗俗野蛮，少廉寡耻。几十年来，他像一个幽灵，时刻搅动了刘镇人最为隐秘的神经，又像一个神话，不停撩拨着刘镇人躁动不安的欲望。

这个几乎脱离了正常生存经验和伦理秩序的人物，就像鲁迅笔下的孔乙己、塞万提斯笔下的堂吉诃德一样，尽管是一个荒诞的存在，一个超现实主义的产物，却又拥有自身完整而鲜明的性格逻辑，拥有野草般自主生长的生命轨迹，而并非创作主体的某种理念符号——用美国著名评论家莫琳·科里根的话说："余华笔下的'反英雄'人物李光头已和大卫·科波菲尔、尤赖亚·希普、艾瑟·萨莫森等狄更斯笔下的文学人物一样，拥有了独立于小说作品之外的永恒的生命力。"[1] 因此，我们要关注的，可能不是李光头究竟呈现了怎样一种荒诞奇谲的命运，而是他如何使荒诞自然而然地支配了自己的命运。在荒诞的背后，李光头究竟充当了一个什么样的历史角色？

李光头是一个混世魔王，是一个动辄就以践踏伦理底线来寻求自我"成功"的私利者。这是很多学者做出的评价。然而，倘若我们进一步深究，身为"刘镇首富"的李光头，真的是一个真正的成功者吗？在《兄弟》的开端，余华就这样写道："李光头坐在他远近闻名的镀金马桶上，闭上眼睛开始想象自己在太空轨道上的漂泊生涯，四周的冷清深不可测，李光头俯瞰壮丽的地球如何徐徐展开，不由心酸落泪，这时候他才意识到自己在地球上已经是举目无亲了。"[2] 因"举目无亲"而"心酸落泪"，李光头显然意识到，自己并不是一个真正的成功者，他的所有努力，只不过是参与了一段繁杂而吊诡的历史。或者说，他不过是通过自己的荒诞命运演绎了一段特殊的历史，在本质上，他依然是一个悲剧的存在。

但李光头又不是一般的悲剧性人物。他充分利用"混世魔王"的手段和身份，自幼便深入到中国现实社会的底部，一路奔波，一路挣扎，在无情地颠覆了一个又一个伦理表象之后，终于使自己成为一个不折不

---

[1] [美]莫琳·科里根：《〈兄弟〉是一个巨大的讽刺》，《上海文化》，2009年第6期。
[2] 余华：《兄弟》（上），第1页，上海文艺出版社，2005年。

扣的解构者。——是的,他是一个地地道道的社会秩序与现实伦理的解构者。他总是动用一些非常规的手段,巧妙地撕开刘镇人的文化衣衫,也撕开了中国人的文化衣衫,让所有的灵魂,都真实地暴露在人们眼前。

在《兄弟》上部里,李光头就是通过厕所里的偷窥、摩擦电线杆等恶俗的手段,无情地解构了革命化伦理中的禁欲主义特质。很多学者都认为,《兄弟》从一开始就动用了很大篇幅来叙述偷窥等形而下的事件,显得粗俗不堪,格调低下。我倒不以为然。因为余华并没有沉迷于描绘李光头偷窥五个女人如厕的详细过程,他的叙述重点一直落在偷窥所带来的结果上。李光头以身败名裂的方式,"用五十六碗三鲜面扭亏为盈"[1],将自己吃得红光满面。在物资匮乏的年代,每一碗面条都相当珍贵,为什么刘镇人会如此慷慨?无非是少女林红的屁股所带来的巨大诱惑。事实上,在李光头语焉不详的描述中,人们最终获得的,并不是一种具体可感的情色满足,而只是一种畸形心理的想象性抚慰。它所展示出来的,是人们被禁欲伦理长期压制之后所导致的心灵扭曲。也就是说,五十六碗面条,犹如五十六面镜子,照出了刘镇人荒凉而虚空的内心,也照出了当时中国百姓极度压抑和扭曲的人性面貌。——当然,它也为后来的"文革"暴力在刘镇疯狂上演提供了重要的精神依据,因为革命化的暴力,恰恰是人们宣泄内心压抑最合理、最安全的渠道。

李光头摩擦电线杆也是如此。对于年仅八岁的李光头来说,尽管摩擦电线杆、板凳之类,也许会带来某种生理上的快感,但是从作者的叙述来看,余华并没有让李光头独自一人悄悄地体验这种快感,而是让他每一次都面对大众,在集体化的公开场合表演这种猥琐动作。"李光头在游行的途中,见缝插针地把我们刘镇的所有木头电线杆都强暴了几遍,这个刚满八岁的男孩抱住了木头电线杆就理所当然地上下摩擦起来。李光头一边把自己擦得满面红光,一边兴致勃勃地看着街上的游行

---

[1] 余华:《兄弟》(上),第27页,上海文艺出版社,2005年。

队伍,他身体摩擦的时候,他的小拳头也是上上下下,跟随着喊叫'万岁'的口号,喊叫'打倒'的口号。"[1]而且,他还得意地说:"我性欲上来啦。"[2]李光头的这种乖张行为,与其说是为了自我快感的满足,还不如说是为了取悦于大众,让喧闹的游行队伍注意到自己的存在价值,并进而解构革命游行的庄严性。同时,"在汪洋大海的游行队伍之中,李光头强劲的性欲能量业已置换为大众暴力起源的象征。如果我们从人性内部出发,而不是停留在意识形态的表层,完全可以把'文革'看作是一种性欲能量的爆发。人的普遍欲望经过意识形态的导引和编码,转化为汹涌澎湃的破坏性和攻击性的能量"[3]。

无论是偷窥还是摩擦电线杆,就事件本身而言,确实是粗俗而丑陋的。但是,李光头却通过这种粗鄙的行为,撕开了特定历史情境中人们的精神面貌,并从心理压抑的层面上,对随之而来的"文革"暴力进行了合理的人性铺垫——在正常人性被极度压抑的境遇中,暴力常常变得不可避免。换言之,作为一个历史解构者的李光头,就像一个精神屠夫,用无情的刀子划开了刘镇百姓隐秘的心理,让我们看到了一个个因极度压抑而高度扭曲的灵魂,包括刘镇派出所的民警。

在《兄弟》下部中,李光头同样充当了这种社会伦理的解构者。在经历了自由创业的失败之后,李光头并没有退缩,而是从捡拾垃圾中获得启发,并赚到人生的第一桶金,继而贩卖日本的旧西装,开始了自己的发迹史。但是,我们同样发现,当刘镇乃至全国各地的男人们都穿上李光头贩卖的旧西服时,他却是刘镇唯一一个不穿西装的,因为他明白:"再好的西装也是垃圾衣服,自己这身破烂衣服再破烂也是自己的衣服。"[4]在李光头的心目中,垃圾就是垃圾,即使它是最好的垃圾也不例外。所以,李光头的智慧在于,他以自己特有的手段,在完成自己

---

[1] 余华:《兄弟》(上),第79页,上海文艺出版社,2005年。
[2] 余华:《兄弟》(上),第80页,上海文艺出版社,2005年。
[3] 王学谦:《爱与死:在冷酷的世界中绘制欲望的图案——论余华的长篇小说〈兄弟〉(上)》,《吉林大学社会科学学报》,2007年第1期。
[4] 余华:《兄弟》(下),第228页,上海文艺出版社,2006年。

原始积累的同时,既迎合了人们厌倦中山装的集体心理,又果断地撕开了开放初期人们对于西方文化的崇拜心理,以及快速膨胀的文化虚荣心。

在处美人大赛中,李光头仿佛一枚威力巨大的钻地弹,从社会底层炸开了被现实伦理紧紧拥裹的人性欲望。从活动的一开始,李光头就并不在意参赛者的处女身份,他乐此不疲的,就是利用自己作为大赛发起人、赞助商的特殊身份,以游戏般的手段,在刘镇掀起一场规模空前的伦理闹剧,从而全面撕开那些被"道德"伪装起来的人们的真实面目。于是,我们看到,在笑纳了大量的性贿赂之后,"十个评委像是老弱病残似的被人扶上了车,十个全部肾虚肾亏,两个发了低烧,三个吃不下东西了,四个说自己的视力大幅度减退,只有一个还像个人样子,自己走上车的……"[1] 我们也看到,围绕着这场大赛而兴起的"赛场经济",包括处女膜修补术、人造处女膜、各种丰乳产品,像水葫芦一样漂满了刘镇的大街小巷。我们还看到,从刘作家、赵诗人到童铁匠、关剪刀、王冰棍、张裁缝、余拔牙、苏妈等等,都以自己独特的方式,为金钱和美色而四处奔波。在这里,人性内部的疯癫与现实秩序的疯狂通过各种方式纠结在一起,相互激荡,推波助澜,从而颠覆了一切既定的伦理价值;而且,在这种颠覆的背后,又隐含了一种个人觉醒与社会发展之间彼此悖反的怪圈。

不错,从贩卖旧西服到举办处美人大赛,李光头在编撰致富神话的过程中,从来不曾掩饰自己赤裸裸的野心和欲望,也从来不打算遵从所谓的社会伦理。但是,他的每一个举动,都能引发整个刘镇乃至全国的轰动,让所有参与者自觉地、争先恐后地暴露自己的欲望嘴脸,让虚荣和私欲进行了一次"欢天喜地慨而慷"的表演。在这种景象的背后,我们不能不承认,李光头就是一枚威力无比的炸弹,是他炸开了那些同样庸俗不堪、躁动不已、私欲膨胀的灵魂。

---

[1] 余华:《兄弟》(下),第352页,上海文艺出版社,2006年。

作为一个现实秩序的解构者，出生卑微的李光头，常常以践踏道德伦理的方式，划开了底层大众的精神真相，也凸现了时代巨变中的某些荒诞本质。因此，我们很难用道德来评价这个人物。他的丰富性不仅在于他自己做了什么，还在于他的所作所为引起的各种奇特的社会反响——这些充满荒谬意味的社会反响，才是李光头的审美价值之所在，也是《兄弟》所要揭示的历史本质之所在。

李光头既是一个现实伦理的解构者，又是一个鲜活而自足的生命实体。前半生，他几乎被一切大大小小的权利意志所凌辱；而后半生，他却成功地控制了各种权利意志，但他并没有因此而显得人格分裂，相反他却始终从容自在，甚至有一种潇洒自如的状态。可以说，他是一个复杂、立体、饱满的艺术形象，也是当代小说中一个极为罕见的艺术典型。在他的主体精神中，饱含了大量富有张力的性格特征，也折射了民间生命自足成长的诸多品性。"李光头是一个敢爱敢恨，黑白兼施的混世韦小宝，通体透射出的是一股不羁的阳刚之气。余华笔下的李光头，活生生，水淋淋。"[1] 的确，从形象的圆整性和鲜活性来看，李光头无疑是一个生机勃勃、流光溢彩的人物，就像余华自己所说的那样："他一出场就蓬荜生辉，一开口语言就闪闪发亮。后半部中尤其如此。"[2] 他让人既恨又爱，既厌又敬，充满耐人寻味的艺术质感。

作为一个底层的草根人物，李光头是不幸的，但他从不悲天悯人，更没有对社会报以仇恨之态，而是始终保持着特有的乐观主义精神，自信而又亢奋地走向生活。从生下来的第一天开始，李光头就因为父亲的屈辱之死而背上了道德的恶名，在母亲小心翼翼的庇护下，只能享受黑夜时分的自由。在漫长的成长过程中，由于缺少关爱，缺乏教育，他只能饱受屈辱和伤害。偷窥事件使他成为刘镇上人所尽知的小流氓；一次次出其不意的"扫荡腿"，打得他趴在地上不敢重新站起身来；继父的暴亡，让他和宋钢陷入生活的绝境；母亲的病故让他彻底地沦为孤

---

[1] 孙宜学：《〈兄弟〉：悲悯叙述中的人性浮沉》，《文艺争鸣》，2007年第2期。
[2] 孙小宁、韩樱：《余华：十年等待》，《北京青年周刊》，2005年8月27日。

儿……没有道德上的抚慰，没有怜悯的目光，李光头在迈向成人的过程中，接受的只有伤害和屈辱。然而，这一切并没有打败他，他依然带着野生的力量，以近乎盲目的乐观情绪，满怀激情地走向未来。

成年之后，李光头有了福利厂厂长的社会资本，便立即向林红发动声势浩大的求爱运动，结果遭遇一连串的羞辱和惨败，但他并没有放弃，直到宋钢与林红结婚，他才以自我结扎的决绝方式接受现实。首次下海经商，李光头在上海滩闯荡了三个多月，终于发现需要行贿才能接到服装订单，不得不蓬头垢面地返回刘镇。然而，迎接他的，却是余拔牙之类出资者的痛骂和暴力——五个债主用五种不同的方式，在随后的三个月里，见到他就暴打他一回，"李光头一次次挨揍，李光头一次次都没有还手"[1]。在县政府门前静坐的日子里，他每天只能靠宋钢偷偷给他送点饭钱（或者半盒米饭）度日，结果被林红发现，导致兄弟断交。爱情破灭，兄弟情断，债主怒打……面对这一切人生灾难，李光头依然没有被击垮。他始终保持旺盛的斗志，在看不到任何希望的日子里，顽强地等待着未来。

这种罕见的乐观主义精神，不仅给了他坚忍不拔的毅力，忍辱负重的品性，也给了他坦诚率真的勇气，包括自嘲自虐的生活方式。很多时候，当命运给了他致命一击，他选择的不是绝望式的极端反抗，或灰溜溜的躲避，而是主动坦率的自嘲和自虐。他从不回避失败，总是让所有的耻辱主动暴露在刘镇人的眼中，在众人的讥笑中不断自嘲，将种种不幸迅速转化为生活喜剧，并以此获得自我内心的平衡。譬如，为了让病入膏肓的母亲能够去给继父扫墓，他绞尽脑汁，改装了一辆"我们刘镇有史以来最豪华的板车，由李光头拉着，在我们刘镇的大街上招摇过市"[2]。在县政府门前静坐的日子里，他忍饥挨饿，孤立无援，却从不极端，"只是在上班和下班的时候才盘腿坐在大门中央，……县政府下班出来的人嘿嘿地笑，说这个静坐示威的李光头，比县长做大会报告时

---

[1]　余华：《兄弟》（下），第162页，上海文艺出版社，2006年。
[2]　余华：《兄弟》（上），第245页，上海文艺出版社，2005年。

还要神气"[1]。这种强烈的乐观情绪,彰显了他那苦而不悲、败而不馁的重要品质。

除了乐观以外,在李光头的内心里,还有自己的一套正义伦理。那就是对亲情的维护,对基本责任的自觉承担。对母亲,他十分孝敬,竭尽所能满足母亲的意愿。对待宋钢,他满怀深情,口头永远挂着"就是天翻地覆慨而慷了,宋钢还是我的兄弟";在失去父母庇护的岁月里,他像哥哥一样保护宋钢;当刘作家与宋钢因写作而闹矛盾,他立即将刘作家揍出了"劳动人民的本色";即使宋钢娶走了林红,他也不允许别人在自己面前说宋钢一句坏话;后来宋钢重病,他立即派人送钱,让宋钢去上海最好的医院治病;计划遨游太空时,他依然不忘带着宋钢的骨灰,让兄弟成为"外星人"。面对那些因投资服装而亏本的"股东"们,虽曾饱受他们的打骂,但当有钱之后,李光头第一时间便把本钱和利息归还给他们,同时还鼓励他们参加致富行列。对福利厂的十四个残疾兄弟,他在致富之后立即大包大揽,让他们"摇身一变成了十四个高级研究员,从此养尊处优,吃吃喝喝睡睡,刘镇的群众说他们是十四个纨绔子弟"[2]。李光头当然不是善人,但他灵魂深处的善根并没有泯灭。无论不幸还是暴富,他都不曾做出草菅人命之类的极端恶行。

但李光头又是极其精明、洞悉人性的街头人物。顽强坚韧的生存意识,倔强好胜的个性品格,永不言败的精神意志,终于成为他崛起的人生法宝。他的过人之处,在于他自幼便有灵活的商业头脑,以及大胆开拓的精神。少年时期的偷窥事件,让他获得了巨大的物质收益,也让他明白了商业规则与现实伦理的潜在冲突。开办服装厂的失败,更让他看清了商品时代的内在逻辑和人性欲望。所以,在成为垃圾大王过程中,他如鱼得水,不仅顺利地从县政府手里拿到了门店和仓库,而且迅速扩张成为刘镇的首富。"李光头为我们刘镇群众从吃到穿、从住到用、从

---

[1] 余华:《兄弟》(下),第191页,上海文艺出版社,2006年。
[2] 余华:《兄弟》(下),第249页,上海文艺出版社,2006年。

生到死，提供了托拉斯一条龙服务。"[1] 但是，李光头并没有就此驻足。从刘作家的吹捧文章中，他立即捕捉到商机，通过向全国媒体贩卖自我的坎坷经历，他巧妙地宣传了自己的企业。一切尘埃落定之后，他又掀起了一场轰动全国的处美人大赛，在闹剧般的事件中，实现了史无前例的自我宣传，以至于外地人纷纷将刘镇叫成"李光头镇"。

事实上，作为一个底层市民，李光头确实粗俗、狡黠、自私、自负，但他从未直接伤害那些本质善良的无辜群众，更无欺行霸市的具体恶行。无论是被他揍出了"劳动人民本色"的赵诗人、刘作家，还是被他玩弄的众多女人，抑或是被他遥控的陶县长，以及宋钢之妻林红，皆因他们自己的私利而受辱。换言之，李光头所伤害的，只是那些借用日常伦理装饰自己的虚浮之徒。对于他们，李光头总是轻松地翻越任何道德的栏栅，在满足一己私欲的同时，让同样丑陋的灵魂昭示于天下。尤其是当三十多位妇女带着自己的孩子来找李光头"认父"时，李光头笑而不答，让她们尽显刁钻的嘴脸，然后才在法庭上亮出自己早已结扎的病历。事后，他还不忘给她们每人一千元权作安慰。

李光头是复杂的。在他的内心世界里，充满了各种强劲的性格张力。豪爽与狡黠，慷慨与自私，仗义与偏执，热情与冷漠，自信与自负，果断与缱绻……这些张力的存在，就像一台动力强大的发动机，使李光头的人生始终充满了令人敬佩的激情和斗志，失势时毫不气馁，得势时也从不滥施报复。为了自己的生存和欲望，他有时会不择手段；但他又倚重亲情，对母亲、继父和兄弟充满爱意，甚至不乏豪爽和江湖义气。这些复杂的张力冲突，紧紧地聚合在李光头那种近乎盲目的乐观主义精神中，形成了浑然一体的人格魅力，也使《兄弟》在人性表达上呈现出异常繁复的审美意蕴。有人就认为，《兄弟》"是一种关于人性的悖论性叙事，既是一个关于世界、人性残酷的故事，同时也是关于人的善良天性的故事。肮脏中诞生纯洁，卑微中诞生崇高，凡庸中闪烁着伟

---

[1] 余华：《兄弟》(下)，第248页，上海文艺出版社，2006年。

大。在阴郁而荒诞的宏大背景之下,人性仿佛如几束有限的光亮在闪烁挣扎"[1]。这种悖论性的审美意蕴,其实正是建立在李光头的性格之上。

李光头是一个集各种冲突于一体而又显得从容自如的人物,他的内心似乎拥有某种自我消化和自我平衡的特殊系统,其精神的复杂性也远远超过了其命运的沉浮。如果深而究之,我们会发现,这种复杂性,是由其独特的成长经历和社会因素所决定的。它们既是李光头性格和命运发展的内在依据,又是《兄弟》所要传达的核心意图。质言之,它也折射了余华对数十年来中国社会发展的一种理解和思考。

从个体的成长经历来看,李光头一出生便处于家庭伦理和社会伦理双重缺席的状态。他没有父亲,却要背负父亲的道德恶名。母亲改嫁,虽然让他获得了家庭的温暖,但作为一个异类的存在,他与社会依然格格不入,只能承受一次次突如其来的"扫荡腿"。更重要的是,这个温暖的家庭太短暂了,他和宋钢还没有很好地体会到家庭伦理的亲和力,一切便被残酷的现实击得粉碎——继父宋凡平被抓、挨斗,继而暴毙街头,母亲孤立无援。这些反人性的、暴力化的残酷经历,从精神到肉体,极大地震慑了李光头的人生,并构成了李光头童年时期的巨大阴影,使他无法回到正常的轨道之上。按照弗洛伊德的观点,一个人的"思想发展过程的每一早期阶段仍然同由它发展而来的后期阶段并驾齐驱,同时存在。早期的精神状态可能在后来多少年内不显露出来,但是,其力量却丝毫不会减弱,随时都可能成为头脑中各种势力的表现形式"[2]。李光头在此后漫长的人生里,很少按常理出牌,无论爱情还是事业,他总是与"旁门左道"握手言欢。这显然与他的童年阴影有着密不可分的关系。而无序的现实,又恰恰为他的这种旁门左道提供了大量

---

[1] 王学谦:《爱与死:在冷酷的世界中绘制欲望的图案——论余华的长篇小说〈兄弟(上)〉》,《吉林大学社会科学学报》,2007年第1期。
[2] [奥]弗洛伊德:《论创造力与无意识》,第217页,孙恺祥译,罗达仁校,中国展望出版社,1986年。

的机遇，使他迅速成为刘镇的首富。

在论及李光头的精神成长时，陈思和说道："李光头的成长史是由两股力量影响和催生起作用的，一是来自刘山峰的血缘遗传密码，一是来自宋凡平的精神气质影响。'气'、'血'两者的相生相克、激烈冲突的过程，构成了李光头极为复杂的性格特征与人格魅力。"[1] 如果撇开"血缘遗传密码"这个复杂的论断，仅从宋凡平对李光头的影响来看，无疑是不言而喻的。这种影响的核心就是：乐观地承受苦难。李光头原本就有一种盲目乐观的个性，而宋凡平进入这个家庭之后，无论是面对刘镇人的嘲笑，还是被"红袖章"批斗，都想方设法以乐观的方式，极力保护两个孩子，这给了李光头巨大的精神支撑。特别是宋凡平被打得鼻青脸肿、胳膊脱臼，仍然笑呵呵的样子，对于李光头兄弟俩克服恐惧和孤独，无疑起到了榜样的作用。因此，在后来的人生里，他总是以戏谑和自嘲的态度面对炎凉的世态。

李光头的精神人格里，同样也深深地烙下了时代的印痕。余华曾经坦言："这是两个时代相遇以后出生的小说，前一个是'文革'中的故事，那是一个精神狂热、本能压抑和命运惨烈的时代，相当于欧洲的中世纪；后一个是现在的故事，那是一个伦理颠覆、浮躁纵欲和众生万象的时代，更甚于今天的欧洲。"[2] 这两个时代，看似截然相反，但在本质上却有一个共同的特点，那就是疯狂的"运动式"的惯性思维。前者以革命的至高伦理，导致社会暴力横生，使小小的刘镇遭受空前的劫难，众多善良的平民死于非命；后者以金钱至高法则，导致现实欲望横流，每个人都张着嗜血的嘴巴。两者所形成的现实特质，都是理性的缺失，非理性的膨胀，现实秩序的混乱；几乎所有的平民，都被轻而易举地吸入某种群体性的思维之中，盲目地亢奋和躁动。

譬如，"文化大革命"到来时，"李光头和宋钢就像两条野狗一样在我们刘镇到处乱窜，他们跟随着一支又一支游行的队伍在大街上走得汗

---

[1] 陈思和：《我对〈兄弟〉的解读》，《文艺争鸣》，2007年第2期。
[2] 余华：《兄弟·后记》，第669页，北京十月文艺出版社，2018年。

流浃背，他们跟随着'万岁'的口号喊叫了一遍又一遍，跟随着'打倒'的口号喊叫了也是一遍又一遍，他们喊叫得口干舌燥，喊叫得嗓子眼像猴子屁股似的又红又肿"[1]。一直到家破人亡，李光头也没有离开过这种街头的喧闹。市场经济来临之后，当三千个处美人在刘镇游街时，"我们刘镇已是万人空巷，所有的商店关门了，所有的工厂停工了，所有的机关下班了，所有的人都挤在大街的两旁，所有的梧桐树上都像是爬满了猴子似的爬满了人"，甚至连医院的病人也都"由亲友抬着架着，躺在板车里，坐在自行车后座上，都出来啦"[2]。从这两个场景中我们可以看出，那种群体性的躁动和疯狂，并没有因为时代的变迁而产生本质性的改观。

这种群体性的生存逻辑，同样深深地制约了李光头的思维。所以，成年之后的李光头，最拿手的活计就是发动群众，以"运动式"的手段，向社会表达自己的各种诉求。譬如，向林红求爱时，他发动街头小孩和手下的残疾工人，在刘镇的大街小巷进行狂轰滥炸式的爱情表白。在操持福利厂时，他同样坚持走群众路线，让自己先斩后奏、极为顺利地当上厂长。在搬迁县政府门前的垃圾时，他只用了一天时间，"变魔术似的将县政府大门外的五座破烂大山清理掉了，不仅打扫得干干净净，还在县政府大门口整齐地摆上了两排二十盆万年青"[3]。在处美人大赛中，他更是登峰造极，制造了一场轰动全国的新闻事件，使整个刘镇迎来了前所未有的狂欢。这种"运动式"的思维和手段，是时代提供给李光头的经验，也是李光头对历史的一种积极呼应。它折射了创作主体对物欲现实的思考和忧虑：在市场经济的表象之下，人们仍然生活在一种盲目的非理性之中，只不过其信仰由革命变成了金钱。这种拜物教式的现实伦理，带来的依然是混乱和无序。它对重建人们的精神尊严，提高民族的灵魂质量，仍然具有巨大的破坏作用。

---

[1] 余华：《兄弟》（上），第79页，上海文艺出版社，2005年。
[2] 余华：《兄弟》（下），第331页，上海文艺出版社，2006年。
[3] 余华：《兄弟》（下），第217页，上海文艺出版社，2006年。

就社会而言，对李光头产生重要影响的，还有脆弱的道德伦理。偷窥事件和摩擦电线杆，使他从小就意识到了这种道德伦理的苍白与虚伪。派出所民警的反复追问，以及随后而来的五十六碗面条，包括摩擦电线杆所引起的众人狂笑，使他很快就明白了道德的虚假，并进而养成了某种流氓习气和无赖嘴脸。因此，在后来的生活里，他常常无视公共道德，蔑视社会伦理，甚至随意践踏它们。他果断地阉割自己，虽然体现了他对爱情幻灭的绝望，但也为他后来的乱搞解除了社会责任。尤其是在取得巨大成功之后，"他说自己忙得不亦乐乎，除了钱和女人，什么都不知道了"[1]。而在处美人大赛中，一切真相让他再一次确信了道德的苍白，也让他彻底明白了金钱的威力。可以说，当他成为刘镇的"GDP"之后，他的生活完全陷入一种空前混乱的闹剧之中。他对林红的引诱，从根本上说，就是这种性格发展的必然结果，并间接地将宋钢置于死地。

李光头的性格形成，当然还有其他的潜在因素，譬如兄弟宋钢的柔弱和怯懦，刘作家、赵诗人的精神鼓噪，权力部门的政绩需要，等等。它同样构成了《兄弟》内在意蕴的繁复与驳杂。余华曾说："李光头是一个混世魔王。我喜欢这个人物，喜欢他的丰富和复杂，这个人物和我们的时代有着千丝万缕的联系，可以说就是我们时代的产物。"[2]但我以为，李光头不仅是时代的产物，而且是时代的象征。他和宋钢，以两种截然不同的精神操守和人生追求，以及彼此完全相悖的命运变化，折射了时代的巨大裂变，也展示了这种裂变内部所隐含的混乱、浮躁、粗俗、恋物等无视道德伦理和理性尊严的精神真相，隐喻了创作主体对我们这个时代人们生存境遇的反思和焦虑。在谈及《兄弟》的创作时，余华曾说："从我写长篇小说开始，我就一直想写人的疼痛和一个国家的疼痛。"[3]从某种意义说，李光头，这个表面看来十分光鲜的人物，其

---

[1] 余华：《兄弟》（下），第271页，上海文艺出版社，2006年。
[2] 洪治纲、余华：《回到现实，回到存在》，《南方文坛》，2006年第3期。
[3] 王侃、余华：《我想写出一个国家的疼痛》，《东吴学术》，2010年第1期。

灵魂中所隐含的矛盾、混乱、粗鄙，恰恰是我们这个时代的精神缩影，也体现了余华对这个时代的无奈和焦虑。

这种无奈和焦虑，同样也体现在《兄弟》的叙述方式上。从表面上看，《兄弟》的叙述很像拉伯雷的《巨人传》，粗俗，狂欢，怪诞离奇，又令人捧腹；但从本质上说，它又呈现出一种鲜明的黑色幽默式的特质，巨大的反讽之中，洋溢着特有的艺术智性。它与李光头乐观、自嘲的性格形成了天然的呼应，也巧妙地掩饰了李光头命运的悲剧本质，使李光头的一生充满了带泪的笑，欢乐之中饱含了内在的伤痛。经过四十多年的挣扎与奋斗，李光头看似赢得了空前的成功，最终收获的却是家破人亡，无儿无女。这份命运的悲凉足以让他捶胸顿足，但是，他却以戏谑和狂欢的方式，"卡住荒谬世界的脖子"[1]，并进而有力地解构了生存的不幸。可以说，正是这种黑色幽默式的叙述，这种集狂欢和反讽于一体的语调，使李光头的形象显得熠熠生辉，也使《兄弟》成为一部"笑中带泪，喜中含悲"的优秀之作。

美国黑色幽默的代表性作家库尔特·冯尼格曾说："最大的笑声是建筑在最大的失望与最大的恐惧之上的。"[2] 最大的失望就是绝望，就像李光头战胜了所有混乱的现实之后，依然无法战胜自己内心的欲望，无法成为一个令人尊敬的人；而最大的恐惧就是面对命运的无力把控，就像孙光林面对漫长的黑夜般的成长，始终无力摆脱各种巨大的威胁。因此，当很多研究者解析这两部小说时，都将它们视为余华向现实主义回归的标志性作品，却并没有从其潜在的精神肌理中发现它们一如既往的荒诞意蕴。笔者认为，这或许正是因为黑色幽默式的超然态度成功地掩盖了这种荒谬。事实上，如果我们细读余华的很多小说，包括《一个地主的死》、《祖先》、《许三观卖血记》以及《女人的胜利》等一批叙述婚姻生活的短篇，都可以看到，黑色幽默的审美特征在他的笔下不仅非

---

[1] 汪小玲：《美国黑色幽默小说研究》，第84页，上海外语教育出版社，2006年。
[2] [美]库尔特·冯尼格：《我想，我是个不坏的作家》，见崔道怡等编：《"冰山"理论：对话与潜对话》上册，198页，工人出版社，1987年。

常清晰，而且也十分突出。作为中国当代先锋文学中的一位代表性作家，余华的创作在直面各种荒诞性生存境遇时，确实体现了某种中国式的"黑色幽默"。

第八章
中国当代先锋文学发展的局限

如果从整体的历史环境来看,二十世纪九十年代之后的中国先锋文学其实已经挣脱了传统叙事圭臬的强力制约,也失去了固有的强大的颠覆对象。按理,在这种历史境域中,中国先锋文学应该呈现出更为自由、更为强劲的发展态势,但事实却并非如人所愿。相反,自二十世纪九十年代后期开始,中国当代先锋文学就出现了许多耐人寻味的变化。这种变化,不只是表现在先锋作家群体的急剧萎缩和探索热情的大幅回落上,还表现在先锋文学的内部也不断地呈现出各种新的、反复迂回式的重组与整合上。所以很多人认为,与二十世纪八十年代中后期相比,九十年代之后的中国先锋文学已开始全面步入低潮,甚至在某种程度上预示了"先锋的终结"[1]。

尽管这种判断不免有些过于简单,但是,中国当代先锋文学发展的局限确实非常明显,其潜在危机也颇为突出。这是一个不争的事实。实际上,当一种众所共知的传统被颠覆之后,先锋作家对自由的获取还仅仅是暂时的、相对的,或者说只是某个方面的,而他们置身其中的社会

---

[1] 参阅陈晓明《关于九十年代先锋派变异的思考》与孟繁华《九十年代:先锋文学的终结》,《文艺研究》,2000年第6期。

现实及其文化思潮同样又会形成某种新的制约。透过先锋作家在二十世纪九十年代后期的那种迂回式的整合，我们看到，许多直接影响先锋文学发展的重要障碍已渐渐地暴露出来，而这些障碍似乎还没有引起先锋作家们的广泛警惕。这使得不少先锋作家变得越来越焦灼不安，甚至无法对文学的发展进行积极的前卫性探索。

这些障碍的产生，当然与二十世纪九十年代以来急剧变化的社会思潮密切相关。以社会的重大转型为其核心标志的九十年代，不仅引发了人们生存观念和价值观念的重大变革，还使整个社会阶层及其体制结构发生了巨大的变化。在这种变化中，作家由社会中心价值代言人让位于市场经济的弄潮人，文学也随之退居到意识形态的边缘。它带给作家的不只是生存心态上的失落和焦灼，还有对如何更尖锐地把握这种变动时代对人类精神影响的困难，对如何更本质地切入被紊乱的现实所遮蔽了的内心疼痛的困惑。而这些，需要的不是作家在某种程度上的反抗（因为传统已经被颠覆），而是坚定的自由立场、敏捷的艺术心智以及深邃的思想洞察力。只有拥有了这些个人品性，作为二十世纪九十年代之后的先锋作家，才能更深地洞悉这个时代的本质，并对它做出更为独到的预测。与此同时，在艺术形式上，二十世纪八十年代先锋作家的种种实验已经在很大程度上被人们所熟悉，甚至开始成为一种新的模式被人们所袭用。这也意味着，那些带有鲜明的域外现代主义技术的文本范式已经变成了新的传统，并对后继者在文本开拓上构成了一种潜在的障碍，昭示着后来者必须对它进行更为有效的超越。而这一点，并没有被更多的后来者所体察。

这正是传统被颠覆之后中国先锋文学所面临的新的挑战。它使先锋文学在对自由品性进行艺术承诺的过程中，也从新世纪之后开始变得越来越复杂，越来越艰难。正因如此，考虑到中国当代先锋文学的未来发展，本章将立足于二十世纪九十年代之后先锋文学的发展现状，着重探讨它们之所以出现某种迂回与停滞状态的一些局限与危机，为进一步促进中国先锋文学的发展，提供一些必要的引鉴和思考。

第一节　虚弱的思想根基与超越意识

在二十世纪九十年代以来的中国先锋文学中，一个最为突出也是最为关键的局限，就是先锋作家普遍缺乏应有的精神深度和思想力度，显露出相当虚浮的思想根基，并导致很多作品在审美意蕴的开拓上始终徘徊不前，无法获得常人所难以企及的种种精神深度。尽管也有少数先锋作家在不断逃避公众的聚焦热点，以相当冷静的成熟心态，试图营建自身丰实的精神内核，譬如余华、刘震云以及李洱、李大卫、多多、于坚、孟京辉、李浩、李宏伟、陈春成等，他们的一些作品应该说在某些方面的确显示了相当丰沛的思想含量，给先锋文学的精神意蕴增添了不少深度和广度。但是，由于社会体制的快速转型以及后现代主义消解策略的影响，大多数先锋作家都在不同程度上放弃了对自我精神的强力培植，忽略了对人性以及存在本质的更为尖锐的追问。一个显在的事实是，一些作品在形式上看似具有某种先锋特征，但是如果真正地深入到文本之中，却难以读到某种深邃而独到的审美意蕴，无法看到创作主体内心精神的超前性。像韩东、朱文等"断裂派"的一些作品，何小竹的某些实验小说，徐江、尹丽川、沈浩波等人的"身体诗歌"，都让人觉得其中所蕴藉的精神深度非常可疑。虽然这些作家偶尔也会有些颇为独到的作品，但更多的都是一些并无多少思想冲击力的自我重复。这种重复，显然是创作主体的内在精神无法逼近更为深层的生存境遇时所体现出来的叙事尴尬，与先锋的不可重复性水火不容。这一点在二十世纪九十年代后期以"先锋"标榜于世的《芙蓉》杂志上表现得尤为明显。该杂志中的一些先锋文本常常是口号大于写作，消解大于建构，表演大于内涵。在一种看似无边的自由主义原则中，它们所展示出来的却是各种苍白的精神基质，是躯体欲望的疯狂汇聚，是无深度甚至是无痛感的消解冲动，使人们无法体会到作家超群拔类的精神维度，也很难感受到创作主体灵魂内在的、与众不同的审美思考。

焦灼式的话语重复，泛自由主义的冲动，使二十世纪九十年代之后的先锋文学很难在真正意义上回到精神之中，回到对存在的质疑与拷问之中，回到对人类命运的整体性关怀之中。他们"把写作的可能性简单地等同于写作的自足性，把写作的实验性直接等同于写作的本文性，把写作的策略性错误地等同于写作的真理性"[1]。这种自我满足、观念自闭的精神状态，不仅加剧了先锋作家心态的日趋浮躁，而且也成为阻遏先锋文学取得突破性发展的重要障碍。在这一点上，最为突出的表现是，1999年，一群先锋诗人围绕着"知识分子写作"和"民间写作"两种立场进行了一场"内讧式"的争论。这种争论之所以并无多少深刻的意义，就在于这两种立场并不涉及诗歌写作的真正本质，也并非是先锋诗歌之所以沦落到今天如此沉寂的局面的根本原因。无论是哪种立场的写作或许并不重要，关键是有没有写出有代表性的诗作，有没有拿出震撼人心的力作来回答人们内心深处的焦灼与痛苦，来回应历史自身的长久期待，来展示诗人在人类精神前沿摸索的姿态。更重要的是，在这场争论过程中还充分暴露了先锋诗人们一些狭隘的思维和苍白的精神。对此，诗评家陈仲义曾一针见血地指出："由商品、消费、欲望和交换营构的时尚语境，层层包抄缪斯的信徒们。价值迷乱，道德滑坡，一起围剿着'失落'的骑士们。不同程度出现人格分离，文本分离。一旦主体委顿，何以指望灵魂的产品拥有'高保真'质量呢？固然，我们不要求诗人完美像圣人，但作为精神历险者，在锐气、胆识、开拓的追求上，至少也得遵守起码的游戏规则，可是一些事实令人失望，一些'内讧'争战，以及相关或无关的爆炒，暴露了自身的晦暗：自恋、独裁、帮会习性、团伙义气。那些与高洁诗歌完全背离的俗气、市侩、功利腐蚀着诗歌队伍，说人格蛀空或许太过，但普遍失血是可见的事实，以这样的精神内质，何以去重整诗歌秩序？"[2] 正是在这种精神不断下滑的主体背景下，先锋诗歌的创作也出现了停滞、迂回甚至下滑的倾向，其中最

---

[1] 臧棣：《后朦胧诗：作为一种写作的诗歌》，《文艺争鸣》，1996年第1期。
[2] 陈仲义：《九十年代先锋诗歌估衡》，《当代作家评论》，2004年第6期。

典型的，就是一种无深度的解构主义思潮的泛滥。他们看似高举反叛的大旗，具有一种对抗性的精神姿态，而在破坏的同时，却无法展示创作主体建构的力量。张清华就认为，先锋诗歌写作伦理的这种变化，是"从这些人笔下开始的，是伊沙首先跨越了原来由朦胧诗的优雅和'第三代'莽汉式的小粗鄙为底色的写作秩序，用他的解构主义之笔，次第瓦解了知识分子化的抒情（《梅花：一首失败的抒情诗》）、泛政治化的道德神话（《事实上》），将阶级教育的文本降解为性意识文本（《北风吹》）……他在语言层面上展开的解构主义活动，要远远超过第三代诗人那种简单的观念性瓦解，在文本上的张力更大。因为很显然，无论韩东的《有关大雁塔》还是于坚的《尚义街六号》之类作品，都只具有观念意义，而没有文本上解构的魅力，伊沙的写作则在文本的细部充满着这样的活力。从伊沙开始，当代诗歌的写作伦理出现了明显而成功的下移，至更加'心藏大恶'的沈浩波开始，这一伦理更是突破了观念可能中的最底线"[1]。尽管张清华充分肯定了他们在解构意义上所做出的艺术突破，但是，这些诗人的作品所体现的思想，却并没有抵达一种特有的深度。在这方面，先锋小说要稍显成熟一些。韩少功的《暗示》、李洱的《遗忘》、刘震云的《一腔废话》、林白的《万物花开》、刘恪的《城与市》、李宏伟的《国王与抒情诗》、陈春成的《夜晚的潜水艇》等一系列先锋文本，多多少少地表明了二十世纪九十年代之后的当代先锋小说依然还存在着某些深度建构的活力。但是，它们还不能从本质上证明先锋作家在整体精神上具有明确的超前性和深刻性。

与这种精神深度匮乏相对应的，是当代先锋作家们自身独立思考能力的孱弱。不错，从二十世纪九十年代后期开始，有很大一批青年作家都主动摆脱体制化的写作，以"自由撰稿人"身份返回到民间化的立场中来，返回到个人化的自由写作之中。即使是某些身处体制之内的作家，也对各种集体化思想保持着高度的警惕，力图确保自我独立的自由

---

[1] 张清华：《〈诗参考〉：胀破时代的修辞与伦理》，《上海文学》，2005年第2期。

意志。但是，这些还仅仅停留于外在形式上，或者说仅仅停留在写作姿态上，因为通过他们的作品，我们还无法对他们明确的独立思考和完整的自治空间做出确切的判断。也许，相对于大众意识而言，相对于公众聚焦的社会热点而言，他们的警惕性和距离感是不言而喻的。很多作家不仅成功地逃离了对主流话语的倡导，逃离了对社会表层现象的热情抚摸，而且还对这一庸俗社会学式的创作方式给予了强烈的批判，体现出难能可贵的先锋气质。但是，当他们试图专注于自我内心的个人化写作时，却又暴露了许多非独立性甚至妥协性的价值立场。

这种妥协性突出地表现在他们追求内心表达的同时，不是将自我内在的精神空间安置在人类存在的整体性境遇之中，而是集中在个体生命的欲望表演、情感体验的隐秘冒险以及生存经验的猎奇式复述上。真正的个人化写作具有双重意味，一是展示自己作为此人而非彼人的个性色彩，使自己的叙事具备一种风格。风格即人，没有个性色彩的写作，无疑是一种大众合流的平庸写作。任何一个优秀的作家都必然拥有自我独特的话语交流体系。二是表明自己的写作是从个人的视点去切入历史，切入当代生活，切入话语自身，并以此构成对权威话语和主流叙事的逃离，确保作家自身独立于社会热点之外，与生活保持必要的距离，并进行具有自我判断意义的写作。但个性化的过分标扬，又容易使作家蹈入一种个性至上的误区，成为极端个人主义的写作者。而不少先锋作家就是以一种极端的自我作为审美目标，排斥人的社会群体性倾向，彰显创作主体自身的某种经验和感受。尤其是一些女性作家，常常沉迷于"小我"的天地，执着于回忆录式的、自传色彩的表述，或者以"另类"生存方式进行自我标榜。他们看似在强调个人生命的独特性、奇异性，但是这些审美倾向并不能激发人们对内心存在之痛的体恤，不能对人们焦灼已久的困惑做出回答，不能体现作家内在的精英意识，而是在某种程度上满足了公众的窥视情结，是对权利（非权力）的妥协。也就是说，他们不是在标榜创作主体精神的深刻性和独异性，而是在民间化的价值立场中融入了媚俗性的伦理观念。因此，我们的很多先锋作家并没有对此保持必要的警惕,他们在与主流意识的对抗中赢得了自身的独立,却又被民间的世俗化逻辑所左右。他们不断地炮制各种新潮口号,制造媒体效应,强化自身在民间的影响力,这本身就是一种对自身独立意志的消解行为,也是一种反先锋的文化错位。换句话说,这是一种虚假的民间立场。这也直接导致了他们自身独立意志的薄弱,削弱了先锋赖以生存的独立自治的精神空间,使他们自己丧失了自觉而清醒地培植独立意识和创造禀赋的机缘。

逃离迎合与依附,是为了获取自身独立思考的空间。我们的先锋作家在逃离集体话语、逃离公众聚焦的同时,却又迷失于世俗的泥沼,并最终失去了自我完整的独立性,这说明他们本身独立意志的孱弱。这种孱弱,同样还表现在有些从民间走出的先锋作家身上。他们曾在民间的立场取得了颇为可观的成绩,可是功成名就之后便很快地进入所谓上流社会的风雅圈中,被一些显在的社会潮流自觉或不自觉地左右着,最终变为传统作家的一分子,至多也只是在自己原有的起点上不断地进行自我重复。

第二节 激情的匮乏:从想象到形式

在经历了二十世纪八十年代中期到九十年代初期形式主义革命的狂潮之后,就文本实验的自觉性和前卫性而言,二十世纪九十年代之后的中国先锋文学一直呈现出异乎寻常的衰落。它突出地表现在:卓有成效的实验性文本很少,有意味的形式很少,文本的隐喻力减弱,话语的抽象度退化。一些具有先锋理想的作家,似乎已不愿意将更多的创作激情投入到形式实验之中;许多具有先锋意味的作品,仍然停留在先前那些先锋作家(如马原、海子等)所开辟的思维模式上——无论是艺术策略还是表达手段,都缺乏具有前瞻性的实验特征。

导致这种危机形成的最大原因,其实就在于想象力的匮乏。在很多具有先锋意味的作品中,我们看到的,常常不是非理性的自由想象的神奇组合，而是鲜明的理性化、逻辑化的话语场景，想象自始至终受制于现实生存中的常识和经验。一些先锋作家对各种常识性生存经验常常保持着不自觉的迷恋，使得很多作品实际上都是对生活常识的认同和复制，而不是反叛与超越。譬如对个体欲望的书写，对物质盘压下人性失衡的表达，虽然也都折射出创作主体的某些尖锐的思考，但在话语形式乃至叙事细节上，仍停留于常识与经验的思维状态中，缺乏某种极具张力的想象性表达。又如，近年来极度推崇的"口语化"诗歌写作，也同样呈现出一种对日常生活的迷恋姿态。尽管有人从"语感"角度对"口语化"诗歌在文本的先锋性上进行了充分的肯定，认为这种诗歌的大规模出现，是因为"语感在本体论意义上，已经进入，并且支撑诗歌的内在构成。语感首先是基于诗人内在生命冲动，是充溢生命力的蓬勃灌注，是发自生命深处和语言同构的'旋律'，所以没有生命的深刻就难以获得真正的语感。……语感的最大功能是清除文化积垢，敏捷地融化语言板结，使那些日积月累、老化固化的附着物，返还原初底色。口语热正是借这一利器，穿行于没有多少历史文化压力的语境中，指涉个我'无本质存在'"。但是，这种"语感"的实现与"口语化"并不完全同构，因此他又无不焦虑地说："如果放弃必要的精神追求，那些涌冒的'口水'，日常的鸡毛蒜皮，大量铺排的形而下琐屑，连篇累牍的肉欲，会因失去必要支撑而造成另一种流俗。"[1]事实上，这种流俗情形已经存在，它们"经由某种自我装饰与盛名之下的神秘阐释，由无聊与苍白的浅薄之作变成了先锋与前卫的范本，这种'皇帝新衣'式的写作同样败坏了诗歌的名声，是现今诗歌写作中最大的隐忧"[2]，也对先锋诗歌的独创性构成了一种致命的消解。

　　从本质上说，这种想象力的孱弱，也对先锋文学的自由秉性构成了巨大的威胁。因为想象的本质就是自由，就是挣脱一切现实秩序对人类精神的羁绊，为恢复内心的自由表达而努力。它的创造性特征，也正体

---

[1] 陈仲义：《九十年代先锋诗歌估衡》，《当代作家评论》，2004年第6期。
[2] 张清华：《内心的迷津》，第223页，山东文艺出版社，2002年。

现在作家对人类精神世界的自由重构之中。没有对人类自由精神的强力推崇，没有对艺术自由禀赋的深切体察，作家便很难对那些超越于庸常现实的理想愿望产生强烈的冲动，想象力也便很难获得全面的解放。从另一方面说，文学艺术作为人类生命活动的一种特殊形式，它在揭示人类的存在真相、展露人性的潜在本质的同时，也是为了实现人类内心深处对自由本性的追求，实现作家对存在的各种可能性的勘探。"在艺术中，我们似乎一直存在于人类，永远地存在于人类。我们不受限制地自由往来。宗教使人向往上帝向往神，而在艺术中，我们就是上帝本身，我们就是全知全能的存在。因此，艺术想象就是一条通神之路，只有在艺术中，人类才真正获得了自由。"[1] 没有什么比自由更为重要，尤其是在人类的一切艺术行为中，自由的表达以及对内心自由的梦想与追求，从来都是先锋作家们最为核心的审美目标。这种审美目标，与想象的自由本质无疑是不谋而合的。因此，吴亮曾说："绝对自由只有在想象中才能达成，它不必求助于经验，它纯粹是内心生活，纯粹是反经验的反现实的形式冲动。"[2] 让人类的精神生活在想象中获得无拘无束的漫游，让叙事的审美话语在想象中获得生机勃勃的活力，并以此来解除庸常现实对人们心灵的挤占和盘压，消弭实利欲望对精神空间的掠夺和蚕食，这是一切艺术的内在理想，也是先锋作家审美智性的重要体现。

想象力的匮乏，还直接导致二十世纪九十年代之后的先锋文学在文本形式的实验上也越来越缺少激情。纵观二十世纪九十年代之后的先锋文学，在文本上真正带有探索意味的作品只有非常有限的几部，如刘震云的《一腔废话》、李洱的《遗忘》、贺奕的《身体上的国境线》以及韩少功、崔子恩的某些小说等，更多的作品只是在叙事的某一方面进行了一些小小的实验，还难以认定其形式功能上的独创性价值。尽管我们有时也能看到一些颇有激进气质的作家，譬如韩东、朱文等"断裂派"人物，但他们的"激进之处不在形式主义表意策略方面，而是写作的行为

---

[1] 吴洪森：《存在与想像》，《当代作家评论》，2000年第2期。
[2] 林建法编：《中国当代作家面面观》，第117页，华东师范大学出版社，2002年。

和作为文学写作者的生存方式方面。……事实上，他们的小说叙事更倾向于常规小说，例如，有明晰的时间线索，人物形象也相当鲜明，情节细节的处理也很富有逻辑性"[1]。

为了更清楚地说明这种想象力的匮乏，我们不妨以傻子形象的书写为例，看看一些作家的同质化和扁平化处理。在新时期以来的小说中，韩少功《爸爸爸》中的丙崽，阿来《尘埃落定》中的土司二少爷，贾平凹《秦腔》中的引生、《古炉》中的狗尿苔、《高老庄》中的石头，莫言《檀香刑》中的赵小甲，苏童《河岸》和《三盏灯》中的扁金，余华《我没有自己的名字》中的来发，迟子建《雪坝下的新娘》中的刘曲、《采浆果的人》中的大鲁和二鲁、《雾月牛栏》中的宝坠，艾伟《南方》中的杜天保等等，都是些傻子。认真玩味这些"傻子"形象，很容易让人产生某些"傻想"。从常理上说，所谓"傻子"，就是指那些智商完全低于常人、多少有些不明事理的人。他们不同于疯子。疯子是完全没有理性可言的，是一种绝对不可靠的人物；而傻子则拥有一定的理性和智力，只不过这点理性和智力，还难以让他们洞悉世事的复杂和诡异。因此，从叙事上说，傻子的眼光通常具备一定的可信度。更重要的是，由于智力低下，傻子可以轻松地解除常人的防范心理，使得各种幽暗的人性得以随意地表演，这也使他拥有某种独特的合法性视角。像《傻瓜吉姆佩尔》中的吉姆佩尔和《喧哗与骚动》里的班吉就是如此。他们既是活生生的、极度单纯的傻子，但从本质上说，他们又承担了社会与人性的见证者的叙事职能。也就是说，要让傻子成为一个活生生的人物形象，让他的内心真正地丰富起来，这是小说叙事的一个基本法则。海明威曾说过："作家写小说应当塑造活的人物；人物，不是角色。角色是模仿。"[2]海明威的话其实并没有说透——所谓"角色"，只是作家观念的产物，并不具备人物自主的生命意识。按文学主体性的要求来说，角色化的人物就是标签化的人物，是带着作家的理念意图进行表演的符

---

[1] 陈晓明：《关于九十年代先锋派变异的思考》，《文艺研究》，2000 年第 6 期。
[2] 董衡巽编选：《海明威谈创作》，第 2 页，生活·读书·新知三联书店，1985 年。

号。事实上，在中国当代小说中，只有余华笔下的来发、迟子建笔下的刘曲等少数傻子，在一定程度上挣脱了创作主体的思想观念，大多数傻子形象都是作家理念的标签。像莫言《檀香刑》中的赵小甲，莫言之所以要让这个傻子出场，并且在小说中占据一定的地位，主要是为了完成作家的两种使命。一是让刽子手赵甲陷入因果报应的命运泥淖。作为赵甲唯一的儿子，小甲的傻子状态及其最后的死亡，果断终结了赵甲的家族血脉，也使赵甲不得不意识到自己杀人如麻的罪恶。二是以"虎须"为道具，借助小甲的某些特异功能（或者是幻觉），展示人类内心深处的兽性面貌，如小甲看到父亲赵甲是一头黑豹子，妻子眉娘是一条大白蛇，县令钱丁是一只白虎，岳父孙丙是一只大黑熊之类。小甲最后的"放歌"，也是对人类兽性的一次神秘化的揭示。这两种使命，其实都是莫言自己的观念而已。这也意味着，小甲在小说中只是一种功能性的存在，很难具备丰盈而鲜活的生命特质。

值得一提的是，这种对傻子形象的标签化处理，几乎是很多作家惯用的一种手段，并形成了一种固定的模式，即"人神交织"的模式。于是我们看到，在正常状态下，他们都是智力低下的傻子，甚至饱受羞辱和践踏，但他们又常常拥有某些正常人难以拥有的诡异之才，要么对世事做出精准的预言，要么看到令人惊讶的人性本质，要么对于吊诡的命运有着极好的把握。丙崽就是这样，所以他时而被人称为"丙崽"，时而又被人奉为"丙爷"。阿来笔下的土司二少爷更是神奇，无论是对家族内部冲突的处理，还是对诡异历史与土司命运的把握，其能力都远远超过了绝世神勇的哥哥，俨然是一位神性人物。贾平凹笔下的引生，不仅能看到别人头顶上时常冒出的火焰，在痴恋白雪无果后做出"自宫"的骇人之举，还成为清风街上维持计划生育和社会秩序的关键人物。他笔下的狗尿苔更是拥有一套通灵的本领，既能与一些动物窃窃私语，又可以与一些植物倾心交流。即使是迟子建笔下的大鲁和二鲁、艾伟笔下的杜天宝，也都是既有傻运，又有傻福，正常人四处奔波，机关算尽，最后不是白忙一生，就是家破人亡，而他们却屡获惊喜，似有神灵的庇佑。

从赵小甲、土司二少爷,到引生、狗尿苔,以及大鲁、二鲁、杜天宝,他们平常都是傻子,但关键时却倐然成了超人,并呈现出诸多匪夷所思的生命特质。这确实很神奇,很魔幻。当然,我们有理由相信,傻子终究不是正常的人,总会有些难以把握的非理性的精神心理,因此,对他们进行超验性、神秘化的处理,让他们的身上不时地冒出一些神性的火花,作家似乎不需要在叙事逻辑上提供更多的支撑。但是,由此导致的结果,却是这种"亦人亦神"的形象处理,几乎成了很多作家惯用的叙事策略,甚至是他们用来对付那些未知领域和神秘命运的法宝了。

这种叙事策略的审美效果无疑是值得反思的。至少它凸现了一些当代作家对复杂生活进行精确处理的艺术能力是让人堪忧的。记得海明威就说过:"真正的神秘主义不应当与创作上的无能混淆起来,无能的人在不该神秘的地方弄出神秘来,其实他所需要的只是弄虚作假,为的是掩盖知识的贫乏,或者掩盖他没有能力叙述清楚。神秘主义包含一种神秘的东西,和许多种神秘的东西;但无能并不是一种神秘;过火的报刊文字插进一点虚假的史诗性的东西成不了文学。"[1] 海明威对一些极不着调的神秘化叙事一直保持着高度警惕的姿态,所以他认为,随意地处理神秘主义,在本质上是某种叙事的无能或弄虚作假。面对中国当代作家如此模式化处理傻子形象,我们只能认为,是他们在叙事上的草率和随意,不愿意投入更多的精力深究他们所要表达的对象。这既映射了当代作家某些慵懒的精神状态,又透露了他们对形而上的远距离崇拜之心理。说穿了,他们既希望自己的作品能够抵达某种深邃的哲学之境,又不想花大力气积极寻找更可靠的叙事手段,便抱着傻子念念不忘。否则,当代文学中何以出现如此之多且彼此相似的傻子?

这种作家想象力的匮乏,看起来只是先锋文学在叙事文本上的踯躅不前,其实也直接影响了先锋作家在思想表达上的力度和深度。因为先

---

[1] 董衡巽选编:《海明威谈创作》,第2页,生活·读书·新知三联书店,1985年。

锋文学与生俱有的前瞻性、独创性和不可重复性,在很大程度上都要依助于各种独特新颖的文本才能得以展现。有人认为:"先锋文学的第一特征就是形式上高度实验性,因此在很多国家,先锋派与实验主义二词同义。"[1]事实上,在先锋作家的主体精神中,所有的尖锐思考、深邃体验以及独到的审美见解,都常常需要某种更为独特、更为恰当的叙事形式才能获得完整的审美传达,都必然地要对某些既定的叙事模式进行改造才能找到合理的表达方式。譬如当年的意识流小说,就是通过对客观时空进行全面重组,以心理时间来替代物理时间,终于使叙事在最大程度上契合了人物强烈的主观化精神流程,也使话语得以自由地沿着人物的心灵律动而飞翔。因此,皮亚杰说:"不存在只有形式自身的形式,也不存在只有内容自身的内容",每个成分"都同时起到对于被它所统属的内容而言是形式,而对于比它高一级的形式而言又是内容的作用"[2]。形式就是内容,形式的独特性常常蕴含着其内容的独特性,因为它不仅直接传达着创作主体的艺术思维方式和他的叙事智性,同时也折射了创作主体的探索能力和价值取向。作家区别于哲学家、思想家等其他人文专家,就在于他是通过语言这种特殊的符号来建立某种审美的形式王国,犹如马尔库塞所说的那样:"那种构成作品的独一无二、经世不衰的同一的东西,那种使一件制品成为一件艺术作品的东西——这种实体就是形式。借助形式而且只有借助形式,内容才获得其独一无二性,使自己成为一件特定的艺术作品的内容,而不是其他艺术作品的内容。故事被述说的方式,诗文内含的结构和活力,那些未曾说过、未曾表现过以及尚待出场的东西;点、线、色的内在关联——这些都是形式的某些方面,它们使作品从既存现实中分离、分化、异化出来,它们使作品进入到它自身的现实之中:形式的王国。"[3]

---

[1] 赵毅衡:《先锋派在中国的必要性》,《花城》,1993年第5期。
[2] [瑞士]皮亚杰:《结构主义》,第24—25页,倪连生、王琳译,商务印书馆,1984年。
[3] [美]马尔库塞:《审美之维》,第193页,李小兵译,生活·读书·新知三联书店,1989年。

必须承认,这种形式功能的重要意义,在二十世纪九十年代之后的一些先锋作家中并没有得到高度的重视,至少,他们对"形式的独一无二"与"内容的独一无二"之间的一致性还没有极为清醒的认知。他们或多或少地受到了二十世纪八十年代中期之后的那种形式主义革命的负面影响——尤其是少数作家将形式实验推向过度化,使形式的奇异性与思想的苍白之间出现了巨大的沟壑,从而导致某些先锋作品在话语上的纯粹游戏化倾向。这种教训,使不少作家都对强劲的形式开拓始终保持着特殊的戒备心理,久而久之,便出现了先锋文学在形式功能上的停滞不前。

然而,对于先锋文学来说,停滞就意味着退化,就意味着一种障碍的产生。就我的判断而言,二十世纪九十年代之后的先锋文学在形式功能上的退化,首先表现为艺术话语中隐喻功能的不断减弱。先锋文学自诞生的那一刻起,它就一直在不断地突破艺术话语在所指上的单向度的表意策略,并通过对语言能指的多重组合,重新营构话语的隐喻化空间,使文本获得某种强大的解读空间,构成对人性和存在的多重隐喻。这一点已被所有的带有经典意味的先锋作品所证实。而我们的一些先锋作品还更多地拘泥于对现实生存或者历史命运的直接性反讽,话语与其意旨之间呈现出来的依旧是一种相对恒定的对应关系,很少拥有多层次的解读空间。如一些新生代作家对成长记忆的苦难叙述,对当下知识分子生活形态的解构,都带着鲜明的具象化的审美格调。尽管其中的有些作品所触及的人性深度也颇耐人寻味,而这种"寻味"还只是局限于话语的内在空间中,无法形成对事件之外的人的存在性的普遍关注。也就是说,很难让人们从文本中体会到其丰厚的隐喻意义。

这种形式功能的退化,还表现为文本的开放度也显得非常有限。大多数先锋作家都是试图通过各种封闭性的文本来建立自己的某种深度模式,而不是在文本的开放策略中对叙事方式进行多方位的整合与实验。譬如,近些年来的先锋小说,无论是叙述结构、时空切换还是叙事视点、文本叠合,都没有出现本质性的嬗变,甚至还远远不及八十年代的一些先锋作品。在八十年代，我们可以指出马原和洪峰的"叙事圈套"，可以看到莫言的感觉爆炸，可以发现孙甘露和史铁生的多重文本的叠合，还可以读到余华和格非对人物的高度能指化处理……而在九十年代以后，我们只能看到韩少功的《暗示》、刘恪的《城与市》、刘震云和崔子恩在叙事结构上的某些互文性倾向，更多的叙事都没能将文本从传统的封闭性模式中彻底地解放出来，也很难发现类似于罗兰·巴尔特所说的"复数文本"。我们说，先锋作家的重要意义并不在于能否创作出经典作品，而是要为未来小说的发展提供各种可能性的道路，要实现这一历史的承诺，先锋作家必须要建立起一种开放性的文本策略，使文本永远处于某种动态性的、敞开的、非固定性的状态。它虽然会使叙事变得越来越困难，但也会使叙事变得越来越自由——因为它将不可避免地促动创作主体在这种开放性的过程中，对各种叙事技术进行不断组合，从而激活先锋作家在叙事上的创造热情。

因此，尽管我们反复地强调，真正的先锋应该是一种精神的先锋，但这种精神并不只是局限于其作品的审美内涵，它还同样必须体现在各种独特而强劲的审美形式之中。一种有意味的形式，一种具有丰富智性的文本，常常能将作家自身的精神体验和思考表达得淋漓尽致。二十世纪九十年代之后的中国先锋文学之所以出现形式功能的退化，一方面固然是因为八十年代极度狂热的形式变革，已经将很多具有现代意义的小说叙事技术开掘出来，使后来者很难在形式上做出更进一步的创新；但另一方面，我们也不能不怀疑一些作家在形式探索上的内在膂力。

第三节 实利化的物质屏障

先锋文学几乎从诞生的那一刻起，就注定了必然要承受更多的现实诘难，也必然要遭遇更多的物质障碍。因为"当一种艺术在没有巨大断裂和历史灾难的条件下追随几百年来持续不断的演变过程时，其结果是继续积累，传统的重负愈来愈阻碍着现在的灵见。或者换一种说法，传统风格所造就的不断增长的大众妨碍了尚未成熟的艺术家和他所处的世界作直接的富有独创性的沟通。这样就会出现以下情况,要么是传统窒息了一切创造力——像埃及、拜占庭或东方国家那样;要么是过去对现在的影响改变了艺术的面貌,在相当长的一段时期内,新艺术一步接一步地摆脱了威胁窒息自己的旧艺术"[1]。先锋文学从来都不是以迎合大众心理期待为目标的,也不是以服从主流价值为前提的,它的反叛性可能会暂时地引起一些读者的好奇心,但是它的超前性、独创性和实验性都决定了它将不可避免地要丧失市场原则下的利益分享,有时甚至会因为反叛的激烈程度而成为一种非难。我们姑且不谈卡夫卡的作品在他生前所遭受到的长期冷落,不谈普鲁斯特的《追忆似水年华》和乔伊斯的《尤利西斯》在当时所遇到的尴尬甚至诘难(《尤利西斯》曾在相当长的一段时间内被列为禁书),仅就法国的新小说派等先锋文学来说,其早期的境遇就可以充分说明此点。法国学者安娜·西莫南所写的《被历史控制的文学》一书中曾细致地记录了这一令人尴尬的历史过程。所幸的是,他们在绝境之中终于碰上了午夜出版社及其社长热罗姆·兰东。正是兰东的慧眼,使连遭五家出版社退稿的作家萨缪尔·贝克特得以如愿以偿地出版了自己的作品,也使当时人们不屑一顾的法国新小说派的作家们看到了希望。作为午夜出版社的社长,热罗姆·兰东的信念是"我的职业几乎不是营造过去,而是寻找未来的大作家"[2]。事实表明,热罗姆·兰东的眼光是卓越的,午夜出版社对世界文学的贡献是不朽的。正是在他们的发现和推崇下,法国五十年代的先锋作家终于克服了强大的物质障碍,并将作品送到世界读者的面前,而且,萨缪尔·贝克特和克洛德·西蒙还分别在1969年和1985年获得了诺贝尔文学奖,同时这些作家的作品也将世界文学的发展推进到一个新的里程。

对上述这一历史进行回顾,我们意在说明,要探讨二十世纪九十年

---

[1] 周韵主编:《先锋派理论读本》,第160—161页,南京大学出版社,2014年。
[2] [法]安娜·西莫南:《被历史控制的文学》,第77页,吴岳添等译,湖南美术出版社,1999年。

代之后的中国先锋文学发展，物质形态的障碍同样是一个突出的存在。这不仅是因为这种物质形态正以种种新的方式渗透到我们生活的每一个角落，并逐渐成为人们生存的某种主导性价值观念，更重要的是，它还以市场原则直接影响着一切艺术创作的发展向度。尤其是随着二十世纪九十年代社会转型的不断深化以及市场化原则的不断加强，人的物质利益被抬上了一个新的维度，并在现实生活中迅速地形成了某种物质霸权主义的伦理背景。在这种强烈的物质利益驱动下，精神被忽略甚至被故意消解已是一个不可避免的事实。一方面，它直接导致了原本立场就并不坚定的先锋作家退出了先锋阵营，开始去迎合市场机制的传统写作，以期获取市场原则中的效益份额；另一方面，它也导致各种文学出版商对先锋作品的潜在抗拒，使先锋作家的创作无法找到一种最为有效的阅读载体。至少，到目前为止，我们的出版界还没有出现热罗姆·兰东式的人物，更没有出现类似于法国午夜出版社这样的先锋作家核心媒介。我们的很多出版社对先锋文学的承诺，还仅仅局限于几个业已成名，并有一定市场号召力的作家身上，而对于更多的尚未成名的先锋作家，以及大量的先锋诗人，很难说有多少真诚和热情去进行推介。

这正是二十世纪九十年代后期以来先锋文学所遭遇的又一个巨大障碍。作为一个最为有效的载体，出版商们的冷漠对先锋文学所造成的历史性伤害，绝不只是使一些重要的先锋作品无法面世，更重要的是，它还以间接的方式挫伤了先锋作家的实验激情，影响了无数后来者在艺术上的继续开拓，特别是针对中国文学本身的深入思考。在这方面，李修文曾发表了别有意味的看法。他说："一座座新的神殿也在拔地而起，且越来越无法沟通：我们一边看到，在一种普遍被劳动、个人价值、成功学神话所异化的处境中，人人只好画地为牢，任由神圣、崇高、自豪一类的词汇既囚禁了自己，又远离了自己；另一边又看到，因为关于整个世界的信息都唾手可得，我们在文学中强调了无数个年代的个人价值其实正在变得无足轻重，一个人，一个地方，都在空前地取消线性，转而要求自身和世界的横向链接。因此，向内的'个人'坍塌了，我们跟随着幽默感、瑜伽、国学等等新的神殿仓促奔跑，尽力奔向彼此，最终却成了一个苍白的集体。在今天，如何重新将这些早已破碎的处境凝聚起来？也许，我们需要的恰恰是一种历久弥新的先锋精神，这种精神敢于将自身的感受作为感知今日生活的最敏感神经，也敢于将自身体验当作一种文体本身来建立，一如阿烈谢克耶维奇所说：'当我行走在大街上，就意味着多少长篇小说消失在风中。'"[1] 同时，他还提出："中国古典文学之所以魅力绵长，是因为它们见证了古典时代的离乱兴衰。它们展现的人之为人的处境，是那个时代的先锋，这种先锋性使得传统起死回生。作为文学先锋，鲁迅在总体视野下精确地描述我们的自身面目，创作出孔乙己、阿Q等人物形象，将传统中国人送往通向现代性的道路上。我们当今的文学写作，往往无法与我们的时代、人事相互印证，也无法有效获得一个时代内部的人格力量。这既是因为当今生活的碎片化和同质化，也是由于我们缺乏一种将自身感受作为感知生活最敏感的神经、将自身体验作为一种文体来建立的先锋精神。我们可以利用先锋文学精神来突破日常生活的碎片化和同质化，从而将这些破碎的处境凝聚起来，突破文体标准的负担，完成作品在文本和现实上的统一、美学和生活上的统一。"[2] 在李修文看来，激活当代作家内心中"历久弥新的先锋精神"，可以从传统文学的反思和体察着手，洞悉一些杰出作家是如何处理时代问题，并对人的未来发展做出超前性的预判，但问题在于，在强大的实利化的现实面前，能够秉持这种冷静思考和潜心揣摩的作家越来越少了。

与此同时，物质化现实生活的全面渗透，也直接导致了大众文化消费模式的不断转变，使得如今的人们越来越疏离传统的阅读方式，而更乐于接受像影视等各种综合性文化媒介。迈克·费瑟斯通在深入研究这种后现代意义上的消费文化后指出："这些以审美形式表现日常生活的倾向，与高雅文化和大众文化之间的区别是有联系的。艺术与日常生活

---

[1] 李修文：《先锋文学精神与今日生活》，《写作》，2019年第6期。
[2] 李修文：《先锋文学精神与今日生活》，《写作》，2019年第6期。

之间的界限坍塌了,被商品包围的高雅艺术的特殊保护地位消失了。这是一个双向的过程。"这个双向过程,一方面是指艺术已经转移到了工业设计、广告和相关的符号与影像的生产工业之中;另一方面是指二十世纪六十年代之后的通俗艺术和后现代主义,使人们将注意力投向日常生活物品,并将其当成艺术来看待,"或者将其看成是对消费文化自身进行的反讽式重映,并以此来坚持旨在反对博物馆和学术界的表演与身体艺术立场"[1]。在这种双向合力的作用下,作为高雅文化的先锋文学就不可避免地向世俗妥协,甚至成为大众乐于接受的物质性存在。虽然这种文化模式的转变,在一定程度上丰富了人们的精神消费方式,但也在很大程度上削弱了文学的接受面。所以,即使是传统文学作品,如果没有特殊的内在因素,同样也无法在市场中赢得可观的利益。这对于原本就难以迅速获得大众认同的、非妥协性的先锋文学,更是一个巨大的障碍——因为它进一步加深了出版商对先锋的必然性冷漠。

应该说,这种物质性障碍既是现代社会发展的必然性结果,也是全球性先锋作家都必须面临的世俗性、外在性的局限。因为消费是后现代社会的动力,以符号与影像为主要特征的后现代消费,必然地引起了艺术与生活、学术与通俗、文化与政治、神圣与世俗间区别的消解,消费所形成的消解,既使后现代社会形成一个同质性、齐一性的整体,又使追求生活方式的奇异性,甚至反叛、颠覆合法化。[2] 本雅明也从后工业时代的文化消费特点中归纳出,这种现实境遇所导致的艺术生产(不是创造)必然是"光韵的衰竭",艺术只是可以无限复制的"仿真品",很难具有个体意义上的深度创造。[3] 因此,中国当代先锋所遭遇的这种消费性的物质障碍,或许还仅仅是一个开始。事实上,我们的先锋文

---

[1] [美]迈克·费瑟斯通:《消费文化与后现代主义》,第36页,刘精明译,译林出版社,2000年。

[2] [美]迈克·费瑟斯通:《消费文化与后现代主义·前言》,第1—8页,刘精明译,译林出版社,2000年。

[3] [德]瓦尔特·本雅明:《机械复制时代的艺术作品》,第13页,王才勇译,中国城市出版社,2002年。

学阵营也还有极少数作家（如残雪、刘震云、李大卫、杨炼、欧阳江河、孟京辉等）一直在顽强地进行着对这种障碍的超越。但是，从总体上看，由于先锋作家自身内部还存在着各种先天性的不足，所以面对这种历史性的市场化物质障碍，要出现集体性的超越就变得尤为艰难。这也使我们看到，不仅有很多先锋作家自觉地逃离了原来的先锋阵营，进行了许多创作上的转型，而且也使一些后来者无法有效地形成一种群体态势。

第四节　先锋文学批评的滞后

如果仅仅从表面上看，批评似乎很难对创作构成直接性的影响，很多中外作家一谈到文学批评，也常常显得不屑一顾，有时甚至还会来点嘲讽。但是，从文学自身的发展历程来看，批评的影响绝对是不可或缺的，尤其是对于先锋作家的崛起，甚至是至关重要的。我们姑且不论历史上任何文学新思潮的崛起和发展，实际上都是作家和批评家共同努力的结果，单就先锋小说自身的发展而言，这一事实在多数情况下也是不言而喻的。不错，我们可以指出卡夫卡、普鲁斯特等作家对批评的远离姿态，但是我们也必须看到，如果没有享有"第一号批评交椅"之称的美国当代著名批评家埃德蒙·威尔逊对纳博科夫的及时发现和大力提携，没有埃米尔·昂利奥对法国"新小说"的及时命名与跟踪，没有瓦莱里对马拉美的积极肯定，没有马尔科姆·考利对福克纳的大力举荐、对约翰·契佛的热情鼓励以及对海明威等"迷惘一代"的全力评述……不仅这些作家的创作有可能会成为另一种面貌，甚至世界文学的发展也完全有可能变成另一种格局。[1] 同样，在中国新时期的先锋文学发展中，谢冕、孙绍振、徐敬亚等对朦胧诗派的及时肯定，李陀对余华创作

---

[1] 关于这些例证，分别参阅了董鼎山《纽约客书林漫步》（百花文艺出版社 2001 年）、安娜·西莫南《被历史控制的文学》（湖南美术出版社 1999 年）以及盛子潮主编《世界文豪逸事大观》（上海文艺出版社 1992 年）等著作中的有关资料。

的激励，吴亮、程德培、陈晓明等对于二十世纪八十年代先锋作家群蓬勃发展的影响，也都具有非同一般的意义。所以，法国著名批评家蒂博代说："竞争是商业的灵魂，犹如争论是文学的灵魂。文学家如果没有批评家，就如同生产没有经纪人，交易没有投机一样。"[1]先锋文学作为对未来文学发展模式的一种探索，往往并不能即刻显示出其自身重要的审美价值，这时候就更需要众多思维敏捷的批评家对它进行及时分析和阐释、理解和判断，从而在与作家进行对话和沟通的过程中，进一步激活作家的创作思维，拓宽种种新的创作模式，引导作家们走向更有意义的审美探索。

而这也正是批评对于先锋文学创作的一种不可忽略的作用。真正有效的先锋批评，不是一种简单的是非判断，不是权威式的指导，而是让一些有价值的艺术探索获得及时的认同和肯定，对一些新的文学现象和思潮做出科学的预测，从而有力地激活先锋作家的实验热情，激励先锋作家进行更为自由、更为广阔的叙事追求。尤其在一个文学自身缺乏独创能力和实验激情的时代，这种批评的力量更是显得不可低估。蒂博代曾将文学批评分为三类：一类是自发的批评，包括读者批评和文化记者的批评；一类是职业批评，是指大学里的文学教授所进行的批评；一类是大师的批评，是指那些业已成名的重要作家所进行的批评。应该说，这三类文学批评都各有短长，且可以相互补充。真正健康有效的文学批评，就应该建立在这三种批评的相互发展之中。

然而，事实却并非如人所愿。在二十世纪八十年代的先锋文学发展中，批评一直发挥了重要作用，用李洱的话说，"没有先锋小说在前，哪有《白鹿原》在后？陈忠实不是受马尔克斯的影响，而是受中国先锋小说的影响。先锋文学确实是中国新时期文学里面一个非常重要的存在，它的光芒辐射到不同的人，不同的领域。知青一代作家，你去数一数，看一看，也有不少人受到了先锋小说的影响。因为当时大家都在一

---

[1] [法]蒂博代：《六说文学批评》，第120页，赵坚译，生活·读书·新知三联书店，2002年。

个锅里吃饭嘛。如果把先锋文学放在一个大的文学史上进行考察,那么就有必要考虑到它究竟都对哪些人构成了影响,又如何发展出不同的方向。当然了,这样一种'影响的焦虑',有批评家的参与。批评家全方位参与文学进程,从寻根文学开始,到先锋文学结束。是批评家告诉很多人,什么样的小说是好的。那是一个没有文学市场的时代。当时的文学市场,就是批评家的嘴巴"[1]。我们姑且不去讨论马原等先锋作家对于后来文学创作的影响,仅就批评与创作的互动来说,九十年代中期之后的文学批评队伍中,虽然也存在着类似于蒂博代所归纳的三类文学批评,但是,无论是自发的批评,还是大师的批评(这类批评本身就很少),都似乎更热衷于对名家新作的关注,更热衷于对社会热点作品的评介,更热衷于对传统文学形式的批评,而对先锋作家的探索性作品却鲜有热情。更重要的是,由于受到出版商的利益以及大众审美情趣的影响,很多文学批评已不再是批评,而是制造某种市场效应的工具和手段,这使得批评自身已丧失了其基本的立场和原则,也失去了其特有的作用和价值,更谈不上对创作会产生何种影响了。在九十年代后期的批评队伍中,只有一些"职业批评"家还对先锋文学抱有一定的热情,如陈晓明、南帆、孟繁华、张清华、陈超、吴义勤、李敬泽、唐晓渡、陈仲义、施战军等。应该说,他们对于先锋文学所体现出来的某种集体性的价值取向都迅速地做出了自己的反应,尤其是对于一些先锋作家和诗人的个人创作,都进行了相当及时的跟踪,并在一定程度上对一些先锋作家产生了或多或少的影响。但是,从总体上看,我们的先锋批评对先锋文学的深入研究、全面分析以及卓有成效的预测性判断还远远不够,甚至相对于创作有时还显得有些滞后。

这主要表现在:一些批评对先锋文本的解读还不是很深,尤其是对先锋文学的潜在危机揭示不深,或者说鲜有揭示。很多批评只是在强调描述,即对某种先锋现象进行理论命名和艺术归类,或者对某个作家的

---

[1] 李洱:《"先锋文学"与"羊双肠"》,《文艺争鸣》,2015年第12期。

创作进行历时性的分析，而不是将这种个案纳入整个先锋文学的创作坐标中进行综合性的考察，从而对他们的审美取向和探索动向做出更有深意的论述。特别是在一些具有重要开拓性的文本中，批评的关注度还不够，全面精细、富于创见的批评非常少，理解式的、对话式的批评非常少，争鸣性的、探讨性的批评更是不多。大多数批评还是停留在一般性的评介上，很难对创作产生直接性的影响。有些批评在解读先锋文本时还难以与创作主体站在同一维度上进行对话。同时，由于受整个批评风气的影响，先锋批评在对先锋文学实际存在的各种问题的揭示上也显得尤为不足，真正富于学理性和建设性的批评文章也不是很多。

同时我们还必须看到，批评对当代先锋文学史的系统性研究也显得异常薄弱。经历了新时期三十多年的积极实践，中国当代先锋文学的发展也至少拥有了近四十年的现代历程，虽然我们已经有了多部关于先锋文学史的论著，但我们至今仍缺乏一个相对体系化的有关先锋文学的理论建构，大多数批评家所使用的依然是域外的理论资源。实际上，及时做出理论归纳和全面进行体系化跟踪，并在此基础上形成中国先锋文学自身特有的理论构架，对于人们把握先锋文学的发展态势，理解先锋文学的创作前景，推动先锋文学向更为深远的方向发展，都有着重要的意义。至少，它可以让先锋作家们从中看到他们所必须规避的旧辙，了解到他们所要超越的目标，并对自己的叙事理想进行不断调整和补充，从而在更为广阔的层面上为他们提供某些经验性的参照。因此，从这一点上说，我们先锋批评的滞后与匮乏，也在某种程度上间接地影响了先锋作家进行更为自由的叙事开拓。这一令人尴尬的情形，或许印证了卡林内斯库的判断：

> 我们时代的一大特征是，我们已开始习惯于变化。即使是比较极端的艺术实验似乎也不能唤起人们的兴趣或激动。不可预测的东西成了可预测的。一般而言，日益加快的变化步伐倾向于降低任何一次特定变化的意义。新的东西不再是新的。如果说现代性主宰了

一种"震惊美学"(aesthetics of surprise)的形成,现在似乎是它彻底失败的阶段。今天至为多样的艺术品(从高深莫测之作一直到纯粹的媚俗作品)在"文化超市"里比邻而居,等待各自的消费者(富有讽刺意味的是,"文化超市"的概念同马尔罗"想象的博物馆"的概念有些相似)。各种互相排斥的美学僵持不下,没有一种能够在实际上扮演领导角色。大多数当代艺术的分析家都同意,我们的世界是一个多元的世界,在这个世界中任何事情在原则上都是许可的。老的先锋派是富有破坏性的,但它有时也欺骗自己,让自己相信实际上有新的道路可以去开拓,有新的现实可以去发现,有新的前景可以去探索。但今天,当"历史先锋派"是如此成功,以致它变成了艺术的"恒久状况"时,无论是破坏的修辞还是新颖性的修辞都已彻底失去了英雄式魅力。[1]

我们已经习惯了不确定性,对于任何一种特定的变化似乎不再敏感。我们已经默认了各种异质性,导致批评对于新的探索丧失了阐释的激情。我们已经沉迷于多元化的世界之中,对任何新的或旧的一元,都持理所当然的态度。这就是我们当代先锋批评的现状。无论是前瞻性的评论,还是重审式的研究,对于中国当代先锋文学的批评,确实有些淡漠。蒂博代曾说:"好的批评家,像代理检察长一样,应该进入诉讼双方及他们的律师的内心世界,在辩论中分清哪些是职业需要,哪些是夸大其词,提醒法官注意对律师来说须臾不可缺少的欺骗,懂得如何在必要的时候使决定倾向一方,同时也懂得(正像他在许多情况下都有权这样做一样)不要让别人对结论有任何预感,在法官面前把天平摆平……一个带有明显的偏见,或者站在古人一边或者站在今人一边做出判决的批评家,在我看来,不如一个理解诉讼的必要性和永恒性,理解它的一张一弛犹如文学心脏的节奏运动的人那样聪明,后者才是真正和纯粹的

─────
[1] [美]卡林内斯库:《现代性的五副面孔》,第157—158页,顾爱彬、李瑞华译,商务印书馆,2002年。

批评家。"[1] 这段发表于二十世纪之初的话，在历经了百年之后，对于中国当代先锋文学批评来说，依然显得非常正确。

---

[1] [法] 蒂博代：《六说文学批评》，第149—150页，赵坚译，生活·读书·新知三联书店，2002年。

结　语
永远的先锋

在对先锋文学进行了一番综合性的探讨与阐释之后，有一个问题必须说明，即本书所论及的先锋文学，并非是局限于某个文学流派的审美范式，而是泛指一种动态性的、永远处于探索前沿的实验性文学，是指那种从不轻易地满足于创作现状、对一切作品的自律性概念进行不断解构和破坏的审美动向。也就是说，一切具备反叛性、原创性、实验性以及非大众性的文学创作，一切对人类存在的潜在本质进行了深度追问并具有发现意义的文学，都属于先锋文学，也都承纳并体现了先锋派的重要创作品质。正是从这个意义上说，只要文学活着，先锋就不会消亡。只要文学还在发展，先锋就永远存在。文学前进的步伐，文学开拓的前景，都将必然地取决于无数先锋作家探索的结果，取决于他们在艺术上进行前瞻性实验、在精神上进行独特性发掘的结果。所以，尽管先锋并不意味着成熟，也不一定会产生多少经典性的作品，但我们还是必须捍卫先锋，就像布莱希特所说的那样，我们"不要从旧的好事物开始，宁可从崭新的坏事物开始"[1]。唯有如此，我们才能在真正意义上捍卫文

---

[1]［美］布鲁斯·罗宾斯：《全球化中的知识左派》，第9页，徐晓雯译，中国社会科学出版社，2000年。

学的发展权力,才能以卓远的眼光激励和支持先锋作家的反叛与创新,从而推动文学向更为自由的话语空间挺进,并最终促动文学与整个社会保持同步甚至超前的发展态势。

从另一个角度说,文学作为一种特殊的话语行为,其诉求的核心对象便是人类自身的精神活动及其诸多本质,它的重要目标就是赋予话语生命内在的生存真相及其可能性的存在景观。但是,由于人对自身认识的不可穷尽,以及由人类精神活动所生成的文化体系的繁富性,决定了人类精神活动在整体上永远处在一种变动不居、不断传递的动态性过程中,即处在一种撕裂与弥合相互交替的、永不满足的存在境遇中。由此而导致的直接结果,不仅仅是社会体制及其内在结构形态的不断更替和社会文明程度的不断攀升,还有人类对自身生存体系和精神欲求的反复探讨与重新定位,包括对人与自然、人与历史、人与社会以及人与人、人与自我等关系的不断解析和反思。这一高度自觉化的、永无终点的精神行为,潜示了文学与其他艺术一样,将拥有永无止境的表达空间。此所谓"周虽旧邦,其命维新","故夫变者,古今之公理也"(梁启超语)。而与此同时,社会生存秩序的不断变化,以及全球性文化境遇的不断冲突与融会,又反过来作用于人类自身的精神体系,并对人类业已形成的诸种价值观念和理论体系(包括哲学、人类学以及社会学)进行不断的质疑和解构。这又使得人们不得不永无止境地去寻找各种新的价值体系和理论框架,来有效地阐释现代社会中诸多复杂而隐秘的逻辑特征,营建新的生存秩序和价值体系,并进而对人类社会的发展做出更为科学的判断和更为健全的预设。这种人文科学的不停奔突,也必然促使人们审美观念和价值理想的不断变化,并最终使文学在对人类命运的承诺上引发变更,催生新的文学范式。所以,阿多诺认为:"在一个从本质上是非传统的(资产阶级的)社会中,审美传统是先验地靠不住的。新异的权威性的获得具有历史不可避免性。"[1] 而这种历史使命的回

---

[1] [德]彼得·比格尔:《先锋派理论》,第132页,高建平译,商务印书馆,2002年。

应，只能落在那些具有前驱品性的先锋作家们身上。

尤其值得注意的是，随着人类现代化进程的不断加快，以及全球化社会体系的逐步形成，我们看到，在"现代性"这一特殊的历史背景下，无论是外在的社会生存秩序（包括政治势力关系、经济盟约关系、国家与民族和种族的关系、财富阶层的关系），还是内在的意识形态体系（包括不同文化间的对抗与融合、价值信仰体系、伦理道德体系），都在全球范围内发生了承前启后的急剧变化。这种急剧变化，也同样预示着一种颠覆性思想的大量滋生，即一种解构性力量的全面蔓延。如果没有种种颠覆性思想的产生，社会的变革不可能顺利地完成，文化的发展也会呈现出某种断裂。因此，我们可以看到，在二十世纪（尤其是后半叶）的世界文学发展格局中，这种自我颠覆式的变更性精神需求，一直保持着极为强劲的话语姿态。从罗兰·巴尔特的"作者死了"，到福柯的"文本死了"；从欧里耶的"结构主义的终结"，到美国评论家和历史学家查尔斯·詹克斯所宣布的"现代主义的终结"；从经济学家格鲁耶提出的"全球化的终结"，到德里达所宣布的"人的终结"……在这一系列"死亡"与"终结"的理论口号中，我们可以感受到，一切既定的理论体系和价值观念，都已无法适应现时性的社会精神需要，也无法解决客观现实中的内在矛盾。因此，他们不得不用"死亡"和"终结"来结束以往的观念体系，开辟新的理论战场。这也就是说，他们实质上并不是强调某种文化概念或人文思潮的全盘消亡，而是意在说明某些思维方式和理论体系的终结，即必须重建新的价值体系和思维方式，以适应急剧变化着的人类精神活动征兆。这也同样意味着，文学在面对人和人的存在境遇时，不仅有着许多亟待开拓的精神领域和生命空间，而且还面临更多更复杂的现代性精神命题，而所有这些领域和空间的开辟，依然需要无数先锋作家的不懈探索，需要他们以更为全面的人文理念、更为科学的现代理论作为手段，对新的历史境域中的存在本质及其表达方式做出更为有效的审美展示。这既是现代性在审美意义上的一种历史承诺，也表明了先锋文学存在的必要性依然不可忽略。

倘若回到文学的本体，回到创作主体的精神本源上，我们也同样可以看到先锋文学存在的重要性和必要性。尽管有人对文学的本质提出了这样或那样的界定和阐释，但有一点我们却无法回避——那就是文学的理想主义特质，即文学就是对现实进行审美化的否定与超越。如果没有了对现实生活的否定与超越精神，艺术的生命也就不复存在。这是艺术的基本价值所在，艺术的天性使然。被马克思和恩格斯称为"经验的自然科学家和希腊人中第一个百科全书式的学者"的德谟克利特就十分重视对于美的作品的欣赏，他说："大的快乐来自对美的作品的瞻仰。"而"一位诗人以热情并在神圣的灵感之下所作的一切诗句，当然是美的"。因而他鼓励对于美的追求，说这是"一个神圣的心灵的标志"，他还说："不应该追求一切种类的快乐，应该只追求高尚的快乐。"[1] 古希腊哲学家苏格拉底在回答他的学生柏拉图关于艺术作品如何培植良好品格的形象问题时，也曾强调："我们必须寻找一些艺人巨匠，用其大才美德，开辟一条道路，使我们的年轻人由此而进，如入健康之乡；眼睛所看到的，耳朵所听到的，艺术作品，随处都是；使他们如坐春风如沾化雨，潜移默化，不知不觉之间受到熏陶，从童年时，就和优美、理智融合为一。"[2] 笔者无意于在此论述文学与理想主义的关系，而只想借此说明，文学从它诞生的那一刻起，实际上就是人类在强烈的理想情绪驱动下的话语行为，是人类为了重铸或展示自身所景仰的自由、崇高、荣耀与尊严的精神努力。即使是那些看起来最具现实化的作品，它的背后也都常常隐藏着创作主体的某些理想愿望。而这种理想主义的表达，在很多时候，就是通过创作主体对现实生存秩序的怀疑、不满与反抗来实现的。当然，这种理想主义的成分，并非完全局限于人类在长期的内心生活中所形成的、带有共识性的道德化价值目标，它还同时包括了大量的、由不同的个体生命所体察和预想的异质化成分，即各种非通俗性的新异品质，譬如乔伊斯对内心时空的迷恋，波德莱尔和金斯堡对人性恶

---

[1] 伍蠡甫主编：《西方文论选》（上卷），第5页，上海译文出版社，1988年。
[2] ［古希腊］柏拉图：《理想国》，第107页，郭斌和、张竹明译，商务印书馆，1986年。

的专注,等等。波焦利就认为:"造成先锋派艺术在实质上而非偶然不具通俗性的基础,是对新异甚至奇特的迷恋,这是在典型的先锋派出现之前就有的一种极具浪漫主义特性的现象。"[1]这里,波焦利明确地意识到了先锋文学的产生,正是得力于文学创作中的某些"极具浪漫主义"的精神特质。正因为这种浪漫主义情结(或者说理想主义)的存在,决定了文学对纯粹的客观现实秩序的必然性超越,也全面激发了作家的各种理想禀赋和创作激情,甚至使文学不断地摆脱了一切理性逻辑,步入种种非理性的精神空间,在颠覆客观时空一维性的过程中,进行各种奇异的审美体验,做出独到的存在发现。因此,米兰·昆德拉说,小说是对存在的"可能性"的一种勘探。[2]这也从本质上表明,先锋文学的存在,在很大程度上同样也是源于文学自身发展规律的需要,是创作主体对自我独特的理想主义精神的内在归服,也是让艺术进一步逃离庸常现实、重返人的内心空间的一种有效的努力,是人类重建自身的精神立场和心灵空间、全面抵抗世俗化生存潮流的一种现代性意义上的艺术手段。

这一点,在我们当下的现实境域中,不仅显得十分突出,而且显得尤为迫切。面对如今日趋浮泛、慵懒,缺乏激情与想象的精神现场,我们看到的是,越来越多的作家,甚至包括人文知识分子,都在后现代主义的平面化温床上过着虚浮的、失去了任何深度和力度的精神生活。一切存在的都是合理的,就像海因兹·迪特里齐所描述的那样,面对人类和人类大多数人的重大问题,现代知识分子的阵营不可避免地出现了"溃败之势"。这种溃败之势,在欲望化的现实中却变得尤为剧烈,特别是面对权力意志和物质利益的双重褫夺,"其机会主义和投降行为如倾泻的雪崩"[3]。它所导致的结果,便如葛兰西所说的那样,很多知识分

---

[1] [德]彼得·比格尔:《先锋派理论》,第4页,高建平译,商务印书馆,2002年。
[2] [捷克]米兰·昆德拉:《小说的艺术》,第42页,孟湄译,生活·读书·新知三联书店,1992年。
[3] 索飒、海因兹·迪特里齐:《知识分子危机与批判精神的复苏(一)》,《读书》,2002年第5期。

子"改变思想就像更换内衣一样随便"[1],以至于在今天,我们的一些知识分子已普遍羞怯于提及道义、良知、尊严和价值等这些人类永恒的品质,羞怯于从人的历史使命和社会责任角度来进行自我生存意义上的追问,甚至羞怯于袒示自己内心深处苍白的精神质地和浮泛的灵魂状态。他们总是沾沾自喜地对别人指手画脚,却从没勇气对自己进行精神体检,没有勇气对一切既定的历史秩序进行富于创见的质疑,更没有勇气在"自剖"的层面上重新找回自己的精神立场。这是知识分子自身的不幸,也是人类在历史进程中所暴露出来的潜在危机。这种毫无独立发现的、浅陋的精神征象,在艺术上的直接表现,便是本雅明所反复强调的机械复制时代的一些艺术特征——尽管它也不乏一些新异的形式,但是,它在本质上却丧失了艺术应有的内在"光韵"。"在对艺术品的机械复制时代凋谢的东西就是艺术品的光韵……复制技术把所复制的东西从传统领域中解脱了出来,由于它制作了许许多多的复制品,因而,它就用众多的复制物取代了独一无二的存在;由于它使复制品能为接受者在其自身的环境中去加以欣赏,因而,它就赋予了所复制对象以现实的活力。"[2]这种毫无创造的复制行为,虽然颠覆了传统艺术在个体生命中的特殊地位,但是,它却最终使艺术丧失了其特有的"膜拜价值",而只留下"展示价值"[3]。这种状态在文学上的表现,便是大量的作家不断地采用一些慵懒的写实性话语,复制着各种欲望化的现实生存景象,复制着躯体感官的享乐经验,复制着各种时尚化的生活标签,使文学与生活的距离不断地缩小,乃至取消。它与利奥塔在精神层面上所界定的现代性构成了一种明确的分裂。利奥塔就认为,关于理性、自由、解放的允诺等"元叙事"(meta narratives)或"宏大叙事"(grand narra-

---

[1] 索飒、海因兹·迪特里齐:《知识分子危机与批判精神的复苏(二)》,《读书》,2002年第6期。
[2] [德]本雅明:《机械复制时代的艺术作品》,第181—182页,王才勇译,中国城市出版社,2002年。
[3] [德]本雅明:《机械复制时代的艺术作品》,第182页,王才勇译,中国城市出版社,2002年。

tives)"是现代性的标志"[1]。文学作为一种审美现代性的表现，就必须展示人类内心深处的变革性精神需要，而不是简单地认同和拷贝现实伦理秩序。

面对这一严峻的创作境遇，要使文学重新返回正常的精神秩序之中，我们必须重新倡导一种先锋式的开拓品质，必须重新建立起一种对现实秩序永不妥协的先锋精神姿态。唯有如此，才能让文学真正地回到自我，回到存在，回到人类的内心生活，回到被日常生活所遮蔽的精神地带，用创作主体博大的情怀、深邃的目光、强劲的想象力，去探究、体悟、展示我们这个时代的精神困境，表达人们在存在境遇中的真实伤痛，以及人类存在的各种可能性状态，从而对人类文明进程中所呈现出来的新的思想给予积极而敏锐的发现与回应。索尔·贝娄就说："小说，要想复兴并繁荣，需要有关于人类的新思想。这些思想又不能独立存在。若仅仅肯定这些思想，那只能表现作者的好意。因此必须去发现这些思想而绝不能臆造它们。我们见到的必须是有血有肉的思想。假若有许多作家感觉不到这些得不到承认的品质还实际存在，那么就没有必要继续写小说了。它们仍然存在着，并且要求得到解放，得到表现。"[2]努力地去发现并艺术地激活那些长期被忽略、被遮蔽的精神品性，写出一些真正意义上内涵丰饶而思想独到的作品，这既是我们当下的先锋作家所必须面对的写作目标，也是我们的先锋作家必须严格把持的精神立场。它直接考验并折射着先锋作家内在的精神膂力和对审美现代性的承诺能力。

应该说，先锋文学从一开始就不代表群体意识，而是作为不同个体的自我，在群体化的历史境域中重构对个人尊严的延伸和深化。因此，我们不能因为先锋逃离了群体意识，就以为它丧失了某种人文精神。因为现代"小说的发源地是孤独的个人，他不再能通过给他最重要的关切

---

[1] [法]利奥塔：《后现代性与公正游戏：利奥塔访谈、书信录》，第167页，谈瀛洲译，上海人民出版社，1997年。
[2] 王宁主编：《诺贝尔文学奖获奖作家谈创作》，第437页，北京大学出版社，1987年。

以实例来表现自己,他自己不接受劝告并且他也不能劝告他人。……在丰富的生活中并且通过对丰富的表现,小说表明了生存的深刻困境"[1]。事实上,任何先锋作家,其自由精神和反抗姿态,从一开始就表现为对日常生活和日常事件的不介入,而只沉入自己的想象世界里。"它创造并观看自己的形式,在那里倾听宇宙、无限、人性和想象力的旋律。文学先锋派近乎狂热地沉浸到语言的组织过程里,改变着说话方式和感受世界、事物和人性的方式,它反对语言的单纯通讯性质,反对语言传达公共思想,它把语言和事物的那种单一的对应关系打破,找到一种崭新的比喻通道。在这种纯粹形式化的努力中,我们看到了神圣的责任感,这种责任感的要义即在于拯救人的感觉,因为人的感觉已被语言的实用符号作用所麻痹所钝化所抽空,而先锋文学就是要恢复和重建一个新颖的语言世界,然后让那些有相同愿望的人经由这个语言世界去重新发觉世界,并且意识到人的想象力和形式感受力是何等的重要。"[2]但是,这只是先锋文学所进行的第一步反抗和实验,是先锋作家让话语剥离传统语言的固定化符号关系、重新回到艺术文本的努力,而他们接下来的任务便是要对人的存在本质以及我们所处时代的内在真相进行更为尖锐和更为独到的发现与传达。但是,中国二十世纪九十年代后期的先锋文学恰恰在这一点上尚显得内力不足。尤其是随着社会转型的到来,中国的先锋文学不仅出现大面积的滑坡,而且被各种显在的或隐蔽的障碍所围困,致使世纪之交的中国先锋文坛相对平寂,对现代性的审美要求缺乏应有的变革激情。

不错,由于其内在的张力和冲突,现代性确实包含了各种矛盾、抵牾的成分——在胡塞尔关于科学世界与生活世界的分析中,在韦伯关于价值理性和工具理性的分析中,在哈贝马斯关于交往合理化与劳动合理化以及关于系统与生活世界的分析中,在霍克海默和阿多诺的启蒙辩证

---

[1] [德]本雅明:《机械复制时代的艺术作品》,第170页,王才勇译,中国城市出版社,2002年。
[2] 吴亮:《批评者说》,第23页,浙江文艺出版社,1996年。

法批判中，在马尔库塞的单向度人的批判中，在福柯关于现代权力结构的"全景监狱"特征的微观政治学分析中，在波德莱尔的"完美的罪行"的批判中，在鲍曼的"现代性与大屠杀"的探讨中……有关现代性的肯定与质疑，一直未曾停息。但是，它对现代社会和现代人生存的不可替代、不可或缺的价值依旧没有丧失。我们甚至可以断言，无论怎样对现代性进行质疑、修正和批判，人们通常所熟悉的理性、启蒙、科学、契约、信用、主体性、个性、自由、自我意识、创造性、社会参与意识、批判精神等现代性的内在要素依旧是人类社会运行的主要支撑力和前行的动力。我们依然无法设想，离开作为个体的主体性与自我意识、理性化的和契约化的公共文化精神、意识形态化的社会历史叙事的现代性，以及表现为经济运行的理性化、行政管理的科学化、科学领域的自律化、公共权力的民主化和契约化等现代性的本质性维度，人类将会怎么样，将会如何生存。因此，我们选择从现代性的语境来审度先锋文学，不是将现代性作为先锋文学的一个不加区分的整体标准，而是站在现代性的多重精神维度上，凸显先锋文学中的那种自我意识、批判精神、变革理想、自由意愿，以及对个性生命的深度省察与终极体恤，并由此展示当代先锋作家对现代性的某些潜在呼应以及某些本质上的距离，为当代文学的积极变革和深度发展提供一种新的思考角度。

  正因如此，我们必须强调先锋文学存在的必要性和迫切性。既然先锋文学是一种必然而又合理的存在，既然先锋文学在很大程度上预示着文学的发展方向，既然先锋文学能够有效地解决我们这个时代所面临的一些精神困境，既然先锋文学能够在精神潜层激活创作主体的艺术理想和探索热情，我们就没有理由漠视、怀疑甚至摒弃先锋精神。先锋是一种永远的存在。先锋精神是文学创作中永远需要的内在品质。——当然，我们也必须承认，任何一个作家，其个人在先锋上的永久性必须受到怀疑。因为他的文化积淀、审美情趣以及精神修养，都决定了作为个体生命的人，很难一生都能确保自己站在反叛性、独创性甚至是不可重复性的艺术前沿地带，并时刻体现出一种卓尔不群的审美姿态。但是，倘若他能在自己一生的创作中，曾在某一阶段步入了先锋领地，对文学的发展做出了开拓性的贡献，那么他也理所当然地受到永远的尊重——一种文学史意义上的尊重。

附录一
先锋文学与形式主义的迷障

在中国当代文学史上，1985 年一直被视为一个重要的转折点。在这一年里，文坛上涌现了一系列极为重要的文学思潮或事件，它们包括：以韩少功、李杭育、阿城、王安忆为代表的寻根文学，以莫言、周梅森、乔良等为代表的新历史小说，以马原、洪峰、残雪为代表的先锋文学，以及由刘再复的"论文学的主体性"所引发的激烈的文学理论之争。这些思潮或事件，在中国当代文学发展史中，都带着强烈的反叛性、开创性和主体性，也非常明确地体现了作家们的先锋精神。

在这些思潮或事件中，最为突出的是，很多作家和理论家都带着强烈而清醒的主体意识，进行自发的艺术探索。他们的努力目标，均体现了自身对于中国当代文学写作传统特别是现实主义一元化之圭臬的不满和变革诉求。像"寻根文学"对中国传统文化之根的深层反思，对西方现代文学特别是拉美魔幻主义的青睐，表明了他们既是"寻根派，也是先锋派"（李庆西语）。新历史小说不仅明确挣脱了所谓"正史"观念的束缚，还通过民间化的思维，将历史还原成普通平民的日常生活史，尤其是莫言的"红高粱"系列作品发表之后，个人化的民间想象史成为作家重构记忆的一种重要方式。而刘再复《论文学的主体性》发表之后，因其全面主张作家、人物形象和读者（包括专业读者）都应该充分发挥自身的主体性，彰显个人内心的独立与自由，从而在文学理论界掀起了浩波巨澜，争论数载而不休。

有趣的是，这些重要的文学思潮或事件，在当时或随后的几年里，并没有被学界认定是先锋文学的崛起。人们在讨论先锋时，只是将马原、洪峰和残雪等作家对形式主义的实验，定义为先锋派文学。这一耐人寻味的现象表明，在当时的文学语境中，人们对于先锋文学的认识和判断，主要还是局限于形式上的变化。或者说，先锋文学，就是有关形式主义的探索和实验。当然，到了二十世纪九十年代之后，越来越多的人开始不太认同这样的判断，而是更强调一种内在的先锋精神。笔者也不例外。事实上，在很长一段时间内，笔者都在试图重新梳理这一阶段的先锋文学，并在《小说评论》开设了三年的专栏，集中探讨了诸多有关先锋的精神内核问题。

但是，有关先锋文学与形式主义实验的纠葛，至今仍未得到很好的盘点。从最初的马原、洪峰、残雪，到后来的余华、格非、苏童、孙甘露，他们都曾在形式主义的探索中，倾注了巨大的叙事热情，也奉献了诸多的艺术智慧，并引发了很多有关先锋文学的肯定性评述。这些肯定无疑是重要的，也是颇有益的，它至少让中国作家真正地意识到了"怎么写"的内在价值。然而，我们也必须意识到，从整个世界文学发展格局来看，将先锋文学的重要特质始终安置在形式实验上，其实已隐含了某些审美认知上的误区，甚至严重阻碍了我们对于先锋文学内在价值与历史作用的判断。

对这一误区进行重新反省，至少可以帮助我们全面而理性地认识两个基本问题：一是形式主义实验的意义与局限，以及它对先锋文学所产生的作用；二是更科学地理解那些当代先锋作家为什么在后来的创作中或多或少出现了变化，这种变化究竟是形式实验激情的衰退，还是原创精神的后撤？尤其是第一个问题，必须将之放到世界文学发展的大格局中，才能获得更科学的认识。

一

　　从世界文学发展的主要脉络来看，文学形式成为人们关注的理论焦点，其实只是二十世纪上半叶的事情。在此之前，无论是浪漫主义、古典主义还是现实主义，人们在讨论文学时，虽也涉及风格学意义上的审美形式，或文体学意义上的审美形态，但主要还是关注其内在的审美意蕴或文化内涵。而到了二十世纪七十年代之后，整个世界文学所关注的中心，再度转向文化研究领域，包括后殖民主义批评、女性主义批评、新历史主义批评、生态批评、信息文化批评等等，纯粹的形式主义研究渐趋衰落。也就是说，将纯粹的文学形式作为文学研究的核心目标，并以此来评判文学作品之艺术价值，主要集中在二十世纪初期至七十年代这段历史时期。其中，最具代表性的理论思潮包括三种：二十世纪初期的俄国形式主义批评，二十世纪三十年代崛起的英美"新批评"，以及二十世纪六十年代之后涌现的结构主义批评。它们前后更替，大致来看，也可以视为形式主义发展的三个阶段，历时半个多世纪。

　　众所周知，在二十世纪之前，人们在讨论文学的时候，主要关注的是作品的内容、作者的生活经历、作品所反映的社会历史背景等，从文学自律性的角度来看，并不是非常突出。随着现代语言学的崛起，以及象征主义和未来派诗歌的发展，一些俄国学者开始逐渐意识到，文学研究应该是一门独立的学科，必须拥有独立的价值体系和内在规律。这是一切文学阐释、评价标准以及价值取向的基础。由此，在二十世纪初期，俄罗斯便出现了一种全新的文学批评思潮，即俄国形式主义批评。该思潮以什克洛夫斯基于1914年发表的《词语的复活》为标志，以他在1930年发表的《学术错误志》而宣告结束，只有短短十六年时间。当时，俄国形式主义批评主要有两个小组：一是"莫斯科语言小组"，由雅各布森于1914年创建，成员包括维诺库尔、布里克、托马舍夫斯基等人；另一小组是"彼得堡小组"（后来称为"诗歌语言研究会"），以什克洛夫斯基为首,成员有艾亨鲍姆、雅库宾斯基、鲍里瓦诺夫、日尔蒙斯基等人。但他们的主要研究目标都是致力于创建一种全新的、能把文学研究变成科学的批评理论,并试图对文学研究对象、研究方法乃至具体的概念进行科学意义上的界定,尽可能客观化地讨论文学艺术本身,探求文学内部各因素的组合和转换规律,用威尔弗雷德·L. 古尔灵的话说:"'形式主义'批评的唯一目的是发现和解释文学作品的形式。这种批评方法把文学作品本身看作是独立的,因此文学作品以外的考虑,如作者的生平,作者所处的时代,作品对社会、政治、经济和心理等方面的意义,相对来说是不重要的。"[1]

在这种理论设计下,他们提出了四个重要的文学概念:文学性、文学的陌生化、诗歌研究与叙事研究的特质、建构自律性的文学史。雅各布森就强调:"文学科学的对象不是文学,而是'文学性',也就是说使一部作品成为文学作品的东西。"[2] 若不将"文学性"列为文学研究对象,文学批评不免会成为社会学、心理学、历史学和哲学等其他学科的大杂烩,文学作品也将容易成为其他学科的旁证文献。而文学作品与其他任何用语言表达的文献之差异,就在于它特殊的结构方式和表达方式,这种文学所独具的特性就是文学研究的对象。俄国形式主义宣称,文学是一个独立有序的主体。它独立于作者和欣赏者之外,独立于政治、道德等意识形态之外,甚至独立于社会生活之外。所谓的"陌生化",则是指使文学作品具备文学性的手段,犹如什克洛夫斯基所说:"为了恢复对生活的感觉,为了感觉到事物,为了使石头成为石头,存在着一种名为艺术的东西。艺术的目的是提供作为视觉而不是作为识别的事物的感觉;艺术的手法就是使事物奇特化的手法,是使形式变得模糊、增加感觉的困难和时间的手法,因为艺术中的感觉行为本身就是目

---

[1] [美] 威尔弗雷德·L. 古尔灵等:《文学批评方法手册》,第94页,姚锦清等译,春风文艺出版社,1988年。
[2] [法] 托多罗夫编选:《俄苏形式主义文论选》,第24页,蔡鸿滨译,中国社会科学出版社,1989年。

的，应该延长；艺术是一种体验事物的制作的方法，而'制作'成功的东西对艺术来说是无关重要的。"[1] 在此基础之上，他们还对诗歌语言和叙事文本进行了规律化的研究，并提出了诸多的技术主义设想。

就文学的自律性而言，俄国形式主义的努力目标是显而易见的。它不仅明确地要求彻底改变文学始终处在他律性中的尴尬局面，倡导建构一种自律性的文学史，而且将语言、陌生化等视为文学形式的基本特质，并试图在此基础上确定"文学性"的某些内涵。因此，艾亨鲍姆说道："在文艺学领域里，形式主义是革命运动，因为它把这门学科从古老而破旧的传统中解放出来，并迫使它重新检验所有的基本概念和体系。"[2] 尽管这句话说得有点过头，但它的确首次提出了一个文学的基本问题，即形式问题。更重要的是，其中的很多理论，都对当时的象征主义和未来派给予了极大的支持，使诗人和作家们开始自觉地意识到了形式探索的基本方向及其重要价值。

当俄国形式主义逐渐衰落之后，"新批评"开始崛起。它萌发于二十世纪二十年代的英国，三十年代在美国逐渐形成，并于四十年代成为英美文学批评的重要理论。"新批评"认为，文学的本体即作品，文学研究应当以作品为核心，对作品的语言、结构、修辞等进行认真细致的辨析，而不应过多地关注作品之外的因素，包括作者生平、社会思潮、现实背景、历史文化等等。从"新批评"的先驱人物艾略特和瑞恰兹的见解来看，"新批评"在本质上是对俄国形式主义批评的推波助澜，进一步强化了文学形式的作用和地位。艾略特在其著名论文《传统与个人才能》中明确提出，诗人不能超越传统，"诗歌不是感情的放纵，而是感情的脱离；诗歌不是个性的表现，而是个性的脱离"[3]，批评不应着

---

[1] [法]托多罗夫编选：《俄苏形式主义文论选》，第65页，蔡鸿滨译，中国社会科学出版社，1989年。
[2] [法]托多罗夫编选：《俄苏形式主义文论选》，第65页，蔡鸿滨译，中国社会科学出版社，1989年。
[3] [英]托·斯·艾略特：《艾略特文学论文集》，第11页，李赋宁译注，百花洲文艺出版社，1994年。

眼于诗人，而应着眼于诗歌本身。瑞恰兹则在《文学批评原理》中详细阐述了科学语言与文学语言之间的差别，并指出科学语言追求"实证"，是能够通过实验等方法得到验证的"真陈述"；而文学语言追求"情感"，是一种只能在文学文本内部有效的"拟陈述"，它不能直接对应现实，但它使人产生联想，引起情感反应。为此，瑞恰兹进一步指出，"复义"是文学语言的必然结果，对文学语言的研究就是对其进行语义层面的普遍详尽分析。

从这里可以看出，"新批评"突出强调的是对作品的精细阐释，即详尽精微地分析一部作品中各组成部分之间的复杂关系。"体裁的差别虽然是偶然地意识到，在新批评中是无足轻重的。他们认为，任何一部文学作品——不管它是抒情的、叙事的，还是戏剧的——基本组成部分是词语、意象和象征，而不是人物、思想和情节。"[1]从词语及其内部关系出发，"新批评"提出了六个方面的主要理论主张。一是语义学分析。它强调作品的意义不是天生的，而是要经过细致探究和阐释才能获得。二是作品本体论。一首诗的意义在它的内部，是由其话语层面的语法、词义、句法和修辞等决定的，不取决于诗人的谈话、书信和日记里吐露的意向，因此文学批评应当与作家传记式的研究决裂。三是含混。这是由瑞恰兹的学生燕卜荪在《含混七型》一书中提出的理论。他认为，含混是指一个单词或表现方法导致多义或歧义，并引发了不同的态度或感情。"任何语义上的差别，不论如何细微，只要它使同一句话有可能引起不同的反应，就同本书的主旨有关。"[2]含混的作用是诗歌的基本要素之一。四是张力。它是由退特提出的批评概念，主要指语义学意义上的外延与内涵之间的有机协调，诗既要倚重内涵，也要倚重外延，也就是说既要有丰富的联想意义，又要有概念的明晰性。五是反讽。当言辞的表层结构始终处于言不达意的状态，而真正的语义则在言辞意指方向的反面时，就出现了反讽。反讽作为语言修辞，在"新批

---

[1] 参阅王先霈等主编：《文学理论批评术语汇释》，第323页，高等教育出版社，2006年。
[2] 赵毅衡编选：《"新批评"文集》，第344页，百花文艺出版社，2001年。

评"中被提升为诗歌语言的结构原则。六是文本细读。既然诗是一个复杂的独立自主的有机体,它的内在结构具有张力,诗歌语言充满反讽、悖论和含混,那么,优秀的诗歌都值得细读,因此"新批评"极力推崇文本细读,即一种细致的语义分析。

从这些主张中,我们可以看出,"新批评"的核心理念在于,文学研究本质上就是文本研究,人们应将视野严格控制在微观的文本范围里,通过文本细读,发现作品的语言和结构之特征;其具体研究方式,包括分析语调、语法、语义、格律、音步、意象、隐喻、寓言、神话等因素,以便读者细细品味作品中的张力、反讽、悖论等诗歌要素,并揭示出作品的内在结构和意蕴。当然,新批评的缺陷也是显而易见的,特别是面对长篇小说、戏剧等叙事文本,它那烦琐的技术主义分析,其实很难实现批评的有效性。我们没有必要评判"新批评"的理论主张,由于其理论在欧美所形成的强大影响,我们可以看到,它实质上与现代主义文学形成了极其紧密的互动,并极大地推动了文学创作向形式主义方面挺进。所以,乔纳森·卡勒认为:"第二次世界大战以后,新批评受到挑战,甚至贬斥,但人们却难以全然置之不理。它的对立面不是怯怯缩缩地回避它的影响,而是根本无法回避。……无论我们宣布自己具有什么批评倾向,我们都是新批评派,因为要想摆脱文学作品的自足性、阐述作品统一性,以及'细读'的必要性等观念,实在是一件难上加难的事情。"[1]的确,"新批评"为我们带来了极为重要的文本分析思维和技术手段,也使我们更加清晰地认识到文学作品内部构成的诸多特质,但是,我们也必须承认,在"新批评"的理论支撑之下,现代主义作家在形式层面的探索热情被全面激发,并由此形成了各种实验性的文学流派。

"二战"结束之后,受结构主义语言学和结构主义人类学的影响,结构主义批评应运而生,并成为二十世纪六十年代之后最重要的形式主

---

[1] [美]乔纳森·卡勒:《结构主义诗学》,第13页,盛宁译,中国社会科学出版社,1991年。

义批评理论。结构主义认为,整个世界是由各种因素按一定方式结合而成的有机整体,个人的作用、个人的价值只有在关系系统中才能够得到确立。它试图找出那些不仅在单部作品中而且在作品与作品之间的关系中发挥作用的结构原则,建立一些固定的模式来理解文学,以达到一劳永逸地解决文学的本质问题的目的。罗兰·巴尔特就直言不讳地说:"叙述的形式,新生的结构主义将其作为自己的首要课题之一。"[1] 在结构主义批评看来,不是作者的语言反映了现实,而是语言的结构产生了"现实";意义的来源不是作者或读者的经验,而是那个控制个人的语言体系或结构。因此,结构主义文学批评的着眼点,不是具体的某部文学作品,而是存在于众多作品中的某些潜在的结构模式。这也意味着,它对主体论必然持否定的态度,就像罗兰·巴尔特所言,"作者死了",文学批评应该与作家研究分道扬镳。

作为一种直面形式的批评,结构主义与"新批评"的区别在于,后者注重对具体文本的解读,而前者强调作品系统内部要素之间的相互关系,认为"从单个的句子到词语的整体安排,每个文学的片断均能与系统的概念联系在一起。特别是,我们可以把个人的作品、文学的流派及文学的整体看成是相关的系统,把文学看成是在人类文化的大系统中的子系统"[2]。在这种理论预设中,结构主义批评对叙事学理论的形成,产生了极为重要的影响。它成功地建构了以探讨故事构成要素和构成形态为主的叙事结构研究方式,也建构了以探讨叙述活动和表现方式为主的叙事话语研究方式。前者以列维—施特劳斯、格雷马斯、托多洛夫等为代表,形成了格雷马斯的"符号学方阵"和"行动元符号方阵"之理论。后者以罗兰·巴尔特、热奈特等为代表,形成了较为系统的符号学和叙述学理论。

作为一种追求本质主义理想的批评,结构主义批评在彰显文学作品

---

[1] 张寅德编选:《叙述学研究》,第3页,中国社会科学出版社,1989年。
[2] [美]罗伯特·肖尔斯:《结构主义与文学》,第16页,孙秋秋等译,春风文艺出版社,1988年。

的形式方面，已经避开了俄国形式主义和"新批评"的某些琐碎化之流弊，希望从整体性上找到一些规律性的潜在结构模式。但是，从结构主义批评中衍生出来的叙事结构理论和叙事话语理论，仍然将文学的形式置于极为重要的位置，且在具体的批评实践中带着很强的技术主义色彩。虽然我们无法判别它对作家的形式实验产生了怎样的促进作用，但是，在这种理论思潮的引领下，形式问题不断受到高度关注，这是一个不争的事实。

二

值得注意的是，从二十世纪七十年代开始，有关形式主义的批评在世界范围内便日渐式微，取而代之的则是文化批评，包括新历史主义、女性主义、后殖民主义批评、生态批评和信息文化批评，人们对文学作品的关注似乎又回到其文化意义的建构之中。这也意味着，人们对作品形式的极度关注，主要集中在二十世纪前半叶，而这一时期也恰恰是现代主义和后现代主义空前发展的时期，是世界文学不断突破各种观念障碍寻求反叛和创新的历史时期。在这里，一个非常有意思的问题出现了：从二十世纪七十年代至今，为什么世界文学中一直未能再度掀起有关形式主义的理论思潮？这个问题的背后，无疑隐含了两种新的文学认知：一是作品的形式必须是有意味的形式，它不可能完全脱离作者、社会现实和历史记忆等等。文学之所以成为文学，就在于它涵盖了人与自然、人与历史、人与社会、人与人（包括自我）这四种关系，只强调文学作为一种语言形式的存在，显然是远远不够的。二是从人们对文学作品的接受史来看，包括对所有经典作品的捍卫，都是基于其精神内涵和审美意蕴的，即使它们在形式上具有独一无二的开创性，这种形式也必须能够承载其特别的审美内涵。因此，如果将文学的开创性、反叛性和不可复制性等先锋精神，仅仅确立在形式层面上，无疑会陷入某种形式主义的迷障。

由于中国当代文学长期受控于现实主义一元化的审美思维，且与世界现代文学的发展始终保持某种疏离状态，因此，有关文学形式的开拓一直处于停滞状态。直到二十世纪八十年代，当大量西方现代文学思潮涌入中国之后，人们才意识到，文学还有如此之多的表现形式和审美形态，由此便引发了1985年的诸多文学变革的思潮。然而，人们在分析和总结这些变革性思潮的过程中，总是将先锋文学确立在那些具有开拓性的形式之上——在很多人看来，形式上没有实验和开拓的作品，未必能够称得上"先锋文学"；而形式上颇有探索特点，且不管其在内涵上是否有所超越，都可以明确将之定义为"先锋文学"。因此，到了二十世纪九十年代之后，"先锋的终结"或"先锋的转型"成为人们对中国当代文坛的一种基本描述。

必须承认，这种思维的局限性，严重制约了我们对于先锋文学的科学判断，也严重影响了我们对于新时期以来先锋文学的全面探讨。如前所述，从俄国形式主义到英美"新批评"，人们之所以不断突出形式的重要性，主要是为了从自律性的角度，寻找文学作为语言艺术的某些内在规律，从而强化文学批评的有效性。尤其是到了结构主义批评中，其整体性思维中其实已暗含了形式与内容的有机统一，像罗兰·巴尔特对一般文本、快乐文本和极乐文本的划分，都展示了苏珊·朗格所强调的"有意味的形式"。尽管我们还无法厘清纯粹的形式主义研究之所以衰落的内在原因，但是有一点或许可以明确，即无论怎样的形式创新，最终都是为了更好地表达创作主体的审美情感和思想。也就是说，任何形式的变革，都只能是并且应该是基于审美内涵表达的需求，而不是仅仅为了展示语言能指的空转。而这，也是文学批评又逐渐回到文化层面的缘由之一。

但是，如果我们借此来理性地重审以马原、洪峰等为代表的二十世纪八十年代中国先锋文学作家，或许可以看到，"形式的空转"其实是不言自明的。在多年的教学体会中，每次讲述马原的"叙述圈套"时，我既希望找到作者对于时间哲学的思考（如博尔赫斯那样），又期待通过重读发现其文本中所隐含的独特的意义建构。然而,在《冈底斯的诱惑》、《虚构》、《叠纸鹞的三种方法》、《拉萨生活的三种时间》等作品中,我们能解读出的信息仍然是叙事形式上的游戏,包括元小说结构、故事迷宫以及对西藏地域事象的感知之类,很难获得更深的审美思考。同样,在洪峰的《极地之侧》等作品中,除了死亡等神秘性生存境况以外,能让我们津津乐道的,也是故事的迷宫结构。类似的还有格非的《褐色鸟群》、《大年》,孙甘露的《访问梦境》、《我是少年酒坛子》、《信使之函》等。在这些公认的先锋文学代表作中,形式实验始终处于极为突出的地位,创作主体的主要心智也都投放在话语形式的处理上,而对于人的生存境况的思考却并不深刻。但是,由于形式的怪异对读者阅读惯性所造成的破坏,这些作品凭借十分繁杂的结构形态最终将读者逼入"看不懂"的尴尬之境。一时间,先锋文学成为"看不懂"的作品之代名词。当然,真正的先锋因为其思想的超前性和体验的独特性,也可能会导致读者"看不懂",但是,通过反复研读和有效梳理,人们仍然能够体会到创作主体的内在思考。而在马原等先锋创作的怪圈中,"形式的空转"最终换来的是读者的敬畏,以及敬畏之后的普遍逃离。

从某种角度看,这是二十世纪八十年代中国先锋文学步入迷津的一种写照。南帆就认为,与西方先锋派以强烈的方式挑战、冲击乃至亵渎资本主义文化体制不同,"马原这一批作家的'先锋文学'降落在另一种社会体制之中,开始遭遇东方式的集体主义氛围,原有的打击目标基本消失了。先锋文学如何与新的历史环境取得联系?这一批作家精力旺盛地从事各种写作实验,这些实验既无助于粮食产量的增加,也无助于交通运输的改善——先锋文学企图对历史说出什么?如果仅仅关注先锋文学怪异的叙述形式,这些问题往往被屏蔽于批评家的视野之外"[1]。然而,这种形式实验的迷恋,无疑过度夸大了形式实验的审美价值,从而忽略了创作主体的内在精神建构,包括作家对人类存在及其精神境遇

---

[1] 南帆:《先锋文学的多重影像》,《文艺争鸣》,2015年第10期。

的深度思考。从唐诗、宋词到元曲，其形式的变革最终是为了更好地传达诗人的内在情思和生命体验，从不同角度恢复诗与歌的关联，并非仅仅是为了意象或节奏的游戏式组合。文学之所以不同于其他的人文科学，也是因为它能通过审美的方式呈现人类生命的丰富性和精神的繁富性，一切创造性的语言和结构，一切开拓性的意象和修辞，最终都是为了更精确地呈现人类生命之微妙，展示生命存在中诸多难以言说的真相。因此，真正的先锋本质上乃是一种精神的先锋，是作家主体思考和审美原创力的超前，是特定形式之中所包含的极为独到的精神发现，包括对人与自然、人与社会、人与历史、人与人之间关系的有效洞察。

从世界文学的发展趋势来看，文学批评回归文化研究层面，当然并非仅仅是因为形式主义批评已陷入僵局，还源于文学终究是为了人类情感与思想的审美表达，尤其是面对现代社会迅猛发展所带来的诸多的精神困境。因此，在最近三十多年中，无论是新历史主义、后殖民主义，还是生态批评、信息文化批评，这些文学批评的理论锋芒，始终聚焦在人的存在境遇的思考之上。从二十世纪九十年代以来，中国当代作家的创作也大抵如此，单纯的形式实验日趋稀少，更多的作家都在努力将形式创新融入到相关的生存思考之中，像史铁生的《我的丁一之旅》、韩少功的《暗示》、刘恪的《城与市》、莫言的《生死疲劳》和《蛙》、李洱的《花腔》等等，都是如此。应该说，这些作品都体现了作家对以往创作的反叛和超越，也呈现了他们对于现实、历史与人性的尖锐思索，就其原创性而言，都属于先锋文学。如果再细细品味"个人化写作"思潮中的某些作品，以及李浩、陈家桥、蒋峰等新锐作家的创作，我们会发现，中国当代先锋文学的探索并没有停滞，先锋的火炬依然在一代代作家手中相传。只不过，他们都自觉地挣脱了马原们的形式主义弊端，更加关注精神层面的有效探索。

我们曾经不止一次地强调，捍卫先锋，就是捍卫文学的未来。一个时代、一个民族的文学要有所发展，总离不开先锋作家的不断探索和尝试，也离不开理论上的不断总结和完善。先锋注定是孤独的，前无古人，后也未必有来者，成功或失败不是它要掂量的结果。尽管马原们在"形式的空转"中未能开辟一个文学的新时代，但是他们对"怎么写"的顽强探求，终究体现了某种革命性的意义，也对后来的先锋作家提供了重要的引鉴意义。

附录二
启蒙意识与先锋文学的遗产

尽管人们对于中国当代先锋文学有着各不相同的看法，但将1985年视为当代先锋文学的兴起之年，仍是大多数学者的共识。因为这一年，确实是中国当代文学发展的一个重要转折点——文学主体性的论争、寻根文学和新历史小说思潮、形式主义实验、"后新诗潮"的探索等等，都在这一年前后集中爆发，并直接影响了此后中国文学的发展。

而今，整整三十年过去了，重审这场先锋文学运动的意义，盘点其所留下的丰硕成果，我以为，挣脱单一艺术观念的钳制，寻找并恪守自由的个人空间，重返搁置已久的启蒙意愿，是其最为核心、最为重要的遗产。这一遗产，彻底消解了一元化的文学生产方式，从不同的维度，有力激活了创作主体的艺术潜能，为后来的多元化文学发展格局奠定了坚实的基础。

一

先锋文学的本质在于其艺术上的原创性、不可复制性和反叛性，其终极目标就是追求作家个体的内心自由，寻找文学表达的全新空间和审美向度。它所体现出来的，应是精神上的先锋性。因此，我并不认同将中国当代先锋文学的崛起仅仅安置在以马原为代表的形式主义实验上。事实上，从"朦胧诗"派到王蒙早期的意识流小说、高行健的话剧，形式主义的探索几乎伴随了新时期文学的初期发展。但是，就这些作品的精神内核而言，控诉、嘲解、反思以往历史中的极"左"思潮，仍是其主要目标。即使"朦胧诗"中已涌现出明确的人道主义倾向，但强烈的英雄主义理想和献身精神，仍然与那个时代的主流意识遥相呼应。这些暗合了主流观念和价值立场的创作，尽管呈现了不同程度上的形式创新，但并不完全具备精神上的超越性和不可复制性，因此，只能视为当代先锋文学的前奏。

但是，到了1985年前后就完全不同了。首先，从创作主体的精神自觉上，以刘再复为首的学者开始明确地提出文学的主体性问题，并发表了一系列重要文章，包括《文学研究应以人为思维中心》、《文学的反思和自我的超越》、《论文学的主体性》等。[1] 这些文章一经发表，便引发了激烈的论争。以"左"倾思想为代表的老辈学者甚至上纲上线，认为这是资产阶级自由化的论调，但青年学者和作家们却极力推崇，充分肯定作家主体的精神自由是创作繁荣的内驱力。无论是作家的主体意识，还是人物形象的自主性、读者阅读的主体性，刘再复所强调的文学主体性，从本质上说，都体现了作家对个体自由的启蒙诉求。而这，对于长期受到一元化观念规训的当代文学来说，无疑从根源上为先锋文学的自由探索和艺术创新提供了理论上的合法性。

其次，在具体的创作实践上，作家们尤其是青年作家们自觉地开始了多方面的艺术突围。借助于西方现代艺术经验，尤其是拉美爆炸文学的审美经验，以韩少功、阿城、李杭育、王安忆等人为代表的"寻根文学"，开始重审中国传统文化，"理一理我们的根"，并发表了一系列具有现代寓言意味的作品。这些作品，或对传统文化进行了尖锐的质疑和

---

[1] 这三篇文章，分别发表在《文汇报》1985年7月8日、《文艺报》1985年8月31日、《文学评论》1985年第6期和1986年第1期。

批判（如韩少功的《爸爸爸》、郑义的《老井》），或对传统文化进行了饶有意味的辨析和赞赏（如阿城的《棋王》、李杭育的《最后一个渔佬儿》），或对传统文化进行辩证的评判（如王安忆的《小鲍庄》），但都凸现了作家们对民族精神的内核进行自觉反思的姿态，也展示了创作主体的个体自由和独立思考之意愿，且不乏各种前卫性的现代思想。与此同时，以莫言《红高粱》为代表的新历史小说也迅速崛起，涌现了冯骥才的"怪世奇谈"系列、周梅森的"战争与人"系列、叶兆言的"夜泊秦淮"系列、张廷竹的"我父亲"系列等广受关注的作品。这些小说完全颠覆了历史的可勘证性，彻底挣脱了各种既定史实的羁绊，以作家的自由想象和绝对平民化的叙事，对历史特别是抗日战争史进行了现代意义上的重构，并将之生活化和人性化，为创作主体的自由创造开拓了巨大的叙事空间。

马原、残雪、洪峰等青年作家，则以明确的形式主义实验，高举起"怎么写"的大旗，暂时搁置文本的思想内涵建构，对叙事形式展开了多方位的探索，有效颠覆了"形式为内容服务"的艺术观念。虽然这种形式实验果断消解了读者们业已养成的审美经验和阅读惯性，使大量读者陷入文本解读的迷津之中，引发了巨大的争议，但是，这种实验得到了一大批青年批评家的极力推崇和热情赞颂，并被他们冠以"先锋文学"的称号。随后，史铁生、陈村、孙甘露等作家也开始陆续加入这一阵营，从而在当代文坛掀起了形式主义的革命风暴，以至于学界在后来谈及二十世纪八十年代的先锋文学时，主要指向这种形式主义的实验。

不应该忽略的，还有"后新诗潮"的崛起。这是一个人物众多、流派纷呈、口号林立的诗人群体。他们组建了名目繁多且异常庞杂的民间团体，主要有"非非主义"、"他们"、"莽汉主义"、"整体主义"、"海上诗派"、"北回归线"等，代表性诗人有翟永明、柏桦、李亚伟、于坚、韩东、陈东东、王寅、梁晓明等。他们公开提出"打倒北岛"、"PASS舒婷"，拒绝朦胧诗人们的理想主义和英雄主义追求，崇尚个人主义的自由，强调对个体生命体验的尊重，注重对诗歌语言自身的重建。为此，他们以民间化的精神姿态，对各种主流观念保持警惕，并明确提出了"反英雄"、"反意象"、"反崇高"、"反文化"等口号，否定一些既定的社会文化价值，倡导重返日常生活（即"南方生活流"）、"诗到语言止"（韩东语）等艺术理念，甚至发起了1986年底的"现代主义诗歌大展"。就诗人的主体意识而言，"后新诗潮"明确彰显了个体的独立性和自治意愿，也展示了诗人对诗歌本体的高度自觉，其先锋精神不言自明。

我之所以对1985年前后的一些重要创作现象或思潮进行简略的回顾，是想说明，中国当代先锋文学并非只是局限于以马原为代表的形式主义实验，而是呈现出多方位、多领域的艺术开拓和突围。它们所体现出来的审美诉求，是捍卫个人的精神自由和艺术本体的内在价值，是全面激活创作主体的探索热情和艺术潜能，是赋予各种艺术突围和审美表达的合理性和必要性。因此，在1985年前后，中国当代先锋文学是以群体性、多路径、多层面的艺术反叛之面貌呈现出来的。但是，在这股先锋思潮中，以个体精神自由为核心的现代启蒙主义，仍是其本质诉求。

二

先锋就是反叛，就是挣脱一切圭臬，彰显人类的自由精神和创造激情。先锋文学之所以引人瞩目，就在于它对既有的文学秩序和审美观念进行了明确的颠覆和解构，以期重构种种新的艺术形态和审美价值。这种颠覆和解构，是先锋的本质属性，它源于创作主体的内心需求，并非仅仅是一种表达策略。

对于1985年前后的中国先锋文学来说，这种解构和反叛的目标，看起来非常明确，那就是摒弃一元化的价值形态和艺术观念，摆脱文学工具化的潜在干扰，破除一切集体主义规训下的惯性思维和审美观念，而绝不仅仅是一种单纯的形式主义探索。但是，细而究之，我们会发现,这种解构和反叛的过程是异常艰难的。因为在与一元化写作传统进行决裂的过程中,作家们所要面对的,并非只是当时的文学秩序和价值观念,还包含了自幼形成的自我人生观和价值观。也就是说,作家们只有克服了自身的某些集体主义观念,较好地实现了主体意识的觉醒,才有可能全面地承担起先锋文学的反叛之重任。然而,作为先锋文学的主力军,当时的青年作家和诗人们,都是新中国成立之后出生的。这些"红旗下的蛋",自幼便深受集体主义的文化熏陶,伴随着革命英雄主义的理想成长,长期浸润于宏大的献身主义伦理中,已在内心深处形成了某种同质化的价值观。可以说,这种宏大的、舍弃自我的、革命化的价值观,在很大程度上已积淀为他们的心理范式。因此,当他们明白了主体觉醒的重要,当他们努力践行个人自由的艺术理想时,这些自幼形成的同质化价值观,仍然或隐或显地盘踞在他们的精神深处,成为他们在反叛中难以逾越的障碍。

  分析这种同质化价值观所形成的障碍,是十分必要的,也是耐人寻味的。它至少可以让我们明白,如今的"70后"、"80后"作家可以肆无忌惮地书写各种小生活、大胆表露各种人性欲望,甚至大玩"穿越"或畸形情感,恰恰是因为他们的成长教育没有受到太多的同质化的规训,他们的个性也没有受到太多的禁锢,他们的精神没有被一维性的价值观念所驯化。而在二十世纪八十年代的先锋作家中,他们最为艰难的抗争,却是来自其自我内心深处业已固化的价值观念,尤其是集体主义和革命英雄主义的影响。所以,在这股先锋文学大潮中,我们仍然能够清晰地看到创作主体的同质化思想。譬如,在新历史小说中,无论是莫言的"红高粱"系列、叶兆言的"夜泊秦淮"系列,还是周梅森、张廷竹的国民党军队抗战故事,都隐含了创作主体对英雄主义的崇拜,对卓尔不群的献身精神的敬仰。不错,在这些作家的笔下,英雄人物不再是扁平的神性人物,同样充满了各种世俗的欲念,而且不乏粗鄙和凶残的本性,但是追求大道与大义、献身家国的理想,都是非常明晰和强烈的。即使是像《追月楼》中的丁老先生,也秉持"日寇一日不退,一日不下追月楼"的生命信条。这种历史书写,与后来苏童、格非等人的新历史小说相比,就呈现出完全不同的精神格调。像苏童的《妻妾成群》、《罂粟之家》、《我的帝王生涯》,格非的《谜舟》、《大年》,北村的《施洗的河》等作品,已全然没有了这类宏大的、英雄式的生命情怀。

寻根文学也是如此。从韩少功的《爸爸爸》、《女女女》、《归去来》,李杭育的《沙灶遗风》、《最后一个渔佬儿》,到阿城的"三王",王安忆的《小鲍庄》,郑义的《远村》、《老井》等,尽管这些小说所展示出来的,都是一些"偏、远、怪"之故事,具有很强的志人志怪之意味,但是,作为一种寓言化的写作,他们对所寻之"根"的各种现代思考,依然明确地体现出作家们的使命意识,尤其是他们对民族文化的拯救意愿。李杭育就曾直言不讳地说:"大作家不只属于一个时代,他的情感和智慧应能超越时代,不仅有感于今人,也能与古人和后人沟通。他眼前过往着现世景象,耳边常有'时代的号唤',而冥冥之中,他又必定感受到另一个更深沉、更浑厚因而也更迷人的呼唤——他的民族文化的呼唤。"[1] 韩少功也毫不含糊地强调:"这里正在出现轰轰烈烈的改革和建设,在向西方'拿来'一切我们可用的科学和技术等等,正在走向现代化的生活方式。但阴阳相生,得失相成,新旧相因。万端变化中,中国还是中国,尤其是在文学艺术方面,在民族的深层精神和文化物质方面,我们有民族的自我。我们的责任是释放现代观念的热能,来重铸和镀亮这种自我。"[2] 无论是李杭育所说的"时代召唤",还是韩少功所说的"重铸和镀亮这种自我",都体现了作家内心中某种强烈的现代文化启蒙意愿,也表现了他们重铸中国传统文化的英雄般气质。我们当然不是否定这种发自作家主体内心的宏大理想,但是从中可以看到,这种具有高度同质化的宏大理想,其实也折射了革命集体主义的潜在影响。

客观地说,"后新诗潮"更注重个人主义的情感体验,也更为明确

---

[1] 李杭育:《理一理我们的"根"》,《作家》,1985年第9期。
[2] 韩少功:《文学的"根"》,《作家》,1985年第4期。

地追求个体精神的自由。这些诗人认为,"把极端的事物推向极端的办法就是从另一个角度反对它。崇高和庄严必须用非崇高和非庄严来否定——'反英雄'和'反意象'就成为后崛起诗群的两大标志"[1]。对于他们来说,历史、集体、公共记忆以及朦胧诗人们所推崇的英雄主义价值观念,都是不必恪守甚至是应该颠覆的对象。从韩东《有关大雁塔》一诗中,我们不仅可以看出他们对历史文化的丰富性和深刻性有着强烈的排斥,还可以品味到他们内心深处的某种历史虚无主义倾向。从总体上看,"后新诗潮"诗人的重要目标,就是"冲击新诗形成的意识形态硬壳,在诗中极力凸现'精神逃亡'母题。……后新诗潮诗人在创作中不断地咀嚼'孤独'、'寂寞',大量地潜入深夜,托梦于诗,无数遍地吟唱'死亡',力图达到最彻底的逃亡。诗是后新诗潮诗人实现精神逃亡的手段,也是逃亡的终点"[2]。这种逃亡意识,在本质上就是为了维护诗人内心的自由。但是,作为抗拒朦胧诗歌宏大主旨和崇高精神的写作群体,他们在充分张扬个体生命意志的同时,同样也暴露出某种同质化的思维——那些充满了极端化的、偏执而虚妄的口号,那些对人类理性文明恣意否定的诗作,都体现了某种"语言暴政"的特点。这种否定一切的极端思维,实质上也折射了革命化、专政化的成长记忆对他们的心灵规约。

历史地看待当代先锋作家们的反叛历程,尤其是认识到他们在创作中存在的某些悖论性问题,我们会更好地理解,1985年前后的先锋文学思潮所面对的挑战,并不仅仅是当时的文坛秩序和价值观念,还有创作主体自身被历史长期规训的精神或心理结构范式——这种同质化的、取消个体生命独立性的结构范式,使他们的反叛之途变得尤为艰难。因为自我意识不独立,其精神内在的各种同质化因素不剔除,就很难激发作家们充满个性的创造潜能,先锋所需要的独创性、前瞻性和不可重复

---

[1] 徐敬亚等编:《中国现代主义诗群大观1986—1988·前言一》,第1页,同济大学出版社,1988年。
[2] 龙泉明:《我看"后新诗潮"》,《文学评论》,2001年第3期。

性，也就无从谈起。

三

解构的目的是为了重构。先锋作家的反叛，最终是为了给自己的艺术理想和探索方式提供各种合法性的依据，为文学创作寻找多种可能性的发展空间。有学者认为："历来的先锋文艺常常呈现出两种面孔：一种是趋向平民化、大众化和日常生活化，打破艺术与生活的界限，认行动和生活本身为艺术；另一种则是拒斥读者，走向深奥晦涩的'精英化'、个人化和形式的实验。"[1] 如今，重审1985年前后的这股先锋文学思潮，我们可以明确地看到先锋文学的两种面孔，既有大量的平民化和日常生活化的艺术努力，又有马原、残雪等人精英化的形式实验。不过，最为重要的，还是平民化和日常生活审美化的艺术探索，它展示了作家们颇为清晰的现代启蒙意愿。这种现代启蒙意愿，主要体现在三个方面：对精神自由的积极追寻，对丰富人性的自觉捍卫，对既定历史的个人化重构。尽管形式主义实验也可以被视为一种针对艺术本体的自律性启蒙，但从后来的文学发展状况来看，前三者才是这股先锋文学思潮留下来的最重要的精神遗产。换言之，正是这三个方面的成功启蒙，才促使了中国当代文学向个人化方向的迅速转变。

先谈精神自由。这是一个看似空泛的启蒙问题，但也是一个制约中国当代文学发展的根本性问题。其背后，就是文学的主体意识。依据刘再复在《论文学的主体论》中的阐述，文学上的所谓精神自由，包含了三个方面：一是作家主体的精神自由，二是作家笔下人物形象和情感表达的自由，三是读者充满创造性的审美接受。当然，在这三种自由中，作家和诗人们的精神自由最为核心，没有创作主体的自由，后两种自由要么不可能实现，要么没有意义。从上文的论述中，我们已经通过成长

---

[1] 陈旭光：《先锋的使命与意义——为"后新诗潮"一辩》，《诗探索》，1998年第2期。

记忆和创作实践,探讨了先锋作家和诗人们的精神深处依然存在着某种同质化的倾向,但与其他作家相比,他们在主体意识上的觉醒仍然是非常明显的。也就是说,从反叛到重构,他们虽然遭遇了某些自身潜在的障碍,但并不意味着他们对重构意愿的放弃——实际上,从他们的创作实践来看,重构作家主体的自由精神,彰显主体思想的丰富性和多元性,捍卫自我思考的独立性,都是有目共睹的。像寻根文学中,既有对中国传统文化的质询和批判,又有对传统文化的敬慕和张扬,还有对传统文化向现代文明转化的反思。同样,在新历史小说中,作家们自觉地抛弃历史史实的可勘证性,不断将重大历史事件背景化,突出普通个体民众与历史之间的内在纠葛,这本身就是为了彰显创作主体的精神自由,也是为了重构平民化、民间化的历史观。即使是像马原、残雪和扎西达娃等高度关注文本实验的作家,他们的创作风格也各不相同,审美理想相去甚远,这都反映了创作主体对自身艺术理想和审美观念的顽强恪守,也展示了他们对个体自由的自觉捍卫。事实上,1985年前后的中国文坛迅速涌现多种具有开拓意义的艺术探索,这本身就说明了他们对内心自由的强烈吁求。因此,客观地说,没有这批先锋作家充满自由的创作激情,很难产生后来的余华、苏童、格非等"后先锋派"作家,也很难形成二十世纪九十年代的个人化写作格局。

在这方面,表现最突出的,当属"后新诗潮"的诗人们。他们对诗人的主体意识有着强烈的吁求,以近乎自负的情感冲动,对某些传统观念给予了彻底抨击,"他们试图从世界的不同角度去理解和处理世界的欲望,由此不再受制于传统的观念和方法,从根本上拒绝既成规范,并对个体自由怀有极端的偏爱,由此导致了过于新奇的诗歌观念的产生和怪异的诗歌形态的扩张"[1]。无论是新奇的诗歌观念,还是怪异的诗歌形态,既是他们张扬自我的艺术策略,也是他们捍卫自由的结果。"他们拒绝'朦胧诗'精英化、理想化、意识形态化倾向,而提倡平民化、

---

[1] 龙泉明:《我看"后新诗潮"》,《文学评论》,2001年第3期。

世俗化、个人化;拒绝'朦胧诗'的意象、象征、隐喻等表现手段,而提倡口语化,强调'语感'的艺术效果;诗中充满反讽、调侃和幽默。"[1]所以,在他们的诗歌中,重构诗人个体的精神空间和自由意志,让抒情主体的情感以放纵的方式击毁某些虚伪的伦理,成为其重要的审美特点。

再谈人性的抒写。创作主体的精神自由所引发的结果,必然是创作实践的丰富与驳杂,人性情感的舒展与自由。纵观1985年前后的先锋思潮,我们会发现,各种观念上的禁区被频频打破,人性探索的热情空前高涨。在作家或诗人们的笔下,无论人物形象还是抒情主体,都呈现出多向度、立体化的艺术倾向,其中最重要的,便是从人性、情感和伦理上,确立了艺术"审丑"的合法性。像莫言的《红高粱》,从一开始就为"高密东北乡"定下了这样一种基调:它是"最美丽最丑陋、最超脱最世俗、最圣洁最龌龊、最英雄好汉最王八蛋、最能喝酒最能爱的地方"。在莫言的笔下,无论是余占鳌还是戴凤莲,都集粗鲁、野蛮、放纵、耿直、率性于一体,大善大恶,敢爱敢恨,呈现出底层生命的自然本色。周梅森和张廷竹笔下的抗战国民党军队也是如此。在各种极为惨烈的战争环境下,那些底层的抗日官兵并无豪言壮语,但都充满了各种生命欲念,粗鄙而放纵,凶悍而坦诚,体现了极为丰饶的生命质色。虽然在寓言化的思维控制下,寻根文学的人物形象要略显干枯,但在不少作品(如郑万隆的《老棒子酒馆》、郑义的《远村》、李锐的《合坟》等)中,同样也展示了人性的幽暗与复杂。如果再看看残雪笔下的"脏、乱、差"之世界,细品其中人物晦暗、隐恐、彼此猜度的畸形心理,我们更能体会到人性恶所产生的心灵震慑。众所周知,在当代文学中,人性恶的书写从来都是作为被审判、被鞭笞的对象出现在作品之中的,在审美情感上具有明确的否定倾向,但在这股先锋文学思潮中,人性之恶与人性之善总是紧密地融会在一起,人物的理性精神中不断渗透

---

[1] 张钟等:《中国当代文学概观》,第108页,北京大学出版社,2002年。

着各种非理性的原欲景象，单纯的真善美无法成为我们审视作品的标准，很多时候，我们不得不将"审丑"视为一种理解人性的美学范式。这种审美观念的嬗变，与其说是先锋文学的另类实验，还不如说是对人性的全面发掘和真实呈现。从某种意义上说，他们确实是成功地还原了一个个普通的、立体的人，并对人性存在的可能性状态做出了积极的探寻。

这种人性的自由抒写，在"后新诗潮"的诗歌创作中，同样也获得了全面的体现。譬如，以"反主流"为写作理想的"非非主义"诗群，就不断地通过口语化的诗句，嘲解和颠覆各种现实伦理。像李亚伟的《中文系》就这样写道："中文系在古战场上流过/在怀抱贞洁的教授和意境深远的月亮/下边流过，河岸上奔跑着烈女/那些石洞里坐满了忠于杜甫的寡妇/和三姨太，坐满了秀才进士们的小妾"；在《硬汉们》中，诗人更明确地说道："我们都是猎人而被狼围猎因此朝自己开枪成为一条悲壮的狼/我们下流地贫穷我们胡乱而又美丽提起裙子我们都是男人/我们这群现代都市中的剑齿虎这些眼镜蛇啊/我们知道生活不过是绿棋和红棋的冲杀"。从这些带有戏谑或痞气十足的诗句中，我们可以看到，他们渴望做一个普普通通、坦坦荡荡、充满原真情怀的人，犹如于坚所言："我们一辈子的奋斗/就是想装得像个人"（《作品39号》）。这种情形，在女性诗人笔下，更是显得别有意味。如唐亚平的诗歌，就常常通过机智而深刻的反讽来解构男性秩序，维护女性的独立与尊严。她在《黑色睡裙》中，将充满浪漫的男女约会说成"约一个男人来吹牛"，将在瓶里插上玫瑰花之类变成"我在深不可测的瓶子里灌满洗脚水"，约会前的激动变成"他到来之前我什么也没想"，急切的等待变成让门"敲响三次"，动人的情话变成"高贵的阿谀自来水一样哗哗流淌"，浓烈的激情变成"学者般的冷漠"，青春的冲动变成"老处女的故事"……这种反浪漫、反诗意的抒写，彻底颠覆了两性之间特有的情感张力，也调侃了男性骨子里的庸俗和卑琐。而伊蕾则以大胆越轨的笔致，直言不讳地传达女性的情感和女性生存的独立人格。在组诗《独身女人的卧室》的每一首后边,她都反复吟咏"你不来与我同居",以貌似放荡的口吻,故意对抗要求女人做"淑女"的男权社会,抗议女性长期依附于男性的附属地位。像《独舞者》中,伊蕾就以一种令人战栗的疯狂,向世人发出尖锐的嚎叫:"每一块肌肉都张开口/发出尖锐的嚎叫/把你屈辱的历史对着天空说";在绝望的自虐中,诗人传达了某种决绝的反抗:"挣扎着的肉体/要把心灵和皮肤撕裂的肉体/把空气撕裂的肉体/落入了恶梦……把鲜血的颜色涂满空中"。一方面,这些诗歌体现了强烈的女性主义意味,尤其是对男性霸权的嘲讽和控诉;另一方面,它们也真切地展示了抒情主体的人性面貌,包括她们对人性本能的维护。

  文学是对人类存在及其可能性状态的勘探,它所直面的核心问题就是人性。中国当代先锋作家对人性的多维度探索,有效挣脱了以往文学对人性的单向度表达,在重构人类完整生活的过程中,纠正了因过度强调宏大生活而导致的观念化书写,恢复了人类被日常生活所遮蔽的无限丰富的生命肌理。其中,创作主体对幽暗人性的深入发掘,对生命欲望的积极探讨,对潜在意识的自由呈现,都超越了日常伦理和价值观念的羁绊,也超越了日常经验和客观常识的束缚,呈现出各种丰饶的可能性状态,为二十世纪九十年代的个人化生命之舞提供了极为丰富的审美经验。

  最后,再谈谈历史的个人化叙事。这是围绕新历史小说所形成的一种全新的历史叙事。它在摆脱客观正史的局限性的同时,重建了人类日常生活的历史诗学。众所周知,人类有史料承载的正史,通常都是宏观史,即重大事件史和英雄人物史,普通生活中的平民经历和命运变化,不可能载入正史之中。这意味着,遵循历史史实(即所谓的正史)的写作,将无法全面还原普通平民的生活史和命运史。新历史小说的反史料性写作,在本质上就是为了重建这样一种历史信念:人类历史应该是由无数平民的生命史所组成的,真正鲜活的历史应该是置身于大众生活之中的微观史,而不应该只是那些宏大事件和重要人物组成的宏观史。如果深而究之，这种平民化历史的背后，既隐含了作家对日常生活诗学的强调，对历史生活现场的重构理想，又传达了创作主体精神自由的吁求，包括对自我创造激情的维护。事实上，自从新历史小说开辟了重构日常生活史的审美途径之后，作家的想象能力和创造潜能，都获得了巨大的表达空间，并为后来的作家扫清了写作的障碍，涌现出像《白鹿原》、《长恨歌》、《九月寓言》、《圣天门口》、《尘埃落定》等诸多优秀的作品。

四

很多学者在论及二十世纪八十年代的文学时，都会认同它的启蒙主义倾向。有些学者（如丁帆教授）甚至用"启蒙与反启蒙"来界定这一时期的诸多文学现象，并强调某些形式主义实验的反启蒙特点，但我以为，这是对启蒙概念的不同理解所造成的。如果我们从更为宽泛的意义上看，这一时期的文学，其实是从很多角度来推动启蒙主义的深化。这其中，先锋文学同样承载了这种审美理想。所不同的是，这股先锋文学思潮的启蒙是双向的，既针对文学自身，又面向民众心智。

从文学自身的发展来看，这股先锋文学思潮至少从三个维度上开拓了当代文学的审美空间，实现了艺术本体上的自我启蒙。一是确定了作家主体意识的重要性，突出了创作主体对自身精神空间的建构和维护，尤其是对个体精神自由和审美理想的捍卫。二是实现了形式主义的革命，从艺术观念上建构了"怎么写"的重要性，使形式成为文学自律性的本质问题。三是确立了日常生活中人性的丰富性和复杂性，展示了人性潜在的无数可能性状态，恢复了艺术"审丑"的必要性和可能性。尽管在这一启蒙过程中，先锋作家都或多或少借鉴并吸收了一些域外的现代主义文学和现代文化思潮，但从今天来看，这并没有掩盖先锋作家的探索激情，也没有制约他们的创造潜能。

从大众审美接受上看，这股先锋文学无疑在不同程度上颠覆了人们的审美心理，解构了他们长期形成的审美思维定式和阅读期待，并让越来越多的人意识到，审美接受同样也是一种艺术的再创造。读者只有调动自身的全部心智，积极地参与到文本意义的建构之中，才能很好地实现审美接受。与此同时，先锋文学所体现出来的强烈的质疑精神和反叛意愿，也不断地唤醒了读者的主体意识，使他们能够重新理解我们既定的历史，重新检视我们习以为常的文化秩序，重新认识人性内在的诡异与复杂。更重要的是，先锋文学对人类日常生活的关注，对普通平民生存及其可能性状态的呈现，也在一定程度上给读者以观念上的启迪——任何一个卑微的个体，只要他真实地活着，并为自身的命运而不停地抗争，他就记录了某些历史或文化的印痕。

当然，先锋是孤独的。它在精神上的超前性，它与大众的格格不入，意味着它不可能轰轰烈烈，争相传颂。此所谓"谢朝华于已披，启夕秀于未振"。作为一种人类精神自由的表征，先锋文学并不一定要为未来的文学发展负责。它尝试过，它开拓过，为后人留下了反叛的足迹，为未来展示了可能的路径，这就够了。如今，重审1985年前后的中国当代先锋文学思潮，我只是希望进一步梳理它所留下的文学遗产，而并非为它树碑立传。

附录三
论李宏伟的《国王与抒情诗》

李宏伟是一位极具探索精神的青年先锋小说家。他的小说不仅完全挣脱了各种经验性写作的窠臼,而且对人的各种可能性生活进行了别有意味的探讨。从《哈瓦那超级市场》、《假时间聚会》到《僧侣集市》、《来自月球的黏稠雨液》,在这些中短篇中,李宏伟常常以架空或科幻式的叙事策略,对人类的某些生存状态进行了哲学化和隐喻性的表达,呈现出极为特殊的审美范式。他的长篇《国王与抒情诗》,更是一部风格另类且又意蕴繁富的小说,也是近年来难得一觅的优秀之作。在这部让人难以释怀的长篇中,作者以类似于科幻的手法,对人类并不遥远的未来进行了妙趣横生的预演;但它又带着明确的寓言性,对信息技术主宰下的人类生活进行了某种隐喻性的表达。在那里,无论你拥有何等强悍的个体意识,也无论你是多么渴望回到自由抒情的主体,你都将被一个巨大的信息帝国所控制——这个由信息核、移动灵魂、意识共同体、意识晶体等智能化元素所构建的超级信息控制中心,以无所不在、无所不能的方式,左右着每个人的灵魂,甚至可以让你变得"永生"。

一

在《国王与抒情诗》中,作者将故事时间设置在2050年。那是一个人工智能高度发达的信息时代,每个人的内心活动及其精神诉求,都可以借助"移动灵魂"进入人类意识共同体,在转瞬之间便可实现全球性的交流与表达;文字的内在抒情功能,将被进一步削弱;甚至诺贝尔文学奖,也将完成最后的使命。这种全景式的信息化生活,似乎预示了人类在技术主义主宰下的可能性生存状态。小说以新晋诺贝尔文学奖得主宇文往户的自杀为契机,通过其好友黎普雷对自杀事件的步步探寻,最终揭示了信息帝国的惊天秘密。这种秘密,就是通过"意识共同体"、"意识晶体"、"移动灵魂"三位一体的建构,以放逐人类个体自由的方式,在灵活便捷的信息分享平台上,统摄人类所有的精神活动,并由此实现信息帝国对人类灵魂的微妙控制,最终达到人类意识在信息共享层面上的"永生"。

在第一部"本事"中,作者以黎普雷调查宇文往户的死因为主线,其中穿插了警察李伟与技术全才阿尔法两个人物,从他们各自的视角对宇文往户的自杀做出了自己的推论。李伟借助自己对长诗《鞑靼骑士》的解读,将宇文往户之死归因于世人的误读;阿尔法通过自己的技术解码,得出宇文往户死于帝国的重复以及个体创造和自由抒情的消失;黎普雷则经过各种细密的调查取证,将宇文往户的死指向国王对人们灵魂的操纵与掌控。与此同时,小说最后又借助宇文往户之口,道出了自己希望以自杀方式,警醒黎普雷认真反思信息帝国控制之下的个体抒情之重要性。实际上,在这个充满悬疑的故事中,无论是李伟、阿尔法,还是黎普雷、宇文往户,他们都在试图回答这样一个问题——面对庞大的、无所不在的信息帝国,抒情究竟意味着什么?是对个体精神的自由追寻?还是对信息帝国的必要反抗?是对人类技术化生存处境的担忧?还是对人类灵魂永生的质疑?透过宇文往户的反抗和黎普雷的探秘行动,我们似乎可以看到,这种抒情,是建立在人的个性张扬和自由创造基础之上的,它彰显了人们对个体的自由、隐私、心灵的不可侵犯性的强烈捍卫,渴望成为一个独立的"人"。由于不满信息帝国无处不在的控制,宇文往户和黎普雷双双从帝国"出走",一个成为自由创作的作家,一个供职于古老的图书馆。他们的日常生活,无不保留着诸多原始的自由形态,常常游走在信息帝国之外,显示出与帝国文化格格不入的气质。同时,他们又不可避免地与信息帝国保持着千丝万缕的联系,甚至乐于享受"意识共同体"所带来的种种便利。

这便是现代性的悖论,也是人类面对技术主义时代必然要遭遇的尴尬。在《发达资本主义时代的抒情诗人》中,本雅明就曾讲述巴黎拱廊街上四处"闲逛"的"游手好闲者"。这些"游手好闲者"犹如波德莱尔笔下的"游荡者",他们在"久已不是游手好闲者之家的大城市中游荡"[1],他们喜欢的是"稠人广座中的孤独"[2],"用茫然、野性的凝视看着一切东西"[3],他们跻身于拥挤的人群中,寻求那些让人陶醉的本质,"人群不仅是这些逍遥法外者的最新避难场所,也是那些被遗弃者的最新麻醉药"。同时,他们又如诗人般"享受着既保持个性又充当他认为最合适的另外一个人的特权"[4]。一方面,这些"游手好闲者"坚守自己的个性,沉湎于个体的自由之中,无视现代都市秩序的种种束缚;另一方面,他们又离不开都市中喧嚣的人群,并渴望在熙熙攘攘的人群中保持着旁观者的特权。小说中的宇文往户,就是这样的一个角色。他一方面不时地开启"移动灵魂",游走在意识共同体之中,做一个信息时代的参与者和旁观者;另一方面他又始终保留着最为"原始"的生活方式,拥有汉代的书桌、烧制的陶罐以及大费周折从各地淘来的书籍——就像本雅明所说的"拾垃圾者",他捡拾着信息技术时代所残留的"垃圾"——书籍和文字。而其他的教授,则对意识共同体保持着狂热的膜拜,并对纸质书籍之类的"垃圾"进行了大规模的焚毁。也

---

[1] [德]本雅明:《发达资本主义时代的抒情诗人》,张旭东、魏文生译,第66页,生活·读书·新知三联书店,1989年。
[2] [德]本雅明:《发达资本主义时代的抒情诗人》,张旭东、魏文生译,第68页,生活·读书·新知三联书店,1989年。
[3] [德]本雅明:《发达资本主义时代的抒情诗人》,张旭东、魏文生译,第72页,生活·读书·新知三联书店,1989年。
[4] [德]本雅明:《发达资本主义时代的抒情诗人》,张旭东、魏文生译,第73页,生活·读书·新知三联书店,1989年。

许，宇文往户所捡拾的"垃圾"，确属过时之物，正如本·海默尔所言："捡破烂的人得到的是二手货，是就永远不会变成现实的将来而言的过去的梦境。现代时刻的捡破烂的人在朝向过去的感伤主义和朝向未来的革命的乡愁之间踩踏而成了一条精致的路线。在后者比前者具有优先权时，捡破烂的人的任务就变成了一项为破碎的希望编目分类的任务，在历史的日常垃圾中，这些希望已经被抛弃了。"[1] 在我们看来，无论是宇文往户还是黎普雷，他们都是以捡拾信息时代的书籍、文字之"垃圾"，抗拒灵魂被信息技术所控制的现实境遇。如果说波德莱尔、本雅明的抒情，是对于"机械复制时代"艺术"光晕"消失、个体沦陷的伟大反抗，那么这部小说中的宇文往户、黎普雷，以及作者李宏伟的个人抒情，则是对人工智能时代人类灵魂被劫持的一种深深的凭吊。

事实上，无论是宇文往户，还是黎普雷，他们置身于信息帝国之中，都曾试图借助帝国的巨大技术优势，恢复人类个体的抒情性。宇文往户作为帝国内刊《信息》杂志的唯一主笔，可以说是帝国蓝图的直接建构者；"意识晶体"、"意识共同体"、"移动灵魂"三位一体的构想，也正是由其明确提出的；他的真正目的，是以人类的"信息大同"为起点，从而实现诗歌和抒情永在的理想。在他看来，"只要诗歌在，国王的商业帝国终将是沙上帝国"[2]，其兴也勃焉，其亡也忽焉。与此同时，信息帝国却希望通过"意识共同体"的搭建，实现对人类个体抒情的解构和消耗，最终达到意识的"永生"，成为未来社会的主宰者。然而，诗歌作为一种带有强烈的个性感知和生命体验的抒情文体，无疑会动摇信息帝国的根基。正如魏天无在评价本雅明和波德莱尔时所说："一位诗人即'浪荡子'的命运，与一个时代或历史图景相互印证也相互生发；诗人虽然不是藏在巴黎街垒后的革命暴动者，其实也是激情洋

---

[1] [英]本·海默尔：《日常生活与文化理论导论》，王志宏译，第108页，商务印书馆，2008年。
[2] 李宏伟：《国王与抒情诗》，第123页，中信出版社，2017年。

溢的彻底的革命者，只要我们把革命看作一首'即兴诗'。"[1]海德格尔也曾说："诗人是在世界的黑夜更深地潜入存在的命运的人，是一个更大的冒险者；他用自己的冒险探入存在的深渊，并用歌声把它敞露在灵魂世界的言谈之中。"[2]这也就是说，诗人作为社会的冒险者，其诗歌总是带着巨大的变革性的力量，从而威胁着信息帝国的意识统治。黎普雷在其《帝国未来蓝图与根基》一文中就指出："文字作为基本粒子，将是帝国文化运行的根本与核心。"[3]在这里，黎普雷所强调的文字，无疑是具有强烈抒情色彩的符号，与宇文往户对诗歌的推崇实则殊途同归。然而，作为信息化和智能化的产物，帝国需要文字作为文化运行的核心吗？显然不需要。所以，他们企图依靠帝国的强大技术力量，以实现对人类个体抒情性的重塑，这种纯朴的理念与帝国的远大构想，无疑产生了严重的抵牾。

因为在国王看来，宇文往户和黎普雷的设想无疑都是"伪命题"。作为信息帝国的掌舵人，国王就是要通过"意识共同体"的建构，消灭文字的个体抒情性甚至文字本身，从而实现人类世界无差别的"同一"，使得人类的意识和灵魂得到永久保存。国王的这一构想绝非是带有个人英雄色彩的凭空设想，而是对人类存在处境的更为深邃的思考，且这种思考同样有着极为强大的现实基础。国王的追求，其实暗合了现代社会追求技术理性的最终结果。现代技术的发展，已使人类一步步趋向融合，人与人之间的差别逐渐缩小，国王正是看到了这种趋势的魅力所在。在这里，"意识晶体除了与意识共生这一功能，还可以实现转移、合并。也就是说，一个人的意识可以转移、合并到另一个人的意识里面"[4]。同样，帝国的继承人也必须接受此前历任国王意识的转移与合

---

[1] 魏天无：《"浪荡子"、寓言家与孤独者：本雅明论波德莱尔》，《华中学术》，2015年第12辑。
[2] 转引自［德］本雅明：《发达资本主义时代的抒情诗人》，张旭东、魏文生译，第9页，生活·读书·新知三联书店，1989年。
[3] 李宏伟：《国王与抒情诗》，第170页，中信出版社，2017年。
[4] 李宏伟：《国王与抒情诗》，第222页，中信出版社，2017年。

并。于是,"前任国王的经验、智慧被白白浪费的情况不但避免了,每一任国王都具备了数世人生累积而成的洞察力,可以直接穿透问题的表象,做出最符合人类利益的决定"[1]。对国王来说,这种可以实现人类智慧和经验的"遗传"密码,无疑是人类社会更为理想的发展方向。当然,这种技术发展的一个隐秘特质,便是逐步蚕食人之为人的主体性和独异性。国王之所以选择宇文往户和黎普雷这两个与帝国理念相悖之人作为继承人,一方面是利用他们作为"游荡者"身上的反统一、对抗性特点,检测并完善信息帝国的实践功能;另一方面,也是对技术本身发展趋势的信赖,相信技术的膂力必能征服各种特异的灵魂。

这一点,在宇文往户身上几乎得到了完美的印证。宇文往户从离开帝国的那一刻起,他的人生便在国王的精巧设计之中。他的一举一动,他的灵魂、意识,都能被帝国的系统所捕捉。作为一名常常"游荡"在帝国之外的诗人,他以自己对人类存在处境的深刻感知以及对于诗歌抒情性的独到理解,终于获得了文学的最高殊荣诺贝尔奖。然而在领奖之际,他却收到了来自国王二十一年前为他拟定好的发言提纲,这份提纲居然与自己写的提纲一字不差。这对于一个有着强烈主体意识的诗人来说,是断然不能接受的,于是他决定以自杀来摆脱帝国对自己灵魂的控制,认为似乎只有死亡能够完全由自己决定。从这里我们可以看到,信息技术对人的控制,已经远非马克思在《资本论》中对资本主义大机器的批判那样,"任何一种资本生产……在这一点上是共同的,那就是不是工人使用劳动工具,而是劳动工具使用人"[2]。马克思所指出的,其实是人的肉体被机器所奴役,而在信息帝国里,这种奴役早已超出了人类肉体的范畴,进入了人的意识、灵魂层面,这意味着"人"的主体性已被进一步剥蚀。在这个庞大的信息帝国里,人类的一切行为活动,甚至思维的活动,都在无形中为"意识共同体"所捕捉,然后加以引导和

---

[1] 李宏伟:《国王与抒情诗》,第222页,中信出版社,2017年。
[2] 转引自[德]本雅明:《发达资本主义时代的抒情诗人》,张旭东、魏文生译,第147页,生活・读书・新知三联书店,1989年。

修正，让人的意识活动完全按照帝国的方向前进，从而实现帝国对人类灵魂更为高效的控制。这是帝国的野心，从根本上来说，也是人类技术发展的大势所趋，无法阻挡。宇文往户正是死于这种灵魂被操控的绝望，一个诗人得知自己最得意的作品其实是被他人主宰而成的，甚至人类伦理中最为感性的男女情感，也都被帝国所控制，这不能不令人产生无边的虚妄和绝望。

在《国王与抒情诗》中，李宏伟通过宇文往户的奇特命运，展示了即将到来的信息帝国对于人类意识和情感的强大控制能力。它并非危言耸听，因为一切都已冰山露角。面对这个云谲波诡的智能化信息时代，我们所能做的，或许和作者李宏伟一样，只是焦虑地自我质询：当信息技术洞悉了人类心灵的所有秘密之后，人的存在价值究竟在哪里？

二

信息帝国能否在2050年主宰人类并不重要，因为《国王与抒情诗》并不是一部预言小说。重要的是，这个由人工智能与信息技术结合而成的信息帝国，正在以锐不可当的气势碾压着我们的生活。它以人类欲望的满足为前提，以商业运行为外壳，通过智能芯片之类的手段，已开始对人的灵魂和梦想进行全方位的潜在控制。这是我们已知的事实。这一点，作者也进行了真实的叙述。在《国王与抒情诗》中，帝国早期的社交应用程序"帝企鹅"，便是以群体性的陌生社交为其宗旨，并获得了极大的成功，尤其在年轻一代身上。然而，帝国很快意识到，随着人际交往的深化，人们渴望由陌生转向熟知，更渴望将虚拟转向现实，于是帝国顺应了人们的欲望，以破釜沉舟的勇气开始了意识共同体的建构。当意识共同体濒临绝境之际，依然是年轻人拯救了它，因为他们无法抵挡意识共同体所带来的巨大诱惑。在这里，他们的内心意识只要微微一动，就会被意识共同体所捕捉；所有人类想要了解的信息都可以迅速得到；人们真正实现了一呼百应的梦想；人的存在感在这里大大增强。这种诱惑是任何生而彷徨和孤独之人所无法拒绝的。可以说，正是人类欲望的增长，构成了技术发展的原始动力。同时，技术的发展又给人类生产和生活方式带来了前所未有的变革。在今天，这种变革早已超越了物质实体层面，正在不断渗透到人类的意识和灵魂深处，人类的体力和智力都获得了史无前例的解放。实际上，人的内在心理需求，与技术之间始终呈现出某种博弈之态，只不过在这个过程中，技术的力量是高于人类预设的，一个人如果对技术的发展视而不见，那么必将被排斥在充满竞争的社会共同体之外，成为"孤家寡人"。于是人人都渴望植入意识晶体，渴望享受意识共同体带来的巨大便捷；帝国的商业版图及其内在的凝聚力，由此而迅速地建立起来。

然而，国王并没有将自己的目光局限在商业层面上的成功。他的终极使命，是以人类欲望为前提，以商业为外壳，为充斥着欲望的人类规划人生，对他们的意识和灵魂实现全面的接管与控制。在国王看来，这既是智能化技术的大势所趋，也有益于人类自身的发展。对宇文往户命运的实验性设计，正是国王将信息帝国由商业帝国转向文化帝国的一个关键跳板，一旦在宇文往户身上试验成功，那么帝国对人类意识和灵魂的控制将达到空前的力度。纵观帝国的诞生、发展以至壮大，它不仅仅是以国王为代表的帝国成员自身构想的结果，从根本上来说，也是人类自身的欲望所形成的强大膂力在推动着帝国这艘巨轮的运转，而国王只不过是借力发挥，通过"意识共同体"的搭建，将人类的欲望演绎到了极致。澳大利亚社会学家迈文·伯德曾说："人类的命运真是在技术上把自身统一于一个大系统中，从而献身于处理巨大的信息量……后人类渴望摆脱肉体和物质的束缚，并通过巨大的信息系统与每件事物和每个人'在一起'。"[1]小说中信息帝国所建立的意识共同体，无疑全面体现了这种"人类满足"的巨大需求。人类的欲望愈是强烈，帝国对人的灵魂和意识的控制便愈是强劲，即使拥有强悍的主体意识的人，最终也

---

[1] 曹荣湘选编：《后人类文化》，第132页，上海三联书店，2004年。

会被信息帝国所俘虏,并成为技术的仆役。

宇文往户作为帝国前进路上的一颗关键性棋子,正是其悲剧性的命运,彰显了帝国巨大的威力。毫无疑问,他是帝国管理层中对人类个体存在有着最为深刻的洞见之人,也是帝国建构者里最具有主体性和抒情性的强大个体,他在帝国工作时所付出的努力和愿景,他的长诗《鞑靼骑士》,乃至他的葬礼,无不包含着深邃的个人化的抒情力量。然而他最终未能摆脱被帝国控制的命运,使得他的抒情显得尤为虚无和荒诞。可以说,他身上所迸发的抒情力量愈是强悍、执着,愈能彰显帝国之威力的无穷。

从进入帝国工作的那一刻起,宇文往户的命运实际上就已经被纳入帝国设计的版图之中,他必定会成为帝国发展壮大的牺牲品。这是帝国的使命,也是个体的必然结局。他在帝国兢兢业业,主笔《信息》杂志,为帝国的发展规划蓝图、出谋划策,使得帝国的意识共同体得以建构和发展,然而国王的构想却远离了他的初衷,于是他愤然离去。离开帝国后,他创作了极具抒情性的壮丽诗篇《鞑靼骑士》。从诗篇的内容来看,它展示了其自我个性的极力张扬,承载了宇文往户对人类存在处境的深切感知。诗中的鞑靼骑士,是一个极具个性和张力的人物,在历经了时间之河的洗礼之后,他几乎具备了古典时期骑士的一切美德:谦卑、荣誉、牺牲、英勇、怜悯、诚实、公正、灵性,而这些美德无疑都是针对人类个体而言的。当鞑靼骑士"决定自我了断,以维护那个女孩、华寻和他自己的感情与荣誉"[1],实际上也是在维护人类个体灵魂中的美好品质。而这一切个体灵魂的抒情本质,都是帝国所要消灭的,因为这与帝国、与技术发展的最终趋势发生了严重的背离。宇文往户希望通过诗篇的抒情向帝国发起挑战,在得知这一切不过是国王精心设计的结果后,他不得不以自杀做出绝望之后的反抗。这种无望的反抗,带着典型的现代主义的特征,正如本雅明所言:"现代主义施于人的自然

---

[1] 李宏伟:《国王与抒情诗》,第68页,中信出版社,2017年。

创作冲动的压抑较之个人的力量是大得不成比例的。如果谁倦于此道或干脆在死亡中逃避，那是非常可以理解的事情。现代主义应整个地置于一个标题之下，这个标题便是——自杀。自杀这种举动带有英雄意志的印记，这种意志面对与之为敌的理智寸步不让。这种自杀不是一种厌弃而是一种英雄的激情。"[1] 宇文往户正是倦于帝国的强大理性所带来的压抑，但他无法妥协，于是只能选择英雄式的自戕。同时，他又企图能够通过自己的死亡以及草原的葬礼之行，唤醒黎普雷内心深处的抒情，让抒情成为其意识背景的底色。遗憾的是，黎普雷对宇文往户死因的执着探寻，其实也不过是帝国寻找继承人的又一种测试手段，帝国的威力可见一斑。

通过帝国建构的过程，以及宇文往户、黎普雷所做的反抗，我们不难发现，在《国王与抒情诗》中，人类所建构的信息帝国与人类自身的个体抒情之间，似乎存在着某种永恒的悖论：一方面，人类自身对知识、信息、未来等各方面的需求欲望，不断推动技术的变革，由此促成了庞大的信息帝国；另一方面，当人类长期沉湎于信息帝国所构建的共同体后，又深感人之为人的个性、主体精神正在不断瓦解，个体内心的一举一动变得毫无秘密可言，于是人们想要挣脱却又无法自拔。人类由此陷入一种类似于浮士德式的悖论。这种悖论，无疑体现了作家对现代社会技术主义发展的深刻反思。

如果深而究之，我们认为，李宏伟在这部小说中所表达出来的这种反思是多方位的。首先，从技术形成的根本原因上看，现代技术的加速发展，绝不仅仅是占据统治阶层的国王所能独立完成的，而是全人类共同参与的结果。人类的孤独、焦虑、欲望、野心等种种情感交织在一起，形成了强劲的需求空间，为帝国巨轮的运转注入了最为原始的动力。同时，宇文往户和黎普雷这类与帝国理念并不相同的人，又以自身的理想和智慧为帝国提供了反向的经验，成为帝国这艘巨轮实际上的舵

---

[1]［德］本雅明：《发达资本主义时代的抒情诗人》，张旭东、魏文生译，第94页，生活·读书·新知三联书店，1989年。

手。技术主义的出现,从来都是全人类合谋的结果,"无论我们是否喜欢它,我们在后现代的技术科学中都是同谋。今天,没有人能逃脱技术,无论他是生活在蒙大纳的一个小屋里,还是生活在尼泊尔的嬉皮士村。人造卫星、耐克鞋、圣母像、CD盘以及自控武器都是很容易得到的。但是我们可能是同谋中的重要成员,因为我们有能力作为参与者去塑造现实"[1]。其次,技术主义追求整体化的世界观,其结果必将导致威权主义。技术科学中包含着浓厚的权力成分,因为它本身是由社会所建构的,并且以满足人类欲望为前提,并进而实现对人类的统治。技术主义在追求"普遍人性"、"人类大同"的背后,其实潜藏着某种后人类主义的话语。后人类主义话语的一个重要特征,"是它通常使用不确定的'我们'来表示一种'普遍的人性',这种'普遍的人性'将要参与科技的千年王国。……从文字上看,似乎是为全体人类说话,但实际上只是为极少数的富裕阶层、科技授权的美国人或其他可能的'第一世界'的国家说话"[2]。推而广之,技术主义带来的福利,会导致社会财富和权利分配的差距扩大,使得一些所谓的"低端人口"愈来愈被挤压到社会的角落。信息共享的背后,同样蕴含着信息的专制。在《国王与抒情诗》中,当黎普雷询问警官李伟,宇文往户的自杀真相查明后是否会在意识共同体公开,李伟的回答是犹豫的、模糊的:"我们现在也不知道。因为我们也不知道如果有,这个真相会是什么,是不是适合公开。"[3]透过小说中李伟的诸多话语,我们不难发现,他背后有着种种权威的力量在左右其话语方式,这恰恰有悖于帝国的初衷——追求全人类信息无差别的共享。在这个庞大的信息帝国里,人的一切言行都在帝国的监控之下,人们获取的信息都经过了帝国的过滤、筛选,人的心灵欲求甚至也在帝国的设计之中。最后,就个体层面来看,帝国的存在,其实也意味着"人"的解体。因为在这个充满强权色彩的信息王国里,

---

[1] 曹荣湘选编:《后人类文化》,第90页,上海三联书店,2004年。
[2] 曹荣湘选编:《后人类文化》,第129页,上海三联书店,2004年。
[3] 李宏伟:《国王与抒情诗》,第14页,中信出版社,2017年。

工具、技术理性完全替代了人类本能的抒情，人的情感、伦理、个性、创造性等等全部的生命要素，都沦为科技准确性的附属物，个体生命的独特价值便消解殆尽。宇文往户之所以自杀，正是因为意识到了自身生命价值已被技术所彻底消解。作者所欲反思的是，当人工智能开始真正向人类发起挑战之时，我们要面对的早已不是技术如何奴役人的肉体，亦非人类能否战胜人工智能，而是要追问作为哲学本体论层面的"人"的价值与存在位置，即未来社会中，人如何继续"做一个完整、独立的人"的问题。一种可能性的答案便是——人完全沦为机械的人，连灵魂亦为科技所奴役，人失去了其本身所具有的人性之真。人的自由、情感、隐私等这些在启蒙时代所建立起来的信念，将会被信息技术以更高明的方式所注销。

需要注意的是，《国王与抒情诗》的"本事"部分，虽然并未交代黎普雷最终的选择如何，但在第三部分，作者为我们设置了五个意味深长的附录——"植入日"、"信息奴"、"月球焰火"、"意识晶体幻在感"、"拍卖零"。这些附录表明，黎普雷最终还是走向了国王所设想的人类精神大同之中。在本能欲望的驱使下，人类总是追求着大脑的运行速度，因此对智能化的技术推崇备至；而我们意识到人类真实的具体生活——爱、渴望、关心、同情、创造性等这些关键的品质，却无法通过信息处理的速度来获得提高。这时，人们想要重返独立的个人就会变得异常困难，因为人类已经被牢牢控制在了这种技术理性的范畴之中，由此，"意识晶体幻在感"的出现便不足为奇了。至于"拍卖零"这个环节，也从反面证实了帝国的形成并非是一蹴而就的，而是人类步步为营的结果。我们今天所拥有的一切科技发明成果，无论是成功还是失败，都是在向未来社会发起不同程度的冲击，犹如美国科幻作家威廉·吉布森所说："未来已经到来，只是尚未流行。"

华莱士·马丁曾说："小说并非仅仅简单地反映其他学科所解释的社会变化，小说还可能包含着有关这些变化如何产生的更有启示性的记录，甚至还有可能是社会结果的一个原因——就其构筑生活故事的方式成为我们为自己的生活赋予意义的方式这一点而言。"[1] 李宏伟的《国王与抒情诗》，其实也是从人类学和技术主义那里看到了有关未来世界的预言，并以小说的方式演绎了未来社会人的存在境况。从"阿尔法狗"到"云空间"，智能化的信息技术已使人类陷入某种极端化的工具理性状态，然而其背后却又蕴藏着某些混乱和无序的非理性状态。通过这部小说，李宏伟试图用科幻、推理的虚构形式，为未来社会的可能性存在画出一幅独特的版图，以唤醒现代人对自我生存处境的反思。他并非只是简单地反对技术，而是深入到技术主义的背后，呈现了人类即将面对的种种无法挣脱的生存悖论。

三

就叙事形式而言，《国王与抒情诗》无疑是有些另类的，具有很强的实验性。在"本事"中，作者选择了四十二个汉字作为小标题，并对它们进行了科学严谨而又别有意味的诠释。这些字的释义，不仅与小说情节密切相关，同时也展示了它们所承载的某些我们不易察觉的内涵，让我们面对这些熟知的文字时，意外地看到了很多不曾熟悉的含义。从某种程度上说，这也体现了作者对"抒情诗"的某种隐喻性的捍卫。——在快捷化、标准化和程式化的信息时代，一切坚固的东西都已烟消云散，一切丰富的言辞都被技术性地规范化了，因此，当我们回到个体的抒情，回到一首首抒情诗的内部，我们可能再也无法从字里行间真切地感受到抒情主体的丰沛之情了。

除了对文字与抒情的关系进行了隐喻性的表达之外，李宏伟还动用了一种特殊的叙事策略，巧妙地揭示了信息帝国对人类灵魂的劫持过程。这种叙事策略，汲取了某些科幻的元素，并使之融入一种探案式的叙事结构中，让整个小说呈现出"设悬—解疑—反转"式的结构主线。

---

[1] [美] 华莱士·马丁：《当代叙事学》，第29页，伍晓明译，北京大学出版社，2005年。

小说以宇文往户的自杀作为悬念的起点，通过他留下的各种微妙线索，指引着黎普雷一步步寻找谜底。在这个曲折的探寻过程中，作者又设置了警官李伟以及阿尔法两个人物，从各自不同的角度寻找宇文往户自杀的真相。同时，小说还穿插了一些人物的情感线索，如宇文往户与乔伊娜，鞑靼骑士和女孩、华寻，包括黎普雷与杜娴等。这些情感线索，一方面使小说免于一味推理的单调，增添了叙事的生活质感，另一方面也使叙事向多种头绪蔓延，在情节上形成了延宕，"解疑"也因此变得困难重重。但是，当黎普雷集结所有的线索，最终将矛头指向信息帝国对人类的灵魂进行隐秘控制之后，小说情节则又发生了"反转"，死去的国王和宇文往户却在意识共同体中同时出场，并与黎普雷进行了饶有意味的对话。尽管这些对话并没有明确地揭示宇文往户的死因，但它却使黎普雷再次陷入对帝国事业的迷惘之中。没有人能够说清楚信息帝国是天使还是撒旦，作为技术主义的必然产物，它以满足人类各种欲望的方式，不留痕迹地劫持了我们的灵魂，甚至在洞悉我们的灵魂之后，还可以顺便帮助我们实现某些难以企及的梦想，就像它帮助宇文往户成功地获得诺贝尔文学奖一样。在这个巨大的诱惑面前，无论是李宏伟还是我们，可能都将无法获得最终的答案。

没有答案，并非意味着就可以放弃辨析和思考。事实上，在《国王与抒情诗》中，李宏伟一直保持着这种强烈的辨析与思考，尤其是在帝国与抒情诗之间关系的处理上，作者始终保持着某种哲学性的辨析。小说中的帝国与抒情诗之间，绝非是一种殊死搏斗、非此即彼的二元对立，而更像是一种相倚相生、相辅相成的关系。二者虽然立场不同，但终极旨归却有着内在的一致性，那就是对人类整体命运和存在处境的深刻洞见。在这里，帝国代表的是一种极致的、整体性的理性主义，而抒情诗则是隐喻了个体本位的人本主义，一定意义上，它们如同"人类之两翼"，至于两翼合力会将人类引向何方，作者在小说中并没有给出明确的答案，只不过帝国对自身的膂力似乎显得更为自信。就帝国来说，其宗旨是借助"意识共同体"实现人类精神的融合、不朽，并对人的灵魂进行引导和控制。但是纵览帝国的发展壮大，乃至对继承人的筛选，都并不排斥抒情诗的存在。相反，它还对人的创造性和抒情性有着充分的尊重，就像阿尔法所捕捉到的帝国有关文学作品的指令那样，帝国致力于发现和搜集的是"各种生成性的作品，要求原创性、爆破力，尤其是在语言、情感的运用上，在结构、容纳世界的方式上，较之前人有突破、有变化的作品"[1]。而帝国选择的几位继承人，无论是宇文往户、黎普雷，还是阿尔法、李伟，无一不是葆有强烈自我意识之人。至于国王本身，他也没有依靠自己的权力和财力，借助尖端的医疗和生物技术，以实现生命的延续，而是"为了解除贪念，让帝国始终在理性光照下运转"，这无疑也是一抹更为浓厚的抒情。再看抒情诗，它作为一种与技术理性发展趋势相悖的存在物，隐含着革命性的反抗力量，似乎与帝国无法调和，所以作为抒情诗的创造者，宇文往户和黎普雷与帝国分道扬镳。然而吊诡的是，抒情诗却以其反抗性和革命性，对信息帝国的实践力量进行着不断检测；同样，帝国也依靠意识共同体的强大控制力，引导着诗人宇文往户创造出最具抒情力量的史诗《鞑靼骑士》，甚至斩获诺贝尔文学奖。只不过，在这一过程中，作为诗人的宇文往户，终于意识到自我的灵魂被帝国劫持，于是以死亡来表达对帝国的抗议。

但宇文往户之死，既是对帝国霸权的抵抗，也是为了加深黎普雷对抒情的理解，让抒情成为其意识背景的底色。由是，小说中便有了黎普雷的草原葬礼之行。这个看似与黎普雷的探秘无甚关联的情节，实则有着极为重要的隐喻作用。在小说中，草原就像一个化外之境，在这里生存的人们并未植入意识晶体，依然保持着原始的生存形态，享受着作为个体之人的自在空间，焕发着迥异于都市中人的精神面貌。黎普雷骑马行进在草原阒寂的星空下，甚至从内心里发出了"美得和死亡一样"的深情慨叹，将死亡和草原之美等同，由此，宇文往户之死，也就有了另一层面的含义，那便是对于个体自由和生命原初状态的回归。随着葬礼

---

[1] 李宏伟：《国王与抒情诗》，第173页，中信出版社，2017年。

的进行，黎普雷来到了《靰鞿骑士》中的不定之城，这座随着现代化进程而被废弃的城市，让黎普雷体会到了《靰鞿骑士》中所表现出的荒凉和死寂之感。这种感觉，正像小说所描绘的那样，"明明清朗澄澈，明明世界的运转、事物的运行都在人类的理性掌控中，可就是透露出压抑的无处不在的神秘气息"[1]。这种极端理性的压抑之感，既让黎普雷"震怖"，也让宇文往户选择了死亡。直到葬礼即将结束之际，黎普雷终于体会到："到了这里，我就是靰鞿骑士，又是宇文往户。"[2]宇文往户的目的也就此达成，接下来黎普雷便按照宇文往户和帝国的提示，一步步揭开谜底，最终直指现代性的生存悖论。

在整体结构的设置上，这部小说也呈现出一种"有意味的形式"。小说分为"本事"、"提纲"和"附录"三个部分，折射了作家的审美理想、道德省察、艺术思维以及对于人类存在的形而上的哲思。"本事"部分通过黎普雷的探秘行动，将帝国的野心和宏大图景揭示出来，并显示了其强大的控制力。而"提纲"则强化了"本事"中提到的黎普雷《面向死亡的十二次抒情》，一方面，透过这十二首看上去混杂、无序的抒情诗，让我们体会到黎普雷乃至作者对语言、文字濒危处境的感伤和吊唁；另一方面，也蕴含了"诗人之死"的复杂意味。从这十二首抒情诗的题目来看，"名中注定"、"我的马"、"大脑里的蜘蛛网"、"自我谋杀"、"水中自画像"、"绳索，枷锁"、"施与镜中的暴力"、"降临"等，无不包含了繁富的所指意义，在某种程度上隐喻了诗人的存在处境乃至死亡之要素。"本事"中的宇文往户之死，也因此得到了更为深刻的注解。"附录"的设置，则将小说"本事"的叙事时空进行了延展。通过"植入日"、"信息奴"、"意识晶体幻在感"等这些未来人类生活片段的呈现，作者进一步揭示了人类欲望的不可阻遏，以至于灵魂被劫持后成为"信息奴"。当人们想要摆脱被控制的处境而摘除"意识晶体"时，却又出现了"意识晶体幻在感"的症状。与此同时，"拍卖零"这一场

---

[1] 李宏伟：《国王与抒情诗》，第52页，中信出版社，2017年。
[2] 李宏伟：《国王与抒情诗》，第57页，中信出版社，2017年。

景，无疑指向了前帝国时代的失败经验，而这也十分契合我们当下技术发展的现实境况。由此，李宏伟也将叙事、抒情以及形而上的哲思，巧妙地连接在了一起，显示了作者对人类处境的深刻洞察和饶有意味的审美表达。

没有创新就没有未来。在信息技术和智能技术的双重驱动下，人类社会的发展已处在变革的前夜。一个巨大的信息帝国，已在"云空间"、"阿尔法狗"等形态中初展雏形。但同时，人们又在深情地呼唤着"等等灵魂"！面对这种人类永难摆脱的尴尬，《国王与抒情诗》以其充满深情和哲思的艺术探索，为我们提供了另一种思考的向度。

（本文与王振锋合著）

主要参考文献

一、国内部分

[1] 陈晓明：《中国当代文学主潮》，北京大学出版社，2013年。

[2] 陈晓明：《表意的焦虑》，中央编译出版社，2002年。

[3] 张清华：《中国当代先锋文学思潮论》（修订版），中国人民大学出版社，2014年。

[4] 吴义勤：《中国当代新潮小说论》，江苏文艺出版社，1997年。

[5] 陈仲义：《中国前沿诗歌聚焦》，中国社会科学出版社，2009年。

[6] 尹国均：《先锋试验》，东方出版社，1998年。

[7] 王岳川：《后现代主义文化研究》，北京大学出版社，1992年。

[8] 周韵主编：《先锋派理论读本》，南京大学出版社，2014年。

[9] 钱翰：《二十世纪法国先锋文学理论和批评的"文本"概念研究》，北京大学出版社，2015年。

[10] 吴亮：《批评者说》，浙江文艺出版社，1996年。

[11] 徐敬亚等编：《中国现代主义诗群大观1986—1988》，同济大学出版社，1988年。

[12] 吴秀明主编：《中国当代文学史写真》，浙江大学出版社，2002年。

［13］王德威：《当代小说二十家》，生活·读书·新知三联书店，2006年。

［14］刘恪：《现代小说技巧讲堂》，百花文艺出版社，2006年。

［15］刘恪：《先锋小说技巧讲堂》，百花文艺出版社，2007年。

［16］黄开发：《文学之用》，北京十月文艺出版社，2004年。

［17］金汉：《中国当代小说艺术演变史》，浙江大学出版社，2000年。

［18］李新宇：《中国当代诗歌艺术演变史》，浙江大学出版社，2000年。

［19］沈义贞：《中国当代散文艺术演变史》，浙江大学出版社，2000年。

［20］王新民：《中国当代话剧艺术演变史》，浙江大学出版社，2000年。

［21］梁晓明等主编：《中国先锋诗歌档案》，浙江文艺出版社，2004年。

［22］张国义编：《生存游戏的水圈》，北京大学出版社，1994年。

［23］中国社会科学出版社文学编辑室编：《小说文体研究》，中国社会科学出版社，1988年。

［24］朱光潜：《朱光潜全集》，安徽教育出版社，1987—1992年。

［25］李泽厚：《中国古代思想史论》，安徽文艺出版社，1994年。

［26］南帆主编：《二十世纪中国文学批评99个词》，浙江文艺出版社，2003年。

［27］何望贤编选：《西方现代派文学问题论争集》，人民文学出版社，1984年。

［28］洪子诚、孟繁华主编：《当代文学关键词》，广西师范大学出版社，2002年。

［29］格非：《小说叙事研究》，清华大学出版社，2002年。

［30］马原：《虚构之刀》，春风文艺出版社，2001年。

［31］余华：《我能否相信自己》，人民日报出版社，1998年。

［32］余华：《内心之死》，华艺出版社，2000年。

［33］余华：《没有一条道路是重复的》，上海文艺出版社，2004年。

［34］余华：《温暖和百感交集的旅程》，作家出版社，2008年。

［35］余华：《我们生活在巨大的差距里》，北京十月文艺出版社，

2015年。

[36] 张钧：《小说的立场》，广西师范大学出版社，2002年。

[37] 孟京辉编：《先锋戏剧档案》，作家出版社，2000年。

[38] 张承志：《荒芜英雄路》，知识出版社，1994年。

[39] 孙先科：《颂祷与自诉：新时期小说的叙述特征及文化意识》，上海文艺出版社，1997年。

[40] 西川编：《海子诗全编》，上海三联书店，1997年。

[41] 上海文艺出版社编：《探索诗集》，上海文艺出版社，1986年。

[42] 老木编：《青年诗人谈诗》，北京大学五四文学社，1985年。

[43] 莫言：《莫言散文》，浙江文艺出版社，2000年。

[44] 莫言：《会唱歌的墙》，人民日报出版社，1998年。

[45] 林建法、傅任选编：《中国当代作家面面观》，华东师范大学出版社，2002年。

[46] 汪继芳：《断裂：世纪末的文学事故》，江苏文艺出版社，2000年。

[47] 林舟：《生命的摆渡：中国当代作家访谈录》，海天出版社，1998年。

[48] 吴秀明：《转型时期的中国当代文学思潮》，浙江大学出版社，2001年。

[49] 曹文轩：《20世纪末中国文学现象研究》，北京大学出版社，2002年。

[50] 程波：《先锋及其语境：中国当代先锋文学思潮研究》，广西师范大学出版社，2006年。

[51] 愚士选编：《以笔为旗》，湖南文艺出版社，1997年。

[52] 陈侗、杨小彦选编：《与实验艺术家的谈话》，湖南美术出版社，1993年。

[53] 许子东：《重读20世纪中国小说》，上海三联书店，2021年。

[54] 陆建德等：《12堂小说大师课》，生活·读书·新知三联书店，2021年。

[55] 柳鸣九主编：《未来主义　超现实主义　魔幻现实主义》，中

国社会科学出版社，1987 年。

[56] 柳鸣九主编：《意识流》，中国社会科学出版社，1989 年。

[57] 崔道怡等编：《"冰山"理论：对话与潜对话》，工人出版社，1987 年。

[58] 宋兆霖主编：《诺贝尔文学奖文库》，浙江文艺出版社，1998 年。

[59] 伍蠡甫主编：《西方文论选》（上卷），上海译文出版社，1988 年。

[60] 王逢振主编：《"怪异"理论》，王逢振等编译，天津社会科学院出版社，2000 年。

二、国外部分

[1] [德] 沃尔夫冈·伊瑟尔：《虚构与想像：文学人类学疆界》，陈定家、汪正龙等译，吉林人民出版社，2003 年。

[2] [德] 沃尔夫冈·伊瑟尔：《阅读活动》，金元浦、周宁译，中国社会科学出版社，1991 年。

[3] [英] 安东尼·吉登斯：《现代性的后果》，田禾译，译林出版社，2000 年。

[4] [德] 彼得·比格尔：《先锋派理论》，高建平译，商务印书馆，2002 年。

[5] [英] 迈克·费瑟斯通：《消费文化与后现代主义》，刘精明译，译林出版社，2000 年。

[6] [英] 福斯特：《小说面面观》，苏炳文译，花城出版社，1984 年。

[7] [美] 马泰·卡林内斯库：《现代性的五副面孔》，顾爱彬、李瑞华译，商务印书馆，2002 年。

[8] [法] 罗兰·巴尔特：《符号学原理》，李幼蒸译，生活·读书·新知三联书店，1988 年。

[9] [法] 让—弗朗索瓦·利奥塔：《非人：时间漫谈》，罗国祥译，

商务印书馆，2000 年。

[10]［美］罗伯特·休斯：《文学结构主义》，刘豫译，生活·读书·新知三联书店，1988 年。

[11]［美］苏珊·朗格：《艺术问题》，滕守尧译，中国社会科学出版社，1983 年。

[12]［美］苏珊·朗格：《情感与形式》，刘大基等译，中国社会科学出版社，1986 年。

[13]［法］热奈特：《叙事话语 新叙事话语》，王文融译，中国社会科学出版社，1990 年。

[14]［法］伊夫·瓦岱：《文学与现代性》，田庆生译，北京大学出版社，2001 年。

[15]［美］E. 希尔斯：《论传统》，傅铿、吕乐译，上海人民出版社，1991 年。

[16]［法］雷蒙·阿隆：《历史意识的维度》，董子云译，华东师范大学出版社，2017 年。

[17]［美］罗伯特·库弗：《魔杖》，李自修等译，作家出版社，1998 年。

[18]［捷克］米兰·昆德拉：《小说的艺术》，孟湄译，生活·读书·新知三联书店，1992 年。

[19]［美］艾布拉姆斯、杰弗里·高尔特·哈珀姆：《文学术语词典》，吴松江等编译，北京大学出版社，2014 年。

[20]［捷克］古斯塔夫·雅努施：《卡夫卡对我说》，赵登荣译，时代文艺出版社，1991 年。

[21]［美］A. P. 欣奇利夫、菲利普·汤姆森：《荒诞·怪诞·滑稽》，杜争鸣等译，陕西人民出版社，1989 年。

[22]［英］齐格蒙·鲍曼：《立法者与阐释者》，洪涛译，上海人民出版社，2000 年。

[23]［英］齐格蒙特·鲍曼：《流动的现代性》，欧阳景根译，上海

三联书店，2002年。

[24]［英］齐格蒙特·鲍曼：《全球化：人类的后果》，郭国良、徐建华译，商务印书馆，2001年。

[25]［意］卡尔维诺：《未来千年文学备忘录》，杨德友译，辽宁教育出版社，1997年。

[26]［阿根廷］博尔赫斯：《作家们的作家》，倪华迪译，云南人民出版社，1995年。

[27]［美］韦勒克、沃伦：《文学理论》，刘象愚等译，生活·读书·新知三联书店，1984年。

[28]［英］利维斯：《伟大的传统》，袁伟译，生活·读书·新知三联书店，2009年。

[29]［美］丹尼尔·贝尔：《资本主义文化矛盾》，赵一凡等译，生活·读书·新知三联书店，1989年。

[30]［英］大卫·克里斯特尔主编：《剑桥百科全书》，中国友谊出版公司，1996年。

[31]［美］纳博科夫：《文学讲稿》，申慧辉等译，上海三联书店，2005年。

[32]［法］福柯等：《激进的美学锋芒》，周宪译，中国人民大学出版社，2003年。

[33]［美］玛莎·努斯鲍姆：《诗性正义：文学想象与公共生活》，丁晓东译，北京大学出版社，2010年。

[34]［意］吉奥乔·阿甘本：《论友爱》，刘耀辉、尉光吉译，北京大学出版社，2017年。

[35]［美］莫蒂默·艾德勒等编：《西方思想宝库》，《西方思想宝库》编委会译编，吉林人民出版社，1988年。

[36]［美］阿瑞提：《创造的秘密》，钱岗南译，辽宁人民出版社，1987年。

[37]［德］卡西尔：《人论》，甘阳译，上海译文出版社，1985年。

[38]［德］布莱希特：《布莱希特论戏剧》，丁扬忠等译，中国戏剧出版社，1990年。

[39]［英］弗吉尼亚·伍尔夫：《论小说与小说家》，瞿世镜译，上海译文出版社，1986年。

[40]［俄］巴赫金：《陀思妥耶夫斯基诗学问题》，白春仁、顾亚铃译，生活·读书·新知三联书店，1988年。

[41]［瑞士］皮亚杰：《结构主义》，倪连生、王琳译，商务印书馆，1984年。

[42]［美］马尔库塞：《审美之维》，李小兵译，生活·读书·新知三联书店，1989年。

[43]［法］安娜·西莫南：《被历史控制的文学》，吴岳添等译，湖南美术出版社，1999年。

[44]［法］蒂博代：《六说文学批评》，赵坚译，生活·读书·新知三联书店，2002年。

[45]［美］詹姆斯·费伦：《作为修辞的叙事》，陈永国译，北京大学出版社，2002年。

[46]［荷］佛克马、伯顿斯编：《走向后现代主义》，王宁等译，北京大学出版社，1991年。

[47]［德］瓦尔特·本雅明：《机械复制时代的艺术作品》，王才勇译，中国城市出版社，2002年。

[48]［英］特伦斯·霍克斯：《结构主义和符号学》，瞿铁鹏译，上海译文出版社，1987年。

[49]［美］布鲁斯·罗宾斯：《全球化中的知识左派》，徐晓雯译，中国社会科学出版社，2000年。

[50]［古希腊］柏拉图：《理想国》，郭斌和、张竹明译，商务印书馆，1986年。

[51]［法］让－弗朗索瓦·利奥塔：《后现代性与公正游戏：利奥塔访谈、书信录》，谈瀛洲译，上海人民出版社，1997年。

［52］［英］詹姆斯·伍德：《小说机杼》，黄远帆译，江苏凤凰文艺出版社，2021年。

［53］［法］波德莱尔：《波德莱尔美学论文选》，郭宏安译，人民文学出版社，1987年。

［54］［英］彼得·奥斯本：《时间的政治》，王志宏译，商务印书馆，2004年。

［55］［英］迈克尔·伍德：《沉默之子：论当代小说》，顾钧译，生活·读书·新知三联书店，2003年。

［56］［美］乔治·莱考夫、马克·约翰逊：《我们赖以生存的隐喻》，何文忠译，浙江大学出版社，2015年。

原版后记

只要文学活着，先锋就不会消亡。只要文学还在发展，先锋的探索就永远不会停止。当我写完这本书稿时，曾在结语中出现的这些话语，仿佛也是对我自己这次写作经历的一次隐喻。是的，先锋文学作为反叛与开拓的艺术实践，作为对未来文学发展路途的积极探寻，作为人类艺术精神的超前性体现与表达，注定了自身将永远处于"在路上"，没有歇息的驿站，也没有辉煌的终点——先锋如果成功，如果成为人们争相效仿的模式，那么它就成了"后锋"，成了新的传统，替代它的将是新的先锋。因此，它永远是一种孤独的写作，无人呼应，远离掌声，只为人类内心的深度和灵魂的质量而负责。它与我自己这些年来的学习心境，几乎如出一辙——当我选择这种没有历史终点的动态性的先锋文学作为研究对象，我知道，我将注定无法摆脱这份孤独，无法舍弃这份远离尘嚣的寂寞，也无法守望某种最后的辉煌。

毋庸讳言，大多数人对于先锋文学一直持某种复杂的态度：一方面，他们对先锋作家的探索精神常常保持着敬畏的姿态，对先锋文学的反叛与变革的激情保持着内心的赞许；但另一方面，他们在各种先锋作品面前又常常不自觉地选择绕道而行——尤其是当那些先锋文本颠覆了人们惯常的阅读经验，破坏了人们既定的审美思维，否定了人们内心的价值期许，他们总会以"怪异"、"荒诞"或"读不懂"为理由，对先锋文学做出了某种终极性的宣判。但是，先锋文学存在的重要性又是不言而喻的。

　　面对这一尴尬的情形，很多中外的文学研究者都曾积极地参与到先锋文学的研究之中。国外的研究我们暂且不谈，仅就国内的研究现状来看，我们必须承认这样一种现状：大多数学者也是将研究目光投注在各种实验性的具体创作上，对先锋文学发展现状进行描述性、归纳性的论述较多，系统性、理论性地进行深层次研究的少；就先锋文学的某些方面、某些现象进行研究的单篇论文多，整体性、科学性的研究专著少。正因如此，十多年来，我一直没有放弃对先锋文学的跟踪和思考，也是希望在解开一些先锋文学中的艺术谜团的同时，能够为建构中国先锋文学的理论谱系提供一些思路。从2000年开始，受《小说评论》主编李星老师和副主编李国平先生的诚挚邀请，我在该刊开设了长达三年的《先锋聚焦》专栏，累计发表了关于先锋文学的探讨性文章十八篇，共十二万字左右。随后，我又在这个专栏的基础上进一步完善了某些章节，尤其是对中国当代先锋文学部分的思考，并由此形成了自己的博士论文。现在的这部书稿，事实上就是我的《先锋聚焦》专栏和博士论文的再次综合和完善——从某种程度上说，它也是我长达十余年的关于先锋文学思考的一次总结，一次盘点，一次相对系统的自我归纳——尽管我知道，因为这样或那样的原因，尤其是我自身研究能力的限制，它可能还存在着某些缺憾，但是我想，先锋文学还在发展，我的追踪眼光也没有中止，更进一步地完善它，还有着许多的机会。

　　在此书即将付梓之际，我要衷心地感谢我的硕士导师金汉先生、博士导师吴秀明先生的悉心指导，感谢《小说评论》主编李星先生和副主编李国平先生的不断鼓励，更要感谢《南方文坛》主编张燕玲女士为此书的出版所付出的心血，在此，我向他们致以深深的谢意和不尽的感激！同时，我还要感谢我的那些文学界的远方朋友，他们为我不辞辛苦地查购书籍、传递资料、提供思路，这份诚挚的友情，我将永远铭记于心！

洪治纲
2005年2月于杭州

增订版后记

作为上世纪六十年代出生的人,我们在八十年代步入大学校园时,首先是朦胧诗为我们打开了极为宽阔的文学世界,并使我们了解到,文学并不只是中学语文课本中所学习的那些作品。随后,莫言、马原、残雪、扎西达娃等人的小说陆续涌入文坛,或被青年老师在课堂上大肆赞扬,或被高年级师兄不断追捧,让我们由此经受了各种先锋文学的洗礼。可以说,从进入文学专业开始,我们便与先锋相遇。它们让我们惊异,又令我们困惑。它们使我们混沌,又让我们神往。无先锋,不青春。在那个充满活力的年代,作为热爱文学的青年人,我们几乎把先锋奉为最高的时尚。

在回顾中国当代先锋文学三十年的一次会议上,李洱也说过类似的话:"年轻人开始写作的时候,几乎都是凭着一腔热血,凭着一种激烈的情绪,赤膊上阵。而同时,他们在接受了文学教育,开始写作的时候,他们的写作往往是形式大于内容。这不怪他们,因为所有人都这样。只有当他们的经历越来越丰富,真正获得了失败感,那个形式,那个圈套,才会有真正的内容来填充。"的确,在整个大学时代,我几乎沉浸在校园诗人的梦幻中,并创作了大量所谓的先锋诗歌。先锋,从此成为我生命中的一个重要部分。在随后的学术生涯里,我一直潜心研究先锋文学,直到2005年完成了关于先锋文学的博士论文,并在此基础上出版了这本专著。

与其他著述不太一样，对于这部《守望先锋》，我始终珍爱有加。除了最珍贵的青春记忆之外，还有更实在的理由：文学的发展永远离不开创新，离不开先锋的探索。关注先锋，意味着关注文学的未来。守望先锋，意味着守望文学发展的各种新空间。所以在我的心目中，探究先锋文学所展示的各种可能性，既是一种极具挑战性的学术行为，也是一个充满激情的思考领域。随着自己学术阅历的增加，有关先锋文学的思考也有一些变化，于是，我便开始着手修订这部书稿，希望它能够更加完善一些。如今，它终于以修订本的面貌出版了。与原版相比，它的修订幅度非常大，有近一半的内容进行了调整或更新，既融入了我自己后来的相关研究成果，也吸收了国内外有关先锋文学的理论。当然，因为个人学术能力所限，其中的思考未必周全，乞请方家指正。

在本书修订和出版过程中，我的家人和学生给予了极大的支持和帮助，附录里还收录了一篇我与研究生王振锋合写的评论，衷心地感谢他们！安徽教育出版社何客等编辑，更是费尽心血，确保了书稿出版的质量，在此深致谢意！

洪治纲

2022年12月于杭州